Genel Yayın: 1063

Hümanizma ruhunun ilk anlayış ve duyuş merhalesi, insan varlığının en müşahhas şekilde ifadesi olan sanat eserlerinin benimsenmesiyle başlar. Sanat şubeleri içinde edebiyat, bu ifadenin zihin unsurları en zengin olanıdır. Bunun içindir ki bir milletin, diğer milletler edebiyatını kendi dilinde, daha doğrusu kendi idrakinde tekrar etmesi; zekâ ve anlama kudretini o eserler nispetinde artırması, canlandırması ve yeniden yaratmasıdır. İşte tercüme faaliyetini, biz, bu bakımdan ehemmiyetli ve medeniyet dâvamız için müessir bellemekteyiz. Zekâsının her cephesini bu türlü eserlerin her türlüsüne tevcih edebilmiş milletlerde düşüncenin en silinmez vasıtası olan yazı ve onun mimarisi demek olan edebiyat, bütün kütlenin ruhuna kadar işliyen ve sinen bir tesire sahiptir. Bu tesirdeki fert ve cemiyet ittisali, zamanda ve mekânda bütün hudutları delip aşacak bir sağlamlık ve yaygınlığı gösterir. Hangi milletin kütüpanesi bu yönden zenginse o millet, medeniyet âleminde daha yüksek bir idrak seviyesinde demektir. Bu itibarla tercüme hareketini sistemli ve dikkatli bir surette idare etmek, Türk irfanının en önemli bir cephesini kuvvetlendirmek, onun genişlemesine, ilerlemesine hizmet etmektir. Bu yolda bilgi ve emeklerini esirgemiyen Türk münevverlerine şükranla duyguluyum. Onların himmetleri ile beş sene içinde, hiç değilse, devlet eli ile yüz ciltlik, hususi teşebbüslerin gayreti ve gene devletin yardımı ile, onun dört beş misli fazla olmak üzere zengin bir tercüme kütüpanemiz olacaktır. Bilhassa Türk dilinin, bu emeklerden elde edeceği büyük faydayı düşünüp de şimdiden tercüme faaliyetine yakın ilgi ve sevgi duymamak, hiçbir Türk okuru için mümkün olamıyacaktır.

23 Haziran 1941
Maarif Vekili
Hasan Âli Yücel

HASAN ÂLİ YÜCEL KLASİKLER DİZİSİ

FYODOR MİHAYLOVİÇ DOSTOYEVSKİ

SUÇ VE CEZA

ÖZGÜN ADI

Преступление и Наказание

RUSÇA ASLINDAN ÇEVİREN

MAZLUM BEYHAN

Sertifika No: 40077

GÖRSEL YÖNETMEN

BİROL BAYRAM

DÜZELTİ

ALİ ALKAN İNAL

NEBİYE ÇAVUŞ

GRAFİK TASARIM VE UYGULAMA

TÜRKİYE İŞ BANKASI KÜLTÜR YAYINLARI

I. BASIM KASIM 2006, İSTANBUL

XXXIII. BASIM OCAK 2020, İSTANBUL

ISBN 978-975-458-902-3 (KARTON KAPAKLI)

ISBN 978-975-458-903-0 (CİLTLİ) XXIV. BASIM

BASKI

BAŞAK MATBAACILIK

MACUN MAH. ANADOLU BULVARI MEKA İŞ MERKEZİ

NO:5/15 GİMAT YENİMAHALLE / ANKARA

(0312) 397 16 17

SERTİFİKA NO: 45790

TÜRKİYE İŞ BANKASI KÜLTÜR YAYINLARI

İSTİKLAL CADDESİ, MEŞELİK SOKAK NO: 2/4 BEYOĞLU 34433 İSTANBUL

Tel. (0212) 252 39 91

Faks (0212) 252 39 95

www.iskultur.com.tr

FYODOR MİHAYLOVİÇ DOSTOYEVSKİ

SUÇ VE CEZA

RUSÇA ASLINDAN ÇEVİREN:
MAZLUM BEYHAN

Yazar ve Roman Üzerine

Dünya edebiyatının en büyük yazarlarından biri olan Fyodor Mihayloviç Dostoyevski 1841 yılında, askeri öğrenci olarak okuduğu Petersburg mühendislik okulunu bitirdi, ancak bir yıl askeri mühendis olarak çalıştıktan sonra istifa etti. Nicedir verdiği bir kararla, edebiyat hayatına atıldı. Bundan hemen sonra da 1844 yılında Dostoyevski imzasıyla ilk yapıtı yayımlandı; bir çeviriydi bu, Balzac'ın *Eugenie Grandet*'sini çevirmişti.

1845 Mayıs'ında Dostoyevski daha üniversite öğrenciliği yıllarından tasarladığı ilk romanı Bedniye Lyudi'i *(İnsancıklar)* bitirdi. Romanın müsveddelerini yazarın yakın dostlu D. V. Grigoroviç ve ünlü ozan Nekrasov okudular. Heyecanları öylesine büyüktü ki, doğruca devrin ünlü eleştirmeni Belinski'ye gittiler. *İnsancıklar*'ı Belinski de çok beğendi ve beğenisini, "Gogol'ü de geçecek... Bundan önceki bütün edebiyatı gölgede bırakacak bir deha ile karşı karşıyayız." sözleriyle dile getirdi. *İnsancıklar* 1846 yılında yayımlandı. Gerek *İnsancıklar*, gerekse yazarın bununla birlikte yayımlanan ikinci kitabı Dvoynik *(Benzer)*, büyük ilgi topladı. Daha sonra *Suç ve Ceza*'da en parlak biçimde dile gelecek olan, yazarın yoksul, umarsız insanlara ve hayatın trajik yanlarına karşı duyduğu büyük ilgi ve duyarlılık, daha bu ilk yapıtlarında kendini göstermeye başlamıştır. 1847 yılında yazar, ütopyacı sosyalist Petraşevski'nin grubuna girdi. Grup üyeleri zaman zaman toplanıyorlar, yazdıkları yazı ve şiirleri okuyup, felsefi tartışmalar yapıyorlardı. Bu toplantılardan birinde Dostoyevski, Moskova'dan eline geçen ve gizli dağıtılan Belinski'nin Gogol'e yazdığı bir mektubu okudu.

Dostoyevski ve grubun öteki üyeleri 23 Nisan 1849 günü Çar I. Nikolay'ın polisince tutuklandılar ve sekiz ay süren gizli duruşmalar sonucunda idama mahkûm edildiler. 22 Aralık 1849 günü Semyonov Alayı'nın geniş eğitim alanına getirildiler. Cezaların uygulanması için ilk üç kişilik grubun direklere bağlandığı sırada bağışlandıkları bildirildi. Dostoyevski'nin cezası dört yıl kürek, beş yıl da sürgüne çevrilmişti. Yazar, 1854 yılına kadar dört yıl Omsk Cezaevinde kaldı, daha sonra da 1859 yılına kadar beş yıl Semipalatinsk'teki birlikte er olarak hizmet gördü.

Cezası bitip de Petersburg'a döner dönmez yeniden yazmaya koyuldu. Dyadyuşkin Son *(Amcanın Rüyası)* ve Selo Stepançikova i Yego Obitateli'nden *(Stepançikova Köyü ve Sakinleri)* sonra, art arda büyük romanları yayımlanmaya başlandı. Unijenniye i Oskorblenniye *(Ezilen ve Horlananlar)* Omsk'taki mahpusluk yıllarının anıları olan ve 1860'lı yılların ilerici, demokrat okurlarınca coşkuyla karşılanan Zapiski iz Mertvogo Doma *(Ölü Bir Evden Anılar)*, Prestuplenie i Nakazanie *(Suç ve Ceza)*, Igrok *(Kumarbaz)*, Idiot *(Budala)*, Besi *(Cinler)*, Podrostok *(Delikanlı)*, Bratya Karamazovi *(Karamazov Kardeşler)* vd. Büyük yazar 28 Ocak 1881 günü öldü.

Dostoyevski 1840'ların ütopik sosyalizm düşüncesinin etkisinde kaldı. Ancak kürek ve sürgün hayatı bu etkilenimi önemli ölçüde değiştirdi. Yazar, cezaevi ve sürgündeyken, o yılların edebiyatında sıkça görünen roman kişilerinden bambaşka insanlarla birlikte oldu; bunlar köylüler ve askerlerdi... Ama genç yazar aralarında olmasına karşın, "kara halk" dediği bu insanların iç dünyalarına girmesini önleyen sağır bir duvarla karşılaştı. O dönemler Rusya'sının aydın kesimiyle halk arasındaki derin uçurum, sonraki yıllarda da Dostoyevski'yi derin bir biçimde etkiledi. Bu durum bir bakıma onun büyük trajedisiydi. 1850'lerde bütün Avrupa'yı saran gericilik dalgası, Dostoyevski'de de devrimin olabilirliği üzerine kuşkular uyandırdı ve 60'lı yıllarda onun Çernişevski ve öteki devrimci demokratların karşısında yer almasına neden oldu. 1861 köylü reformu sırasında ve ondan sonra ağabeyiyle birlikte yayınladığı *Vremya* ve *Epoha* adlı dergilerinde, halkı çarlıkla savaşa çağıran 60'lı yıllar devrimci demokratlarına karşı, önlerindeki en önemli görevin, halkla aydınların ve soyluların yakınlaşmasını sağlamak olduğunu savunan yazılar yayımlandı. Dostoyevski'nin 1860–70 yılları arasında yazdığı romanlarına da yansıyan bu siyasal tavrı, onun aynı zamanda, Çernişevski, Saltikov–Şçedrin gibi demokratik halk hareketi temsilcileriyle çatışmasına da yol açtı. Aslında bu hareketin temsilcileri de Dostoyevski gibi halkla aydınların birbirine yaklaşmasını sağlayacak yolun arayışı içindeydiler. Ancak onlar Dostoyevski'den farklı olarak, halk yığınlarında devrimci bilincin artmasının ve halkın aydınlarla birlikte çarlığa karşı savaşa girişmesinin, bu yakınlaşmanın önkoşulu olduğunu savunuyorlardı.

Dostoyevski'nin, döneminin sosyalist ve devrimci demokrat düşüncesiyle giriştiği polemik, en iyi yansımasını *Suç ve Ceza* romanında bulmuştur.

Suç ve Ceza

Suç ve Ceza 1866 yılında yayımlandı. Çok önemli toplumsal olayların, moral sarsıntıların yaşandığı bir dönemdir bu. Romanın konusu çağdaş Rusya'dır. Kahraman çağdaştır, o yılların bütün acılarını, yaralarını içinde taşıyan genç bir öğrencidir. Dostoyevski 1865 yılında M. N. Katkov'a yazdığı bir mektupta bu durumu "...olaylar günümüzde geçiyor, yani şu bulunduğumuz yıl içinde" diyerek belirtmektedir.

Yazarın kendisi için de çok güç yıllardır romanı yazdığı yıllar. Büyük yalnızlıkları yaşamak, çok zor kararlar almak zorunda kaldığı yıllardır. 1864 yılında çok sevdiği insanları art arda yitirmiştir: Karısı Mariya Dmitriyevna, kardeşi Mihail Mihailoviç, yakın dostu ozan ve eleştirmen Apollon Grigoryev... Romanını yazdığı yıllarda Petersburg'da oturduğu semt, küçük bir yerdir. Romanın kahramanı Raskolnikov'u oturttuğu eve çok yakın bir evde oturmuştur kendisi de.

O yıllarda iki Petersburg vardır. Biri, görenleri bugün de büyüleyen mimari anıtlarıyla, parkları, bahçeleriyle saray Petersburg'u; öteki tozlu yolları, pis evleri, atölyeleri, seyyar satıcıları, meyhaneleri, mezeci dükkanlarıyla yoksul Petersburg'u.

Dostoyevski her iki Petersburg'u da iyi biliyordu. Mühendislik okulunda okuduğu yıllarda, Yazlık Bahçe yakınında bir saraydı okulun yapısı, saray Petersburg'unu tanıma olanağını bulmuştu. Ama tıpkı romanın kahramanına olduğu gibi, ona da hiçbir şey vermiyordu bu Petersburg. Onun yüreği öteki Petersburg'daydı.

Suç ve Ceza'nın odak noktasını tüm XIX. yüzyıl gerçekçi edebiyatı için geçerli olan sorun oluşturur. Bu XVIII. yüzyıl Fransız burjuva devriminden sonra, Batı Avrupa'da ve 1861 toprak reformundan sonra Rusya'da oluşan yeni koşullar içinde, insan kişiliğinin olası gelişme yolları sorunudur. Yeni toplumsal yapının çelişkilerini henüz göremeyen aydınlanmacı–romancılar mutlakıyetin yok oluşunun, insanın çok yönlü gelişimini olanaklı kılacağına inanıyorlardı. Ama burjuvazinin zaferinden sonra, "herkesin herkese karşı" bireyci savaşına dayanan toplum koşullarında, kişiliğin özgür ve uyumlu gelişiminin hayalden başka bir şey olmadığı çabucak anlaşıldı. Balzac, Stendhal, Dickens, Thackeray, Flaubert ve öteki Batı Avrupalı romancılar, burjuva toplumunun kişiliğin uyanmasını sağlamakla birlikte, onun gelişimi için ne büyük bir engel oluşturduğunu, kişiliği maddi ve manevi anlamda nasıl yok ettiğini göz kamaştırıcı biçimde gösterdiler.

Puşkin'den başlayarak XIX. yüzyıl Rus yazar ve ozanları da Batılı çağdaşları gibi, kişiliğin özgür gelişimi için açtıkları savaşın bayrağını yücelere kaldırdılar. Puşkin *Çingeneler*'de, *Yevgeniy Onyegin*'de *Maça Kızı*'nda bireyci hayat felsefesiyle, bireyci ahlakın insanlığa aykırı, yaşamdan kopuk bir ahlak olduğunu gösterebildi. Puşkin'den başlayarak Rus edebiyatında, ilk bakışta birbiriyle çelişir gibi görünen, gerçekteyse karşılıklı olarak birbiriyle ilişkili ve birbirini tamamlayan iki konu göründü: Kişilik haklarının savunulması konusuyla, bireyci burjuva ve ahlakın (yalnızca kendisi için serbestlik ahlakının) eleştirilmesi konusu. *Suç ve Ceza*'da bu iki konunun organik bileşimi bu romanın derin insancıl heyecanını, şimdi ve gelecek için hep var olacak değerini belirleyen en önemli öğedir.

Dostoyevski hayatının son günlerinde bir insan ve bir yazar olarak emelinin Rusya'da ve tüm dünyada ezilen insanlara yardım etmek, "düşünce ve ışık ülkesi"ne giden yolu bulmak olduğunu yazmıştı. Bütün XIX. yüzyıl gerçekçi edebiyatında, böylesine yürekli, böylesine güçlü bir biçimde, geniş yığınların içinde bulunduğu yoksulluğu, acıları, toplumsal eşitsizliği, ezilişi, *Suç ve Ceza* kadar başarıyla dile getirebilmiş bir başka roman daha yoktur.

Ancak Dostoyevski'nin bu romanı, yalnızca ezilmişliğin ve toplumsal kötülüklerin sürükleyici trajizmini dile getirmekle kalmaz. Bu aynı zamanda en yüce yargı yeri olarak vicdana ve insan aklına bir başvurudur. Dostoyevski de başkahramanıyla birlikte, yoksulluğun ve acı çekmenin her toplum için kaçınılmaz olduğunu, bunların insanlığın değişmez yazgısı olduğunu ileri süren döneminin düşünürlerine, bunların ileri sürdükleri kimi dinsel düşüncelere şiddetle karşı çıkmıştır. Büyük yazar, bir hiç olarak kalmak, ses çıkarmadan boyun eğmek, her şeye sürekli katlanmak istemeyen, tam tersine, bütün varlığıyla toplumsal eşitsizliklere başkaldıran, haksızlıkla uzlaşmayan insanın ahlaki yüceliğini tutkuyla, coşkuyla savunmuştur.

XIX. yüzyıl başlarının romantik yazarları, "orta halli" hayata, hayatın "olağanlıklarına" karşı insanın giriştiği her tür isyanı yüceltiyorlardı. XIX. yüzyılın ikinci yarısında çok daha karmaşık tarihsel koşulların geçerli olduğu bir dönemde yaşayan Dostoyevski ise, yalnızca romanının kahramanını çevreleyen dış dünya koşullarının değil, kahramanının davranışlarına yön veren öznel koşulların da felsefi ve psikolojik çözümlemesini yapmıştır. Bu durum *Suç ve Ceza* yazarına, öncellerince böylesine çok yönlü ve keskin biçimde dile getirilmemiş pek çok sorunu ilk kez dile getirenlerden biri olma özelliğini kazandırmıştır. Dostoyevski *Suç ve Ceza*'da kendisiyle ve çevresiyle uyuşmayan, toplumsal eşitsizliklere karşı büyük bir nefret duyan, dürüst, düşünen, aydın bir gencin çok yönlü portresini çizer. Ama burjuva toplumunda bireysel ve toplumsal karşı koyuşun yalnızca sağlıklı biçimleri değil, hastalıklı biçimleri de vardır. Kişisel çıkar gözetmeyen, içten birtakım düşünceler, toplumsal eşitsizliklerin nihai nedenlerini ve bunlarla savaşım yollarını kavramaya her zaman yetmemektedir. Toplumsal baskı ve zulmün filizlendiği kökten, ezilen insanlara karşı coşkulu bir sevgi, onların acılarını paylaşma, haklarını savunma heyecanı, içinde yaşanılan topluma karşı bireysel, umutsuz, anarşistçe başkaldırılar da gelişebilir. İşte Dostoyevski romanında, daha sonra tarihçe de doğrulanan, bu düşüncelerden yola çıkmıştır.

Suç ve Ceza'nın çatısını bir suçun psikolojik öyküsüyle, onun ahlaki sonuçları oluşturur. Ancak romanın başkahramanı Rodion Raskolnikov sıradan bir suçlu değildir. Suçunu, geliştirdiği düşünce sisteminin hem kendi gözünde, hem de başkalarının gözünde doğruluğunu kanıtlayabilmek için kendine özgü toplumsal psikolojik bir deney olarak işler. Bu bakımdan cinayetten önce ve sonra suçlunun içinde bulunduğu durumun psikolojik çözümlemesi, Raskolnikov'un felsefi teorisinin analizi ile birlikte verilmiştir romanda. Bu durum Dostoyevski'ye döneminin düşünsel ve ahlaki yalpalamalarını, özellikle de kentlerdeki her tür sınıfsal kökenden demokrat gençlerin yaşadıkları kararsız, değişken, sarsıntılı durumu yansıtabilme olanağı vermiştir.

Raskolnikov akıllı, aydın, dürüst bir gençtir. Eski bir Petersburg evinin bir dolabı andırır küçücük çatı bölmesinde oturmaktadır. Çevresindeki yoksulların yaşamını gözlemlemekte, yalnızca kendisinin değil, binlerce başka insanın da bu düzen içinde yazgılarının kaçınılmaz olarak yoksulluk, hastalık, erken ölüm olduğunu görmektedir. Bu durum onda yoğun düşünsel arayışlara yol açmıştır. Arayış peşindedir, ama hep yalnızdır. Kimselerle görüşmez. İnsanlardan kaçar. Sorunu kendi başına çözmek, yalnız kendi gücüne yaslanmak ister.

İçinde yaşadığı toplumsal eşitsizlikler üzerine düşünür: Tarih boyunca geniş yığınlar her tür eşitsizliğe, haksızlığa boyun eğerken, Muhammed, Napolyon gibi kimi insanlar her tür toplumsal kuramı çiğneyerek, toplumun gidişini değiştirmişlerdir. Bunlar olağanüstü insanlardır ve dönemlerinde suçlu olarak görülmüş, lanetlenmişlerdir. Ama sonraki kuşaklar bunları kahraman, insanlığın kurtarıcıları olarak görmüşlerdir.

İçine kapandığı yalnızlık ortamında oluşturduğu bu bireyci, toplumsal içeriği yönünden ise anarşik düşünceler, sonunda Raskolnikov'u "Ben bir bit miyim, yoksa insan mı?" ikilemine götürür.

Oysa Raskolnikov geçmiş çağlarda ve kendi yaşadığı çağda milyonlarca ezilen insanın toplumsal haksızlıklara neden başkaldırmadıkları konusunu yeterince ve ciddi olarak düşünememiştir. Ezilen insanların geçmişte ve şimdi uysalca boyun eğmeleri onda öfke ve acı yaratmakta, kendisini yığınların, halkın, "sıradan" insanların karşısına ve onlardan çok yukarılarda bir yerlere koymaktadır. Raskolnikov'un bulduğu kurtuluş yolu şudur: Hem kendine, hem de herkese, tarihteki öteki "olağanüstü" insanlar gibi olduğunu, "sıradan" insanların, basit halkın dokunulmaz kabul ettiği temel ahlak kurallarını çiğneme hakkına sahip olduğunu göstermek... Bulduğu bu çıkış, kendisinin "olağanüstüler" grubuna mı girdiğini, yoksa bütün öteki zayıf insanlar gibi boyun eğenlerden mi olduğunu anlamak için bir sınama olarak nitelediği cinayete götürür onu.

Raskolnikov tasarladığı cinayeti işler. Ancak giriştiği trajik "deney" hiç de onun beklediği sonuçları vermez. Hem deneyiyle, hem de gözlemlediği Lujin, Svidrigaylov, Sonya, Marmeladov gibi kişilerin ortaya koyduğu örneklerle, Raskolnikov adım adım kendisinin hiç de "olağanüstü" insanlardan biri olmadığı sonucuna varır. Ve sorun başlangıçta düşündüğü gibi, kendisinin Muhammed'den ya da Napolyon'dan daha zayıf olması sorunu değildir. Raskolnikov'un sevdiği kızın ağzından duyduğu gerçek bambaşkadır: Yanlışlık temeldedir, "olağanüstü" insanlar teorisidir yanlış olan. Yaşadıkları toplumda da amaçlarına ulaşmak için bazı insanlar, gözlerini kırpmadan başkalarının kanını dökmektedir. Sonuç olarak içinde yaşadıkları toplumdaki egemen sınıfların her gün sayısız kez yaptıklarından pek de farklı bir şey değildir onun yaptığı da. Ve Raskolnikov kendi deyimiyle, insanlık dışı düzene karşı, böyle bir başkaldırının da insanlık dışı bir nitelik taşıdığını, bunun ilerleme ve gelişme sağlayıcı hiçbir özelliği bulunmadığını, tam tersine ahlaki çöküşe, kişilik yıkılmasına yol açtığını görmekte; önce yüreğinin sesiyle, sonra aklıyla, en son da bütün varlığıyla gerçeği kavramaktadır. Artık Raskolnikov'un gözünde gerçek güzelliğin ve ahlakın taşıyıcıları, kendilerini öteki insanların üzerinde görenler değil, açlığın, yoksulluğun en boğucu koşulları içinde bile hayata ve insanlara ilişkin inançlarını yitirmeyen, ahlaki yapılarında en ufak bir sarsılma olmayan, suçun, zulmün her türlüsüne karşı derin bir nefret duyan Sonya gibi sıradan insanlardır.

Dostoyevski, romanının başkahramanı aracılığıyla, kişi-toplum ilişkileri sorununu kendine özgü biçimde tahlil etmektedir. Raskolnikov'un bireyci "düşünce"si ve işlediği suç, onu çevresinden ayrı düşürmüş, bireysel suçluyu toplumdan koparmış, onu baskı ve sömürüye karşı onca nefret duymasına rağmen, "Lujin"lerin, "Svidrigaylov"ların, "tefeci Alyona İvanovna"ların ve halkı ezen, sömüren bütün öteki "alçaklar"ın düşünce arkadaşı yapmıştır. Öte yandan Dostoyevski, cinayetten sonra dayanılmaz acılar içinde kıvranan Raskolnikov'un vicdanını, cinayetin meyvelerini yemesine bile izin vermeyen, halkın ahlaki isterlerine uyabilecek ve kendisi gibi acı çeken, ezilen insanlarla yeniden birlikte olabilecek canlı, sağlıklı bir başlangıç, bir çıkış noktası olarak göstermiştir. Raskolnikov'un cinayetten sonra çektiği acılar; yazara göre, kahramanını ahlaki çöküşe ve yok oluşa götüren, onu halktan soyutlayan bireysel hayallere ve ruhsal sapkınlıklara karşı, onun yapısında var olan toplumsal, "halksal öz"ün üstün geldiğini göstermektedir. *Suç ve Ceza*'yı zamanımızın toplumsal ve ahlaki idealleri uğruna çetin bir savaşa girmiş bulunan çağdaş okurlar gözünde de önemli kılan, derin, felsefi öz buradadır.

Romanın epilogunda yazar, Raskolnikov'un bir erken Sibirya sabahında, ırmak kıyısında tek başına düşünceye dalışını anlatır: "Raskolnikov barakadan çıkıp doğruca kıyıya indi, burada istif edilmiş kütüklerin üstüne oturdu, geniş ve ıssız ırmağı seyre daldı. Bu yüksek kıyıdan, göz alabildiğine uzanan bozkır görülüyordu. Irmağın uzak karşı kıyısından belli belirsiz bir şarkı duyuluyordu. Orada, güneşle yıkanan uçsuz bucaksız bozkırda, küçük kara noktalar halinde göçebe çadırları seçiliyordu. Orada özgürlük vardı. Orada, buradakilere hiç benzemeyen, bambaşka insanlar yaşıyordu..."

Romanının son ezgilerinin son birkaç notası olan bu sözlerde, Dostoyevski'nin ve kahramanının, özgür insanların sakin, huzurlu yaşayışlarına duydukları büyük özlem dile getirilmektedir. Büyük Rus yazarı ömrü boyunca acılar çekerek böyle bir hayata uzanan yolu aramıştı. Derinden derine ve içi burkularak aradığını bulamayacağını biliyordu. Kahramanını, yazgısında kesin bir ahlaki dönüş yaptırarak, "yeni bir hayat"ın eşiğinde bırakmasının nedeni budur. Raskolnikov kendine ve başkalarına yalan söylemeyen dürüst bir insandır. Cinayetten sonra bile, sonuna kadar dürüst kalmıştır: Hem kendine karşı, hem başkalarına karşı. İşte bu nedenle Dostoyevski, kahramanının öyküsünü, bir düşüşün öyküsü değil, ahlaki yükselişin öyküsü sayar. Bir yanlış yapan ve yanlışını anlayan Raskolnikov, bu yanlışın altında ezilip yok olmaz, kendinde kendini yeniden yaratacak iç güçler bulur; insanlık dışı "düşünce"sinin başarısızlığa uğrayıp yok olması, onun kişiliğinde yepyeni bir insancıllığın başlamasına kaynak oluşturur.

Dostoyevski'nin romanında çizdiği tablo oldukça karanlıktır. Ama bu karanlık içinde yine de bir ışık vardır. Bu, Raskolnikov'un insanlara gerçekten hizmet etmenin yolunu ve araçlarını bulacak ahlaki güce, cesarete ve kararlılığa sahip olduğuna duyduğumuz inançtır: Çünkü Raskolnikov her şeye karşın "insan" olarak kalmıştır.

İnsan dehasının yarattığı en yüce yapıtlardan biri olan bu romanın son sayfasını da çevirip kapattığımız zaman içimizde aydınlık bir şeyler duymamızın nedeni de bu olsa gerek.

Mazlum Beyhan

SUÇ VE CEZA

Birinci Bölüm

I

Temmuz başlarında çok sıcak bir gün, akşama doğru, genç bir adam "S..." Sokağı'ndaki bir pansiyonda kiraladığı küçük odasından çıktı ve ağır, kararsız adımlarla "K..." Köprüsü'ne yöneldi.

Ev sahibiyle merdivenlerde karşılaşmaktan kurtulmayı başarmıştı. Kiraladığı küçük oda, beş katlı yüksek bir evin çatı katındaydı ve odadan çok bir dolabı andırıyordu. Yemek ve öteki hizmetler de içinde olmak üzere kiralamıştı odayı. Ev sahibi kadın bir merdiven aşağıda ayrı bir dairede oturuyordu ve genç adam her sokağa çıkışında, ev sahibi kadının merdivenlere doğru ardına dek açılmış olan mutfak kapısının önünden geçmek zorundaydı. Buradan her geçişinde de genç adam korkuya benzer sayrılı bir duygu içinde kalır, utanç duyar, yüzünü buruştururdu. Ev sahibi kadına epey borcu vardı ve onunla karşılaşmaktan çekiniyordu.

Korkak ve çekingen biri değildi aslında. Hatta tam tersine; ama bir süredir tedirgindi, gerilim içindeydi. Öylesine kendi içine kapanmış, öylesine herkesten kopmuştu ki, yalnızca ev sahibi kadınla değil, kiminle olursa olsun, karşılaşmaktan kaçınıyordu. Ezici bir yoksulluk içindeydi, ama şu son günlerde buna bile aldırdığı yoktu. Asıl işlerini tümüyle bir yana bırakmıştı ve bunlarla uğraşmayı hiç istemiyordu. Aslında o kendisine karşı neler tasarlıyor olursa olsun, ev sahibi kadına da aldırdığı yoktu. Ama merdivenlerde durmak, kendisini hiç mi hiç ilgilendirmeyen gündelik birtakım saçmalıkları dinlemek, kira borcu konusundaki sızlanmalara, korkutmalara, yakınmalara katlanmak, üstelik yakasını kurtarabilmek için sözde nedenler bulmak, özürler dilemek, yalanlar söylemek... Hayır, merdivenleri bir kedi sessizliğiyle inip sıvışmak yapılacak en iyi şeydi.

Ama bu kez borçlu olduğu kişiyle karşılaşmak korkusu, sokağa çıktığında kendisini bile şaşırttı. "Ne denli zorlu bir işe girişmek istiyorum, ama aynı zamanda da ne denli boş şeylerden korkuyorum" diye düşündü tuhaf bir gülümsemeyle. "Hmm... Evet... Hem her şey insanın kendi elinde, hem de insan yalnızca korkaklığı yüzünden ne fırsatlar kaçırıyor... Bu artık yadsınamaz bir gerçek, bir belit. İlginç bir şey, acaba insanlar en çok neden korkarlar? Atacakları yeni bir adımdan, kendi söyleyecekleri yeni bir sözden herhalde... Ben de amma gevezelik ediyorum ha! Gevezelik ettiğim için de hiçbir şey yapmıyorum. Ya da şöyle: Hiçbir şey yapmadığım için gevezelik ediyorum. Gevezelik bana şu son ay içinde günlerce bir köşede yatmaktan ve düşünmekten gelmiş bir şey. Düşündüklerim de bir şey olsa bari, ipe sapa gelmez şeyler... Peki şimdi niçin gidiyorum? Yapabilecek miyim düşündüğüm şeyi? Hem ciddi bir şey mi bu? Hayır, hiç de değil. Düşlerle avutup duruyorum kendimi; oyuncaklarla! Evet, evet oyuncaklarla!"

Boğucu bir hava vardı sokakta, çok sıcaktı; yapı iskeleleri, tuğlalar, kireç tozları, itişip kakışan kalabalık; bir yazlık kiralama olanağı bulamayan her Petersburglunun çok iyi bildiği o özel, pis, yaz kokusu... Tüm bunlar, genç adamın zaten bozuk olan sinirlerini iyice germişti. Hele kentin bu bölgesinde sayıları oldukça kabarık olan meyhanelerden yayılan dayanılmaz içki kokusu, henüz iş zamanı olmasına karşın, adım başında rastlanan sarhoşlar, tablonun iğrenç ve iç karartıcı rengini tamamlıyor gibiydi. Delikanlının ince yüz çizgilerinde derin bir iğrenme anlatımı belirdi bir an. Yeri gelmişken belirtelim, delikanlı gerçekten yakışıklıydı; güzel kara gözleri, esmer teni, ortadan biraz uzunca boyu, ince ve biçimli vücuduyla çekiciydi. Ama işte bir anda yeniden derin düşüncelere gömülür gibi olmuştu; daha doğrusu kendinden geçmiş gibiydi. Çevresinde kimseyi ayrımsamadan yürüyordu, aslında kimseyi ayrımsamak istediği de yoktu. Yalnız, arada bir, kendi kendine konuşmak alışkanlığıyla bir şeyler mırıldanıyordu. Bu alışkanlığını kendine bile daha şu anda itiraf ediyordu. Yine şu anda, zaman zaman düşüncelerinin karıştığını, iyiden iyiye güçten düştüğünü ayrımsıyordu: İki gün vardı ki, ağzına hiçbir şey koymamıştı.

Öylesine kötü giyimliydi ki, alışık biri bile bu derece yırtık pırtık şeylerle güpegündüz sokakta dolaşmaya utanırdı. Ancak burası insanın kılık kıyafetiyle hiç kimseyi şaşırtamayacağı bir semtti. Samanpazarı'nın yakınlığı, şu bilinen evlerin çokluğu, hele Petersburg'un bu merkezi semtinin cadde ve sokaklarını dolduran işçi, esnaf, sanatkâr takımı, buranın genel görüntüsünü öyle tiplerle renklendirirdi ki, yabancı birinin görülmesi kimsede şaşkınlık uyandırmaz, kimsece yadırganmazdı. Ama delikanlının ruhunda öylesine yakıcı bir küçümseme duygusu birikmişti ki, bazen çocukluk derecesine varan bütün utangaçlığına rağmen, şu anda en az utandığı şey, sırtındaki paçavralardı. Tabii, kimi tanıdıklarına ya da genel olarak karşılaşmaktan hiç de hoşlanmadığı eski dostlarına rastladığında iş değişirdi... Oysa bu sırada, iri bir atın çektiği büyük bir arabayla, günün bu saatinde nereye, niçin götürüldüğü belli olmayan bir sarhoş, eliyle kendisini göstererek, "Hey, sen! Alman şapkalı!" diye gırtlağını yırtarcasına bağırınca, delikanlı durup, elini sinirli bir şekilde şapkasına götürmüştü. Zimmermann'dan[1] satın alınmış, yük-

---

1 Zimmermann — O dönemlerin Petersburg'unda, Nevski Bulvarı'nda günün son moda şapkalarını satan bir şapkacı.

sek, yuvarlak bir şapkaydı bu. Ama her yanı delik deşik olmuş, yırtılıp solmuş, leke içindeki bu kenarsız şapka, üstelik bir yanından çok çirkin bir köşe oluşturacak biçimde yana sarkmıştı. Ancak sarhoşun bağırması delikanlıda utanma değil, korkuya benzer başka bir duygu uyandırmıştı.

— Biliyordum zaten! –diye mırıldandı şaşkınlık içinde.– Biliyordum böyle olacağını! Olabileceklerin en kötüsü bu! Böyle bir saçmalık, böyle bir anlamsız ayrıntı her şeyi altüst edebilir! Evet, doğrusu fazla göze batan bir şapka bu... Göze batması, gülünçlüğünden... Üstümdeki paçavralara uygun bir kasket bulmam gerek, eski de olsa olur, yeter ki şu lanet şeyden kurtulayım! Kimse giymiyor böyle bir şapkayı. Bir verstlik yoldan fark edilir ve kimin olsa aklında kalır... En önemlisi de bu: Sonradan anımsarlar, işte sana bir ipucu! Olabildiğince ayrımsanmamaya, göze çarpmamaya çalışmalıyım... Ayrıntılar çok önemli! Ayrıntılar mahveder her zaman her şeyi...

Gideceği yere varmak için fazla yürümesi gerekmiyordu. Hatta evinden kaç adım tuttuğunu bile saymıştı; Tam yedi yüz otuz adım. Hayallerine gömülüp yürüdüğü bir gün saymıştı adımlarını. Ama o sıralar kurduğu bu hayallere kendisi de inanmıyordu, sinirleniyordu yalnızca; çirkin ama, insanı baştan çıkarıcı gözü peklikte hayallerdi bunlar. Şimdi ise, aradan bir hafta geçtikten sonra, işi başka türlü görmeye başlamıştı. Yakasını bir türlü bırakmayan o iç konuşmalarında kendisini onca güçsüz, onca kararsız görmesine rağmen, "çirkin" hayali âdeta elinde olmayarak kendi tasarısı, kendi niyeti saymaya alışmıştı. Bu konuda hâlâ kendi kendine inanmamasına rağmen, attığı her adımda heyecanı daha da artarak, şu anda bu tasarısının denemesini yapmaya gidiyordu.

Yüreği durarak, sinirden titreyerek, bir duvarı kanala, bir duvarı "..." Sokağı'na bakan olağanüstü büyük yapıya yaklaştı. Küçük küçük dairelere bölünmüş olan bu evde terziler, çilingirler, aşçı kadınlar gibi her türden esnaf, çeşit çeşit Almanlar, başına buyruk yaşayan sokak kızları, küçük memurlar ve benzerleri oturuyordu. Evin iki yanındaki avlu ve kapılardan giren çıkan belirsizdi. Üç ya da dört kapıcısı vardı evin. Delikanlı bunlardan hiçbirine rastlamamış olduğuna sevinerek ana kapıdan süzülürcesine geçip sağdaki merdivenlere yöneldi: Bu merdiven karanlık, dar ve her zaman kullanılmayan bir tür servis merdiveniydi. Ama o bütün bunları biliyordu, öğrenmişti ve merdivenlerin bu durumu son derece hoşuna gidiyordu: Bu karanlıkta meraklı bir bakış bile tehlikeli olamazdı. Dördüncü kata çıkarken elinde olmadan: "Eğer şimdi böyle korkarsam, fırsat çıkıp da asıl işe giriştiğimde ne olacak?.." diye düşündü. Burada asker emeklisi hamallar kesti yolunu, bir daireden mobilya çıkarıyorlardı. Burada, memurluk yapan bir Alman'ın ailesiyle birlikte oturduğunu daha önceden biliyordu. "Anlaşılan Alman taşınıyor, o halde dördüncü katta; bu merdiven sahanlığında hiç değilse bir süre için yalnızca kocakarının dairesi dolu olacak. Bu çok iyi... Ne olur ne olmaz..." diye düşündü ve kocakarının kapısını çaldı. Çıngırak, bakırdan değil de tenekedenmiş gibi cılız bir ses çıkardı. Bu tür evlerin böyle küçük dairelerinde çıngıraklar hemen hep böyledir. O, bu çıngırak sesini unutmuştu bile... Ve şimdi bu özel ses ona birdenbire bir şeyler anımsatmış; apaçık bir şeyleri gözünün önüne getirmişti. Tir tir titriyordu, sinirleri allak bullak olmuştu. Az sonra kapı çizgi gibi hafifçe aralandı; kapıyı açan kadın geleni aralıktan açıkça duyulan bir güvensizlikle süzüyor, karanlıkta yalnızca ışıldayan gözleri görülüyordu. Ama sahanlıkta başkalarının da bulunduğunu görünce yüreklendi ve kapıyı iyice açtı. Delikanlı içeri girdi; tahta perdeyle küçücük bir mutfaktan ayrılmış olan karanlık bir antreydi burası. Kocakarı hiçbir şey söylemeden öylece duruyor ve soru dolu gözlerle ona bakıyordu. Küçücük; kupkuru bir ihtiyardı bu, altmış yaşlarında vardı, bakışları temiz değildi, burnu sivri ve küçük, başı açıktı. Hafif ağarmış kirli sarı saçlarına bolca yağ sürmüştü. Bir tavuk bacağını andıran ince uzun boynuna paçavralaşmış bir fanila parçası sarmıştı. Omuzlarındaysa, havanın sıcak olmasına rağmen, rengi yitmiş, paramparça bir kürk pelerin sallanıyordu. İkide bir öksürüyor, inliyordu. Anlaşılan delikanlının bakışları hiç de normal değildi ki, kocakarının gözlerinde az önceki güvensizlik anlatımı yeniden belirdi.

Delikanlı daha nazik davranması gerektiğini anlayarak hafifçe eğildi ve:

— Raskolnikov! –diye mırıldandı.– Üniversite öğrencisi. Bir ay kadar önce gene gelmiştim.

Soru dolu gözlerini ondan ayırmayan kocakarı tane tane:

— Anımsıyorum, –dedi.– Çok iyi anımsıyorum. Gelmiştiniz.

Kocakarının güvensizliği Raskolnikov'u şaşırtmıştı:

— Ben... İşte yine öyle bir iş için geldim... –dedi. "Belki de kadın her zaman böyledir" diye düşündü sonra can sıkıntısı içinde. "Belki de ben o zaman ayrımsayamamıştım."

Kocakarı bir süre kararsızlık içindeymiş gibi sustu, sonra yana çekilerek konuğa odaya açılan kapıyı gösterdi:

— Buyurun!

Küçük bir odaydı burası. Duvarları sarı kâğıtla kaplanmıştı. Pencerelerinde tül perdeler ve ıtır çiçekleri görülüyordu. Batmakta olan güneşin ışıklarıyla apaydınlıktı oda. Raskolnikov'un kafasından bir anda, "Demek o zaman da güneş böyle aydınlatacak..." düşüncesi geçti. Odanın ve içerideki eşyaların durumunu unutmamak için çarçabuk çevresine bir göz gezdirdi. Ancak odanın ayırt edici hiçbir özelliği yoktu. Mobilyalar eskiydi ve sarı ağaçtan yapılmışlardı. Bunlar, tahta arkalığı eğilmiş bir kanepe, bunun önünde oval bir masa, iki pencere arasına yerleştirilmiş aynalı bir tuvalet masası, duvar boyunca dizilmiş sandalyeler ve ellerinde kuşlarla Alman kızlarını gösteren sarı çerçeveli ucuz bir iki tablo... işte bütün mobilya. Odanın bir köşesinde küçük bir tasvirin önünde bir kandil yanıyordu. Her şey tertemizdi. Mobilyalar da döşemeler de iyice ovulmuştu, her şey pırıl pırıldı. Delikanlı "Yelizaveta'nın işi bu" diye geçirdi içinden. Bütün evde küçücük bir toz taneciği bile yoktu. Raskolnikov, "Temizliğin böylesine ancak kötü yürekli, yaşlı dullarda rastlanabilir" diye düşündü ve merakla iki odayı birbirinden ayıran basma perdeye baktı. Kocakarının yatağıyla bir konsolun bulunduğu bu odayı (zaten tüm daire bu iki odadan oluşuyordu) daha önceki gelişinde de görememişti.

Odaya girdiklerinde kadın delikanlının yüzünü iyi görebilmek için yine tam onun önüne dikilerek sert bir sesle:

— Neymiş, göster bakalım? –dedi.

Cebinden eski bir gümüş saat çıkan delikanlı:

— İşte, –dedi,– rehin için getirdim.

Saatin arka kapağında bir küre resmi vardı. Köstegi de çeliktendi.

— Bundan önceki rehinin de günü doldu. Üç gün geçti bir ayı.

— Size bir aylık daha faiz öderim, lütfen birkaç gün daha sabredin.

— Sabretmek ya da eşyanızı hemen satmak benim bileceğim bir şey artık.

— Nasıl, saatime epey para verecek misiniz Alyona İvanovna?

— Hep böyle işe yaramaz, ıvır zıvır şeyler getiriyorsunuz. Beş para etmez bu saat. Geçen getirdiğiniz yüzük için size tastamam iki ruble vermiştim, oysa yenisi kuyumcularda bir buçuğa o yüzüklerin.

— Dört ruble verin, parasını öder geri alırım, baba yadigârı bir saattir. Yakında elime para geçecek.

— Bir buçuk ruble ve faizi de peşin, işinize gelirse...

— Bir buçuk ruble mi?

Kadın saati geri uzatarak:

— Siz bilirsiniz, –dedi.

Delikanlı saati öyle bir öfkeyle aldı ki, hemen çıkıp gitmeye hazırdı; ancak bir an düşününce gidecek hiçbir yeri olmadığını ve buraya asıl başka bir nedenle geldiğini anımsayarak:

— Verin! –dedi kabaca.

Kocakarı anahtarları çıkarmak için elini cebine sokarak perdenin arkasındaki odaya geçti. Odanın ortasında tek başına kalan delikanlı merakla kulak kabartıp dinlemeye başladı, kocakarının öteki odada neler yaptığını düşünmeye çalışıyordu. Gelen seslerden kadının konsolu açtığı anlaşılıyordu. "Demek üst çekmecede... Demek anahtarları sağ cebinde taşıyor... Hepsi bir arada anahtarların, çelik bir halkaya geçirilmiş... Bir tanesi hepsinden büyüktü, üç kat büyüktü neredeyse, ucu da dişliydi, o halde konsolun anahtarı bu olamaz, demek ki bir başka çekmece ya da sandık daha var içeride... Bu önemli. Sandıkların anahtarları hep böyle olur. Ama bütün bunlar ne kadar aşağılık şeyler..."

Kocakarı döndü:

— İşte beyciğim! Bir ruble için aylık on kopek faiz, bir buçuk ruble için on beş kopek eder. Bir aylık peşin tabii. Bundan önceki iki ruble için de aynı hesaba göre yirmi kopek faiz tutuyor. Yine peşin. Hepsi otuz beş kopek. Böylece saatiniz için bütün alacağınız bir ruble on beş kopek. Buyurun!

— Ne! Yani siz şimdi bana yalnızca bir ruble on beş kopek mi veriyorsunuz?

— Tam da öyle.

Delikanlı tartışmaya girmedi, parayı aldı. Sanki söyleyeceği ya da yapacağı bir şeyler daha var, ama bunların ne olduğunu kendisi de bilmiyormuş gibi odadan çıkmakta acele etmiyor, kadına bakıyordu.

— Bugünlerde size bir şey daha getireceğim Alyona İvanovna... Gümüşten, çok güzel bir şey... Bir sigara tabakası... Bir arkadaşıma vermiştim, alır almaz...

Şaşırdı ve sustu.

— Bunu o zaman konuşuruz beyciğim.

— Hoşça kalın... Evde hep yalnız mı oturursunuz Alyona İvanovna, kız kardeşiniz yok mu?

— Kız kardeşimden size ne?

— Hiç. Öylece sormuştum. Demek siz şimdi... Neyse, hoşça kalın Alyona İvanovna!

Raskolnikov büyük bir öfkeyle çıktı kadının evinden. Öfkesi gitgide büyüyordu. Merdivenlerden inerken bir şey karşısında ansızın şaşırmış gibi birkaç kez durakladı. Sonunda sokağa vardığında,

— Hey Tanrım! –diye bağırdı.– Ne kadar aşağılık şeyler bütün bunlar! Olacak şey mi, ben... Hiç olacak şey mi ben... Hayır saçmalık bu, aptallık!.. Böyle korkunç şeyler nasıl geçebiliyor kafamdan! Yüreğim ne iğrençliklere elverişliymiş meğer!.. Evet, tam da öyle: İğrenç, aşağılık şeylere... Ve ben bütün bir aydır...

Öfkesini ne sözcüklerle, ne haykırışlarla dile getirebiliyordu. Daha kocakarının evine giderken yüreğini sıkıştırmaya başlayan tiksinti öyle boyutlara ulaşmıştı ki, delikanlı sıkıntısından ne yapacağını ne edeceğini bilemiyordu. Kaldırımda kimseyi görmeden bir sarhoş gibi yürüyor, gelip geçenlere çarpıyordu. Ancak bir başka sokağa saptığı zaman kendine gelebildi. Durup çevresine bakındı. Bir meyhanenin önündeydi. Bodrum kattaydı meyhane ve girişi kaldırımdan birkaç basamak aşağıdaydı. Tam bu sırada iki sarhoş birbirine tutunarak ve küfürler savurarak dışarı çıkıyorlardı. Daha fazla düşünmedi ve hemen meyhaneye indi. Daha önce hiç gitmemişti meyhaneye, ama şu anda başı dönüyor, susuzluktan içi kavruluyordu. Soğuk bir bira içmek istedi canı, sonra böylesine birdenbire halsiz düşüşünü açlığına yükledi. Karanlık, pis bir köşede, üstü yapış yapış bir masaya geçip oturdu, bir bira söyledi. İlk bardağı doymazcasına içti. Birden rahatladı, kafasının içi aydınlanıvermişti.

— Saçma bütün bunlar –diye söylendi. Umutlanmıştı.– Telaşlanacak, öfkelenecek bir şey yok ortada. Basit bir bedensel rahatsızlık! Bir bardak bira ve birkaç parça peksimetle kendine geliveriyor insan! Düşüncelerini toparlıyor, kararsızlığı yok olup gidiyor! Tüh! Bir şey olmuş gibi sanki!..

Birden ağır bir yükten kurtulmuş gibi rahatladı, neşeyle bakmaya başladı çevresine. Ancak o anda bile, uzaktan uzağa, bu iyimserliğinin hastalıklı bir iyimserlik olduğunu duyumsuyordu.

Meyhanenin pek kalabalık olmadığı bir saatti. Merdivenlerde rastladığı iki sarhoşun ardından, aralarında bir de kadın bulunan armonikalı beş kişilik bir sarhoş grubu daha ayrıldı meyhaneden. Bunların gidişinden sonra ortalık iyiden iyiye sessizleşmişti. Fazla hallice olmadığı anlaşılan, tüccara benzer biriyle onun arkadaşı olduğu anlaşılan, şişman, iriyarı, redingotlu, kır sakallı bir adam kalmıştı meyhanede. İyice kendinden geçmişti bu ikincisi, iskemlesinde uyukluyordu. Arada bir uyanır gibi oluyor, kollarını açıp, parmaklarını şakırdatıyor, sonra yerinden kalkmadan vücudunun belden yukarısını kıvırıp oynatarak, sözlerini doğru dürüst çıkaramadığı saçma bir şarkı tutturuyordu:

Bütün yıl karımı okşadım.
Bü–tün yıl ka–rı–mı ok–şa–dım...

Yeniden dalıyor, yeniden uyanır gibi oluyor, bu kez başka bir şarkı tutturuyordu:

Podyaçeskaya'da dolaşırken
Eski sevgilimi buldum...

Ancak onun bu mutluluğuna kimse ortak olmuyordu; bira bardağının ardında suskun oturmakta olan tüccar kılıklı, arkadaşının bu taşkınlıklarını düşmanca ve kuşkulu gözlerle izliyordu. Bir adam daha vardı meyhanede, emekli memura benziyordu. Önünde kadehi, herkesten ayrı bir köşede oturuyor, arada bir çevresindekilere göz gezdirerek bir yudum alıyordu. O da bir parça heyecanlı gibiydi.

II

Raskolnikov kalabalıklara alışık değildi ve daha önce de söylediğimiz gibi, özellikle de şu son zamanlarda her tür topluluktan kaçar olmuştu. Ama şu anda birdenbire bir şey onu insanlara doğru itmeye başlamıştı. İçinde yeni bir şeyler gelişiyor, insanlara karşı susuzluk duyuyordu. Bütün bir aydır yoğun biçimde yaşadığı heyecan ve üzüntüden öylesine bitkinleşmişti ki, bir dakikacık için bile olsa, nasıl olursa olsun, farklı bir dünyada dinlenmek istiyordu. İşte bütün pisliğine rağmen, bu meyhanede kalmak istemesinin nedeni de buydu.

Meyhaneci bir başka odadaydı, ancak birtakım merdivenleri inerek ikide bir salona giriyor, gelişinde de kendinden önce, kocaman kırmızı kırmaları olan pırıl pırıl çizmeleri görülüyordu. Sırtında bir kaban ve yağdan ışıl ışıl olmuş kara atlastan bir yelek vardı, kravatsızdı, suratı bir demir kilit gibi sanki yağa bulanmıştı. Tezgâhın arkasında on dört yaşlarında bir çocukla, müşterilere servis yapan ondan daha küçük bir başka çocuk daha vardı. Tezgâhın üzerinde ince ince doğranmış salatalıklar, kara peksimetler ve yine küçük küçük doğranmış balıklar duruyordu. Çok pis bir koku yayılıyordu bunlardan. Bunaltıcı bir havası vardı meyhanenin, oturulacak gibi değildi. Her şeye öylesine ağır bir şarap kokusu sinmişti ki, insan yalnızca bu kokudan bile beş dakika içinde sarhoş olabilirdi.

Bazen hayatta öyle karşılaşmalar olur ki, hem de hiç tanımadığımız insanlarla, bir tek sözcük bile konuşmadan, birdenbire, tek bir bakışla ilgilenmeye başlayıveririz. İşte bu, ileride oturan ve emekli bir memura benzeyen kişi de Raskolnikov üzerinde aynı etkiyi bırakmıştı. Delikanlı sonraları bu ilk izlenimi pek çok kez anımsayacak ve bunu bir önsezi olarak kabul edecekti. Gözlerini memura dikmiş, bakıyordu; bu biraz da memurun da ona aynı biçimde bakışından ileri geliyordu; memur besbelli konuşmak istiyordu onunla. Meyhanede bulunan ötekilere ise (meyhaneci de içlerinde) alışkın, hatta bıkkın bakışlarla bakıyordu: Bu bakışlarda toplumsal durumları, öğrenim dereceleri aşağı, kendileriyle konuşmaya değmez insanlara karşı takınılan bir yüksekten bakma, karşısındakini aşağı görme havası da seziliyordu. Ellisini geçkin, orta boylu, tıknaz bir adamdı, kır saçlı başının tepesi dazlaktı, şiş yüzü sürekli içki içmekten sararmış, hatta yeşilimsi bir renk almıştı. Şiş gözkapakları arasından birer delik gibi ufacık ama canlı, kırmızımsı gözleri parlıyordu. Ancak garip bir şeyler vardı adamda; bakışlarında bir heyecan, hatta galiba zekâ ışıltıları vardı, ama aynı zamanda deliliğe benzeyen bir şeyler de yanıp sönüyordu bu gözlerde. Giysileri eskiydi, düğmeleri kopuk, lime lime olmuş bir frak vardı üzerinde. Frakın düğmelerinden yalnızca biri her nasılsa duruyordu yerinde ve adam anlaşılan incelik kurallarına aykırı davranmış olmamak için bu düğmeyi ilikli tutuyordu. Nankin kumaşından yapılmış yeleğinin altından buruşuk, kirli bir plastron kabarıyordu. Memur biçimi tıraş olmuştu, ama son tıraşının üzerinden epey zaman geçtiği anlaşılıyordu: Yüzü mavimsi, kır bir sakalla kaplıydı. Her halinden tam bir memur olduğu anlaşılıyordu. Ama besbelli bir sıkıntısı vardı, ikide bir parmaklarını saçları arasında gezdiriyor, bazen dirseklerini kirli, yapış yapış masaya dayayarak başını elleri arasına alıyordu. Sonunda gözlerini doğruca Raskolnikov'a çevirip, kendine güvenli, gür bir sesle konuşmaya başladı:

— Çok saygıdeğer bayım, acaba sizinle kibarca konuşma cesaretini gösterebilir miyim? Çünkü giyim kuşamınıza dikkat etmemiş olmanıza rağmen tecrübelerim bana sizin okumuş ve içkiye alışkın olmayan biri olduğunuzu söylüyor. Bendeniz içtenlikle birleşmiş bilgiye her zaman saygı duymuşumdur, zaten ben de dokuzuncu dereceden bir memurum. Soyadım Marmeladov'dur, dokuzuncu dereceden bir memur. Merakımı bağışlayın: Siz de bir yerde memur musunuz?

Bu sözlerdeki süslü üsluptan ve kendisine böylesine doğrudan doğruya seslenilişinden şaşıran delikanlı:

— Hayır, -dedi,- okuyorum...

Delikanlı, nasıl olursa olsun, insanlara yaklaşma, onlarla kaynaşma konusunda az önce duyduğu o bir anlık isteğe karşın, şu anda kendisine yapılan bu ilk gerçek çağrı karşısında, kişiliğiyle ilgilenen ya da ilgilenmek isteyen her yabancıya karşı duyduğu o eski tiksintiyi duydu içinde.

— Öğrencisiniz demek, -diye mırıldandı,- ya da eski bir öğrenci... Ben de öyle düşünmüştüm! Tecrübe efendim, sayısız tecrübe! -Ve aklıyla övünmek ister gibi parmağını alnına dayadı.- Öğrenciydiniz ya da kurslara katılıyordunuz! İznizle...

Ayağa kalktı, sendeledi, kadehini aldı ve hafif yanlamasına delikanlının sırasına, onun yanına oturdu. Sarhoştu, ama guzel ve düzgün konuşuyordu. Yalnız arada bir dili dolaşıyor, sözcükleri uzatıyordu. Aylarca kimseyle konuşmamış, konuşmaya susamış gibiydi.

— Sayın bayım, -diyerek, oldukça ciddi bir tavırla yeniden söze başladı,- yoksulluk ayıp değil, bir gerçek. Sarhoşluğun erdem olmadığı ise daha büyük bir gerçek. Ama sefillik, sayın bayım, sefillik yüzkarasıdır. Yoksullukta yaradılıştan gelen soylu duygularınızı koruyabilirsiniz, sefillikte ise asla! Sefil bir kimseyi insanlar aralarından uzaklaştırmak için sopa kullanmazlar, süpürgeyle süpürürler; onu daha çok aşağılama içindir bu ve hakları da yok değildir böyle davranmakta, çünkü sefilliğe düştüğünde kişioğlunun ilk kendisi hazır olmalıdır kendini aşağılamaya. Meyhanenin çıkış noktası da burasıdır işte! Sayın bayım, bundan bir ay önce Bay Lebezyatnikov karımı dövdü. Ama karım bana benzemez! Anlatabiliyor muyum? Merakımı bağışlayın ve sormama izin verin: Neva Irmağı üzerindeki saman kayıklarında gecelediğiniz oldu mu hiç?

Raskolnikov:

— Hayır hiç olmadı, –dedi.– Nasıl bir şey bu?

— Bense, beş gecedir orada yatıyorum... –Kadehini doldurdu başına dikti ve düşünceye daldı.

Gerçekten de elbisesinin üzerinde ve saçlarının arasında saman çöpleri gözüküyordu. Büyük olasılıkla da beş gündür ne üzerindeki elbiseyi değiştirmiş, ne de yıkanmıştı. Özellikle de elleri çok kirliydi, kırmızı, yağlı, tırnak araları kapkara ellerdi bunlar.

Konuşması, fazla olmamakla birlikte genel bir ilgi uyandırmıştı meyhanede. Tezgâhın arkasındaki çocuklar kikirdemeye başlamışlardı. Meyhanenin sahibi de anlaşılan sırf bu "şakacı" adamı dinlemek için üst kattan inmiş ve tembel tembel, ama önemli bir kişi edasıyla esneyerek uzakça bir köşeye oturmuştu. Marmeladov anlaşılan oldukça iyi tanınıyordu bu meyhanede. Süslü konuşması da meyhanede tanımadığı kişilerle sık sık yaptığı konuşmalar sonucu elde edilmiş bir alışkanlıktı. Bu alışkanlık bazı içkicilerde, özellikle de evlerinde hoşgörüden uzak, baskı altında yaşayanlarda bir gereksinme halini alır. Böylelerinin kendilerini içki topluluklarında haklı çıkarmaya, dahası saygı toplamaya çalışmaları bu yüzdendir.

Meyhaneci oturduğu yerden:

— Bre maskara! –diye söylendi.– Madem memursun, ne diye çalışmıyorsun, ne diye işine gitmiyorsun?

Marmeladov, soruyu sanki Raskolnikov sormuş gibi ona dönerek:

— Niçin mi çalışmıyorum, sayın bayım, niçin mi işe gitmiyorum? –dedi.– Böylesine alçalmış olduğum için yüreğim yanmıyor mu sanıyorsunuz siz? Bir ay önce Bay Lebezyatnikov karımı kendi elleriyle döverken ve ben de oracıkta sarhoş yatarken, acaba hiç mi acı çekmedim? Sormama izin verin delikanlı; acaba hiç başınıza... yani... alabileceğiniz umudu olmadan borç para istemek gibi bir şey geldi mi hiç başınıza?

— Gelmiştir... Yalnız, "umudum olmadan"ı anlayamadım?

— Umudunuz olmadan, yani istediğiniz borç parayı size vermeyeceklerini önceden bilerek. Örneğin şu pek iyi niyetli ve pek yararlı yurttaşın size borç para vermeyeceğini kesin olarak biliyorsunuz. Hem sorarım size, niçin versin ki? Bu parayı geri vermeyeceğimi bile bile, niçin versin? Acıdığı için mi? Ama yeni düşünce akımlarını pek yakından izleyen Bay Lebezyatnikov'un geçenlerde bana anlattıklarına bakılırsa, çağımızda bilim acımayı yasaklamıştır, bu, ekonomi politiğin geçerli olduğu İngiltere'de de böyledir. Sorarım size, neden borç para versin bu adam şimdi? Ve siz onun vermeyeceğini bile bile kapısını çalıyor ve...

Raskolnikov:

— Madem öyle, niçin istiyorsunuz? –diye sordu.

— Ya gideceğiniz başka bir yer, çalacağınız başka hiçbir kapı yoksa? Her insanın çalabileceği hiç değilse bir kapı olmalıdır. İnsanın ne yapıp edip başvuracak bir yerinin bulunması gereken zamanlar oluyor. Benim özbeöz kızım ilk kez vesika almaya gittiğinde ben de kendisiyle birlikte gitmiştim... –Marmeladov delikanlının yüzüne tedirgince bakarak, söz arasındaymış gibi ekledi.– Çünkü kızım vesikalı çalışarak yaşamını sağlar...

Tezgâhın ardındaki iki oğlanın kikirdediğini, meyhane sahibinin de gülümsediğini görünce, sakin görünmeye çalışarak, aceleyle sürdürdü konuşmasını:

— Ne önemi var efendim! Ne önemi var! Böyle baş sallamalarla utanmam ben! Hele de herkes her şeyi biliyorsa ve ortada hiçbir giz kalmamışsa... Ben her şeye hor görerek değil hoş görerek bakmayı öğrendim artık. Varsın öyle olsun! Ne yapalım! İşte insan! İzin verin delikanlı, söyleyebilir misiniz?.. Yok, yok... daha güçlü, daha betimleyici dile getirmeliyim düşüncemi: Söyleyebilir misiniz değil, söylemek yürekliliğini gösterebilir misiniz? Evet, şu anda bana bakarak, benim bir domuz olmadığımı söyleme yürekliliğini gösterebilir misiniz?

Delikanlı bir şey söylemedi.

Salondaki kikirdemelerin kesilmesini bekleyen konuşmacı, ağır ağır, artan bir ciddilik ve ağırbaşlılıkla sürdürdü sözlerini:

— Evet... Haydi ben bir domuzum, ama o bir hanımdır! Ben hayvan gibi bir şeyim, ama karım Katerina İvanovna yüksek rütbeli bir subayın iyi eğitim görmüş bir kızıdır. Bırakın ben bir alçak olayım, ama o yüce ve soylu duygulara sahip bir kadındır. Ama... ama ah birazcık da bana acımayı bilseydi!.. Ah sayın bayım, ah, her insanın, başkalarının kendisine acıyabilecekleri bir yanı olmalı! Gelgelelim Katerina İvanovna yüce gönüllü bir insan olmasına karşın, haktanır bir insan değildir... Saçlarımı yolduğu zaman bunu yüreği parçalandığı için yaptığını ben de biliyorum, ama... –meyhanedekilerin yeniden kikirdediklerini görünce ağırbaşlılıkla ekledi.– Hiç utanç duymaksızın yineliyorum delikanlı: Evet, karım saçlarımı yolar, ama Tanrım, ne olurdu, hiç değilse bir kezcik olsun... Ama, hayır!.. Hayır!.. Bütün bunlar anlatmaya değecek şeyler değil... Ama bir kezcik de benim istediğim olaydı, bir kezcik de bana acıyalardı... Ama... yapım bu benim, doğuştan bir hayvanım ben!

Meyhaneci esneyerek:

— Doğru söze ne denir! –dedi.

Marmeladov masaya esaslı bir yumruk indirdi:

— Yapım bu benim! Düşünebiliyor musunuz sayın bayım, onun çoraplarını bile içkiye yatırdım ben... Dikkat buyurun, ayakkabılarını demiyorum, çünkü eşyanın düzenine uygun bir davranış olurdu böylesi, çoraplarını yatırdım ben içkiye! Tiftik atkısını da yatırdım içkiye; kendi atkımı değil, onunkini... Armağandı kendisine. Oysa oturduğumuz yer çok soğuk, bu kış üşüttü karım kendisini, öksürmeye, derken kan tükürmeye başladı. Üç küçük çocuğumuz var, Katerina İvanovna sabahtan gece yarılarına kadar işten işe çalar kendini, ortalığı temizler, çocukları yıkar, temizler... Ondaki bu temizlik düşkünlüğü ta çocukluğundan kalmadır, oysa ciğerleri zayıf, vereme eğinik ve ben onun acılarını çok iyi hissediyorum: Hissetmiyor muyum sanıyorsunuz yoksa? Hem de ne kadar çok içersem, o kadar iyi duyuyorum. İçmemin nedeni de bu zaten: İçkide acıma ve duygu arıyorum ben... İçiyorum, çünkü çok acı çekmek istiyorum!

Umutsuzluğa düşmüş gibi başını masaya eğdi, sonra doğrularak konuşmasını sürdürdü:

— Delikanlı, sizin de yüzünüzde acıya benzer bir şeyler okuyorum. Daha meyhaneden içeri girdiğiniz anda ayrımsadım bunu ve yine bu nedenle sizinle konuşma girişiminde bulundum. Yani size hayat hikâyemi anlatırken amacım, ben anlatmasam da zaten her şeyi bilen şu ayaktakımı karşısında kendimi küçük düşürmek değildir; duygulu, okumuş bir insandır benim aradığım. Şunu bilmenizi isterim ki, karım öğrenimini soyluların devam ettiği bir enstitüde yapmış, okulu bitirme gününde de valinin ve öteki birtakım önemli kişilerin karşısında şalla dans ederek bir altın madalya ile övgü belgesi kazanmıştır. Altın madalyayı sattık gerçi, hem de epey oluyor, ama övgü belgesi o gün bugün sandıkta öylece durur, hatta geçenlerde karım onu ev sahibimize gösteriyordu. Aslında ev sahibiyle karımın arası bir gün bile iyi olmamıştır, ama anlaşılan, geçmiş mutlu günlerini dile getirerek birilerinin önünde övünmek istemiş. Kınamıyorum karımı, hem de hiç kınamıyorum; onda kalan son anıdır bu, geri kalan her şey yok oldu gitti! Evet, sinirli, gururlu, dediğim dedik bir kadındır karım. Yerleri kendisi siler, kuru ekmek yemeye boyun eğer, ama kendisine saygısızlık yapılmasına asla izin vermez. Bay Lebezyatnikov'un kabalığına boyun eğmemesi de bu yüzdendir, Bay Lebezyatnikov kendisine vurduğunda vücudu incindiğinden değil, duyguları incindiğinden yatağa düştü. Birbirinden küçük üç yetimiyle dul aldım onu. İlk kocası bir piyade subayıymış, sevişerek evlenmişler, onun uğruna babaevinden kaçmış. Çılgın gibi sevmiş kocasını, ama adam kendini kumara vurmuş, mahkemelere düşmüş ve ölüp gitmiş. Son zamanlarında karısını da dövmeye başlamış. Belgelere dayanan kesin bilgilerime göre, karım onun bu davranışını hiçbir zaman bağışlamamış, ancak bugün bile ilk kocasını hep gözyaşlarıyla anar, beni kınayan gözyaşlarıdır bunlar. Ancak ben bu duruma seviniyorum, seviniyorum çünkü hayalinde de olsa, bir süre için kendini mutlu görmüş olur... Kocasının ölümünden sonra uzak, kuş uçmaz, kervan geçmez bir taşra kasabasında üç küçük yavrusuyla kalakalmış. O sıralar ben de orada bulunuyordum. Çok yoksulluk çekmiş, çok umutsuz durumlara düşmüş, başından çok şey gelip geçmiş bir adamım, ama yine de onların içinde bulundukları durumu anlatamam. Akrabalarının hiçbirisi istemiyordu onları. Sonra çok, çok gururlu bir kadındı. O zamanlar, sayın bayım, ben de duldum ve ilk karımdan on dört yaşlarında bir kızım vardı. Ve işte böyle bir acıya kayıtsız kalamadım ve ona evlenme teklif ettim. Onun gibi iyi eğitim öğretim görmüş, tanınmış bir aile kızının, benimle evlenmeye razı olabilmesi için ne korkunç bir sefalet içinde bulunması gerektiğini tahmin edebilirsiniz. Ama razı oldu! Ağladı, hıçkırdı, ellerini ovuşturdu ve razı oldu! Çünkü gidebilecek başka hiçbir yeri yoktu. Düşünebiliyor musunuz, insanın gidebilecek hiçbir yeri bulunmamasının ne demek olduğunu düşünebiliyor musunuz sayın bayım? Hayır! Siz bunu daha anlamazsınız... Ve tam bir yıl, namusluca, doğruluktan ayrılmadan işimde çalıştım ve şuna (önündeki şişeyi parmağıyla tıklattı) hiç el sürmedim. Çünkü duyguları olan bir insanım ben. Ama hiçbir işe yaramadı içkiyi bırakmam. Bu arada işimi kaybettim, benim bir suçum yoktu bunda, yönetimsel birtakım değişiklikler yapıldı ve ben işimden oldum, böylece de yeniden içkiye vurdum kendimi!.. Başımızdan geçen türlü serüvenlerden ve uğradığımız sayısız yıkımlardan sonra, bir buçuk yıl kadar önce, şu birbirinden güzel anıtlarla süslü başkentimize geldik. Burada da bir iş buldum kendime. Buldum ve kaybettim. Anlatabiliyor muyum?.. Bu kez ben suçluydum işimi kaybetmemde, yani yapısal özelliklerim yeniden ortaya çıkmıştı... Su sıralar Amalya Feodorovna Lippevehzel adlı bir pansiyoncu kadının evinde bir köşeciğe sığındık. Nasıl geçiniyoruz, kirayı nasıl ödüyoruz, bir bilgim yok. Bizden başka daha epey insan kalıyor bu evde... iğrenç bir yaşam... Tam anlamıyla Sodom[1] ... Hımm... evet... Bu arada ilk evliliğimden olan kızım büyüdü, büyüdü ama, yavrucağın üvey ana elinden neler çektiğini bir ben bilirim; bu konu üzerinde fazlaca durmak istemiyorum. Çünkü Katerina İvanovna her ne kadar yüce duygularla dolu bir kadınsa da, pek sinirlidir. Evet! Neyse, anımsanması bile tatlı konular değil bunlar. Kolayca kestirebileceğiniz gibi Sonya herhangi bir eğitim görmedi. Dört yıl kadar önce ben bir şeyler öğreteyim dedim, coğrafya ve genel tarih üzerinde durduk biraz, ancak benim de fazla bilgim yoktu bu konularda, üstelik elimizdeki kitaplar da yetersizdi... hımmm... şimdi o yetersiz kitaplar bile kalmadı ya... neyse, böylece bizim eğitim de sona ermiş oldu. İran İmparatoru Kirus'a gelmiştik bıraktığımızda. Yaşı biraz ilerleyince kendisi roman türünden de bazı kitaplar okudu. Geçenlerde de Bay

---

1 İncil'de yer alan bir efsanede adı geçen Filistin kenti. Efsaneye göre Sodom ve Gomore kentleri, halklarındaki ahlaksal bozulma, toplumsal çözülme ve kokuşma nedeniyle Tanrı tarafından yerle bir edilmişti.

Lebezyatnikov'dan Lewes'in[1] "Fizyoloji"sini bulmuş, onu okudu. Herhalde biliyorsunuzdur bu kitabı? Kitabı büyük bir ilgiyle okudu Sonya, hatta bazı bölümleri yüksek sesle okudu da, biz de dinledik. İşte onun bütün eğitimi! Şimdi özel bir konu üzerine size bir soru yöneltiyorum sayın bayım: Fakir ama namuslu bir kız, namusuyla çalışarak çok bir şeyler kazanabilir mi? Namuslu bir kız, eğer özel birtakım hünerleri yoksa, durup dinlenmeksizin çalışarak günde on beş kopek bile kazanamaz! Resmi bir dairede danışman olan İvan İvanoviç Klopştok –duymuş muydunuz adını?– diktirdiği yarım düzine Hollanda keteninden gömleğin parasını vermemekle kalmadı, üstelik bir de gömleğin yaka ölçüsü yanlış alınmış, eğri dikilmiş gibi bahanelerle kızcağızı sille tokat kovaladı. Oysa çocuklar evde açtı... Oysa Katerina İvanovna, yüzünde, hastalandığı zamanlar hep olduğu gibi, kırmızı lekeler, ellerini ovuşturarak bir aşağı bir yukarı dolaşıyor, kızcağıza veryansın ediyordu: "Seni gidi hazır yiyici seni! Yiyip içip yan gelip yatıyorsun!" Çocukların boğazına üç gündür tek lokma bir şeyin girmediği bir yerde bu kızcağız ne yiyip içecek oysa? Ben o sırada yatıyordum. Ya da doğrusunu söyleyecek olursak, sızıp kalmıştım! Ancak Sonya'cığımın sözlerini duydum. Ağzı var dili yok bir kızdır Sonya aslında, her söze karşılık vermez... Sesi de pek tatlıdır... Sarışın, yüzü her zaman soluk, zayıf bir kızcağızdır. "Ne yapayım yani Katerina İvanovna," diyordu Sonya'cığım, "Sokağa düşüp... o yollarda mı çalışayım?" Zaten kötü bir kadın olan ve poliste epey sabıkası bulunan Darya Frantsovna, ev sahibi aracılığıyla

---

1 D. G. Lewes (1817–1878) — Pozitivist ve Darwinist fizyolog, filozof. Darwin ve Spencer'dan sonra evrimci felsefenin en büyük temsilcilerinden biridir. *Physiologie of Common Life* adlı yapıtı 1861 yılında Rusça'ya çevrilmiş ve o yılların ilerici demokrat Rus gençliği tarafından kilisenin otoritesine karşı doğal bilimlerin propagandası yönünde kullanılmıştı.

iki üç kez bize gelip Sonya'nın ağzını aramıştı. Katerina İvanovna da, "Ne var yani," dedi. "Neyini koruyacaksın? Bir hazineydin sanki!" Ama sakın suçlamayın onu sayın bayım! Sakın suçlamayın! Düşünüp taşınarak, kötü niyetle söylemiş değildi Katerina İvanovna bunları; hastalığın verdiği sinirlilikle, çocukların üç gündür aç olmalarının verdiği öfkeyle söylenmiş sözlerdi bunlar; onun gerçek düşüncelerini yansıtmaktan çok, Sonya'yı aşağılamayı amaçlıyordu. Huyu böyledir onun. Diyelim çocuklar ağlamaya başladılar, hemen döver onları; oysa açlıktan ağlamaktadır yavrucaklar. Neyse efendim, bir de baktım Soneçka saat altı filandı, kalktı, başörtüsünü örttü, pelerinini giydi ve çıktı gitti. Geri döndüğünde saat dokuz oluyordu. İçeri girer girmez doğruca Katerina İvanovna'ya doğru yürüdü ve tek kelime söylemeden elindeki otuz rubleyi masaya, onun önüne bıraktı. Ne bir şey söylemiş, ne başını çevirip bakmıştı. Evde hepimizin ortak kullandığı, Şam kumaşından, büyük, yeşil bir şal vardı, gidip onu aldı, başını, yüzünü sımsıkı sarıp kendini yatağa attı. Yüzünü duvara çevirdi, o küçücük omuzları ve cılız vücudu tir tir titriyordu... Bana gelince, sızdığım yerde yatıp duruyordum öylece. Derken Katerina İvanovna'nın kalktığını gördüm, evet delikanlı, kalktı ve tek kelime söylemeden Soneçka'nın yatağı dibinde diz çöküp bütün gece öylece kaldı, ayaklarını öpüyor, kalkmak istemiyordu. Sonra birbirlerine sarılmış olarak, öylece uyuduklarını gördüm... İkisi... ikisi... evet... bense sızdığım yerde yatıyordum.

Marmeladov sesi kısılmış gibi sustu, sonra aceleyle kadehini doldurup başına dikti, boğazını temizledi, bir süre sustuktan sonra yeniden başladı:

— Ve böylece, sayın bayım, bir talihsizlik ve bazı kötü yürekli kişilerin ihbar etmeleri sonucu (bu ihbar işinde Darya Frantsovna'nın rolü büyük olmuştur; güya kendisine saygıda kusur etmişiz!) kızım Sonya Semyonovna vesika almak zorunda kaldı; o gün bugündür de vesika ile çalışıyor. Tabii bu nedenle bizim evde de kalamaz oldu kızcağız. Çünkü buna hem ev sahibemiz Amalya Feodorovna, hem de Bay Lebezyatnikov izin vermiyorlardı... Oysa aynı Amalya Feodorovna daha önce Darya Frantsovna'ya aracılık ediyordu... Hımm... işte Bay Lebezyatnikov'la Katerina İvanovna arasındaki kavga da Sonya yüzünden çıktı. Oysa Soneçka'dan başlangıçta Bay Lebezyatnikov'un kendisi de yararlanıyordu, sonraları bu iş onuruna mı dokundu nedir, "Ben okumuş bir adamım, böyle bir kızla aynı evde oturamam!" diye tutturdu. Katerina İvanovna böyle bir lafın altında kalamazdı tabii, o da Sonya'dan yana çıktı, böylece de kavga çıktı. Şimdi Soneçka ancak hava karardıktan sonra gelebiliyor bize, Katerina İvanovna'yı avutuyor, eskisinden daha çok para veriyor. Kendisi Terzi Kapernaumov'un evinde bir oda kiraladı, orada kalıyor. Kapernaumov topal ve kekemedir. Kalabalık bir ailesi vardır ve aile üyelerinin tümü kekemedir. Karısı bile kekemedir. Ve bunlar, tüm aile bir tek odada kalırlar. Sonya onlardan tahta perde ile ayrılmış ayrı bir odada kalır. Hımm... evet... yoksul ve kekeme bir aile... evet... O sabah kalkar kalkmaz paçavralarımı üzerime geçirdiğim gibi duaya durdum, sonra da doğruca ekselans İvan Afanasyeviç'e gittim. Ekselans İvan Afanasyeviç'i tanır mısınız?.. Hayır mı? O zaman Tanrı'nın bir mübarek kulunu tanımıyorsunuz demektir! Bir mumdur İvan Afanasyeviç, Tanrı'nın önünde damla damla eriyen bir mum!.. Beni dinlemek lütfunda bulunduktan sonra gözyaşları içinde, "Daha önce sana olan tüm güvenimi boşa çıkarmıştın Marmeladov" dedi. "Ama tüm sorumluluğu yüklenerek seni yeniden işe alacağım. Unutma bunu ve haydi şimdi çekil git!" İçimden, ayağını bastığı yerlere yüz sürdüm. İçimden yaptım bunu, çünkü yeni devlet anlayışına sahip, aydın düşünceli bir yüksek memur, benim gerçekten böyle bir şey yapmama izin veremezdi. Eve döndüm, yeniden memuriyete girdiğimi, maaş alacağımı söyleyince, aman Tanrım; nasıl sevindiler, anlatamam...

Marmeladov çok heyecanlanmıştı, bu nedenle yeniden sustu. Bu arada meyhaneye zaten epeyce sarhoş olan bir grup girdi. Kapının ağzında bu eğlence için kiralanmış bir laterna çalmaya, yedi yaşlarında bir çocuk da çatlak bir sesle "Hutorok[1]"u söylemeye başladı. Bir gürültüdür kaplamıştı ortalığı, meyhaneciyle garsonlar hemen yeni gelenlere doğru seğirttiler. Marmeladov hiç ilgilenmemişti sarhoşlarla, yeniden başlamıştı anlatmaya. Ancak iyiden iyiye gevşemiş gibiydi; yine de sarhoşluğu arttıkça konuşmaya olan iştahının da arttığı görülüyordu. Yakın geçmişte işinde gösterdiği başarıları anımsaması kendisini canlandırmış, hatta yüzü aydınlanır gibi olmuştu. Raskolnikov masa arkadaşını dikkatle dinliyordu:

— Bu anlattıklarım bundan beş hafta önceydi. Katerina İvanovna'yla Soneçka yeniden memuriyete girdiğimi öğrendiklerinde, aman Tanrım, yere göğe konduramadılar beni. Eskiden hayvanmışım gibi davranırlardı bana, söverler, horlarlardı. Şimdiyse parmaklarının ucuna basarak yürüyorlar, çocukları "Suss, Semyon Zahariç işinde yoruldu, dinleniyor" diyerek susturuyorlardı. Sabahları, işe gitmeden önce kahve ve krema veriyorlardı. Hem de katıksız krema bulmaya başlamışlardı, duyuyor musunuz? Üstüme başıma çekidüzen vermem için gerekli olan on bir ruble elli kopeği nereden bulduklarını da bir türlü anlayamadım. Son derece şık pabuçlar, çok güzel bir plastron ve yine çok şık bir frak... hepsini on bir buçuk rubleye almışlar. İşe başladığımın ilk günü öğleyin eve geldiğimde ne göreyim: Katerina İvanovna o güne değin soframızın bilmediği iki çeşit yemek hazırlamış: Çorba ve etli turp. Doğru dürüst bir elbisesi yoktu kadıncağızın. Oysa o gün konukluğa gider gibi giyinmişti. Ama yeni alınmış şeyler değil... öylesine... yoktan var etmesini çok iyi bilir zaten... Saçlarını taramış, tertemiz bir yakalık tak-

---

1 19. yüzyıl ortalarında Rusya'da çok popüler olmuş, sözleri A. V. Koltsov'a ait bir şarkı.

mış, kollarında kolluklar, gençleşmiş, güzelleşmiş, apayrı bir kadın olup çıkmış. Canım kızım Soneçka'm bize yalnızca paraca yardım ediyordu. "Şu sıralar size sık sık gelmem doğru olmaz." diyordu. "Kimsenin görmemesi için hava karardıktan sonra gelirim." Duyuyor musunuz, duyuyor musunuz? Öğleden sonra biraz kestirmek için eve gelmiştim, ne oldu biliyor musunuz? Katerina İvanovna dayanamadı, daha bir hafta önce saç saça baş başa kavga ettiği ev sahibemiz Amalya Feodorovna'yı kahve içmeye çağırdı. İki saat fısıldaşıp durdular: "Semyon Zahariç işe girdi, aylık alıyor, ekselansa gitti doğruca, ekselans kendisini kapıda karşılamış ve bütün öteki ziyaretçilere beklemelerini söyleyip herkesin gözü önünde Semyon Zahariç'in elinden tutarak odasına götürmüş," Duyuyor musunuz, duyuyor musunuz? "Gerçi bazı zayıflıklarınız olmadı değil, demiş ekselans, ama biz, Semyon Zahariç, sizin eski hizmetlerinizi unutmuş değiliz. Öte yandan yokluğunuzda işlerimiz tümden aksamıştı. (Duyuyor musunuz, duyuyor musunuz!) Şimdi mademki söz veriyorsunuz, bu kez sizin soylu sözünüze güveniyorum." Hiç kuşkusuz bunların tümü de karımın uydurmalarıydı. Ancak hoppalığından ya da övünmek için uydurmuş değildi bunları! Hayır! Söylediği her söze inanıyordu o, yarattığı hayallerle kendini avutmaya çalışıyordu. Hey Tanrım! Ama ayıplamıyorum ben onu! Evet, ayıplamıyorum! Altı gün önce ilk maaşımı –yirmi üç ruble kırk kopek– aldım ve götürüp hepsini kendisine verdim. Bunun üzerine "Ah seni bızdık!" dedi bana. Ve bunu ikimiz yalnızken söyledi, anlarsınız ya? Oysa ben ne yakışıklı sayılırım, ne de doğru dürüst bir eş! Ama hayır, o yine de benim yanağımdan makas alıyor ve "Ah seni bızdık!" diyor!

Marmeladov sustu, gülümsemek ister gibiydi, ama birden çenesi titremeye başladı. Yine de kendini tuttu. Bu meyhane, bu düşkünlük, saman kayıklarında geçirilen beş gece, içki şişeleri, karısına ve ailesine duyduğu sevgi dolu bağlılık

Raskolnikov'u müthiş şaşırtmıştı. Onu dikkatle dinliyor, ancak anlattıklarından rahatsızlık duyuyordu. Meyhaneye girdiğine gireceğine de pişman olmuştu.

— Sayın bayım, sayın bayım! –diye bağırarak yeniden söze başladı Marmeladov; kendini toparlamıştı.– Ah sayın bayım! Özel yaşamımla ilgili bu değersiz ayrıntıları belki başkaları gibi siz de gülünç buluyor, sıkılıyorsunuz, ama bunlar benim için ne sıkıcı, ne de gülünç şeyler. Çünkü ben bunları hissedebiliyorum... Çünkü yaşamımın o cennet günlerini, bütün o geceyi, ben de kanatlanmışçasına bir mutluluk içinde geçirdim. Yani bozulan aile yaşamımı nasıl düzene koyacağımı düşündüm: Çocuklarımı nasıl giydirip kuşatacağım, karımı nasıl rahata erdireceğim, biricik kızımı düştüğü çirkeften kurtarıp aile yuvasına nasıl döndüreceğim?.. Ve daha bir sürü başka şey... Bu kadarı da çok görülmemeli, bayım. Evet, benim sayın bayım, –Marmeladov birden irkilir gibi oldu, başını kaldırdı ve masa arkadaşının yüzüne dik dik baktı.– Evet efendim, ertesi gün, yani bundan beş gece önce, bütün bu hayallerin üzerine, bir hırsız gibi kurnaz bir düzenle, Katerina İvanovna'dan sandığının anahtarını çaldım; kendisine teslim ettiğim aylığımdan arta kalan paraları ne kadar olduğunu anımsamıyorum, aşırdım. Şimdi şu halime bakın! Beş gündür evde yokum, ailem beni arıyordur, işime son verilmiştir, frakım Mısır Köprüsü'nün oradaki meyhanede rehin kaldı, şu üzerimde gördüklerinizi de güya frakıma karşılık aldım... Kısacası her şey bitti!

Marmeladov yumruğuyla alnına vurdu, dişlerini gıcırdattı, gözlerini yumdu ve dirseklerinin üzerinde masaya iyice abandı... Ama bir dakika sonra yüzü tümüyle değişti, yapmacıklı bir kurnazlık ve aşırı küstahlık okunan bakışlarını Raskolnikov'a dikerek gülümsedi:

— Bugün de Sonya'daydım, kafayı çekmek için para istedim! Heh-heh-he...

Meyhaneye son gelenlerden biri:

— O da verdi mi? –diye bağırdı ve müthiş bir kahkaha patlattı.

Marmeladov yine özellikle Raskolnikov'a seslenerek;

— Şu şişeyi onun parasıyla aldım, –dedi.– Bütün parası buydu, gözümle gördüm, son otuz kopeğini getirip kendi eliyle verdi. Hiçbir şey söylemedi, öylece susup yüzüme baktı. İnsanları aşağılamak, küçük görmek bu dünyaya özgü; öbür dünyada tıpkı Soneçka'nın yaptığı gibi üzülür, ağlarlar... Ama böylesi, sessizce yüzünüze bakılması daha acı oluyor!.. Evet, otuz kopek. İyi ama, bu para onun için de gerekli değil mi? Siz ne dersiniz, canım efendim? Temizliğe özel bir özen göstermesi gerek onun. Bu özel temizlik için gerekli para, anlarsınız ya? Anlıyor musunuz? Birtakım kremler filan olmazsa olmaz, eteği kola ister, pabuçları gösterişli olmalı, hani bir su birikintisinden geçerken bacağını filan gösterebilmek için... Bu özel temizliğin nasıl bir şey olduğunu anlıyor musunuz bayım? Anlıyor musunuz? Ama ben, öz babası, kafayı çekmek için onun son otuz kopeğine el koyuyorum! Ve işte içiyorum! İçtim bile! Peki ama, benim gibi birine acınır mı? Acınır mı ha? Siz örneğin, bayım, acıyor musunuz bana? Söyleyin bayım, acıyor musunuz, acımıyor musunuz? Heh–heh–he!

Bardağını doldurmak istedi, ama şişesi artık boşalmıştı.

Yeniden beliren meyhaneci:

— Sana kim acır be? –diye bağırdı.

Birden bir kahkaha, hatta sövgü sağanağı kapladı ortalığı. Meyhanecinin sözlerini duyanlar da duymayanlar da eski memurun yüzüne bakıp gülüyorlar, sövüyorlardı.

Marmeladov coşkunun doruğuna ulaşmak için sanki bu sözleri bekliyormuşçasına, bir elini ileri uzatarak yerinden doğruldu ve:

— Acımak! –diye bağırdı.– Bana ne diye acınsın! Diyorsun ki: "Sana ne diye acısınlar?" Evet!.. Bana acımak için bir neden yok! Acımak ne, çarmıha germek gerek beni! Çarmıha ger onu ey büyük yargıç, çarmıha ger ve sonra acı! O zaman çarmıha gerilmek için kendi ayaklarımla gelirim sana, çünkü ben sevinçlere değil, aşağılanmalara ve gözyaşlarına susamış bir insanım!... Ve sen, içki satıcısı, senin şu şişen bana zevk mi veriyor sanıyorsun? Ben bu şişenin dibinde aşağılanmayı aradım, aşağılanmayı ve gözyaşını... Buldum da aradığımı, buldum ve tattım... Acımak!.. Bize ancak, herkese acıyan acıyabilir, herkesi ve her şeyi anlayan. O tektir ve en büyük yargıçtır. O büyük gün geldiğinde soracaktır: "Veremli ve kötü yürekli analığına yardım eden, bir başkasının çocuklarını bağrına basıp özünden bilen o kız nerede? Canavarlıklarından korkmadan o iğrenç sarhoşa, babasına acıyan o kız nerede?" Ve diyecektir: "Gel! Seni zaten bağışlamıştım... Daha önce... Şimdi de çok sevdiğin için, günahların bir kez daha bağışlanıyor...[1]" Ve Sonya'mı bağışlayacak. Bağışlayacak, biliyorum. Geçenlerde ona gittiğimde hissettim bunu. Herkesi, herkesi yargılayacak ve bağışlayacak: İyileri de kötüleri de... Bilgeleri de usluları da... Herkesin işi bitince sıra bize gelecek. "Şimdi de siz gelin bakalım!" diyecek. "Sarhoşlar, zayıf iradeliler, reziller siz gelin!" Ve biz utanmadan varıp huzurunda duracağız. Ve o diyecek "Domuzlar! İnsan suretindeki hayvanlar, hayvan damgasını taşıyanlar; siz de gelin bakalım!" Bilgeler karşı koyacak buna, akıllılar karşı koyacak: "Tanrım!" diyecekler, "Tanrım bunları niçin kabul ediyorsun?" Ve o diyecek: "Onları kabul ediyorum, ey bilgeler, onları kabul ediyorum ey akıllılar, çünkü onların hiçbiri kendini buna değer görmüyor..." Ve bize kollarını açacak ve biz önünde yerlere kapanacağız... ağlayacağız... ve her şeyi anlayacağız! O zaman her şeyi anlayacağız!.. Ve herkes anlayacak!.. Katerina İvanovna da... O da anlayacak... Tanrım! Her şeyin, herkesin üzerinde senin o tanrısal düzenin egemen olacak!

---

1 İncil'de İsa'ya ait sözler.

Ve Marmeladov tükenmiş, gücünü yitirmiş bir halde, masanın üzerine yığıldı kaldı. Derin bir düşünceye dalmış gibiydi, kimseye bakmıyordu. Sözleri bir parça etki uyandırmışa benziyordu; bir dakika kadar tam bir sessizlik oldu, ancak hemen sonra eskisi gibi gülmeler, sövmeler başladı:

— Herkesi yargıladı!

— Palavracı!

— Memura hele!

vb. vb.

Marmeladov birden başını kaldırdı ve Raskolnikov'a dönerek:

— Gidelim bayım! –dedi.– Götürün beni... Kazyol Apartmanı hemen şuracıktaki avluda. Katerina İvanovna'ya gitmenin zamanı geldi...

Raskolnikov çoktandır gitmek istiyordu; öte yandan Marmeladov'a yardım etmeyi kendisi de düşünmüştü. Marmeladov'un bacakları çenesi gibi güçlü çıkmamıştı; olanca ağırlığıyla delikanlının üzerine abanmıştı. Gidecekleri yer iki, üç yüz adım uzaktaydı. Eve yaklaştıkça sarhoşun utanç ve korkusu artıyordu.

— Korktuğum Katerina İvanovna değil, –diyordu heyecan içinde.– Saçlarımı yolmaya başlayacağından da korkmuyorum. Saç nedir ki! Tükür gitsin içine! Hatta keşke saçlarımı yolsa, şükrederim buna! Benim asıl korktuğum... Gözleri... Gözlerinden korkuyorum... Yanaklarındaki kırmızı lekelerden de korkuyorum... bir de... solumasından korkuyorum... Bu tür hastaların heyecanlandıklarında nasıl soluduklarını gördün mü sen hiç? Çocukların ağlamalarından da korkuyorum... Çünkü, eğer Sonya karınlarını doyurmadıysa... o zaman... bilemem artık o zaman neler olur! Dayaktan hiç korktuğum yok... Bil ki bayım, dayağın böylesi bana acı değil, zevk verir... Çünkü ben kendim duramam dayak yemeden. İyidir dayak. Varsın dövsün, ruhum rahatlar hiç değilse... Dayaktan iyisi yoktur! İşte geldik.

Kazyol'un evi. Zengin bir Alman... Çilingirlik yapar... Yukarı çıkar beni!

Avludan girip dördüncü kata doğru çıkmaya başladılar. Merdiven yükseldikçe karanlıklaşıyordu. Saat aşağı yukarı on birdi. Gerçi Petersburg'da bu mevsimde gerçek gece karanlığı yoktur ama, yine de üst kat merdivenleri çok karanlıktı.

En üst katta, merdivenlerin sonundaki kapı açıktı. Küçük bir mum parçası on adım boyundaki sefil bir odayı aydınlatıyordu. Merdiven sahanlığından bütün odanın içi görünüyordu. Başta çocuk bezleri olmak üzere her şey darmadağın, oraya buraya atılmış durumdaydı. Dip köşeye yırtık bir çarşaf gerilmişti. Besbelli arkasında bir karyola vardı. Zaten tüm odada hepsi hepsi iki sandalye, muşamba kaplı çok eski bir divan ve bunun önünde de boyasız, örtüsüz bir mutfak masası vardı. Masanın bir ucunda, demir şamdan içinde, içyağından yapılmış küçük bir mum parçası yanıyordu. Görünüşe göre, Marmeladov bu odada bir köşede değil, ayrı bir odada kalıyordu. Ama onun odası da öteki odalara geçmeye yarayan antre gibi bir yerdi. Amalya Lippevehzel'in evinin öteki daire ya da bölmelerine açılan kapı aralıktı. İçeriden gürültüler, bağrışmalar geliyordu. Kimileri de kahkaha atıyordu. Anlaşılan kâğıt oynuyor, çay içiyorlardı. Arada bir açık saçık sözler duyuluyordu.

Raskolnikov, Katerina İvanovna'yı hemen tanıdı. Korkunç denecek zayıflıkta, ince, oldukça uzun boylu, endamlı bir kadındı; koyu kumral saçları hâlâ çok güzeldi ve yanaklarındaki kırmızılıklar gerçekten de birer lekeyi andırıyordu. Ellerini göğsüne bastırmış, dudakları kupkuru, düzensiz, kesik kesik soluyarak küçücük odasında bir aşağı yukarı dolaşıyordu. Gözleri bir humma nöbeti geçiriyormuşçasına ışıldıyordu, ama bakışları sert ve hareketsizdi. Tükenmekte olan mumun son ışınlarının oynaştığı bu veremli ve heyecanlı yüz, insanın üzerinde korkunç bir etki bırakıyordu. Otuz yaşlarında kadar görünmüştü kadın Raskolnikov'a, gerçekten de Marmeladov'un dengi olamazdı...

İçeri girenleri duymamıştı; ne görüyor, ne duyuyordu sanki, kendinden geçmiş gibiydi. Oda boğucu sıcak olmasına rağmen, pencereyi açmamıştı; merdivenlerden pis bir koku geliyordu, ama oraya açılan kapıyı da kapatmamıştı. Evin iç bölmelerine açılan kapıdan yoğun bir sigara dumanı geliyor, kadın öksürüyor, ama kapıyı kapatmıyordu. Altı yaşında kadar görünen en küçük kız iki büklüm oturduğu yerde başını divana dayamış, uyuyordu. Kızdan bir yaş büyük bir oğlan köşede titriyor ve ağlıyordu. Az önce dayak yediği belliydi. Dokuz yaşındaki büyük kız ise çöp gibi kollarıyla, ağlayan kardeşinin boynuna sarılmıştı. Uzunca boylu ve kibrit gibi incecik bir kızdı bu; sırtında lime lime olmuş bir entari vardı, çıplak omuzlarını, dizkapaklarını bile açıkta bıraktığına bakılacak olursa, kendisine en az iki yıl önce dikilmiş eski bir pelerinle örtmüştü. Kız galiba kardeşini avutuyor, kulağına bir şeyler fısıldayıp yeniden ağlamaya başlamaması için elinden geleni yapıyordu. Bir yandan da korku dolu kocaman, kara gözleriyle annesini izliyordu; zayıf ve korkmuş yüzünde gözleri olduğundan da iri ve kara görünüyordu. Marmeladov oda kapısının eşiğinde diz çöküp Raskolnikov'u hafifçe ileri doğru itti. Kadın karşısında tanımadığı birini görünce şaşkınlıkla durdu; dalgınlığından sıyrılmıştı; bu yabancının odalarına niçin girdiğini anlamak ister gibiydi. Fakat hemen, odalarının bir geçit yeri olması yüzünden bu adamın da bir başka odaya gitmekte olabileceğini düşündü ve artık Raskolnikov'a daha fazla önem vermeyerek kapatmak için, merdivenlere açılan kapıya doğru yürüdü. Tam kapının önünde diz çökmüş kocasını görünce bir çığlık attı.

— Yaa!.. –diye haykırdı büyük bir öfkeyle.– Döndün demek!.. Alçak, canavar herif!.. Paralar nerde? Boşalt ceplerini, bakayım! Elbisesini de değiştirmiş! Nerde elbisen? Paralar nerde? Konuşsana!..

Aramak için üzerine atıldı. Marmeladov arama işini kolaylaştırmak için uysal uysal kollarını iki yana açtı. Ancak tek kopek bile çıkmadı üzerinden.

— Ne yaptın paraları? –diye bağırdı kadın.– Aman Tanrım, yoksa hepsini içkiye mi yatırdın! Tam on iki ruble vardı sandıkta.

Birden kudurmuşa döndü, kocasının saçlarından yakaladığı gibi odanın içinde sürüklemeye başladı. Marmeladov ise kendiliğinden dizüstü sürünerek onun işini kolaylaştırıyordu.

— Hoşuma gidiyor bu benim! –diye bağırıyordu bir yandan da; sarsıla sarsıla sürükleniyordu, hatta bir ara alnı döşemeye de çarpmıştı.– Hiç acı duymuyorum! Tam tersine, hoşuma gidiyor!.. Sa–yın ba–yım, ho–şu–ma...

Yerde uyuyan çocuk uyanmış, ağlamaya başlamıştı. Köşede ağlamakta olan çocuk da kendini tutamadı, bir çığlık atarak ablasına doğru atıldı, durumu korkunçtu, şok geçiriyormuşçasına tir tir titriyordu. Büyük kız da kendinden geçmiş gibiydi, o da titriyordu.

Zavallı kadın umutsuzluk içinde, olanca soluğuyla haykırıyordu:

— İçtin ha! Hepsini içtin! Elbiselerini bile içkiye yatırdın!.. –Ellerini ovuşturarak çocukları gösterdi.– Oysa bunlar burada aç! Aç, anlıyor musun! Ah Tanrım, bu nasıl hayat böyle!..

Birden Raskolnikov'un üzerine atıldı.

— Ya siz? Utanmıyor musunuz? Birlikteydiniz meyhanede, değil mi? Sen de onunla içtin, değil mi? Sen de... Defol!

Delikanlı hiçbir şey söylemedi ve hemen çıkmaya davrandı. Bu sırada iç kapı ardına kadar açıldı, meraklı birkaç kişi başlarını uzatıp içeri bakmaya başladı. Sigaralı, pipolu, başları bereli, arsız arsız gülüşen insanlardı bunlar. Ellerinde oyun kâğıtlarıyla, önleri açık ropdöşambrlı kişiler, uygunsuz denecek kadar açık saçık giyinmiş birtakım gölgeler göründü. Özellikle Marmeladov'un yerde sürüklenirken söylediği "Ben bundan zevk alıyorum" sözleri onları neşelendirmiş, güldürmüştü. Hatta kimileri yavaş yavaş odaya bile girmeye başlamışlardı. Sonunda iç karartıcı bir çığlık duyuldu: Bu, kendi anlayışına göre düzeni sağlamak, sövüp sayarak verdiği emirlerle belki yüzüncü kezdir, hemen yarın odayı boşaltması için mutsuz kadıncağızı korkutmak amacıyla ileriye doğru kendisine yol açan ev sahibesi Amalya Lippevehzel'den başkası değildi.

Raskolnikov odadan çıkarken bir ara elini cebine sokup meyhanede bozdurduğu rubleden arta kalan bakır paralardan eline ne kadar geçtiyse avuçlayarak, kimseye göstermeden pencerenin önüne bıraktı. Ama daha merdivenlerdeyken aklı başına geldi ve geri dönüp parayı almak istedi.

"Saçmalık benim bu yaptığım" diye düşündü, "Onların Sonyaları var, oysa para asıl bana gerekli!" Ancak geri dönüp bıraktığı yerden parayı almak olanağı kalmadığını, olsa bile kendisinin bunu yapmayacağını düşünerek elini salladı ve evinin yolunu tuttu.

Sokakta yürürken acı acı gülümseyerek, "Sonya'ya krem gerekli," diye düşündü, "bu temizlik de paraya bağlı! Hımm!.. Hem belki Sonya iflas da edebilir günün birinde; çünkü kaplan avcılığında ya da altın arayıcılığında söz konusu olan risk, bu işte de var... O birkaç kuruşu bırakmasaydım, yarını belki hepsi aç geçirecekti... Hey gidi Soneçka! Esaslı define bulmuşlar doğrusu kendilerine! Yararlanıyorlar da... Hem de iyi yararlanıyorlar!.. Alışmışlar da buna... Ağlaya sızlaya da olsa alışmışlar. İnsanoğlu denen aşağılık yaratığın alışamayacağı hiçbir şey yok galiba!.."

Dalıp gitmişti.

— İyi ama, ya ben yanılıyorsam?.. –diye haykırdı birden.– Ya insanoğlu aşağılık bir yaratık değilse?.. Yani genel olarak tüm insanlık, tüm insan soyu... O zaman geri kalan her şey boş bir inançtan, kuruntuya dayanan bir korkudan başka bir şey değil... O zaman... hiçbir engel yok... Zaten olmaması da gerekir!..

III

Tedirgin bir uykudan sonra, ertesi gün oldukça geç uyandı. Ama dinlendirmemişti bu uyku onu. Hırçın, sinirli, öfkeli kalkmış, tiksintiyle odasına bakmıştı. Altı adım uzunluğunda bir kafesi andırıyordu odası. Sararmış, toz içindeki duvar kâğıtları tümden kabarmıştı ve bu durum odaya pek acıklı bir görünüş veriyordu. Tavanı öylesine alçaktı ki, biraz uzun boylu bir adam burada ayakta durmaktan korkardı; insana sürekli olarak kafasını çarpacağı hissini veriyordu. Eşyalar da odanın kendisine uygundu: Doğru dürüst onarılmamış üç eski sandalye; köşede, üzerinde birkaç kitap ve defter bulunan boyalı bir masa. Üzerini kaplayan kalın toz tabakası, bunlara nicedir bir insan eli değmediğini gösteriyordu. Ve son olarak uzunlamasına hemen hemen bütün duvarı, genişlemesine ise odanın neredeyse yarısını kaplayan, bir zamanlar basma kaplı olduğu anlaşılan ve Raskolnikov'a yatak ödevi gören hantal, yırtık pırtık bir divan. Delikanlı çoğunlukla kendini olduğu gibi atardı bu yatağa; çarşafı yoktu, üzerine eski, partal öğrenci paltosunu örter, küçücük yastığının altına da biraz daha yüksek olsun diye, temiz kirli ne kadar çamaşırı varsa tıkıştırırdı. Divanın önünde küçücük bir masa vardı.

Bir insanın kendini bundan daha fazla salıverebileceği düşünülemezdi. Ama bugünlerde içinde bulunduğu ruhsal koşullarda Raskolnikov'un bütün bunlar hoşuna bile gidiyordu. Kabuğuna çekilmiş bir kaplumbağa gibi yaşıyordu; herkesle her tür ilişkisini kesmişti. Hatta kendisine hizmetle görevli hizmetçi kız bile arada bir kapıdan başını uzattı mı, dehşetli bir öfke ve tiksinti duyuyordu. Tüm varlığıyla bir tek noktaya yoğunlaşmış kimi saplantılılarda görülen bir durumdur bu. İki hafta vardı ki, ev sahibi kadın ona yemek vermeyi kesmişti; aç oturduğu halde gidip kadınla konuşmayı aklından bile geçirmemişti. Ev sahibi kadının aşçısı ve tek hizmetçisi olan Nastasya kiracının bu halinden memnundu.

Delikanlının odasını hemen hiç süpürmez olmuştu. Haftada bir kez, o da yarım yamalak, süpürdüğü oluyordu bazen.

Şimdi onu uyandıran da bu kızdı. Tepesine dikilmiş:

— Hey, kalksana! Ne uyuyup duruyorsun! –diyordu.– On oldu saat. Çay getirdim sana. İster misin çay? Çok zayıflamışsın, hasta mısın yoksa?

Kiracı gözlerini açtı, titredi. Nastasya'yı tanımıştı. Tıpkı bir hasta gibi, yatağın üzerinde ağır ağır doğruldu ve:

— Ev sahibi mi gönderdi çayı? –dedi.

— Onu da nerden çıkardın?

Nastasya, içinde birazı içilmiş çay bulunan kendi çatlak çaydanlığıyla sararmış iki parça şeker koydu delikanlının önüne.

Delikanlı ceplerini karıştırmaya başladı, yine elbiseleriyle yatmıştı ve çıkardığı bir avuç bakır parayı uzatarak:

— Nastasya, al şunları, –dedi,– al ve lütfen bana bir francala ve bir de sucukçuya uğra, ucuz cinsinden biraz sucuk alıver.

— Francalayı hemen alıp geleyim. Ama sucuk yerine lahana çorbası istemez miydin? Çok güzel bir çorba, dün pişirmiştim. Dün akşam sana da ayırmıştım, ama çok geç geldin. Çok güzel bir çorba.

Çorba gelir gelmez delikanlı içmeye koyuldu, Nastasya da divana onun yanına oturdu. Geveze bir köylü kadınıydı Nastasya.

— Praskovya Pavlovna seni polise şikâyet edecekmiş.

Raskolnikov yüzünü buruşturdu:

— Polise mi? Niye? Ne istiyormuş?

— Ne kira veriyor, ne de odayı boşaltıyorsun. İsteği açık.

Delikanlı dişlerini gıcırdatarak:

— Bir bu eksikti! –diye homurdandı... "Hayır, şu sırada bu... hiç işime gelmez."

Sonra yüksek sesle ekledi:

— Aptal karı! Bugün gider konuşurum kendisiyle.

— Aptal kadındır. Tıpkı benim gibi. İyi ama, biz aptalız da sen sanki akıllı mısın? Bütün gün çuval gibi yatıp duruyorsun. Eskiden çocuklara ders vermeye gittiğini söylerdin, şimdi neden hiçbir şey yapmıyorsun?

Raskolnikov sert bir sesle ve isteksizce:

— Yapıyorum... –dedi.

— Ne yapıyorsun?

— İş...

— Ne işi?

Delikanlı bir süre sustuktan sonra ciddi bir sesle:

— Düşünüyorum, –dedi.

Nastasya az kalsın gülmekten katılacaktı. Zaten gülmesini seven kadınlardandı. Güldürüldüğü zaman öyle böyle değil, katıla katıla, bütün vücuduyla sarsıla sarsıla güler ve bu gülüşü ta içi bulanıncaya kadar sürerdi.

Sonunda güçlükle konuşabildi:

— Bari dolu dolu para düşüneydin?

— Ayağında bir ayakkabın bile yokken, çocuklara ders mi verilir hiç! Tüküreyim böyle işin içine!

— Suyunu içeceğin kuyuya tükürme.

— Ders için çok az para veriyorlar. –Sonra kendi içindeki düşüncelere karşılık veriyormuş gibi ekledi.– Nasıl yaşayabilir insan birkaç kopekle?

— Sense bir anda büyük bir para istiyorsun?

Raskolnikov şaşkınlıkla baktı hizmetçiye. Bir süre sustuktan sonra kesinlik okunan bir sesle:

— Evet, büyük bir para, –dedi.

— Büyük laflar ediyorsun sen, korkutuyorsun beni. Söyle bakalım şimdi; gidip sana francala alayım mı, almayayım mı?

— Sen bilirsin.

— Şimdi aklıma geldi. Dün sen yokken bir mektup geldi sana.

— Mektup? Bana mı? Kimden?

— Bilmiyorum kimden. Yalnız postacıya üç kopek verdim. Verirsin paramı, değil mi?

Raskolnikov tümden heyecan kesilmişti:

— Getir şunu, Tanrı aşkına getir! Aman Tanrım!

Bir dakika geçmeden Nastasya mektup elinde göründü. Tahmin ettiği gibi annesinden, "R..." ilinden geliyordu mektup. Mektubu alırken yüzü kireç gibi olmuştu Raskolnikov'un. Ne zamandır mektup aldığı yoktu; ama şu anda bir başka şey yüreğini sıkıştırıyordu.

— Nastasya, Tanrı aşkına çık, çık git, al işte üç kopeğin!

Mektup elinde titriyordu; Nastasya'nın yanında açmak istemiyordu onu; bu mektupla baş başa kalmak istiyordu. Nastasya çıkar çıkmaz mektubu hızla dudaklarına götürdü, öptü. Sonra uzun uzun adresi, bir zamanlar kendisine okuma yazma öğreten anneciğinin bildik, sevimli, çarpık, incecik yazısını inceledi. Mektubu açmakta acele etmiyordu; bir şeylerden korkar gibiydi hatta. Sonunda açtı: Kalın, ağır bir mektuptu bu, hemen hemen yirmi beş gram ağırlığında vardı; iki büyük mektup kâğıdı incecik bir yazıyla doldurulmuştu:

"Sevgili Rodya'm,

İki ayı aşkın bir süredir seninle mektup söyleşisinde bulunamadım. Bu durum beni öylesine üzdü ki, kimi geceler düşünmekten uyuyamadım. Elimde olmayan nedenlerin yarattığı bu suskunluğumdan dolayı, umarım beni suçlamazsın. Seni ne çok sevdiğimi bilirsin; sen bizim biriciğimizsin: Benim ve Dunya'nın; bizim bütün umudumuz, bütün güvencimiz sensin. Parasızlık nedeniyle birkaç aydır üniversiteyi bıraktığını, verdiğin derslerin ve öteki geçim araçlarının kesildiğini öğrendiğimde ne hale geldiğimi bilemezsin! Yılda elime geçen yüz yirmi rublelik emekli aylığımla sana nasıl yardım edebilirim? Dört ay önce gönderdiğim on beş rubleyi de, senin de bildiğin gibi, buralı tüccarlardan Afanisiy İvanoviç Vahruşin'den bu emekli maaşımı karşılık göstererek borç almıştım. Kendisi iyi bir adamdır, zaten babanın da dostlarındandı. Ama kendi yerime aylığımı alma hakkını ona verdiğim için, borç ödenene kadar beklemek zorundaydım, bu süre de daha yeni doldu. Böylece bütün bu süre içinde sana hiçbir şey gönderemedim. Ama artık, Tanrı'ya şükürler olsun, sana biraz bir şeyler gönderebileceğimi umuyorum. Hem biz artık açılmaya başlayan talihimizle övünebiliriz. Bunu sana hemen bildirmek için sabırsızlanıyorum. İlkin şunu söyleyeyim: Sevgili Rodya'cığım; kız kardeşinin bir buçuk aydır benimle oturmakta olduğu ve bir daha da birbirimizden ayrılmayacağımız aklına gelir miydi hiç? Tanrı'ya şükürler olsun, çektiği acılar sona erdi artık. Ama her şeyin nasıl olup bittiğini ve bugüne kadar senden gizlediklerimizi öğrenebilmen için, şimdi sana her şeyi sırasıyla anlatacağım. İki ay önce bana yazdığın mektupta, Dunya'ya Svidrigaylov beyefendinin evinde kaba davranıldığını duyduğunu, bu durumun seni çok üzdüğünü yazmış ve benden ayrıntılı açıklama istemiştin. Ama o zaman nasıl cevap verebilirdim sana? Eğer sana bütün gerçeği olduğu gibi yazsaydım, herhalde her şeyi yüzüstü bırakır ve yaya bile olsa hemen yanımıza koşardın; senin yapını, huyunu iyi bilirim ben, kız kardeşinin aşağılanmasına katlanacak bir insan değilsin sen. Ben de çok üzülüyordum duruma, ama elimden ne gelebilirdi ki? Aslında ne olup bittiğini o sıralar ben de tam anlamıyla bilmiyordum. Meğer asıl sorun yaratan şey şuymuş: Duneçka geçen yıl Svidrigaylovların yanına çocuk bakıcısı olarak girerken, her ay aylığından kesilmek üzere tam yüz ruble öndelik almış. Bu durumda borcunu ödemeden onlardan ayrılması olanaksızdı. Bu parayı almasının nedeni daha çok (sana artık her şeyi açıklayabilirim, benim eşsiz Rodya'm!) o sıralar çok gereksinimin olan altmış rubleyi sana gönderebilmek içindi. Hani geçen yıl aldığın para... O zaman sana yalan söylemiş, bu paranın Duneçka'nın eskiden beri biriktirmekte olduğu para olduğunu yazmıştık. Şimdiyse sana gerçeği olduğu gibi söylüyorum. Çünkü artık Tanrı'nın yardımıyla her şey birdenbire düzeldi. Dunya'nın seni ne çok sevdiğini ve onun ne güzel bir insan olduğunu da bilesin istiyorum. Gerçekten de Bay Svidrigaylov başlangıçta Dunya'ya karşı kaba davranıyor, yemekte onunla alay ediyor, saygısızlık yapıyordu... Ama artık gerilerde kalmış bu tatsız olayların ayrıntılarını anlatarak senin canını sıkmak istemiyorum. Kısacası, Bay Svidrigaylov'un sayın eşi Marfa Petrovna'nın ve öteki ev halkının sevgi dolu, soylu davranışlarına rağmen, Duneçka, özellikle de Bay Svidrigaylov'un eski asker alışkanlığıyla şarap tanrısı Baküs'ün etkisi altında kaldığı sıralar pek güç durumlara düşüyordu. Ama sonunda ne oldu biliyor musun? Meğer bu kaçık adam Dunya'ya karşı ne zamandan beri bazı duygular besliyor ve bunları kabalık, aşağılama perdesi altında gizliyormuş! Belki de yaşını başını almış, çoluk çocuk sahibi bir adam olduğu aklına geldikçe, böylesine uçarı ve hafif davranışları kendisine yakıştıramıyor, kendinden utanıyor ve bu nedenle de Dunya'ya elinde olmayarak kaba davranıyordu. Ya da kaba davranışları ve alaylarıyla gerçeği başkalarından gizlemeye çalışıyordu. Ama işte dayanamamış ve sonunda Dunya'ya bin bir şey vaat ederek, her şeyi yüzüstü bırakıp birlikte bir başka köye ya da galiba yabancı bir ülkeye gitmelerini önererek iğrenç düşüncesini açıkça söylemek cesaretini göstermiş. Dunya'nın çektiği acıları gözünün önüne getir artık! Evden ayrılması yalnızca borç aldığı para nedeniyle değil, Marfa Petrovna'ya acıması yüzünden de olanaksızdı; çünkü kadın kuşkulanabilir ve evde kocasıyla aralarında bir tatsızlık çıkabilirdi. Öte yandan Duneçka için de büyük bir skandal olurdu bu; yani şimdi olduğu gibi her şey bir çözüme kavuşmuş olmazdı. Aslında, Dunya'nın altı haftadan önce bu korkunç evden ayrılmayı düşlemesini bile engelleyecek daha pek çok neden vardı. Sen kuşkusuz Dunya'yı iyi tanırsın, onun nasıl akıllı, sağlam karakterli bir kız olduğunu bilirsin. Duneçka pek çok şeye katlanabilen, en kötü durumlarda bile direncini yitirmeyen soylu bir kızdır: Kendisiyle sık sık haberleşmemize rağmen, üzmemek için bana bile her şeyi yazmadı. Olay beklenmedik bir biçimde çözüldü: Marfa Petrovna bir rastlantıyla kocasını bahçede bizim Dunya'ya yalvarırken görmüş, ancak her şeyi ters anlayarak tüm olup bitenlerden dolayı Dunya'yı suçlamış. Hemen oracıkta, bahçede korkunç bir curcunadır kopmuş: Marfa Petrovna hatta Dunya'ya bir de tokat atmış, kızcağızı dinlemek bile istememiş, bir saat kadar ağlayıp sızladıktan sonra, kızcağızı hemen kente, bana göndermelerini emretmiş, kendisini basit bir köylü arabasına bindirip, eşyalarını, çamaşırlarını, giysilerini öylece, olduğu gibi arabaya atıp yola çıkarmışlar. Tam o sırada bardaktan boşanırcasına bir de yağmur başlamamış mı! Horlanmış, aşağılanmış Duneçka da on yedi verstlik yolu, üstü açık bir arabada, bir mujiğin yanında almak zorunda kalmış.

Şimdi bir düşün: Bana iki ay önce yazdığın mektuba ben ne yanıt verebilir, ne yazabilirdim sana? Zaten perişan bir haldeydim; aslında, doğru, yazmaya cesaret edemedim, çünkü sen de kızacak, öfkelenecek, mutsuz olacaktın. Ve elinden ne gelebilirdi ki? Kendini yiyip bitirmekten başka?.. Öte yandan Duneçka da sana yazmamı yasaklamıştı. Yüreğimde böyle bir acı varken de mektubumu boş laflarla, anlamsız birtakım ıvır zıvırla dolduramazdım. Tam bir ay bütün kasaba bizim bu olayın dedikodusuyla çalkalandı durdu; hatta işler oraya vardı ki, aşağılayıcı bakışlardan, fısıltılardan, bunlar da bir yana, bizim yanımızda yapılan aşağılayıcı konuşmalardan dolayı Dunya'yla ben kiliseye bile gidemez olduk. Bütün tanıdıklarımız bizden yüz çevirmişler, dostlarımız selamı sabahı kesmişlerdi; öte yandan kasabadaki kimi tezgâhtar ve büro katiplerinin evimizin kapısına katran sürerek bizi lekelemek istediklerini öğrenmiştim. Öyle ki, ev sahibimiz bile sonunda evini boşaltmamızı istemeye başladı. Bütün bunlara neden de kapı kapı dolaşarak Dunya'yı suçlayıcı, lekeleyici konuşmalar yapan Marfa Petrovna'dan başkası değildi. Kendisi burada hemen herkesi tanır. Bu ay içinde hemen her gün kente indi ve zaten geveze birisi olduğu ve hiç de hoş bir şey olmamasına rağmen, ailesinden ve kocasından yakınmayı sevdiği için, kısa sürede olay yalnızca kasabada değil, tüm çevre köylerde duyuldu. Ben hastalandım; Duneçka benden daha dayanıklı çıktı. Her şeye nasıl katlandığını, nasıl beni avutmaya ve yüreklendirmeye çalıştığını bir görmeliydin! Melek yavrum benim! Ama Tanrı'ya şükürler olsun, çilemiz bu kadarla sona erdi: Yaptıklarından pişman olan ve herhalde Dunya'ya acıyan Bay Svidrigaylov fikrini değiştirerek, Duneçka'nın suçsuzluğunu kanıtlayan her şeyi bir bir Marfa Petrovna'ya açıkladı. Yaptıklarından pişman olan ve herhalde Dunya'ya acıyan Bay Svidrigaylov yaptığı gizli görüşme önerilerini geri çevirmek amacıyla Dunya'nın yazdığı ve evden ayrıldığı sırada Svidrigaylov'da kalan mektubu göstermiş. Dunya bu mektubunda öfkeli, coşkulu bir dille Svidrigaylov'u karısı Marfa Petrovna'ya karşı dürüst olmayan davranışından dolayı kınıyor, evli, çoluk çocuk sahibi bir kişi olduğunu hatırlatarak, zaten mutsuz ve korumasız olan genç bir kıza acı çektirdiği için ayıplıyordu. Kısacası sevgili Rodya'cığım, bu öylesine soylu bir dille yazılmış, öylesine dokunaklı bir mektuptu ki, okurken ben de gözyaşlarımı tutamadım; bugün bile gözlerim yaşarmadan okuyamam. Bundan başka Svidrigaylov'un sandığından daha fazla şeyler bilen ve gören hizmetçiler –bu zaten hep böyle değil midir?– Dunya'yı temize çıkaracak yönde tanıklık yaptılar. Marfa Petrovna tümden yıkıldı ve kendi deyimiyle "ikinci bir darbe daha" yedi. Ama öte yandan da Dunya'mızın suçsuzluğuna tümden inandı ve hemen ertesi gün, pazardı, doğruca kiliseye koşarak kutsal Meryem Anamızın önünde diz çöküp gözyaşları içinde uğradığı bu yeni yıkıma katlanmasını ve ödevini yapabilmesini sağlaması için Tanrı'ya yakardı. Sonra hiçbir yere uğramadan kiliseden doğruca bize geldi, olup bitenleri bir bir anlattı, acı acı ağladı ve Dunya'yı kucaklayarak pişman olduğunu söyleyip kendisini bağışlaması için yalvardı. Bizden ayrılır ayrılmaz, hiç zaman yitirmeksizin hemen o sabah kentte ne kadar tanıdığı varsa bir bir dolaşıp Dunya'nın suçsuzluğunu, onun duygu ve davranışlarının ne denli soylu olduğunu gözyaşları içinde ve aşırı övgü dolu sözlerle anlattı. Bununla da yetinmeyerek Duneçka'nın Svidrigaylov'a yazdığı mektubun aslını önüne gelene gösterip okudu. Hatta mektubun bir kopyasını çıkarmalarına bile izin verdi –ki bence bu kadarı da fazla artık.– Böylece birkaç gün boyunca kentteki bütün tanıdıklarını üst üste dolaştı; hatta artık öyle oldu ki, tanıdıklarından bazıları, başkaları onlara tercih edildi diye gücendikleri için sıra usulü kondu. Sıra usulü konunca da her ev onu önceden beklemeye başladı; artık herkes Marfa Petrovna'nın falan gün falanca yerde bu mektubu okuyacağını önceden biliyordu; kimileri de hem kendi evlerinde, hem de tanıdıklarının evlerinde mektubu birkaç kez dinledikleri halde, bir kez daha dinlemek için mektubun yeni okunacağı yere gidiyorlardı. Marfa Petrovna'nın bu davranışında, bana kalırsa, çok, hem de pek çok aşırılıklar vardı; ama huyu böyleydi onun. Öte yandan bu davranışıyla Dunya'ya sürülen lekeyi tümüyle temizledi; bu işin tüm iğrençliği de baş suçlu olarak ve silinmez bir leke halinde kocasına yıkılıverdi. Öylesine ki, adama acıdığımı bile söyleyebilirim. Biraz fazla sert davranıldı bu kaçık herife karşı. Bu gelişmeler üzerine Dunya'ya kimi evlerden ders verme önerileri geldi, ama o bunları geri çevirdi. Herkes birdenbire ona özel bir saygı göstermeye başladı. Şu anda yazgımızı değiştirmekte olduğunu söyleyebileceğim o beklenmedik olaya da başlıca olarak bu gelişmeler katkıda bulundu. Sevgili Rodya'm, sana bildirmek için sabırsızlandığım bir şey var: Dunya'nın kısmeti çıktı, o da kabul etti. Gerçi bu iş sana danışmadan oldu, ama durumu öğrenince, senden bir yanıt alana değin beklememizin ve işi ertelememizin olanaksız olduğunu anlayacağını ve bu nedenle de ne bana, ne de kız kardeşine gücenmeyeceğini umarım. Zaten senin de tanımadığın, adını, sözünü başkalarından duyduğun bir kişi hakkında vereceğin karar sağlıklı ve tam doğru olamazdı.

Olay şu: Pyotr Petroviç Lujin, yedinci dereceden bir devlet memuru ve bu işte pek çok yardımları olan Marfa Petrovna'nın uzaktan akrabası. Marfa Petrovna aracılığıyla bizimle tanışmak dileğini ileterek işe başladı; kendisini gerektiği gibi ağırladık, kahve içtik. Ertesi gün bir mektup yollamış, mektubunda pek nazik bir dille Dunya'yla evlenmek istediğini bildiriyor ve ivedilikle kesin bir yanıt vermemizi rica ediyordu. İş adamı ve başını kaşıyacak zamanı yok; hemen Petersburg'a gitmesi gerekiyormuş, bu nedenle de bir dakika bile yitirmek istemiyor. Bütün bunlar son derece hızlı ve pek beklenmedik bir biçimde olduğu için, tabii biz başlangıçta oldukça şaşırdık. O gün, bütün gün birlikte meseleyi enine boyuna düşündük, ölçüp biçtik. Güvenilir bir adam, hali vakti yerinde, iki yerde iş sahibi ve kendi sermayesi var. Evet, gerçi kırk beş yaşına filan gelmiş, ama oldukça yakışıklı ve hâlâ kadınların beğenebileceği bir tip; sonra son derece ciddi ve efendi bir adam; yalnız biraz asık suratlı ve burnu büyük gibi. Ama belki de bu bize ilk bakışta böyle gelmiştir. Pek yakın bir zamanda onunla Petersburg'da görüşeceksin Rodya'cığım; seni şimdiden uyarmak isterim: İlk bakışta onda bazı eksik yanlar görsen bile, hemen ateşlenip sert yargılarda bulunma, çünkü bu senin huyundur. Bunu her ihtimale karşı söylüyorum, çünkü onun sende olumlu bir izlenim bırakacağından eminim. Kaldı ki, daha sonra düzeltilmesi olanaksız birtakım yanlışlara düşmemek için, bir insanı değerlendirirken hiç acele etmemek ve ona karşı son derece dikkatli, temkinli davranmak gerek. Öte yandan Pyotr Petroviç'in hiç değilse saygıdeğer bir insan olduğunu gösteren pek çok belirti var. Daha ilk ziyaretinde, kendisinin aslında olumlu bir insan olduğunu, ancak pek çok konuda kendi deyimiyle "yeni kuşakların görüşlerini" paylaştığını ve her türlü batıl inanca düşman olduğunu söyledi. Biraz kibirli, kendisini beğenmiş bir adam ve sözlerini dinlesinler istiyor, bu nedenle daha pek çok şeyler anlattı, ama herhalde bu da bir kusur sayılmaz. Ben tabii pek bir şey anlamadım, ama Dunya'nın bana açıkladığına göre, Pyotr Petroviç öyle fazlaca bir öğrenimi olmamasına karşın, akıllı ve galiba da iyi bir insanmış. Kız kardeşini bilirsin Rodya: Benim tanıdığımca, ateşli bir yüreği olmasına karşın, sebatlı, aklı başında, sabırlı, gönlü yüce bir kızdır. Hiç kuşkusuz burada ne biri, ne öbürü yönünden aşk söz konusu değil, ama Dunya akıllı olmasından başka, melek gibi soylu bir yaratık olduğu için kocasını mutlu etmeyi kendisi için bir görev bilecektir; buna karşılık kocası da herhalde onun mutlu olması için çaba gösterecektir. Evet, doğrusu işler biraz fazla aceleye geldi, ama bundan kuşku duymamız için şimdilik önemli birtakım nedenler yok ortada. Öte yandan Pyotr Petroviç hesabını bilir, ihtiyatlı bir adam: Koca olarak kendi öz mutluluğunun, Dunya mutlu olduğu ölçüde artacağını kendisi de görecektir. Huy uyuşmazlığı, eski birtakım alışkanlıklar ve hatta bazı konularda görüş ayrılığı, ki en mutlu evliliklerde bile kaçınılması olanaksızdır, gibi sorunlara gelince, Duneçka bu konuda umutlu olduğunu ve kendine güvendiğini, merak edilecek bir şey olmadığını, aralarındaki ilişkinin dürüstlükle ve namusluca sürmesi koşuluyla pek çok şeye katlanabileceğini söyledi. Örneğin Pyotr Petroviç önceleri bana da biraz sert görünmüştü, ama bu belki de onun açıkyürekli bir insan olmasından kaynaklanıyordu, evet evet kesinkes bu nedenleydi sert görünmesi bana. Yine örneğin ikinci ziyaretinde, önerisini Dunya'nın kabul ettiğini öğrendikten sonra, ama daha Dunya'yı tanımadan, söz arasında, namuslu ama çeyizsiz ve ille de yoksulluk çekmiş bir kız almayı düşündüğünü, çünkü – onun söyleyişiyle– kocanın hiçbir zaman karısının minneti altında kalmaması gerektiğini, karının kocasını velinimet saymasının çok daha iyi olacağını söyledi. Şunu hemen eklemeliyim ki, o bu sözleri benim sana yazdığımdan daha yumuşak ve daha ince bir dille söylemişti. Ben onun kullandığı sözcükleri unuttum, yalnızca anadüşüncesi aklımda kaldı. Öte yandan o bu sözleri bir şeyler amaçlayarak söylememişti, besbelli söz arasında öylesine söyleyivermişti. Nitekim daha sonra bunları düzeltmeye ve yumuşatmaya çalıştı; ama bana yine de bunlar biraz sert göründü. Sonra bu düşüncemi Dunya'ya söylediğimde kızcağız biraz da canı sıkılarak, "söz eylem demek değildir" dedi ve hiç kuşkusuz dediği çok doğruydu. Karar vermezden önce Dunya bütün gece gözünü kırpmadı ve benim uyumuş olduğumu sanarak yatağından kalkıp sabaha kadar odanın içinde bir aşağı bir yukarı dolaştı durdu. Sonunda tasvir önünde diz çöküp coşkuyla, uzun uzun dua etti; sabahleyin de bana evlenmeye karar verdiğini söyledi.

Pyotr Petroviç'in hemen Petersburg'a gideceğinden yukarıda söz etmiştim. Önemli işleri varmış orada, bir avukatlık bürosu açmak istiyormuş. Uzunca bir zamandır çeşitli dava takipleriyle uğraşıyormuş zaten, bugünlerde de önemli bir dava kazanmış. Petersburg'a da Yargıtay'da önemli bir işi olduğu için gidiyormuş. Böylece Sevgili Rodya'm, onun orada sana çok yararı olabilir, her konuda yardım edebilir sana; hatta biz Dunya ile senin gelecekteki mesleğine bugünden başlayabileceğini, geleceğinin şimdiden güvence altına alınmış sayılabileceğini kabul ediyoruz. Ah bir gerçekleşebilse bu! Tanrı'nın bize doğrudan doğruya gösterdiği bir lütuf olarak nitelendirilebilecek –ancak böyle nitelendirilebilecek– bir yararlı iş olurdu bu. Dunya'cığın da tüm düşleri bununla ilgili. Hatta bu konuda tehlikeyi göze alıp Pyotr Petroviç'e bir iki kelime bir şeyler çıtlatma cesaretini bile gösterdik. Sıkıntılı bir yanıt verdi: Nasıl olsa bir katip tutması gerektiğine göre, yabancı birindense, akrabaya para vermenin elbette daha doğru olacağını, ancak akrabanın da işe yetenekli olması gerektiğini (daha neler! Yok bir de sen yetenekli olmayacaktın!), bunun yanı sıra üniversitedeki derslerinin yazıhanede çalışmana zaman bırakacağından kuşkulu olduğunu söyledi. Bu seferlik iş bu kadarla kapandı, ama Dunya'cığın aklı fikri hep bu işte. Birkaç gündür sanki bir humma nöbeti içinde, neler tasarlıyor, neler kuruyor... Pyotr Petroviç'in önce yardımcısı, sonra ortağı oluyormuşsun, zaten hukuk fakültesinde okuyormuşsun!.. Ben de Rodya'cığım, bu planların tümünü gerçekleşebilir şeyler olarak gördüğüm için Dunya'yla aynı fikirdeyim ve onun umutlarını paylaşıyorum ve Pyotr Petroviç'in şu anki çekingenliğine rağmen (bu tümüyle anlaşılabilir bir şey, çünkü seni henüz tanımıyor), Dunya gelecekteki kocası üzerinde olumlu etkiler yapacağından ve tasarılarının gerçekleşeceğinden emin. Tabii biz geleceğe ilişkin düşlerimizi, hele onun ortağı olabileceğini ağzımızdan kaçırmaktan sakındık. Pyotr Petroviç olumlu bir insan; bütün bunlar ona yalnızca bir düş gibi gelebileceğinden, başlangıçta soğuk karşılayabilirdi sözlerimizi. Yine aynı nedenle, ne ben, ne de Dunya, üniversitede okurken sana para göndermemize yardım edeceğine olan kesin inancımızdan da tek kelimeyle olsun söz etmedik; söz etmedik çünkü bu, birincisi zamanla kendiliğinden olabilecek bir iştir ve herhalde kendisi gereksiz hiçbir söze yer bırakmadan bunu kendiliğinden önerecektir (yok bir de böyle bir konuda Dunya'yı kıracaktı!), öte yandan sen, yazıhane işlerinde onun sağ kolu haline gelebilir ve bu yardımı bir hayır olarak değil, hak ettiğin bir aylık olarak alabilirsin. Duneçka işleri böyle yoluna koymak istiyor, onunla aynı görüşteyim. Ona tasarımızdan söz etmeyişimizin ikinci nedeni de benim, onunla yakında yer alacak görüşmenizde eşit koşullar altında bulunmanı özellikle istememdir. Dunya heyecanla senden söz ettiğinde, Pyotr Petroviç, bir insan hakkında yargıda bulunabilmek için onu yakından tanımak gerektiğini, sana ilişkin bir fikir edinmeyi de seninle tanıştıktan sonraya bıraktığını söyledi. Biliyor musun canım

Rodya'cığım, bir de ne var: Bazı nedenlerle, ama Pyotr Petroviç'le hiçbir ilgisi bulunmayan, tümüyle kişisel, özel, hatta yaşlılık huysuzluğu diyebileceğimiz nedenlerle, onlar evlendikten sonra da, şimdi olduğu gibi ayrı oturmam daha iyi olur gibime geliyor. Aslında onun beni kendiliğinden davet edecek ve kızımdan ayrı oturmamamı önerecek kadar kibar ve soylu davranacağından eminim. Eğer bunu şimdiye kadar söylememişse, bu, söylenmeden de böyle olacağı kabul edildiği içindir. Ama ben kabul etmeyeceğim. Damatların kaynanalarını pek de öyle bağırlarına basmadıklarına hayatta pek çok kez tanık oldum. Öte yandan ben de yalnızca hiç kimseye yük olmak istemediğimden değil, ama yiyecek bir lokma ekmeğim ve seninle Dunya gibi çocuklarım olduğu sürece kendimi tümüyle özgür duymak isterim. Eğer olanak bulabilirsem, ikinize yakın bir yere yerleşeceğim, çünkü Rodya, aziz dostum, şimdi mektubun sonuna bıraktığım en iyi habere geliyorum. Üç yıla varan bir ayrılıktan sonra, çok yakında bir araya gelecek, birbirimize kavuşacağız! Dunya'yla benim Petersburg'a gitmemiz kesinlik kazandı. Tam olarak ne zaman bilmiyorum, ama yine de çok, hem de çok yakında, hatta belki de bir haftaya kadar... Her şey Pyotr Petroviç'e bağlı, Petersburg'da durumu kolaçan ettikten sonra sonucu bize bildirecek. Bazı nedenlerle evlenme töreninin bir an önce yapılmasını istiyor, hatta eğer olanaklıysa hemen bu ay içinde, olmazsa hemen yortudan[1] sonra olsun istiyor. Ah, seni ne büyük bir mutlulukla bağrıma basacağım! Dunya da tümden seni görme sevinci, heyecanı içinde. Hatta bir keresinde şaka olarak, yalnızca bu nedenle bile Pyotr Petroviç'le evlenmeye değer olduğunu söyledi. Melek yavrum benim! Kendisi bu kez benim mektubuma bir şey eklemiyor, yalnız şunu yazmamı istedi benden: Seninle konuşacağı o kadar

1 Sözü edilen yortu, 15 Ağustos'ta tarladan buğdayların kaldırılması nedeniyle kutlanan bir tür hasat bayramıdır. Bayramdan önce iki hafta oruç tutulurdu.

çok şey varmış, o kadar çok şey varmış ki, birkaç satırla bir şey söyleyemeyeceği için eline kalem bile almak istemiyormuş, boş yere sinirlenmekten başka bir işe yaramazmış bu. Sana sımsıkı sarıldığını ve binlerce öpücük gönderdiğini söylüyor. Çok yakında bir araya gelecek olmamıza rağmen, ben yine de sana elimden gelebildiğince çok para göndereceğim. Duneçka'nın Pyotr Petroviç'le evleneceği duyulalı beri, benim de kredim birdenbire yükseldi. Bu nedenle Afanasiy İvanoviç'in emekli aylığıma karşılık, hatta yetmiş beş rubleye kadar kredi açacağından eminim; böylece de sana yirmi beş, hatta belki de otuz ruble gönderebileceğim. Daha fazla göndermek isterdim, ancak yol giderlerimiz beni korkutuyor. Gerçi Pyotr Petroviç sağ olsun, başkente kadar yol giderlerimizin bir bölümünü üzerine aldı, tanıdıkları mı ne varmış, onlar aracılığıyla yükümüzü ve büyük sandığı göndermeyi o üstlendi, ama yine de Petersburg'a gidişimizi hesaba katmamız gerek, özellikle de orada ilk günlerde parasız kalmak gibi bir duruma düşmemeliyiz. Duneçka'yla her şeyi inceden inceye hesapladık, yol için pek bir şey gitmeyecek. Buradan istasyona kadar olan yol topu topu doksan verst ve biz her ihtimale karşı tanıdığımız bir köylü arabacıyla anlaştık. Trende de pekâlâ üçüncü mevkide gelebiliriz. Böylece de sana yirmi beş değil, herhalde otuz ruble gönderebileceğim. Eh, artık yeter! Arkalı önlü iki yaprak doldurdum ve artık yazacak yerim kalmadı. İşte sana koca bir hikâye: Bizim hikâyemiz! Meğer ne çok olay birikmiş yazacak! Yakında görüşmek dileğiyle sevgili Rodya'm, sımsıkı kucaklar, anne dualarımı iletirim. Kız kardeşini, Dunya'yı sev Rodya! Onun seni sevdiği kadar sev ve bil ki, onun sana karşı sevgisi sınırsızdır; seni sonsuz bir sevgiyle kendinden bile çok seven bir kız kardeşin var! O bir melek! Sense Rodya, bizim her şeyimiz, tüm umudumuzsun! Yeter ki, sen mutlu ol, biz de oluruz! Eskiden olduğu gibi dua ediyor, Tanrı'nın yaratıcılığına ve bağışlayıcılığına inanıyor musun Rodya?

Dinsizlik modasının senin ruhunda da yer etmiş olmasından korkuyorum. Eğer böyleyse, senin için de ben dua ederim. Çocukluğunda, baban da daha sağken, nasıl dizlerime oturup dualar mırıldandığını ve o zamanlar nasıl mutlu olduğumuzu unutma canım! Hoşça kal ya da daha doğrusu, görüşmemize kadar! Sımsıkı kucaklar, binlerce kez öperim.

Ölünceye kadar senin
PULHERİYA RASKOLNİKOVA"

Mektubu okumaya başladığından beri Raskolnikov'un yüzü gözyaşlarıyla ıslaktı; mektubu bitirdiğindeyse, yüzü sararmış, kasılmış, çarpılmıştı; dudakları acı, öfkeli bir gülümsemeyle kıvrılmıştı. Başını kirli, kullanılmaktan incelmiş yastığına koyup düşünmeye başladı, uzun uzun düşündü. Yüreği hızla çarpıyor, düşünceler kafasında hızla uçuşuyordu. Sonunda bir dolabı ya da sandığı andıran bu sarı odada boğulacak gibi oldu; gözleri ve beyni genişlik arıyordu, şapkasını kaptığı gibi dışarı fırladı; merdivenlerde birilerine rastlamaktan da çekinmiyordu bu kez, unutup gitmişti bu konuyu. "V..." Bulvarı boyunca Vasilyev Adası'na doğru bir yol tutturdu. Sanki acele bir işi varmış gibi çevresini ayrımsamadan hızla yürüyor, her zaman olduğu gibi de kendi kendine mırıldanıyor, gelip geçenleri şaşırtacak kadar yüksek sesle konuşuyordu. Görenlerin çoğu sarhoş sanıyordu kendisini.

IV

Annesinin mektubu yüreğini parçalamıştı. Ama mektuptaki anadüşünce konusunda, hatta mektubu okurken bile bir an için olsun kuşkuya kapılmamıştı. Sorunun özünü çoktan çözümlemişti, hem de kesinlikle: "Ben sağ oldukça, bu evlilik olmayacak. Senin de Bay Lujin, canın cehenneme!"

— Çünkü her şey apaçık ortada, –diye mırıldandı; verdiği kararın başarısını önceden kutlar gibi haince gülümsüyordu.– Hayır anneciğim, hayır Dunya, beni aldatamazsınız!.. Bana danışmadan karar verdikleri için bir de özür diliyorlar!.. Daha neler! Ve artık kararlarından caymanın olanaksız olduğunu düşünüyorlar, görürüz olanaklı mı, değil mi? Öne sürdükleri bahane de ne önemli ya: "Pyotr Petroviç'in işleri öyle çok, öyle çok ki, posta arabasından ya da trenden başka bir yerde evlenemez!" Hayır, Dunya'cığım, ben her şeyi görüyor ve benimle o çok, çok konuşmak istediğin şeylerin neler olduğunu biliyorum; odanın içinde dört dönerek bütün gece neler düşündüğünü, annemin odasındaki Kazan Meryemi önünde ne için dua ettiğini de biliyorum. Ama, Golgotha'ya[1] tırmanmak kolay değildir. Hımm... Demek kesin olarak karar verildi, demek siz Avdotya Romanovna, kendi sermayesi olan (böylesi daha tumturaklı, daha görkemli oluyor: Kendi sermayesi olan), iki yerde birden çalışan ve (annemin yazdığına göre) yeni kuşağın, gençlerin görüşlerini paylaşan, galiba iyi bir insan olan (bunu da Duneçka belirtiyor: Galiba...) aklı başında bir iş adamıyla evlenmek niyetindesiniz! En güzeli de bu galiba! Ve Dunya bu galiba için evleniyor! Bravo doğrusu, bravo! Çok ilginç: Acaba annem niçin "yeni kuşaklardan, gençlerden" söz etmiş mektubunda? Yalnızca bir insanın karakterini açıklamak için mi, yoksa daha çapraşık bir amacı mı var: Lujin'i bana sevdirmek gibi?.. Ah, kurnazlar! sonra şu da çok ilginç: Acaba o gün, o gece ve tüm ondan sonraki günlerde birbirlerine karşı ne dereceye kadar içtendiler? Sonra, aralarında geçen bütün sözler apaçık söylenildi mi, yoksa karşılıklı olarak her ikisi de birbirlerinin kafasından ve yüreğinden aynı şeylerin geçtiğini bildikleri için, her şeyi yüksek sesle konuşmamaya ve ağzından laf kaçırmamaya

---

1 Kudüs yakınlarında, idamların yapıldığı bir tepeye verilen ad. İncil'de yer alan bir söylenceye göre İsa da burada çarmıha gerilmiştir. Mecazen acı çekilen yer, acı kaynağı anlamında kullanılır.

mı çalıştı? Bu besbelli böyle olmuş, zaten mektuptan da anlaşılıyor: Adam anneme biraz sert görünmüş, o da saflığından gidip bu izlenimini Dunya'ya aktarmış. Dunya da buna içerlemiş ve "canı sıkılarak" karşılık vermiş. Ya ne olacaktı! İş safça sorular sormaya gerek kalmayacak biçimde çoktan bitirilmiş, konuşacak bir şey kalmamış ortada, içerlemez de ne yapar insan? Ya şuna ne demeli: "Dunya'yı sev Rodya, o seni kendinden de çok seviyor." Kızını oğluna kurban etmeye razı olmanın içten içe çektirdiği bir vicdan azabı olmasın bu? "Sen bizim her şeyimiz, tüm umudumuzsun!" Oh, anne!..

İçi kabarıyor, yüreğindeki hınç gitgide büyüyordu; eğer şu anda Lujin karşısına çıksa, öldürebilirdi onu.

Beyninin içindeki düşünce burgacını izlemeyi sürdürerek,

— Evet, –dedi,– bu doğru: "Bir insanı tam tanıyabilmek için hiç acele etmemek ve son derece dikkatli, temkinli yaklaşmak gerek"; ama Lujin apaçık ortada bir adam. Bir kez "iş adamı, sonra, galiba da iyi bir adam": Şaka mı, bagajın taşınmasını üzerine almış, büyük sandığın parasını o ödeyecekmiş!.. Nasıl iyi denmez böyle bir adama? Onlarsa, yani gelin hanımla annesi, bir köylüyle birlikte üzeri tente örtülü bir arabayla gelecekler (bilirim o arabaları, ben de yolculuk etmiştim!) Ama ne önemi var canım! Hepsi hepsi doksan verst! Ondan sonra da "trenle, pekâlâ, üçüncü mevkide gelebiliriz", bu da hiçbir şey değil, bin verstlik bir yol! Son derece mantıklıca! Ayağını yorganına göre uzat demişler. Hey, Bay Lujin, bu senin eşin olacak be... Annemin bu yolculuk için emekli aylığını kırdırdığını bilmiyor olamazsın! Ama doğru, ticari bir işletme bu öyle değil mi? Mademki çıkarlar karşılıklı ve kazançlar eşit, öyleyse harcamalar da yarı yarıya olmalı... Atasözündeki gibi yani: Tuz–ekmek beraber, tütün herkesin kendinden. Ama bizim iş adamı, iş adamlığını gösterip hafif tertip bir kazık atmış burada: Bagajın parası onların yol parasından daha az tutar, hatta belki de bedavadır. Görmüyor mu peki bunu bizimkiler, yoksa görmek mi istemiyorlar? Üstüne üstlük bir de hoşnutlar durumdan, hoşnut! Oysa daha çiçekleri bunlar bu işin, meyveler arkadan gelecek! Ve burada önemli olan adamın cimriliği, elisıkılığı değil, olup bitenlerin oluş biçimi. Evlendikten sonra adamın karakterinin ne olacağını belirleyecek olan şey işte bu biçimdir... Annem ne demeye bu harcamaları yapıyor? Petersburg'a neyle gelecek? Üç rubleyle mi? Geldi diyelim, Petersburg'da neyle geçinecek? Kaldı ki, birtakım nedenlerle, nikâhtan sonra, hatta ilk günlerde bile, Dunya ile birlikte oturmasının olanaksız olduğunu sezdiğini yazmıyor muydu? Kendisi her ne kadar, "böyle bir öneriyi ben kendim geri çeviririm" diyorsa da, saygıdeğer bayımızın bu konuda ağzından bir şeyler kaçırdığı, bunu böylece sezinlettiği kesin. Peki nedir, kime güveniyor annem? Afanasiy İvanoviç'e olan borcunun da kesileceği yüz yirmi ruble emekli aylığına mı? Kışlık boyun atkısı ve eldiven örmekten yorgun gözlerini kör edecek. Ama bu boyun atkılarından gelecek olan para, annemin emekli aylığına ancak yirmi rublelik bir katkıda bulunabilecek, bunu biliyorum. Demek ki, önünde sonunda yine Bay Lujin'in cömertlik duygularında umutları: Sözde "kendisi önerecek yardımda bulunmayı." Avcunuzu yalarsınız siz! Schiller'in temiz yürekli, iyi insanları da böyledir: Son dakikaya dek insanı hep tavus tüyleriyle süslerler, kötülüğü akıllarına bile getirmezler; madalyonun öbür yüzünü önceden sezinleseler bile, söylemeleri gereken gerçek sözleri önceden hiçbir şekilde ağızlarından kaçırmak istemezler; bunu düşünmek bile onları incitir; tavus tüyleriyle süsledikleri kişi gelip de kendilerini burunlarından yakalayana dek, elleriyle yüzlerini örtüp gerçeği görmek istemezler. Bay Lujin'in nişanı da var mı acaba? Yakasında Sainte–Anne nişanı bulunduğuna bahse girerim, resmi çağrılara ya da tüccar yemeklerine giderken takıyordur. Kendi düğününde de takar artık! Neyse, Tanrı cezasını versin!.. Hadi annemi anlıyorum, oldum olası böyledir o, ama Dunya'ya ne oluyor? Dunya'cığım, canım, ben sizi iyi tanırım! Son kez görüştüğümüzde yirmisine basmıştınız, huyunuzu iyice anlamıştım. Annem mektubunda "Duneçka pek çok şeye katlanabilir" diyor. Biliyorum. İki buçuk yıldır biliyorum bunu ve iki buçuk yıldır hep bunu düşünür dururum: "Duneçka pek çok şeye katlanabilir." Doğrusu da bu, bir Bay Svidrigaylov'a katlanabildiğine göre, hem de bütün sonuçlarıyla katlanabildiğine göre, Duneçka gerçekten pek çok şeye katlanabilir. Şimdi de annesiyle birlikte, yoksul bir aileden gelen ve kocasına minnet duyan bir kızın üstünlüğü üzerine, üstelik de daha ilk tanışmalarında, kuramlar geliştiren Bay Lujin'e katlanabileceğini düşlüyor... Aklı başında bir adam olmasına karşın, diyelim bunu istemeden ağzından kaçırıverdi (kaldı ki, bunu bilerek, isteyerek de söylemiş olabilir: Gerçek düşüncesini açıklamak için), ama ya Dunya? Ne olduğu apaçık belli bir adamla yaşamaya nasıl razı olabiliyor? O Dunya ki, yavan ekmek yer, ama ruhunu pazara çıkarmaz; rahatlık uğruna manevi özgürlüklerinden vazgeçmez! Hem Lujin ne, Schleswig-Holstein[1] için bile yapmaz böyle bir şeyi! Hayır, benim bildiğim Dunya böyle değildi! Ve benim bildiğim Dunya değişmiş olamaz. Svidrigaylovlardaki koşulların ağır olduğu su götürmez! Yılda iki yüz rubleye kent kent dolaşıp mürebbiyelik etmek de zordur. Ama ben yine de biliyorum ki, kız kardeşim zenci olarak bir çiftlik sahibine[2] ya da Litvanyalı Baltık Almanlarına[3] satılmayı

---

1 Prusya'nın, Schleswig-Holstein dukalığını Danimarka'dan ilhak etmesi, Prusya-Danimarka (1864) ve Prusya Avusturya (1866) savaşlarının nedeni olmuştu. Bu savaşlar o dönem Rusya'sında gazete ve dergilerde ilgiyle izleniyordu. Dostoyevski'nin yayımladığı *Vremya* dergisi de olaylara geniş ölçüde yer veriyordu.

2 Amerika'daki Kuzey-Güney Savaşı (1861-65) ve zencilerin özgürlük savaşımları 1860'lı yıllar Rusya'sında ilgiyle izleniyor, Rus köylüsüyle Amerikalı zenciler arasında benzerlikler kuruluyordu. Dostoyevski'nin *Vremya* dergisi de zenci hareketiyle geniş ölçüde ilgileniyordu.

3 Alman baronlarının acımasız sömürüleri nedeniyle Litvanyalı köylülerin Baltık kıyılarından yığınsal kaçışları, 1860'lı yıllarda Rus gazete ve dergilerince ilgiyle izlenen bir olaydı.

yeğler de, hiçbir zaman saygı duymayacağı bir adamla yalnızca kişisel çıkarlarını gözeterek evlenip ruhunu ve manevi varlığını alçaltmaz. Hatta şu Lujin denilen adam som altından, tertemiz bir pırlantadan bile olsa, kız kardeşim onun yasal kapatması olmayı kabul etmez! Öyleyse niçin razı oluyor? Nedeni ne bunun? Nasıl bir bilmece bu böyle? Aslında durum apaçık ortada: Dunya kendisi için, rahat bir yaşam için, (hatta kendini ölümden kurtarmak bile söz konusu olsa) kendini satmaz, ama bir başkası için satar! Sevdiği, taptığı bir insan için, satar! İşte bilmecenin çözümü bu: Dunya, kardeşi ve annesi için kendini satıyor! Her şeyi satabilir bu iki insan için o! Biz burada gerektiği zaman tüm ahlaki duygularımızı bastırır, özgürlüğümüzü, huzurumuzu, hatta vicdanımızı, her şeyimizi, her şeyimizi bitpazarında satışa çıkarırız! Yeter ki, sevdiğimiz varlık mutlu olsun. Bütün bunlar yetmezmiş gibi Cizvitlerden öğrendiğimiz birtakım cambazlıklar yapar, yaptığımızın doğruluğuna, yüce amaca ulaşmak için gerçekten böyle yapılması gerektiğine kendimizi bir süre için inandırırız. Biz böyleyiz işte; her şey gün gibi ortada! Burada ilk planda söz konusu olan kişinin de Rodion Romanoviç Raskolnikov olduğu besbelli. Başka türlü nasıl mutlu edilebilir o, üniversite öğrenimini sürdürmesi nasıl sağlanabilir? Hem böylece Lujin'in iş ortağı olması da sağlanır, tüm geleceği güvence altına alınır; dahası, bir gün saygıdeğer, varsıl bir insan olabilir ve kimbilir, belki de ünlü bir kişi olarak bitirir yaşamını!.. Peki ya annem? Sevgili Rodya'dan, biricik, ilk göz ağrısı Rodya'dan başka kimsenin sözü edilmiyor ki! Böylesine değerli bir ilk göz ağrısı için Dunya gibi de olsa, bir kız kurban edilmez mi! Ah sevgili ve adaletsiz yürekler! Soneçka'nın alınyazısına benzer bir yazgıya boyun eğen yürekler!.. Soneçka, Soneçka Marmeladova! Dünya durdukça var olacak olan Soneçka! Sonya ve Dunya: Nasıl bir özveride bulunduğunuzu iyi düşündünüz mü? Gücünüz yetecek mi? Çıkarlarınıza uygun mu? Akıllıca mı? Dunya'cığım, Bay Lujin'le birlikteliği kabul ettiğinde yazgın Soneçka'nınkinden de kötü olmayacak mı? Hiç kuşkusuz burada aşk söz konusu değil diyor annem. Ya ne var peki? Aşk yoksa, ne olabilir ki? Ya saygı da olmazsa, tersine nefret, aşağılama olursa ne olacak? O zaman kala kala "temizliğe dikkat etmek" kalıyor. Öyle değil mi? Bu temizliğin ne demek olduğunu anlıyor musunuz siz? Anlıyor musunuz, anlıyor musunuz? Lujin için söz konusu olan temizliğin, Soneçka temizliğinden hiçbir ayrımı olmadığını, hatta belki de ondan daha aşağılık, daha bayağı bir temizlik olduğunu anlıyor musunuz? Çünkü Dunya'cığım bu sizin için biraz daha rahat yaşama sorunuyken, öbür taraf için yalnızca açlıktan ölmeme sorunudur. "Bu tür temizlikler Duneçka çok, çok pahalıya mal olur!" Ya daha sonra bu yükü gücünüzün üstünde bulur da çekemezseniz? Ne büyük bir aşağılanma olacak bu; ne acılar çekeceksiniz, nasıl ileneceksiniz, ne çok gözyaşı dökeceksiniz herkesten gizleyerek, çünkü siz bir Marfa Petrovna değilsiniz Dunya'cığım. Ve anneniz ne yapacak o zaman? Şimdiden bunca üzüntü duyuyor, bunca acı çekiyor; her şey apaçık ortaya çıktığı zaman ne olacak? Sonra, ben ne olurum?.. Ne sanıyorsunuz siz beni? Sizden böyle bir özveri istemiyorum Duneçka, istemiyorum, sizden de anne, anlıyor musunuz? İstemiyorum! Ben yaşadıkça, sizin bu tasarladıklarınız olmayacak, anlıyor musunuz, olmayacak, ben kabul etmiyorum!

Birden kendine geldi, durdu.

— Olmayacak mı? Ne yapabileceksin de olmayacak? Yasak mı edeceksin? Var mı böyle bir şeye hakkın? Böyle bir hakkının olabilmesi için, onlara ne verebileceğini söyleyebilirsin? Okulun bitip de kendine bir iş bulabildiğin zaman bütün geleceğini, yazgını onlara adamayı mı? Çok söylenmiş sözler bunlar, üstelik de geleceğe ilişkin, şimdi ne yapabilirsin? Hemen şimdi bir şeyler yapmak gerek; anlıyor musun? Oysa sen ne yapıyorsun? Soyuyorsun onları. Onlar bu parayı yüz ruble aylıklarından, Svidrigaylovlardan, rehinlerden sağlıyorlar. Ey onların yazgılarını elinde tutan Zeus, ey geleceğin milyoneri, Svidrigaylovlara, Afanasiy İvanoviç Vahruşinlere karşı nasıl koruyacaksın onları? Ve ne zaman? On yıl sonra mı? Bu on yıl içinde atkı örmekten ve ağlamaktan annenin gözleri kör, oruç tutmaktan vücudu bir deri bir kemik kalmayacak mı? Ya kız kardeşin? Bir düşün bakalım bu on yıl kız kardeşini ne hale getirecek? Düşünebildin mi?

Bu ve benzeri sorularla kendisine öyle acı çektiriyordu ki, bu işten tat alıyor gibiydi sanki. Oysa bunlar yeni, ansızın gündeme gelivermiş sorular değildi. Hepsi bildik, eski sorulardı. Nicedir yüreğini buran, içini ezen sorulardı. Şu anki sıkıntıları çok eskiden doğmuştu içinde, doğmuş, büyümüş, birikmiş, son zamanlarda ise olgunlaşıp yoğunlaşarak, yüreğine ve beynine acı veren, çözümünü bekleyen, korkunç, yabanıl, doğaüstü bir niteliğe bürünmüştü. Şimdiyse annesinin mektubu bir gök gürültüsü gibi patlamıştı içinde. Artık apaçık bir şey vardı: Bu sorunlar çözümsüzdür diyerek hiçbir şey yapmadan oturup kalmanın, salt düşünmenin ve acı çekmenin zamanı değildi. Hemen, şu anda, çabucak bir şeyler yapması gerekirdi. Ya bunları yapacaktı ya da...

— Ya da yaşamaktan büsbütün vazgeçeceksin! –diye birden öfkeyle bağırdı.– Uysallıkla yazgına boyun eğecek, onu olduğu gibi kabul edeceksin ve her türlü yaşama, sevme, çalışma haklarından vazgeçip, içinde ne varsa boğacaksın!

Sonra birden Marmeladov'un dünkü sorusunu anımsadı:

"Anlıyor musunuz, anlıyor musunuz sayın bayım, bir insanın artık gidebileceği hiçbir yerinin olmaması ne demektir, anlıyor musunuz? Çünkü her insanın gidebileceği hiç değilse bir yerin olması gerekmez mi?.."

Birden ürperdi: Yine dün düşündüğü şeyler gelmişti aklına. Ama ürpermesi bundan değildi. Çünkü o bunların kafasında "canlanacağını" biliyor, "önceden seziyordu"; hatta bekliyordu bunu; ama bu kez kafasında canlanan şeyler dünkü düşünceleri değildi. Aradaki ayrım şuydu: Bir ay önce, hatta dün bile, bu yalnızca bir düştü, şimdiyse... yeni, korkutucu, tanımadığı bir biçimde karşısındaydı; birdenbire anlamıştı Raskolnikov bunu. Kan beynine sıçradı, gözleri karardı.

Çevresine bakınıp sıra aranırken, yirmi adım kadar ilerisinde yürümekte olan bir kadın gördü. Yanından gelip geçen herkese olduğu gibi bu kadına da dikkat etmemişti önce. Kimileyin öyle olurdu ki, eve döndüğü yolu anımsayamazdı, alışkanlığı olmuştu böyle yürümek. Ama şu, önünden giden kadının öyle garip bir hali vardı ki, daha ilk bakışta dikkati çekiyordu. Raskolnikov önce isteksizce, rasgele bir merakla, sonra artan bir ilgiyle kadına dikkat etmeye başladı. Kadındaki garipliğin özellikle ne olduğunu anlama isteğini duyuyordu. İlkin, bu herhalde bir kızdı, hem de çok genç bir kız; bu sıcakta başı açık, şemsiyesiz, eldivensiz sokağa çıkmıştı; yürürken de kollarını gülünç bir biçimde sallıyordu. Üstünde adi cinsten bir ipekli elbise vardı. Ama elbisenin kızın üzerinde duruşu da bir tuhaftı: Bir kez güçlükle iliklendiği anlaşılıyordu, sonra, arkada, tam bel üzerinde eteği aşağı doğru yırtılmıştı; buradan kocaman bir kumaş parçası sarkmış, sallanıyordu. Çıplak boynunda küçük bir eşarp vardı, ama bu da eğreti bağlanmıştı ve yandan sarkıyordu. Bütün bunlar yetmezmiş gibi, kızın yürüyüşü de bir tuhaftı, güçlükle ayakta duruyor, sendeliyor, hatta iki tarafa yalpalayarak yürüyordu. Raskolnikov'un dikkati artık tümüyle kızın üzerine toplanmıştı. Tam sıranın yanına vardıklarında kıza yetişti. Ama kız kendini sıranın üzerine bırakıvermişti, bitkin bir halde başını sıranın arkalığına atmış, gözlerini de yummuştu. Kıza dikkatle bakınca Raskolnikov onun körkütük sarhoş olduğunu anladı. Görünüşü son derece tuhaf ve çirkindi kızın. Raskolnikov bir an yanılıyor olabileceğini bile düşündü. Gencecik bir kızdı bu, on altı, hatta belki de on beş yaşında ancak vardı. Küçücük yüzü beyaz ve sevimliydi. Ama alev alev yanan bu yüz, biraz da şişmiş gibiydi. Pek bir şeyin farkında değil gibiydi kız; bacak bacak üstüne atmıştı, ama bacaklarından birini biraz fazla kaldırmıştı. Bütün bunlardan, kızın, sokakta bulunduğunun bilincinde olmadığı anlaşılıyordu.

Raskolnikov ne oturuyor, ne de gitmek istiyordu, şaşkın şaşkın, öylece kızın önünde dikiliyordu. Kimselerin pek gelip geçmediği bu bulvar, şu anda, bu öğle sıcağında tümden ıssız gibiydi. Yalnız on beş adım kadar ötede, caddenin kenarında, her halinden kızın yanına gelmeyi çok istediği belli olan bir bey duruyordu. Besbelli kızı yolda görmüş, buraya dek izlemişti. Ama işte Raskolnikov engel olmuştu kendisine. Sezdirmemeye çalışarak, öfkeli öfkeli Raskolnikov'u izliyor, bu serseri kılıklı, can sıkıcı delikanlının çekilip, sıranın kendisine gelmesini bekliyordu. Her şey apaçık anlaşılıyordu. Otuz yaşlarında, tıknaz, kanlı canlı, pembe yüzlü, bıyıklı, çok şık giyinmiş bir adamdı bu. Raskolnikov çileden çıkmıştı; birden bu şişman züppeyi aşağılamak için önüne geçilmez bir istek duydu içinde. Bir an için kızın yanından ayrılıp, adama yaklaştı.

— Hey, siz! Svidrigaylov! Ne arıyorsunuz burada? –diye bağırdı.– Yumrukları sıkılmış, dudakları öfkeden köpürmeye başlamıştı.

Adam kaşlarını çattı, kibirli bir şaşkınlıkla ve sert sert:

— Bu da ne demek oluyor? –dedi.

— Buradan çekip gidin, demek oluyor!..

— Sen kim oluyorsun ki, benimle böyle konuşabiliyorsun, serseri!..

Adam bunları söylerken kırbacını bir iki kez salladı. Raskolnikov bu sıkı yapılı adamın kendisi gibi iki kişiyi rahatlıkla alt edebileceğine aldırmaksızın, yumruklarını sıkıp, üzerine atıldı. Ama tam bu sırada, biri onu arkasından kıskıvrak yakaladı; bir polis aralarına girmişti.

— Tamam, beyler, böyle sokak ortasında dövüşmeyin! –dedi. Sonra Raskolnikov'un hırpani kılığını ayrımsayınca, sert bir tavırla ona döndü:

— Kimsiniz siz? Ne istiyorsunuz?

Raskolnikov polisi dikkatle süzdü. Bıyıkları ve şakakları kırlaşmış, zeki bakışlı, yiğit bir asker yüzüyle karşılaştı.

— Benim de tam size ihtiyacım vardı, –dedi polisin elinden tutup kızın bulunduğu yere doğru çekerek.– Adım Raskolnikov, eski üniversite öğrencisi...

Sonra, yolun kenarında, olduğu yerde duran adama dönerek:

— Bunu siz de öğrenebilirsiniz, –dedi. Yeniden polise döndü:

— Gelin memur bey, size bir şey göstereceğim...

Polisin elinden tutarak, kızın bulunduğu sıraya doğru sürükledi.

— Görüyor musunuz nasıl sarhoş! Az önce şuradan geliyordu: Kimbilir kim, ama meslekten birine benzemiyor. Besbelli, aldatıp bir yere götürmüşler ve iyice içirmişler... İlk akla gelen bu. Anlıyor musunuz? Sonra da sokak ortasına bırakıvermişler... Bakın, elbisesi nasıl yırtılmış ve nasıl giydirilmiş? Besbelli kendi giyinmemiş elbisesini, ona giydirmişler. Üstelik de beceriksiz bir el, erkek eli... giydirmiş. Açıkça anlaşılıyor bu. Şimdi de şu adama, kendisiyle az önce dövüşmek üzere olduğum şu züppeye bakın. Onu ilk kez görüyorum, kendisini hiç tanımam. Sanırım o da yolda gördü kızı, baktı ki sarhoş, kendinde değil, izlemeye başladı. Onun bu durumundan yararlanıp, ele geçirmek, bir yerlere götürmek istediği besbelli... Bunun böyle olduğundan eminim. İnanın bana, yanılmıyorum. Kızı nasıl gözlediğini, nasıl izlediğini kendi gözlerimle gördüm. Ama işte ben çıktım karşısına, engel oldum ona. Şimdi gitmemi bekliyor. Bakın şu anda biraz uzaklaştı, sözde sigara sarıyor... Hele bir düşünün bakalım, nasıl engel olabiliriz ona? Ve nasıl gönderebiliriz bu kızı evine?..

Polis her şeyi apaçık anlamıştı. Şişman adamın kıza askıntı olduğu besbelliydi. İyi ama, kızı ne yapacaklardı? Kızın üzerine eğilip daha dikkatlice baktı. Kıza içtenlikle acıdığı belli oluyordu. Başını sallayarak:

— Ah, yavrucak! –dedi.– Çocuk daha... Aldatmışlar... Hiç kuşku yok. Hey!.. Küçükhanım, nerede oturuyorsunuz?

Kız yorgun gözlerini açıp kendine soru soranlara hiçbir şey anlamazcasına baktı, sonra onları yanından uzaklaştırmak ister gibi ellerini salladı.

— Bakın, –dedi Raskolnikov, ceplerini karıştırarak bulabildiği yirmi kopeği uzatırken,– bir araba çağırın ve kızı adresine götürmesini söyleyin. Ama adresini nasıl öğreneceğiz?..

Parayı alan polis yeniden kıza seslenmeye başladı:

— Küçükhanım, küçükhanım! Şimdi bir araba çağıracağım ve sizi kendim götüreceğim. Ama nerde oturduğunuzu bilmiyorum ki... Söyler misiniz, nerde oturuyorsunuz?

Kız yeniden ellerini sallayarak:

— Defolun be!.. –diye söylendi.

— Ah, ne kadar ayıp, ne kadar ayıp, küçükhanım!

Utanma, acıma, hoşnutsuzluk doluydu polisin sesi. Bir yandan da başını sallıyordu. Sonra Raskolnikov'a dönerek:

— Al sana bir sorun! –dedi. Göz ucuyla da delikanlıyı tepeden tırnağa süzüyordu. Besbelli o da, tuhaf görünmüştü gözüne: Hem paçavralar içindeydi, hem de çıkarıp yirmi kopek veriyordu!..– İlk nerde gördünüz onu? Buradan epey uzakta mı?..

— Söyledim ya size, burada, şu caddede, önümden sallana sallana gidiyordu. Tam sıranın yanına gelince, yığılıp kalakaldı.

— Aman Tanrım!.. Utanmazlık almış yürümüş dünyada meğerse!.. Şuncacık kız... Ama nasıl da sarhoş! Besbelli şey yapmışlar onu... Baksanıza, entarisi nasıl yırtılmış! Çirkeflik aldı yürüdü!.. Düşmüş bir iyi aile kızı belki de... Bugünlerde pek çoğaldı böyleleri. Görünüşüne bakarsan nazlı büyütülmüş bir kız, tam bir küçükhanım...

Ve polis yeniden kızın üzerine eğildi. Belki onun da böyle "nazlı ve tam bir küçükhanım" izlenimi bırakan ve davranışlarında iyi terbiye almış olmanın ve çeşitli modaların izlerini taşıyan kızları vardı...

Raskolnikov'sa, adamdan yana telaşlıydı:

— En önemlisi, şu alçağı saf dışı bırakmak! Her an bir kötülük edebilir kıza! Niyetinin ne olduğu apaçık ortada. Baksanıza, buradan bir türlü ayrılmak bilmiyor!

Raskolnikov bağıra bağıra konuşuyor ve eliyle doğruca adamı gösteriyordu. Raskolnikov'un sözlerini duyan adam yeniden kavga edecek gibi oldu, ama sonra vazgeçti; Raskolnikov'a aşağılayıcı bir bakış fırlatarak, on adım kadar ilerleyip yeniden durdu.

— O adamı halletmek kolay, –dedi polis düşünceli düşünceli.– Ama bu, kendisini nereye götüreceğimizi söylemiyor ki... Yoksa... Yeniden kızın üzerine eğildi: Küçükhanım, küçükhanım!..

Kız birden gözlerini açtı, ne olup bittiğini anlıyormuş gibi dikkatle çevresine bakındı, sonra sıradan kalkıp, geldiği yöne doğru yürümeye başladı. Yine elini genişçe sallayarak:

— Tüh, utanmazlar! –diye söylendi.– Nasıl da asılıyorlar!..

Hızlı ama yine yalpalayarak yürüyordu. Şık giyimli adam da, gözlerini ondan ayırmaksızın yolun karşı tarafından onu izlemeye başladı. Polis kesin bir tavırla:

— Hiç üzülmeyin, izin vermeyiz ona, –dedi ve onların ardı sıra yürümeye başladı. Sonra içini çekerek ekledi:– Utanmazlık almış yürümüş meğerse!..

Bu anda Raskolnikov'u birdenbire değiştiren bir şey oldu; sanki bir iğne batmış ya da bir şey ısırmıştı delikanlıyı.

— Hey, baksanıza! –diye bağırdı polisin arkasından.

Polis dönüp baktı.

— Bırakın! Size ne? Bırakın gitsin! –Eliyle şık adamı gösterdi.– Bırakın o da neşesini bulsun! Size ne ki karışıyorsunuz?

Polis hiçbir şey anlamamıştı, gözlerini ayırmış Raskolnikov'a bakıyordu. Raskolnikov ise gülmeye başlamıştı.

— Tövbe, tövbe! –diye söylenen polis elini salladı ve kızla şık adamın peşi sıra yürümeye devam etti. Raskolnikov'u bir kaçık ya da bundan da kötü bir şey sanmıştı besbelli.

— Yirmi kopeğimi de götürdü, –diye söylendi Raskolnikov öfkeyle; orada bir başına kalmıştı.– Ötekinden de alsın oldu olacak bir miktar para ve kızı da kendine teslim etsin; böylece iş burada biter hiç değilse. Ne demeye yardıma kalkıştım ki? Bana mı kalmış yardım etmek! Hem yardıma hakkım var mı? Varsın çiğ çiğ yesinler birbirlerini; bana ne! Ve hangi cesaretle verdim yirmi kopeğimi? Benimmiş gibi bu para sanki?

Böyle söylenmesine karşın, yine de içinde bir ağırlık duydu. Boş kalan sıraya oturdu. Kafası karmakarışıktı. Şu anda, değil bu konu, başka herhangi bir şey düşünebilecek durumda değildi. Kendinden geçmek, her şeyi unutmak, sonra uyanıp yeni bir yaşama başlamak istiyordu şu anda.

Kızın az önce oturmakta olduğu köşeye bakarak:

— Zavallı kız! –diye söylendi.– Kendine gelecek, ağlayacak, sonra annesi öğrenecek işi... Önce bir güzel dövecektir, sonra aşağılayacak, acımasızca kırbaçlayacak, belki de evden kovacaktır... Kovmasa bile, nasıl olsa onun kokusunu alacak Darya Frantsovnalar çıkacak ve kızcağızı bildikleri yola sokacaklardır... Sonra, çok geçmeden hastaneye (annelerinin yanında namuslu görünüp gizliden gizliye bu işi yapanlarda hep olduğu gibi), sonra... yine hastaneye, derken şarap... meyhane... ve yine hastane... İki üç yıla kalmadan da kötürüm olup çıkacak; on sekiz, bilemedin on dokuz yaşında sönüp gidecek hayatı... Görmedim mi ben böylelerini? Gördüm. Nasıl düşmüşlerdi onlar bu duruma? Hep aynı şekilde... Tüh! Ama boş ver! Demek ki böyle olması gerekiyor... Demiyorlar mı zaten, her yıl belli bir yüzde harcanmalıymış ki, geri kalanlara engel olunmasın, rahat edebilsinler... Yüzde, ha!.. Yüzde!.. Doğrusu, görkemli bir sözcük! Hem yatıştırıcı, hem bilimsel! Yüzde deyiverdin miydi, akan sular durur; korkacak bir şey yok demektir artık... "Yüzde" yerine başka bir sözcük kullanılıyor olsaydı, böylesine tedirginlikten uzak olunmazdı herhalde... İyi ama, ya Duneçka da buna değilse bile, bir başka yüzdenin içine giriverirse?..

Raskolnikov birden durdu, "Hey Tanrım, ben nereye gidiyordum?" diye düşündü. "Besbelli, bir şey için çıktım ben dışarı... Evet, mektubu okur okumaz kendimi dışarı atmıştım... Vasilyev Adası'na gidecektim, Razumihin'e... şimdi anımsıyorum. İyi ama, neden? Razumihin'e gitmek de nereden çıktı şimdi? Çok tuhaf doğrusu!"

Kendine şaşıyordu. Razumihin eski üniversite arkadaşlarından biriydi. Gerçekten şaşılacak şeydi: Raskolnikov'un üniversitedeyken hemen hiç arkadaşı olmamıştı. Kimseyle görüşmez, herkesten uzak dururdu. Bu böyle olunca da kısa sürede herkes kendisinden yüz çevirmişti. Ne toplantılara, ne konuşmalara, ne eğlencelere katılırdı, hiçbir birliktelikte yer almazdı. Kendine acımaz, çok fazla ders çalışırdı. Bu nedenle onu sayarlar; ama sevmezlerdi. Çok yoksuldu ve çok gururluydu. Hep içinde bir şeyler gizler gibiydi, kimseyle paylaşmazdı düşünce ve duygularını. Kimi arkadaşları onun kendilerini hor gördüğünü düşünürlerdi; sanki çocuklarmış gibi hepsine yüksekten baktığını, bilgi, kavrayış, inanç yönünden hepsini geride bırakmışçasına, onları küçük gördüğünü, inançlarını, çıkarlarını horladığını düşünürlerdi.

Ama işte Razumihin'le dost olmuştu, daha doğrusu dostluk değil de dostça bir ilişkiydi bu: Onunla açık konuşur, düşünce ve duygularını paylaşırdı. Zaten Razumihin'le başka tür bir ilişki kurulamazdı: Son derece neşeli, herkesle kolayca kaynaşan, saf denecek denli temiz bir delikanlıydı. Ama bu saflığın altında bir derinlik, bir erdemlilik gizliydi. Yakın arkadaşları da bunu bilirler, onu özellikle bu nedenle severlerdi. Gerçekten de kimileyin aptal denilecek denli saf görünmesine karşın, hiç de aptal değildi. Dış görünüşü de dikkat çekiciydi: Uzun boylu, zayıf, kapkara saçlı, kötü tıraşlıydı.

Arada bir kavga gürültü çıkarır, böyle durumlarda pehlivan olur çıkardı. Bir gece arkadaşlarıyla dolaşırken çam yarması bir polisi bir yumrukta yere oturtmuştu. Sonsuz ölçüde içki içebilir, ama hiç içmeden de durabilirdi; bazen aşırı denilebilecek yaramazlıklar yapar, ama son derece uslu da olabilirdi. Razumihin'in olağanüstü bir yanı da başarısızlıklar karşısında öfkeye kapılmaması, en güç koşullar altında bile yılıp gerilememesiydi. Bir dam altını ev olarak kullanıp burada yatıp kalkabilirdi; açlığın, soğuğun en dayanılmazına katlanabilirdi. Çok yoksuldu, kimseden yardım görmez, bulduğu birtakım işlerde çalışıp kazandığı parayla geçinirdi. Çalışıp para kazanabileceği sayısız kaynak bilirdi. Bir yıl bütün kışı odasını ısıtmadan geçirmiş ve bunun hiç de fena bir şey olmadığını, soğukta daha iyi uyunduğunu ileri sürmüştü. Şu sıralarda da parasızdı ve kısa bir süre için üniversiteden ayrılıp, öğrenimini sürdürebilmesini sağlayacak parayı kazanmanın peşine düşmüştü. Raskolnikov dört aydır uğramıyordu ona, Razumihin ise onun evini bilmiyordu. İki ay kadar önce bir gün yolda karşılaşmışlar, ama Raskolnikov başını çevirmiş, dahası görünmemek için yolun karşı yanına geçmişti. Razumihin'se onu görmüş; ama dostunu rahatsız etmemek için görmezden gelmişti.

V

Uzun uzun düşünen Raskolnikov sonunda anımsamıştı: "Gerçekten de geçenlerde Razumihin'den ders vereceğim bir öğrenci ya da başkaca herhangi bir iş bulmasını istemeyi düşünmüştüm... Ama nasıl yardım edecek ki bana? Diyelim ders buldu, diyelim –eğer varsa– elindeki parayı son kopeğine dek benimle paylaştı ve ben derslere gidebilecek bir kılık uydurdum bu parayla, çizme falan satın aldım, peki ama, ya sonra? Üç beş kopekle ne yapabilir insan? Bu mu şimdi bana gerekli olan? Razumihin'e gitmeye kalkışmam gülünç bir şey..."

Şu anda Razumihin'e gitmekte olması sorunu, birdenbire bu sorunun boyutlarını aşmış ve onu çok korkutmaya başlamıştı. Son derece doğal görülebilecek bu davranışında Raskolnikov, büyük bir tedirginlikle, kendisi için uğursuz birtakım anlamlar bulmaya çalışıyordu.

Şaşkınlık içinde, "Ne yani," diye soruyordu kendi kendine, "içinde bulunduğum çıkmazdan Razumihin'e gitmekle mi kurtulacağım? Razumihin mi kurtaracak beni?"

Düşünüyor, alnını buruşturuyordu, ama işte uzun düşüncelerden sonra birdenbire, sanki kendiliğinden, çok tuhaf bir düşünce geldi aklına.

"Hımm... Razumihin'e..." sanki kafasındaki kargaşa son bulmuştu, öyle sakindi. "Evet, Razumihin'e gideceğim, buna hiç kuşku yok... Ama şimdi değil... Razumihin'e, o iş bittikten sonra gideceğim, hemen ertesi günü... O iş bitip de her şeyin yepyeni bir yola girmesinden sonra..."

Birden ayıldı.

— O iş mi? –diye haykırdı oturduğu sıradan hoplayarak.– Olacak mı o iş? Olabilir mi?

Sıradan fırlayıp kalktı ve koşarcasına yürümeye başladı. Niyeti geri dönüp eve gitmekti, ama eve dönmeyi birden çok iğrenç buldu: Ev... orada, o korkunç dolapta olgunlaşmamış mıydı bu düşünce kafasında? Bir aydır?.. Rasgele yürümeye başladı.

Sinirli titreyişi yerini sıtma titreyişine bıraktı, dahası, bütün vücudu titremeye başladı, bu sıcakta üşüdüğünü duydu.

Bir iç zorlamayla, ama bilinçsizce, rastladığı her şeyi incelemeye başladı; böylece kendini oyalamak istiyor gibiydi. Ama başaramıyordu, oyalanması bir an sürüyor, yine eski düşüncelerine gömülüyordu. Titreyerek başını kaldırıp çevresine bakındığında, ne o anda ne düşünmekte olduğunu, ne de o sırada nereden geçmekte olduğunu ayrımsayabiliyordu. Bütün Vasilyev Adası'nı, Küçük Neva'yı, köprüyü böyle geçti, ada yoluna saptı. Şehrin tozuna toprağına, birbirine girmiş, sıkışık, kocaman evlerine alışmış yorgun gözlerine, şu an içine girdiği yeşillik ve serinlik önce hoş göründü. Burada ne boğucu hava, ne pis kokular, ne de meyhaneler vardı. Ama bu yeni ve hoş duygular çok kısa sürdü, bir anda yeniden sinirli, tedirgin buldu kendini. Arada bir yeşillikler içine gömülmüş bir daçanın önünde duruyor, çitler arasından uzakta, balkonlarda, teraslarda güzel giyimli kadınlarla, bahçede koşuşan çocukları seyrediyordu. Çiçekler özellikle ilgisini çekiyordu, her şeyden çok çiçeklere bakıyordu. Lüks arabalara, ata binmiş kadınlara, erkeklere rastlıyordu, bunları meraklı gözlerle izliyor, ama daha gözden yitmeden hepsini unutuveriyordu. Bir ara durdu ve paralarını saydı, otuz kopeğe yakın parası vardı. "Yirmi polise, üç de mektup için Nastasya'ya, demek ki dün Marmeladov için kırk yedi ya da elli kopek harcamışım." Paralarını saymasının herhalde bir nedeni vardı, ama o paralarını cebinden niçin çıkardığını da, niçin saydığını da çabucak unutmuştu. Bir lokantanın önünden geçerken anımsadı paralarını niçin saydığını; acıkmıştı. İçeri girdi, bir kadeh votka içti, bir börek yedi.

Böreğini dışarıda bitirdi. Epeydir votka içmemiş olduğu için, içtiği küçük bir kadeh çabucak etkilemişti onu. Ayakları ağırlaştı, güçlü bir uyku isteği duydu. Dönüp evine doğru yürümeye başladı, Petrovski Adası'na vardığında iyice bitkinleştiğini duydu, yoldan sapıp çalılar arasına daldı, çimenler üzerine uzandı ve derin bir uykuya daldı.

Hastalıklı durumlarda görülen düşlerin, belirginlik, açıklık, canlılık ve gerçeğe çok uygun oluş gibi özellikleri vardır. Bazen son derece korkunçtur tablo, ama ortam ve tüm düşünce–tasarım süreci öylesine gerçeğe uygun, sanat yönünden tüm tablo ile uyuşan öylesine ince ve beklenmedik ayrıntılarla doludur ki, düşü gören kişinin, Puşkin, Turgenyev gibi bir sanatçı bile olsa, uyanıkken böylesine bir tabloyu uydurabilmesi olanaksızdır. Hastalıklı düşlerdir böylesine düşler, uzun süre unutulmazlar ve düş sahibinin zaten hastalıklı olan yapısı üzerinde derin izler bırakırlar.

Raskolnikov korkunç bir düş gördü. Çocukluğuydu düşünde gördüğü. Raskolnikov yedi yaşında... Bir bayram günü, akşama doğru babasıyla birlikte kent dışında dolaşmaya çıkıyor. Hava kapalı, boğucu bir sıcak var. Görünüm, tam belleğinde kalan görünümdür: Hatta şu anda düşünde gördüğü, belleğindekinden daha canlı. Kasaba, ötede çırılçıplak görünüyor, çevrede tek bir ağaç bile yok; çok uzaklarda, yerle göğün birleştiği çizginin oralarda küçük bir orman karartısı görülüyor. Kasabanın son evinden birkaç adım ötede bir meyhane var; büyük bir meyhane, babasıyla yürüyüşe çıktıklarında önünden her geçişinde üzerinde tatsız duygular uyandıran, dahası onu korkutan bir meyhane bu. Her zaman kalabalık, her zaman bağırıp çağıran, kahkahalarla gülen, söven, kısık sesle açık saçık şarkılar söyleyen, sık sık dövüşen insanlarla dolu; korkunç suratlı, sarhoş birtakım insanlar dolaşır çevresinde... Dolaşırken bunlara rastladılar mı, Raskolnikov babasına sımsıkı sarılır, bütün vücudu titrer. Meyhanenin önünden geçen uyduruk yol hep tozludur ve nedense siyahça bir tozdur bu. Yol kıvrılarak uzanır ve üç yüz adım kadar ileride, sağa, kasabanın mezarlığına döner. Mezarlığın ortasında yeşil kubbeli, taştan bir kilise vardır. Raskolnikov anne ve babasıyla birlikte yılda birkaç kez buraya gelir ve yüzünü bile görmediği büyükannesi için yapılan ayine katılırdı. Kiliseye gelişlerinde beyaz bir peçeteye sarılı bir tabak içinde bir de kek getirirlerdi. Pirinç ve şekerden yapılan bu kekin üzerinde kuru üzümlerden yapılmış bir haç olurdu. Raskolnikov bu kiliseyi, buradaki eski, kutsal resimleri ve titrek başlı yaşlı papazı severdi. Üzerine bir taş dikili olan büyükannenin mezarı yanında bir de küçük mezar vardı. Raskolnikov'un daha altı aylıkken ölen küçük kardeşinin mezarıydı bu. Anımsamıyordu Raskolnikov kardeşini. Ama ona küçük bir kardeşi olduğunu söylediklerinden beri, mezarlığı her ziyaretlerinde, kardeşinin mezarı başında eğilir, yattığı yeri öper ve saygıyla haç çıkarırdı. Gördüğü düş şuydu: Babasıyla mezarlık yolunda yürüyorlar. Meyhanenin önünden geçerken korkuyla babasının elinden tutuyor ve meyhaneden yana bakıyor. Bir tuhaflık çekiyor dikkatini: Bu kez içeride sanki büyük bir eğlenti var. Cicili bicili giyinmiş tüccar karıları, köylü karıları, bunların kocaları ve aşağı tabakadan daha bir sürü insan doldurmuş meyhaneyi. Hepsi sarhoş, hepsi şarkı söylüyor. Meyhanenin kapısı önünde bir de araba var. Ama tuhaf bir araba bu. İri kadanaların koşulduğu, ağır yük ve şarap fıçıları taşımaya yarayan arabalardan. Raskolnikov bu uzun yeleli, kalın bacaklı, güçlü atları seyretmeye bayılırdı; ölçülü adımlarla sakin sakin yürürler ve yüklüyken, yüksüz olduklarından daha rahatlarmış gibi arabaya yığılmış olan dağ gibi yükü hiç zorlanmadan çekerlerdi. Ama şimdi, tuhaf şey, bu koca arabaya çelimsiz, acınası bir köylü beygiri koşulmuştu; demirkırı bir lağar. Büyücek bir odun ya da saman yükü altında güçsüz güçsüz ilerlemeye çalıştıklarını çok görmüştü Raskolnikov bu atların. Hele araba çamura ya da araba tekerlerinin derinleştirdiği izlere girdiği zaman iyice güçten düşerler, bu nedenle de mujiklerin acımasız kamçıları şaklardı üzerlerinde. Bazen iyiden acımasız olurdu mujikler, kamçıyı hayvanın yüzüne, hatta gözlerine vururlardı. Çok sevdiği, çok acıdığı hayvanların bu durumu Raskolnikov'u öylesine üzerdi ki, ağlayacak gibi olur, annesi de onu hemen pencereden uzaklaştırırdı. Birden meyhanede bir gürültü koptu; kırmızılı mavili gömlekler giymiş, ceketleri omuzlarında, iriyarı birtakım mujikler, iyice sarhoş, naralar atarak, şarkılar söyleyerek, balalayka çalarak meyhaneden dışarı fırladılar. Havuç gibi kırmızı suratlı, kalın enseli, gençten bir mujik:

— Hadi herkes binsin! –diye bağırdı.– Herkes binsin, hepinizi götüreceğim!

Bir anda herkes gülmeye, bağrışmaya başladı:

— Bu lağar mı çekecek bizi?

— Mikolka, aklını mı kaçırdın aslanım sen? Bu dangalak kısrak bu arabaya koşulur mu hiç?

— Kardeşler, bu demirkırı hiç yoksa bir yirmi yaşında var!

Herkesten önce arabasına atlayan Mikolka:

— Binin! –diye bağırdı.– Hepinizi götürecek!

Dizginleri eline almış, olanca heybetiyle öne dikilmişti.

— Doruyu Matyev aldı. Bu namussuza gelince, canıma tak ettirdi artık! Boşuna arpa tüketip duruyor, gebertmek en iyisi. Binin diyorum size! Dörtnala koşturacağım! Koşacak, hem öyle bir koşacak ki!

Kısrağı hevesle dövmek için kamçısını kaldırdı. Kalabalıktan yine kahkahalar yükseldi:

— Binin millet, ne duruyorsunuz! Baksanıza dörtnala koşturacağım diyor!

— Ne dörtnala yahu? Bu hayvanın en aşağı on yıldır tırısa bile kalktığı yoktur!

— Koşacakmış ya!

— Acımayın kardeşler, herkes eline bir kamçı alıp hazırlansın!

— Vurun anasını satayım!

Güle şakalaşa arabaya doluştular. Altı kişi binmişti, ama arabada daha yer vardı. Aralarına şişman, alyanaklı, sırtında koyu bir sarafan, başında kenarı işlemeli bir başlık, ayaklarında da kaba kunduralar bulunan bir de kadın almışlardı. Kadın dişleriyle fındık kırıyor, ara sıra da gülüyordu. Aslında herkes gülüyordu. Doğrusu, gülünmeyecek gibi de değildi durum: Derisi kemiğine geçmiş şu acınası beygir, arabayı dolduran bunca insanı dörtnala götürecekti! İki delikanlı da Mikolka'ya yardım etmek için ellerine birer kırbaç almışlardı. Derken, "Deh!" diye bir ses duyuldu. Lağarcık bütün gücüyle asıldı, ama dörtnal şurada dursun, adi yürüyüşe bile kalkamadı. Ayak değiştirir gibi küçük, kısa adımlarla olduğu yerde sayıyor, sırtında ardı ardına şaklayan kırbaçlar altında inliyor, bacakları bükülüyordu. Arabadakilerin de, dışarıdan durumu seyredenlerin de gülüşleri bir kat daha artmıştı. Mikolka iyice kızmıştı, kısrağın dörtnala koşacağına gerçekten de inanıyormuş gibi büyük bir öfkeyle art arda indiriyordu kamçısını.

Kalabalık arasından bir delikanlı da arabadakilere imrenmişti:

— Bırakın, ben de bineyim kardeşler! –diye bağırıyordu.

Atını ha bire kamçılayan ve artık neyle döveceğini bilemeyecek hale gelen Mikolka da bağırıyordu:

— Binin! Herkes binsin! Hepinizi çekecek! Geberteceğim onu!..

— Babacığım, babacığım, ne yapıyor bunlar! –diye bağırdı Raskolnikov.– Nasıl da dövüyorlar zavallı atı...

— Gidelim, hadi gidelim buradan, –dedi babası.– Sarhoş, bunlar. Eğleniyorlar akıllarınca. Bakma o yana. Gidelim buradan!

Ve uzaklaştırmak istedi Raskolnikov'u oradan. Ama o babasının elinden kurtulduğu gibi, kendinden geçmişçesine ata doğru koşmaya başladı. Zavallı beygircik perişan durumdaydı. Soluğunu tutup bir an duraklıyor, sonra yine asılıyordu arabaya. Ama her seferinde yere kapaklanacak gibi oluyordu.

— Gebertin! –diye bağırıyordu Mikolka.– Artık yeter! Geberteceğim!

Kalabalık arasından yaşlı bir adam da Mikolka'ya bağırdı:

— Sen Hıristiyan değil misin, mendebur!

— Böyle bir atcağızın, böyle bir yükü çektiği nerede görülmüş? –diye ekledi bir başkası.

Bir üçüncüsü:

— Öldüreceksin ulan! –diye bağırdı.

— Sana ne! Mal benim!.. Ne istersem yaparım. Daha binin, herkes binsin! Ne pahasına olursa olsun, dörtnala kalkmasını istiyorum!..

Birden müthiş bir kahkaha tufanı koptu ve bütün gürültüleri bastırdı: Üzerinde art arda şaklayan kırbaçlara dayanamayan zavallı kısrak; o perişan haliyle çifte atmaya başlamıştı. Mikolka'ya bağıran yaşlı adam bile kendini tutamayıp güldü. Nasıl gülmesin: Ayakta zor duran bir beygir sağa sola çifte atıyor!

Derken kalabalık arasından iki genç koptu ve ellerinde birer kırbaç her biri atın bir yanına geçip böğürlerine vurmaya başladılar.

Mikolka bağırıyordu:

— Suratına vurun! Gözlerine gözlerine şöyle!..

— Haydi bir şarkı söyleyelim kardeşler! –dedi arabadakilerden biri ve hep birlikte aşağılık bir şarkı tutturdular. Kimi ıslıkla eşlik ediyordu şarkıya. Bu arada bir de tef sesi duyulmaya başlanmıştı. Köylü karı ha bire fındık kırıyor, gülüyordu.

Raskolnikov atın yanına koştu, öne geçti. Hayvanın gözüne nasıl vurduklarını gördü. Ağlamaya başladı. Yüreği kabarıyor, gözlerinden yaşlar boşalıyordu. Bu arada kamçılardan biri yüzüne çarptı; ama o hiçbir şey duymamıştı, ellerini ovuşturuyor, bağırıyordu. Başını sallayıp bütün bunları kınayan ak saçlı, ak sakallı yaşlı adama doğru koştu. Kalabalıktan bir köylü kadın elinden tutup onu uzaklaştırmak istedi, ama o kadının elinden kurtulup yeniden atın yanına koştu. Hayvan son gücünü harcamaktaydı artık, ama birden yeniden çifte atmaya başladı.

Öfkeden çılgına dönen Mikolka:

— Geberteceğim seni mendebur hayvan! –diye bağırdı.– Kamçısını atıp eğildi ve arabanın dibine uzatılmış olan ağır, uzun yedek araba okuna sarıldı; iki eliyle tuttuğu oku güçlükle demirkırı kısrağın başı üzerinde kaldırdı.

Çevreden bağrışıyorlardı:

— Boynunu kıracak!

— Öldürecek!

Mikolka da bağırıyordu:

— Mal benim değil mi? İster öldürürüm, ister...

Ve oku olanca gücüyle hayvanın üzerine indirdi. Boğuk bir ses duyuldu.

Kalabalık arasından sesler yükseliyordu:

— Ne duruyorsunuz millet! Kamçılasanıza!..

Mikolka ise koca araba okunu yeniden kaldırmış ve yeniden olanca gücüyle zavallı lağarın tepesine indirmişti. Bu vuruşla hayvan olduğu gibi arka ayakları üzerine çöküverdi. Ama birden doğruldu ve gösterebileceği son çabayla sağa sola saldırmaya başladı. Ama dört yanından tam altı kırbaç göz açtırmadı hayvana. Öte yandan Mikolka da araba okunu yeniden havaya kaldırmıştı, üçüncü, derken dördüncü kez olanca ağırlığıyla indi ok beygirin sırtına. Mikolka bu işi bir vuruşta bitiremediği için kudurmuş gibiydi.

— Amma çıkmaz canı varmış ha!.. –diye bağırıyorlardı çevreden.

Meraklının biri de:

— Öyle ama, bu kez yüzde yüz yıkılacak, –dedi.– Sonu geldi artık, kardeşler!

Bir başka meraklı:

— Baltayla bir vuruşta bitirilir bunun işi! –dedi.

Mikolka öfkeyle:

— Şimdi hapı yuttun işte! Açılın hele! –diye bağırdı, sonra araba okunu elinden fırlatıp, yeniden arabanın içine eğildi ve bu kez bir demir küskü çıkardı.

— Değmesin millet! –diye bağırıp küsküyü var gücüyle hayvanın sırtına indirdi.

Boğuk bir çatırtı çıktı. Zavallı lağar şöyle bir sallandı, sonra arka ayakları üstüne yığıldı. Arabayı çekmek için son bir çaba göstermek istediği sırada demir küskü yeniden, olanca şiddetiyle sırtına indi. Zavallı beygir, dört ayağını birden kesmişler gibi olduğu yere yığılıverdi.

— İyice bitirelim şunun işini! –diye bağıran Mikolka kendinden geçmişçesine arabadan atladı. İçkiden suratları kıpkırmızı birkaç sarhoş delikanlı daha ellerine geçen kamçı, sopa, araba oku gibi şeylerle can çekişmekte olan beygire vurmaya başladılar. Mikolka yanda duruyor ve elindeki demir küsküyü boş yere hayvanın sırtına indiriyordu. Lağar başını uzatmış, güçlükle soluyordu, az sonra da son nefesini verdi.

Kalabalık arasından sesler duyuluyordu:

— Öldürdü işte!

— Hani dörtnala koşacaktı?

Mikolka ise elinde küskü, gözleri kan çanağına dönmüş, öylece duruyor ve:

— Mal benimdi! –diye söyleniyordu.

Çevresinde öldürebileceği başka bir şey kalmamış olmasına üzülüyor gibiydi.

Kalabalıktan sesler:

— Sen gerçekten de Hıristiyan değilmişsin! –diye bağırdılar Mikolka'ya. Bu kez bağıranlar daha çoktu.

Bu arada zavallı çocuk kendini yitirmiş gibiydi. Bir çığlık atıp, kalabalığı yararak beygire doğru koştu, onun kan içindeki başına sarılıp, gözlerinden, dudaklarından öpmeye başladı. Sonra birden öfkeyle yerinden fırladı, küçücük yumrukları sıkılı, Mikolka'nın üzerine atıldı. Epeydir oğlunun ardından koşup duran babası onu tam bu sırada yakaladı ve çekip kalabalıktan çıkardı.

— Gidelim artık oğlum, evimize gidelim!

— Babacığım! Zavallı... hayvanı... niçin... öldürdüler? Soluğu tutuluyor, göğsü daralıyor, sözcükler daralmış göğsünden hıçkırık olarak çıkıyordu.

— Sarhoş bunlar oğlum, –dedi babası.– Eğleniyorlar işte... Bizi ilgilendirmez. Gidelim hadi!

Küçücük kollarıyla babasını kucakladı, ama birden göğsü sıkıştı, soluk almak, bağırmak istedi ve uyandı.

Raskolnikov terden sırsıklam uyandı. Soluk soluğaydı. Yattığı yerden korkuyla doğruldu. Bir ağacın altına oturup derin derin soluyarak:

— Tanrı'ya şükür, yalnızca bir düşmüş! –diye söylendi. İyi ama, anlamı ne bunun? Sakın bir nöbet başlangıcı olmasın? Tanrım, ne korkunç bir düştü!..

Dövülmüş gibi ezik, yorgun hissediyordu kendini. Kafası karmakarışıktı, bir karamsarlık çökmüştü içine. Dirseklerini dizlerine dayayıp başını ellerinin arasına aldı.

— Olacak şey mi bu? –diye söyleniyordu bir yandan da.– Tanrım! Yapabilir miyim ben böyle bir şeyi? Baltayla kadının kafasını parçalamak, ılık, yapışkan kanlar içinde yüzerek, kilitler kırmak, hırsızlık etmek, tir tir titremek, elimde balta, kanlara bulanmış olarak gizlenmek... Tanrım! Yapabilir miyim hiç ben böyle bir şeyi?

Bunları söylerken tir tir titriyordu. Sonra doğruldu. Şaşkınlık içindeydi:

— Neler söylüyorum ben! Bütün bunlara katlanamayacağımı zaten bilmiyor muydum? Ne diye üzüp duruyorum böyle kendimi? Daha dün, deneme için gittiğimde kesinlikle anlamamış mıydım dayanamayacağımı? Öyleyse şu anda ne oluyor bana? Ne diye kuşkulandım bugüne değin kendimden? Daha dün merdivenlerden inerken, bunun son derece aşağılık, iğrenç, alçakça, alçakça... bir şey olduğunu söylemiyor muydum? Düşüncesi bile tiksindirmiyor muydu, dehşete düşürmüyor muydu beni?.. Hayır, yapamam, dayanamam böyle bir şeye! Şu bir aydır yaptığım bütün hesaplar en küçük ayrıntısına dek doğru olsa bile, hiçbir şeyi unutmamış bile olsam, hayır... yapamam. Tanrım! Yapamam diyorum, ama neden hâlâ kararsızım? Yapamam, dayanamam diyorum, ama neden hâlâ...

Ayağa kalktı, nasıl olup da burada bulunduğuna şaşmış gibi çevresine bakındı ve "T..." Köprüsü'ne doğru yürümeye başladı. Yüzü kireç gibi olmuştu, gözleri yanıyordu, her yeri sızlıyordu. Ama yine de daha rahat solumaya başlamıştı. Uzun süredir altında ezildiği korkunç bir yükten kurtulmuş gibiydi, içinde bir hafiflik, bir rahatlama duydu.

— Tanrım! –diye yalvardı.– Sen bana yolumu göster! Ben o lanet olasıca hayalden vazgeçiyorum!

Köprüyü geçerken sessiz, dingin Neva'yı, güneşin kızıl ışıklar içinde batışını seyretti. Bitkindi, ama yorgunluk duymuyordu. Yüreği bir aydır içinde ezildiği bir bukağıdan kurtulmuştu sanki. Özgürlük! Özgürlük!.. Artık büyülerden, büyücülerden, cinlerden, zebanilerden kurtulmuştu!

Sonraları Raskolnikov bugünleri, bugünlerde başına gelenleri dakikası dakikasına, noktası noktasına anımsadığı zaman, son derece sıradan bir olayı, neredeyse bir batıl inanç şeklinde, alınyazısını belirleyen şey olarak nitelendirmişti. Bu olay şuydu: Böylesine yorgun, bitkin olduğu halde, evine en kestirme yoldan değil de Samanpazarı'ndan dolaşarak gitmişti. Niçin bu yolu seçtiğini bir türlü anlayamıyor, açıklayamıyordu. Gerçi iki yol arasında öyle fazlaca bir fark yoktu, ama yine de hiç gerekmediği halde, şurada kestirme yol dururken uzun olan yolu seçmişti. Aslında evine dönerken geçtiği yolları çoğu kez anımsamazdı. Ama şimdi soruyordu: Geçmesi için hiçbir gerekliliğin, hiçbir zorunluluğun bulunmadığı Samanpazarı'ndaki bu tümüyle rastlantısal karşılaşma, neden bir başka zaman değil de şimdi, yaşamının böyle bir anında, alınyazısı üzerinde en güçlü, en belirleyici etkinin ancak böylece oluşabileceği bir ruhsal durumdayken gerçekleşmişti? Sanki bile bileydi her şey!

Samanpazarı'ndan geçtiğinde saat dokuza geliyordu. Dükkanlardaki, barakalardaki, kayıklardaki satıcılar, ayaküstü tezgâh kurmuş olanlar, hepsi, tıpkı müşterileri gibi evlerine gitmeye hazırlanıyorlar, mallarını toparlayıp, dükkanlarını kapatıyorlardı. Bodrum katlarındaki lokantaların çevresinde, Samanpazarı'nın o pislik içindeki dayanılmaz kokulu avluları dolaylarında, en çok da meyhanelerin çevresinde, her türden esnaf, sanatkâr, tüccar, serseri dolaşıyordu. Raskolnikov sokağa çıkıp amaçsız dolaştığı günlerde, buralardaki ara sokakları çok severdi. Buralarda hiç kimse onun o dökülen kılığına küçümseyerek bakmazdı, kimsenin dikkatini çekmeden, kimsenin ayıplamasından korkmadan dilediğin gibi dolaşabilirdin buralarda. Alanı tam "K..." Sokağı'na bağlayan yerde, köşede, bir karıkoca iki ayrı tezgâh üzerinde iplik, kurdele, mendil, basma gibi şeyler satarlardı. Onlar da evlerine gitmek üzereydiler, ama o sırada yanlarına gelen tanış bir kadınla konuşmaya dalmışlardı. Bu kadın Lizaveta İvanovna idi ya da herkesin kısaca çağırdığı gibi, Lizaveta. Raskolnikov'un saatini rehine koymak ve deneme yapmak için dün ziyaretine gittiği, çok küçük dereceden bir memurun dul karısı tefeci Alyona İvanovna'nın kız kardeşi Lizaveta İvanovna... Raskolnikov ne zamandır Lizaveta hakkında hemen her şeyi biliyordu. Hatta kadın da onu az çok tanırdı. Uzun boylu, hantal, ürkek, uysal, biraz aptal, otuz beş yaşlarında geçkince bir kızdı. Ablasının kölesi gibiydi; gece gündüz onun için çalışır, ondan çok korkar, hatta arada bir dayak atmasına bile boyun eğerdi. Elinde bir bohça, karıkoca satıcının önünde duruyor ve sessizce onları dinliyordu. Ateşli ateşli bir şeyler anlatıyordu karıkoca kendisine. Bu karşılaşmada şaşılacak bir yan olmamasına rağmen, Raskolnikov kadını görünce, aşırı şaşkınlığa benzer bir duyguya kapıldı.

— Lizaveta İvanovna, -diyordu satıcı adam bağıra bağıra,- kendiniz karar verin bu işe siz!.. Yarın yediye doğru gelin. Onlar da bizde olurlar...

Lizaveta kararsız, düşünceli:

— Yarın mı? -dedi uzata uzata.

Satıcının karısı yaman bir kadındı. Bir çırpıda:

— Alyona İvanovna da sizi iyi korkutmuş hani! -dedi.- Bakıyorum, çocuk gibisiniz. Üstelik öz ablanız bile değil kendisi. Ama sizi dilediğince yönetiyor.

— Bu kez Alyona İvanovna'ya hiçbir şey söylemeyin, - diye satıcı kadının kocası söze girdi.– Benim size vereceğim öğüt bu. Ona haber vermeden, ondan izin istemeden gelin bize. Sizin çıkarınıza olacak bir iş bu. Daha sonra ablanız da bunun böyle olduğunu anlayacak.

— Gelsem mi acaba?

— Yarın... Saat yediye doğru... Onlar da bizde olacaklar. Kendiniz karar verin artık bu işe!

— Semaveri de yaktık mıydı... –diye ekledi satıcının karısı.

— Olur, gelirim, –dedi Lizaveta. Hâlâ düşünceli; kararsızdı. Sonra yürümeye başladı.

Raskolnikov bu sırada yanlarından geçmiş bulunuyordu ve konuşmanın gerisini duyamamıştı. Konuşmalarının bir kelimesini bile kaçırmamaya çaba göstererek, belli etmeden, ağır ağır geçmişti önlerinden. İlk şaşkınlığı yerini korkuya bırakmıştı. Hiç beklemediği bir anda, birdenbire ve tümüyle rastlantısal olarak, yarın akşam saat tam yedide, kocakarının kız kardeşi, biricik can yoldaşı Lizaveta'nın evde olmayacağını, böylece de kocakarının büyük olasılıkla evde tek başına olacağını öğrenmiş oldu.

Bulunduğu yerden evine birkaç adımlık bir yol kalmıştı. Ölüme yargı giymiş biri gibi girdi odasına. Hiçbir şey düşünmüyordu, düşünecek durumda da değildi. Ama artık ne yargılama, ne irade özgürlüğüne sahip olduğunu, her şeye bütünüyle karar verilmiş bulunduğunu birdenbire ve bütün varlığıyla duydu.

Hiç kuşku yok ki, tasarısını uygulamak için yıllarca elverişli bir fırsat kollamış olsaydı bile, aklından geçenleri başarıyla sonuçlandırmak bakımından, şu anda birdenbire karşısına çıkandan daha güvenilir bir fırsat çıkması olanaksızdı. Öldürülmesi tasarlanan falanca kişinin, yarın filan saatte evinde yalnız olacağını, kuşku uyandırabilecek herhangi bir soruşturmayı gerektirmeden, büyük bir kesinlikle ve doğru olarak öğrenebilmek, doğrusu az şey değildi.

VI

Birkaç gün sonra satıcıyla karısının Lizaveta'yı evlerine neden çağırdıklarını da öğrendi. Hiçbir olağanüstü yanı bulunmayan, son derece sıradan bir durum vardı ortada. Dışarıdan gelme, yoksul düşmüş bir aile, bazı eşyalarını satıyordu. Pazarda satmak hesaplı olmadığı için, bunları satabilecek bir kadın arıyorlardı. Lizaveta da bu işlerle uğraşıyordu: Sattıklarından komisyon alırdı. Oldukça deneyimliydi bu alanda. Çok dürüsttü, her zaman son fiyatı söyler ve mal onun söylediği fiyattan satılırdı. Yukarıda da değinildiği gibi az konuşurdu, sessiz, ürkek bir kadındı...

Ama Raskolnikov son zamanlarda batıl inançlı biri olup çıkmıştı. Bunun izleri sonraları da silinmeden öylece kaldı kendisinde. Bütün bu olup bitenlerde hep gizemli birtakım etkiler, şaşılası rastlantılar görmeye eğilimli oldu. Daha kışın, Pokoryev adında, tanıdığı bir öğrenci, Harkov'a giderken, söz arasında, eğer rehine bir şeyler bırakmak isterse, Alyona İvanovna adında bir rehinci kocakarı olduğunu söyleyerek, adresini vermişti. Raskolnikov derslerden aldığı parayla iyi kötü idare edip gittiği için, uzun süre kadına başvurmak gereğini duymamıştı. Bir buçuk ay kadar önce Pokoryev'in verdiği adres aklına geldi; rehine bırakılabilecek bir iki şey vardı elinde: Bunlar, babasından kalma gümüş bir saatle, evden ayrılırken kız kardeşinin anı olarak kendisine armağan ettiği, üzerinde üç küçük kırmızı taş bulunan altın bir yüzüktü. Önce yüzüğü götürmeye karar verdi ve verilen adrese gidip kocakarıyı buldu. Rehinci kadın üzerine doğru dürüst hiçbir bilgisi olmamasına karşın, daha ilk görüşünde kadına karşı önlenemez bir tiksinti duydu içinde. Yüzüğe karşılık kadından iki kâğıt almış, dönerken berbat bir meyhaneye uğramıştı. Bir çay söyleyip oturmuş ve düşünmeye dalmıştı. Tıpkı bir civcivin yumurtadan baş uzatması gibi, onu fazlasıyla meşgul eden bir düşünce belirmeye başlamıştı kafasında.

Hemen yanı başındaki bir başka masada hiç tanımadığı, sonradan da anımsayamadığı bir öğrenci ile genç bir subay oturuyordu. Bilardo oynamışlar, şimdi de çay içiyorlardı. Raskolnikov birden öğrencinin tefeci Alyona İvanovna'dan söz ettiğini ve subaya kadının adresini verdiğini duydu. Bu kadarı bile Raskolnikov'a şaşılacak bir şey gibi göründü: Kendisi şu anda oradan geliyordu, oysa şu işe bakın ki, burada da tefeci kadından söz ediliyordu. Kuşkusuz bu bir rastlantıydı, ama o kendini şu anda son derece olağanüstü bir etkilenim içinde hissederken, bir başkası sanki onun üzerine üzerine varıyordu: Öğrenci birdenbire arkadaşına Alyona İvanovna üzerine ayrıntılı bilgiler vermeye başlamıştı:

— İyi kadındır, kendisinden her zaman para alınabilir. Müthiş zengindir, bir çırpıda beş bin ruble verebilir, ama bir rublelik bir rehini de geri çevirmez. Bizim çocuklardan pek çoğu kendisine rehin bırakmışlardır. Yalnız korkunç bir kadındır...

Ve öğrenci, tefeci kadının nasıl kötü, çekilmez bir kadın olduğunu, borcunu ödemekte azıcık geciksen bile, rehine bıraktığın eşyaya nasıl el koyacağını anlatmaya başladı. Rehin karşılığı olarak eşyanın gerçek değerinin dörtte birini verir, buna karşılık ayda yüzde beş, hatta yüzde yedi faiz alırdı vb. Öğrencinin çenesi açılmıştı: Kocakarının bir de kız kardeşi olduğunu, ancak bücür cadalozun 1.80 boyundaki Lizaveta'yı sürekli dövdüğünü, bir çocuk gibi baskı altında tuttuğunu anlattı. Sonunda:

— Doğrusu şaşılacak şey! –diye bağırdı ve bir kahkaha attı.

Lizaveta'dan konuşmaya başladılar. Öğrenci sanki özel bir hoşnutlukla söz ediyordu Lizaveta'dan ve sürekli gülüyordu, subaysa öğrenciyi büyük bir dikkatle dinliyordu. Sonunda çamaşırlarını yıkaması için kadını kendisine göndermesini rica etti. Raskolnikov konuşmanın bir kelimesini bile kaçırmamış ve bir anda her şeyi öğrenmişti: Lizaveta tefeci kadının küçüğüydü ve üvey kardeşiydi (anneleri ayrıydı), otuz beş yaşlarında bir kadındı. Gece gündüz ablası için çalışır; evin bütün yemek, çamaşır işlerini o yapardı. Ayrıca parayla dikiş diker, temizliğe gider ve bütün kazancını ablasına verirdi. Kocakarı izin vermedi mi, kimseden ne bir sipariş, ne herhangi bir iş alabilirdi. Tefeci karı vasiyetnamesini hazırlamıştı ve Lizaveta sandalye vb. gibi ev eşyaları dışında kendisine beş para bırakılmadığını, ablasının bütün parasını, ruhunun sonsuz dinginliği uğruna "N..." ilinde bir manastıra bıraktığını biliyordu. Lizaveta köken olarak memur değil, esnaf bir aileden geliyordu, boyu çok uzun, vücudu biçimsizdi, kocaman ayaklı, çarpık bacaklıydı. Ayağında hep keçi derisinden eski ayakkabılar bulunurdu, ama temiz, düzenli bir kızdı. Öğrenciyi en çok şaşırtan, güldüren şeyse, Lizaveta'nın durmadan gebe kalmasıydı...

— Hani çirkindi kendisi? –dedi subay.

— Öyle. O kadar esmer ki, kadın kılığına girmiş bir asker sanki. Ama umacı gibi de değil. Yüzünden, gözlerinden iyilik akar. Hem öylesine ki... Kendisini pek çok insanın beğenmesi de bunu kanıtlamaz mı?.. Sessiz, uysal, hiç karşı koymaz, her şeye boyun eğer. Hele gülümseyişi... basbayağı güzel...

— Yoksa onu beğeniyor musun? –diye sordu subay gülerek.

— Tuhaflığını... –dedi öğrenci. Sonra ateşli ateşli ekledi:– Hayır, bak sana asıl ne diyeceğim: Şu lanet kocakarı yok mu, en küçük bir vicdan acısı duymadan öldürür ve soyabilirim kendisini.

Subay yeniden güldü. Raskolnikov'sa titredi. Şaşılacak şey doğrusu!

Öğrenci yine ateşli:

— Sana ciddi bir soru, –dedi.– Deminki sözlerim kuşkusuz şakaydı. Ama bak: Bir yanda anlamsız, aptal, kötü, hiç değerinde, hastalıklı, kimseye beş paralık yararı olmayan, tam tersine zararlı, niçin yaşadığını kendisi de bilmeyen, yarın nasıl olsa kendiliğinden ölecek bir kocakarı var. Anlıyor musun? Anlıyor musun?

— Anlıyorum, –dedi subay, bakışlarını heyecanlanan arkadaşının üzerine dikmişti.

— Dinle: Öte yanda da destek göremediklerinden yok olup giden, binlerce genç, diri güç var. Kocakarının manastıra bağışladığı parayla binlerce güzel girişimin temelleri atılabilir! Yüzlerce, binlerce insanın yaşamı düze çıkarılır; onlarca aile yoksulluktan, ahlaksal çöküşten, yok oluştan, cinsel hastalıklar hastanelerine düşmekten kurtarılabilir... Bütün bu işlerin hepsi kocakarının parasıyla yapılabilir. Kendisini öldürüp parasını alacaksın, sonra da bu parayı tüm insanlığın yararına, hayırlı işlere harcayacaksın... Ne dersin, bir küçük cinayet, binlerce güzel işe değmez mi? Bir hayata karşılık, kurtarılmış binlerce hayat... Bir ölüm ve yüzlerce hayat: Matematik bir işlem burada söz konusu olan! Kaldı ki, toplumsal denge içinde bu veremli, aptal, kötü yürekli kocakarının ne gibi bir yeri ve anlamı olabilir ki? Bir bitin ya da hamamböceğinin hayatından daha değerli olmasa gerek bu kadının hayatı. Onlar kadar bile değildir, çünkü kocakarı zararlı. Başkalarının hayatını tüketiyor. Geçenlerde öfkelenip Lizaveta'nın parmağını ısırmış, az kalsın parmağından oluyormuş kadıncağız!

— Yaşamaya değer biri olmadığı besbelli, –dedi subay,– ama elden ne gelir, doğa söz konusu burada.

— Evet ama kardeş, doğa düzeltilir, doğaya bir yön verilir. Öyle olmasaydı insanoğlu batıl inançlar bataklığında yok olur giderdi. Bir tek büyük adam yetişmezdi. "Görev, vicdan" gibi birtakım sözler ediliyor, bunlara karşı bir diyeceğim yok, ama bu kavramları nasıl anlamalıyız biz? Dur; dinle, sana bir soru daha sorayım!

— Hayır, sen dur, dinle, ben sana bir soru sorayım.

— Evet?

— Oturmuş burada bana söylev veriyorsun, ama söyle bakalım: Kendin bu kocakarıyı öldürebilir misin?

— Elbette ki, hayır! Eşitlik konusunu vurgulamaktı benim amacım... Yoksa benim kişiliğimi ilgilendiren bir durum söz konusu değil burada...

— Bence sen daha bu konuda kesin bir karar verebilmiş değilsin... Üstelik bu işin eşitlikle falan da bir ilgisi yok. Haydi bir parti daha oynayalım!

Raskolnikov heyecandan ölecek gibiydi! Hiç kuşkusuz bütün bunlar, gençlerin kendi aralarında pek sık olarak konuştukları ve Raskolnikov'un başka biçimlerde ve başka konular arasında pek sık olarak duyduğu son derece sıradan konuşmalardı. Ama neden özellikle şimdi, şu anda, kendi kafasından da tıpkısı tıpkısına benzer düşünceler geçtiği bir sırada böylesi bir konuşmaya tanık olmuştu? Neden özellikle şu anda, kafasında kocakarı ile ilgili düşüncelerin oluşmaya başladığı bir sırada onunla ilgili bir konuşmanın üzerine gelmişti?.. Bu rastlantı Raskolnikov'a hep şaşılası bir şey gibi görünmüştür. Bu konuşmada gerçekten de yazgısal bir buyruk, önceden belirleyicilik varmışçasına, bu önemsiz meyhane konuşmasının, olayların sonraki gelişmesi bakımından Raskolnikov üzerindeki etkisi büyük olmuştur...

* * *

Evine döner dönmez kendini divanın üzerine attı ve bir saat hiç kımıldamaksızın öylece oturdu. Hava kararmaya başlamıştı. Ne mumu vardı, ne de mum yakmak aklına geldi. Bu bir saat içinde herhangi bir şey düşünüp düşünmediğini hiçbir zaman anımsayamadı. Sonunda bir süre önceki nöbete yakalanmak üzere olduğunu hissetti. Birden, büyük bir sevinçle, divana yatabileceğini akıl etti; az sonra da kurşun gibi ağır bir uykuya gömüldü.

Son derece uzun, düşsüz bir uyku oldu bu. Ertesi sabah onda Nastasya girdi odasına ve güçlükle, dürterek uyandırabildi kendisini. Çayla ekmek getirmişti Nastasya. Çay yine artıktı ve yine Nastasya'nın çaydanlığındaydı.

— Uyuyor, ha bire uyuyor! –diye bağırdı Nastasya öfkeyle.

Yerinden zorlukla doğrulabildi. Başı ağrıyordu; ayağa kalkıp bir iki adım attı, sonra yine divanın üzerine yıkıldı.

— Yine mi uyuyacaksın? –diye bağırdı Nastasya.– Hasta mısın yoksa?

Karşılık vermedi.

— Çay ister misin?

— Sonra... –diye fısıldadı güçlükle; gözlerini yeniden kapayıp, duvardan yana döndü.

Nastasya başı ucunda dikiliyordu.

— Belki de gerçekten hasta, –dedi sonunda ve çıkıp gitti.

Öğleden sonra saat ikide, bu kez elinde çorba kasesi, yeniden geldi. Beriki öylece yatmaya devam ediyordu. Çaya dokunulmamıştı. Nastasya öfkeyle sarsmaya başladı onu. Bakışlarında tiksinti vardı:

— Ne uyuyup duruyorsun be!

Delikanlı doğrulup oturdu, ancak hiçbir şey söylemedi. Gözlerini yere dikmişti.

— Hasta mısın, değil misin? –diye sordu Nastasya yeniden. Ama yine hiçbir karşılık alamadı.

Biraz sustuktan sonra:

— Bari dışarı çıkıp biraz temiz hava al! –dedi, sonra ekledi,– Hiçbir şey yemeyecek misin?

— Sonra... –dedi delikanlı duyulur duyulmaz bir sesle.– Sen git...

Bunu söylerken elini sallamıştı.

Nastasya biraz daha durdu, bakışlarında acıma vardı, sonra çıkıp gitti.

Birkaç dakika sonra delikanlı bakışlarını yerden kaldırdı, uzun uzun çaya, çorbaya baktı. Sonra ekmeğe ve kaşığa uzandı ve çorba içmeye başladı.

Üç dört kaşık aldıktan sonra durdu. İştahı yoktu. Çok az yemişti. Yemek yediğinin farkında bile değildi. Baş ağrısı biraz hafiflemişti. Yeniden divana uzandı, ama artık uyuyamadı, yüzükoyun, başı yastığa gömülü, kımıldamadan yattı. Sürekli olarak birtakım düşler görüyordu, tuhaf, şaşılası düşlerdi bunlar: En çok da Afrika'da, Mısır çöllerinde bir vahada görüyordu kendini. Bir kervan mola vermiş, dinleniyor; develer sessizce oldukları yere çökmüşler; dört yanda çepeçevre palmiyeler var; herkes yemek yiyor. O ise durmadan su içiyor, hem de hemen yanı başından şırıldayarak akan bir ırmaktan... Renk renk çakılların, altın gibi ışıldayan kumların üzerinden akan buz gibi, masmavi bir su bu...

Birden bir saatin vurduğunu duydu. Titredi, şaşkınlığından sıyrıldı, başını kaldırıp pencereden bakarak saatin kaç olduğunu kestirmeye çalıştı, sonra sanki birileri kendisini divandan koparıyormuşçasına fırlayıp kalktı. Artık iyice kendine gelmişti. Parmaklarının ucuna basarak kapıya yaklaştı, sessizce aralayıp, aşağıyı, merdivenleri dinledi. Yüreği korkunç biçimde çarpıyordu. Ama merdivenler tümüyle sessizdi, herkes uyuyordu sanki. Hiçbir hazırlık yapmadan, dünden beri böyle kendinden geçmiş bir halde uyuyabilmesi, ona hem tuhaf, hem korkunç göründü... Belki de saat demin altıyı vurmuştu... Uykululuğun da, uyuşukluğun da yerini, birdenbire sıtmalı, neredeyse şaşkınca bir telaş almıştı. Aslında yapılacak fazla bir şey yoktu. Kafasını toplamak için bütün gücünü harcıyor, hiçbir şey unutmamaya çalışıyordu. Yüreği, soluk alıp vermesini zorlaştıracak bir hızla çarpıyordu. Önce bir ilmik yapıp paltosuna dikmesi gerekiyordu; bir dakikalık bir işti bu. Elini yastığın altına sokup, oraya tıkıştırılmış çamaşırlar arasından, lime lime olmuş, eski, kirli bir gömlek çekti. Beş santim genişliğinde, otuz beş santim uzunluğunda bir parça kopardı. Kopardığı bu parçayı ikiye katladı. Sağlam, kalın, pamuklu bir kumaştan yapılmış geniş paltosunu (biricik paltosunu) çıkardı ve kopardığı parçayı iki ucundan birleştirerek sol koltuk altına paltonun içinden dikmeye başladı. Dikerken elleri titriyordu, ama sonuçta öyle güzel bir iş çıkardı ki, paltosunu yeniden giydiğinde dışarıdan hiçbir şey belli olmuyordu. İğneyle ipliği ta ne zaman hazırlamıştı, bunlar bir kâğıda sarılı olarak masanın gözünde duruyordu. İlmik konusuna gelince, bu, kendisinin son derece ustalıklı bir buluşuydu: Baltayı asmaya yarayacaktı ilmik. Sokaklarda elinde baltayla yürüyemezdi. Baltayı paltosunun içine gizlese bile, yine eliyle tutması gerekecekti ki, bu da hemen göze çarpardı. Şimdiyse, sapını ilmiğe geçirdi mi, yol boyunca koltuk altında tehlikesizce durabilirdi balta. Elini yan cebine sokarak, sallanmasın diye baltanın sapını da tutabilirdi; paltosu çuval gibi geniş olduğu için, cebinden içeride bir şeyleri tuttuğu hiç belli olmazdı. Balta sorununu ilmikle çözümlemeyi iki hafta kadar önce akıl etmişti.

İlmik işini bitirdikten sonra, elini Türk işi küçük sedirle döşeme arasına sokup sol köşeyi araştırdı ve epey önce hazırlayıp buraya gizlediği rehini çıkardı. Gerçekte bu bir rehin falan değil, boyutları gümüş bir tabakayı andıran, düzgünce yontulmuş bir tahta parçasıydı. Gezintiye çıktığı bir gün bir atölyenin avlusunda rastlantıyla bulmuştu bu tahtayı. Daha sonra, yine yolda bulduğu düzgün ve ince bir demir levhayı ekledi tahtaya. Tahtayla demir levhayı üst üste koyup (demir, tahtadan biraz küçüktü) iplikle çaprazlama olarak sımsıkı birbirine bağladı. Sonra bunu temiz, beyaz bir kâğıda özenle sardı, paket yaptı, paketi de çözülmesi son derece ustalık isteyen bir biçimde bağlayıp düğümledi. Amacı, kadın paketi açabilmek için düğümle uğraşırken zaman kazanmaktı. Madeni plakayı, kocakarının bu "şey"in tahta olduğunu hiç değilse ilk bakışta anlamaması için eklemişti. Bütün bunlar ne zamandan beri sedirin altında gizli duruyordu. Tam rehini eline almıştı ki, dışarıdan birinin bağırdığını duydu:

— Saat altıyı geçiyor!

— Geçiyor mu! Aman Tanrım!

Hemen kapıya atıldı, kulak kesilip çevreyi dinledi, sonra şapkasını kaptığı gibi bir kedi sessizliğiyle on üç basamaklık merdivenden inmeye başladı. Yapılacak en önemli iş vardı şu anda önünde: Mutfaktan baltayı çalacaktı. İşini baltayla görmeye uzun zaman önce karar vermişti. Bir de sustalı bahçıvan bıçağı vardı, ama bıçağa, bıçaktan da çok kendi gücüne güvenemiyordu; bu nedenle kesinlikle balta üzerinde durmuştu. Yeri gelmişken, aldığı kesin kararlarla ilgili bir özelliği belirtelim; tuhaf bir özelliği vardı bu kararların: Verdiği her karar kesinleştikçe gözüne çirkin ve anlamsız görünüyordu. Bütün o dayanılmaz iç çekişmelerine karşın, düşüncesinin gerçekleştirilebilir bir şey olduğuna bir an bile inanmamıştı.

Eğer her şeyi son ayrıntısına dek gözden geçirip, hiçbir kuşkuya yer bırakmayacak kesin bir karara varabilmiş olsaydı, böyle bir durumda, tasarladığı şeyi gerçekleştirilmesi olanaksız, iğrenç bir şey olarak nitelendirir ve herhalde yapmaktan vazgeçerdi. Ama daha çözümlenmemiş, belirsiz bir sürü şey vardı. Baltayı nereden bulabileceği sorunu onu hiç düşündürmemişti, kolayca çözümlenebilecek bir küçük ayrıntıydı bu. Nastasya, özellikle de akşamları, evde pek bulunmazdı; ya komşu gezmesine çıkar ya bakkala giderdi; mutfak kapısını da her zaman ardına kadar açık bırakırdı. Pansiyon sahibi kadınla sürekli kavgalarının nedeni de buydu zaten. İşte böyle bir anda sessizce mutfağa girip baltayı almak, bir saat kadar sonra da (her şey bittikten sonra yani) getirip baltayı aldığı yere koymak işten bile değildi. Ama bazı kuşkulu durumlar da yok değildi: Bir saat sonra baltayı yerine koymak için geldiğinde ya Nastasya mutfakta olursa? O zaman, Nastasya'nın çıkmasını beklemek için geçip gitmesi gerekecekti. Peki ya Nastasya bu arada baltayı arar ve bulamayınca da bağırıp çağırmaya başlarsa? Al sana kuşkulu bir durum ya da en azından kuşkuya yol açabilecek bir olay!

Ama bu, üzerinde düşünmeye bile gerek görmediği bir ayrıntıydı. Kaldı ki, böyle bir şeyi düşünmeye zamanı da yoktu. Ana sorunu düşünüyordu o, böylesi ayrıntıları ise her şeye aklının yatmasından sonraya bırakıyordu. Ama her şeye aklının yatması olanaksız gibi bir şeydi. En azından ona böyle geliyordu. Bir gün artık düşünmeye son verip, doğruca oraya gidebileceğini hayalinden bile geçiremiyordu. Dahası, geçenlerde yaptığı deneme bile (yani yeri son bir kez daha gözden geçirmek için gidişi), "ne diye hayal kurup duruyorum, gidip kendi gözlerimle görmeyi bir deneyeyim!" türünden, gerçeklikten uzak, yalnızca bir deneme olmaya yönelik bir girişimdi, ama buna bile dayanamamış ve vazgeçip öfkeyle kaçmıştı. Öte yandan hiç değilse sorunun ahlaksal çözümlemesini bitirmiş, her yönden kendine inancı bilenmiş ve artık kendine bilinçli olarak karşı koyabileceği bir nokta kalmamış sanılabilirdi. Ama işte şu anda kendine hiç de inandığı yoktu. Sanki kendi istemiyor da birileri buna onu zorluyormuş gibi, yan çizecek, kaytaracak boşluklar arıyordu. Her şeye bir anda karar vermesine yol açan rastlantının yer aldığı şu son gün, üzerinde mekanik bir etki yapmış gibiydi: Sanki biri elinden tutmuş ve karşı konulmaz bir güçle ve hiçbir karşı koymaya yer bırakmayacak bir biçimde çekip sürüklemişti kendisini. Sanki elbisesinin eteğini bir makinenin çarklarına kaptırmış, makine de onu kendine çekmeye başlamıştı.

Başlangıçta, epey önceleri ama, onu şu sorun düşündürüyordu: Hemen bütün suçlar nasıl oluyor da böylesine kolaycacık ortaya çıkıyor ve hemen bütün suçluların izleri böylesine çabucak bulunabiliyor? Düşündükçe ilginç birtakım sonuçlara vardı: Ona göre bunun başlıca nedeni, suçun gizlenmesindeki maddi olanaksızlıktan çok, suçlunun kendinde aranmalıydı; hemen her suçlu, suçu işlediği sırada, yani aklın, iradenin, dikkatin en yoğun olması gerektiği anda, akıl ve irade yönünden güçsüzlüğe düşüyordu; akıl tutulması ve iradeyi kaybetme tıpkı bir hastalık gibi geliyordu insana, gelişip yayılıyordu ve suçun işlenmesinden az önce en yüksek düzeyine ulaşıyordu, suçun işlendiği sırada ve ondan sonra kişiliklere bağlı olarak bu düzeyini sürdürüyor, sonra da her hastalık gibi etkisini yavaş yavaş yitirip yok oluyordu. Bu noktada ortaya çıkan soru şuydu: Hastalık mı suçu doğruyordu, yoksa suç mu kendi yapısına uygun, hastalığa benzer bir şeyleri geliştiriyordu? Şimdilik bu soruyu çözümleyecek güçte bulmuyordu kendisini Raskolnikov.

Bu sonuçlara varınca, onun içinde böylesine hastalıklı dönüşümler olmayacağına, tasarladığı işi gerçekleştirirken, yaptığı şey suç olmadığı için akıl ve iradesini hiçbir zaman yitirmeyeceğine karar verdi. Onu bu sonuca vardıran düşünce sürecini burada ele almayacağız, bu konuda zaten oldukça ileri gitmiş bulunuyoruz... Yalnız şu kadarını ekleyelim ki, uygulamanın getireceği sorunlar, maddi güçlükler, ona göre ikincil derecede olan şeylerdi. "Bu güçlükler karşısında bütün irade ve aklımı koruyayım yeter," diyordu, "zamanı gelip de işi en ufak ayrıntılarına dek öğrendiğimde bu güçlüklerin hepsinin üstesinden gelirim..." Ama iş bir türlü başlamıyordu. Kararlarının kesinliğine her zamankinden daha az inanıyordu; saati gelince de işler tümüyle rastlantısal, beklenmedik bir niteliğe büründü zaten.

Daha merdivenlerden inmeden, çok küçük bir ayrıntı kendisini çıkmaza soktu. Kapısı her zaman ardına kadar açık duran mutfağın hizasına gelince, içeride Nastasya yoksa bile, ev sahibi kadının olup olmadığını, eğer o da yoksa, baltayı alırken görülebileceği olasılığına karşı, oda kapısının iyice kapalı olup olmadığını anlamak için sakınarak mutfağa bir göz attı. Ama büyük bir şaşkınlıkla Nastasya'nın mutfakta olduğunu, üstelik de bir işle uğraştığını gördü: Bir sepetten çıkardığı çamaşırları ipe seriyordu Nastasya! Delikanlıyı görünce çamaşır asmayı bırakıp ona döndü, geçip gidene kadar da arkasından baktı. Raskolnikov gözlerini kaçırdı, hiçbir şey görmemiş gibi geçip gitti. Ama bu iş burada biterdi: Baltasız kalmıştı! Müthiş bir öfke duydu içinde.

"Nastasya'nın şu anda özellikle evde bulunmayacağı sonucuna nerden vardım? Bunun kesinlikle böyle olacağını nasıl, nasıl düşünebildim?" Ezik, alçalmış duyuyordu kendini. Karşı konulmaz, hayvansı bir öfke dalgası kaplamıştı içini; öfkesinden kendi kendiyle alay edesi geliyordu.

Apartman kapısı önünde kararsızlıkla duraladı. Sırf durumu kurtarmak için sokağa çıkıp dolaşmak son derece iğrenç geliyordu; gerisingeri eve dönmeyi ise daha da iğrenç buluyordu. Kapı önünde amaçsız, kararsız öylece dikilirken;

— Bu fırsatı sonsuza dek kaçırdım, –diye mırıldandı.

Sonra birden irkildi. Karşıda, iki adım ötesinde apartman kapıcısının, kapısı ardına kadar açık, yarı karanlık odası vardı; sağdaki sedirin altında gözüne parlak bir şey ilişmişti... Çevresine bakındı, hiç kimse yoktu. Ayaklarının ucuna basarak, iki basamak merdiveni inip kapıcının odasına vardı, duyulur duyulmaz bir sesle kapıcıya seslendi.

"Tam tahmin ettiğim gibi, evde yokmuş! Ama kapısı açık olduğuna göre avluda ya da buralarda bir yerlerdedir." Hızla baltaya atıldı, (baltaydı gördüğü) sedirin altından, iki tahta arasından çekip çıkardı ve hemen oracıkta paltosunun koltuk altına diktiği ilmiğe geçirip, elleri cebinde dışarı çıktı: Hiç kimseye görünmemişti! Tuhaf tuhaf gülümseyerek, "Akıl işi değil, tam cin işi şeytan işi oldu bu" diye düşündü. Müthiş yüreklendirmişti bu rastlantı onu.

Kuşkuyu çekmemek için yolda yavaş yavaş ve ağırbaşlılıkla yürüyordu. Gelip geçenlere çok az bakıyor ya da hiç bakmamaya, dikkat çekmemeye çalışıyordu. Bu sırada birden şapkası geldi aklına. "Aman Tanrım! Önceki gün param olduğu halde yenilemedim şu şapkayı!" Kendine ilenmeye başladı.

Dükkanlardan birine rasgele göz atınca, bir duvar saati gördü: Yediyi on geçiyordu. Elini çabuk tutmalıydı, ama aynı zamanda da sapa yoldan gitmek zorundaydı: Doğruca gidemezdi, dolaşıp gitmesi daha uygundu...

Eskiden bütün bunları gözünde canlandırdı mı, çok korkacağını sanırdı. Oysa şimdi pek korkmuyordu, hatta hiç korkmuyordu. Şu anda ilgisiz birtakım düşünceler geçiyordu kafasından, yalnız bunların hiçbiri uzun sürmüyordu. Örneğin Yusupov Parkı'nın oradan geçerken, "Buraya yüksek fıskiyeler yapılsa, bütün alanın havası serinlerdi." diye düşündü. Oldukça da ilgilendi bu düşüncesiyle. Sonra, "Yazlık Bahçe, Mars Alanı'na dek uzatılsa, hatta Mihaylovski Sarayı'nın bahçesiyle birleştirilse, kent için son derece güzel ve yararlı bir iş yapılmış olurdu." diye düşünmeye başladı. Bu noktada birden aklına bir şey takıldı: Hemen bütün büyük kentlerde insanlar neden kentin parksız, çeşmesiz, ağaçsız, çamurlu, toz toprak içindeki pis semtlerinde oturmaya meyillidirler? Zorunlu olduklarından değil, özel bir eğilim duyarlar buralarda oturmaya... Birden kendisinin Samanpazarı'ndaki gezintilerini anımsadı ve kendine geldi: "Saçmalıyorum! En iyisi hiçbir şey düşünmemek!"

Bir an kafasından şimşek gibi bir düşünce geçti: "Kurşuna dizilmeye götürülen mahkûmların da kafaları herhalde böyle yolda gördükleri her şeye takılıyordur..." Sonra hemen defetti bu düşünceyi kafasından... Artık iyice yaklaşmıştı eve, işte kapı karşısındaydı. Birden, bir yerlerden bir saat vuruşu geldi kulağına; bir kez vurmuştu saat. "Bu ne? Yedi buçuk mu saat? Olamaz! Besbelli ileri gitmiş bu saat"

Avlu kapısından geçerken bir kez daha şansı yaver gitti. Bu yetmezmiş gibi, bir de tam kendisi kapıdan içeri girerken, sanki bile bileymiş gibi, ot yüklü kocaman bir araba da yanı sıra kapıdan içeri girmiş, böylece de onun içeri girişini bütün gözlerden gizlemişti. Araba kapıyı geçip avluya girer girmez, kendisi kayarcasına sağa sapıvermişti. Arabanın öte yanından birilerinin bağrıştığı, tartıştığı duyuluyordu, ama onu kimse görmemiş, kimseyle de karşılaşmamıştı. Bu kocaman, dört köşe avluya bakan pencerelerin çoğu bu saatte açık olurdu, ama o başını kaldırıp bakmamıştı bile, kendinde bu gücü bulamamıştı. Kocakarının dairesine çıkan merdivenler kapıdan girer girmez hemen sağdaydı. Ve işte merdivenlere varmıştı bile...

Hızla çarpmakta olan yüreğine eliyle bastırıp biraz soluk aldıktan sonra, baltasını şöyle bir yokladı, düzeltti, kulak kesilip çevreyi dinleyerek, ağır ağır, dikkatle merdivenleri çıkmaya başladı. Bu saatlerde merdivenlerden inip çıkan kimse yoktu ve bütün kapılar kapalıydı, bu nedenle de hiç kimseyle karşılaşmadı. Gerçi ikinci katta boş bir daire vardı, içinde boyacılar çalışıyorlardı ve kapısı ardına kadar açıktı, ama burada da kendisine dönüp bakan çıkmamıştı. Durup, "Bunlar da olmasaydı, kuşkusuz çok daha iyi olurdu." diye düşündü, sonra tırmanmaya devam etti: "Nasıl olsa kocakarının dairesi buranın iki kat üzerinde..."

Ve işte dördüncü kat, işte kapı, işte karşıdaki daire. Bu daire de boş. Üçüncü katta, kocakarının bir altındaki daire de bütün belirtilere göre boştu: Küçük çivilerle kapıya tutturulmuş olan kartvizit çıkarılmıştı, demek taşınmışlardı!.. Bir an soluğu tutulur gibi oldu, "Vazgeçsem mi acaba?.." diye düşündü; ama sorusuna karşılık bile vermedi; kocakarının dairesini dinlemeye başladı: Tam bir ölü sessizliği vardı içeride. Sonra yeniden ve uzun uzun merdivenleri, aşağıları dinledi... Çevresine son bir kez daha bakındı, toparlandı, ilmikteki baltayı bir kez daha yokladı. Bir yandan da düşünüyordu: "Yüzüm sarardı mı acaba? Çok mu sarardım?.. Heyecanlı olduğum belli oluyor mu? İşkilli kadındır, kuşkulanabilir... Çarpıntım geçene kadar beklesem mi yoksa?.."

Ama çarpıntısı geçmek bilmiyordu. Tam tersine, sanki bile bileymiş gibi, gitgide hızlanıyordu çarpıntısı... Daha fazla dayanamadı, yavaşça elini uzattı çıngırağın ipini çekti. Yarım dakika kadar bekledi, cevap gelmeyince, yeniden ve daha güçlü olarak çekti ipi.

Cevap yoktu. Zili daha fazla çalmak gereksiz olacaktı, hem bu kendi yönünden de yanlış bir davranış olurdu. Kocakarı besbelli evdeydi, ama kuşkulu bir kadındı, üstelik de yalnızdı. Raskolnikov artık onun huyunu biliyordu... Bir kez daha kulağını kapıya yapıştırıp dinledi: Duyguları mı böylesine keskinleşmişti; yoksa gerçekten de sesler mi iyi duyuluyordu, belli değil, ama birden kilidin koluna bir elin dokunuşunu, kapıya sürtünen bir eteğin hışırtısını duyar gibi oldu. Birisi tıpkı kendisinin bu yanda duruşu gibi, sessizce kapının dibinde duruyor ve yine tıpkı onun gibi sakınarak kulağını kapıya dayamış dışarısını dinliyordu...

Olduğu yerde bile bile kımıldadı, yüksek sesle bir şeyler mırıldandı. Sonra üçüncü kez, ama çok sakin, ağırbaşlı, zili yine çaldı. Daha sonra bu anı anımsadığında, her şeyin olduğu gibi belleğinde yer etmiş olmasına şaştı: Aklının böylesine bulutlandığı, vücudunun duyumsuzluğa gömüldüğü bir sırada, nasıl bu kadar kurnaz olabilmişti...

Bir saniye sonra içeriden sürgünün çekildiği duyuldu.

VII

Kapı tıpkı önceki gelişinde olduğu gibi, incecik bir çizgi gibi aralandı ve yine iki keskin ve kuşkulu göz karanlığın içinden ona dikildi. Raskolnikov birden şaşırdı ve önemli bir yanlış yaptı. Hem kocakarının kendisiyle yalnız kalmaktan korkabileceğini, hem de kendisinin dış görünüşünün kadına güven vermeyeceğini düşünerek kapıyı tuttu ve kadın huylanır da kapatıverir diye kendine doğru çekti. Kadın bunun üzerine korkuya kapılıp kapıyı gerisingeri kendine doğru çekmedi, ama sürgünün kolunu da tutmaya devam etti. Böylece, delikanlı kapıyı kendine doğru çekmesiyle, kadını az kalsın merdivene sürükleyecekti. Kadının kapının ağzına dikilip girmesine engel olduğunu görünce, delikanlı doğruca kadının üzerine yürüdü. Kadın korkuyla sıçradı, bir şeyler söylemek istedi sanki, ama hiçbir şey söyleyemedi ve fal taşı gibi açılmış gözlerle delikanlıya bakmaya başladı.

— Merhaba Alyona İvanovna! –diye başladı delikanlı, olabildiğince senlibenli görünmeye çalışarak; ama sesi kendisine boyun eğmemişti, titreyerek sürdürdü.– Şey... size... şey getirmiştim... Ama şuraya, ışığa doğru gidelim hele...

Ve kadını hafifçe iterek çağrılmadan içeri girdi. Kocakarı arkasından koştu, dili çözülmüştü.

— Tanrım! Ne istiyorsunuz benden? Kimsiniz siz?..

— İnsaf, Alyona İvanovna... Nasıl tanımazsınız beni? Raskolnikov'um ben... Size bir rehin getirdim, hani geçenlerde sözünü etmiştim...

Ve kadına rehini uzattı.

Kocakarı rehine bakacak gibi oldu, ama hemen cayıp gözlerini çağrılmadan içeri dalan konuğun üzerine dikti. Bakışları dikkatli, kuşkulu ve öfkeliydi. Aradan bir dakika geçti; delikanlıya kadın her şeyi biliyormuş ve kendisiyle alay ediyormuş gibi geldi. Bir an kendini kaybetmekte olduğunu duydu, dehşet içindeydi, dehşeti öylesine büyüktü ki, kadın böylece, hiçbir şey söylemeden kendisine yarım dakika daha bakacak olsa, kaçıp gidecek gibiydi.

— Tanımamış gibi ne bakıyorsunuz öyle! –dedi; kendisi de öfkelenmişti.– İşinize gelirse alırsınız, almazsanız ben de götürür bir başkasına veririm.

Söylemeyi hiç düşünmediği sözlerdi bunlar, kendi de anlamamıştı nasıl olup da söylediğini. Kocakarı ayılır gibi oldu, delikanlının kararlı sözleri kadını yüreklendirmişti. Rehine bakarak sordu:

— Birdenbire... öyle şaşırtınız ki beni... nedir bu?

— Gümüş tabaka. Geçen gelişimde söylemiştim ya...

Kadın tabakayı almak için elini uzattı:

— Ne kadar da sararmışsınız? Elleriniz de titriyor! Hasta mısınız yoksa?

— Sıtma! –dedi delikanlı kesik kesik.– Yiyecek bir şeyi olmazsa, insan böyle sararır işte!

Bu son sözleri güçlükle söylemiş, yeniden eli ayağı çekilir gibi olmuştu. Ama verdiği cevabı kocakarı mantıklı bulmuştu, uzanıp rehini aldı. Raskolnikov'a bir kez daha dikkatle bakıp rehini elinde şöyle bir tarttıktan sonra:

— Neymiş bu böyle? –diye sordu.

— Şey... Sigara tabakası... gümüş... Açın da bakın bir.

— Sanki gümüş değil gibi... Nasıl da sarmışsınız böyle!

Paketin ipini çözebilmek için pencereye, ışığa doğru döndü (bu boğucu sıcağa karşın, bütün pencereleri kapalıydı) ve birkaç saniye delikanlıyı olduğu yerde bırakıp ona arkasını döndü. Raskolnikov paltosunun düğmelerini çözdü, baltayı ilmikten çıkardı, ama sağ eliyle paltonun içinde tutmaya devam etti. Kollarını müthiş güçsüz duyuyordu; her geçen saniye daha da uyuşup güçsüzleştiklerinin ayrımındaydı. Hatta dayanamayıp baltayı elinden düşürmekten korkuyordu... Birden başı döner gibi oldu.

— Nasıl da sarıp sarmalamışsın! –dedi kocakarı sıkıntıyla ve Raskolnikov'un bulunduğu yana doğru kımıldadı.

Tamamdı artık, bir saniye bile yitiremezdi. Baltayı paltosunun içinden çıkardı, iki eliyle tutup havaya kaldırdı. Yaptığı işin bilincinde olmadan, kendini hemen hiç zorlamadan, bir makine gibi baltayı kadının kafasına indirdi. Sanki tümüyle güçten kesilmiş gibiydi, ama baltayı savurmasıyla eski gücü yerine gelmişti.

Kocakarı her zamanki gibi başı açıktı. Kırlaşmış, seyrek saçlarını yine her zaman olduğu gibi bolca yağlamıştı; sıçan kuyruğu gibi örülmüş bu saçlar ensesinde kırık bir kemik tarakla toplanmıştı. Kadının kısa boylu olması baltanın tam tepesine inmesini sağlamıştı. Çok hafif bir çığlık atarak yere yığılıvermiş, bu arada güçlükle de olsa iki elini birden başına doğru kaldırabilmişti. Bir elinde hâlâ "rehin"i tutmaya devam ediyordu. Delikanlı yine baltanın tersiyle ve yine kadının tepesine iki kez daha olanca gücüyle vurdu. Devrilen bir bardaktan boşanırcasına kan şırıldadı, kadının vücudu sırtüstü yere yuvarlandı. Delikanlı geriye sıçrayıp bu düşüşe yol verdi, hemen eğilip yüzüne baktı: Kadın artık ölmüştü. Gözleri yuvalarından fırlamak ister gibi kocaman açılmış, alnı ve bütün yüzü buruşmuş, kasılmıştı.

Baltayı yere, kadının yanına bıraktı ve üzerine kan bulaşmamasına dikkat ederek, geçen gelişinde kadının anahtarları çıkardığını gördüğü sağ cebini yoklamaya başladı. Artık tümüyle kendini toparlamıştı, ne göz kararmasından, ne baş dönmesinden eser kalmıştı; bir tek elleri titremeye devam ediyordu. Daha sonraları o anda çok dikkatli olduğunu; üzerine kan bulaşmamasına özen gösterdiğini anımsadı.

Anahtarları çabucak bulup çıkardı. Geçen gelişinde gördüğü gibi hepsi bir deste halinde çelik bir halkaya takılıydı. Elinde anahtarlar, doğruca yatak odasına koştu. İçinde tasvirler bulunan kocaman bir dolabın yer aldığı küçücük bir odaydı burası. Öteki duvar boyunca, üzerinde parçalı ipek kumaşlardan yapılmış tertemiz pamuklu bir yorgan bulunan büyük bir yatak uzanıyordu. Üçüncü duvarda ise komodin yer alıyordu. Tuhaf şey: Tam anahtarları komodinde denemeye başladığı anda, anahtar şıkırtılarıyla birlikte vücudundan bir ürpertinin geçtiğini duydu. Yeniden, "Her şeyi yüzüstü bırakıp gitsem mi?" diye geçirdi içinden. Ama bir anlık bir düşünceydi bu; gitmek için geçti artık. Hatta bu düşüncesinden dolayı kendisiyle alay eder gibi hafifçe gülümsedi. Derken birdenbire bir başka tedirgin edici düşünce geldi aklına: "Ya kocakarı daha sağsa ve her an ayılabilirse?.." Anahtarları, komodini öylece bırakıp gerisingeri içeriye, kadının yattığı yere koştu, bir kez daha vurmak için baltasını kapıp kaldırdı, ama vurmadı. Kadının öldüğüne kuşku yoktu. Üzerine eğilip yakından bakınca, kafatasının yarıldığını, hatta hafifçe yana çarpıldığını gördü. Eliyle de yoklamak istedi, ama vazgeçti, besbelliydi, ölmüştü işte.

Bu arada kadının çevresinde bir kan gölü oluşmuştu. Birden kadının boynunda bir kordon olduğunu fark etti, çekip almak istedi, ama kordon sağlam olduğu için kopmadı, üstelik kan içindeydi. Koparmadan çıkarmak istedi, bu kez de kordon içeride bir yerlere takılmış, gelmiyordu. Sabırsızlıkla baltasını kaldırdı, kadının üzerinde, baltayla kesecekti kordonu, ama cesaret edemedi. Sonunda iki dakika kadar uğraşıp, ellerini ve baltayı kana bulayarak ve kadının vücuduna hiç dokunmamayı başararak kordonu kesebildi: Yanılmamıştı, kordonun ucunda küçük bir para çantası asılıydı. Bundan başka biri tahtadan, biri bakırdan iki haç ve üzeri mine işli bir ermiş tasviri takılıydı kordonda. Ve son olarak kenarları ve askı halkası madeni, güderiden, küçük, kirli bir para çantası daha vardı. Bu sonuncu çanta tıkabasa parayla doluydu. Raskolnikov hiç bakmadan cebine attı bu çantayı: Haçları kocakarının üzerine fırlattı ve bu kez baltasını da alarak, yeniden yatak odasına koştu.

Müthiş bir hızla hareket ediyordu. Yeniden anahtarlığı kaparak çabuk çabuk denemeye girişti. Ama nedense bir türlü beceremiyor, uygun anahtarı bulamıyordu. Elleri titrediğinden değil; sürekli yanlış yaptığından: Örneğin, anahtarın komodin anahtarı olmadığını, deliğe bile girmediğini gördüğü halde, sokmaya çalışıyor, zorlayıp duruyordu. Sonra birden şu küçük anahtarların yanında duran büyük, dişli anahtarın, komodinin değil de (geçen gelişinde de aklına geldiği gibi) bir sandığın anahtarı olabileceğini ve kocakarının da her şeyini bu sandığa gizleyebileceğini düşündü. Komodini bırakıp hemen karyolanın altına girdi: Kocakarıların sandıklarını genellikle karyola altında gizlediklerini biliyordu. Evet, düşündüğü gibiydi: Uzunluğu bir arşından fazla büyükçe bir sandık duruyordu karyolanın altında. Kapağı kubbeli, çelik çivilerle kakmalı, üzeri kırmızı maroken kaplı bir sandıktı bu. Ağzı dişli anahtar sandığa hemen uydu ve kilit açıldı. En üstte, beyaz bir örtünün altında, kenar süsleri kırmızı kumaştan beyaz bir tavşan kürkü vardı. Bunun altında ipekli bir entari, onun da altında bir şal vardı. Sandık baştan sona hep böyle çul çaputla doluya benziyordu. Kana bulanmış ellerini önce kürkün kırmızı kumaştan kenar süslerine silmeyi düşündü. "Kırmızı olduğu için anlaşılmaz" diye düşünmüştü; sonra birden aklı başına geldi: "Aman Tanrım! Çıldırıyor muyum yoksa?"

Çaputları karıştırmaya devam ederken, birden kürkün arasından altın bir saat çıkıverdi. Çabuk çabuk bütün eşyayı altüst etmeye başladı. Gerçekten de dürülü giysiler arasına çeşitli altın eşya yerleştirilmişti; bilezik, küpe, yüzük, iğne gibi karşılıkları ödenmiş ya da ödenmemiş rehinlerdi bunlar. Bazıları kutuların içindeydi, bazıları ise adi gazete kâğıdına sarılmıştı, ama bunlar kâğıt iki kat edilerek düzgünce sarılmış ve iple bağlanmıştı. Hiç zaman yitirmeden, kutularıyla, sarıldıkları gazete kâğıtlarıyla, olduğu gibi her şeyi ceplerine doldurmaya başladı; ama daha birkaç parça almıştı ki...

Birden içeriden, kocakarının bulunduğu yerden bir ses geldi. Raskolnikov durdu, hiç ses çıkarmadan, soluk bile almaya korkarak öylece kalakaldı. Ama hiçbir ses duyulmuyordu, demek ki yanılmıştı. Birden apaçık olarak hafif bir çığlık duydu ya da biri sanki kesik kesik, sessizce inlemiş ve susmuştu. Sonra yine bir ya da iki dakika kadar ölü sessizliği... Raskolnikov sandığın önünde çömelmiş, güçlükle soluyordu, sonra birden baltasını kaptığı gibi yatak odasından fırladı.

Odanın ortasında, elinde büyükçe bir bohça, Lizaveta duruyordu, yüzü bembeyaz, bakışları kız kardeşinin cesedine mıhlanmış gibiydi. Bağıracak kadar bile gücü yoktu. Koşarak içeri giren Raskolnikov'u görünce korkusundan yaprak gibi titremeye başladı. Yüzünden art arda kasılmalar geçiyordu. Elini kaldırdı, haykırmak için ağzını açtı, ama hiç ses çıkaramadı, bakışlarını delikanlının üzerine dikmiş, bağırmak için yeterli hava alamıyormuş, zorlanıyormuş gibi hep öyle ağzı açık, geri geri yürüyerek delikanlıdan uzaklaşmaya başladı. Raskolnikov baltasıyla kadının üzerine atıldı. Lizaveta'nın dudakları, bir şeyden korkan ve bakışlarını korktukları şey üzerine dikip bağırmaya hazırlanan bebeklerin dudakları gibi büzüldü. Acıklı bir haldi bu. Zavallı Lizaveta öylesine saf, öylesine ezilmiş, öylesine korkutulmuş bir kadındı ki, üzerine doğru kaldırılmış bir balta karşısında yapması gereken en doğal hareket elleriyle yüzünü kapatması olduğu halde, bunu bile yapamadı. Yalnız serbest olan sol elini biraz kaldırdı ve elinde baltayla üzerine gelmekte olan adamı uzaklaştırmak ister gibi ileri doğru uzattı. Balta keskin yanıyla tam kadının kafasına indi ve alnın üst bölümünü, hemen hemen tepeye kadar yardı. Kadın yere yıkıldı. Raskolnikov iyice kendini yitirmişti, kadının elinden bohçayı kaptı, sonra fırlatıp attı, derken birden antreye doğru atıldı.

Hiç hesapta olmayan bu ikinci cinayet her şeyin üzerine tuz biber ekmişti, gitgide artmakta olan bir korku bütün varlığını kaplıyordu. Hemen kaçmak istiyordu buradan. Eğer şu anda içinde bulunduğu durumun güçlüğünü, umutsuzluğunu, çirkinliğini doğru değerlendirebilseydi, buradan kurtulabilmek, evine ulaşabilmek için önünde daha ne güçlükler, belki de daha ne cinayetler olduğunu kestirebilseydi, büyük olasılıkla her şeyi olduğu gibi bırakıp, doğruca polise gidip teslim olurdu ve bu işi kendi adına duyduğu korkudan dolayı değil, işlediği cinayetlerin üzerinde uyandırdığı dehşet ve tiksintiden dolayı yapardı. Ve şu anda bu tiksinti her geçen dakika daha da büyüyor, kabarıyordu. Değil sandığın yanına, yatak odasına bile gidebilmesi olanaksızdı artık.

Bir tür dalgınlık, hatta derin düşüncelere gömülmüşlüğe benzer bir hal yavaş yavaş tüm varlığını kaplıyordu; işini, daha doğrusu ana işini unutup, dakikalarca ayrıntılarla uğraşmaya başladı. Mutfağa bir göz atıp da tezgâh üzerinde yarısına kadar suyla dolu kovayı görünce, ellerini ve baltayı yıkamayı akıl etti. Elleri kandan yapış yapıştı. Baltanın ağzını suya daldırdı, pencere kenarında kırık bir tabak içinde bulduğu sabunla doğrudan doğruya kovanın içinde ellerini yıkamaya başladı. Sonra baltanın demir kısmını, sonra sapını, uzun uzun, hatta sabunla ovarak yıkadı; sonra oracıktaki bir ipe kuruması için asılmış bir bezle silip kuruladı; sonra baltayı pencere kenarına götürüp ışıkta dikkatle inceledi. İyi temizlemişti, hiçbir kan izi görünmüyordu, yalnız sapı hâlâ nemliydi. Baltayı paltosunun içindeki ilmiğe özenle geçirdi; sonra loş mutfaktaki ışığın elverdiği ölçüde paltosunu, pantolonunu, ayakkabılarını gözden geçirdi. İlk bakışta bunlarda kan lekesi yok gibiydi; yalnız ayakkabıları biraz lekelenmişti. Islak bir bezle ayakkabılarını temizledi. Yine de tam görememiş olabileceğini, gözünden kaçan lekeler bulunabileceğini biliyordu. Kararsızlık içinde odanın ortasında dikiliyordu. Acı verici, kapkara düşünceler geçiyordu kafasından: Çıldırmak üzere olduğunu, şu anda ne doğru yargılama, ne de kendini koruma gücünde olduğunu ve yine şu anda yapmakta olduğu şeylerin hiç de yapmaması gereken şeyler olduğunu... düşünüyordu.

— Aman Tanrım! Kaçmam gerek! –diye mırıldandı ve antreye doğru atıldı. Ama burada onu ömrünce hissetmediği bir korku bekliyordu.

Olduğu yerde çivilenmiş gibi kalakalmıştı: Bakıyor ve gözlerine inanamıyordu: Dış kapı, kendisinin de az önce çıngırağını çalıp içeri girdiği, merdivenlere açılan dış kapı açık, hatta bir karış kadar da aralıktı: Bütün bu süre içinde kapının kilidi de, sürgüsü de açıktı! O içeri girdikten sonra kocakarı anlaşılan ne olur ne olmaz deyip kapıyı kapatmamıştı. Aman Tanrım! İyi ama, daha sonra Lizaveta'yı içeride görünce niçin anlayamamıştı durumu? Bu kadının elbette bir yerlerden içeri girdiğini nasıl olmuş da, nasıl olmuş da düşünememişti? Duvardan süzülüp geçmemişti ya kadın! Hemen kapıya atılıp sürgüledi.

— Hayır! Yine yanlış yapıyorum! Gitmem gerek benim, gitmem...

Sürgüyü çekip kapıyı açtı ve merdivenleri dinlemeye başladı. Uzun uzun dinledi. En aşağılarda, herhalde sokak kapısının oralarda bir yerlerde, iki kişi cırlak sesle birbirine bağırıyor, sövüyordu. Raskolnikov, "Bunlar da kim?" diye düşündü ve sabırla gürültünün dinmesini bekledi. Sonunda bıçakla kesilmiş gibi bütün sesler dindi, kavga edenler gitti.

Tam çıkacaktı ki, birden alt kattaki dairelerden birinin kapısı gürültüyle açıldı ve birisi bir şarkı mırıldanarak aşağı inmeye başladı. "Ne de çok gürültü ediyorlar!.." diye düşündü Raskolnikov. Yeniden kapıyı kapayıp içeri girdi ve beklemeye başladı. Sonunda bütün sesler dindi, ortalıkta hiç kimse kalmadı. Kapıyı açıp tam çıkacaktı ki, merdivenlerde yeniden ayak sesleri duydu.

Sesler çok uzaktan, en aşağı katta merdivenin başlangıcından geliyordu, yine de o, yukarı çıkan kişinin nedense doğruca buraya, dördüncü kata, kocakarıya çıkmakta olduğundan daha ilk sesleri duyduğu anda kuşkulandığını, çok sonraları son derece açık ve net olarak anımsayacaktı. Niçin böyle düşünmüştü? Seslerin bir olağanüstülüğü, bir özelliği mi vardı? Bunlar ağır, düzgün, aceleci olmayan adımlardı. İşte birinci kat geride kaldı bile; yükseliyor, yaklaşıyor ve gitgide daha duyulur oluyor... Ve işte ağır soluk alışları duyuluyor adamın. Üçüncü kata tırmanmaya başladı! Buraya geliyor!.. Birden tıpkı düşlerde olduğu gibi taş kesildiğini sandı Raskolnikov; sanki biri kendini öldürmek istiyor ve çok yakından kovalıyordu ve o olduğu yere mıhlanıp kalmış, kımıldayamıyordu bile...

Adam dördüncü kata tırmanmaya başlayınca, ancak bundan sonra, Raskolnikov birden canlandı ve çevik bir hareketle yeniden içeri girip, kapıyı arkasından kapadı. Sonra sürgüyü tuta tuta, hiç ses çıkarmadan, yavaşça yuvasına sürdü. İçgüdüyle yapıyordu tüm bunları, sonra sessizce, soluk bile almaktan korkarak kapının ardından dinlemeye başladı. Davetsiz misafir de kapıya gelmişti. Tıpkı az önce kocakarıyla kendisi arasındaki durum, şimdi bu adamla yineleniyordu: Bir kapının iki yanında, kulak kesilmiş iki kişi.

Adam güçlükle birkaç soluk aldı. "Herhalde şişman, iriyarı bir adam" diye düşündü Raskolnikov, baltasını sımsıkı kavramıştı. Gerçekten de bir düşe benziyordu olup bitenler. Adam çıngırağın ipini hızla çekti.

Çıngırağın madeni sesi duyulur duyulmaz, Raskolnikov'a içeride, odada biri kımıldamış gibi geldi. Hatta dönüp ciddi ciddi içeriyi dinledi. Bu arada adam bir kez daha çaldı çıngırağı, biraz bekledi, sonra birden sabırsızlanarak kapıyı kolundan tutup olanca gücüyle çekiştirmeye başladı. Raskolnikov dehşet içinde yuvasında zıplamakta olan sürgüye bakıyor, neredeyse korkuyla kopup çıkmasını bekliyordu. Adam kapıya öylesine güçlü asılıyordu ki, bu hiç de olmayacak bir şey değildi. Bir an sürgüyü eliyle tutmayı düşündü. Ama adamın anlayacağından korkarak vazgeçti. Yeniden başı dönmeye başlamıştı. "Şimdi düşeceğim!" diye geçirdi içinden, ama tam bu sırada adam konuşmaya başladı, bu da onun bir anda kendine gelmesini sağladı.

Adam fıçıdan çıkar gibi bir sesle:

— Ne halt ediyor bunlar be! –diye gürledi.– Yoksa biri gelip ikisini de boğazladı mı? Heeyy, Alyona İvanovna, cadı karı!.. Güzeller güzeli Lizaveta İvanovna! Açsanıza kapıyı! Lanet karılar! Uyuyor musunuz yoksa?

Adam çileden çıkmış gibiydi, art arda belki on kez olanca gücüyle çıngırağın ipini çekti. Evdekilerle senlibenli olduğu, sözü geçer biri olduğu anlaşılıyordu.

Tam bu sırada merdivenlerde, dördüncü kata yakın bir yerlerden hafif ayak sesleri duyuldu. Biri daha geliyordu! Raskolnikov oldukça geç duymuştu bu ikinci ziyaretçinin ayak seslerini.

Yeni gelen, hâlâ çıngırağın ipini çekmekte olan birinciye, neşeli, çınlayan bir sesle:

— Merhaba Koh! –dedi.– Yoklar mı evde?

"Sesine bakılırsa çok genç biri" diye düşündü Raskolnikov.

Koh:

— Şeytan bilir! –dedi.– Az kalsın kilidi kıracaktım. İyi ama, siz beni nereden tanıyorsunuz?

— Tanıyamadınız mı? Üç gün önce "Cambrinus"da bilardo oynamıştık ve sizi üst üste üç kez yenmiştim...

— Haaa...

— Yoklar mı? Tuhaf şey! Ama bu aptalca, yani korkunç bir şey! Nereye gitmiş olabilir ki kocakarı? Bir işim vardı kendisiyle.

— Benim de...

— Dönmekten başka yapacak bir şey yok öyleyse?.. Oysa biraz para alabileceğimi umuyordum.

— Evet, dönmekten başka yapacak bir şey yok. İyi ama, ne demeye söz verdi bu kadın? Üstelik bu saati de kendisi saptadı. Burası bana epey sapa düşüyor. Anlamıyorum, hangi cehenneme gitmiş olabilir ki bu cadı? Bütün bir yıl, "Bacaklarım ağrıyor," diye evde oturur, ondan sonra tam bize gerektiği anda çıkacağı tutar!..

— Kapıcıya bir soralım mı?

— Ne soracağız?

— Nereye gittiğini ve ne zaman döneceğini?..

— Evet... Soralım... İyi ama, bir yere gidemez ki bu kadın! –Kapının kolunu bir kez daha çekiştirdi.– Kör şeytan!.. Yapacak bir şey yok, gidelim!..

Genç olanı birden bağırdı:

— Durun bir dakika! Baksanıza, çektiğiniz zaman kapı nasıl aralanıyor?..

— N'olmuş aralanıyorsa?

— Demek ki kapı kilitli değil, arkadan sürgülenmiş. Yani sürgü tutuyor kapıyı. Duyuyor musunuz, sürgü nasıl tıkırdıyor?

— N'olmuş tıkırdıyorsa?

— Anlamıyor musunuz, demek ki içeride biri var? İkisi de dışarı çıkmış olsaydı, kapı dışarıdan kilitlenmiş olurdu, oysa içeriden sürgülendiğine göre, evde birisi var demektir. Sizin anlayacağınız, evdeler, ama kapıyı açmıyorlar!

— Vay anasına!.. Öyle ya... –dedi Koh şaşkınlıkla.– Tabii. İçeride bunlar!

Ve kapıyı iyiden iyiye sarsmaya başladı.

— Durun! –diye yeniden bağırdı genç olan.– Çekiştirip durmayın öyle!.. İşin içinde iş var. Düşünün: Kapıyı çaldınız, çekiştirdiniz, yine de açmadılar; demek ki, ya ikisi de kendilerinden geçmişler ya da...

— Ya da?

— Bakın ne yapalım: Kapıcıya gidelim, gelip o uyandırsın onları...

— Doğru!

Birlikte aşağı inmeye başladılar.

— Durun! Siz burada kalın, kapıcıya ben haber vereyim.

— Burada kalmak da nereden çıktı?

— Bir de bakmışsınız...

— Haklısınız.

— Boşuna sorgu yargıçlığında çalışmıyorum ben... Kesinlikle, kes–sin–lik–le bir iş var bu işin içinde!..

Koşarak merdivenlerden inmeye başladı.

Yalnız kalan Koh, çıngırağın ipini bir kez daha çekti ve çıngırak bir kez daha yavaşça çaldı. Sonra, kapıyı yalnızca sürgünün tutuyor olduğuna iyice inanç getirmek istercesine, bir kendine çekerek, bir ileri iterek, dikkatle yoklaya yoklaya kapının kolunu oynatmaya başladı. Sonra güçlükle, soluyarak eğildi ve anahtar deliğinden içeri baktı. Ama kilidin içinde anahtar bulunduğu için, bir şey göremedi.

Raskolnikov baltasını sımsıkı kavramış, duruyordu. Kendinden geçmiş gibiydi. İçeri girdikleri anda onlarla dövüşmeye bile hazırdı. Az önce kapıyı çalarlarken ve aralarında konuşurlarken, birkaç kez içeriden onlara bağırmak ve her şeye bir anda son vermek düşüncesi gelip geçmişti kafasından. Kapı daha açılmamışken, adamlara sövmek, onları kızdırmak isteği de duymuştu. "Bir an önce bitse şu iş artık!" diye düşünmüştü.

Zaman geçiyor, dakikalar birbirini izliyordu, ama ne gelen vardı, ne giden. Koh olduğu yerde kımıldamaya başladı.

— Tanrı cezasını versin!.. –diye bağırdı birden. Sabırsızlanmıştı, nöbetini bırakıp, gürültülü ayak sesleriyle merdivenlerden inmeye başladı. Bir süre sonra ayak sesleri kesildi.

— Tanrım, ne yapsam acaba?

Raskolnikov sürgüyü çekip kapıyı açtı. Kimsecikler görünmüyordu. Artık daha fazla düşünmedi, kapıyı arkasından olabildiğince sıkı kapatıp, merdivenlerden inmeye başladı.

Daha üç basamak ancak inmişti ki, birden aşağıdan kuvvetli gürültüler geldi... Nereye gizlenmeli şimdi? Gizlenecek hiçbir yer yoktu. Geri dönüp yeniden eve girecekti ki...

— Tanrı cezanı versin e mi!.. Tutun şunu!.. –diye bağıran bir adam alt kattaki dairelerden birinden fırlayıp, yuvarlanırcasına merdivenlerden inmeye başladı. Bir yandan da gırtlağı yırtılırcasına bağırıyordu:

— Mitka! Mitka! Mitka! Mitka! Mitka! Tanrı cezanı versin e mi!..

Adamın bağırışı bir çığlıkla sona erdi; son sesler avludan gelmiş, sonra her şey susmuştu. Ama aynı anda yüksek sesle, çabuk çabuk konuşan birkaç adam gürültüyle merdivenlerden çıkmaya başladı. Üç ya da dört kişi olmalıydılar. Raskolnikov genç olanın çınlamalı sesini tanıdı. "Onlar!"

Tam bir umutsuzluk içinde doğruca adamlara yönelerek merdivenlerden inmeye başladı: "Ne olacaksa olsun varsın! Eğer beni durdururlarsa, mahvoldum demektir; eğer durdurmazlar, geçip giderlerse, yine mahvoldum demektir: Yüzümü kesinkes hatırlarlar." Birbirlerine iyice yaklaşmışlardı artık, bir katın merdivenleri kalmıştı aralarında. Ama birden kurtuluş! Bulunduğu yerden birkaç basamak aşağıda, sağda ardına kadar açık bir kapı vardı; ikinci katta boyacıların çalıştığı dairenin kapısıydı bu. Sanki bilerek kapıyı açık bırakıp gitmişti boyacılar. Herhalde onlar da şimdi böyle bağıra çağıra gidiyorlardı. Döşemeler daha yeni boyanmıştı. Odanın ortasında bir teneke ve içi boya dolu bir kapla fırça vardı.

Süzülür gibi açık kapıdan içeri kaydı Raskolnikov, bir duvarın ardına gizlendi. Tam zamanıydı: Adamlar da artık sahanlığa ulaşmışlardı. Sonra dördüncü kata kıvrılan merdivenlere saptılar ve yine yüksek sesle konuşa konuşa çıkmaya devam ettiler. Geçip gitmişlerdi. Raskolnikov biraz bekledi, sonra ayaklarının ucuna basa basa çıktı ve koşarak merdivenlerden inmeye başladı.

Merdivenlerde kimseye rastlamadı. Apartman kapısında da öyle. Kapıyı hızla geçti, sokağa çıkar çıkmaz da sola saptı.

Adamların şu anda kocakarının dairesine girmiş olduklarını ve az önce kapalı olan kapının şu anda açık olmasına son derece şaşırdıklarını, dehşetle kadınların ölülerine bakmakta olduklarını; bir dakika geçmeden de katilin az önce burada bulunduğunu ve yanlarından geçip bir yerlere gizlenmeyi başardığını, hatta gizlendiği yerin boş daire olduğunu, kendileri yukarı çıkarken katilin yüzde yüz orada beklemekte olduğunu düşünebileceklerini çok, ama çok iyi biliyordu. Buna rağmen, ilk dönemece daha yüz adım kadar yolu olduğu halde, yine de adımlarını hızlandırmaya cesaret edemiyordu. "Hemen şuradaki apartmanlardan birine girip gizlensem mi acaba? Hayır, bu daha da tehlikeli olur! Baltayı bir yere atsam mı? Yoksa bir arabaya mı binsem? Hayır, bu çok daha tehlikeli olur!"

Sonunda işte dönemeç! Kendinden geçmişçesine yana saptı; yarı yarıya kurtulmuş sayılırdı artık, bunu çok iyi biliyordu: Burada daha az kuşku uyandırırdı, üstelik çok kalabalık bir sokaktı burası, bir kum taneciği gibi yitip giderdi burada. Ama şu ana kadar çektikleri onu öylesine güçten düşürmüştü ki, adım atarken bile zorlanıyordu. Yüzü gözü ter içinde kalmıştı, boynu sırsıklamdı. Kanalın oraya vardığında adamın biri laf attı kendisine: "Bu nasıl içmek böyle ahbap!"

Hiç iyi hissetmiyordu kendini, yol uzadıkça durumu daha da kötüleşiyordu. Yine de kanalın oraya varınca, birden, kalabalığın azaldığını, fark edilebileceğini düşünüp nasıl korktuğunu, nasıl gerisingeri o kalabalık sokağa dönme isteği duyduğunu hatırladı. Ayakta duramayacak bir halde olmasına rağmen, kestirme yoldan değil, sapa yollardan dolaşarak evine döndü.

Apartman kapısından içeri girerken de kendine gelebilmiş değildi; baltanın hâlâ üzerinde olduğunu ancak merdivenleri çıkarken hatırlayabilmişti. Oysa önemli bir sorundu bu: Kimseye sezdirmeden yerine koymalıydı baltayı. Böyle yapmayıp da daha sonra rasgele bir avluya fırlatıp atmasının çok daha uygun olabileceğini düşünecek durumda değildi.

Ama işleri yolunda gitti. Kapıcının kapısı kapalı olmakla birlikte kilitli değildi; bu duruma göre, büyük olasılıkla kapıcı içerdeydi; ama o durum yargılaması yapma yeteneğini öylesine yitirmişti ki, hiçbir şey düşünmeden kapıyı açıp içeri girdi. Eğer kapıcı içeride olsa ve kendisine "Ne istiyorsun?" diye sorsaydı, belki de hiçbir şey söylemeden adama baltayı uzatacaktı. Ama kapıcı yine içeride değildi, o da böylece baltayı eski yerine, sedirin altındaki tahtaların arasına sokabildi. Kendi odasına çıkıncaya kadar da hiç kimseye, canlı hiçbir varlığa rastlamadı... Ev sahibi kadının kapısı kapalıydı. Odasına girer girmez kendini olduğu gibi divanın üzerine attı. Uyumuyordu, ama kendinde de değildi. O sırada biri odasına girse, hemen yerinden fırlar ve bağırmaya başlardı. Birtakım düşünce kırıntıları uçuşup duruyordu kafasında, ama bütün çabasına rağmen bunları yakalayamıyor, hiçbirinin üzerinde duramıyordu...

İkinci Bölüm

I

Uzunca bir süre böyle yattı. Arada bir uyanır gibi oluyor ve gecenin çok ilerlemiş olduğunu fark ediyordu, ama kalkmak aklına bile gelmiyordu. Sonunda ortalığın gerçekten ağardığını fark etti.[1] Divanda sırtüstü yatıyordu ve yarı baygın durumu hâlâ sürüyordu. Her gece saat üç sularında penceresinin altından gelen korkunç çığlıkları yeniden duydu ve bu çığlıklara uyandı. "Sarhoşlar meyhaneden dağılıyorlar. Demek saat ikiyi geçiyor..." diye düşündü. Sonra birden sanki biri kendisini divandan koparmış gibi fırladı. "Ne! Saat ikiyi mi geçiyor?" Divana oturdu ve birden her şeyi anımsadı.

Önce çıldırmakta olduğunu sandı. Müthiş üşüyordu. Ama üşümesi, kendisi daha uykudayken başlayan sıtmadandı. Şimdi ise zangır zangır bir titremeye tutulmuştu. Kapıyı açıp çevreyi dinledi: Evde herkes derin uykudaydı. Üstünü başını, odasını şaşkınlıkla gözden geçiriyor ve dün gece nasıl olup da kapıyı sürgülemeden yattığını bir türlü anlayamıyordu. Yalnızca elbiselerini değil; şapkasını bile çıkarmadan kendisini olduğu gibi divana atıvermişti, şapkası yere yuvarlanmıştı, aşağıda yastığa yakın bir yerde duruyordu. "Gece

1 Mevsim gereği Petersburg'da çok kısa bir karanlıktan sonra beyaz gecelerin başladığını göz önünde bulundurmak gerek.

birisi içeri girseydi ne düşünürdü acaba? Herhalde sarhoş olduğumu sanırdı. Ama..." Fırlayıp küçük penceresine koştu. Hava oldukça aydınlanmıştı. Üzerinde leke kalmış olup olmadığını anlamak için tepeden tırnağa üstünü başını kontrol etti. Ama böyle olmazdı bu iş. Soğuktan tir tir titremesine karşın soyundu ve bütün giysilerini dikkatle gözden geçirdi. Son ipliğine varana dek her yanına dikkatle baktı giysilerinin, yine de kendine güvenemedi, bu işi üç kez yineledi. Galiba hiç leke yoktu. Yalnız pantolonunun paçaları yer yer eriyip, aşağı sarkmıştı, buralarda kurumuş birkaç leke gördü. Sustalı çakısıyla, sarkan parçaları kesti. Galiba artık bir şey kalmamıştı. Birden kocakarının para çantasıyla, sandıktan aldığı öteki eşyaların hâlâ üzerinde olduğunu anımsadı. Bunca süredir üzerinde durmuştu bunlar ve o çıkarıp gizlemeyi düşünememişti! Hatta az önce, giysilerini gözden geçirirken bile fark etmemişti onların ceplerinde olduğunu! "Ne oluyor bana!" diye düşündü. Hemen ceplerinde ne varsa masanın üzerine boşaltmaya başladı. Her şeyi çıkardıktan, hatta bir şey kalmadığından emin olmak için ceplerini tersyüz ettikten sonra, bunları toparlayıp odanın en dip köşesine götürdü. Burada, duvarın döşemeyle birleştiği yerde duvar kâğıdı yırtılmış ve bir delik oluşmuştu. Raskolnikov hemen ceplerinden boşaltıp bir araya topladığı şeyleri bu deliğin içine, duvar kâğıdının arkasına tıkıştırmaya başladı. "Bu iş de oldu! Para çantası da içinde, hepsi ortadan kalktı!" Tam deliğin üstünde dışarı doğru kabaran duvar kâğıdını anlamsız bakışlarla seyrediyor ve bu işi de başardığına seviniyordu. Sonra birden korkuyla irkildi, umutsuzluk içinde:

— Tanrım! Ne yapıyorum ben! –diye mırıldandı.– Saklanmış mı oldu yani şimdi bunlar? Böyle saklanır mı bir şey?

İşin doğrusu, yalnızca para olacağını düşünmüş, eşyayı hiç hesaba katmamıştı, bu nedenle de önceden bir yer ayarlamamıştı. "Neye seviniyorum şimdi ben?" diye düşündü. "Sevinecek bir şey var mı ortada? Böyle mi gizlenir eşya?

Akıl, sağduyu çoktan bırakmış beni!" Kendinden geçmişçesine divana oturdu; dayanılmaz bir titreme nöbetine yakalanmıştı gene. Kendiliğinden bir hareketle, yanı başındaki iskemlenin üzerinde duran, yırtık, eski, ama sıcak tutan kışlık paltosuna uzandı, paltoyu üzerine çeker çekmez uyku ve nöbetle kendinden geçti.

Beş dakika geçmeden yerinden fırladı ve öfkeyle üzerinden çıkardığı giysilerin üzerine atıldı: "Daha hiçbir şey yapmamışken nasıl yeniden uykuya dalabiliyorum? İşte, tam düşündüğüm gibi, daha ilmiği sökmemişim! Ne kadar önemli oysa! Böyle önemli bir kanıt yok edilmez mi?" İlmiği kopardı, çabucak yırtıp küçük parçalara ayırdı ve yastığının altındaki çamaşırların arasına sokuşturdu. "Yırtık bez parçaları hiçbir zaman kuşku uyandırmaz; bu böyle, galiba böyle!" Odanın ortasında dikilmiş, bir şey unutup unutmadığını anlamak için, müthiş gergin, müthiş dikkatli çevreyi gözden geçiriyor, bir yandan da mırıldanıyordu. Her şeyi, hatta belleğini, en basitinden akıl yürütme yeteneğini yitirmekte olduğuna inanmaya başlamıştı ve bu durum ona korkunç bir acı veriyordu. "Daha şimdiden mi başlıyor? Şimdiden mi başladım pişman olmaya? Evet, evet, ta kendisi." Gerçekten de az önce pantolonunun parçalarından kestiği eprimiş, sarkmış parçalar, odanın tam ortasında, yerde sürünüyordu; odaya biri girecek olsa, kesinkes ilk bunları görürdü.

— Ne oluyor bana böyle? –diye bağırdı yeniden; kendinden geçmiş gibiydi.

Bu sırada tuhaf bir şey geldi aklına: Ya giysilerim tümden kan içindeyse, pek çok leke var da ben göremiyorsam? Çünkü aklım, zihnim, kavrayışım sağlıklı değil... Birden, para çantasının da kanlanmış olduğunu anımsadı!.. "Eyvah! Öyleyse cebim de kanlanmıştır, çünkü cüzdanı kanlı kanlı sokmuştum cebime!" Hemen cebini tersyüz etti; gerçekten de astarda kan lekeleri vardı! Zafer kazanmışçasına sevindi, derin derin iç geçirip, "Demek ki, aklım başımda daha," diye düşündü, "cebimin kanlanmış olabileceğini akıl edebildiğime göre, demek daha doğru düşünebiliyorum... Sıtmanın etkisiyle bir anlık bir bellek yitimiydi deminki, sayıklamaydı!..." Ve pantolonunun sol cebinin astarını olduğu gibi söküp çıkardı. Bu sırada güneş sol ayağının üzerine vurmuştu: Kundurasının açık ucundan görülen çorabının burnunda da kan lekesi var gibiydi. Fırlatıp attı kundurasını: "Gerçekten de kanlanmış! Çorabın burnu olduğu gibi kan içinde!" Demek bir ara kan birikintisine basmıştı... "Ne yapayım şimdi ben bunları? Bu çorabı, bu cep astarını, paçalarımdan kestiğim bu kanlı kumaş parçalarını?"

Kumaşlar avcunun içinde, odanın ortasında dikilmiş duruyordu. "Sobaya mı atayım? Ama önce sobadan başlarlar aramaya. Yakayım mı? İyi ama neyle? Bir kibritim bile yok. Hayır, en iyisi çıkmak ve hepsini dışarıda bir yerlere atmak. Evet evet, atmak! Hem de şimdi, hiç zaman yitirmeden." Yeniden divana otururken aklından bunlar geçiyordu, ama düşündüğü şeyi yapacak yerde, başı yeniden yastığa düştü, yeniden karşı konulmaz titremelerle sarsıldı ve yeniden paltosunu üzerine çekti. Birkaç saat gibi uzunca bir süre hep aynı şeyleri yineleyip durdu: "Hemen şimdi; hiç ertelemeden, doğruca dışarı çıkıp defetmeliyim bunları, gözlerden ırak etmeliyim! Şimdi, hemen şimdi!" Birkaç kez divandan fırlayıp kalkacak gibi oldu, ama kalkamadı. Uyanıp tümüyle kendine gelebilmesi, ancak oda kapısının şiddetli vurulmasıyla oldu.

Nastasya'ydı gelen, bir yandan kapıyı yumrukluyor, bir yandan bağırıyordu:

— Açsana kapıyı! Öldün mü be adam! Durmadan uyuyor! Bütün gün köpekler gibi uyuyor! Evet, tam köpekler gibi! Aç şu kapıyı, saat onu geçiyor.

Bir erkek sesi:

— Belki de odasında yok, –dedi.

"Eyvah. Kapıcının sesi bu... Ne istiyor acaba?" Hemen kalktı, divana oturdu. Yüreği öylesine çarpıyordu ki, göğsü çatlayacak gibiydi.

— Kapıyı arkadan çengellemiş ya... –diye itiraz etti Nastasya.– Arkadan kapı kilitlemeye de başlamış beyimiz! Sanki kaçıracaklar kendisini! Açsana kafasız herif şu kapıyı, aç, uyan!

"Ne istiyorlar? Kapıcı neden gelmiş? Her şey anlaşılıyor. Direnseın mi, yoksa açsam mı kapıyı? Mahvoldum!.."

Yerinden hafifçe doğruldu, öne doğru uzanıp çengeli kaldırdı, kapıyı açtı. Odası öylesine küçüktü ki, işte böyle oturduğu yerden bile açabiliyordu kapıyı. Nastasya ile kapıcı girdiler içeri.

Nastasya tuhaf bir bakışla süzüyordu kendisini. Raskolnikov kışkırtıcı, ama aynı zamanda umutsuz bakışlarını kapıcıya dikti. Beriki hiçbir şey söylemeden, ikiye katlanmış, mühürlü bir kâğıt uzattı kendisine.

— Resmi bir yazı, –dedi kâğıdı uzatırken,– daireden...

— Ne dairesinden?.

— Polisten yani... Oraya, merkeze çağıyorlar. Hangi daire olduğu belli...

— Polis mi? Niçin?

— Nerden bileyim ben! Madem çağırıyorlar, git...

Kapıcı bunları söyledikten sonra, dikkatle ona baktı, odaya bir göz gezdirdi, sonra çıkmak için arkasını döndü. Nastasya, bakışları hâlâ onun üzerinde:

— Sakın sen iyiden iyiye hastalanmış olmayasın? –dedi.

Bu söz üzerine kapıcı bir an başını çevirip baktı.

— Dünden beri ateşin var... –diye ekledi Nastasya.

Raskolnikov susuyor, kapıcının verdiği kâğıdı açmadan elinde tutuyordu.

— İstersen kalkma, –diye sürdürdü sözlerini Nastasya, delikanlının kalkmak için divandan bacaklarını sarkıttığını görmüş, acımıştı.– Hastasın, gitme, sen gitmedin diye öldürecek değiller ya... Elinde ne var öyle?

Delikanlının bakışları eline gitti: Pantolon paçalarından kestiği parçalarla, çorap ve cep astarı sağ elinde duruyordu. Elinde onlarla uyumuştu. Sonraları, bunun üzerinde durup düşündüğünde, arada bir ateşler içinde uyanıp, yarı uykulu, bu paçavraları elinde sımsıkı tuttuğunu ve yeniden bunlarla uykuya daldığını anımsayacaktı.

Nastasya her zamanki sinirli kahkahalarından birini patlattı :

— Şuna da bakın, sanki hazineymiş gibi nasıl tutmuş paçavraları, uykusunda bile bırakmıyor!..

Delikanlı elindeki paçavraların hepsini çabucak paltosunun altına sokuşturdu, bakışlarını Nastasya'ya dikti. Şu anda pek öyle sağlıklı düşünebilecek, akıl yürütebilecek durumda değildi; ama kendisini yakalamak için gelinmiş bir adama da böyle davranılmayacağını hissedebiliyordu.

"İyi ama, ya polisten gelen şu çağrı kâğıdı?.."

— Çay içer miydin? İstersen getirebilirim, biraz kaldı.

Delikanlı ayağa kalkarken:

— Yok, hayır, –diye mırıldandı.– Çıkacağım, hemen şimdi çıkıyorum...

— Peki merdivenlerden inebilecek misin?

— İnerim.

— Nasıl istersen.

Kapıcının arkasından Nastasya da çıktı. Raskolnikov hemen ışığa gitti ve çorabıyla pantolon paçalarını gözden geçirmeye başladı. "Leke var ama, fazla belli değil; tozlanıp kirlenmekten ve sürtünmekten belirsiz olmuş. Önceden bilmeyen hiçbir şey anlamaz. Nastasya da, çok şükür, uzaktan hiçbir şey fark etmedi! Sonra telaşla çağrı kâğıdını açtı ve okumaya başladı; dikkatle birkaç kez okuduktan sonra ancak anlayabildi kendisinden ne istenildiğini. Mahalle karakolundan yapılmış sıradan bir çağrıydı bu; bugün saat dokuz buçukta karakola gidip komiseri görmesi isteniyordu.

Acılı bir şaşkınlıkla: "Ne zaman haberleri oldu ki?" diye düşündü. "Yoksa polisle ne işim olacak benim! Hem niçin bugün? Tanrım! Ne olacaksa varsın bir an önce olsun!" Az kalsın diz çöküp dua etmeye başlayacaktı, ama birden gülümsedi: Dua etmek isteyişine değil, kendineydi gülmesi. Çabucak giyinmeye başladı. "Mahvolurmuşum!.. Olursam olayım! Çorabı da giymeli! Toz toprak içinde izler tümden yok olur gider. Ama giymesiyle çıkarması bir oldu: Korku ve tiksinti duymuştu. Başka çorabının olmadığı aklına gelince yeniden giydi çıkardığı çorabı ve yeniden güldü: Bir yandan tir tir titriyor, bir yandan "Bütün bunlar koşullara bağlı şeyler," diye geçiriyordu kafasından, "göreli şeyler, yani bir biçimsellik sorunu... Ama yine de giydim işte... Giyerek son verdim bu işe!" Gülümsemesi birden umutsuzluğa döndü: "Hayır, gücüm yetmeyecek..." diye düşündü. Ayakları titriyordu.

— Korkudan! –diye mırıldandı kendi kendine.

Başı dönüyor, ateşten ağrıyordu. Odasından çıkıp merdivenlere doğru yürürken söylenmeye devam etti:

— Tuzak bu! Tuzağa düşürmek istiyorlar beni... Şaşırtmak istiyorlar... Böyle sayıklamalı bir durumda bulunuşum çok kötü... Aptalca birtakım yalanlar söylemesem bari...

Merdivenlerde birden her şeyi duvar kâğıdının arkasındaki delikte bıraktığını hatırladı. Yoksa arama yapmak için kendisinin çıkmasını özellikle mi sağlıyorlardı? Durdu. Ama öylesine umutsuz, öylesine ölümü bile umursamaz bir durumdaydı ki, elini sallayıp inmeye başladı.

— Ne olacaksa bir an önce olsun...

Dışarısı yine dayanılmaz derecede sıcaktı. Günlerdir tek damla yağmur düşmemişti. Yine toz toprak içindeydi her yan, yine tuğla, kireç yığınları, meyhanelerden yayılan pis kokular, adım başında sarhoşlar, Finli gezgin satıcılar, gölgelik yerlere uzanmış arabacılar dolduruyordu sokakları. Güneş gözlerini öylesine kamaştırdı ki, bir an hiçbir şey göremez oldu, başı iyiden iyiye dönmeye başladı. Her sıtmalının parlak gün ışığına çıktığında duyacağı olağan duyumlardı bunlar.

Dünkü sokağın köşesine gelince, acılı, telaşlı bir bakışla o eve bir göz attı... Ama hemen ayırdı bakışlarını.

Karakola iyice yaklaşmıştı artık. "Sorarlarsa, söylesem mi acaba?.." diye düşündü bir an.

Karakolla oturduğu ev arası bir çeyrek verst kadardı: Bu yakınlarda yeni bir apartmanın dördüncü katında yeni bir daireye taşınmıştı karakol. Eski binasındayken, Raskolnikov bir ara, ama çok eskiden, şöyle bir uğradığını anımsadı karakola. Kapıdan girince sağdaki merdivenden elinde bir defterle bir mujiğin indiğini gördü. "Herhalde kapıcı... O zaman karakol da yukarıda..." diye düşündü ve merdivenlerden rasgele çıkmaya başladı. Kimseye bir şey sormak istemiyordu.

Dördüncü kata geldiğinde "İçeri girer girmez diz çöküp her şeyi anlatacağım." diye düşündü. Merdivenler dik ve dardı, üstelik de bulaşık suyu gibi birtakım pis sularla ıslaktı. Dört kattaki bütün dairelerin mutfakları bu merdivene açılıyor ve bütün gün açık duruyordu. Bu nedenle olacak, merdivenler çok da sıcaktı. Koltuklarında defterlerle, kapıcılar ve kadınlı erkekli pek çok ziyaretçi inip çıkıyordu merdivenlerden. Karakolun kapısı da ardına kadar açıktı. Raskolnikov içeri girdi, aralıkta durdu. Kimi oturan, kimi ayakta duran bir sürü mujik vardı burada. İçerisi çok sıcaktı, bu yetmezmiş gibi bir de pis kokulu bir bezin üzerine çekilmiş yeni yağlıboyaların mide bulandırıcı kokusu kaplamıştı ortalığı. Burada biraz bekledikten sonra Raskolnikov az ilerideki odaya girmeye karar verdi. Küçük, tavanları alçak odalardı hepsi. Karşı konulmaz bir sabırsızlık onu hep biraz daha ilerlemeye itiyordu. Kimsenin de ona aldırdığı yoktu. İkinci odada kendisinden biraz daha iyi giyimli birtakım yazıcılar oturmuş yazı yazıyorlardı. Tuhaf insanlardı bunlar. Raskolnikov içlerinden birine yanaştı.

— Ne istiyorsun?

Raskolnikov çağrı kâğıdını gösterdi.

— Öğrenci misiniz? –diye sordu adam kâğıda bakıp.

— Evet, eski öğrenci.

Merak ve ilgiden yoksun gözlerle bakıyordu yazıcı. Bakışlarında sabit bir düşünceden başka bir şey olmayan darmadağınık bir adamdı bu.

"Adam her şeye boş vermiş... Kendisinden bir şey öğrenebilmem mümkün değil."

— Siz şu odaya, sekretere bir başvurun... –dedi adam; parmağıyla son odayı gösteriyordu.

Raskolnikov yazıcının gösterdiği odaya (baştan dördüncüydü) girdi. Küçücük bir odaydı burası da ve çok kalabalıktı. Yalnız buradakilerin giyim kuşamları daha düzgünceydi. Ziyaretçiler arasında iki de kadın göze çarpıyordu. Kadınlardan biri yoksul giyimliydi, yas tuttuğu anlaşılıyordu; sekreterin masasının karşısında oturmuş, onun söylediği bir şeyleri yazıyordu. Öteki kadınsa çok şişman, kıpkırmızı yanaklı, lekeli yüzlü, gösterişlice bir şeydi; son derece süslü bir giysi vardı üzerinde, göğsüne de çay tabağı büyüklüğünde bir broş takmıştı. Masadan az ötede durmuş, bir şey bekliyordu. Raskolnikov sekretere çağrı kâğıdını uzattı. Sekreter kâğıda bir göz attıktan sonra,

— Bekleyin, –dedi ve yaslı kadına yazdırdığı yazıya devam etti.

Raskolnikov rahat bir soluk aldı. "Herhalde o iş için değil!" Yavaş yavaş üzerindeki korkuyu atıyor, olanca gücüyle kendine gelmeye çalışıyordu.

"Söyleyeceğim aptalca bir söz, yapacağım en küçük bir dikkatsizlikle kendimi ele verebilirim! Burası da amma havasız!.. Üstelik çok sıcak... Başım daha çok dönüyor gibi... Aklım da karmakarışık..."

Perişan durumda hissediyordu kendini, toparlanamayacağından korkuyordu. Hiç ilgisiz bir şeyler düşünmeye, ne olursa olsun, kafasını başka şeylerle uğraştırmaya zorluyor, ama başaramıyordu. Başaramıyordu, çünkü kafasının karmakarışıklığına ek olarak, sekreter de fazlasıyla ilgisini çekiyordu: Yüzüne bakıp bir şeyler çıkarmak istiyordu. Yirmi iki yaşlarında, gençten biriydi sekreter, ama esmer ve hareketli yüzü, yaşından daha büyük gösteriyordu kendisini. Modaya uygun, şık giyinmişti. Briyantinlenmiş, özenle taranmış saçlarını ortadan ikiye ayırmıştı; fırçayla temizlenmiş beyaz parmaklarında bir sürü yüzük vardı; yeleğinde de altın bir zincir göze çarpıyordu. Odadaki kalabalık arasında bulunan bir yabancıyla birkaç kelime Fransızca bile konuşmuş, üstelik de bunu çok iyi başarmıştı.

— Luiza İvanovna, otursaydınız...

Hemen yanı başında bir iskemle olduğu halde, kendiliğinden oturmaya korkuyormuş gibi sürekli ayakta durmakta olan süslü giyimli, kırmızı yüzlü kadına söylemişti bu sözü sekreter. Kadın kendini yavaşça iskemleye bırakırken:

— Ich danke! –dedi.

Bir ipek hışırtısı duyuldu. Etekleri dantelli açık mavi elbisesi (tıpkı bir balon gibiydi) iskemlenin kenarlarından döküldü ve neredeyse odanın yarısını kapladı. Havaya bir parfüm kokusu yayıldı. Ama odanın yarısını kapladığından ve ortalığı parfüm kokusuna boğduğundan ürkmüş olacak, yılışık yılışık gülümsedi kadın, gülümsemesinde açık bir endişe seziliyordu.

Yaslı kadın tam işini bitirmiş kalkıyordu ki, birden gürültüyle bir subay girdi içeri; kabadayı kabadayı yürüyor, her adım atışında omuzlarını oynatıyordu. Kokartlı şapkasını masanın üzerine fırlatıp attı ve bir koltuğa oturdu. Süslü kadın onun içeri girdiğini görür görmez yerinden fırlayıp büyük bir heyecanla önünde eğilmeye başladı; ama subay kadına aldırış bile etmedi, kadın da onun yanında bir daha oturmaya cesaret edemedi. Komiser yardımcısıydı bu subay. İki yana doğru uzanan sarımtırak bıyıkları ve ince yüz çizgileriyle, küstahlıktan başka hiçbir şey anlatmayan bir yüzü vardı. Göz ucuyla ters ters Raskolnikov'a baktı. Delikanlının üstündeki giysiler son derece eski püsküydü, ama yine de bu dökülen kılığına uymayan bir edası vardı. Raskolnikov bir yanlış yaptı ve dik bakışlarla uzun uzun subayı süzdü. Öyle sert ve dikkat çekecek kadar uzun bakmıştı ki, subay onun bu bakışlarından rahatsız oldu. Böyle bir hırpaninin, onun şimşekler çakan bakışlarına aldırış etmemesinden şaşırmış:

— Sen ne istiyorsun? –diye bağırdı.

— Çağırmışlar... –dedi Raskolnikov.– Bir çağrı kâğıdı aldım...

Hemen kâğıtlarından başını kaldıran sekreter:

— Borcunu ödemesi için getirilmiş bir öğrenci efendim, -dedi. Sonra Raskolnikov'a bir defter uzatıp, parmağıyla bir yeri gösterdi:

— İşte, şurası! Okuyun!..

"Para mı? Ne parası?.. Öyleyse... o iş için değil çağırmaları!" Sevinçten titredi Raskolnikov, anlatılmaz bir hafiflik duyuyordu içinde, sanki omuzlarından dağ gibi bir yük kalkmıştı.

Her neye kızdıysa, bu kızgınlığı gitgide artmakta olan teğmen:

— Saygıdeğer efendimiz söylerler mi acaba, saat kaçta gelmeleri yazılmış buraya? –diye bağırdı.– Sizden saat dokuzda gelmeniz istenmiş, oysa şimdi saat on biri geçiyor!

Nedense hiç beklemediği bir öfkeye kapılan, dahası, bu öfkesinden biraz da zevk duyan Raskolnikov, adamı küçük gördüğünü belirtmek istercesine yüzünü ona tam dönmeden ve bağırarak:

— Daha çeyrek saat önce getirdiler çağrıyı, –dedi.– Hasta halimle buraya geldiğime şükredin!

— Rica ederim bağırmayın!

— Ben bağırmıyorum, kendini bilen biri gibi konuşuyorum ben. Asıl bağıran sizsiniz! Ve ben bir üniversite öğrencisiyim, kendime böyle bağırılmasına izin veremem!

Komiser yardımcısı çileden çıkmıştı, öyle ki, bir an ne diyeceğini şaşırdı, ağzı köpürdü, sonra yerinden fırlayarak:

— Rica ederim, susun! –diye bağırdı.– Resmi bir görev yerindesiniz. Ka–ba–lık edemezsiniz!

Raskolnikov yine bağırarak:

— Siz de resmi bir görev yerindesiniz! –dedi.– Üstelik bağırmanız bir yana, burada bulunan herkesi hiçe sayıyor ve sigara içiyorsunuz!

Bunları söylediği için büyük bir haz duydu.

Sekreter gülümseyerek onlara bakıyordu. Ateşli teğmen apışıp kalmışa benziyordu. Sonunda doğallığını yitirmiş bir sesle bağırdı:

— Bu sizi hiç ilgilendirmez! Siz lütfen sizden istenen şeye cevap verin! Gösterin ona Aleksandr Grigoryeviç. Şikâyet var hakkınızda! Borcunuzu ödememişsiniz! Üstelik bir de yavuz hırsız olup ev sahibini bastırıyorsunuz!

Ama Raskolnikov'un artık onu dinlediği yoktu; bilmeceyi bir an önce çözmek için hemen sekreterin uzattığı kâğıdı aldı, birkaç kez okudu, ama bir şey anlamadı.

— Ne bu? –diye sordu sonunda sekretere.

— Ödemek zorunda olduğunuz bir borcunuz bulunduğunu gösteren bir borç senedi... Ya faizleri ve masraflarıyla birlikte bu borcu ödeyeceksiniz ya da ne zaman ödeyebileceğinizi bildireceksiniz. Ayrıca, borcunuzu ödeyene dek başkentten ayrılmayacağınızı, mallarınızı satmayacağınızı ve gizlemeyeceğinizi de taahhüt edeceksiniz. Öte yandan alacaklı mallarınızı satmakta ve size yasa hükümlerinin uygulanması için girişimde bulunmakta serbesttir.

— Ben... Kimseye borçlu değilim ki!

— Orası bizi ilgilendirmez. Dul Bayan Zarnitsına'ya verdiğiniz ve vadesinde ödemediğiniz için karşı tarafın yasalara uygun olarak protesto ettiği ve sonra Saray Müşaviri Çebarov'a ciro ettiği yüz on beş rublelik bir borç senedi getirdiler bize; sizi buraya işte bu sorunla ilgili ifadenizi almak için çağırdık.

— Ama o kadın benim ev sahibim!..

— Ev sahibinizse ne olmuş?..

Sekreter hem acıyan, hem aşağılayan bir bakışla bakıyordu; bakışlarında aynı zamanda, yaşamın çetin yanlarıyla ilk kez karşılaşan bir acemiye, "E, şimdi nasılsın bakalım aslanım?" der gibi bir üstün gelmişlik havası da vardı.

Ama şu anda borç senedi, para ödemesi gerektiği umurunda olabilir miydi Raskolnikov'un? Onun için şuncacık üzülmeye, hatta en küçük bir ilgiye değer miydi böyle bir şey? Öylece ayakta duruyor, okuyor, dinliyor, karşılık veriyor, dahası, kendisi birtakım sorular soruyordu; ama bunların hepsini mekanik olarak yapıyordu. Şu anda onun bütün varlığını dolduran tek duygu, her türlü öngörüden, çözümlemelerden, gelecekle ilgili fal bakarcasına yapılan tahminlerden, kuşkulardan, sorulardan uzak bir tehlikeden kurtulmuşluk duygusu; kendini korumuş olmanın doğurduğu sevinçti. Hayvanca bir sevinç... Sözün tam anlamıyla böyle bir sevinçle doluydu bu an. Ama tam bu sırada müthiş bir gürültü koptu. Uğradığı aşağılanmanın verdiği sarsıntıdan hâlâ kurtulamamış olan teğmen, azalan özsaygısını yeniden kazanmak için olacak, odaya girdiği andan beri aptalca bir gülümseyişle kendisine bakıp duran zavallı "süslü kadın"ın üzerine yürüdü. Çileden çıkmış gibiydi. Gırtlağını yırtarcasına:

— Seni alçak karı seni! –diye bağırdı. (Yaslı kadın odadan çıkmıştı).– Neler oldu yine geçen gece senin orada? Ha? Yine sokak ortasında rezalet, edepsizlik! Yine sarhoşluk, kavga! Gene kodes burnunda tütmeye başladı anlaşılan? Kaç kez uyardım seni!.. Tam on kez, değil mi? Ve ne dedim: On birincisinde elimden kurtulamazsın... Sense her türlü alçaklığa devam ediyorsun!..

Raskolnikov'un bile elindeki kâğıt düştü ve kendisine böylesine saygısızca davranılan kadına tuhaf tuhaf baktı; ama sorunun ne olduğunu çabucak anladı, böylece de olup bitenleri birdenbire keyifle izlemeye başladı. Öylesine büyük bir zevkle dinliyordu ki konuşmaları, canı gülmek, kahkahalarla, katıla katıla gülmek istiyordu. Öylesine bozuktu sinirleri.

Sekreter bir ara:

— İlya Petroviç... -diye söze başlamak istediyse de, öfkelendiği zaman teğmeni durdurmanın çok zor olduğunu deneyleriyle bildiği için, söyleyeceklerini daha uygun bir zamana erteledi.

Süslü kadına gelince, teğmenin gürlemesinden, şimşekler yağdırmasından önce çok korkmuş, ama sonra, şaşılacak şey, sövgüler çoğaldıkça ve ağırlaştıkça, kadının yüzü sevimli bir hal almış, teğmene tatlı tatlı gülümsemeye başlamıştı. Yerinde kıpırdayıp duruyor ve sabırsızlıkla söz sırasının kendisine gelmesini bekleyerek aralıksız reveranslar yapıyordu. Sonunda söz sırası ona geldi; su gibi bir Rusça'yla, ama yere nohut dökülür gibi kuvvetli bir Alman aksanıyla konuşmaya başladı:

— Evimde ne gürültü patırtı, ne de kavga dövüş oldu. Rezalet denebilecek bir olay da çıkmadı. O adam, kendileri yani, sarhoş geldiler; size ben her şeyi anlatacağım yüzbaşım... Benim hiçbir suçum yok... Evim, soylu bir evdir yüzbaşım, gelen herkese de soylu davranılır... Ve yüzbaşım ben kendim hiçbir zaman rezalet çıksın istemem. Kendileri zaten çok sarhoş gelmişlerdi, tuttular üç şişe daha istediler... O adam yani... Sonra da bacaklarını kaldırıp ayaklarıyla piyano çalmaya başladı. Hiç hoş bir davranış değil, hele böyle soylu bir evde... Ve piyanomu kırdı... Tümüyle kırdı... Çok, çok yakışıksız bir davranıştı bu... Ben de bunu kendisine söyledim. Tuttu, eline bir şişe alıp herkesi gerisinden dürtüklemeye başladı. Ben de ne yapayım, kapıcıyı çağırdım, Karl geldi. Bu kez Karl'a saldırdı ve gözünü şişirdi, Henriette'in de gözünü şişirdi, bana da beş tokat attı. Soylu bir ev için hiç yakışık almayan davranışlarda bulundu yüzbaşım. Ben de ne yapayım, bağırmaya başladım. O da kanala bakan pencereyi açıp, domuz yavrusu gibi bağırmaya başladı. Ne ayıp! Pencere açılır da hiç sokağa domuz yavrusu gibi bağırılır mı! Tüh–tüh–tüh! Karl da arkadan yanaşıp frakının eteğinden tuttu ve çekti, ama onu pencereden uzaklaştırmak için çekmişti Karl, gelgelelim, frakın eteği koptu. Bunun üzerine bağırmaya, frakı için kendisine on beş ruble ödememiz gerektiğini söylemeye başladı. Ben de üç beşlik çıkarıp kendisine istediğini verdim. Ve işte soylu bir eve hiç yakışmayan bu konuk, yüzbaşım, bütün bu rezaletleri çıkardı! Sonra da, "Benim bütün gazetelerde sözüm geçer, size karşı öyle bir yergi yazacağım ki..." diye tehdit etti.

— Demek, bir yazarmış kendisi?

— Evet, yüzbaşım, soylu bir eve hiç yakışmayan bayağı bir konukmuş meğerse...

— Peki–peki–peki! Yeter artık! Söylemiştim sana, söylemiştim, söylemiştim...

— İlya Petroviç! –diye anlamlı anlamlı yeniden seslendi sekreter.

Komiser yardımcısı hızla dönüp sekretere baktı; beriki hafifçe başını eğdi.

— ...İşte böyle Luiza İvanovna, –diye sürdürdü sözünü komiser yardımcısı,– son kez söylüyorum size: Eğer şu soylu evinizde bir kez daha rezalet çıkacak olursa, kibarcası, sizi kendi ellerimle okşarım. Duydun mu? Demek bir edebiyatçı, bir yazar, soylu bir evde frakının kuyruğu için on beş ruble aldı ha! Böyledir işte bunlar! Raskolnikov'a aşağılayıcı bir bakış fırlattı. İki üç gün önce meyhanelerden birinde de bir olay olmuştu: Adam yemek yemiş, iş paraya gelince yan çizmiş; "Sizin için bir yergi yazayım da görün" diye bir de gözdağı vermiş. Geçen hafta da vapurda yine biri, devlet danışmanlarından birinin saygıdeğer ailesine, karısına ve kızına edepsizce laflar etmiş. Bir başkasını da geçenlerde bir pastaneden sille tokat dışarı atmışlardı. Yazar, edebiyatçı, öğrenci, tellal takımı böyledir işte... Tükür gitsin hepsine!

Sana gelince, çek arabanı! Bundan böyle gözüm üzerinde olacak ve kendim gelip kontrol edeceğim seni! Duydun mu?

Luiza İvanovna sağa sola hızlı reveranslar dağıtarak geri geri kapıya gitti, ama kapıda birden bir subaya kıçıyla çarptı. Karakol komiseri Nikodim Fomiç'ti bu. Aydınlık yüzlü, son derece gösterişli kumral favorileri olan sevimli bir adamdı. Luiza İvanovna neredeyse yerlere kadar eğilerek bir reverans daha yaptı, sonra küçük, sık adımlarla, seke seke uçup gitti.

Nikodim Fomiç sevecen, dostça gülümseyerek İlya Petroviç'e:

— Yine mi gürlemeler, yıldırımlar, şimşekler, kasırgalar? –dedi.– Yine tepenin tası atmış, çileden çıkmışsın!.. Ta merdivenlerden duydum sesini!..

İlya Petroviç, elinde birtakım kâğıtlar, bir masadan bir başka masaya geçiyordu; yürürken ne yana adım atarsa, omuzlarını da o yana doğru oynatıyordu. Soylu bir kayıtsızlıkla ve kırıtarak:

— Ah, hiç sormayın! –dedi.– Örneğin şu bay yazar, yani öğrenci, daha doğrusu eski öğrenci, hem borç senedi imzalamış, borcunu ödemiyor, hem de oturduğu evi boşaltmıyor... Durmadan yakınmalar geliyor hakkında, ama o bunlarla ilgilenecek yerde, bana burada sigara içemeyeceğimi söylüyor! Oysa asıl kabalaşan kendisi; işte şurada, bir bakın, ne şık bir görünüşü var değil mi!

— Yoksulluk ayıp değil ki azizim, ne yapsın adam! Bugün gene barut gibisin, bu açıkça belli oluyor. –Nikodim Fomiç Raskolnikov'a sevecenlikle bakarak sürdürdü sözlerini.– Herhalde sizi kızdırdı ve siz de dayanamayıp... Ama boşuna kızmışsınız. Ne diyorum size: Son derece temiz yüreklidir, kötülük nedir bilmez. Ama işte barut gibidir! Parlamasıyla sönmesi bir olur! Söndüğü zaman da ortada altın bir yürekten başka bir şey bulamazsınız! Alaydaki adı da Barut Teğmen'di zaten...

İlya Petroviç pohpohlanmaktan çok sevinçli, ama yine de somurtarak:

— Ne alaydı ama!.. –dedi.

Raskolnikov birden orada bulunan herkese güzel bir şeyler söylemek için dayanılmaz bir istek duydu içinde. Birden Nikodim Fomiç'e döndü ve söze ortadan girerek:

— İnsaf, yüzbaşım, –dedi,– kendinizi benim yerime koyun... Eğer bir kabalık ettiysem, kendilerinden hemen özür dilemeye hazırım... Ben yoksul, hasta, sefaletin pençesi altında ezilmiş (tam bu sözcüğü kullanmıştı: Ezilmiş...) bir öğrenciyim. Daha doğrusu eski bir öğrenci... Parasızlıktan bıraktım okulu. Ama yakında param olacak. Annemle kız kardeşim "..." ilinde... Para gönderecekler bana, ben de borcumu ödeyeceğim. Ev sahibim iyi bir kadındır, yalnız dört aydır derslerimi kaybettim ve kirasını ödeyemiyorum diye bana öyle kızdı ki, öğle yemekleri göndermeyi bile kesti... Ve ben şimdi bu senedin neyin nesi olduğunu bir türlü anlamıyorum! Ortada bir borç senedi var, o da benden bu senede göre para istiyor, iyi ama kendinizi benim yerime koyun, ne vereceğim ben ona?

Sekreter yeniden:

— Orası bizi ilgilendirmez... –diyecek oldu.

— Size tümüyle katılıyorum, ama izin verin açıklayayım... –diye sözlerini sürdürdü Raskolnikov. Sekretere değil, Nikodim Fomiç'e bakarak konuşuyordu, ama aynı zamanda, kâğıtlarla uğraşıyormuş gibi yapan ve delikanlıyı küçümsediği ve ona hiç önem vermediği izlenimi yaratmaya çalışan İlya Petroviç'in de ilgisini çekmeye çalışıyordu.– Benim de kendi yönümden durumu açıklamama izin verin... Üç yıldan beri, yani hemen hemen taşradan geldiğimden bu yana onun evinde otururum. Ve daha ilk günden, yani evine geçtiğim ilk günden... evet, ne diye açıklamayayım ki, daha ilk günden kızıyla evlenmeye söz verdim, yani öyle, bağlayıcı olmayan bir söz... Gerçi âşık falan değildim kıza, ama hoşuma da gitmiyor değildi... Tek kelimeyle, gençlik işte... söylemek istediğim bu... yani ev sahibim o zaman bana epeyce bir borç verdi ve ben nasıl söylemeli, öyle bir yaşam sürdüm ki... aklı bir karış havada biriydim o sıralar...

— Sizden gizli ilişkilerinizi soran olmadı beyefendi, hem bizim bunları dinlemeye de zamanımız yok...

İlya Petroviç havalı bir şekilde ve kabaca Raskolnikov'un sözünü kesmek istedi ama, Raskolnikov coşkunlukla onu durdurdu ve birden konuşma güçlüğü çekmeye başlamasına rağmen, sözlerini sürdürdü:

— Ama izin verin, izin verin de size her şeyin nasıl olup bittiğini anlatayım... Aslında sizinle aynı kanıdayım, belki gereksiz bunları anlatmak... Ama işte kız bir yıl önce tifodan öldü. Ben gene evde kiracı olarak oturmaya devam ettim. Ev sahibim şimdiki evine taşınır taşınmaz, bana –hem de dostça bir havada söylüyordu bunları– güveninin tam olduğunu, bununla birlikte kendisine borcum olan yüz on beş ruble için bir borç senedi imzalayıp imzalayamayacağımı sordu. Ve kendisine bu senedi imzalar imzalamaz, bana ne zaman istersem, ne kadar istersem, yeniden borç verebileceğini ve ben borçlarımı ödeyinceye dek, onun sözleriyle söylüyorum, bu senetten hiçbir zaman, ama hiçbir zaman yararlanmayacağını söyledi... Şimdiyse, derslerimi kaybettim ve yiyecek bir lokma ekmeğe muhtaç oldum diye, senedi tahsile vermiş. Siz olsanız ne yaparsınız?

İlya Petroviç küstahça araya girdi:

— Anlattığınız bu duygusal ayrıntıların bizi ilgilendiren bir yanı yok... Bir yükümlülük altına girmişsiniz, buna karşı ne diyeceksiniz, onu söyleyin bize, göz yaşartıcı aşk öykülerinizi de kendinize saklayın.

Nikodim Fomiç, o da bir masaya geçmiş ve birtakım kâğıtları imzalamaya başlamıştı:

— Sen de amma acımasızsın!.. –diye mırıldandı. Utanmış gibi bir hali vardı.

Bu arada sekreter:

— Yazsanıza, –dedi Raskolnikov'a.

Raskolnikov özellikle kaba olmaya çalışarak:

— Ne yazayım? –dedi.

— Size söyleyeceklerimi.

"Günah çıkarmasından" sonra sekreter kendisine küçümseyerek ve daha kaba davranıyormuş gibi geldi Raskolnikov'a. Ama tuhaf şey, birden kimin ne düşündüğünü hiç de umursamadığını fark etti. Bir anda gerçekleşmiş bir değişmeydi bu. Oysa birazcık düşünebilseydi, nasıl olup da polislerle böyle konuşabildiğine, onlara duygularını açabildiğine çok şaşardı. Hem bu duygular da nereden çıkmıştı? Tam tersine, yüreği öylesine bomboştu ki, şu anda bu karakol odası polislerle değil de en sevdiği dostlarıyla dolu olsaydı bile, herhalde onlara söyleyecek bir tek insanca söz bulamazdı. Yapayalnızlığın, tek başına kalmışlığın sonsuz acılar veren karanlık duygularıyla doluvermişti birden yüreği. Ne İlya Petroviç'in önünde içini dökmesi, ne de teğmenin karşısında alçalmış olmasıydı şu anda yüreğini altüst eden şey. Ah! Şu anda ona neydi alçalmış olmasından, kendine duyduğu saygıdan, birtakım teğmenlerden, Alman kadınlarından, tahsile verilmiş senetlerden, karakollardan, polislerden!.. Şu anda acaba diri diri yakılmaya mahkûm edilse, kılı kıpırdar mıydı? Bu da bir yana mahkûmiyet kararını dikkatle dinleyebilir miydi? Şu ana kadar hiç bilmediği, ansızın bastırmış, yepyeni bir duygunun etkisi altındaydı. Şu anda, değil az önceki gibi duygusal coşkunluğa kapılmak, her ne nedenle olursa olsun, karakola gelmemesi ve polislere, bu polisler öz kardeşleri bile olsalar, hiçbir şekilde başvurmaması gerektiğini anlıyor ya da hayır, anlamaktan çok, bütün varlığıyla duyumsuyordu; bu, şu ana kadar hiç bilmediği, tanımadığı, son derece tuhaf ve korkunç bir duyguydu. İşin en acı veren yanı da bunun bilinçli bir algılama, kavrama olmaktan çok, bir duygu, hem de ömrü boyunca tanıdığı en acı verici duygu olmasıydı.

Sekreter ona böylesi durumlar için klasikleşmiş bir metni yazdırmaya başladı: "Şimdi ödeyemeyeceğim, falan tarihte ödemeye söz veriyorum, kentten ayrılmayacağım, mal varlığımı kimseye satmayacağım, devretmeyeceğim vb. vb."

Sekreter birden:

— Yazamıyorsunuz, –dedi,– kalem elinizden düşüyor. Yoksa hasta mısınız?

Bir yandan da dikkatle Raskolnikov'a bakıyordu.

— Evet... Biraz başım dönüyor... Siz devam edin.

— Tamam, bu kadar; imzalayın.

Sekreter kâğıdı aldı, başkalarıyla meşgul olmaya başladı.

Raskolnikov kalemi verdi, ama çıkıp gidecek yerde, dirseklerini masaya dayadı, başını elleri arasına alıp sıkıştırmaya başladı. Sanki tepesine çivi çakıyorlardı. Birden çok tuhaf bir şey geldi aklına: Doğruca Nikodim Fomiç'e gitmek ve dün olanları en küçük ayrıntısına kadar anlattıktan sonra, odasına götürüp köşedeki deliğin içinde bulunan eşyayı göstermek istedi. Öylesine güçlü bir istekti ki bu, uygulamak için yerinden kalktı. Bir ara, "Acaba biraz düşünsem mi?" diye aklından geçirdi. Sonra, "Hayır, düşünmemeliyim, sırtımdan yükü hemen atmam gerek." dedi içinden. Ama birden mıhlanmış gibi olduğu yerde kalakaldı: Nikodim Fomiç, İlya Petroviç'e ateşli ateşli bir şeyler anlatıyor, sözleri ona kadar geliyordu.

— Hayır, ikisini de bırakacaklardır. Aleyhlerinde hiçbir şey yok ortada. Düşünün bir kez: Eğer bu iş onların işi olsaydı, hiç kapıcıyı çağırırlar mıydı? Kendi kendilerini ele vermek için mi? Yoksa şaşırtmaca için mi? Ama doğrusu bu kadarı da biraz fazla kurnazlık olurdu. Öte yandan öğrenci Pestriyakov'u kapıdan içeri girerken hem kapıcılar, hem de satıcı kadın görmüş. Pestriyakov üç arkadaşıyla birlikteymiş, tam kapının orada onlardan ayrılmış ve kapıcılardan daireyi sormuş; kapıcılara bunu sorarken, arkadaşları henüz yanındaymışlar. Niyeti bu olan bir insan, tutup da kapıcılardan adres sorar mı? Koh'a gelince, yukarı çıkmazdan önce, yarım saat kadar aşağıda gümüşçüde oturmuş, ondan sonra kocakarıya çıkmış... Şimdi artık varın siz karar verin...

— Ama izin verin, sözlerinde bir çelişki yok mu? Kendileri kapıyı çaldıkları sırada kapı kilitliymiş, üç dakika sonra kapıcıyla birlikte geldiklerinde ise kapının açık olduğunu görmüşler...

— İşin püf noktası da burada işte: Katil besbelli içerideymiş ve kapıyı da içeriden sürgülemiş ve eğer Koh aptallık edip de kapıcıyı bulmak için aşağıya inmeseymiş, adamı kesinlikle içeride enseleyeceklermiş. O işte tam bu sırada merdivenlerden sıvışmak ve onlara görünmeden şu ya da bu biçimde bir yerlere gizlenerek kaçmak fırsatını bulmuş olmalı. Koh yemin üstüne yemin ediyor ve "Eğer orada kalmış olsaydım, kesinlikle üzerime atılır ve baltasıyla beni de öldürürdü" diyor. Hatta adamcağız kurtuluşu şerefine kilisede dua okutacakmış, hah–ha!..

— Yani katili hiç gören olmamış mı?

— Kim görecek? –dedi oturduğu yerden konuşmaları dinlemekte olan sekreter.– Ev değil, Nuh'un Gemisi mübarek yer...

Nikodim Fomiç ateşli ateşli:

— Mesele gayet açık, apaçık, –diye yineledi.

— Hayır, hiç de öyle değil, –diye diretti İlya Petroviç.– Çok karışık bir iş bu.

Raskolnikov şapkasını alıp kapıya doğru yürüdü, ama kapıya ulaşamadı.

Kendine geldiğinde bir sandalyede oturmakta olduğunu gördü; sağından birisi kendini tutuyor, solunda da yine bir adam elinde sarı bir suyla dolu bir bardakla duruyordu; Nikodim Fomiç de gözlerini üzerine dikmiş, tam karşısında duruyordu. Raskolnikov sandalyesinden kalktı.

— Ne o, yoksa hasta mısınız? –diye sordu Nikodim Fomiç; sesi oldukça sertti.

Yerine oturarak yeniden kâğıtlarıyla uğraşmaya başlayan sekreter:

— Senedi imzalarken kalemi güçlükle tutuyordu, –dedi.

İlya Petroviç de odanın en ucundaki masasından bağırdı:

— Çoktan beri mi hastasınız?

Delikanlı baygınken o da koşup bakmış, ama ayılır ayılmaz hemen masasına geçmişti.

— Dünden beri, –diye mırıldandı Raskolnikov cevap yerine.

— Dün evinizden çıktınız mı?

— Çıktım.

— Hasta hasta mı?

— Evet, hasta hasta.

— Hangi saatte?

— Akşam sekize doğru.

— Sorabilir miyim, nereye?

— Öylece, sokağa.

— Daha belirgin ve açık söyleseniz...

Raskolnikov sert ve kesik cevaplar veriyordu; yüzü bembeyazdı; çakmak çakmak yanan simsiyah gözlerini İlya Petroviç'e dikmişti.

Nikodim Fomiç:

— Delikanlı güçlükle ayakta duruyor, sense kalkmışsın... –diyecek oldu.

İlya Petroviç anlamlı anlamlı:

— Yok bir şey... –dedi.

Nikodim Fomiç bir şeyler daha söyleyecek gibi oldu, ama sekreterin gözlerini kendisine dikmiş baktığını görünce sustu. Birden herkes susmuştu. Tuhaf bir hava esiyordu odada.

İlya Petroviç:

— Gidebilirsiniz, sizi alıkoymuyoruz, –diyerek konuşmaya son verdi.

Raskolnikov çıktı. Çıkar çıkmaz da içeride ateşli bir konuşmanın başladığını duydu, en çok Nikodim Fomiç'in sorgu dolu sesi geliyordu kulağına. Sokağa çıkınca iyice kendine geldiğini duydu.

Hızlı hızlı evine doğru yürürken, bir yandan da,

— Arayacaklardır, hemen şimdi bir arama yapacaklardır, –diye söyleniyordu.– Namussuzlar, şüphelendiler!"

Deminki korku, yine bir karabasan gibi çökmüştü içine.

II

"Ya arama yapmışlarsa bile? Ya şimdi gidip de onları odamda bulursam?"

Ama işte odası. Kimsecikler yok. Kimsecikler uğramamış... Nastasya bile hiçbir şeye el sürmemiş. Aman Tanrım! Nasıl, nasıl bırakabilmişti her şeyi o deliğin içinde?

Hemen köşeye atıldı, elini duvar kâğıdının arkasına sokup koyduğu her şeyi bir bir çıkarmaya ve ceplerine doldurmaya başladı. Zaten hepsi sekiz parçaydı: İçlerinde küpe ya da benzeri bir şey bulunan iki küçük kutu, doğru dürüst bakmadığı için tam bilmiyordu ne olduğunu; sonra yine dört tane maroken kaplı küçük kutu... Doğrudan doğruya gazete kâğıdına sarılmış bir zincir, bir de yine gazete kâğıdına sarılmış, madalyaya benzer bir şey...

Belli olmamalarına dikkat ederek hepsini paltosunun cepleriyle, pantolonunun sağlam kalan sağ cebine yerleştirdi. Para çantasını da alıp odadan çıktı. Bu kez çıkarken kapıyı ardından açık bıraktı.

Kararlı adımlarla, hızlı hızlı yürüyordu; bütün vücudu kırılıyorcasına bitkindi, ama bilinci yerindeydi. İzleneceğinden korkuyordu; yarım saat, belki de çeyrek saat sonra bir kovuşturma emri çıkarılmasından korkuyordu. Ne pahasına olursa olsun delilleri ortadan kaldırmalı, hazır gücünü, bilincini tümüyle yitirmemişken bu işin üstesinden gelmeliydi... Nereye gidecekti?

Çoktan kararlaştırmıştı bunu: "Hepsini kanala atarım, ne delil kalır ortada, ne bir şey." Gece, sayıklamalar arasında kararlaştırmıştı bunu, hatta kararını hatırladıkça çekinip kalkmak istiyor ve,

— Çabuk, bir an önce gidip atmalıyım, –diyordu.

Ama anlaşılan pek kolay olmayacaktı üzerindekileri kanala atması.

İşte yarım saattir, belki daha bile fazla olmuştu; Katerina Kanalı boyunca dolaşıp duruyordu, ama kanala inen her merdiveni birkaç kez gözden geçirmesine rağmen, bir türlü kararını uygulayamıyordu; çünkü iniş merdivenlerine birtakım kayıklar, sallar bağlanmıştı ve bunların üzerinde çamaşır yıkayan kadınlar vardı. Öte yandan çevreden gelip geçenler de hiç az sayılmazdı. Her yerden görebilirlerdi kendisini. Adamın birinin durup dururken merdivenlerden inmesi, aşağıda biraz oyalandıktan sonra da suya bir şeyler atması çok kuşku uyandıracak bir olaydı. Hele bir de kutular batmaz da suyun üstünde kalırsa?.. Ve bu herhalde böyle olurdu. O zaman herkes görürdü. Zaten başka işleri kalmamış gibi yoldan gelip geçenler de kendisine bakıp durmuyorlar mıydı? "Acaba neden bakıyorlar?" diye düşündü. "Yoksa bana mı öyle geliyor?"

Sonunda götürüp Neva'ya atmasının daha uygun olabileceği düşüncesi geldi aklına. Kalabalık da olmazdı orada, insanın fazla göze batmayacağı bir yerdi. Her bakımdan buradan daha uygun bir yerdi Neva; en önemlisi de buralardan uzaktı. Böylesine kederli ve korkmuş bir yüzle, böylesine tehlikeli yerlerde yarım saatten fazla bir süredir nasıl olup da aylak aylak dolaşabildiğine ve Neva'yı daha önce akıl edemediğine şaşıp kaldı. Uyurken, üstelik de sayıklamalar arasında verdiği aptalca bir karar yüzünden yarım saatini çarçur etmişti! Son derece dalgın ve unutkan olmuştu ve bunu kendisi de biliyordu. Elini çabuk tutması gerekiyordu, hem de çok çabuk.

Neva'ya "V..." Caddesi'ni izleyerek gitti. Yolda birden "Neden Neva'ya gidiyorum ki?" diye düşündü. "Ve neden ille de suya atacağım? Çok uzaklara, örneğin adalara gidip, ormanda bir ağacın altına, çalıların arasına gömsem, sonra da ağacı işaretlesem, daha iyi olmaz mı?" Sağlıklı düşünebilecek bir durumda olmadığını bilmesine rağmen, bu düşüncesi ona oldukça doğru göründü.

Ama adalara gitmesi de kısmet olmadı, iş başka türlü sonuçlandı: "V..." Caddesi'nden alana çıkarken birden sol yanında bir avlu kapısı gördü; avlu boydan boya yüksek duvarlarla çevriliydi. Kapıdan girince hemen sağda, yandaki dört katlı apartmanın sıvasız, penceresiz, yüksekçe duvarı avlunun derinliğine doğru uzanıyordu. Solda kapıdan başlayarak ve sağdaki duvara paralel olarak avlunun yirmi adım kadar derinliğine uzanan, sonra yine sola kıvrılan bir tahta perde vardı. Tahta perdeyle çevrilmiş ve içinde birtakım malzemeler bulunan boş bir yerdi burası. Daha ileride, avlunun dibine doğru, tahta perdenin ardında isten kararmış, alçak, taş bir yapının köşesi görünüyordu. Burası bir araba imalathanesine, tesviye atölyesine ya da bu türden başka bir yapıya ait bir bölüme benziyordu. Her yer neredeyse daha kapıdan başlayarak kömür tozuyla simsiyahtı. Raskolnikov birden, "İşte tam yeri, buraya atıp savuşayım" diye düşündü. Avluda kimsenin bulunmadığını görünce içeri girdi; hemen kapının yanında, fabrika ve atölye olarak kullanılan bu tür yapıların hemen hepsinde sıkça rastlandığı gibi, çitlere dayalı bir su oluğu gördü; tahta perdenin oluğun hemen üzerine gelen bölümünde böylesi yerlerde hep görülen bilgece bir yazı gördü. Tebeşirle yazılmıştı yazı: "Burada durmak yasaktır". Demek ki, onun burada bulunmasından kimse kuşkulanmayacaktı. "Hepsini çabucak bir köşeye atar, kaçarım!" diye düşündü.

Çevresine bir kez daha bakınıp tam elini cebine soktuğu sırada, birden avlu kapısı ile oluk arasında, sokağa bakan taş duvara yaslanmış duran, aşağı yukarı yirmi beş kilo ağırlığında büyük bir taş gördü. Duvarın ötesinde sokak, kaldırım ve sokakta yürüyen insanlar vardı. Ama içeri girmedikçe kimse kendisini göremezdi. Elini çabuk tutmalıydı, her an biri içeri girebilirdi.

Taşın üstüne eğildi, yukarıdan iki eliyle sıkıca kavrayıp olanca gücüyle dayanarak bir yana yıktı; taşın altında küçük bir çukur oluşmuştu. Ceplerinde ne varsa buraya koymaya başladı; para çantası en üste gelmişti. Çukur, cebindeki her şeyi almış, hatta daha yer bile kalmıştı. İşini bitirdikten sonra taşa yeniden yapıştı, bir hareketle eski yerine getirdi. Tam yerine oturmuştu taş. Yalnız eskisinden biraz daha yüksekçe duruyordu, Ayağının ucuyla biraz toprak kazıp taşın sağına soluna bastırdı. Artık hiçbir şey belli değildi.

İşini bitirdikten sonra avludan çıktı, alana doğru yürüdü. Bir anda içini tıpkı az önce karakolda duyduğuna benzer büyük bir sevinç dalgası kaplamıştı. "Bütün deliller yok oldu! Kimin, kimin aklına gelir bu taşın altını aramak? Belki binanın yapıldığı günden beri burada bu taş ve belki bir o kadar zaman daha burada kalacaktır. Diyelim, buldular: Kim kuşkulanabilir ki benden? Bu iş burada bitti, hiçbir ipucu kalmadı ortada." Gülümsedi. Sonraları, o gün sinirli sinirli, kesik kesik, sessiz sessiz, uzun uzun güldüğünü, gülüşünün alanı geçene dek sürdüğünü hatırlayacaktı. Ama gülüşü, üç gün önce o kızla karşılaştığı "K..." Bulvarı'na varınca birdenbire kesildi. Bambaşka düşünceler geçmeye başladı kafasından. Kız gittikten sonra oturup düşünceye daldığı sıranın yanından geçmek, kendisine yirmi kopek verdiği o palabıyıkla karşılaşmak, birden dayanılmayacak kadar ağır ve tiksindirici geldi:

— Tanrı cezanı versin! –diye söylendi.

Çevresine dalgın, ama öfkeyle bakarak yürüyordu. Zihni, düşüncesi bir ana nokta çevresinde toplanmaya başlamıştı; bunun gerçekten bir ana nokta olduğunu kendisi de duyumsuyordu; bu ana noktayla ilk kez, hatta belki de iki aydan beri ilk kez, baş başa kaldığını görüyordu.

İçinde müthiş bir öfke dalgası yükseliyordu, "Tanrı cezanı versin, bütün bunların, her şeyin Tanrı cezanı versin!" diye düşündü. "Mademki başladık, öyleyse yapacak bir şey yok demektir; ama bu başlayan yeni hayatın da Tanrı cezanı versin! Tanrım! Nasıl da aptalca her şey!.. Nasıl yalanlar söyledim, nasıl da alçaldım bugün! İlya Petroviç denilen iğrenç herifin karşısında ne yaltaklıklar yaptım, ne numaralar çektim!.. Ne saçma! Herkesin, hatta kendi yaptığım yaltaklıkların, dalkavuklukların... her şeyin içine tükürmüşüm! Sorun bunlar değil, hem de hiç değil!.."

Birden durdu, yeni, hiç beklenmedik, son derece yalın bir soru bir anda düşüncelerini darmadağın etti, acı bir şaşkınlık verdi:

"Eğer bütün bu işleri aptallıkla değil de bilinçle yaptıysan, eğer gerçekten de belirli, sarsılmaz bir amacın var idiyse, niçin şu ana kadar daha para çantasının içine bile bakmadın ve bunca acı, bunca alçalma uğruna eline geçenin ne olduğunu bile öğrenmedin? Böylesine iğrenç ve alçakça bir işi bilinçli olarak niçin yaptığını hâlâ bilmiyorsun! Daha az önce para çantasını da, yüzünü bile görmediğin bütün öteki şeyleri de suya atmak istiyordun... Nedir bütün bunların anlamı?"

Evet, bu böyle; bu hep böyle. Aslında o bunun böyleliğini eskiden de biliyordu ve soru onun için hiç de yeni bir soru değildi. Geceleyin suya atma kararını verirken, ille de böyle olması gerekirmiş, başka türlü olamazmış gibi, hiç ikirciklenmeden, karşı koymadan onaylamıştı kararını... O bütün bunları biliyor ve hatırlıyordu; hatta bütün bunlar öyle dün kararlaştırılıvermiş şeyler de değildi, daha kocakarının evinde, sandığın içindekileri ceplerine doldururken verilmiş bir karardı bu: Evet, böyleydi!..

Sonunda can sıkıntısıyla, "Çok hastayım da ondan böyle oluyor." diye düşündü. "Kendi kendimi yiyip bitiriyorum, acı çektiriyorum kendime. Üstelik ne yaptığımın da farkında değilim... Dün de, önceki gün de, ondan önce de hep kendi kendime işkence ettim. İyileşeceğim... ve artık kendime acı çektirmeyeceğim... Ama ya bir de iyileşemezsem? Tanrım! Bütün bunlardan öylesine bıktım ki!.."

Durmaksızın yürüyordu. Nasıl olursa olsun açılmak, kendine gelmek, kendini toparlamak için karşı konulmaz bir istek duyuyordu içinde. Ama ne yapması gerektiğini bilemiyordu. Geçen her dakikayla birlikte, yeni, belirlenemez bir duygu sarıyordu bütün benliğini: Bu, çevresindeki her şeye, karşılaştığı herkese karşı duyduğu sonsuz bir tiksinmeydi; kinle dolu, bitmez tükenmez, neredeyse fiziksel bir tiksinme... Yolda rastladığı herkes tiksinti veriyordu ona; herkesin yüzü, yürüyüşü, hareketleri tiksinç geliyordu. Birisi kendisiyle konuşmaya kalksa, herhalde doğruca yüzüne tükürür ya da belki de ısırırdı...

Vasilyev Adası'nda, köprünün yanında Küçük Neva rıhtımına gelince durdu. "İşte o bu evde oturuyor..." diye düşündü. "İyi ama, nasıl geldim ben buraya? Razumihin'e kendiliğimden gelmiş olamam... Yine o günkü hikâye... Çok ilginç: Buraya kendiliğimden mi geldim, yoksa yolum öylece buraya mı çıkıverdi? Her neyse, fark etmez... O zaman da niyetlenmiştim ya... Üç gün önce, o günün hemen ertesi günü... Razumihin'e gitmeye kalkmıştım... Ben de şimdi uğrarım... Uğrayamaz mıyım yani şimdi?.."

Razumihin'in oturduğu beşinci kata çıktı. Odasındaydı Razumihin, yazı yazıyordu, kapıyı kendisi açtı. Dört aydır görüşmemişlerdi. Sırtında çok eski bir ropdöşambr, çıplak ayaklarında terlik vardı; yıkanmamış, tıraş olmamıştı, saçları karmakarışıktı. Yüzünde şaşkınlık okunuyordu. İçeri giren arkadaşını tepeden tırnağa süzerek:

— Sen ha? –diye bağırdı, sonra sustu, bir ıslık çaldı;

Raskolnikov'un üstündeki paçavraları fark etmişti:

— Demek bu kadar kötüledin ha? Şıklıkta beni bile geride bırakmışsın. Otursana, yorulmuşsundur!

Raskolnikov, kendisininkinden de kötü durumda olan muşamba kaplı sedire uzanınca, Razumihin birden arkadaşının hasta olduğunu fark etti:

— Sen bayağı hastasın yahu, biliyor muydun bunu?

Elini uzatıp Raskolnikov'un nabzını dinlemeye başladı. Raskolnikov elini çekti:

— Gerek yok... Ben buraya niçin geldim, biliyor musun: Hiç öğrencim yok bu sıralar... Biraz ders verebilseydim... Ama hayır, benim ders falan istediğim yok...

Razumihin onu dikkatle süzüyordu:

— Sen sayıklıyorsun yahu!

— Hayır, sayıkladığım falan yok...

Raskolnikov sedirden kalktı. Yukarı çıkarken Razumihin'i evde bulacağını, onunla yüz yüze gelmek zorunda kalacağını hiç düşünmemişti. Şu anda ise kendi deneyimiyle anlamıştı ki, dünyada kiminle olursa olsun yüz yüze gelmek, onun en son isteyebileceği bir şeydi. Bütün öfkesi kabarmıştı. Daha Razumihin'in eşiğinden adımını atarken kendine duyduğu öfkeden boğulacak gibi olmuştu.

Birden:

— Hoşça kal! –dedi ve kapıya doğru yürüdü.

— Dursana yahu! Amma tuhaf adamsın be!

— Yok! –dedi Raskolnikov, yeniden elini çekerek.

— Madem gidecektin, ne halt etmeye geldin? Deli misin, nesin? Beni aşağılıyorsun bu davranışınla, izin veremem buna!

— Madem öyle, dinle: Senden başka bana yardım edebilecek kimseyi tanımadığım için sana geldim... Çünkü sen ötekilerin hepsinden daha iyisin, yani daha akıllısın, doğru karar verebilirsin... Ama şu anda hiç kimseye, hiçbir şeye ihtiyacım olmadığını anlıyorum... Anlıyor musun? Hiçbir şeye... Kimsenin, hiç kimsenin ne yardımına, ne ilgisine ihtiyacım var... Ben... yapayalnızım... Neyse, yeter artık! Beni rahat bırakın!

— Dursana be dilenci kılıklı, dursana be adam! İyice keçileri kaçırmış! Bana göre hava hoş, ama dur da bir dinle: Benim de özel derslerim yok bu sıralar, zaten tükürmüşüm özel dersinin içine. Ama bitpazarında Heruvimov adında bir kitapçı var, bu adam da kendine özgü bir tür özel derstir. Ve ben onu beş özel derse bile değişmem. Doğal bilimlerle ilgili birtakım broşürler basıyor bu Heruvimov, öyle broşürler ki, peynir ekmek gibi satılıyor hepsi de... Bunların adları bile bir âlem! Sen hep benim aptal olduğumu söylerdin, ama inan azizim, benden de ahmak olanlar varmış! Adam cahil mi cahil, ama günün modasına iyi uyuyor, ben de bu konuda kendisini kışkırtıyorum. İşte şurada iki formayı geçen Almanca bir metin var, bana sorarsan şarlatanlık ki, o kadar olur! Özetle, kadın insan mıdır, değil midir, onu inceliyor. Ve tabii görkemli bir biçimde insan olduğunu kanıtlıyor. Heruvimov bu broşürü kadın sorunu ile ilgili olarak yayınlayacak.[1] Ben de çevirisini yapıyorum. Adam bu iki formayı şişire şişire altı formaya çıkaracak. Sayfanın yarısını kaplayan gösterişli bir de ad bulacağız ve elli kopekten satacağız tanesini! İyi satacak! Çeviri için bana forma başına altı ruble verecek, demek ki tümü on beş ruble tutacak. Altı rublesini avans olarak aldım... Bunu bitireyim balinalar üzerine bir çeviri yapacağım. Daha sonra da *Confessions*'un[2] ikinci bölümünden sıkıcı birtakım dedikoduları çevirmeyi kararlaştırdık; kimden duymuşsa duymuş, Heruvimov, Rousseau'nun da kendine özgü bir Radişçev olduğunu söylüyor.[3] Ben de tabii bir şey söylemedim, canları cehenneme! Ne dersin, "Kadın İnsan Mıdır?" broşürünün ikinci formasını versem, çevirir misin? Eğer kabul ediyorsan işte metin, işte kâğıt kalem, kâğıt kalem bedava ve işte üç ruble... Ben iki forma için altı ruble avans aldığıma göre, çevireceğin bir forma için bu altı rubleden senin payına üç

---

1 ...kadın sorunu... — O yıllar Rusya'sında ateşli tartışmalara yol açmıştı. Özellikle *Sovremennik* dergisine bağlı yazarlar kadın haklarını coşkuyla savunuyorlardı (Örn. Çernişevski'nin *Ne Yapmalı?* adlı romanı.)

2 *İtiraflar* — Jean Jacques Rousseau'nun (1712–1778) özyaşamöyküsel yapıtı. Rousseau'nun ölümünden sonra yayımlanmıştır.

3 Yani demokrat, aydınlanmacı, devrimci.

ruble düşer. Çeviriyi bitirince üç ruble daha alırsın. Bir şey daha var: Lütfen bütün bunları benim yönümden bir yardımmış gibi niteleme. Hatta, tersine, sen daha kapıdan girerken, "Acaba Raskolnikov'un bana nasıl bir yardımı dokunabilir?" diye düşünüyordum. Bir kez benim imlam çok kötü, ikincisi Almanca'da bazen öyle tökezliyorum ki, kimi yerleri olduğu gibi kafadan atıyorum. Yalnız bir şey var: Benim uydurmalarım aslından daha güzel oluyor; zaten beni avutan da bu... Ama kimbilir, belki de daha kötü oluyordur?.. Her neyse, kabul ediyor musun çeviriyi?

Raskolnikov hiçbir şey söylemeden Almanca metni ve üç rubleyi aldı, çıkıp gitti. Razumihin bakakalmıştı ardı sıra. Ama Raskolnikov sokağa çıkar çıkmaz birden döndü ve yeniden Razumihin'in odasına çıkarak Almanca metni ve üç rubleyi masanın üzerine bıraktı, yine hiçbir şey söylemeden çıkıp gitti.

Sonunda çileden çıkan Razumihin:

— Delirdin mi be adam! –diye bağırdı.– Ne bu, komedi mi oynuyorsun burada? Benim bile tepemin tasını attırdın! Madem bu oyunları oynayacaktın, ne diye geldin?

Raskolnikov merdivenlerden inerken:

— Bana çeviri falan gerekli değil... –diye mırıldandı.

Razumihin de yukarıdan:

— Ne gerek sana peki? Şeytan mı? –diye bağırdı.

Raskolnikov karşılık vermedi, sessizce merdivenlerden inmeye devam etti.

— Baksana! Nerede oturuyorsun sen?

Bu soru da karşılıksız kaldı.

— Madem öyle, cehenneme kadar yolun var!..

Raskolnikov sokağa çıkmıştı bile. Nikolayev Köprüsü'nde karşı karşıya kaldığı çok tatsız bir olay, bir kez daha ve iyice kendine gelmesine neden oldu: Yolda az kalsın bir kupa arabasının atları altında kalacaktı; arabacı çekilmesi için kendisine birkaç kez bağırmış, sonunda kamçıyı sırtına şaklatmak zorunda kalmıştı. Delikanlı sırtına inen kamçıdan öylesine öfkeye kapıldı ki, bir anda kendisini korkulukların orada buluverdi, (köprünün neden yayalara ayrılmış bölümünde değil, arabaların işlediği bölümünde yürüdüğü de belli değildi) öfkeyle dişlerini gıcırdattı. Gelip geçenler gülüştüler:

— Oh olsun!

— Dolandırıcının biri besbelli...

— Sarhoş numarası yapıp kendilerini arabaların altına atıyorlar, ondan sonra işin yoksa uğraş dur...

— Sanatları bu efendim, geçimleri bu yoldan.[1]

Raskolnikov köprü korkuluğunun orada sırtını ovuşturup arabanın ardından öfkeyle bakarken, birden birinin avcuna para sıkıştırdığını hissetti. Bu, başörtülü, ayağında keçi derisinden ayakkabılar bulunan yaşlıca bir tüccar karısıydı; yanında da başı şapkalı, elinde yeşil bir şemsiye bulunan bir kız vardı, besbelli kızıydı. "İsa aşkına kabul et!" diyordu kadın. Raskolnikov parayı aldı; kadınla kızı yürüyüp gittiler. Verdikleri para yirmi kopekti. Giyim kuşamına ve haline bakıp onu bir yoksula, hatta sokaklarda para dilenen profesyonel bir dilenciye benzetmişlerdi; kazandığı yirmi kopeği ise kadınların yüreğini sızlatan kamçı vuruşuna borçluydu.

Yirmi kopeği avcunda sıkarak on adım kadar yürüdü, sonra saray yönünden Neva'ya doğru baktı. Gökyüzünde bir tek bulut bile yoktu, Neva'nın sularıysa, onda pek az görülen bir biçimde, neredeyse mavimsi bir renk almıştı. Katedralin kubbesi öylesine ışıyordu ki, üzerindeki her süs ayrıntılarıyla görülebiliyordu; zaten köprü üzerinde nöbetçi kulübesine yirmi adım uzaklıktan başka, hiçbir yerden böy-

---

1 O zamanki gazetelerde sık sık, Petersburglu "sefillerin", sakatlanma tazminatı alabilmek için kendilerini arabaların altına attıklarına ilişkin yazılar yer alıyordu.

lesine güzel görünmezdi katedral. Kamçının acısı geçmiş ve Raskolnikov olayı unutmuştu; şu anda belirgin olmayan, ama tedirgin edici birtakım düşüncelerle doluydu kafası. Öylece ayakta duruyor ve gözlerini kırpmadan uzaklara bakıyordu; çok iyi bildiği bir yerdi burası. Üniversiteye devam ettiği günlerde, daha çok da eve dönüşlerinde, hep bu noktada durur, bu gerçekten büyüleyici manzarayı seyreder ve her seferinde de pek belirgin olmayan ve neyin nesi olduğunu pek çözümleyemediği bir duyguya kapılarak şaşırır kalırdı. Bu görkemli manzara onda her zaman, açıklanması pek kolay olmayan soğuk bir etki bırakırdı; tümüyle dilsiz ve sağırmış gibi gelirdi ona bu gözalıcı güzellik. Kapıldığı gizemli ve iç karartıcı duygular onu şaşırtır, ne kendisine, ne de geleceğine güvenmediği için bu duyguların çözümlenmesine girişmeyi hep ertelerdi. Şu anda birdenbire o eski kuşkularını, çözümsüz kalan sorularını hatırlamış ve bu durum ona pek de rasgele gibi görünmemişti. Eskiden düşündüğü konuları şu anda da düşünecekmiş gibi, eskiden ilgilendiği manzaraya şu anda da aynı ilgiyi gösterecekmiş gibi, aynı yerde durup oyalanıyor olmasını oldukça tuhaf buldu. Buna hem gülecek gibi oluyor, hem de derin bir acı duyuyordu. Şimdi bütün bu geçmiş, eski düşünceleri, eski sorunları, eski konuları, eski izlenimleri, etkilenimleri, tüm bu manzara, kendisi, her şey... her şey... aşağılarda, ayağının altındaki uzak birtakım derinliklerdeymiş gibi görünüyordu. Sanki kendisi yukarılara uçmuş ve her şey bir anda görünmez olmuştu... Dalgınca yaptığı bir el hareketi ona birden avcunda sımsıkı tutmakta olduğu parayı hatırlattı. Avcunu açıp paraya dikkatle baktı, kolunu genişçe açarak yirmi kopeği suya fırlattı. Sonra evine doğru yürümeye başladı. Şu anda herkesle ve her şeyle ilişkisini makasla kesmiş gibi hissediyordu kendisini.

Odasına döndüğünde akşam oluyordu, demek ki altı saat kadar bir zaman geçirmişti dışarıda. Eve dönerken nerelerden, nasıl geçmişti, hiçbir şey anımsamıyordu. Hemen soyundu ve çatlarcasına koşturulmuş bir beygir gibi titreyerek sedirine uzandı, paltosunu üzerine çekti, kendinden geçercesine uykuya daldı...

Duyduğu korkunç bir çığlıkla zifiri bir karanlığa uyandı. Tanrım, bu nasıl çığlıktı böyle! Böyle anormal sesleri, böyle ulumaya benzer çığlıkları, diş gıcırdatmaları, gözyaşlarını, dayak ve küfürleri ne görmüş, ne duymuştu. Böylesine bir kudurmayı, hayvanlaşmayı düşünse gözünde canlandıramazdı. Her an dehşetten irkilerek, yattığı yerden doğrulup oturdu. Ama dayak, çığlıklar, inlemeler, sövgüler gitgide artıyordu. Birden şaşkınlıktan donacak gibi oldu: Ev sahibi kadının sesi gelmişti kulağına. Kadın uluyor, inliyor, bağıra bağıra anlaşılmaz bir şeyler söylüyor, artık dövmemeleri için yalvarıyordu; çünkü merdivenlerde acımasızca dövülen ev sahibi kadından başkası değildi. Dayak atan adam da öylesine öfkelenmiş, daha doğrusu öfkeden kudurmuş gibiydi ki, o da çabuk çabuk, tıkana tıkana, anlaşılmaz bir şeyler söylüyor, ama sesi hırıltı gibi çıkıyordu. Raskolnikov birden daldaki yaprak gibi titredi. Sesi tanımıştı: İlya Petroviç'in sesiydi bu. Buradaydı İlya Petroviç ve ev sahibi kadını dövüyordu! Tekmeliyor, başını merdivenlere çarpa çarpa acımasızca dövüyordu kadını. Duyulan çığlıklardan, gelen seslerden bu açıkça anlaşılıyordu. Ne oluyordu böyle, dünya tersine mi dönmüştü? Bütün katlarda kapıların açıldığı, kiracıların sahanlıklara üşüştükleri duyuluyordu. Sesler geliyordu dört yandan. Açılan kapılar, çarpılarak kapatılan kapılar, sesler, sesler... Raskolnikov durmadan, "Ama niçin? Neden bunlar? Ve nasıl böyle?.." diye yineleyip duruyordu; cinlere tutulduğunu sanmaya başlamıştı. Ama hayır, sesler son derece netti, yanılması olanaksızdı. Öyleyse şu anda kendisine de gelebilirlerdi... "Şey için... dün olanlar hani... Aman Tanrım!" Kapıyı çengellemeye davrandı, ama kolunu kaldırmayı bile başaramadı, zaten bunun bir yararı da yoktu. İçine, neredeyse tüm varlığını uyuşturan müthiş bir korku çökmüştü... Ama işte bitmez tükenmez bir on dakika süren bu cehennemi gürültü dinmeye başlamıştı. Ev sahibi kadın inleyip ağlamaya, İlya Petroviç ise gözdağı vermeye ve sövüp saymaya devam ediyordu. Ama işte sonunda İlya Petroviç de susmuştu. "Aman Tanrım! Gerçekten de gitti mi acaba?" Ve işte hâlâ inleyip ağlayarak ev sahibi kadın da gidiyordu... İşte kapısı da gürültüyle kapandı... İşte merdivenlerdeki insanlar da kimi bağıra bağıra tartışarak, kimi fısır fısır konuşarak dairelerine çekildi. Herhalde çok kalabalıktı dışarısı, neredeyse bütün apartman halkı dışarı uğramıştı. "Aman Tanrım! Bütün bunlar olacak şey mi? Hem onun ne işi vardı burada, ne için gelmişti buraya?"

Bitkin bir şekilde yatağına yığıldı, ama artık uyuyamadı. Ömrünce bilmediği bir acı, sonsuz bir dehşet içinde yarım saat kadar döndü durdu. Sonra birden odası ışığa boğuldu: Bir elinde mum, bir elinde çorba kasesi Nastasya girdi içeri. Dikkatle bakıp onun uyumadığını görünce, getirdiklerini masanın üzerine koydu.

— Dünden beri ağzına bir lokma bir şey koymadın ve bütün gün deli gibi dolaşıp durdun, hem de bu ateşle...

— Nastasya... Ev sahibini niçin dövdüler?

Nastasya ona dikkatle baktı:

— Ev sahibini mi? Kim dövdü?

— Az önce... yarım saat önce yani. İlya Petroviç... Komiser yardımcısı... Merdivenlerde... Niçin dövdü onu böyle? Ve niçin gelmiş o adam buraya?

Nastasya karşılık vermedi, kaşları çatık onu uzun uzun süzdü. Delikanlı bu bakışlardan rahatsız olmuş, hatta korkmuştu.

— Nastasya, niçin bir şey söylemiyorsun? –dedi sonunda cılız bir sesle, ürkek ürkek.

Nastasya duyulur duyulmaz bir sesle ve kendi kendine konuşur gibi:

— Kan bunun nedeni... –dedi.– Hep kandan oluyor bunlar...

Raskolnikov bir anda bembeyaz kesildi, duvara doğru geriledi:

— Kan mı? Ne kanı?..

Nastasya hep öyle suskun, ona bakmaya devam ediyordu. Sonunda yine sert, kararlı bir sesle:

— Ev sahibini kimse dövmedi, –dedi.

Raskolnikov güçlükle soluyordu. Nastasya'ya bakarak ve öncekinden de ürkek bir sesle:

— Ama ben duydum, –dedi.– Uyumuyordum... İşte şurada oturuyordum... Her şeyi duydum... Komiser yardımcısı geldi, herkes merdivenlere çıktı...

— Buraya kimse gelmedi. Kan bu sende bağıran. Kan akacak yer bulamayıp da karaciğerde tıkanır kalırsa, işte böyle hayal görmeye başlar insan... Söyle bakalım, yemek yiyecek misin?

Raskolnikov karşılık vermedi. Nastasya da çıkmıyor, gözlerini ona dikmiş, öylece duruyordu.

— Nastasya'cığım bana su versene...

Nastasya aşağı indi, iki dakika sonra da beyaz bir toprak maşrapayla döndü. Ama Raskolnikov'un hatırlayabildiği buraya kadardı. Sudan ancak bir yudum içebilmiş, geri kalanını göğsüne boşaltmıştı. Sonrası karanlıktı, kendini kaybetmişti.

III

Ancak tüm hastalığı süresince kendinde olmadığı da söylenemezdi; sayıklamalı, yarı bilinçli bir humma haliydi bu. Nitekim sonraları bugünlere ilişkin pek çok şeyi hatırladığını gördü. Bazen çevresinde bir sürü insanın toplaştığını, kendisini bir yerlere götürmek istediklerini, bu konuda tartışıp kavga ettiklerini görür gibi oluyordu. Bazen de birden odasında yapayalnız kaldığını, herkesin kendisinden korkup çekildiğini, yalnız arada bir kapıyı aralayıp kendisine baktıklarını, aralarında bir şeyler konuşup gülüştüklerini, kendisiyle alay ettiklerini, gözdağı verdiklerini görür gibi oluyordu. Nastasya'yı sık sık yanında gördüğünü hatırlıyordu; bir başkasını daha hatırlıyor, ama çok iyi tanıdığını sanmasına rağmen, bunun kim olduğunu tam çıkaramıyordu; hatta bu nedenle bayağı üzüldüğü, ağladığı bile olmuştu. Bazen bir aydır yatmaktaymış gibi geliyor, bazen daha aynı günün sürmekte olduğunu sanıyordu. Ama onu, o işi tümüyle unutmuştu. Buna karşılık hiç unutmaması gereken bir şeyi unuttuğunu her an hatırlıyor, hatırladıkça da acıyla inliyor, müthiş öfkeleniyor, inanılmaz bir korkuya kapılıyordu. Böyle durumlarda yatağından fırlıyor, kaçmak istiyor, ama her seferinde de birisi kendini durduruyor, o da yeniden bitkin düşüp kendini kaybediyordu. Sonunda bir gün tümüyle kendine geldi.

Sabah, saat on sularıydı. Hava eğer açıksa, sabahın bu saatinde güneş hep bir şerit halinde odasının sağ duvarını yalayarak kapının yanındaki köşeyi aydınlatırdı. Yatağının yanında Nastasya ve kendisini merakla süzen, hiç tanımadığı bir adam duruyordu. Sırtında kaftan bulunan, sakallı, gençten biriydi bu, görünüşüne bakılırsa artel üyesiydi.[1] Yarı aralık kapının gerisinde ev sahibi kadın görünüyordu. Raskolnikov yatağında doğruldu.

— Bu kim, Nastasya?

Nastasya:

— Çok şükür kendine geldi! –dedi.

Artel üyesi görünüşlü adam:

— Kendine geldi! –diye doğruladı.

Kapı aralığından bakmakta olan ev sahibi kadın Raskolnikov'un kendine geldiğini öğrenince hemen kapıyı kapatıp

1 Kol gücüne dayanan meslek mensuplarının oluşturdukları bir tür kooperatif.

gizlendi. Son derece utangaç, sıkılgan bir kadındı bu; konuşmalara katılmak, açıklamalarda bulunmak onun katlanamayacağı şeylerdi. Kırk yaşlarındaydı, şişman, yağlı, kara kaşlı, kara gözlü bir kadındı; şişmanlık ve tembelliğin verdiği sevecen bir havası vardı; sıkılganlık konusunda ise eşi benzeri yoktu.

Raskolnikov bu kez doğrudan artel üyesi görünüşlü adama sordu:

— Siz... Kimsiniz?

Ama bu sırada kapı yeniden ardına kadar açıldı ve Razumihin göründü; boyu uzun olduğu için hafifçe eğilerek girmişti içeri.

— Oda değil vapur kamarası! –diye bağırdı içeri girerken.– Hep kafam tavana tosluyor. Bir de sen buraya ev diyorsun! Nasıl, kendine gelebildin mi kardeş? Şimdi Paşenka'dan duydum.

— Daha şimdi kendine gelebildi! –dedi Nastasya.

Artel üyesi görünüşlü adam da gülümseyerek doğruladı Nastasya'yı:

— Daha şimdi kendilerine gelebildiler.

Razumihin birden adama döndü ve:

— Lütfen, kim olduğunuzu öğrenebilir miyim! –dedi.– Benim adım Vrazumihin; herkesin söyleyegeldiği gibi Razumihin değil, Vrazumihin. Üniversite öğrencisiyim, bir soylunun oğluyum, bu da benim dostum. Siz de kim olduğunuzu söyler misiniz?

— Artel üyesiyim, buraya Tüccar Şelopayev tarafından bir iş için gönderilmiş bulunuyorum.

Razumihin masanın bir yanındaki iskemleye otururken, adama da öbür iskemleyi gösterdi:

— Buyurun, oturun. –Sonra Raskolnikov'a dönerek devam etti.– Kendine gelmekle çok iyi ettin, kardeş. Bugün dördüncü gün ki, ağzına bir lokma bir şey koymadın. Yalnızca birkaç kaşık çay içirebildik. İki kez Zosimov'u getirdim buraya. Zosimov'u hatırlıyor musun? Seni sıkı bir şekilde muayene etti ve hiçbir şeyin olmadığını söyledi. Sinirsel bir şeymiş... "Kötü beslenme sonucu sinir zayıflığı..." Ama geçermiş... Aferin şu Zosimov'a! Doğrusu esaslı başladı tedaviye!

Sonra yeniden artel üyesine döndü:

— Sizi tutmayayım, buyurun, ne istiyordunuz? Ha, Rodya artelden bu ikinci gelişleri, yalnız ilk gelen bu arkadaş değildi, bir başkasıydı ve biz kendisiyle iyi anlaşmıştık. Sizden önce gelen kimdi?

— Önceki gün geleni kastediyorsunuz herhalde? Aleksey Semyonoviç'ti, o da bizim arteldendir.

— O sizden daha anlayışlıydı galiba, öyle değil mi?

— Evet, doğrusu kendileri benden daha gösterişlidirler.

— Sizi kutlarım. Evet, ne diyecektiniz?

Artel üyesi, Raskolnikov'a dönerek:

— Sorun şu efendim, –dedi.– Sizin de adını duyduğunuzu sandığım Afanasiy İvanoviç Vahruşin, annenizin ricası üzerine, kuruluşumuz aracılığıyla adınıza bir para havalesi çıkarmış bulunuyor. Afanasiy İvanoviç, yine annenizin ricası üzerine, kendinize geldiğinizde size otuz beş ruble verilmesini bildiren bir mektubu Semyon Semyonoviç'e vermiş. Bilmem haberiniz var mıydı?

Raskolnikov düşünceli düşünceli:

— Vahruşin... Vahruşin... Evet, hatırlıyorum, –diye mırıldandı.

— Duyuyor musunuz, Tüccar Vahruşin'i tanıyor, –diye bağırdı Razumihin.– Demek ki, kendinde olmaması gibi bir durum yok. Görüyorum ki, siz de anlayışlı bir adammışsınız!.. Doğrusu akıllıca sözler dinlemek bayağı güzel oluyor.

— Evet efendim, Vahruşin... Afanasiy İvanoviç Vahruşin... Anneniz kendisi aracılığıyla daha önce de para göndermişti size. İşte bu kez de anneciğinizin ricasını geri çevirmeyerek, Semyon Semyonoviç'e size otuz beş ruble vermesi için haber göndermişler.

— "Bu kez de" sözünü nasıl da fiyakalı söylediniz! "Anneciğiniz" de fena değil... Söyler misiniz lütfen, sizce arkadaşım kendinde mi, değil mi?

— Bana göre hava hoş. Ama bir makbuz imzalaması gerekiyor.

— Ondan kolay ne var! Nedir o elinizdeki, defter mi?

— Defter efendim, işte...

— Verin bana. Evet Rodya, sen de kalk bakalım. Ben seni tutarım. Şuraya bir imza çiziktiriver. Al kalemi, çünkü, şu anda para bize havadan bile daha gerekli kardeş.

Raskolnikov kalemi iterek:

— Gerekli değil, –dedi.

— Ne gerekli değil?

— İmzalamayacağım.

— Yahu, etme, makbuz olmadan olur mu?

— Bana... para gerekli değil...

— Sana para gerekli değil ha! Atıyorsun kardeş, ben tanığım! Siz hiç merak etmeyin, dalga geçiyor... Hasta olmadığı zaman da böyledir o... Siz kafası çalışan bir adamsınız, birlikte onu idare ederiz, daha doğrusu elini tuttuğumuz gibi imzasını attırıveririz. Gelin, yardım edin bana...

— Bir başka gün geleyim isterseniz...

— Yok, yok, ne diye bir kez daha zahmete katlanacaksınız?.. Kafası çalışan bir adamsınız siz... E, Rodya, konuğu daha fazla tutmayalım... Bak, seni bekliyor.

Ve Razumihin gerçekten de Raskolnikov'un elinden tutup makbuzu imzalatmaya çalıştı.

— Bırak, ben kendim imzalarım, –dedi Raskolnikov ve kalemi alıp imzasını attı. Artel üyesi paraları verdi ve gitti.

— Çok güzel! Şimdi söyle bakalım kardeş, bir şey yemek ister miydin?

— İsterim.

— Çorbanız var mı?

Baştan beri odada bulunan Nastasya:

— Var, yalnız dünkü, –dedi.

— Patatesli pirinç çorbası mı?

— Patatesli pirinç çorbası.

— Nasıl, ezbere biliyorum değil mi? Hemen getir çorbayı, yanında çay da olsun.

— Şimdi.

Raskolnikov her şeye derin bir şaşkınlık ve anlamsız bir korkuyla bakıyordu. Hiç konuşmamaya ve daha sonra, neler olacağını beklemeye karar vermişti. "Sanırım artık hayal görmüyorum," diye düşünüyordu, "gerçeğe benziyor bütün bu olanlar..."

İki dakika kadar sonra Nastasya çorbayı getirdi, çayın da biraz sonra hazır olacağını bildirdi. Çorbanın yanı sıra iki kaşık, iki tabak, tuzluk, biberlik, sığır eti için hardal, tertemiz bir sofra örtüsü de getirmişti. Bütün bunlar bu odada uzun bir süredir böylesine düzenlilik içinde görülmemiş şeylerdi.

— Fena değil. Baksana, Nastasya'cığım, Praskovya Pavlovna iki şişe de bira gönderseydi, hiç fena olmazdı hani... İçerdik...

— Sen de az açıkgözlerden değilsin! –diye mırıldanan Nastasya biraları almaya gitti.

Raskolnikov vahşi bir hayvan gibi büyük bir gerginlikle çevresini süzmeye devam ediyordu. Bu arada Razumihin sedire onun yanına oturdu ve Raskolnikov'un onun yardımına hiç de ihtiyacı olmamasına rağmen, sol kolunu uzatıp bir ayı kabalığıyla arkadaşının başını kucakladı, sağ eliyle de ağzı yanmasın diye defalarca üflediği çorba dolu kaşığı arkadaşının ağzına götürdü. Ama çorba zaten ılıktı. Raskolnikov çorbayı iştahla içmeye başladı. Ama birkaç kaşıktan sonra Razumihin birden durdu ve çorbadan daha fazla içip içemeyeceğini Zosimov'a danışmaları gerektiğini söyledi.

Bu sırada Nastasya elinde iki şişe birayla içeri girdi.

— Çay ister misin?

— Evet.

— Nastasya, fırla, çay getir; herhalde artık çay için de danışmamız gerekmiyor. Ama bak biracıklar burada işte!

Geçip kendi sandalyesine oturdu, çorbayı, sığır etini önüne çekti ve günlerdir bir şey yememiş bir insan iştahıyla yemeye başladı. Tıkabasa sığır etiyle dolu ağzında dilini döndürebildiğince:

— Rodya kardeş, –dedi,– ben artık senin burada her gün böyle yemek yer oldum. Senin ev sahibin Paşenka var ya, o gönderiyor bunların hepsini; doğrusu çok candan ağırlıyor kadın beni. Bana ille de bir şeyler vermesi için direttiğim yok, ama verdiğinde karşı da koymuyorum. İşte Nastasya da çayı getirdi. Nasıl da becerikli! Nastasya'cığım, bira ister miydin?

— Nasıl da alay edersin insanla!

— Peki, çay?

— Çay, olur.

— Al çaydanlığı. Ama dur, senin çayını ben koyayım; geç masanın başına.

Bir anda yönetimi eline aldı: Bir fincan çay doldurdu, sonra bir ikincisini doldurdu. Yemeğini bırakıp sedire, Raskolnikov'un yanına oturdu ve tıpkı az önce yaptığı gibi sol koluyla arkadaşının başını doğrultup, sanki onun hastalıktan kurtulmasının can alıcı noktası bu üfleme işindeymiş gibi, büyük bir gayretle ve aralıksız olarak üfleyerek çay kaşığıyla hastaya çay içirmeye başladı. Raskolnikov kimsenin yardımı olmaksızın yatağında doğrulup kendi başına çay içmek bir yana, hatta kalkıp yürüyebilecek kadar kendini iyi hissetmesine rağmen, susuyor ve Razumihin'e karşı koymuyordu. Ama tuhaf, hatta belki de hayvansı denilebilecek bir kurnazlık gelmişti aklına: Bir süre için, iyileştiğini, gücünün yerine geldiğini gizlemek ve bakalım ne olacak diye beklemek istiyordu. Ama birden içinde kabaran tiksintiyi tutamadı, on kaşık kadar çay içtikten sonra, birden kaşığı itti, hırçın bir savuruşla başını Razumihin'in kolundan kurtarıp yastığa attı. Gerçekten de tertemiz kılıflı, kuştüyünden bir yastık vardı başının altında. Bunu da fark etmiş, bu da özellikle dikkatini çekmişti.

Yeniden masaya geçip yemeğini yemeye ve birasını içmeye koyulan Razumihin:

— Paşenka bugün bize ahududu reçeli göndermeli, –dedi,– bu adama içecek bir şeyler hazırlamamız gerek.

— Nereden bulsun Paşenka, sana ahududu reçelini? –diye sordu Nastasya, çay tabağını açık avcunun beş parmağı üzerinde tutuyor ve çayı ağzında tuttuğu kıtlama şekerle içiyordu.

— Ahududu, dostum, bakkalda satılır. Biliyor musun, Rodya, senin haberin yokken burada neler oldu neler? Adresini bile bırakmadan benden bir hırsız gibi kaçıp gittiğin gün, öyle bir öfkeye kapıldım ki, seni arayıp bulmaya ve hak ettiğin şekilde cezalandırmaya karar verdim. Hemen o gün işe giriştim. Dolaş babam dolaş, ara babam ara! Şimdiki adresini unutmuştum, daha doğrusu hiç bilmiyordum. Eski oturduğun eve gelince, hatırladığım tek şey, bunun "Beş Köşe"de Harlamov'un evi olduğuydu. Haydi bakalım, bu kez de Harlamov'un evini ara! Derken, yanlış hatırladığımı, bu evin Harlamov'un değil, Buh'un olduğunu öğrenmeyeyim mi? İnsan bazen sesleri nasıl da karıştırıyor! Neyse, bu iş daha da canımı sıktı. O öfkeyle ertesi gün adres bürosuna başvurdum ve... şimdi sıkı dur: İki dakika içinde çıkarıp bana adresini verdiler. Meğer oraya kayıtlıymışsın!

— Kayıtlı mıymışım?

— Hem de nasıl... Oysa benden önce birisi General Kobelyov'un adresini sormuştu, ne kadar aradılarsa bir türlü bulamadılar. Neyse uzun hikâye. Buraya gelir gelmez senin bütün işlerini, her şeyini öğrendim; hakkında bilmediğim hiçbir şey yok. İşte Nastasya da biliyor: Nikodim Fomiç'le de tanıştım, İlya Petroviç'le de... Sonra, kapıcıyla ve karakol sekreteri Bay Aleksandr Grigoryeviç Zamyotov'la... Ve son olarak Paşenka ile tanışmak onuruna erdim; Nastasya da biliyor ya!

Nastasya anlamlı anlamlı gülerek:

— Kadını baştan çıkardın! –dedi.

— Şekeri bardağın içine koysanıza. Nastasya Nikiforovna!

Nastasya gülmekten kırılacaktı neredeyse.

— İt herif! –dedi; gülmesi biraz yatışınca ekledi.– Nikiforovna değil, Petrovna benim adım.

— Birbirimize saygılı olalım. Neyse kardeş, başını ağrıtmayayım, burada senin hakkında yayılmış olan birtakım saçma önyargıları kökünden yok etmek için şöyle esaslı bir şekilde hava attım, ama doğrusu Paşenka benden baskın çıktı. Bu kadının böylesine... nasıl diyeyim... *avenante*[1] olabileceğini hiç sanmazdım doğrusu. Sen ne dersin ha?

Raskolnikov ağzını açıp tek kelime söylemiyor; ama bakışlarını da Razumihin'den ayırmıyordu; Razumihin onun susuşuna hiç alınmamıştı, hatta kendisini onaylayan bir yanıt almışçasına:

— Hatta her bakımdan... her bakımdan kusursuz bir kadın, –dedi.

Konuşmadan anlaşılmaz bir zevk duyduğu belli olan Nastasya:

— Seni alçak herif seni! –diye söylendi.

— İşin kötü yanı şu ki, kardeş, sen daha işi baştan yanlış tutmuşsun. Ona karşı davranışların böyle olmamalıydı. Değişik bir huyu var kadının. Neyse, bu huy meselesini daha sonra konuşuruz... Ama onu sana yemek göndermemeye cesaret edebilecek hale nasıl getirdin, doğrusu meraka değer. Ya da mesela şu borç senedi işi? Öyle bir senedi imzalayabilmesi için insanın aklını kaçırmış olması gerek! Ya da alalım

---

1 (Aslında da Fransızca) — Hoş, cazip, sevimli.

kızıyla planlanan evlenme işini?.. Her şeyi biliyorum! Farkındayım, eşeklik ediyorum, hassas yerlerine dokunuyorum. Dangalaklığım için bağışla! Dangalaklık dedim de, şu Praskovya Pavlovna, kardeş, hiç de ilk bakışta sanıldığı kadar budalaya benzemiyor, öyle değil mi?

Raskolnikov başka yana bakarak, ama artık susmaktansa, konuşmanın daha uygun olacağını düşünerek, dişleri arasından:

— Evet... –diye mırıldandı.

Onun kendisine cevap vermesine sevinmişe benzeyen Razumihin:

— Öyle değil mi ama! –diye bağırdı.– Ama akıllı olduğu da söylenemez, öyle değil mi? Gerçekten, gerçekten çok tuhaf bir kadın! Doğrusu ben de ne yapacağımı şaşırdım!.. Rahat rahat bir kırkında olmasına rağmen, otuz altımdayım, diyor... Gerçekten, hakkı da yok değil! Sana yemin ederim ki kardeş, daha çok akla dayalı yargılarım var onun için, ama bunları metafizik bir biçimde dile getiriyorum. Aramızda öyle birtakım işaretler kuruldu ki, senin cebrin hiç kalır bunların yanında! Hiçbir şey anlamıyorum! Neyse, hepsi saçma şeyler bunların. Yalnız bir şey var: Kadın baktı ki, sen öğrenciliği bıraktın, özel derslerini kaybettin; üstün başın da böyle dökülmeye başladı, kızının da ölmesi üzerine seni aile halkından saymak için ortada bir neden kalmadığını düşünmeye başladı, birdenbire ürktü senin anlayacağın. Öte yandan sen de kabuğuna çekilmişsin, hiç kimseyle bir ilişkin kalmamış, bu durum karşısında kadın seni kapı dışarı etmeye karar verdi. Aslında çoktandır buna niyetliymiş, ama elindeki senede acıyormuş. Bu böyleyken sen de borcunu annenin ödeyeceğine inandırmaya çalışıyormuşsun onu...

— Alçakça bir şeydi öyle söylemem... Annemin kendisi neredeyse dilenecek durumda... Evden kovmasınlar, yemek versinler diye uydurmuştum bu yalanı.

— Çok da akıllılık etmişsin. Yalnız, şu saray danışmanı, aynı zamanda da iş adamı olan Bay Çebarov'un işin içine girmesi her şeyi altüst etmiş. O olmasaydı, Paşenka bir başına hiçbir şey yapamazdı, çok utangaç bir kadındır kendisi. Ama iş adamında utanma olur mu? Tahmin edebileceğin gibi ilk işi, "Senette yazılı parayı kurtarabilir miyiz?" diye sormak olmuş. Kadın da, "Evet," demiş, "çünkü onun öyle bir annesi var ki, yüz yirmi beş ruble emekli aylığıyla ne yapar eder, oğlunun borcunu öder; sonra yine onun böyle bir kız kardeşi var ki, kardeşi için köleliğe bile razı olur." Eh, adamın dayandığı nokta da bu olmuş. Sen ne kıpırdayıp duruyorsun öyle Tanrı aşkına?.. Böylece, kardeş, ben senin bütün gelmişini geçmişini öğrenmiş bulunuyorum. Kendisine yakın olduğun günlerde Paşenka'ya boşuna açılmamışsın. Seni sevdiğim için söylüyorum... Sorun şu: Dürüst, duygulu insanlar içtenlikle her bir şeylerini söylerler, iş adamları ise kulak kesilir, duyduklarını çıkarları yönünde kullanırlar. Paşenka senedi sözde karşılığını alarak Çebarov'a ciro etmiş, o da utanıp sıkılmadan bunu tahsile koymuş. İşte ben bütün bunları, bu vicdansızlıkları öğrenince, Çebarov denilen adama esaslı bir şekilde çıkışmaya hazırlanıyordum ki, sorunu Paşenka ile aramızda çözümleyiverdik. Senin parayı ödeyeceğine kefil oldum ve Paşenka'ya senetle ilgili olarak başlatılan işlemleri durdurmasını söyledim. Duyuyorsun değil mi kardeş, sana kefil oldum? Çebarov'u çağırdık, açıktan bir on ruble verip senedi kendisinden geri aldık. İşte şu anda bu senedi size takdimle şeref duyuyorum, artık sözünüz senet yerine geçmektedir, buyurun alın ve usulünce yırtın.

Razumihin senedi masanın üzerine bıraktı; Raskolnikov göz ucuyla şöyle bir baktıktan sonra, hiçbir şey söylemeden başını duvardan yana döndürdü. Razumihin gücenir gibi oldu. Bir dakika kadar kimse konuşmadı, sonra Razumihin:

— Anlaşılan gene bir dangalaklık yaptım kardeş, –dedi.– Seni biraz eğlendirmek, gevezelik ederek oyalamak istemiştim. Ama anlaşılan canını sıktım.

Raskolnikov karşılık vermedi, bir dakika kadar sustuktan sonra, başını çevirmeden sordu:

— Sayıkladığım sıra görüp de tanıyamadığım sen miydin?

— Bendim, hatta bu yüzden öyle öfkelendin ki... Hele Zamyotov'u getirdiğimde!..

Raskolnikov hızla başını çevirdi, gözlerini Razumihin'e dikti:

— Zamyotov'u mu? Karakol sekreterini? İyi ama, niçin?

— Dur yahu, ne heyecanlanıyorsun?.. Seninle tanışmak istedi; kendisi istedi, çünkü senden epey söz ettik kendisiyle... Yoksa senin hakkında bunca şeyi nasıl öğrenebilirdim? Doğrusu, kardeş, yaman adam, hatta olağanüstü... Tabii, kendince... Şimdi dostuz kendisiyle, hemen her gün görüşüyoruz. Ben de bu semte taşındım da... Tabii, senin haberin yoktur? Yeni taşındım daha. Kendisiyle bir iki kez Laviza'ya gittik. Laviza'yı hatırlıyor musun? Hani şu Laviza İvanovna canım?..

— Bir şeyler sayıkladım mı?

— Hem de nasıl! Kendinde değildin ki!..

— Neler sayıkladım?

— Hayda!.. Neler sayıklamış! Ne sayıklayacaksın yahu!.. Hadi bakalım, kardeş, kaybedecek zamanımız yok, hemen işimize bakalım.

Razumihin iskemlesinden kalkıp kasketini aldı.

— Neler sayıkladım?

— Amma üsteledin ha! Yoksa bir gizini açmış olmaktan mı korkuyorsun? Korkma, kontes hazretleri üzerine hiçbir şey söylemiş değilsin!.. Birtakım buldoglardan, küpelerden, zincirlerden, Krestovski Adası'ndan, sonra bir kapıcıdan, Nikodim Fomiç'ten, Komiser Yardımcısı İlya Petroviç'ten ve bunlara benzer daha bir sürü şeyden söz ettin durdun. Sonra, efendim çoraplarınızla çok ilgilendiniz, çok!" Durmadan, "Çoraplarımı isterim, çoraplarımı verin." deyip durdunuz. Zamyotov köşe bucak arayıp çoraplarınızı buldu ve bu pis şeyleri yüzüklü, kremli elleriyle tutup kendisi size verdi. Ancak böylece yatıştınız ve bu pis paçavraları yirmi dört saat elinizden bırakmadınız. Onca çektik de elinizden kurtaramadık. Şu anda da herhalde yorganınızın altında bir yerlerdedirler. Sonra, neredeyse ağlamaklı, pantolon paçalarınızdan sarkan birtakım ipliklerden söz edip, bu iplikleri istediniz. "Hangi iplikler, ne pantolonu?" diye sorduk, hiçbir şey öğrenemedik... İşte böyle! Şimdi işimize bakalım. Şurada otuz beş ruble var. Onunu ben alıyorum, iki saat sonra hesabını getiririm. Bu arada Zosimov'a da haber gönderirim, aslında kendiliğinden gelmesi gerekirdi, saat on biri geçti çünkü. Siz de Nastasya, ben yokken sık sık hastamızı yoklayın, su ya da başka bir şey isteyip istemediğini sorun... Ben de şimdi Paşenka'ya gerekenleri söylerim. Hoşça kalın!

Razumihin çıkınca, Nastasya:

— Şuna bak, Paşenka diyor Praskovya Pavlovna'ya! –diye söylendi.– Tilki suratlı herif!

Sonra kapıyı açıp aşağıları dinledi. Ama dayanamayarak kendisi de aşağı indi; Razumihin'in ev sahibi kadınla neler konuştuğunu pek merak ediyordu. Nastasya'nın Razumihin'e hayran olduğu açıkça belli oluyordu.

Nastasya da çıkıp odada yalnız kalır kalmaz, hasta, üzerindeki yorganı fırlatıp attı ve hemen yataktan kalktı. İçini yakıp kavuran bir sabırsızlıkla beklemişti herkesin çıkıp gitmesini; bir an önce işe girişmek istiyordu. Ama yapacağı iş neydi? Az önce yataktayken aklında olan şeyi, sanki bile bileymiş gibi, kalkar kalkmaz unutmuştu. "Tanrım! Bana bir tek şeyi söyle: Her şeyi biliyorlar mı, yoksa daha bilmiyorlar mı? Belki de her şeyi biliyorlar da yattığım sürece benimle alay etmek için bildiklerini gizliyorlar? Sonra birden odaya girecekler ve olup bitenleri ne zamandır bildiklerini söyleyiverecekler... Ne yapayım şimdi ben? Hay aksi! Daha demin aklımdaydı yapacağım şey, şimdi, sanki kasten unuttum!.."

Odanın ortasında dikiliyor ve acılı bir şaşkınlıkla çevresine bakınıyordu. Kapıya gitti, açıp dışarıyı dinledi. Ama yapacağı şey bu değildi. Birden duvar kâğıdının delik olduğu köşeye atıldı, elini delikten sokup yokladı, kâğıdı gözden geçirdi. Hayır, bu da değildi yapacağı. Sobaya gitti, kapağını açıp külleri karıştırmaya başladı; pantolon paçalarından kestiği ipliklerle, yırtık cep astarı attığı gibi öylece duruyordu; demek kimse sobaya bakmamıştı! Birden, Razumihin'in az önce sözünü ettiği çoraplarını hatırladı. Gerçekten de yorganın altındaydı çorapları; ama o günden beri her ikisi de öylesine kirlenmiş, eskimişti ki Zamyotov'un hiçbir şey fark edememesi son derece doğaldı.

"Zamyotov mu?.. Karakoldaki polis... Acaba niçin çağırmışlardı beni karakola? Çağrı kâğıdı nerede? Galiba olayları birbirine karıştırıyorum... Beni bugün çağırmadılar ki oraya... Hem giderken çoraplarımı gözden geçirmiştim ben... Şimdiyse... Şimdi hastayım... Hastaydım yani... İyi ama, Zamyotov niçin geldi buraya? Razumihin ne için getirdi acaba onu?"

Bitkin bir halde yatağına oturdu.

"Ne oluyor? Hâlâ sayıklıyor muyum, yoksa bütün bu olanlar gerçek mi? Galiba gerçek... Evet, hatırladım: Kaçmam gerek! Hemen, hemen kaçmam gerek! İyi ama... nereye? Elbiselerim nerede? Ayakkabılarım da yok! Kaldırmışlar! Saklamışlar! Anlıyorum! Ama paltom işte şurada, görmemişler! Çok şükür, paralar da masanın üzerinde! İşte senet de burada! Paraları alıp giderim, başka bir daire tutarım kendime, beni bulamazlar!.. İyi ama, ya adres bürosu?.. Bulurlar! Razumihin bulur! En iyisi tümden gitmek... Uzaklara... Amerika'ya... Hepsine tükürüp gitmek!.. Senedi de almalı... Orada işime yarayabilir. Başka ne alsam acaba? Hasta olduğumu sanıyorlar benim! Kalkıp yürüyebildiğimden haberleri yok! Hah–hah–ha! Her şeyi bildiklerini gözlerinden anladım! Yalnız, şu merdivenlerden nasıl ineceğim? Ya aşağıya bir gözcü, bir polis diktilerse? Bu ne, çay mı? A, yarım şişe de bira var burada! Hem de buz gibi!.."

İçinde bir bardak kadar bira kalmış olan şişeyi kaptı, içindeki ateşi söndürmek ister gibi, hepsini bir dikişte içti.

Ama daha bir dakika geçmeden biranın başına vurmasıyla, sırtında hafif, hatta tatlı bir ürperme duydu. Yatıp üstüne yorganı çekti. Zaten dağınık, kopuk düşüncelerle dolu olan kafası tümden bulutlandı. Büyük bir zevkle başını yastığa bırakıp, yırtık paltosu yerine üzerine örtülmüş bulunan yumuşacık yorgana sarıldı, hafifçe iç çekip derin, sağlıklı bir uykuya daldı.

Odasına birinin girmesiyle uyandı; gözlerini açtı, Razumihin'i gördü. Razumihin kapıyı ardına kadar açmış, eşikte duruyordu: İçeri girip girmemekte kararsız gibiydi. Raskolnikov hızla yatağında doğruldu, bir şeyler hatırlamak istercesine Razumihin'e baktı.

— Demek uyumuyorsun? Öyleyse, giriyorum içeri! Merdivenlerden aşağı bağırdı:

— Nastasya, paketi getirsene!.. Şimdi hesabını veririm!..

Raskolnikov ürkek bakışlarla çevresini süzerek:

— Saat kaç? –diye sordu.

— Esaslı uyudun, kardeş: akşam oldu, saat neredeyse altı olacak... Altı saatten fazla uyudun.

— Aman Tanrım! Ne yapmışım ben?

— Ne yapacaksın, sağlıklı bir uyku çektin! Bir acelen mi vardı, yoksa bir randevuya falan mı yetişecektin? Artık bütün zamanlar bizim. Üç saattir seni bekliyorum; iki kez yokladım, uyuyordun. İki kez Zosimov'a gittim. Yoktu, bulamadım kendisini. Neyse, önemli değil, gelir! Sonra, benim ufak tefek birkaç işim vardı, onları yoluna koydum. Bugün artık tümden taşındım. Dayımla... Dayım var şimdi yanımda, onunla birlikteyiz... Neyse, bırak bunları da işimize bakalım... Nastasya, versene paketi... Şimdi her şeyi yoluna koyarız... E, kardeş, kendini nasıl hissediyorsun?

— İyiyim, hasta falan da değilim... Razumihin, çoktan beri mi buradasın?

— Dedim ya, üç saat seni bekledim diye...

— Hayır, daha önce?

— Ne olmuş daha önceye?

— Ne zamandır odama girip beni yokluyorsun?

— Az önce anlattım ya...

Raskolnikov düşünceye daldı. Bir düştü sanki bütün bu olup bitenler, tek başına hatırlayamıyor, soran gözlerle Razumihin'e bakıyordu.

— Evet hatırlayamıyor, –dedi Razumihin,– unutmuş! Demin de anlamıştım bunu zaten... Daha tam anlamıyla kendine gelemediğini... Ama bu uyku sana çok iyi geldi, toparlandın, gözlerinden, bakışlarından belli. Aferin!.. Evet, şimdi işimize bakalım! Bak nasıl her şeyi hatırlayacaksın! Şunlara bir göz at hele, yakışıklım!

Büyük ilgi gösterdiği anlaşılan paketi çözmeye başladı.

— Biliyor musun kardeş, en çok da bu durum içime dert olmuştu. Yani seni doğru dürüst bir adam kılığına sokmak... Evet, işe girişiyoruz. Yukarıdan başlayalım. Şu kasketi görüyor musun? Paketten oldukça güzel, ama yine de ucuz ve sık rastlanan bir kasket çıkardı. İzin verir misin, bir deneyelim?

Raskolnikov aksi aksi:

— Yok, –dedi,– sonra...

— Hayır, Rodya'cığım, hiç karşı koyma, sonra çok geç kalmış oluruz. Ve gece benim gözüme uyku girmez. Çünkü ölçünü bilmediğimden gelişi güzel aldım. Kasketi giydirdi, olduğunu görünce sevinçle haykırdı:

— Ölçü üzerineymiş gibi oturdu! Şapka, kardeş, insanın giyim kuşamında en önemli parçadır, say ki, bir tür tavsiye mektubu... Tolstyakov adlı bir arkadaşım vardı, herkesin şapkasıyla bulunduğu genel bir yere girerken, hep şapkasını çıkarırdı. Bu durumu herkes, onun kölece duygulara sahip olmasıyla açıklardı; oysa arkadaşım zorunluluktan yapardı bunu, başında kuş yuvası gibi bir şapka taşımaktan utanırdı. Zaten çok utangaç bir adamdı! Baksana Nastasya, sen olsan şu iki şapkadan hangisini seçerdin: Şu Palmerston'u[1] mu (nedense Palmerston adını taktığı Raskolnikov'un biçimini yitirmiş uzun, yuvarlak şapkasını gösterdi), yoksa şu kuyumcu özeniyle dikilmiş pırlanta gibi şapkayı mı? Bil bakalım Rodya, kaça aldım bu kasketi? Raskolnikov'un cevap vermediğini görünce soruyu Nastasya'ya yöneltti:

— Nastasya'cığım?

— Herhalde bir yirmi kopeği vardır... –dedi Nastasya.

— Ahmak! –dedi Razumihin, içerlemiş.– Değil bu şapkayı, seni bile vermezler yirmi kopeğe! Tam seksen kopek bayıldım! O da kullanılmış olduğu için! Yalnız koşullu aldım: "Bunu eskit, seneye yenisini veririz." dediler! İster inanın, ister inanmayın! Evet, şimdi de lisede dediğimiz gibi hani, gelelim Amerika Birleşik Devletleri'ne... Hemencecik söyleyeyim, Rodya. Pantolonlarla övünebilirim!..

Ve Razumihin, Raskolnikov'un önüne yünlü kumaştan gri bir pantolonu yaydı.

— Biraz kullanılmış olmakla birlikte, şahane bir pantolon: Ne bir deliği var, ne de lekesi... Ve aynı renkte bir yelek, tam modaya uygun... Kullanılmış olma sorununa gelince, doğrusunu istersen bu bence daha bile iyi: Çünkü kullanılmış eşya yumuşacık olur, rahat eder vücut içinde. Biliyor musun, Rodya, bana kalırsa, insanların toplum içinde yükselmeleri, onların mevsime uymalarına bağlı bir şey. Ocak ayında kuşkonmaz istemezsen, birkaç rubleni cüzdanında

---

1 Lord Palmerston (1784–1865) — İngiliz devlet adamı. Ticaret ve sanayi burjuvazisiyle aristokrasinin bir kısmının çıkarlarının savunuculuğunu yapan Whigs Partisi'nin lideri.

alıkoymuş olursun. Şu aldığım eşyalar için de aynı şey söz konusu. Şimdi yaz mevsimindeyiz değil mi, ben de tam bir yaz alışverişi yaptım. Çünkü güzün nasıl olsa bunları atmak ve yerlerine daha sıcak tutan giysiler bulmak gerekecek... O zamana kadar da bunlar şıklıklarını yitirmeseler bile, özensiz kullanılmaktan eskiyip gidecekler. Evet, hadi bir kestir bakalım, kaç para vermiş olabilirim bunların hepsine? Bir şey söyleyemiyor musun? İki ruble yirmi beş kopek! Şapka için söz konusu olan koşul, bunlar için de geçerli: Bunları eskitince, seneye yenilerini bedavaya alacaksın. Fedyaveylerin dükkanındaki alışverişin esası budur: Bir kez para verip de satın aldığın bir şey sana hayatın boyunca dayanır ve sen de bir daha onların dükkanına uğramazsın. Evet, şimdi ayakkabılara gelelim! Nasıl ama? Doğru, kullanılmış oldukları belli, ama sen yine de iki ay giyebilirsin. Çünkü işçiliği de, malzemesi de Avrupa'dır. İngiliz elçilik katibi geçen hafta bitpazarında satmış; topu topu altı gün giymiş adam, paraya ihtiyacı olmuş, satmış... Fiyatı bir buçuk ruble, nasıl, iyi mi?

Nastasya:

— Ya ayağına uymazsa? –dedi.

— Uymazsa mı! Peki bu ne? Razumihin cebinden Raskolnikov'un her yanı kurumuş çamurla kaplı eski ayakkabısını çıkardı. Yanıma bunu alıp da gittim, bu iğrenç şeyin ölçüsüne uyduğunu gördükten sonra aldım o ayakkabıları. Çamaşır sorununa gelince... Bu konuda ev sahibi kadınla anlaştık. İşte, üç gömlek; keten meten ama, plastronları modaya uygun... Böylece... seksen kopek kasket, iki ruble yirmi beş kopek elbise, üç ruble beş kopek eder hepsi. Ayakkabılar bir buçuk ruble (ne yapalım, çok iyi oldukları için bu parayı verdim), toplam dört ruble elli beş kopek... Çamaşırları da yuvarlak hesap beş rubleye anlaştık. Demek ki hepsi dokuz ruble elli beş kopek tutuyor. Geriye kalan kırk beş kopek, bakır beşlikler halinde burada, buyurun alın. Böylece, Rodya, üstünü başını tümüyle yenilemiş olduk; buna paltonu da katıyorum, çünkü palton hem daha giyilebilir, hem de görünüşünde özel bir soyluluk olan bir palto bu. Herhalde Şarmer'de diktirilmiş olmasından ileri geliyor bu özelliği! Çorap ve benzeri küçük şeyleri de artık sana bırakıyorum; daha yirmi beş rublemiz var geride. Paşenka'ya ödeyeceğin ev kirasını hiç düşünme, dediğim gibi; sonsuz kredimiz var. Şimdi... izin ver de şu çamaşırlarını bir değiştirelim, herhalde üstündekilere de sinmiştir hastalığın...

Razumihin'in deminden beri zoraki bir komiklikle anlattığı üst baş alma hikâyesini tiksintiyle dinlemiş olan Raskolnikov, elini ileri uzatarak:

— Hayır, istemez! –diye söylendi.

— Yok, kardeş, buna izin veremem, –diye diretti Razumihin,– ben boşuna mı taban teptim? Nastasya'cığım, lütfen utanmayı bırakın da yardım edin! Evet, böyle işte!

Karşı koymasına aldırmadan arkadaşının çamaşırlarını değiştirdi. Raskolnikov yatağın başucuna yığılırcasına kapandı, iki dakika kadar hiçbir şey söylemeden durdu.

"Daha epey bir süre çekilip gitmeyecek bunlar!" diye düşündü. Sonunda, duvara bakmaya devam ederek sordu:

— Hangi parayla alındı bütün bunlar?

— Hayda!.. Hangi parayla olacak yahu, senin kendi paranla. Annenin Vahruşin aracılığıyla gönderdiği para... hani artelden biri getirmişti? Unuttun mu yoksa?

Raskolnikov yüzü asık, uzun uzun düşündü, sonra:

— Evet, hatırlıyorum... –dedi.

Razumihin'in kaşları çatıldı, kaygıyla bakıyordu arkadaşına. Kapı açıldı, uzun boylu, iriyarı bir adam girdi içeri. Raskolnikov bir yerlerden tanıyacak gibiydi adamı.

Razumihin sevinçle bağırdı:

— Zosimov! Hele şükür gelebildin!

IV

Zosimov uzun boylu, şişman bir adamdı; sinekkaydı tıraşlı tombul yüzü renksizdi; dümdüz saçları beyaz denilebilecek kadar açık sarı idi; tombul parmaklarında altın bir yüzük göze çarpıyordu; gözlüklüydü. Yaşı yirmi yedi vardı. Üzerinde ince kumaştan, dökümlü, zengin bir pardösüyle, açık renk yazlık bir pantolon vardı. Gömleği kusursuz, saat kordonu kocamandı. Hareketlerinde uyuşukluğa varan bir yavaşlıkla, özentili bir senlibenlilik vardı. Gizlemek için onca çaba harcamasına karşın, kendini beğenmişliği her hareketinden belli oluyordu. Tanıdığı herkes onu çekilmez bir kişi olarak niteler, ama işinin ehli olduğunu söylerdi.

— İki kez uğradım sana kardeş, –diye bağırdı Razumihin,– gördüğün gibi hasta kendine geldi!

Hastanın yatağının ayakucuna oturan ve oturur oturmaz da yatağın olanak verdiği ölçüde yayılıveren Zosimov, Raskolnikov'u dikkatle süzerek:

— Görüyorum, görüyorum, –dedi.– Ee, şimdi nasılız bakalım?

— Hep böyle canı sıkkın duruyor, –dedi Razumihin,– az önce çamaşırlarını değiştirdik, neredeyse ağlayacaktı.

— Anlaşılıyor... Madem istemiyordu, daha sonra da değiştirebilirdiniz çamaşırlarını... Nabız harika! Başın hâlâ ağrıyor galiba?

Raskolnikov birden yerinden doğruldu, sinirli sinirli:

— İyiyim ben, –dedi,– hem de çok iyiyim!

Ama hemen sonra yeniden yastığının üzerine kapanıp duvardan yana döndü. Zosimov gözlerini dikmiş, onu dikkatle süzmeye devam ediyordu.

— Çok güzel... –dedi kayıtsızlıkla.– Her şey olması gerektiği gibi... Bir şeyler yedi mi bari?

Yemesi için neler verdiklerini anlattılar ve başka neler verebileceklerini sordular.

— Her şey verebilirsiniz... Çorba, çay... Mantar, salatalık, tabii yasak... Sonra sığır eti... Canım işte gevezeliğe ne gerek var!..

Razumihin'le bakıştı:

— Şurup falan gibi şeyler de istemez... Ben yarın gene gelir görürüm... Hatta bugün... Evet...

— Yarın akşam kendisini biraz gezdireyim istiyordum, - dedi Razumihin,- Yusupov Parkı'na, sonra Kristal Palas'a...

— Yerinde olsam, yarın onu hiç kıpırdatmazdım... Ama yine de... Neyse, daha sonra bir bakarız...

— Ben de tam bugün yeni evime taşınmam şerefine arkadaşlara bir yemek verecektim... Şuraya, iki adım öteye taşındım... O da gelebilseydi... Bir divana uzanır, aramızda bulunurdu!

Birden Zosimov'a dönerek sordu:

— Sen geliyorsun, değil mi? Unutma bak, söz verdin!

— Geç bir saatte belki gelirim. Neler hazırladın bakalım yemek için?

— Pek bir şey yok: Çay, votka, balık... Sonra, börek... Biz bize olacağız!..

— Kimler yani?

— Hep bu semtten kişiler ve ihtiyar dayımdan başka hepsi yeni tanışlar... Hoş, dayım da eski sayılmaz... Petersburg'a daha dün geldi. Bazı işleri varmış... Kendisiyle dört beş yılda bir görüşürüz.

— Ne iş yapar dayın?

— Ömrünü birtakım taşra kasabalarında posta müdürlüğü yaparak, acınası bir yaşam sürerek geçirdi... Şimdi altmış beş yaşında ve emekli... Öyle uzun uzadıya sözü edilecek biri değil... Ama ben severim kendisini. Sonra, yine semtimizden sorgu yargıcı Porfiri Petroviç gelecek... Sen de tanırsın onu.

— O da akraban falan oluyordu galiba?

— Çok uzaktan... Ne o yüzün asıldı? Aranızda bir şey mi geçmişti? Gelmeyecek misin yoksa?

— Tükürmüşüm Porfiri Petroviç'e, umurumda bile değil benim o adam!

— Eh, en iyisi de bu. Sonra, öğrenciler, bir öğretmen, bir memur, bir müzisyen, bir subay, Zamyotov.

— Söylesene Tanrı aşkına, –dedi Zosimov,– ne işiniz var sizin şu Zamyotov denen adamla? Senin ve –başıyla Raskolnikov'u gösterdi– onun?..

— Yahu ne yaman adamsın be! Ve bütün bu tersliklerin hep ilkeler adına! Sanki ilkelerin, bütün hareketlerine yön veren bir zemberek oluşturmuş içinde!.. Sen ve senin gibiler kendi iradenizle kımıldamaya bile korkarsınız!.. Benim içinse, bir adam iyiyse iyidir ve bu konudaki bütün prensibim bundan ibarettir... Başka bir şey düşünmem... Zamyotov harika bir adam!..

— Ve rüşvetçinin biri!

— Ne olmuş rüşvetçiyse? Ne olmuş! –Razumihin sinirlenmiş, bağırıyordu, yalnız sinirliliği pek doğal değildi.– Rüşvetçi yanını övüp, kendisini bu nedenle beğendiğimi mi söyledim sana? Ben onun yalnızca kendine göre iyi bir adam olduğunu söyledim. Hiçbir eksiği bulunmasın diye bakacak olursak, dünyada kaç tane iyi insan kalır dersin? Bu açıdan bakacak olursak, bütün işkembemle birlikte benim için verseler verseler bir baş pişmiş soğan verirler; onu da seni de kendime katarsam verirler...

— Bu çok az olur senin için, bana göre sen iki baş soğan edersin...

— Bana göreyse, sen bir baş anca edersin! Şu yaptığın esprilere bak! Zamyotov daha çocuk; biraz saçlarını çekeceğim, o kadar. Çünkü onu yola getirmek için itip kakmak değil, okşamak gerek. İnsanlar, hele çocuksalar, itip kakmakla yola gelmezler... Çocuklara karşı ise, bir kat daha özenli olmalı... Sen ve senin gibi ilerici kafasızların hiçbir şeyden anladığınız yok! Başkalarına saygı duymazsınız, kendi kendinize kırılırsınız... Hem eğer ille de bilmek istiyorsan, söyleyeyim, evet Zamyotov'la ortak bir sorunumuz var.

— Neymiş bu ortak sorununuz?

— Şu sıvacı, daha doğrusu boyacı hikâyesi... Çekip kurtaracağız adamı bu işten... Zaten ortada telaşlanacak bir durum da kalmadı. Her şey apaçık ortaya çıkmış bulunuyor... Bizimki yalnızca katkıda bulunmak!..

— Ne boyacısı bu? Ne olmuş boyacıya?

— Nasıl, anlatmadım mı sana? Gerçekten mi? Belki de yalnız baş tarafını anlatmışımdır... Şu tefeci, dul kocakarı var ya onun öldürülmesi hikâyesi... Şimdi bir de boyacı karıştı bu işe...

— Evet, daha önce de duymuştum bu cinayeti... Hatta epey de ilgimi çekmişti... Bir ara gazetelerde okumuştum... Aslında...

Bu sırada birden Nastasya lafa karıştı:

— Lizaveta'yı öldürdüler... –dedi. Raskolnikov'a söylemişti bunu. Konuşmalar süresince odada kalmış, kapıya yaslanmış olarak konuşulanları dinlemişti.

Raskolnikov duyulur duyulmaz bir sesle:

— Lizaveta'yı mı?.. –diye mırıldandı.

— Lizaveta canım!.. Hani şu satıcı kadın, aşağıya gelir giderdi... Çamaşır yıkardı, senin de bir kez gömleğini yıkamıştı hatta...

Raskolnikov duvardan yana döndü. Beyaz çiçekli, kirli sarı bir kâğıtla kaplıydı duvar. Kahverengi taramaları olan şeklini yitirmiş bir çiçek seçerek, kaç yaprağı olduğunu, yapraklarının kenar tırtıllarının biçimini ve her yaprakta kaç tarama bulunduğunu incelemeye koyuldu. El ve ayaklarının uyuştuğunu, vücudundan kopmuşçasına hissizleştiğini duyuyor, ama kımıldamaksızın, inatla çiçeğe bakmaya devam ediyordu.

Zosimov, Nastasya'nın gevezeliğine canının sıkıldığını açıkça belli ederek:

— E, ne olmuş boyacıya? –diye sordu.

Nastasya içini çekerek sustu. Razumihin heyecanla kaldığı yerden devam etti:

— Onu da katil zanlısı olarak tutuklamışlar!

— Herhangi bir delil var mı?

— Ne delil, ne bir şey!.. Ama onlara sorarsan, esaslı deliller var ellerinde, tabii bunlara delil denilebilirse! Aslında kanıtlanması gereken nokta da burada! Hani başta kuşkulanıp tutukladıkları iki kişi vardı ya... Neydi adları?.. Koh'la, Pestriyakov... Tıpkı onlarınkinde olan durum tekrarlanıyor burada da... Lanet olsun! Nasıl da sersemce ele alıyorlar bu işleri! Dışarıdan birisine bile ne kadar iğrenç görünüyor! Pestriyakov belki bugün bana uğrayacak... Aklıma gelmişken Rodya, bu işi sen de biliyorsun, sen hastalanmazdan önce olmuştu. Hani karakolda bu olaydan söz ederlerken, düşüp bayılmışsın, işte ondan bir gün önce...

Zosimov merakla Raskolnikov'a bakıyordu. Raskolnikov'sa kımıldamamıştı bile.

Zosimov:

— Biliyor musun Razumihin, –dedi,– durup dinlenmek nedir bilmeden, her işin peşinden koşturan bir insansın sen...

Razumihin masaya bir yumruk indirerek:

— Öyle olsun! –diye bağırdı.– Ama biz yine de çekip kurtaracağız onu bu pis işten! Burada insanın en ağrına giden ne biliyor musun? Onların yalan söylemeleri değil; yalan her zaman bağışlanabilir; tatlı bir şeydir çünkü yalan, insanı önünde sonunda gerçeğe götürür. Burada insanın ağırına giden şey, onların yalan söylemeleri değil, söyledikleri yalana kendilerinin de inanmaları... Porfiri'ye saygı duyarım, ama... Onların ilk şaşırdıkları nokta neydi? Kapı önce kapalıymış, az sonra kapıcıyla döndüklerinde ise açık bulmuşlar. Demek ki, cinayeti işleyenler Koh'la, Pestriyakov! Onların mantığı bu işte!..

— Kızma canım, yalnızca tutukladılar onları... Hem başka türlü de yapamazlardı... Koh deyince aklıma geldi; ben bu adamla bir yerlerde karşılaşmıştım sanıyorum... Kocakarıdan günü dolmuş rehinleri satın alıyormuş galiba, öyle mi?

— Evet, üçkâğıtçının biri!.. Senet de kırıyormuş... Sanayiciymiş aslında. Neyse, canı cehenneme!.. Benim asıl tepemi attıran ne biliyor musun? Onların şu kokmuş, çürümüş, rutin yöntemleri... Oysa yalnızca şu işte bile, hiç denenmemiş, yepyeni bir yol bulmak mümkün. Psikolojik verilere dayanarak, yalnızca bunlara dayanarak bizi asıl suçluya götürecek bir iz bulunabilir. Neymiş efendim, onların da bildiği gerçekler varmış! İyi ama, gerçek her şey demek değildir ki... Hiç değilse işin yarısı, bu gerçeklere nasıl bakıldığına bağlıdır.

— Peki sen biliyor musun gerçeklere nasıl bakılması gerektiğini?

— Eğer bir insan herhangi bir işe yararı dokunabileceğini hissediyorsa, susmamalıdır... Sen bu işin ayrıntılarını biliyor musun?

— Boyacıyı anlatıyordun, yarım kalmıştı...

— Ha, evet!.. Dinle: Cinayetten tam iki gün sonra, Koh'la Pestriyakov attıkları her adımı kanıtlamışlarken, gerçek kendisini haykırıp dururken ve polisler bunlarla kovalamaca oynayıp kendilerini avutmayı sürdürürlerken, birden hiç beklenilmeyen bir olay olur. Cinayetin işlendiği evin karşısında bir meyhane işleten Duşkin adlı bir köylü, içinde bir çift altın küpe bulunan bir mücevher kutusuyla karakola başvurur ve uzun bir hikâye anlatır: "İki gün önce," der, "akşam saat sekizi biraz geçe –güne ve saate dikkat!– dükkanıma daha önce de gelip giden boyacı Mikolay uğradı, içinde bir çift altın küpe bulunan bu kutuyu getirdi ve buna karşılık kendisine iki ruble verip vermeyeceğimi sordu. Ona kutuyu nereden aldığını sordum. 'Yolda yürürken kaldırımda buldum.' dedi. Başka bir şey sormadım, kendisine bir papel, yani bir ruble verdim. Çünkü, 'Bana olmasa, götürüp bir başkasına verecek ve nasıl olsa içecek.' diye düşündüm. 'Varsın,' dedim, 'küpeler bende dursun, fazla mal göz mü çıkarır? Eğer bunların çalıntı mal olduğu kulağıma gelirse, götürür teslim ederim.' diye düşündüm." Ben bu Duşkin'i bilirim, insanın gözünün içine baka baka yalan söyler, bu anlattığı da düpedüz masal. Öte yandan kendisi de tefecilik yapar, çalıntı malları gizleyip hırsızlara yardımcı olur. Otuz rublelik küpeleri Mikolay'dan bir tekliğe kapatırken "çalıntı oldukları kulağına gelirse götürüp teslim etmek" aklının ucundan geçmemiştir. Korktuğu için kıvırtıyor. Neyse, canı cehenneme! Sen herifin anlattığı masalın devamını dinle: "Ben bu Mikolay'ı çocukluğundan tanırım, köylüm olur, Ryazanlı o da benim gibi, Ryazan'ın Zaraysk ilçesinden... Mikolay ayyaş bir adam değildir, ama arada bir kafayı çekmeyi sever. O evde hemşerisi Mitri ile birlikte çalıştığını, işinin boyacılık olduğunu da duymuştum. Mitri ile hemşeridir bunlar. Mikolay benden tekliği alınca hemen bozdurdu, üst üste iki bardak yuvarladı, paranın üstünü alıp gitti. O sırada Mitri onun yanında değildi, görmedim. Ertesi gün duyduk ki, Alyona İvanovna ile kız kardeşi Lizaveta İvanovna balta ile öldürülmüşler. Her ikisini de tanırdım. Küpelerden dolayı içime bir kuşku girdi. Çünkü rahmetlinin rehin karşılığı para verdiğini bilirdim. Kalkıp hemen rahmetlinin oturduğu apartmana gittim ve olayı kendimce şöyle usulden sorup soruşturmaya başladım. İlk öğrenmek istediğim şuydu: Mikolay burada mıydı? Mitri bana Mikolay'ın içip durduğunu, eve sabaha doğru geldiğini, on dakika kadar kalıp sonra yeniden çıktığını söyledi. Söylediğine göre, Mitri onu bir daha görmemiş, işi de tek başına bitirmeye çalışacakmış. Bütün bunları öğrendikten sonra, o sıra hiç kimseye hiçbir şey açmadım. Cinayet konusunda öğrenebileceğim her şeyi öğrenmiştim, içimde yine aynı kuşkularla eve döndüm. Bugünse, sabah saat sekize doğru yani cinayetin üçüncü günü –buraya da dikkat– bir de baktım Mikolay girdi dükkandan içeri, ayık değildi, ama fazlaca sarhoş da denemezdi. Yani konuşulanları anlayabilecek durumdaydı. Masalardan birine çöktü. Konuşmuyor, öylece oturuyordu. O saatte meyhanede kendisinden başka topu topu iki kişi vardı, biri yabancı, biri de bizim devamlı müşterilerden. Sonra benim iki garson... 'Mitri'yi gördün mü?' diye sordum. 'Yok,' dedi, 'görmedim.' 'Peki buralarda değil miydin?' dedim, 'İki gündür yoktum' dedi. 'Geceyi nerede geçirdin?' diye sordum, 'Peski'de,' dedi, 'Kolomenskilerin yanında.' 'Peki,' dedim, 'küpeleri nerede bulmuştun?' 'Kaldırımda' dedi. Yalnız bunu çok tuhaf bir tavırla ve hiç yüzüme bakmadan söylemişti. 'Peki o gece falan saatte, sizin boya yaptığınız dairenin iki kat üstünde falan dairede böyle böyle bir olay olmuş, haberin var mı?' dedim, 'Hayır, haberim yok.' dedi. Ama beni dinlerken gözleri fal taşı gibi olmuş, beti benzi uçmuştu. Hatta bir ara baktım, şapkasını almış gitmeye davranıyordu. 'Dur hele Mikolay,' dedim, 'alıkoymak istiyordum onu, 'bir şey içmeyecek misin?' Bu arada çırağa da kapıyı tut, gibilerinden bir işaret çaktım. Kendim de tezgâhın ardından çıktım. Ama o fırladığı gibi dışarı çıktı, kendisini bir an için görebildim, sonra bir köşeyi dönüp gözden kayboldu. Kuşkularım kesinleşmiş, suçlu olduğunu artık iyice anlamıştım..."

— Buna hiç kuşku yok! –diye mırıldandı Zosimov.

— Dur da gerisini dinle. Tabii hemen Mikolay'ı bulmak için seferber olurlar. Duşkin'i götürüp, kaldığı yerde arama yaparlar. Mitri de yakalanır. Kolomenskileri sorguya çekerler... Mikolay'ı ancak önceki gün ele geçirebilmişler. "..." karakoluna yakın bir handa yakalanmış. Hana gelince boynundan gümüş haçını çıkarıp, haça karşılık bir şişe votka istemiş. Vermişler. Aradan bir süre geçtikten sonra, ahıra giren bir kocakarı, tahtaların aralığından bakınca ne görsün: Bitişikteki samanlıkta adamın biri ucuna ilmik yaptığı kuşağını bir kirişe bağlamış, kendisi de kütüğe tırmanarak başını ilmikten geçirmeye çalışmıyor mu? Kocakarı avazı çıktığı kadar bağırmaya başlamış. Etraftan koşuşmuşlar... "Kimsin?", "Nesin?", "Burada ne yapıyorsun?" gibi sorulardan sonra, "Beni," demiş Mikolay, "falanca karakola götürün, orada her şeyi açıklayacağım..." Kendisini, şerefine yakışır bir biçimde dediği karakola, yani bizim bu karakola getirmişler. Adı, soyadı, yaşı –yirmi iki yaşındaymış–, falan filan gibi sorulardan sonra, "Mitri ile çalıştığınız sırada, filan saatte merdivenlerde birilerini gördünüz mü?" diye sormuşlar. "Birileri inip çıkmıştır merdivenlerden, ama biz görmedik." demiş. "Peki gürültü ya da buna benzer bir şeyler de mi duymadınız?" "Özellikle dikkat çekecek bir şey duymadık." "Mitri'yle çalıştığınız o gün, filanca kocakarının kız kardeşiyle birlikte, falan yerde, falanca gün ve saatte öldürüldüğünü ve soyulduğunu duymuş muydun?" "Hiçbir şey duymadım, hiçbir bilgim yok bu konuda. Olayı ancak önceki gün meyhanede Afanasiy Pavliç'ten öğrendim." "Öyleyse küpeleri nereden aldın?" "Kaldırımda buldum." "Ertesi gün Mitri işe geldi, sen niçin gelmedin?" "Biraz gezip tozmak istedi canım." "Nerelerde gezdin?" "Filanca yerde gezdim, sonra da filanca yerde." "Duşkin'den niçin kaçtın?" "Çok korkmuştum da ondan." "Niçin korkmuştun?" "Mahkûm ederler diye." "Madem kendini suçlu görmüyordun, niye korktun?" İster inan, ister inanma Zosimov, Mikolay'a sorulan sorular kelimesi kelimesine bunlar... Çok emin bir kaynaktan öğrendim bunu. Görüyor musun işe nasıl baktıklarını?

— Öyle ama, ortada da birtakım deliller var.

— Deliller değil benim söylemek istediğim, onların işe nasıl baktıklarından, sorunun özünü nasıl kavradıklarından söz ediyorum ben. Neyse, canları cehenneme! Dinle şimdi: Mikolay'ı öyle sıkıştırmışlar ki, sonunda itiraf etmiş: "Küpeleri kaldırımda değil, Mitri ile boyadığımız o dairede buldum." "Nasıl oldu bu iş?" "Mitri ile akşam sekize kadar çalışıp boya yaptık, tam gitmeye hazırlanıyorduk ki, Mitri fırçayı kaptığı gibi yüzüme sürdü ve kaçtı. Ben de kendisini kovalamaya başladım. Hem kovalıyor, hem de gırtlağım yırtılırcasına bağırıyordum. Tam dış kapının orada, kapıcıya ve yanındaki birkaç adama çarptım. Kapıcının yanında kaç kişi olduğunu hatırlayamıyorum. Kapıcı beni azarladı, öteki kapıcıyla karısı da azarladılar. Bu sırada yanında bir bayanla içeri girmekte olan bir bay da bizi azarladı. Çünkü Mitri ile ikimiz onların ayakları dibine yere yıkılmıştık: Ben Mitri'yi saçlarından tuttuğum gibi yere devirmiş, yumrukluyordum. Mitri de alttan beni yumrukluyordu. Ama biz bunu öfke ile yapmıyorduk, şakalaşıyorduk arkadaşımla. Sonra Mitri elimden kurtuldu ve dışarı kaçtı. Ben de peşine takıldım, ama yakalayamadım. Bunun üzerine gerisingeri apartmana döndüm. Çünkü öteberimizi toplamamız gerekiyordu. Boyaları, fırçaları toplamış Mitri'nin dönmesini beklerken, koridorda, kapının arkasında bir kutu takıldı ayağıma. Kâğıda sarılı bir kutuydu bu. Kâğıdı açtım, baktım çengelli bir kutu... Çengeli de açtım ki, kutunun içinden küpeler çıkıverdi..."

Yattığı yerden tek eli üzerinde yavaşça doğrulan Raskolnikov, bulanık, korku dolu gözlerle Razumihin'e bakarak:

— Kapının arkasında mı? Demek kapının arkasında? Kapının arkasında ha?.. –diye bağırdı.

— Evet... Ne oldu? Neyin var, ne oluyorsun? –Razumihin de yerinden doğrulmuştu.

Raskolnikov yeniden duvardan yana dönüp yastığına kapanarak, zor duyulur bir sesle:

— Yok bir şey... –dedi.

Bir an kimseden ses çıkmadı. Sonunda Razumihin:

— Herhalde uyukluyordu, uykusunda konuştu... –dedi, bir yandan da soran gözlerle Zosimov'a bakıyordu.

Zosimov başıyla ona katılmadığını gösteren bir işaret yaptı. Sonra:

— Devam etsene, –dedi,– sonra neler olmuş?

— Ne olacak, küpeleri görünce, evi de, Mitka'yı da unutup şapkasını kaptığı gibi doğru Duşkin'in oraya gitmiş. Bundan sonrasını artık biliyorsunuz: Duşkin'e küpeleri kaldırımda bulduğu yalanını kıvırıp aldığı bir rubleyle eğlenmeye gitmiş. Cinayet konusunda ise eski söylediklerini tekrarlamış: "Hiçbir şey bilmiyorum, hiçbir şey görmedim, duymadım. Olaydan ancak önceki gün haberim oldu." "Peki bugüne kadar niçin sakladın?" "Korktuğumdan." "Kendini niçin asmak istedin?" "Düşünceden." "Ne düşüncesinden?" "Beni mahkûm edeceklerini düşündüm." İşte bütün hikâye. Senin düşüncen ne, nasıl bir sonuç çıkarabilir onlar bu hikâyeden?

— Benim düşüncem ne olsun, ortada bir gerçek ve şöyle ya da böyle birtakım ipuçları var... Senin bu boyacıyı serbest bırakacak halleri yoktu herhalde?

— Serbest bırakmak ne, resmen katil damgasını bastılar adama! En ufak bir kuşkuları yok bu konuda...

— Onlara kızdığın için böyle yalan yanlış laflar ediyorsun! Küpeler ne olacak peki? Bunlar tam kocakarının sandığından kaybolduğu gün ve saatte Nikolay'ın elinde görüldüğüne göre, herhangi bir şekilde onun eline geçtiğini kabul etmek zorundasın. Bu tür bir soruşturma için üzerinde önemle durulması gereken bir nokta bu bence.

— Herhangi bir şekilde eline geçtiğini kabul etmek zorundaymışım! Lafa bak! Yahu sen ki hekimsin, insanı incelemek, her şeyden önce onun ruhsal yapısını öğrenmek zorunda olan ve bu konuda elinde olanaklar bulunan bir insansın. Bu kadar ayrıntıdan sonra şu Nikolay'ın nasıl bir insan olduğunu hâlâ anlayamıyor musun? Sorgusu sırasında söylediklerinin tümü gerçeğin ta kendisiydi. Kutu tam kendisinin anlattığı gibi eline geçti: Rastlantıyla üzerine bastı, açıp baktı ki, küpeler!

— Evet, gerçeğin ta kendisi! Ama ilk söylediklerinin yalan olduğunu yine kendisi itiraf etmedi mi?

— Dinle beni. Dikkatle dinle: Kapıcı, Koh, Pestriyakov, öteki kapıcı, ilk kapıcının karısı, o sırada onun yanında oturmakta olan satıcı kadın, yine o sırada arabadan inerek kolunda karısıyla içeri girmekte olan saray müşavirlerinden Krükov... Yani aşağı yukarı sekiz, on tanık, ağızbirliği etmişlercesine, Nikolay'ın Dmitri'yi yere yatırdığını ve yumrukladığını, Dmitri'nin de Nikolay'ın saçlarını çekip onu aşağıdan yumrukladığını gördüklerini söylüyorlar... Bunlar boylu boyunca yere devrildikleri için yolu da kapatmışlardı. Bu nedenle herkes kendilerine kızıyor, onlarsa "küçük çocuklar gibi" (tanıkların kullandıkları deyim aynen bu) alt alta üst üste boğuşuyorlar, bağırıp çağırıyorlar, son derece gülünç birtakım hareketler yapıyorlarmış. Sonra tıpkı çocuklar gibi gülerek sokağa fırlamışlar ve birbirlerini kovalamaya başlamışlar. Duyuyor musun? Şimdi dikkat et: Yukarıda cesetler daha soğumamış bile! Çünkü onları bulduklarında her iki cesedin de daha sıcak olduğunu saptamışlardı. Eğer bu cinayeti onlar işlemiş ve soygunu onlar yapmış olsalardı ya da yalnızca Nikolay'ın şu ya da bu biçimde bu işle bir ilgisi bulunsaydı, sorarım sana: Böylesi bir ruh hali, yani kapı önlerinde haykırmalar, kahkahalar, çocukça itişip kakışmalar... balta, kan, şeytani kurnazlık, ihtiyat, soğukkanlılık, soygun gibi şeylerle bağdaşabilir mi? Beş on dakika önce, cesetler daha soğumamış olduğuna göre böyle olması gerekiyor, evet beş on dakika önce çifte cinayet işlesinler, sonra her şeyi, cesetleri, evin kapısının açık olduğunu, çaldıkları eşyaları unutup, üstelik de bir sürü insanın yukarı çıkmakta olduğunu göre göre, kapının önünde çocuklar gibi alt alta üst üste boğuşsunlar, gülüşsünler, herkesin dikkatini üzerlerine çeksinler, on tanığın gözleri önünde yapsınlar bütün bunları!

— Evet, doğrusu oldukça tuhaf! Tuhaf ama...

— Hayır, kardeş, aması yok bu işin. Küpelerin, cinayet günü ve saatinde Nikolay'ın eline geçmiş olması, eğer ona karşı önemli bir maddi suç kanıtı oluşturuyorsa, ki bu Nikolay'ın olay üzerine yaptığı son derece akla yakın açıklamalarla su götürür bir kanıt haline gelmiştir, o zaman onun lehine olan olayları da dikkate almamız gerekir; asıl kuşkuya yer bırakmayan gerçekler de bence bunlar. Acaba bizim yargılama usulümüz bir olayın ruhsal bakımdan olanaksızlığını, bir olayın yalnızca ruhsal açıklamalara dayanıyor olmasını, öteki bütün maddi delilleri çürüten, onlardan üstün sayan esaslı bir delil olarak kabul eder mi? Ya da mahkemenin böyle bir seçimde bulunmaya yetkisi var mıdır? Ama hayır, hiçbir zaman kabul etmezler böyle bir şeyi, çünkü küpeler onda bulundu, "suçlu olmasaydı asla yapmayacağı bir şeyi yapmaya kalkıştı", kendini asmak istedi!.. İşte temel sorun, benim tepemi attıran sorun bu! Anlıyor musun?

— Evet, bu işin seni çok kızdırdığını görüyorum. Bir dakika, sormayı unuttum: Küpelerin kocakarının sandığından çalınma olduğu kanıtlanmış mı?

Razumihin asık yüzle ve isteksizce:

— Evet, –dedi,– kanıtlandı. Koh küpeleri tanıdığı gibi onları kocakarıya rehine bırakan kişiyi de gösterdi. Söylediği adam da küpelerin kendisinin olduğunu kanıtladı.

— Kötü. Bir şey daha: Koh'la Pestriyakov yukarıya çıkarlarken, Nikolay'ı gören olmamış mı ve bu herhangi bir şekilde kanıtlanamıyor mu?

Razumihin yine canı sıkılmış olarak:

— Asıl sorun da burada, hiç kimse görmemiş, –dedi.– İşin asıl pis yanı da bu. Gerçi artık Koh'la Pestriyakov'un tanıklıkları fazla önemli sayılmıyor ama, onlar da yukarı çıkarlarken Nikolayların içeride çalıştıklarını fark etmemişler. "Kapı açıktı. Besbelli içeride çalışanlar vardı, ama biz geçerken dikkat etmedik ve şu anda içeride işçilerin bulunup bulunmadığını hatırlayamıyoruz." demişler.

— Hmm... Bu durumda onları haklı gösterebilecek tek şey, yerlerde yuvarlanıp birbirlerini yumruklamaları ve gülüşmeleri... Bunun önemli bir delil olduğunu varsayalım, ama... söylesene, sen nasıl açıklıyorsun olayı? Yani Nikolay küpeleri eğer anlattığı gibi bulduysa, küpelerin orada bulunuşunu nasıl açıklıyorsun?

— Nasıl mı? Çok basit! Hiç değilse izlenilmesi gereken yol apaçık ortada. Hareket noktamız, Nikolay'ın bulduğu kutu. Kutuyu asıl katil düşürdü. Koh ve Pestriyakov kapıyı çaldıklarında, katil kapıyı sürgülemiş, içeride duruyordu. Koh'un aptallık edip aşağı inmesiyle, katil de kapıyı açtı ve aşağı indi; başka bir yol yoktu onun için. Merdivenlerde Koh ve Pestriyakov'la karşılaşmaktan da Nikolay ve Dmitri'nin çalıştıkları ve tam o sırada boş bıraktıkları daireye gizlenerek kurtuldu; kapının arkasına saklanıp Koh, Pestriyakov ve kapıcının yukarı çıkmasını bekledi, ayak sesleri dinene değin orada durdu ve tam Nikolay'la Dmitri'nin birbirlerini kovalayarak sokağa çıktıkları, herkesin dağıldığı ve kapının orada kimsenin kalmadığı bir sırada da elini kolunu sallaya sallaya aşağı indi. Belki bu arada kendisini gören olmuştur, ama hiç kimsenin dikkatini çekmemiştir; bir sürü insanın girip çıktığı bir ev... Kutuyu da kapının arkasına gizlendiği sırada düşürdü ve düşürdüğünü hissetmedi. Çünkü böyle bir şeyi hissedilebilecek durumda değildi. Kutu, onun kapının arkasında gizlendiğinin açık kanıtı. İşte bütün hikâye bu!

— Pes doğrusu! Kurnazlığın böylesine pes! Yok, kardeş, artık bu kadar da olmaz...

— Bir dakika, niçin olmayacakmış?

— Yemin ederim her şey öylesine birbirine uyuyor, her şey öylesine birbirini izliyor ki, tıpkı tiyatro sahnesindeki gibi...

Razumihin tam "Eehh!.." diye çıkışta bulunacaktı ki, birden kapı açıldı, içeriye hiçbirinin tanımadığı yabancı bir adam girdi.

V

Pek genç sayılamayacak, gösterişli bir adamdı bu; duruşunda bir kendini beğenmişlik, yalnızlık vardı; gizlemeye çalışmadığı aşağılayıcı bir şaşkınlıkla çevresini süzerek, "Ben böyle nereye düştüm?." der gibi bir an kapıda duraksadı. Gözlerine inanamıyormuşçasına, hatta biraz da korkunun verdiği yapmacık bir heyecanla ve neredeyse aşağılayarak, Raskolnikov'un basık tavanlı, küçük "vapur kamarası"nı gözden geçirmeye başladı. Odanın içinde dolaşan bakışları, aynı şaşkınlıkla, soyunmuş bir halde ve saç baş karmakarışık, içler acısı divanında yatmakta olan Raskolnikov üzerinde durdu. Raskolnikov da gözlerini kırpmadan ona bakıyordu. Sonra bakışları ağır ağır Razumihin'in üzerine kaydı, taranmamış saçlarını, tıraşsız yüzünü incelemeye koyuldu; Razumihin de yerinden bile kımıldamaksızın, sorgu dolu küstah bakışlarla onun gözlerinin ta içine bakıyordu. Bu gergin suskunluk birkaç dakika sürdü, sonunda, tahmin olunacağı gibi tabloda küçük bir değişiklik oldu. Odadakilerde gördüğü son derece ciddi birtakım belirtiler karşısında, aşırı büyüklük taslayarak bu "vapur kamarası"nda hiçbir etki yapamayacağını anlayan yabancı, biraz yumuşadı; kibarca, ama yine de sertliği tümüyle elden bırakmadan, sorusunun her hecesinin altını çizerek, Zosimov'a:

— Rodion Romanoviç Raskolnikov adlı bir üniversite öğrencisi beyi ya da eski bir üniversite öğrencisini arıyorum, –dedi.

Zosimov hafifçe kımıldadı, soru kendisine sorulmamış olmasına rağmen, ondan önce davranan Razumihin atılmasaydı, belki cevap da verecekti:

— İşte orada, divanda yatıyor, –dedi Razumihin.– Bir şey mi lazımdı?

Razumihin'in, "Bir şey mi lazımdı?" sözündeki senlibenlilik, kendini beğenmiş bayı çok biçimsiz bir duruma sokmuştu; az kalsın dönüp Razumihin'e bakacaktı, ama kendini tutmasını bildi ve Zosimov'a bakmayı sürdürdü. Zosimov başıyla hastayı göstererek:

— İşte Raskolnikov! –dedi. Sonra ağzını hiç de doğal sayılmayacak kadar genişçe açarak esnedi ve yine doğal sayılmayacak kadar uzun bir süre bu durumda tuttu. Sonra ağır ağır parmaklarını yelek cebine sokarak, som altından, kapaklı, kocaman bir saat çıkardı, açıp baktı, yine ağır ağır cebine yerleştirdi.

Raskolnikov'sa, hiçbir şey söylemeden öylece yatıyor, anlamsız ama inatçı bakışlarla yeni gelene bakıyordu. Duvar kâğıdında merak sardığı çiçekten bu yana dönmüş olan yüzü inanılmayacak derecede beyazdı ve sanki az önce ağır bir ameliyattan çıkmış ya da işkenceden kurtulmuş gibi derin bir acıyı yansıtıyordu. Ama içeri giren adam onda yavaş yavaş bir ilgi, sonra gittikçe artan bir şaşkınlık, daha sonra da güvensizlik, hatta korku uyandırmaya başlamıştı. Zosimov kendisini göstererek "İşte Raskolnikov" der demez, hızla doğrulup yatağına oturmuş, meydan okurcasına, ama zayıf bir sesle ve kesik kesik:

— Evet, –demişti,– Raskolnikov benim! Ne istemiştiniz?

Konuk onu dikkatle süzdü, sonra tepeden bakan bir tavırla:

— Pyotr Petroviç Lujin, –dedi.– Kuvvetle umarım, adım size yabancı gelmemiştir.

Büsbütün başka şeyler bekleyen Raskolnikov, bu adı gerçekten de ilk kez duyuyormuş gibi, boş ve dalgın bakışlarla bakıyor, karşılık vermiyordu. Pyotr Petroviç bozulmuş gibiydi:

— Nasıl olur? Gerçekten de şu ana kadar hiçbir haber almadınız mı?

Raskolnikov cevap yerine yavaşça başını yastığa bıraktı, kolunu başının altından geçirip tavana bakmaya başladı. Lujin'in yüzünde bir an üzüntü gölgeleri uçuştu. Razumihin'le Zosimov daha büyük ilgiyle bakmaya başladılar adama. Lujin utanmışa benziyordu.

— On gün, hatta neredeyse iki hafta oluyor, bir mektup gönderilmişti size, ben sanıyordum ki... –diye bir şeyler gevelemeye başladı.

— Baksanıza... –diye Razumihin birden onun sözünü kesti.– Ne diye öyle kapı ağzında dikilip duruyorsunuz? Madem söyleyeceğiniz bir şeyler var, geçin, oturun! Orası Nastasya ile ikinize dar gelir. Nastasya'cığım, çekil de konuğa yol ver! Geçin efendim, şöyle, şu sandalyeye buyurun! Geçsenize!

Sandalyesini masadan biraz uzaklaştırarak, masayla dizleri arasında küçük bir aralık bıraktı ve konuğun buradan geçmesi için gergin bir durumda beklemeye başladı. Öyle bir anda yapılmış bir çağrıydı ki bu, geri çevirmeye olanak yoktu; konuk çabuk çabuk ve ayakları takıla takıla aralıktan geçti, sandalyeye oturdu ve kuşkulu bakışlarla Razumihin'i süzdü. Razumihin hemen:

— Tanrı aşkına sıkılmayın, –dedi.– Rodya beş gündür hastaydı, üç gün boyunca sayıklayıp durdu. Ama şimdi iyi, iştahı da yerinde. Şu oturan onun doktorudur, az önce kendisini muayene etti. Ben de Rodya'nın arkadaşıyım ve ben de eski bir üniversite öğrencisiyim; şu anda da kendisine dadılık ediyorum. Bize aldırmayın, ne konuşacaksanız, sıkılmadan konuşabilirsiniz.

Pyotr Petroviç, Zosimov'a dönerek:

— Teşekkür ederim, –dedi,– yalnız, burada oturup konuşmakla acaba hastayı rahatsız etmiş olmaz mıyım?

— Hayır, –dedi Zosimov,– hatta tersine eğlendirmiş olursunuz.

Ve yeniden esnedi. Razumihin:

— Rodya kendine geleli epey oluyor, –dedi,– ta sabahtan...

Senlibenliliği öylesine yapmacıksız, öylesine içtendi ki, Pyotr Petroviç biraz düşündü ve cesaretini toplamaya başladı. Bu terbiyesiz, bu hırpani delikanlının kendisini üniversite öğrencisi olarak tanıtmasının da payı vardı belki bunda.

— Anneniz... –diye tam söze başlamıştı ki, Razumihin gürültülü bir "Hımm!.." çekti. Lujin soran gözlerle Razumihin'e baktı.

— Bir şey yok, –dedi Razumihin,– ağzımdan kaçtı, siz devam edin!

Lujin omuzlarını silkti.

— ...anneniz ben daha yanlarındayken size bir mektup yazmıştı. Buraya geldikten sonra da her konuda iyice aydınlanmış olmanızdan emin olmak için sizi ziyaretimi biraz geciktirdim. Ama şu anda büyük bir şaşkınlıkla görüyorum ki...

Raskolnikov sabırsızlıkla ve öfkeyle atıldı:

— Biliyorum, biliyorum! Siz... şu nişanlı değil misiniz? Evet, biliyorum! Ve yeter artık!

Pyotr Petroviç müthiş bozulmuştu, ama sesini çıkarmadı. Elden geldiğince çabuk bir şekilde bütün bunların ne anlama geldiğini anlamaya çalışıyordu. Bir dakika kadar süren bir sessizlik oldu.

Bu arada, cevap verirken Pyotr Petroviç'e doğru dönen Raskolnikov, birden, sanki az önce ona iyi bakamamış ya da şu anda onda yeni bir şey görmüş gibi büyük bir ilgiyle onu süzmeye başladı; hatta daha iyi görebilmek için başını da yastıktan kaldırdı. Gerçekten de Pyotr Petroviç'in genel görünüşünde, az önce kendisi için senlibenlice söyleniveren "nişanlı" deyimini haklı çıkaracak özel birtakım şeyler var gibiydi. İlk görülen, daha doğrusu göze batan, başkentte nişanlısını bekleyerek geçirdiği birkaç günden Pyotr Petroviç'in şıklaşmak; kendine çekidüzen vermek için elinden geldiğince yararlanmaya çalışmış olmasıydı. Bu, hiç kuşkusuz kınanacak yanı olmayan son derece masum bir davranıştı. Hatta şıklaştığını görüp de kendini fazlaca beğenmeye başlaması bile böyle durumlarda haklı görülebilirdi; çünkü Pyotr Petroviç önünde sonunda bir nişanlıydı. Bütün giysileri terzi elinden daha yeni çıkmıştı; üstündekilerin çok yeni olması ve belli bir amacı açığa vurması bir yana, her şeyi yerindeydi, güzeldi. Son derece şık ve yepyeni melon şapkası bile bu belli amacı kanıtlıyordu: Pyotr Petroviç şapkasına aşırı özen gösteriyor, elinde büyük bir dikkatle tutuyordu.

Sonra leylak rengi şu gerçek juven eldivenler de giyilmemeleri ve yalnızca gösteriş olsun diye taşınmaları açısından aynı şeye tanıklık etmiyorlar mıydı? Pyotr Petroviç'in giysilerinde daha çok gençlerin hoşlandıkları türden açık renkler hâkimdi. Üzerinde açık kahverengi bir ceket, yine açık renk, hafif bir pantolon, bunlara uygun bir kumaştan yelek, yepyeni, incecik bir gömlek ve kırmızı çizgili bir kravat vardı. En önemlisi de, bunların hepsi Pyotr Petroviç'e çok yakışmıştı. Genç ve bakımlı yüzü, gerçek yaşı olan kırk beşten daha az gösteriyordu. Yanaklarının iki yanından zarif bir biçimde aşağı inen koyu renk favorileri, pırıl pırıl tıraşlı çenesinin çevresinde daha da koyulaşıyordu. Hatta pek az kırlaşmış ve berber tarafından taranıp kıvrılmış saçları bile (bu tür kıvrılmış saçlar genellikle gülünç görünmelerine ve insanı nikâha giden Alman damatlarına döndürmelerine rağmen) onda gülünç ve budalaca durmuyordu. Eğer bu güzel ve havalı yüzde gerçekten itici, hoşa gitmeyen bir yan varsa, nedenini başka noktalarda aramak gerekti.

Raskolnikov, Bay Lujin'i hiç çekinmeden uzun uzun süzdükten sonra, alaycı alaycı gülümsedi, başını yastığa bırakıp yeniden tavanı seyre koyuldu.

Ama bütün bu tuhaflıkları görmezden gelmeye karar vermişe benzeyen Bay Lujin kendini tuttu.

— Sizi bu durumda bulduğum için çok üzgünüm, –diye yeniden başladı söze; sessizliği bozmak için çaba gösterdiği belli oluyordu.– Rahatsız olduğunuzu bilseydim, daha önce gelirdim. Ama, malum, koşturup duruyoruz işte!.. Bu sıralar Yargıtay'dayım, önemli bir davam var. Sizin de tahmin edeceğiniz öteki işlerimden hiç söz etmiyorum. Sizinkileri, yani annenizle kız kardeşinizi bugün yarın bekliyorum...

Raskolnikov bir şey söyleyecekmiş gibi olduğu yerde kımıldadı, yüzünden bir heyecan dalgası geçti.

Pyotr Petroviç durdu, onun konuşmasını bekledi, ama bir şey söylemediğini görünce, sözlerini sürdürdü:

— ...Bugün yarın bekliyorum. İlk iş olarak, geçici bir daire tuttum onlar için.

Raskolnikov duyulur duyulmaz bir sesle sordu:

— Nerede?

— Buraya çok yakın... Bakaleyev'in evi...

— Voznesenski Caddesi'nde, –diye Razumihin atıldı,– pansiyon olarak kiraya verilen iki katlı bir ev, Tüccar Yuşin işletiyor, bir iki kez gitmiştim...

— Pansiyon, evet...

— Pis bir yerdir, kötü kötü kokar. Üstelik de hafif tertip karanlık olayların döndüğü söylenir. Kimbilir kimler kalıyor ve ne işler çeviriyor? Ben de bir zaman çıkan bir rezalet üzerine gitmiştim... Ama bak, ucuz bir yerdir.

— Buraya yeni gelmiş bir kişi olarak kuşkusuz ben bütün bunları bilemezdim. Ama çok, çok temiz iki oda... Üstelik de çok kısa bir süre için... –Raskolnikov'a döndü.– Asıl evimizi, yani ileride oturacağımız evi de buldum. Dayayıp döşüyorlar şu anda. Ben de şimdilik buradan iki adım ötede, Bayan Lippevehzel'in pansiyonunda, genç dostlarımdan Andrey Semyoniç Lebezyatnikov'un dairesinde kalıyorum. Bakaleyev'in evini de o salık vermişti bana.

Raskolnikov bir şey hatırlamış gibi ağır ağır:

— Lebezyatnikov mu?.. –dedi.

— Evet, Andrey Semyoniç Lebezyatnikov, bir bakanlıkta memurdur, tanıyor muydunuz kendisini?

— Evet... yok, hayır...

— Bağışlayın, sorunuz üzerine öyle sanmıştım. Bir zamanlar onun vasisiydim, genç, sevimli bir arkadaştır... sonra, yeni düşünce akımlarını izler. Gençlerle birlikte olmayı severim: İnsan gençlerden öğrenir yenilikleri.

Pyotr Petroviç umutla göz gezdirdi odadakilere. Razumihin:

— Ne gibi yenilikleri? –diye sordu.

Pyotr Petroviç kendisine soru sorulmasına sevinmişti:

— Her tür yenilikleri... En ciddi, en önemli konuları kapsayanları... Biliyor musunuz, ben on yıl var ki, Petersburg'a hiç gelmemiştim. Şu anda içinde bulunduğumuz tüm yeni hareketler, reformlar, yeni düşünceler bize, taşraya kadar ulaşmış bulunuyor; ama her şeyi daha açık seçik görebilmek için Petersburg'da yaşamak gerek. Genç kuşakların, bizim kuşağı gözleyerek daha çok şey öğrenebileceklerini, daha çok şeyin ayrımına varabileceklerini düşünüyorum ben. İtiraf ederim ki, durumu çok sevindirici buluyorum...

— Sevindirici bulduklarınız özellikle neler?

— Kapsamlı bir soru... Yanılıyor olabilirim, ama sanırım olaylara daha açık bir bakış, nasıl diyeyim, eleştirel bir yaklaşım, bir beceriklilik görülüyor...

Zosimov:

— Bu doğru, –diye mırıldandı.

— Atma! –dedi Razumihin, Zosimov'a.– Beceriklilik kolay elde edilir bir şey değildir ve gökten hazır inmez insanın önüne. Neredeyse bir iki yüz yıl var ki, biz her işten elimizi ayağımızı çekmiş durumdayız... Düşünce konusuna gelince... –Pyotr Petroviç'e dönerek söylemişti bunu.– Evet, sanırım düşünceler mayalanıyor... Çocukça olmakla birlikte iyi niyet de var. Hatta sürüyle namussuzun saldırısına uğramış da olsa, dürüstlüğe bile rastlanabiliyor... Ama beceriklilik... o yok işte! Bu konuda henüz emekleme evresinde bile değiliz!

Pyotr Petroviç görünür bir neşeyle itiraz etti:

— Doğrusu size katılamayacağım. Evet, birtakım tutkular, yanlış davranışlar yok değil, ama hoşgörülü olmak gerek: Tutku, işe karşı duyulan coşkuyu ve o işin içinde bulunduğu, ama o işe uygun olmayan koşulların varlığını kanıtlayan bir olgudur. Eğer yapılan şey azsa, zamanın da az olduğunu unutmamak gerekir. Daha araçlar konusu var ki, ona hiç girmiyorum. Kişisel görüşüme göre, bir şeylerin yapılmış olduğunu bile söyleyebiliriz: Yeni ve yararlı düşünceler yayıldı, eskinin o hayalci, romantik yapıtları yerine, yeni ve yararlı birtakım yapıtlar yayımlandı; günümüzde yazın, eskiye göre çok daha olgun bir durumda. Birtakım zararlı önyargıların kökü kazındı, bunlar yerin dibine batırıldı. Kısacası, geçmişle ilgimizi artık geri dönülmez bir biçimde kesmiş bulunuyoruz, bence bu da bir şeydir...

Raskolnikov birdenbire:

— Ezberlemiş! –diye homurdandı.– Kendini satıyor!

Raskolnikov'un ne dediğini tam duyamayan Pyotr Petroviç:

— Efendim? –diye sordu; ama bir karşılık alamadı.

Zosimov, Pyotr Petroviç'i onaylayarak:

— Bütün bunlar hep gerçek... –dedi.

Pyotr Petroviç, Zosimov'a sevecen sevecen baktı, sonra:

— Öyle değil mi ama? –diye sürdürdü sözlerini.– Siz de kabul edersiniz ki, –bunları söylerken yine Razumihin'e dönmüştü ve bu kez sesinde bir üstünlük, hatta bir zafer havası vardı ve az kalsın bir de "delikanlı" diye ekleyecekti,– hiç değilse bilimde ve birtakım ekonomik gerçeklerde ilerleme ya da bugünkü deyimiyle *progrés* olduğu inkâr edilemez!

— Bunlar beylik sözler! –dedi Razumihin.

— Hayır, beylik sözler değil! –diye yersiz bir acelecilikle sözü kaptı Pyotr Petroviç.– Bana bugüne değin "insanları sev" dedilerse ve ben de sevdiysem, bundan ne sonuç çıkıyordu? Ne sonucu çıkacak, ben kaftanımı ikiye bölüp yarısını komşuma veriyor ve böylece ikimiz birden, hani şu bilinen atasözümüzde olduğu gibi, "Birkaç tavşanın ardından koşan hiçbirini yakalayamaz" diyen atasözümüzdeki gibi, yarı çıplak kalıyorduk. Bilim ne diyor: Dünyada herkesten çok kendini sev, çünkü dünyada her şey kişisel çıkara dayalıdır. Eğer bir tek kendini seversen, işini gerektiğince yaparsın, kaftanın da bölünmeden, bütünüyle senin üzerinde kalır. Bu arada ekonomi, bu bilimsel gerçeğe şunu ekliyor: Toplumda ne kadar çok insanın işleri yolunda olursa, diğer bir deyişle, kaftanlar ne kadar bütün kalırsa, toplumun temelleri de o kadar sağlam ve genel gidiş o kadar yolunda olur. Böylece ne oluyor: Yalnızca kendim için kazanmakla, herkes için de kazanmış oluyorum, komşumun ikiye bölünmüş bir kaftan değil, bunun daha fazlasını, üstelik de birilerinin cömertliğiyle değil, tüm toplumun genel ilerleyişiyle elde etmesine olanak sağlamış oluyorum. Basit bir düşünce, ama ne yazık ki, içinde bulunduğumuz heyecan ve düşseverlik yüzünden uzun süre akla gelmedi. Oysa, sanırım fazla zekâya gerek gösteren bir konu değil...

— Özür dilerim, ben de fazla zeki bir adam değilim, –dedi Razumihin onun sözünü sertçe keserek,– onun için bu konuyu burada keselim!.. Aslında benim konuyu açarkenki amacım başkaydı; yoksa bütün bu gevezelikler, kendi kendimizi teselli etmeler, bu art arda sıraladığımız genelgeçer sözler, bütün bu hep ama hep aynı sözler üç yıldır bana öylesine tiksinti verir oldu ki, ben değil, yanımda bir başkası bile bunlardan söz etmeye başladı mı, inanın yüzümü ateşler basıyor. Siz biraz önce burada hava atmaya, ne kadar bilgili olduğunuzu göstermeye kalkıştınız, böyle yaptınız diye sizi suçluyor ya da kınıyor değilim. Ben şu anda yalnızca sizin kim olduğunuzu, neyin nesi olduğunuzu anlamak istemiştim. Çünkü, biliyor musunuz, şu son zamanlarda, sözünü ettiğiniz genel işlere o kadar çok sanayici burnunu soktu ve bunlar el attıkları her şeyi öylesine kendi çıkarlarına olarak değiştirdiler ki, her şey allak bullak oldu... Neyse, kapatalım bu konuyu artık!

Lujin çok erdemli bir insan gibi ezile büzüle:

— Çok sayın bayım, böylesine senlibenli bir dille yoksa benim de... –diye söze başlayacak oldu, ama Razumihin onun sözünü keserek:

— Rica ederim! –dedi.– Rica ederim! Hiç olur mu!.. Evet, kapatalım artık bu konuyu.

Sonra birden Zosimov'a döndü ve az önce yarım kalan konularında konuşmaya başladı.

Pyotr Petroviç, Razumihin'in yaptığı açıklamaya hemen inanacak kadar akıllı çıktı. Aslında kendisi de bir iki dakika sonra kalkıp gitmeyi düşünüyordu. Raskolnikov'a dönerek:

— Umarım –dedi,– şu anda başlayan tanışıklığımız, sizce bilinen nedenlerle daha da güçlenecektir... Size içten sağlıklar dilerim...

Raskolnikov başını döndürüp bakmadı bile. Pyotr Petroviç sandalyesinden doğruldu.

Bu sırada Razumihin'le konuşmakta olan Zosimov'un sesi duyuldu:

— Onu muhakkak kendisine rehin bırakmaya gelen müşterilerinden biri öldürmüştür.

— Bence de öyle, –dedi Razumihin.– Porfiri gerçi söylemiyor ama, kadına rehin yatıranları sorguya çekiyor...

Birden Raskolnikov'un sesi duyuldu:

— Rehin yatıranlar sorguya mı çekiliyor?.

— Evet, ne olmuş?

— Yok bir şey.

— Peki, –dedi Zosimov,– rehin yatıranları nasıl buluyorlar?

— Kimilerini Koh söylemiş, kimilerinin adları rehinlerin sarılı olduğu kâğıtların üzerinde yazılıymış, kimileri de olayı duyunca kendiliklerinden başvurmuşlar...

— Ama katil besbelli çok becerikli, çok deneyimliymiş... Ne cesaret! Ne kararlılık!

Razumihin onun sözünü keserek:

— İşte bu hiç de öyle değil, –dedi.– Hepinizi şaşırtan da bu nokta işte! Bence katil ne becerikli, ne de deneyimli; büyük olasılıkla da bu onun ilk işi! Katilin becerikli, deneyimli olduğunu kabul edecek olursak, yanıltıcı sonuçlara ulaşırız. Tam tersine deneyimsiz ve ilk işini yapan bir katil olduğunu düşünürsek, onu felaketten kurtaran şeyin yalnızca bir rastlantı olduğunu görürüz. Ve rastlantılarla neler neler olmuyor bu dünyada! Katil, belki de karşılaşabileceği engellerin hiçbirini öngörememişti! Öte yandan yaptığı şey ne: Tutup on, on beş rublelik şeylerle ceplerini doldurmuş, kocakarının sandıklarını, bohçalarını karıştırmış! Oysa komodinin üst çekmecesindeki bir kutu içinde, banknotlardan ayrı olarak tam bin beş yüz altın ruble duruyormuş! Bunları kaldırmayı becerememiş de öldürmeyi becermiş adam! Ne diyorum sana: Bu onun ilk işi! İlk işi! Hemen eli ayağına dolaşmış! Yakalanmayışı da ince hesaplar yapmış olmasından değil, rastlantılardan!

Elinde şapkası ve eldivenleri, ayağa kalkmış olan ve gitmeden önce birkaç akıllıca söz söyleyip iyi bir izlenim yaratmaya çabaladığı anlaşılan Pyotr Petroviç –gösterişçiliği mantığını bastırmıştı anlaşılan– Zosimov'a dönerek:

— Bu sözünü ettiğiniz, geçenlerde öldürülen dul kadın mı? –diye sordu.

— Evet, –dedi Zosimov,– duymuş muydunuz?

— Nasıl duymam? Hemen yanımızdaki evde...

— Ayrıntılarını biliyor musunuz?

— Bildiğimi söyleyemem; ama burada beni başka bir nokta ilgilendiriyor, daha doğrusu asıl ve büyük sorun. Sözünü etmek istediğim, şu son beş yılda aşağı tabakalarda suç işleme oranının iyiden iyiye artmış olması, sağda solda durmadan yapıldığını duyduğumuz soygunlar, kundaklamalar falan değil... Beni asıl şaşırtan, cinayetlerin yüksek tabakalar arasında da buna koşut olarak artışıdır. Şurada bir üniversite öğrencisinin güpegündüz yol ortasında bir posta arabasını soyduğunu duyarız; ötede toplumsal konumu yönünden yüksek bir yeri olan kimi insanlar sahte para basarlar; Moskova'da iç borçlanma tahvillerinin sahtelerini yapan koca bir çete yakalanır ve çetenin elebaşı olarak da karşımıza üniversitede tarih öğretim üyesi olan biri çıkar. Yabancı ülkelerden birinde parası için ve bilinemeyen başka birtakım nedenlerle elçilik sekreterimiz öldürülür... Derken şimdi de bu faizci kocakarı... Bence onun da katili yüksek tabakadan biridir, çünkü mujikler altınlarını rehine koymazlar. Öyleyse toplumumuzun aydın kesimi arasındaki bu yaygın ahlaksızlığın nedeni ne?

Zosimov:

— Ekonomik değişmelerin çokluğu... –diye başlayacak oldu, ama Razumihin sözü onun ağzından kaparak:

— Nedeni ne mi? –dedi.– İyiden iyiye kökleşmiş olan tembellik, başka ne olacak!..

— Nasıl yani?

— Sizin şu Moskova'daki tarih öğretim üyesi, niçin sahte tahvil bastığı sorusuna ne yanıt vermiş biliyor musunuz? "Herkes bir yoldan zengin oluyordu, ben de bu yoldan çabucak zengin olacağımı düşündüm." Sözlerini tıpkısı tıpkısına hatırlayamıyorum, ama düşünce buydu: Havadan, çabucak zengin olmak... Çalışıp çabalamadan!.. Bir kez hazır yemeye, başkasının emeğine yaslanıp asalak geçinmeye alışılmaya görsün, işte böyle saati gelince herkes hünerini göstermeye başlar...

— Öyle ama ya ahlak? Sonra, nasıl diyeyim, kurallar...

Raskolnikov atılarak:

— Ne diye çırpınıp duruyorsunuz? –dedi.– Tam sizin kuramınıza göre olmuş!

— Nasıl benim kuramıma göre?

— Az önce bize verdiğiniz vaazdaki düşüncelerinizin sınırlarını biraz daha genişletin, nasıl insanları boğazlamak hakkına bile sahip olacağınızı görürsünüz...

— İnsaf artık!

Lujin bu sözleri bağırarak söylemişti. Bu arada Zosimov:

— Hayır, öyle değil! –diye atıldı.

Raskolnikov'un yüzü sapsarı kesilmişti, üstdudağı titriyor, güçlükle soluk alıp veriyordu.

— Her şeyin bir ölçüsü vardır, –dedi Lujin kasıntı bir tavırla.– Ekonomik düşünceler insanlara henüz cinayet davetiyesi çıkarmıyor, hem varsayalım ki...

Raskolnikov karşısındakini aşağılamanın verdiği sevinç titreşimlerinin de duyulduğu öfkeli bir sesle onun sözünü yeniden kesti:

— Nişanlınızdan evlenme teklifinize evet cevabı aldığınızda, en çok onun yoksul oluşuna sevindiğinizi, onu dilediğinizce yönetmek ve size borçlu olduğunu ikide bir başına kakmak için yoksul aileden kız seçmiş olmakla uygun bir iş yaptığınızı söylediğiniz doğru mu?.

Lujin öfkeden tir tir titreyerek:

— Sayın bayım! Sayın bayım! –dedi; dili dolanıyor, sözcükleri birbirine karıştırıyordu.– Benim düşüncelerimi çarpıtıyorsunuz! Beni bağışlayın, ama kulağınıza çalınan, daha doğrusu size yetiştirilen bu söylentilerin gerçekle hiçbir ilgisi bulunmadığını söylemek zorundayım. Ve ben... bunu söyleyenin kim olduğunu... kısacası bu iğneleme... tek kelimeyle anneniz... Aslında bütün üstün niteliklerine rağmen, ben onun biraz heyecanlı ve romantik yapıda bir insan olduğunu zaten anlamıştım... Ama yine de sorunu böylesine çarpıtabilecek bir hayal gücüne sahip olduğunu düşünmekten de çok, çok uzaktım... Ve son olarak da, son olarak da...

Yastığında hafifçe doğrulan ve ateş gibi yanan gözlerini Lujin'e diken Raskolnikov:

— Son olarak da ne olur biliyor musunuz? –diye bağırdı.

— Ne olurmuş? –dedi Lujin, duraksadı, aşağılanmış bir insan görüntüsü içinde beklemeye başladı. Birkaç saniye süren bir sessizlik oldu...

— Şu olur ki, eğer annem hakkında tek kelime daha söz etmek cesaretini gösterirseniz, bir vuruşta merdivenlerden yuvarlarım sizi!

Razumihin:

— Ne oluyorsun yahu! –diye bağırdı.

Lujin sararmıştı, dudaklarını ısırarak, tane tane;

— Demek öyle!.. –dedi; olanca gücüyle kendini tutmaya çalışıyor, ama yine de tıkanır gibi oluyordu.– Aslında daha bu odaya adımımı attığım anda sizin bana karşı ne denli nefret dolu olduğunuzu anlamıştım, ama yanılmamış olduğumu iyice görmek için girip oturdum. Bir hastanın ve bir akrabanın pek çok kusurlarını bağışlayabilirdim, ama şimdi... sizi... hiçbir zaman...

Raskolnikov:

— Ben hasta değilim! –diye bağırdı.

— Bu daha da kötü!

— Defolun buradan!

Lujin zaten gitmek üzereydi, masayla sandalye arasından geçiyordu. Razumihin ona yol vermek için bu kez ayağa kalkmıştı. Hiç kimseye bakmadan, hatta epeydir hastayı rahat bırakması için kendisine işaretler yapıp duran Zosimov'a bile selam vermeden çıkıp gitti. Kapıdan çıkarken sırtını kamburlaştırmış, kendini sakınmak istercesine de elindeki şapkasını omzunun hizasına kaldırmıştı. Sırtının kamburu korkunç bir aşağılanmayı da yanı sıra götürüyormuş gibi bir etki bırakıyordu.

Şaşıran Razumihin başını sallayarak:

— Olur mu yahu, hiç böyle şey olur mu? –diye söylenip duruyordu.

Raskolnikov öfkeden kuduracak gibiydi:

— Bırakın beni, kimseyi istemiyorum! –diye bağırdı.– Bırakın beni, işkenceciler! Hiçbirinizden korkmuyorum! Artık kimseden, kimseden korkmuyorum! Defolun başımdan! Yalnız kalmak istiyorum, yalnız, yalnız, yalnız!

— Gidelim, –dedi Zosimov, Razumihin'e başıyla işaret ederek.

— İnsaf yahu, onu nasıl böyle bırakabiliriz?

— Gidelim, –diye diretti Zosimov ve dışarı çıktı. Razumihin bir an düşündükten sonra ona yetişmek için arkasından koştu.

Merdivenlerden inerken Zosimov:

— Sözünü dinlemeyip orada kalmamız daha kötü olurdu, –dedi,– kesinlikle sinirlenmemeli...

— Nesi var?

— Olumlu yönde bir uyarı gerek ona şimdi. Az önce ne güzel toparlamıştı kendini!.. Biliyor musun, bir şeyler var kafasında! Hiç değişmeyen, sürekli acı veren bir şeyler... Ben asıl bundan korkuyorum. Bu kesinkes böyle!

— Sakın şu adam, Bay Pyotr Petroviç olmasın? Konuşmalarından anladığıma göre, Pyotr Petroviç, Rodya'nın kız kardeşiyle evlenmek üzere ve Rodya tam hastalığının öncesinde bu konuyla ilgili bir mektup almış...

— Evet! Tam da gelecek zamanı bulmuş adam! Belki de bütün işleri altüst etti. Dikkat ettin mi, Rodya her şeye karşı kayıtsızdı, konuştuğumuz hiçbir konuya katılmadı, yalnız biri dışında: Cinayetten konuşulurken sanki kendini kaybediyordu.

— Evet evet, ben de fark ettim! Hem ilgilendiriyor, hem de korkutuyor bu olay onu. Tam hastalandığı gün, hani karakolda, çok ürkmüş olsa gerek; düşüp bayılmış!

— Akşama bana bunu biraz daha ayrıntılarıyla anlatsana, benim de sana anlatacaklarım var. Bu çocuk beni çok ilgilendiriyor! Yarım saat kadar sonra yoklamaya gideceğim... Sanırım ateşi yükselmez...

— Sağ olasın! Ben de bu arada Paşenka'nın yanında otururur, Nastasya aracılığıyla da hastanın durumunu izlerim...

Odasında yalnız kalan Raskolnikov, gitmekte hâlâ ağırdan alan Nastasya'ya sabırsızlıkla ve sıkıntıyla baktı.

— Bir çay ister misin? –diye sordu Nastasya.

— Sonra! Yatıp uyumak istiyorum! Yalnız bırak beni...

Tir tir titreyerek duvardan yana döndü; Nastasya çıktı.

VI

Nastasya çıkar çıkmaz yerinden kalktı, kapıyı çengelledi, az önce Razumihin'in gösterdiği, ama sonra yeniden sarıp sarmaladığı paketi çözdü, elbiseleri çıkardı, giyinmeye başladı. Tuhaf şey: Tümüyle sakinleşmiş gibiydi; az önceki yarı çılgın sayıklamalarından da şu son zamanlarda içini saran paniğe eğilimli korkularından da eser kalmamıştı. Tuhaf ve beklenmedik bir sakinleşmenin ilk dakikalarını yaşıyordu. Hareketleri kesin ve açıktı, sağlam bir kararlılığın izlerini taşıyordu.

— Bugün, hemen bugün! –diye mırıldanıyordu kendi kendine.

Hâlâ güçsüz olduğunu anlamakla birlikte, dinginliğe, sabit fikre varan bir ruhsal gerginliğin verdiği güven duygusunu, gücü duyuyordu. Sokakta ayakta duramayıp düşeceğini de sanmıyordu. Tepeden tırnağa yeni giysilerine büründükten sonra, masada duran paralara bir göz attı, biraz düşündü, sonra hepsini cebine indirdi. Yirmi beş ruble kadar bir şeydi. Razumihin'in giysiler için harcadığı paranın artanı olan bozuk beşlikleri de aldı. Sonra yavaşça kapının çengelini kaldırdı, odasından çıktı.

Merdivenlerden inerken kapısı ardına kadar açık olan mutfağa bir göz attı: Nastasya arkası kapıya dönük, eğilmiş, ev sahibi kadının semaverini yelliyordu. Hiçbir şey duymamıştı. Zaten kalkıp dışarı çıkabileceği kimin aklına gelebilirdi ki? Bir dakika sonra sokaktaydı.

Saat sekiz sularıydı, güneş ha battı ha batacaktı. Ortalık eskisi gibi boğucu sıcaktı; ama o, şehre yapışmış bu tozlu, pis kokulu havayı derin derin içine çekti. Başı hafifçe döner gibi oldu; birden alev alev yanan gözlerinde ve zayıflamış sapsarı yüzünde yabanıl bir gücün ışıltısı dolaştı. Nereye gideceğini bilmiyordu, düşünmemişti bile bunu; bildiği bir tek şey vardı: Bütün bunlara hemen bugün, şu anda bir son vermesi gerekti, yoksa eve dönmeyecekti; çünkü artık böyle yaşamak istemiyordu. Ama nasıl son verecekti? Hiçbir düşüncesi yoktu bu konuda. Aslında düşünmek de istemiyordu. Düşünce denen şeyi kovmuştu kafasından; acı veriyordu düşünceleri ona. Bildiği, hissettiği bir tek şey vardı: Şöyle ya da böyle, her şey değişmeliydi; umutsuzlukla, tuhaf bir inançla ve kararlılıkla,

— Değişsin de, nasıl değişirse değişsin, –diye tekrarlayıp duruyordu.

Eski bir alışkanlıkla, her zamanki gezinti yollarından yürüyerek Samanpazarı'na yöneldi. Ama Samanpazarı'na varmadan, köprüye giden sokağın oradaki bir tuhafiye dükkanının önünde, içli bir romans çalmakta olan siyah saçlı genç bir laternacı gördü. Laternacı, kaldırımda, hemen önünde duran on beş yaşlarında bir kıza eşlik ediyordu. Kızın üzerinde sokak kadınlarında görülen türden giysiler vardı: Kıl dokuma geniş bir eteklik, üzerinde bir İspanyol şalı, elinde eldivenler, başında da tüyleri ateş rengi hasır bir şapka... Hepsi de eski püskü şeylerdi. Sokak kadınlarının o çatlak, ama oldukça hoş ve gür sesiyle, çevredeki esnafın vereceği birkaç kopeği gözleyerek romans okuyordu. Raskolnikov kızı dinlemekte olan birkaç kişinin yanına sokuldu, biraz dinledi, sonra bir beş kopeklik çıkarıp kızın avcuna sıkıştırdı. Kız birden şarkıyı en tiz, en içli yerinde bıçakla kesmiş gibi durdurdu, laternacıya dönerek sert bir sesle,

— Yeter! –dedi, ikisi birlikte ilerideki dükkana doğru yürüdüler.

Raskolnikov birden yanı başında duran ve kendisi gibi laterna dinlemekte olan yaşlıca bir adama döndü ve:

— Sokak şarkılarını sever misiniz? –diye sordu.

Görünüşüne bakılırsa işsiz güçsüz biri olduğu anlaşılan adam, yabanıl, şaşırmış gözlerle Raskolnikov'a baktı. Raskolnikov'sa, sokak şarkılarından değil de bambaşka şeylerden söz ediyormuş gibi:

— Ben severim, –dedi.– Hele de soğuk, karanlık ve nemli güz akşamlarında, hani gelip geçen herkesin yüzünün yeşile çalan bir sarılıkta ve hasta gibi göründüğü ıslak güz akşamlarında, laterna eşliğinde söylenen bu sokak şarkılarını çok severim. Ya da dingin, lapa lapa kar yağan rüzgârsız kış akşamlarında, hele bir de karların arasından sokak lambaları ışıldıyorsa, bu şarkılar çok daha doyumsuz olur... Biliyor musunuz?..

Hem kendisine sorulan sorudan, hem de Raskolnikov'un görünüşünden ürken adam:

— Bilmiyorum efendim, özür dilerim!.. –dedi ve yolun karşısına geçti.

Raskolnikov dümdüz yürüdü ve Samanpazarı'nda Lizaveta'yla konuşan karıkoca satıcının tezgâhlarının bulunduğu köşeye çıktı. Ama ihtiyarlar yerlerinde yoktu. Raskolnikov yeri tanıyınca duraksadı, çevresine bakındı, bir uncu dükkanının kapısında esneyip duran kırmızı gömlekli bir delikanlıya yanaşıp:

— Şu köşede karısıyla birlikte satıcılık eden biri vardı, değil mi? –diye sordu.

Delikanlı onu şöyle bir süzdükten sonra:

— Herkes satıcı olabilir, –dedi.

— Adı neydi o adamın?

— Vaftiz edilirken ne ad taktılarsa o...

— Yoksa sen de mi Zaraysklısın? Hangi ildensin?

Delikanlı onu bir kez daha süzdü:

— Bizimki il değil, ilçedir saygıdeğer efendim. Kardeşimin bir kez gitmişliği vardır, ama ben hiç görmedim, hep evde otururdum. Bu nedenle beni bağışlamanızı dilerim, soylu efendimiz!

— Şu ilerideki meyhane mi?

— Hayır, otel–restoran efendim, bilardosu da var; sonra... prensesler de bulunur...

Raskolnikov alanı geçti. İleride, köşede büyük bir mujik kalabalığı vardı. Raskolnikov mujiklerin yüzlerine baka baka, kalabalığın en yoğun olduğu yere doğru ilerledi. Nedense, önüne gelenle konuşmak için sonsuz bir istek duyuyordu. Ama mujiklerin ona dikkat bile ettikleri yoktu, öbek öbek toplaşmışlar, çene çalıyorlardı. Raskolnikov biraz düşündükten sonra, sağa sapıp kaldırım boyunca "V..."ye doğru yürüdü. Alanı geçer geçmez küçük bir ara sokakta buldu kendini...

Küçük bir dirsekle Samanpazarı Alanı'nı Sadovaya ile birleştiren bu ara sokaktan önceleri de sık sık geçerdi. Son zamanlarda, üzüntülü olduğu günlerde, "daha çok acı duymak için" buralarda dolaşmayı ister olmuştu. Şu anda ise hiçbir şey düşünmeden sapmıştı sokağa. Alt katı tümüyle meyhane ve meze–içki satan dükkanlarla dolu olan büyük bir apartman vardı burada. Sırtlarında yalnızca bir entari, başları açık, "ev kılığıyla" birtakım kadınlar apartmandan çıkıyor, kaldırım üzerinde çeşitli yerlerde, özellikle de bir iki basamakla inilebilen bodrum katlarındaki eğlence yerlerinin girişlerinde kümeleniyorlardı. Böyle anlarda buralardan müthiş bir gürültü yükseliyor, gitar sesleri, şarkılar, naralar tüm sokağı tutuyordu. Otel–restoranın kapısı önünde büyük bir kadın kalabalığı vardı. Kimi basamaklara, kimi de doğrudan doğruya kaldırıma oturmuştu. Üçüncü bir grupsa ayakta duruyor ve gevezelik ediyordu. Bunların yanında elinde sigara, sarhoş bir asker dolaşıyor, sövüp duruyordu; meyhanelerden birine girmek isteyen, ama hangisine gireceğini unutmuş bir hali vardı. İki serseri sövüşüp kavga ediyor, körkütük sarhoşun biri ise boylu boyunca yere devrilmiş, yuvarlanıyordu. Raskolnikov kalabalık kadın kümesinin yanında durdu. Alçak sesle konuşuyordu kadınlar; sırtlarında basma entari, ayaklarında terlik vardı; hepsinin başı açıktı. Kiminin yaşı kırkları aşmış, kimi daha on yedisindeydi. Hemen tümünün gözleri şiş ve çürüktü.

Aşağıdan gelen şarkı sesleri, bağırıp çağırmalar Raskolnikov'un nedense ilgisini çekmişti... Birinin kahkahalar, çığlıklar arasında, gitar eşliğinde söylenen tiz bir şarkıya topuk vurup tempo tuttuğu ve delicesine hora teptiği duyuluyordu. Raskolnikov dışarıdan kapı ağzına doğru uzanmış, kederli, düşünceli bir yüzle ve dikkatle şarkıyı dinliyor, kalabalık arasından içeriyi görebilmeye çalışıyordu. Şarkıcı incecik sesiyle:

Şirin, tatlı sevgilim,
Boşuna dövme beni!

diye inleyip duruyordu. Raskolnikov sanki bütün sorunu buymuş gibi, şarkıyı dinlemek için dayanılmaz bir istek duydu. "Ben de girsem mi?" diye düşündü. "Nasıl da gülüyorlar! Hepsi sarhoş! Ben de içip sarhoş olsam?"

— Tatlı beyefendi, içeri girmez misiniz?

Kapı ağzında duran kadınların arasından biri henüz bozulmamış, çınlamalı bir sesle Raskolnikov'a sesleniyordu. Raskolnikov dönüp baktı: Genç bir kadındı bu, hatta şu kadın kalabalığı içinde insana tiksinti vermeyen belki de tek kadındı.

— Şuna bak! Hem de güzelmiş! –diye mırıldandı.

Kadın gülümsedi, iltifat çok hoşuna gitmişti.

— Siz de güzelsiniz! –dedi.

— Ne kadar da zayıf! –dedi kadınlardan biri.– Sanki hastaneden yeni çıkmış!

Bu sırada kalın kumaştan, önü açık bir kaftan giymiş bir mujik yanaştı yanlarına; hafif sarhoştu ve kurnaz kurnaz gülümsüyordu:

— Gören de general kızları sanır, ama hepsinin burnu kısa ve kalkık! Ama çok neşeli şeyler doğrusu!..

— Madem geldin geç içeri!

— Geçeceğim tatlım!

Mujik içeri girdi. Raskolnikov yürümeye başladı.

— Baksanıza, beyefendi!

Deminki kızdı, Raskolnikov'un ardından sesleniyordu.

— Ne var?

Kız utandı:

— Tatlı beyefendi, sizinle her zaman birkaç saatimi geçirmeye hazırım... Ama nedense şu anda sizden utanıyorum. Bir kadeh bir şey içebilmem için bana altı kopekçik verir miydiniz?

Raskolnikov elini cebine atıp rasgele çıkardığı paraları kıza uzattı. On beş kopekti verdiği.

Kız:

— Ah ne iyi yürekli baymış! –dedi.

— Adın ne senin?

— Duklida diye sorarsınız.

Kalabalıktaki kadınlardan biri başıyla Duklida'yı göstererek:

— Daha neler!.. –dedi.– Nasıl böyle para isteyebiliyor, anlayamıyorum! Ben olsam utancımdan ölürdüm...

Raskolnikov kadına ilgiyle baktı: Otuz yaşlarında vardı, çiçekbozuğu yüzü yara bere içinde, üstdudağı şişti. Duklida'yı kınarken gayet sakin ve ciddiydi.

Raskolnikov yeniden yürümeye başladı. "Acaba nerede okumuştum." diye düşünüyordu bir yandan da, "İdam mahkûmunun biri ölümünden bir saat önce, yüksek bir dağın tepesinde, ancak iki ayağının sığabileceği kadar daracık bir yerde yaşaması gerekse, çevresindeyse uçurumlar, okyanuslar, sonsuz karanlıklar, fırtınalar ve sonsuz bir yalnızlık olsa, yine de o bir avuç yerde ömrü boyunca, binlerce yıl, sonsuza dek yaşamanın, o anda ölmeye yeğleneceğini söylemiş. Yeter ki yaşasın! Yalnızca yaşasın! Aman Tanrım, bu nasıl gerçek böyle! Bu nasıl gerçek! İnsan ne alçak yaratıkmış!" Raskolnikov bir dakika kadar durup düşündü, sonra "Bunun için insana alçak diyen de alçaktır!" diye ekledi.

Bir başka caddeye çıkmıştı. "A–a, Kristal Palas! Razumihin'in geçenlerde sözünü ettiği yer! Yalnız ben bir şey yapmak istiyordum, neydi acaba? Ha, okuyacaktım!.. Zosimov gazetelerden öğrendiğini söylemişti..."

Kristal Palas'ın birkaç bölmeden oluşan çok geniş, hatta oldukça temiz restoranına girerek:

— Gazeteniz var mı? –diye sordu.

Restoran kalabalık değildi. İki üç müşteri çay içiyordu. Uzaktaki bölmelerden birinde dört kişilik bir grup şampanya içiyordu. Raskolnikov aralarında Zamyotov'u tanır gibi oldu. Ancak uzaktan iyi görülmüyordu. "Varsın olsun!" diye düşündü.

Garson:

— Votka mı emredersiniz? –diye sordu.

— Çay ver. Sonra gazeteleri getir, şöyle beş gün kadar eskilerinden başlayarak... Votka parasını sana bahşiş olarak veririm...

— Emredersiniz. İşte bugünküler. Votka da emreder misiniz?

Eski gazeteler ve çay geldi. Raskolnikov koltuğuna rahatça yerleşip aramaya başladı: "İzler[1] – İzler – Aztekler – Aztekler – İzler – Bartola – Massimo[2] – Aztekler – İzler... Tüh! Lanet olsun! Ah, işte! Bir kadın merdivenlerden düşmüş – bir tüccar içmekten çatlayıp ölmüş – Peski'de yangın – Petersburgkaya'da yangın – Yine Petersburgkaya'da yangın[3] – İzler – İzler – İzler – İzler – İzler – Massimo... Hah, işte!"

Sonunda aradığını bulmuştu; okumaya başladı. Satırlar gerçi gözünün önünde dans ediyor gibiydi, ama yine de bütün "haber"i okudu, ayrıntıları öğrenmek için hırsla sonraki günlerin gazetelerine sarıldı. Telaş ve sabırsızlıkla sayfaları çevirirken elleri titriyordu. Birden, birinin masasına oturduğunu fark etti. Baktı, Zamyotov'du. Yüzükleri, altın zinciri, düzgün bir çizgiyle ikiye ayrılmış briyantinli, siyah, kıvırcık saçları, şık yeleği, hafif eski redingotu ve gömleğiyle

---

1 İzler İvan İvanoviç — 1860'larda nüktedanlığıyla Petersburg'da çok ünlenen ve yine Petersburg'da bir eğlence bahçesinin sahibi olan kişi.

2 Bartola, Massimo – Aztekler — Moris adlı bir açıkgöz girişimcinin gösteriler yapmak üzere Avrupa'dan Rusya'ya getirdiği iki cüce. O zamanki gazetelerde yer aldığına göre, bu iki cüce Avrupa'ya da Meksika'dan getirilmişlerdi ve Aztekler soyundan gelmekteydiler. İngiltere Kraliçesi Viktorya ile III. Napolyon'un himayesi altında bulunan biri kız, biri erkek iki cüce, sarayda gösteri yapmaları için Petersburg'a özel olarak getirilmişlerdi.

3 1865 yılında Petersburg'da art arda yangınlar çıkıyor ve gazeteler bunlara geniş yer ayırıyordu.

Zamyotov... Görünüşü hiç değişmemişti. Neşesi yerindeydi. Ya da en azından neşeli ve içten bir gülüşü vardı: Esmer yüzü içtiği şampanyadan hafifçe pembeleşmişti.

— Nasıl! Siz burada mısınız! –Sanki Raskolnikov'u uzun yıllardır tanıyormuş gibi şaşkınlıkla söylemişti bunları.– Oysa Razumihin daha dün hâlâ kendinize gelemediğinizi söylüyordu. Şu işe bakın! Ben de sizin ziyaretinize gelmiştim...

Raskolnikov onun masasına geleceğini biliyordu. Gazeteleri katlayıp kaldırarak ona döndü, sinirli bir sabırsızlığı yansıtan alaycı bir gülümsemeyle:

— Geldiğinizi biliyorum, –dedi.– Söylediler. Çorabımı arayıp bulmuşsunuz!.. Biliyor musunuz, Razumihin sizin için deli diyor; birlikte Laviza İvanovna'ya gitmişsiniz, hani şu, onca kaş göz işaretinize rağmen durumu bir türlü anlamayan Barut Teğmen'in çıkıştığı kadın... hatırladınız mı? Oysa bunda anlaşılmayacak ne var, durum apaçık ortada, öyle değil mi?..

— Amma gevezeymiş!

— Kim, Barut mu?

— Hayır, arkadaşınız Razumihin.

— Doğrusu iyi yaşıyorsunuz Bay Zamyotov!.. En güzel yerlere para ödemeden giriyorsunuz. Deminki şampanya kimdendi?

— Biz kendimiz... kendimiz içtik... neden birinden olsun?

— Ücret olarak! Her şeyden yararlanırsınız siz!

Raskolnikov gülümsedi, Zamyotov'un omzuna vurarak:

— Önemli değil, güzel çocuk, hiç önemli değil! –diye ekledi– Hem kötü niyetle söylemiyorum bunu ben, hani şu karakoldaki memurun, kocakarı davası dolayısıyla Mitka'yı döverken söylediği gibi: "Size olan sevgimden, şakacıktan" söylüyorum...

— Bu olayı nereden biliyorsunuz?

— Belki sizin bildiklerinizden de fazla şeyler biliyorumdur?

— Çok tuhafsınız!.. Daha iyileşmemiş olduğunuz doğru. Dışarı çıkmamalıydınız...

— Demek size tuhaf görünüyorum?

— Evet... Gazete mi okuyordunuz?

— Gazete okuyordum.

— Durmadan yangınları yazıyorlar.

— Hayır, ben yangın haberlerini okumuyordum.

Raskolnikov gizemli bir bakışla baktı Zamyotov'a; dudakları yine alaylı bir gülümsemeyle çarpılmıştı:

— Hayır, yangınlar değildi benim okuduğum, –diye sürdürdü sözlerini.

Sonra Zamyotov'a göz kırparak:

— Tatlı çocuk, –dedi,– hadi itiraf edin, ne okuduğumu müthiş merak ediyorsunuz, öyle değil mi?

— Hiç de merak etmiyorum. Öylesine sormuştum. Sormak yasak mı yoksa? Ne diye durmadan...

— Dinleyin: Siz okumuş, kültürlü bir insansınız, öyle değil mi?

Zamyotov hafiften övünerek:

— Kolej son sınıftan ayrılmıştım, –dedi.

— Son sınıftan? Canım benim! Şu altın zincire, şu yüzüklere bakın hele!.. Tabii, zengin adam! Ah, ne hoş çocuk!..

Raskolnikov yüzünü iyice Zamyotov'un yüzüne yaklaştırmıştı, tam bu sırada sinirli bir kahkaha attı. Zamyotov, öfkeden çok, şaşkınlıktan kendini geri attı.

— Amma tuhaf insansınız! –dedi büyük bir ciddiyetle.– Ve bana kalırsa, siz hâlâ sayıklıyorsunuz.

— Sayıklıyor muyum? Atıyorsun, tatlı çocuk! Demek tuhafım? Merakını gıdıklıyorum, öyle değil mi? Çok merak ediyorsun beni?

— Evet, merakımı çekiyorsunuz.

— Öyleyse gazetelerde ne aradığımı, ne okuduğumu söyleyeyim mi? Baksanıza, ne çok gazete getirttim buraya!.. Şüpheli bir durum değil mi sizce?..

— Söylesenize hadi ne okuduğunuzu!

— Şuna bak, nasıl da kulaklarını dikti!

— Ne kulak dikmesi canım?

— Sonra söylerim ne kulak dikmesi olduğunu!.. Şimdiyse, tatlım benim, size şunu bildiriyorum... Hayır, "itiraf ediyorum" daha iyi... Hayır, bu da değil, "ben ifade veriyorum ve siz zapta geçiriyorsunuz ki..." evet, işte böyle! İfademdir, söylüyorum, gazetelerle ilgilenmem, onları arayıp bulmam, okumam...

Raskolnikov gözlerini kıstı, durdu, yüzünü Zamyotov'un yüzüne iyice yaklaştırıp, fısıltıyla:

— Buraya gelişim, hep kocakarının öldürülüşü üzerine bilgi toplamak içindir... –diye ekledi.

Zamyotov bu kez yüzünü geri çekmemişti, kımıldamadan onun gözlerinin içine bakıyordu. (Sonradan da en tuhafına giden şey aradaki sessizliğin tamı tamına bir dakika sürmesi ve bu süre içinde her ikisinin de birbirlerine böyle bakmaları olmuştu.)

Sonunda dayanamayan Zamyotov ansızın:

— Okuyorsanız ne olmuş? –diye bağırdı.– Hem bana ne bundan?

Raskolnikov onun bağırmasına aldırmadan aynı fısıltıyla:

— Canım hatırlamıyor musunuz, –dedi,– hani siz karakolda kendisinden söz ederken, ben düşüp bayılmıştım... İşte o kocakarı... Şimdi anlıyor musunuz?

Zamyotov, oldukça endişeli:

— E, ne olmuş? –dedi.– Hem bu "anlıyor musunuz?" da ne oluyor?

Raskolnikov'un hareketsiz ve ciddi yüzü bir anda değişti, birden az önceki gibi gülmeye başladı, sanki gülmemek için kendini tutamıyordu. Bir anda bütün açıklığıyla, çok yakınlarda yaşadığı bir anın heyecanını yeniden yaşamaya başladı: Elinde balta kapının gerisinde duruyordu; kapının sürgüsü neredeyse yerinden çıkacaktı, dışarıdakiler kapıyı zorluyorlar, sövüp duruyorlardı, o ise onlarla kavga etmek, onlara dilini çıkararak alay etmek ve katıla katıla gülmek, gülmek, gülmek istiyordu!..

— Siz ya delisiniz ya da...

Zamyotov birden durdu, sanki aklına gelen yepyeni bir düşünceden şaşkına dönmüş gibiydi.

— Ya da? "Ya da" ne? Nedir, "ya da", söylesenize!

— Hiç! –dedi Zamyotov öfkeyle.– Çok saçma bir şey bu!

İkisi de sustular. Tutulduğu gülme krizinden sonra Raskolnikov birden dalgınlaştı, yüzü üzgün bir hal aldı. Dirseğini masaya dayayıp, başını elleri arasına aldı. Zamyotov'un orada bulunduğunu unutmuş gibiydi. Epey süren bir sessizlik oldu. Sonunda Zamyotov:

— Çayınızı içsenize! –dedi. Soğuyacak...

— Ne? Çay mı? Tabii!

Çayından bir yudum aldı, ağzına bir lokma ekmek attı, sonra Zamyotov'a baktı ve sanki bir anda her şeyi hatırladı; kendine gelmiş, yüzü yine o eski alaylı halini almıştı. Çayını içmeyi sürdürdü.

— Bugünlerde de bu dolandırıcılık işleri aldı yürüdü, –dedi Zamyotov.– Geçenlerde Moskova Haberleri'nde bir kalpazan çetesinin yakalandığını okumuştum. Koca bir çete... Sahte banknot basıyorlarmış.

— O–ho, bu eski olay! Bir ay önce okumuştum ben.

Raskolnikov son derece sakindi; gülümseyerek ekledi:

— Sizce dolandırıcı mı bu adamlar?

— Ya ne peki?

— Ne mi? Öylelerine dolandırıcı değil, blanbek[1] derler! Böyle bir iş için kırk, elli kişi bir araya geliyor! Hiç olacak

---

1 (Fransızca – *blanc–bec*) — Ağzı süt kokan, toy. (ç.n.)

şey mi bu? Böylesi işler için üç kişi bile çoktur. Hem de her birinin bir ötekine kendinden çok inanması, güvenmesi koşuluyla! Yoksa birinin sarhoşlukla yapacağı bir gevezelik, her şeyi altüst edebilir. Blanbekler! Güvenilmez birtakım adamlar tutup onlar aracılığıyla gişelerden sahte para sürmeye kalkmışlar! Önüne gelen adama açılabilecek iş mi bu!.. Hem, varsayalım, bu blanbekler bu işi başardılar ve varsayalım ki, her biri birer milyonluk sahte parayı değiştirdi, ya sonra? Yaşadıkları sürece? Her biri bir başkasına bağlı olarak yaşamayacak mı? Gebermek bundan daha iyi değil mi? Onlarsa daha paraları değiştirmeyi bile başaramamışlar!.. Adam gişeden beş bin rubleyi alınca elleri titremeye başlamış! Dört binini saymış, son binliği, bir an önce sıvışıp gitmek için, güvenmiş, saymadan cebine atmış. Bu durumu da doğallıkla kuşku uyandırmış... Sonuç: Bir ahmak yüzünden her şeyin altüst olması... Hiç olacak şey mi bu?

Zamyotov:

— Ne, -dedi,- ellerinin titremesi mi olmayacak şey? Neden olmasın, bu bence son derece doğal bir şey... İnsan kendini tutamayabilir...

— Tutamayabilir mi?

— Ne yani, siz olsanız elleriniz titremez miydi? Doğrusu, benim de elim titrerdi. Yüz ruble için böyle bir dehşeti yaşamak!.. Sahte paralarla bir bankaya, hem de hangi bankaya? Bu işlerde en kulağı kesik bankaya girmekten utanç duyardım! Siz duymaz mıydınız?

Raskolnikov yeniden "dilini çıkarmak" için dayanılmaz bir istek duydu. İkide bir sırtı soğuk soğuk ürperiyordu. Söze dolambaçlı bir yoldan başladı:

— Ben olsam öyle yapmazdım... Bakın ben ne yapardım: İlk binlik desteyi, her banknotu tek tek inceleye inceleye, baştan sona, sondan başa en aşağı dört kez sayardım. Sonra ikinci binlik desteyi saymaya başlardım; ortalarına geldiğimde, destenin içinden rasgele bir elli rublelik banknot çıkarıp, ışığa tutar, sahte mi, değil mi diye iyice bir gözden geçirip; "Doğrusu," derdim, "korkuyorum; geçenlerde akrabamız bir kadın bu yüzden yirmi beş rublesinden oldu." ve akraba kadına nasıl sahte para verdiklerini anlatırdım. Üçüncü bini saymaya geçtiğimde de "Bir dakika," derdim, "deminki desteyi sayarken sanırım yedi yüzden sonra şaşırdım..." ve ikinci binlik desteyi yeniden saymaya başlardım. Bu işi her deste için tekrarlardım. Saymayı bitirdim mi, bu kez de destelerden rasgele bir iki banknot çıkarıp yeniden ışığa tutar, kuşkulanmış gibi yapardım: "Lütfen," derdim, "şunları değiştirin!" Böylece veznedarın anasından emdiği sütü burnundan getirir ve adamcağızı beni başından savmak için ne yapacağını bilmez ederdim. Bütün bunlardan sonra gitmek için kapıyı açtığım anda, durur, geri döner, "Affedersiniz," deyip, yeni bir şeyler sorar, yeni bazı bilgiler almak isterdim... Ben olsam işte böyle yapardım!

— Müthişsiniz doğrusu!.. –dedi Zamyotov gülümseyerek.– Ne var ki, bunların hepsi sözde kalan şeyler. Uygulamada siz de herhalde ne yapacağınızı şaşırırdınız. Bırakın sizi ya da beni, böyle bir işte en deneyimli bir adam bile çuvallar! Hem uzağa gitmeye ne gerek var, işte burnumuzun dibinde gerçekleşmiş bir olay: Şu bizim mahallede öldürülen kocakarı... Katil güpegündüz kendisini ancak bir mucizenin kurtarabileceği böylesine rizikolu bir işe giriştiğine göre, besbelli müthiş soğukkanlı ve deneyimli biri... Ama bakın, onun da elleri titremiş... çalmasını becerememiş, dayanamamış; yaptığı işe bakınca bu açıkça görülüyor...

Raskolnikov bu sözlerden gücenmiş gibiydi. Sinsi bir sevinçle:

— Demek yaptığı işe bakarsanız, çalmasını bile becerememiş... –dedi.– Madem öyle, hadi yakalayın adamı!..

— Yakalanacaktır!

— Kim? Siz mi, siz mi yakalayacaksınız? Koşturup durmanız yanınıza kalır! Şimdi sizin için en önemli nokta şu:

Adam para harcıyor mu, harcamıyor mu? Dün beş parası olmayan bir adam bugün su gibi para harcamaya başlamışsa, katil değilse nedir? Ama bu noktada, eğer isterse bir çocuk bile sizi aldatabilir!

— İşte hep bu noktada yanlış yaparlar... Kurnazca cinayet işlerler, sonra da soluğu bir meyhanede alırlar... Polis de para harcamalarından kuşkulanıp onları enseler. Onlar sizin gibi kurnaz olmazlar. Siz olsanız, herhalde meyhaneye gitmezdiniz, öyle değil mi?

Raskolnikov kaşlarını çattı, canı sıkılmıştı, Zamyotov'a dik dik bakarak:

— Benim bu işte nasıl davranacağımı mı öğrenmek istiyorsunuz? –dedi.

— Evet, –dedi Zamyotov kararlılıkla; bakışları, sözleri nedense birden ciddileşmişti.

— Çok mu istiyorsunuz bunu?

— Evet.

— Pekâlâ. Ben olsam şöyle yapardım.

Raskolnikov yine yüzünü Zamyotov'un yüzüne yaklaştırdı; yine gözünü kırpmadan bakıyor ve fısıltıyla konuşuyordu; Zamyotov bu kez onun bu davranışından irkilmişti:

— Evet, ben olsam, hemen olay yerinden uzaklaşır, hiçbir yere uğramadan doğruca etrafı duvarla çevrili, kimselerin olmadığı ıssız bir avluya ya da buna benzer bir yere giderdim. Avluda, duvar dibinde bir köşede, binanın yapıldığı günden beri durmakta olan yirmi, yirmi beş kilo ağırlığında bir taş bulur, paralarla öteki şeyleri bu taşın altındaki çukura yerleştirip, taşı da eski durumuna getirdikten ve sağını solunu ayağımla bastırıp düzelttikten sonra, bir daha iki üç yıl hiç oralara uğramamak üzere çeker giderdim. Siz işiniz yoksa katili arayın durun!

Zamyotov da fısıltıyla ve nedense Raskolnikov'dan hafifçe uzaklaşarak:

— Delisiniz siz!.. –dedi.

Raskolnikov'un gözleri ateş gibi parlıyordu. Yüzü sapsarı kesilmiş, üstdudağı seğirmeye başlamıştı. Yüzünü Zamyotov'un yüzüne olabildiğince yaklaştırmıştı; dudakları seğirircesine kımıldıyor, ancak hiçbir şey söylemiyordu. Bu, böylece yarım dakika kadar sürdü. Ne yaptığını biliyor, ama kendine engel olamıyordu.

Tıpkı o gün yuvasında zıplayıp duran kapının sürgüsü gibi dudaklarında korkunç birtakım sözcükler titreşip duruyordu: İşte neredeyse dökülüverecekti bu sözcükler, işte neredeyse fırlayıp çıkacaklardı ağzından, söyleyiverecekti neredeyse!

Birden:

— Ya kocakarıyla Lizaveta'yı ben öldürdüysem? –dedi ve der demez de kendine geldi.

Zamyotov'un kireç gibi bembeyaz olan yüzü tuhaf bir gülümsemeyle çarpıldı; bakışları da tuhaflaşmıştı:

— Olacak şey mi bu? –dedi.

— İnanmıştınız ama, –dedi Raskolnikov hınçla,– hadi itiraf edin, öyle değil mi? Ha? Öyle değil mi?

Zamyotov telaşla:

— Hayır, –dedi,– hiç de inanmamıştım. Hele şu anda, her zamankinden de az inanıyorum.

— Sonunda yakalandın!.. Dilinle tuzağa düştün! "Şu anda her zamankinden daha az inandığınıza" göre, demek ki bir ara inanmışsınız!

Zamyotov utanır gibi oldu.

— Hayır, hiç de inanmamıştım! –diye bağırdı.– Beni korkutacak bunca şeyi de sırf sözü buraya getirmek için anlattınız zaten!

— Demek inanmamıştınız? Peki öyleyse, o gün karakolda ben çıktıktan sonra arkamdan ne konuşuyordunuz? Ve baygınlığım geçip de kendime geldikten sonra Barut Teğmen beni neden sorguya çekti?

Koltuğundan doğruldu, kasketini aldı.

— Hey, garson! –diye seslendi.– Borcum ne kadar?

— Hepsi otuz kopek efendim, –dedi koşarak gelen garson.

— Şu yirmi kopeği de votka için bahşiş olarak al! Şu paralara bak, paralara! –Banknotlarla dolu elini Zamyotov'a uzatmış gösteriyordu.– Kırmızı, mavi banknotlar... Tam yirmi beş ruble... Paraları tuttuğu eli titriyordu. Nereden geldi bunlar, ha? Ya şu gıcır gıcır elbiseler? Biliyorsunuz, beş param yoktu! Ev sahibimi sorguya çekmişsinizdir!.. Eh, artık yeter! *Assez causé.*[1] Hoşça kalın!

Raskolnikov, içinde biraz da hoşnutluk sezilen, tuhaf, sinirli, heyecanlı bir havayla çıkıp gitti; yüzü asılmıştı, dayanılmaz derecede yorgun hissediyordu kendini ve yorgunluğu giderek artıyordu. Yüzüne, inme inen insanlarda görülen bir çarpılma gelip yerleşmişti. Heyecanlanmaya başlar başlamaz gücü de artıyor, yükseliyor, heyecan duygusu azaldıkça gücü de azalıyor, düşüyordu.

İçeride tek başına kalan Zamyotov ise dalgın, düşünceli, kımıldamadan oturuyordu. Raskolnikov cinayet konusundaki bütün düşüncelerini altüst etmiş, kafasında yeni ve kesin birtakım düşünceler uyandırmıştı.

İlya Petroviç ahmağın tekiymiş! –diye mırıldandı sonunda.

Raskolnikov kapıyı açıp tam sokağa çıkarken, merdivenlerde Razumihin'le burun buruna geldi. Her ikisi de bir adım kalana kadar birbirlerini görmemişlerdi, neredeyse kafa kafaya toslaşacaklardı. Bir süre bakışıp birbirlerini süzdüler. Razumihin anlatılmaz bir şaşkınlık içindeydi, ama birden gözleri gerçek bir öfkenin kıvılcımlarıyla tutuştu:

— Bak hele! –diye bağırdı olanca gücüyle.– Demek yataktan kalkıp kaçtın ha! Bense onu divanın altında bile aradım! Çatılara baktım! Az kalsın Nastasya'yı dövecektim!

---

1 (Aslında da Fransızca) — Gevezelik yeter.

Oysa beyimiz nerelerdeymiş!.. Rodya! Bu ne demek oluyor? Bana gerçeği söyle, itiraf et! Duyuyor musun?

Raskolnikov sakin sakin:

— Bu şu demek oluyor ki, –dedi,– hepiniz beni bıktırdınız, şurama getirdiniz ve... ben yalnız kalmak istiyorum.

— Yalnız kalmak mı? Ayakta duramazken, güçlükle soluk alırken ve şu kireç gibi olmuş yüzle mi? Aptal herif! Kristal Palas'ta ne yapıyordun, çabuk doğruyu söyle?

— Bırak beni! –dedi Raskolnikov ve gitmek için davrandı.

Bu davranışı Razumihin'i çileden çıkarmıştı, onu omzundan yakalayarak:

— Bırakmak mı? Biliyor musun şimdi ne yapacağım? Bir bohça gibi koltuğumun altına alıp eve götüreceğim seni, üzerine de kapıyı kilitleyeceğim!..

Raskolnikov sakin görünmeye çalışarak ve tane tane:

— Bak Razumihin, –dedi,– senin iyiliklerini istemediğimi görmüyor musun? Hem... bu iyiliklerini aşağılayanlara ve artık senin bu iyiliklerini cidden katlanılmaz bulanlara, ısrarla iyilik etmek isteği niye? Hastalandığım gün ne diye gelip beni buldun? Belki de ölüm beni çok daha sevindirecekti? Bana sıkıntı verdiğini, beni bıktırdığını bugün yeterince dile getiremedim mi? İnsanlara acı çektirmek için nasıl da isteklisin! İnan bana bütün bunlar benim sağlığımı ciddi biçimde sarsan davranışlar, çünkü sürekli sinirlendiriyor beni. Oysa az önce Zosimov sırf beni sinirlendirmemek için çekip gitmedi mi? Tanrı aşkına sen de yakamı bırak! Hem beni zorla alıkoymaya ne hakkın var? Tümüyle kendinde bir insan olarak konuştuğumu görmüyor musun? Yakamı bırakman, bana iyilik etmekten vazgeçmen için, söyle, söyle, sana nasıl yalvarayım? Varın bana nankör deyin, alçak, aşağılık deyin, ama Tanrı aşkına yakamı bırakın! Bırakın! Bırakın!

İçinde biriken zehri akıtma fırsatı doğmuş olmasının sevinciyle sakin sakin başladığı konuşmasını, az önce Lujin'le konuşurken olduğu gibi, öfkeden tıkanarak tamamlamıştı.

Razumihin durdu, biraz düşündü, sonra onun kolunu bırakıp, yavaş sesle ve dalgın dalgın:

— Cehenneme kadar yolun var! –dedi.

Ama Raskolnikov'un gitmeye davrandığını görünce, yeniden öfkelendi:

— Dur! –diye bağırdı.– Dinle: Hepiniz birer gevezeden ve farfaracıdan başka bir şey değilsiniz! Küçücük bir acınız olsa, on paralık yumurtası için ortalığı birbirine katan tavuklara dönersiniz! Üstelik burada bile başka yazarların düşüncelerini çalarsınız! Ruhlarınızda bağımsız bir yaşamdan iz bile yok! İspermeçetten yapılmış yaratıklar! Damarlarınızda da kan yerine serum dolaşıyor! Hiçbirinize inanmıyorum! İlk işiniz, ne pahasına olursa olsun insana benzememektir!

Raskolnikov'un yürümeye yeltendiğini görünce, öfkesi bir kat daha artarak:

— D–u–u–r! –diye bağırdı.– Dur ve sözlerimi sonuna dek dinle! Biliyorsun, bugün yeni eve taşınmam onuruna konuklarım olacak, belki de şu anda gelmişlerdir bile, dayımı bıraktım gelenleri karşılaması için, kendim de bir koşu buraya geldim. Eğer bir ahmak değilsen, eğer su katılmamış bir ahmak değilsen, boşuna pabuç eskiteceğine, bu akşam doğruca bize gelir, adam gibi oturursun!.. Madem çıkmışsın, yapacak bir şey yok demektir! Sana yumuşacık bir koltuk bulurdum, ev sahiplerimin koltuğunu getirirdim... çay içer, insanlarla birlikte olurdun... Oturmak istemezsen, yatırırdık seni, yine aramızda olurdun... Hem Zosimov da olacak... Gelecek misin?

— Hayır.

— Gerçek değil bu söylediğin, –dedi Razumihin sabırsızlıkla.– Sen nereden bileceksin? Daha kendini bilmiyorsun ki!.. Hem bu işlerden de zerre kadar anladığın yok! Ben de senin gibi kaç kez böyle insanlardan kaçmışımdır, ama her seferinde de geri döndüm... İnsan yaptığından utanıyor ve geri dönüyor! Unutma: Poçinkov'un apartmanı, üçüncü kat!

— Öyleyse, Bay Razumihin, siz iyilik yapma zevkini duyma uğruna kendinize dayak atılmasına bile izin vereceksiniz?.

— Dayak mı? Kime? Bana mı? Aklından geçirenin bile ağzını burnunu dağıtırım! Poçinkov'un apartmanı, kırk yedi numara, memur Babuşkin'in dairesi...

— Gelmeyeceğim, Razumihin!

Raskolnikov arkasını döndü yürümeye başladı.

— Bahse girerim ki, geleceksin! –diye bağırdı Razumihin arkasından.– Yoksa... Yoksa... Bundan sonra Raskolnikov diye birini tanımıyorum ben! Dur! Zamyotov içeride mi?

— Evet.

— Seni gördü mü?

— Gördü.

— Konuştunuz mu?

— Konuştuk.

— Ne konuştunuz? Canın cehenneme! Söylemezsen söyleme! Poçinkov, kırk yedi, Babuşkin... Unutma!

Raskolnikov, Sadovaya'ya varınca, sağa saptı. Razumihin dalmış, ardından bakıyordu. Sonunda elini sallayıp içeri girmek için yürüdü, ama tam merdivenlerin ortasında durdu,

— Lanet olsun! –dedi yüksek sesle.– Evet, aklı başındaymış gibi konuşuyordu, ama... Ah, ne aptalım ben! Yalnızca aklı başındalar mı akıllıca laflar ederler? Zosimov'un da asıl korktuğu buydu galiba? –Parmaklarıyla alnına vurdu.– Ya bir de... Nasıl bırakabildin onu? Kendini suya atabilir... Çok yanlış bir iş yaptım, çok!

Hemen Raskolnikov'un ardından koştu, ama beriki gözden yitip gitmişti. Razumihin tükürdü ve Zamyotov'u sorguya çekmek üzere hızlı adımlarla Kristal Palas'a doğru yürümeye başladı.

Raskolnikov doğruca "..." köprüsüne gitti, köprünün ortasında korkuluklara dayanıp, uzakları seyretmeye başladı. Razumihin'den ayrıldıktan sonra öylesine bitkinleşmişti ki, köprüye kadar zorlukla gelebilmişti. Oracıkta bir yerlere, yolun ortasına oturmak ya da yatmak istiyordu canı. Sulara doğru eğilip, batmakta olan güneşin son pembe yansımalarına, giderek yoğunlaşan akşam alacasında kararan evlere, nehrin sol kıyısında, uzakta bir evin güneşin son ışıklarıyla tutuşmuş küçük çatı katı penceresine, kanalın karanlık sularına bakmaya başladı. Özellikle de sulara bakıyor gibiydi. Sonunda gözlerinde birtakım kırmızı halkalar dönmeye, evler, insanlar, rıhtım, arabalar çevresinde dans etmeye başladı. Sonra birden irkildi, gördüğü korkunç bir hayalle yeni bir baygınlıktan kurtulmuş gibiydi. Yanında, hemen sağında birinin durduğunu hissetti, baktı: Uzun boylu, başörtülü, uzun yüzlü, sarı benizli, gözleri kızarmış ve yuvalarına gömülmüş bir kadındı. Kadın da doğruca kendisine bakıyordu, ama besbelli hiçbir şey görmüyor, hiçbir şey fark etmiyordu. Birden sağ kolunu korkuluğa dayadı, sağ bacağını kaldırıp korkuluktan aşırdı ve sonra sol bacağını kaldırdı, onu da aşırdı ve kendini kanala bırakıverdi. Kirli sular bir an açılıp kapandı ve kadın kayboldu. Ancak, bir dakika kadar sonra yeniden su yüzüne çıktı; akıntı yönünde sürükleniyordu, başı ve bacakları suyun içinde, sırtı yukardaydı; eteği suyun üzerinde yastık gibi şişmişti. "Boğuldu!.. Boğuldu!.." sesleri duyuldu, insanlar koşuşmaya başladılar. Kanalın iki kıyısı birden bir anda seyircilerle dolmuştu. Köprünün üstünde de Raskolnikov'a arkadan bastıran bir kalabalık toplandı.

Yakından, ağlamalı bir kadın sesi duyuldu:

— Tanrım! Bu bizim Afrosinyuşka! Efendiler, ne olur kurtarın kadını!

Kalabalık arasından kimileri de:

— Kayık!.. Kayık!.. –diye bağırıyorlardı.

Ancak kayığa gerek kalmadı: Bekçinin biri iskelenin merdivenlerinden kanala inip, ceketini, çizmelerini çıkararak suya atladı. Akıntı, kadını zaten iskelenin önüne kadar getirmişti ve yapılacak fazla bir şey yoktu. Bekçi sağ eliyle kadını elbisesinden yakaladı, sol eliyle de kendisine uzatılan bir sırığa tutundu ve kadını kıyıya çekti, merdivenlerin üzerine yatırdı. Az sonra kadın kendine geldi, doğrulup oturdu; ellerini anlamsız hareketlerle ıslak entarisine siliyor, aksırıp tıksırıyor, ama hiç konuşmuyordu.

Deminki kadın sesi bu kez Afrosinyuşka'nın yanında duyuldu:

— Devrilene kadar içip sarhoş oldu, anam babam! Demin de az kalsın kendini asacaktı, ipten kurtardılar. Bir koşu bakkala gidecektim, kızımı da göz kulak olması için kendisine bırakmıştım... Şu olanlara bak! Şuradaki satıcı kadın anam babam, şu bizim satıcı kadın! Hemen şurada otururuz, işte şurada, baştan ikinci ev...

Kalabalık dağılmaya başladı, polislerse hâlâ kadınla uğraşıyorlardı. Kalabalıktan biri karakoldan söz etti. Raskolnikov olup bitenleri tuhaf bir kaygısızlıkla, aldırmazlıkla izlemişti. Birden içinde bir tiksinti duydu.

— Su... Hayır, değmez... tiksinç bir şey bu... –diye mırıldandı.– Bir şey olacağı yok... Ne diye beklemeli?.. Bu ne? Karakol mu?.. Zamyotov niye karakolda değil? Saat dokuza geldiği halde, karakol hâlâ açık...

Sırtını korkuluklara çevirdi, çevresine bakındı. Kesin bir tavırla,

— Evet! Gidelim bakalım! –diye mırıldandı, karakola doğru yürümeye başladı.

Yüreği sağırlaşmış gibiydi. Düşünmek istemiyordu. "Her şeye bir son vermek" kararıyla evden çıktığı zamanki canlılığından eser kalmamıştı; kaygılı bile değildi, şu anda duyduğu tek şey, tam bir uyuşukluktu.

Ağır, uyuşuk adımlarla kanal boyunca yürürken, "Eh, ne yapalım, bu da bir çıkış yoludur!" diye düşündü. "Nasıl olursa olsun, buna bir son vereceğim, çünkü böyle istiyorum. Ancak bu bir çıkış yolu sayılır mı? Boş ver! Bir arşınlık bir yerin olacak! Heh–he! Ancak bu nasıl bir son böyle? Hem son mu bu? Söyleyecek miyim, söylemeyecek miyim onlara? Lanet olsun! Yoruldum, hemen bir yer bulup oturmalı ya da uzanmalıyım. İşin en utanç verici yanı da son derece aptalca olması! Tükürmüşüm aptalcalığına! Ne saçma şeyler geliyor insanın aklına!.."

Karakola gitmesi için dosdoğru yürümesi, ikinci köşeden sola sapması gerekiyordu; hemen şuracıktaydı karakol. Ama o ilk köşeye varınca durdu, biraz düşündü ve ilk sokağa saptı. Böylece iki sokak çevreden dolaşacak biçimde yürüyecekti. Bunu belki hiçbir amacı olmaksızın yapmıştı, belki de birkaç dakika olsun zamanı uzatmak istemişti. Başı önde yürüyordu. Birden sanki kulağına birisi bir şey fısıldadı. Başını kaldırınca tam o evin kapısı önünde bulunduğunu gördü. O akşamdan beri buraya hiç gelmemiş, dolayından bile geçmemişti.

Karşı konulmaz, açıklanamaz bir arzuyla tutuştu içi. İçeri girdi. Avludan geçti, sağa saptı, bildik merdivenlerden dördüncü kata çıkmaya başladı. Merdivenler dar, dik ve çok karanlıktı. Her merdiven sahanlığında duruyor ve dikkatle çevresine bakınıyordu. Birinci kat sahanlığındaki pencere çerçevelenmişti. "O zaman bu yoktu" diye düşündü. İşte, ikinci katta Nikolaşka ile Mitka'nın çalıştıkları daire... "Kilitli... Kapı da boyanmış, demek ki kiraya veriyorlar." İşte, üçüncü kat... ve işte dördüncü kat... "Burası!" Şaşkınlıktan küçük dilini yutacaktı: Kapı ardına kadar açıktı, içeride birileri vardı, sesler geliyordu. Bu hiç beklemediği bir şeydi. Bir iki saniye süren bir kararsızlıktan sonra, son basamakları da çıkıp, içeri girdi.

Burası da onarılıyordu, içeride işçiler vardı. Buna çok şaşırdı. Nedense her şeyi bıraktığı gibi bulacağını düşünmüştü, hatta cesetleri bile, oracıkta... döşemenin üzerinde... Şimdiyse duvarlar çırılçıplaktı ve evde hiç eşya kalmamıştı; evi bu görünüşüyle tuhaf buldu. Yürüdü, pencere kenarına oturdu.

İçeride topu topu iki işçi vardı, ikisi de gençti, yalnız biri ötekinden oldukça küçüktü. O eski, sarı, yırtık duvar kâğıtları yerine, eflatun çiçekli, beyaz, yeni duvar kâğıtları kaplıyorlardı. Raskolnikov'un hiç hoşuna gitmedi bu, değişiklik kendisini üzmüş gibi yeni duvar kâğıtlarına düşmanca baktı.

İşçilerin geç kaldıkları anlaşılıyordu, çabuk çabuk kâğıtlarını topluyorlar, eve gitmeye hazırlanıyorlardı. Raskolnikov'u fark etmemiş gibiydiler. Aralarında bir şey konuşuyorlardı. Raskolnikov parmaklarını birbirinin arasından geçirip, dinlemeye koyuldu.

— Karı sabahın köründe çıkıp gelmesin mi?.. –diyordu yaşlısı gencine. – Ama nasıl süslenip püslenmiş!.. "Ne bu limonlaşmalar, portakallaşmalar!.." dedim kendisine. "Ben, Tit Vasilyeviç," dedi, "artık kendimi tümüyle size teslim etmek istiyorum!" İşte böyle! Ama göreceksin, öyle bir süslenmişti ki, model sanırsın!

— Model ne abiciğim? –diye sordu genci, anlaşılan "abiciği"nden bir şeyler öğrenmek istiyordu.

— Model, kardeşime söyleyeyim, renkli birtakım resimlerdir; her cumartesi bizim bura terzilerine dış ülkelerden posta ile gönderilir ve kadınlarla erkeklerin nasıl giyinmeleri gerektiğini gösterir... Senin anlayacağın, resim demek... Erkek modelleri daha çok belden büzgülü paltolarla gösterilir. Kadınlara gelince... ah, bunları sana nasıl anlatsam bilmem ki!..

Genç olanı büyük bir heyecanla:

— Ah be, –dedi,– şu Petersburg'da yok yok, desene?..

Yaşlısı öğüt verir gibi:

— Evet kardeş, –dedi,– bu Petersburg'da yok yoktur!

Raskolnikov pencere kenarından indi, sandığın, yatağın ve komodinin bulunduğu öteki odaya geçti. Mobilyasız, çırılçıplak oda ona çok küçük göründü. Duvarlarda hâlâ eski kâğıtlar vardı. Köşedeki duvar kâğıdı üzerinde Meryem resmiyle, kandil ve tasvirlerin izi açıkça görülüyordu. Odaya şöyle bir göz attıktan sonra, yeniden pencereye döndü. Yaşlı işçi kendisini görmüş, göz ucuyla bakıyordu:

— Bir şey mi istiyorsunuz? –diye sordu birden.

Raskolnikov karşılık vermedi, pencere kenarından inip, kapının dışına çıktı ve çıngırağın ipini çekti. "Aynı çıngırak, aynı madeni ses!" İkinci, üçüncü kez çekti çıngırağın ipini. Dinliyor, hatırlamaya çalışıyordu. O dayanılmaz korkulu, heyecanlı dakikalar yeniden gözünde canlanmaya başladı. Her çıngırak sesinde titriyor, içi bir hoş oluyordu.

İşçi ona doğru yürüyerek, bağırdı;

— Hey, kimsin, ne istiyorsun?

Raskolnikov yeniden içeri girdi.

— Bakıyorum, –dedi,– daireyi kiralamak istiyorum da...

— Daireler böyle gece vakti kiralanmaz! Hem, kapıcıyla gelmeniz gerekirdi...

— Döşemeyi de yıkamışlar, –diye sürdürdü Raskolnikov,– yoksa boyayacaklar mı? Kan yok muydu burada?

— Ne kanı?

— Kocakarıyla kız kardeşini öldürmüşlerdi ya... Koca bir kan gölü vardı burada...

İşçi tedirgin olmuştu, bağırdı:

— Ne biçim adamsın sen be?

— Ben mi?

— Evet, sen.

— Bilmek istiyor musun? Hadi karakola gidelim, orada söylerim.

İşçiler ona kuşkuyla baktılar. Daha yaşlısı:

— Gitme zamanımız geldi, –dedi,– geç kaldık. Hadi, Alyoşa, burayı kilitlememiz gerek.

Önden çıkıp yavaşça merdivenlerden inmeye başlayan Raskolnikov:

— İyi, gidelim! –dedi.

Aşağı inince, kapıcıya seslendi:

— Hey, kapıcı!

Kapı ağzında birkaç kişi durmuş, dışarıyı seyrediyordu: İki kapıcı, bir köylü kadın, üzerinde ropdöşambra benzer bir şey bulunan bir satıcı ve daha birkaç kişi... Raskolnikov onlara doğru yürüdü.

— Ne istiyorsun? –diye sordu kapıcılardan biri.

— Karakola uğradın mı?

— Şimdi oradaydım, ne olmuş?

— Kimse var mıydı?

— Evet, vardı.

— Komiser yardımcısı da orada mıydı?

— Bir ara o da oradaydı. İsteğiniz nedir?

Raskolnikov karşılık vermedi; dalgın, düşünceli, adamların yanında dikilip duruyordu. Bu sırada işçiler geldi, yaşlı olanı:

— Daireyi görmeye gelmiş, –dedi.

— Hangi daireyi?

— Şu bizim çalıştığımızı... "Kanı niye yıkadılar?" diye sordu. Orada bir cinayet işlenmiş de o da orayı tutmaya gelmiş. Sonra kapının çıngırağını çalmaya başladı, neredeyse ipini koparacaktı. Bir ara da "Karakola gidelim." diye tutturdu. Orada her şeyi kanıtlayacakmış! Sırnaşıp kaldı.

Kapıcı kaşlarını çatmış, kuşkulu bakışlarla Raskolnikov'u süzüyordu.

— Kimsiniz siz? –diye bağırdı gözdağı verircesine.

— Rodion Romanoviç Raskolnikov, eski üniversite öğrencisi, hemen şuradaki sokakta, Şil'in apartmanında, on dört numarada otururum. Kapıcıya sor, beni tanır...

Raskolnikov adamın yüzüne bile bakmamıştı bunları söylerken; dalgın dalgın, gitgide kararmakta olan caddeyi seyrediyordu.

— Peki bu eve niçin geldiniz?

— Görmek için.

— Ne varmış ki orada görmek için?

Kapıda duranlardan tüccar kılıklı olanı:

— Tut kolundan karakola götür gitsin, –dedi ve sustu.

Raskolnikov omzunun üzerinden adama göz ucuyla baktı, dikkatle süzdü, sonra yine öyle dalgın, bıkkın:

— Gidelim! –dedi.

Tüccar kılıklı adam cesaretlenmişti:

— Götür gitsin! –dedi.– Baksana, o meseleden dolayı gelmiş, kimbilir kafasından neler geçiyor?

İşçi:

— Sarhoş olup olmadığı da belli değil, –dedi.

Yavaş yavaş gerçekten kızmaya başladığı anlaşılan kapıcı:

— Ne istiyorsunuz? –dedi.– Ne demeye dolanıp duruyorsunuz burada?

Raskolnikov alaylı bir gülümsemeyle:

— Ne o, –dedi,– karakola gitmekten korkuyor musun?

— Ne diye korkayım? Sen buralarda ne demeye dolanıp durduğunu söylesene önce!

Köylü kadın:

— Yankesicidir! –diye bağırdı.

Sırtında önü açık bir köylü paltosu, belinde anahtarlar asılı iriyarı bir köylü olan öteki kapıcı:

— Ne diye konuşuyorsunuz onunla? –diye bağırdı.– Defol!.. Sahiden de yankesiciye benziyor!.. Defol!

Sonra Raskolnikov'u omzundan tuttuğu gibi sokağa doğru itekledi. Raskolnikov az kalsın yere kapaklanacaktı. Toparlandı, hiçbir şey söylemeden kapıdakilere şöyle bir baktı, sonra yürüyüp gitti.

— Amma tuhaf adam! –diye söylendi işçi.

— Herkes bir tuhaf bu sıralar! –diye mırıldandı köylü kadın.

Tüccar kılıklı olan:

— Karakola götürecektik onu! –dedi.

— Uzak duracaksın öylelerinden! –dedi iriyarı kapıcı. Besbelli yankesiciydi! Dolanıp duruyor işte! Elini uzatmaya kalksan, kolunu kurtaramazsın! Biliriz böylelerini!..

"Gideyim mi, gitmeyeyim mi?" diye düşünüyordu Raskolnikov: Bir dört yolağzında, kaldırımın tam ortasında durmuş, birinin sorusuna karşılık verip son sözü söylemesini bekliyormuş gibi çevresine bakınıyordu. Ama hiçbir yerden hiçbir karşılık gelmedi; her şey, şu basmakta olduğu taşlar gibi dilsiz ve ölüydü; ama onun için, bir tek onun için ölüydü... Birden, epey uzakta, iki yüz adım kadar ileride, sokağın koyulaşan karanlıkları içinde bir kalabalık fark etti, konuşmalar, bağrışmalar geldi kulağına... Kalabalığın ortasında bir de araba duruyordu... Birden caddenin ortasında bir ışık parladı. "Ne oluyor?" Raskolnikov sağa baktı, kalabalığa doğru yürüdü. Rastladığı her şeye dört elle sarılmak ister gibiydi. Bunu düşününce soğuk soğuk güldü. Çünkü karakol konusunda nihayet karar vermişe benziyordu ve şu anda artık her şeyin sona erdiğini kesinlikle biliyordu.

VII

Bir çift oynak kır atın koşulu olduğu gösterişli bir araba duruyordu yolun ortasında. Arabada kimse yoktu; sürücü de yerinden inmiş, arabanın yanında duruyordu. Atları dizginlerinden tutuyorlardı: Arabanın çevresinde büyük bir kalabalık vardı; en önde polisler duruyordu. Bunlardan biri elinde fener, eğilmiş; arabanın tekerleri arasında bir şeyi aydınlatmaya çalışıyordu. Herkes bir şeyler söylüyor, bağırıp çağırıyor, "vah vah", "yazık" sözleri duyuluyordu. Arabacı şaşırmış gibiydi, durup durup:

— Şu işe bak! Tanrım, ne felaket! –diyordu.

Raskolnikov olabildiğince kalabalığı yararak ilerledi ve sonunda buraya bunca kalabalığı toplayan, bunca telaşa neden olan şeyi gördü. Atların çiğnediği bir adam yatıyordu arabanın altında. Baygın olduğu anlaşılıyordu, yüzü gözü kan içindeydi. Çok kötü, ama "soyluca" giyimliydi. Başından ve yüzünden kan akıyordu. Yüzü iyice ezilmiş, derileri soyulmuştu. Adamın uğradığı kaza öyle hafife alınabilecek cinsten değildi.

— Daha nasıl dikkat edecektim! –diye yakınıyordu arabacı.– Atları dörtnala mı kaldırmıştım? Herkes gördü, çok yavaş sürüyordum arabayı. Eğer bunca insan yalan söylüyorsa, ben de yalan söylüyorum. Ayakta duramayacak kadar sarhoştu, sallana sallana karşıdan karşıya geçiyordu. Bir kez bağırdım, sonra bir kez daha bağırdım, duymadı, bir kez daha bağırdım, atları durdurdum, ama adam kendini doğruca atların ayakları altına attı. Bile bile mi yaptı, yoksa çok mu sarhoştu, anlayamadım. Beygirler genç, ürkek... Adam bağırınca büsbütün huylanıp gemi azıya aldılar... Sonra da olanlar oldu!

Kalabalıktan birisi arabacıyı doğruladı:

— Tam anlattığı gibi oldu!

Bir başkası:

— Doğru, –dedi,– bağırdı, ben de duydum, tam üç kez bağırdı!

— Herkes duydu! –dedi yine bir başkası.– Gerçekten de üç kez bağırdı!

Aslında arabacı da fazlaca üzülmüş ya da korkmuşa benzemiyordu. Arabanın zengin ve tanınmış birine ait olduğu anlaşılıyordu; şu anda o da arabasının gelip kendisini almasını bekliyor olmalıydı. Polislere gelince, sorunu çözümlemek için canla başla uğraştıklarına hiç kuşku yoktu. Ezilen adamın karakola ve hastaneye götürülmesi gerekiyordu; ama adamın adını bilen yoktu.

Raskolnikov kalabalığı yararak iyice sokulmuş, arabanın altında kalan adamı görmeye çalışıyordu. Birden fenerin ışığı talihsiz sarhoşun yüzünü aydınlatıverdi. Raskolnikov tanımıştı.

— Kim olduğunu biliyorum, –dedi, iyice öne geçerek.– Marmeladov'dur adı, emekli memur, danışman... Şurada, Kazyol Apartmanında oturur. Çabuk bir doktor çağırın, parasını ben veririm!

Raskolnikov elini cebine atıp bir miktar para çıkardı, polislere gösterdi. Müthiş heyecanlıydı.

Polisler adamın kim olduğunu öğrendiklerine sevinmişlerdi. Raskolnikov kendi adını, adresini de söyledi. Arabanın altında kalıp ezilen sanki öz babasıydı; Marmeladov'u kaldırıp hemen evine götürmelerini sağlamak için büyük çaba harcıyordu. Çırpınır gibi:

— İşte şurada, –dedi,– üç ev ötede, şu zengin Alman'ın apartmanı, Kazyol'un... Sarhoştu herhalde, evine dönüyordu... Tanırım kendisini, ayyaştır... Ailesini de tanırım, karısı, çocukları, bir kızı var. Şimdi hastaneye götürmek uzun sürer, evine götürelim, herhalde apartmanda bir doktor vardır... Parasını ben veririm!... Hemen müdahale etmek gerek, yoksa hastaneye gidinceye kadar ölür!..

Hatta polislerden birinin avcuna usulca para sıkıştırmayı bile başardı; aslında yasal olmayan bir yanı yoktu isteğinin, yaralıya evinde daha iyi bakılabileceği açıktı. Marmeladov'u arabanın altından çıkardılar; yardım edenler de oldu. Kazyol Apartmanı otuz adım ya var ya yoktu. Raskolnikov arkadan yürüyor, yaralının başını özenle tutarak yol gösteriyordu.

— Buraya, bu taraftan! Başı yukarı gelecek şekilde çıkarmalıyız merdivenlerden! Çevirin... İşte böyle! Parasını ben vereceğim, bu iyiliğinizi hiç unutmayacağım!

Katerina İvanovna, bir dakika bile boş zaman bulduğunda hep yaptığı gibi, ellerini göğsünde kavuşturmuş, kendi kendine konuşup öksürerek, küçücük odanın içinde pencereden sobaya, sobadan pencereye gidip geliyordu. Son zamanlarda yeni bir alışkanlık edinmiş, on yaşındaki büyük kızı Polya ile sık sık ve uzun uzun konuşur olmuştu. Polyanka daha her şeyi anlamaktan uzaktı, ama annesine gerekli olduğunu çok iyi anlıyor, bu nedenle de iri, akıllı gözleriyle onun her hareketini izleyip her şeyi anlıyormuş gibi görünmek için olanca gücünü harcıyordu. Şu anda da bütün gün hastalıktan kıvranan kardeşini yatırmak için soyuyordu. Gece kardeşinin gömleğini yıkamaları gerekiyordu. Oğlan, çok ciddi bir yüzle ve kıpırdamadan oturmuş gömleğinin çıkarılmasını bekliyordu; bacaklarını birbirine yapıştırıp ileri doğru uzatmıştı: Topukları karşıya, birbirinden hafif ayrık duran ayak burunları yukarı bakıyordu. Yatırılmak için soyulan bütün uslu çocuklar gibi yanaklarını şişirmiş, gözlerini devire devire annesiyle ablasının konuşmalarını dinliyordu. Kendisinden birkaç yaş küçük kız kardeşi, üzerinde paçavraya dönmüş bir entari, paravanın yanında duruyor ve sırasını bekliyordu. Evin öteki odalarında oturan kiracıların sigara dumanlarından korunabilmek ve böylece uzun ve acılı öksürüklerinden bir an olsun kurtulabilmek için Katerina İvanovna merdivenlere bakan kapıyı ardına kadar açık bırakmıştı. Zavallı veremli kadın son bir hafta içinde daha da zayıflamış gibiydi. Yanaklarındaki kızıl lekeler daha bir ortaya çıkmış, parlıyordu. Odada bir aşağı bir yukarı dolaşırken:

— Ah Polenka, –diyordu,– bir bilsen!.. Babamın evinde nasıl neşeli, nasıl rahat bir hayatımızın olduğunu, bu sarhoş herifin hem beni, hem sizi nasıl mahvettiğini bir bilsen! Babamın albaylığa denk düşen sivil bir görevi vardı, yani neredeyse vali gibi bir şey... zaten vali olmasına çok az bir şey kalmıştı. Herkes kendisine, "Biz seni şimdiden ilimizin valisi sayıyoruz, İvan Mihaylıç." derdi. Şu son... öhhö! Şu son baloda... öhhö–öhhö–öhhö!...

Katerina İvanovna boğazındaki balgamı çıkarınca, eliyle göğsüne bastırarak haykırdı:

— Lanet olsun böyle hayatı! Şu son baloda Prenses Bezzemelnaya beni görür görmez... daha sonra babanla evlenince, Polya'cığım, bu kadın beni kutsamıştı, beni görür görmez, "Okul bitirme gününde şalıyla dans eden sevimli kız değil mi bu?" diye sordu... Şu yırtığı dikmek gerek. Hemen bir iğne getir de sana öğrettiğim gibi dikiver... Yarına kalırsa, öhhö! yarın... öhhö–öhhö–öhhö!.. daha büyüyebilir! Petersburg'dan yeni gelmiş olan Prens Sçegolskiy de bunun üzerine önce benimle bir mazurka oynadı, sonra, ertesi gün gelip beni resmen isteyeceğini bildirdi. Kendisine en ince sözcüklerle teşekkür edip, kalbimi çoktan bir başkasına vermiş olduğumu söyledim. Bu bir başkası, senin babandı Polya. Babacığım çok kızdı bu işe... Su hazır mı? Ver şu gömleği; çoraplarını çıkarmadın mı?..

Küçük kızına döndü:

— Lida, bu gece gömleksiz yatacaksın artık, idare et işte... Çoraplarını da çıkar... Hepsini birden yıkayayım. Bu ayyaş hâlâ niye gelmedi acaba? Gömleğini ne hale getirmiş! Gömlek değil, paçavra sanki, parça parça olmuş... İki gece uğraşıp durmaktansa, şimdi hepsini birden yıkayıveririm...

Merdivenlere bakan kapının ağzında içeri bir şey taşımaya uğraşan kalabalığı görünce bir çığlık kopardı:

— Aman Tanrım! Öhhö–öhhö–öhhö–öhhö! Yine mi? Ne bu? Nedir bu getirdikleri? Ah Tanrım!

Baygın ve kanlar içindeki Marmeladov'u odaya soktuktan sonra, polislerden biri çevresine bakınarak:

— Nereye yatıralım? –diye sordu.

Raskolnikov:

— Divanın üzerine! –dedi.– Doğruca divanın üzerine! Başı şöyle gelsin!

Merdivenlerden birinin,

— Yolda araba çiğnemiş... Sarhoş muymuş, neymiş! –dediği duyuldu.

Katerina İvanovna, yüzünün bütün kanı çekilmiş, güçlükle soluyarak öylece duruyordu. Çocuklar korkmuşlardı. Küçük Lidoçka bir çığlık atıp ablası Polenka'ya koştu, sarıldı; korkudan tir tir titriyordu.

Marmeladov'u yatırdıktan sonra Raskolnikov, Katerina İvanovna'ya koştu:

— Tanrı aşkına sakin olun ve korkmayın! –dedi; kelimeleri yutarcasına konuşuyordu.– Karşıdan karşıya geçerken bir arabanın altında kalmış. Üzülecek bir şey yok, şimdi kendine gelir... Buraya getirmelerini ben söyledim. Bilmem hatırlıyor musunuz, size daha önce de gelmiştim... Şimdi kendine gelir... Parasını ben vereceğim!

Katerina İvanovna umutsuz bir sesle;

— Olacağı buydu! –diye haykırdı ve kocasına atıldı.

Raskolnikov, Katerina İvanovna'nın olur olmaz şeyler karşısında bayılıp kendinden geçen kadınlardan olmadığını görmekte gecikmedi. İlk işi, hemen yaralının başı altına bir yastık koymak oldu. Şu ana kadar kimse akıl edememişti bunu; sonra, titreyen dudaklarını ısırıp göğsünden kopmaya hazır çığlıklarını bastırarak, kocasını soymaya, yaralarını gözden geçirmeye başladı; kendini tümüyle unutmuş gibiydi. Hareketlerinde panikten eser yoktu.

Raskolnikov içeridekilerden birini, gidip doktor çağırmaya razı etti; hemen bitişik evde bir doktor olduğunu öğrenmişti.

— Doktor çağırmaları için bir adam gönderdim, –dedi Katerina İvanovna'ya,– üzülmeyin, parasını ben öderim... Su yok mu? Bir de peçete verin, havlu sonra... Çabuk olun biraz!.. Yaralarının ne kadar derin olduğu belli değil... Evet, yaralı, ama ölmedi; inanın bana... Bakalım doktor ne diyecck?.

Katerina İvanovna pencereye koştu. Köşede, kırık dökük bir iskemlenin üzerinde, gece kocasıyla çocuklarının çamaşırlarını yıkamak için hazır tuttuğu su dolu toprak bir leğen vardı. Haftada iki kez, hatta bazen daha sık, Katerina İvanovna geceleri çamaşır yıkardı; çünkü artık o duruma düşmüşlerdi ki, değişecek yedek çamaşırları hemen hiç yoktu; aile üyelerinin her birinin ancak birer kat çamaşırı vardı. Ve pislik, Katerina İvanovna'nın hiçbir zaman katlanamadığı bir şeydi. Evde pislik görmektense, geceleyin herkes uyurken çamaşır yıkamak, ıslak çamaşırları odanın içine gerdiği iplerde kurutmak ve sabaha herkese temiz çamaşır vermek gibi gücünü aşan yorgunluklara katlanmayı yeğ tutardı... Raskolnikov'a istediği suyu getirmek için leğene sarıldı, ama az kalsın leğenle birlikte yere kapaklanacaktı. Raskolnikov zaten bir havlu bulup ıslatmış ve Marmeladov'un yüzündeki kanları silmeye başlamıştı. Katerina İvanovna elleriyle göğsünü bastırarak ve güçlükle soluyarak yanında duruyor, ona bakıyordu. Raskolnikov yaralıyı buraya getirmelerini söylemekle yanlış bir iş yaptığını anlıyordu. Katerina İvanovna'nın da yardıma muhtaç bir hali vardı çünkü.

— Polya, –diye bağırdı Katerina İvanovna,– çabuk koş, Sonya'yı çağır! Evde yoksa, haber bırak, babasının bir arabanın altında kaldığını söyle, döner dönmez buraya gelsin! Çabuk ol Polya! Şu başörtüsünü de al, örtün!

Bu arada sandalyenin üzerinde oturmakta olan çocuk:

— Çabuk ol, Polya! –dedi, sonra yeniden gözlerini kocaman kocaman açıp, topukları ileride, ayak burunları yukarı doğru ve hafif açık, sessizce oturmaya devam etti.

Bu arada oda tıklım tıklım dolmuştu. Polisler gitmişlerdi. Kalan bir tanesi de merdivenlerden akın akın gelen meraklıları, gerisingeri merdivenlere çıkarmaya uğraşıyordu. Öte yandan iç odalardan da Bayan Lippevehzel'in hemen bütün kiracıları üşüşüp gelmişlerdi. Önceleri herkes kendi kapısının önünde dururken, az sonra öbek öbek içeri doluşmaya başladılar. Katerina İvanovna öfkeden çılgın gibi:

— Bırakın da hiç değilse rahat ölsün! –diye bağırdı kalabalığa.– Ve gidin kendinize başka bir eğlence bulun! Üstelik de ağızlarında birer sigara! Öhhö–öhhö–öhhö! Bari zahmet edip şapkalarınızı da çıkarmayaydınız! Aha, şapkasıyla gelen de var... Defol bakayım! Hiç değilse ölüye saygı göstermeyi öğrenin!

Bir öksürük nöbetiyle tıkandı, ama çıkışması işe yaramıştı. Kiracıların ondan çekindikleri anlaşılıyordu. Gerisingeri odadan çıkmaya başladılar: Beklenmedik bir felaket anında, bu felaketin dışında kalan insanlarda hep görülen, dile getirdikleri en içten acıma, acıları paylaşma duygularına rağmen, hiç kimsenin, en yakınlarımızın bile, kapılmaktan kendilerini alamadıkları tuhaf bir sevinç duygusu içindeydiler.

Bu sırada kapının ötesinde biri de hastaneden, hastanın ve içeridekilerin rahatsız edilmemesi gerektiğinden söz etmekteydi.

— Ölmek de yasak! –diye bağırdı Katerina İvanovna; ağzına ne gelirse içeridekilere veriştirmek üzere hınçla kapıya doğru atıldı, ama tam bu sırada ev sahibi Bayan Lippevehzel ile burun buruna geldi.

Bayan Lippevehzel olayı yeni duymuş ve ortalığı düzene sokmak için koşup gelmişti. Son derece arsız, yırtık bir kadındı bu. Ellerini birbirine vurarak ve ağır bir Alman aksanıyla konuştuğu kırık dökük Rusça'sıyla:

— Aman Tanrım! –dedi,– sizin sarhoş koca atlar çiğnemiş! Ben bu evin sahibi! Onu hemen hastaneye götürmek gerek!

Katerina İvanovna:

— Amalya Lyudvigovna, –dedi,– rica ederim, ağzınızdan çıkan sözü kulağınız duysun! (Ev sahibi kadınla biraz tepeden konuşuyordu; "kim olduğunu, ne olduğunu ona hatırlatmak için" hep bu tonla konuşurdu, şu anda bile kendini bu zevkten yoksun bırakmaya gönlü razı olmamıştı.) Anladınız mı, Amalya Lyudvigovna?..

— Bana Amalya Lyudvigovna diyemeyeceğinizi size daha önce de söylemiştim. Ben Amalya Lyudvigovna değil, Amal–İvan'ım.

— Hayır, Amal–İvan değil, Amalya Lyudvigovna'sınız!.. Ve ben şu anda kapının ardında gülüp duran (gerçekten de kapının ardından bir kikirdeme ve "iyice kapıştılar!" sözleri duyulmuştu) Bay Lebezyatnikov gibi aşağılık bir dalkavuk olmadığım, size yaltaklık etmediğim için, bu addan niçin hoşlanmadığınıza bir türlü akıl erdirememe rağmen, size hep Amalya Lyudvigovna diyeceğim!.. Semyon Zaharoviç'in ne durumda olduğunu görüyorsunuz; ölüyor... Rica ediyorum, kapıyı kapatın ve içeri kimseyi bırakmayın! Adamcağızı hiç değilse son nefesini verirken rahat bırakın! Tersine davranırsanız, inanın bana, vali hazretleri durumdan hemen yarın haberdar edilmiş olacaktır. Prens beni ta kızlığımdan tanır; pek çok kez yardım elini uzatmak soyluluğunu gösterdiği Semyon Zaharoviç'i de çok iyi hatırlar. Semyon Zaharoviç'in pek çok dostu ve koruyucusu bulunduğunu herkes bilir... Ama o, şu uğursuz düşkünlüğünden dolayı, soylu bir gururla kendisi uzaklaştı dostlarından. Şimdiyse, Semyon Zaharoviç'in kendisini ta çocukluğundan beri tanıdığı –Raskolnikov'u gösterdi– bu mal mülk sahibi, yüce gönüllü delikanlı yardım ediyor bize ve şunu bilin ki Amalya Lyudvigovna...

Anlatılmaz bir çabuklukla konuşuyordu, sonlara doğru iyice hızlanmıştı ki, bastıran bir öksürük nöbetiyle söylevini yarıda kesmek zorunda kaldı. Bu arada hasta kendine gelmiş, inlemeye başlamıştı. Katerina İvanovna hemen kocasının yanına koştu. Hasta gözlerini de açmıştı, ama daha kimseyi seçemediği için başucunda duran Raskolnikov'a bakıp duruyordu. Seyrek aralıklarla, kesik kesik ve güçlükle soluk alıp veriyordu. Dudaklarının kenarında bir kan çizgisi görülüyordu; alnında terler birikmişti. Yanı başında duran Raskolnikov'u da tanıyamayınca, bakışlarını kaygıyla odanın içinde dolaştırmaya başladı. Katerina İvanovna kocasına üzgün, ama öfkeyle bakıyordu; gözlerinde yaşlar vardı. Umutsuz bir haykırışla:

— Aman Tanrım! –dedi.– Bütün göğsü ezilmiş! Her yanı kan içinde! Üstündekileri çıkarmak gerek...

Kocasına seslendi:

— Semyon Zaharoviç, biraz dönebilecek misin?..

Marmeladov onu tanımıştı, hırıltılı bir sesle:

— Bir papaz! –diye mırıldandı.

Katerina İvanovna pencereye gitti, alnını tahta çerçeveye dayayıp umutsuz bir çığlık attı:

— Tanrım, bu ne biçim hayat!

Bir anlık bir sessizlik oldu, Marmeladov yeniden:

— Bir papaz! –diye mırıldandı.

Katerina İvanovna:

— Saçmalama!.. –diye bağırdı.

Çıkışma etkisini göstermiş, Marmeladov susmuştu. Ürkek, acı dolu bakışlarla karısını arıyordu. Katerina İvanovna yeniden onun yanına döndü, başucunda dikildi. Yatışır gibi oldu Marmeladov, ama uzun sürmedi bu; birden karşı köşede, kocaman açılmış çocuk gözlerini üzerine dikmiş, tir tir titremekte olan Lidoçka'yı –"babasının gülü"– gördü; kızı gösterip kaygı dolu bir sesle:

— A... a... –diye bir şeyler kekeledi.

Katerina İvanovna ters ters:

— Yine ne var? –diye bağırdı.

Marmeladov yarı dalgın bakışlarıyla belli belirsiz kızının çıplak ayaklarını göstererek:

— Yalınayak!.. Yalınayak!.. –diye mırıldandı.

— Suss!.. –diye bağırdı Katerina İvanovna.– Niçin yalınayak olduğunu kendin bilirsin!..

Birden Raskolnikov'un sevinçli sesi duyuldu:

— Tanrı'ya şükür! İşte doktor!..

Üstü başı çok düzgün, sevimli bir ihtiyar olan Alman doktor, çevresini kuşkulu gözlerle süzerek içeri girdi, hastanın yanına gitti, nabzına baktı, kafasını özenle yokladı, Katerina İvanovna'nın da yardımıyla kan içindeki gömleğin düğmelerini çözerek, hastanın göğsünü açtı. Göğüs diye bir şey kalmamıştı hastada, ezilmiş, lime lime olmuştu. Sağ yandaki kaburga kemiklerinden kırılanlar vardı. Solda, tam yüreğinin üzerinde, şiddetli bir çiftenin izi olduğu anlaşılan, sarımsı siyah renkte, ürküntü verici, kocaman bir leke vardı. Doktorun kaşları çatıldı. Bu arada polis, yaralının nasıl tekerlekler arasına girerek yerde otuz adım kadar sürüklendiğini anlatıyordu.

Doktor, Raskolnikov'a fısıltıyla:

— Kendine gelebilmiş olması şaşılacak şey! –dedi.

— Çok mu ağır? –diye sordu Raskolnikov.

— Şimdi ölecek.

— Hiç mi umut yok?

— Hiç! Son dakikalarını yaşıyor. Başında da çok tehlikeli bir yara var... Hmm... Belki kan alabiliriz... ama... bunun da bir yararı olacağını sanmıyorum. Beş on dakikaya kalmaz, kesin ölür.

— Siz yine de bir kan alın!

— Alalım... Ama söylediğim gibi, hiçbir yararı olmayacak bunun.

Bu sırada dışarıdan ayak sesleri duyuldu, koridordaki kalabalık açıldı ve eşikte, elinde ekmek ve şarap, kır saçlı, yaşlı bir papazcık göründü. Ta sokaktan beri bir de polis gelmekteydi ardından. Doktor yerini hemen papaza bıraktı, ikisi anlamlı anlamlı bakıştılar. Raskolnikov doktordan biraz daha kalmasını rica etti, doktor omuzlarını silkti ve beklemeye başladı.

Herkes geri çekilmişti; ama yaralının günah çıkarması uzun sürmedi. Doğru dürüst bir şey anlayabildiği şüpheliydi. Kopuk kopuk bir şeyler mırıldanıyor, ancak hiçbir şey anlaşılmıyordu. Katerina İvanovna, Lidoçka'yı aldı, küçük oğlanı sandalyesinden kaldırdı ve sobanın bulunduğu taraftaki köşeye giderek diz çöktü, çocuklarını da önünde diz çöktürdü. Kız tir tir titriyordu, oğlansa çıplak, ufacık dizleri üzerine çökmüş, küçücük elini ölçülü bir biçimde kaldırarak, geniş hareketlerle haç çıkarıyor, alnı neredeyse döşemelere değecek kadar yere eğiliyordu. Bu hareketin çocuğun çok hoşuna gittiği anlaşılıyordu. Dudaklarını ısırıp gözyaşlarını tutmaya çalışarak, yere eğildikçe açılan sırtını örtmek için arada bir oğlunun gömleğini çekiştirerek Katerina İvanovna da dua ediyordu; bu arada Lidoçka'nın fazlaca çıplak omuzlarına örtmek için duruşunu bozmadan, duasını kesmeden uzanıp konsoldan bir de başörtüsü çıkarmayı başarmıştı. İç odaların kapılarını yeniden açmaya başlayan meraklılar içeriyi seyre koyulmuşlardı. Apartmandaki öteki dairelerin kiracılarından oluşan bir seyirci kalabalığı da koridorda gitgide büyüyerek bekleşiyor, ama kimse eşikten içeri geçmiyordu. Sahneyi yalnızca bir mum artığı aydınlatıyordu.

Bu sırada, ablasını çağırmaya giden Polya, koridordaki kalabalığı yararak soluk soluğa içeri girdi. Başörtüsünü çıkardı, gözleriyle annesini arayıp buldu, yanına yaklaşıp,

— Geliyor, –dedi,– yolda rastladım!

Annesi onu da diz çöktürüp yanına oturttu. Kalabalık arasından genç bir kız ürkek ürkek, süzülürcesine içeri girdi. Bu yoksulluk, umutsuzluk, ölüm dolu odada birdenbire görünüvermesi, herkes üzerinde tuhaf bir etki yaratmıştı. Aslında onun da üstü başı dökülüyordu; son derece ucuz giysiler vardı üzerinde; özel dünyasının zevk ve kurallarına göre takıp takıştırılmış, o bilinen amacı yüz kızartıcı biçimde ve apaçık ortaya koyan bir sokak kadını şıklığı içindeydi. İçeri geçmemiş, koridorda, tam kapının eşiğinde duruyor, kendinden geçmişçesine, bomboş gözlerle çevresine bakınıyordu. Kimbilir kaçıncı elden kendisine geçme ve burası için hiç de uygun düşmeyen, bütün kapıyı kaplamış kabarık etekli, upuzun, gülünç kuyruklu, renkli ipek robunu, açık renk pabuçlarını, geceleyin hiç de gerekmediği halde yanına aldığı ombrelkasını[1], tepesinde ateş rengi tüyler bulunan yuvarlak, gülünç, hasır şapkasını... her şeyi... her şeyi unutmuş gibiydi. Oğlan çocukları gibi yana yıktığı şapkasının altından zayıf, solgun ve korkmuş yüzü görülüyordu; ağzı açıktı, gözleri korkudan donup kalmışçasına hareketsizdi. On sekiz yaşında kadar görünüyordu, kısa boylu ve zayıftı, ama sarı saçları, son derece güzel mavi gözleriyle

1 Şemsiye — Aslında da Fransızca'dan (*ombrelle*) bozma olarak kullanılmıştır.

oldukça sevimli bir kızdı. Gözlerini yataktan ve papazdan ayırmıyordu; koşarak geldiği için soluk soluğaydı. Arkasındaki kalabalıktan söylenen bazı sözleri, fısıltıları duymuş olacak ki, içeri girmek için başını eğip eşikten geçti, ama ilerlemedi, yine kapının orada durdu.

Günah çıkarma ve şarapla ekmek yedirme sona ermişti. Katerina İvanovna kocasının yatağına yaklaştı. Papaz geri çekildi, gitmeden önce Katerina İvanovna'ya avutucu birkaç öğüt, söz söyleyecek oldu.

Katerina İvanovna çocuklarını göstererek sert, sinirli bir sesle susturdu papazı:

— Bunlar ne olacak?

— Tanrı büyüktür! Tanrı'dan umut kesilmez!

— Evet... büyüktür, ama nedense bizim için değil!

Papaz başını iki yana sallayarak:

— Günahtır, hanım, sus, günahtır! –dedi.

Katerina İvanovna can çekişen kocasını göstererek:

— Ya bu günah değil mi? –diye bağırdı.

— İstemeden bu felaketin nedeni olanlar, belki de hiç değilse, kaybettiğiniz gelir kaynağınızın yerini tutacak bir zarar ödentisinde bulunmayı kabul edeceklerdir...

Katerina İvanovna elini salladı, sinirli sinirli:

— Beni anlamıyorsunuz! –diye bağırdı.– Ne zarar ödentisinden söz ediyorsunuz siz? Sarhoşmuş, kendisi atlamış atların ayakları altına! Gelir kaynağıymış! Gelir kaynağı değil, acı kaynağıydı o! Ayyaştı, elinde avcunda ne varsa içkiye yatırırdı! Bizim de nemiz var, nemiz yoksa alır, meyhanelerde savururdu! Hem şu yetimlerin, hem benim hayatımı meyhanelerde içkiye harç etti! İyi ki ölüyor! Zararından kurtulacağız!

— Böyle söylemeyin, hanım, günahtır! Ölmekte olan bir insanı bağışlamak gerekir!

Katerina İvanovna bir yandan papazla konuşurken, bir yandan da hastanın çevresinde dört dönüyordu: Ağzına su damlatıyor, terini, başındaki kanları siliyor, yastığını düzeltiyordu. Papazın son sözleri üzerine öfkeden kendini kaybetmişçesine:

— Papaz efendi, papaz efendi, -dedi,- bunların hepsi kuru laf! Bağışlamaktan söz ediyorsunuz!.. Atların altında kalıp ezilmeseydi, eve yine körkütük sarhoş gelecekti! Üstündeki şu paçavraya dönmüş gömleğinden başka giyecek bir şeyi olmadığı için, o devrilip yatar yatmaz ben gece sabaha kadar onun gömleğini, çocukların kirlilerini yıkamakla, pencere kenarlarında kurutmakla uğraşacaktım. Günün ilk ışıklarıyla da sökükleri dikmeye, yırtıkları yamamaya oturacaktım. İşte benim gecem... Hangi bağışlamadan söz ediyorsunuz siz? Hem ben kendisini çoktan bağışladım!..

Korkunç bir öksürük kriziyle tıkandı. Mendiline tükürdü ve görmesi için papaza uzattı. Yüzü acıyla çarpılmış, bir eliyle göğsüne bastırıyordu. Mendil kan içindeydi.... .

Papaz başını eğdi, bir şey söylemedi. Marmeladov artık son dakikalarını yaşıyordu. Gözlerini, yeniden üzerine eğilmiş olan karısından ayırmıyor, ona bir şeyler söylemeye çalışıyordu. Bin bir güçlükle dilini oynatıp tam bir şeyler mırıldanmaya başlamıştı ki, onun kendisinden af dileyeceğini anlayan Katerina İvanovna buyurgan bir sesle:

— Sus!.. -diye bağırdı.- İstemez! Ne diyeceğini biliyorum...

Hasta sustu, ama aynı anda odanın içinde dolaşıp duran gözleri kapının orada, Sonya'ya takıldı. Sonya köşede, gölgede durduğu için, bu ana kadar fark edememişti onu.

Birden heyecanlandı, dehşet içindeydi, gözleriyle Sonya'nın bulunduğu yeri göstererek, hırıltılı bir sesle ve tıkanırcasına:

— Kim bu? Kim bu? -diye sordu ve büyük bir çabayla doğrulmaya çalıştı.

— Yat! Yatt!.. -diye bağırdı Katerina İvanovna.

Ama o inanılmaz bir çabayla, elleri üstünde doğrulmuştu bile. Sanki tanıyamıyormuş gibi kızına uzun uzun baktı. Sonya'yı bu kılıkta hiç görmemişti. Sonra birden tanıdı. Süslü püslü giysileri içinde alçalmış, ezik, utanç içinde, babasıyla vedalaşmak için boynu bükük sırasını bekliyordu. Marmeladov'un yüzünde sonsuz bir acının gölgesi uçuştu.

— Sonya! Kızım! Bağışla! –diye bağırdı, elini ona doğru uzatmak için kaldırdı, ama desteksiz kalınca yüzükoyun yere yuvarlandı.

Koşup kaldırdılar, yeniden yatağına uzattılar, ama artık ölüyordu. Sonya hafif bir çığlık attı, koşup babasının üzerine kapandı, kucaklaşmış durumda öylece kalakaldılar; Marmeladov kızının kolları arasında can verdi.

— Layığını buldu! –diye bağırdı Katerina İvanovna.– Ne yapacağım şimdi ben? Nasıl kaldıracağım cenazesini? Yarın bu çocukların boğazına bir lokma ekmeği nereden bulacağım?

— Katerina İvanovna! –dedi Raskolnikov, kadına yaklaşarak.– Geçen hafta kocanız bana bütün hayatını, her şeyi anlatmıştı... inanın, sizden sonsuz bir saygıyla söz ediyordu. Hepinize nasıl bağlı olduğunu, hele size Katerina İvanovna, o kahrolası içki düşkünlüğüne rağmen, hele size nasıl saygı ve sevgi beslediğini öğrendiğim o geceden beri kendisiyle dost olduk... Şimdi lütfen, size yardım etmeme, rahmetli dostuma olan borcumu ödememe izin verin... Burada... sanırım yirmi ruble kadar bir şey olacak... eğer size bir yardımı dokunabilirse... ben inanın çok... yine uğrarım ben... muhakkak uğrarım... hatta belki de yarın uğrarım... Hoşça kalın!

Kapıdaki kalabalığı yararak, çabucak odadan çıktı, koridorda birden Nikodim Fomiç'le karşılaştı: Kazayı öğrenmiş ve gerekli işlemleri yapmak için gelmişti. Karakoldaki o olaydan beri birbirlerini görmemişlerdi, ama Nikodim Fomiç onu hemen tanıdı:

— Oo, siz misiniz? –dedi.

— Öldü, –diye cevap verdi Raskolnikov.– Doktor geldi. Papaz da buradaydı. Gerekenler yapıldı. Zavallı kadın! Lütfen onu fazla rahatsız etmeyin, zaten veremli... Olabildiğince avutmaya çalışın kendisini... –Sonra komiserin gözlerinin içine bakarak alaycı bir tonla ekledi.– Biliyorum, siz zaten çok iyi bir insansınız...

Fener ışığında Raskolnikov'un yeleğinde taze kan lekeleri gören Nikodim Fomiç:

— Her yeriniz kan!.. –dedi.

— Evet her yerim kan... Kan içindeyim! –dedi Raskolnikov anlamlı anlamlı; sonra gülümseyerek başıyla bir selam verdi ve merdivenlere yöneldi.

Merdivenlerden inerken, farkında bile olmadığı bir humma nöbeti içindeydi; duyumsadığı yalnızca bütün varlığını kaplayan yepyeni ve güçlü bir hayata ait, yepyeni bir duyguydu. Bu duygu, birdenbire ve hiç ummadığı bir anda bağışlandığını öğrenen bir idam mahkûmunun duyabileceği heyecanla karşılaştırılabilirdi ancak. Merdivenlerin ortasına gelince arkasından papazın gelmekte olduğunu gördü ve çekilip yol verdi. Son basamakları inmek üzereyken, birden arkasında koşturan ayak sesleri duydu. Polya'ydı gelen. Kız, merdivenleri koşarak inerken bir yandan da,

— Bakar mısınız? Bir dakika bakar mısınız? –diye bağırıp duruyordu.

Raskolnikov durdu; geri döndü. Kız son basamakları da koşarak indikten sonra, onun tam karşısında bir basamak yukarıda durdu. Bulundukları yere avludan solgun bir ışık sızıyordu. Raskolnikov, Polya'nın gülümseyen çocuksu gözlerine, zayıf ama sevimli yüzüne baktı. Kızın çok hoşuna giden bir görevle koşup geldiği anlaşılıyordu. Koşmaktan soluk soluğaydı; tıkana tıkana:

— Bakar mısınız, sizin adınız ne? Nerede oturuyorsunuz? –diye sordu.

Raskolnikov, bakışlarında mutluluk, ellerini kızın omuzlarına koydu. Nedenini kendisi de bilmiyordu, ama kıza bakmaktan büyük bir mutluluk duyuyordu.

— Sizi kim gönderdi?

Kız da neşeyle gülümseyerek:

— Sonya ablam gönderdi, -dedi.

— Ben de öyle tahmin etmiştim zaten.

— Ama annem de gönderdi. Tam Sonya ablam beni size gönderirken, annem de geldi ve "Muhakkak yetiş ona Polya'cığım" dedi.

— Siz Sonya ablanızı çok mu seviyorsunuz?

Polya son derece kararlı:

— Onu herkesten çok severim, -dedi; gülümsemesi silinmiş, yüzü ciddileşmişti.

— Beni de sevecek misiniz?

Cevap yerine kızın yaklaşan yüzünü, öpmek için masumca uzanan şişkin dudaklarını fark etti. Kibrit çöpü gibi incecik iki kol boynuna sımsıkı sarıldı. Polya yüzünü onun göğsüne bastırarak ağlamaya başladı; ağladıkça yüzünü daha çok bastırıyordu. Bir dakika kadar sonra başını kaldırdı, gözyaşlarını silerek:

— Babama acıyorum, -dedi; sonra çocuklarda büyükler gibi konuşma hevesine kapıldıkları zaman görülen ciddiyetle ekledi.- Ne de olsa şimdi üzerimize bir felaket çöktü!

— Babanız da sizi sever miydi?

— İçimizde en çok Lidoçka'yı severdi; -diye sürdürdü kız; büsbütün ciddileşmişti ve tümüyle büyükler gibi konuşuyordu,- Lidoçka en küçüğümüz olduğu için, bir de hasta olduğu için... Ona hep oyuncaklar getirirdi, bize de okuma öğretirdi... Bana ayrıca dilbilgisiyle din dersleri de verirdi (övünerek söylemişti bunu). Annem bir şey demezdi, ne var ki, biz onun bundan hoşlandığını bilirdik... Babam da bilirdi bize ders vermesinden annemin hoşlandığını. Annem bana Fransızca öğretmek istiyor, çünkü ben artık öğrenim çağına geldim.

— Poleçka, dua etmesini bilir misiniz?

— Tabii, bilmez olur muyum? Hem de ta ne zamandan beri... Ben artık büyük olduğum için kendi başıma dua ederim, Kolya ile Lidoçka ise annemle birlikte, yüksek sesle dua ederler. Önce "Meryem Ana" duasını okurlar, sonra "Tanrım, ablamız Sonya'yı bağışla ve kutsa!" duasını okurlar... Sonra bir de "Tanrım, öteki babamızı da bağışla ve kutsa!" duasını okurlar. İlk babamız ölmüş, bu bizim ikinci babamız. Ama biz bunun için de dua ederiz.

— Poleçka, benim adım, Rodion; arada bir benim için de dua eder misiniz?.. "Rodion kulunu da" deyin, yeter...

Polya coşkuyla:

— Bundan sonra hayatım boyunca sizin için dua edeceğim! –dedi ve yeniden gülümseyerek onun boynuna atıldı, sımsıkı kucakladı.

Raskolnikov adını, adresini verdi ve yarın kendilerine muhakkak uğrayacağını söyledi. Poleçka büyük bir sevinçle dönüp gitti. Raskolnikov sokağa çıktığında, saat onu geçiyordu. Beş dakika sonra köprü üzerinde, tam kadının kendini kanala attığı yerdeydi.

— Yeter artık! –dedi kararlı, coşkulu bir tavırla; sonra sanki görünmez bir kara güce sesleniyormuş gibi, meydan okurcasına, çalımla ekledi.– Sanrılar, anlamsız korkular, saçma hayaller... hepiniz geri! Yaşam var ve ben şimdi yaşıyorum! Kocakarının ölmesiyle benim hayatım da sona ermedi! Mevlana kavuştun ve sonsuz uykuna yattın, anacığım, artık başkalarını rahat bırak! Aklın esenliği içindeyim, ışığa çıktım artık, irademi, gücümü kazandım. Göreceğiz, el mi yaman bey mi yaman! Bir arşınlık alan üzerinde yaşamaya nasıl razı olabilirim ben! Evet, gerçi şu anda kendimi halsiz hissediyorum, ama... hastalığım geçti. Demin sokağa çıkar çıkmaz anlamıştım geçeceğini... İyi ki aklıma geldi, Poçinkov'un evi buraya çok yakın, hemen Razumihin'e gideyim... Yakın olmasa ne çıkar, yine de gitmeliyim... Varsın bahsi o kazanmış olsun! Varsın biraz da o benimle alay etsin! Hiç önemli değil... Güç gerek bana, güç! Güçsüz hiçbir şey olmaz! Ve güç, ancak güçle elde edilir... Onların bir türlü anlamadıkları bu!

Gururla ve inançla söylemişti bunları. Yürümeye başladı; gururu, kendine güveni, inancı gitgide artıyordu. Bir dakika içinde bambaşka biri olup çıkmıştı. Onu böylesine değiştirecek ne olmuştu? Bunu kendisi de bilmiyordu, saman çöpüne sarılır gibi birden, "Yaşam vardır. Yaşam bitmemiştir. Yaşam kocakarıyla birlikte yok olmamıştır." düşüncesine sarılmıştı. Belki acele varılmış bir yargıydı bu, ama onun bunu düşündüğü yoktu.

Birden, "Benim için de dua etmelerini, 'Rodion kulunu da...' demelerini rica etmiştim ama..." diye hatırladı, sonra,

— Canım ne olacak... Her ihtimale karşı... –diye mırıldandı. Bu çocukça buluşuna gülmekten kendini alamadı. Keyfi pek yerindeydi.

Razumihin'i bulması hiç zor olmadı; Poçinkov'un evinde yeni kiracıyı artık tanıyorlardı. Kapıcı önüne düştü; daha merdivenlerin yarısında, canlı konuşmalar, gürültüler gelmeye başladı kulağına. Merdivene bakan kapı ardına kadar açıktı; bağrıştıkları, tartıştıkları duyuluyordu içeridekilerin. Razumihin'in odası oldukça büyüktü; on beş kişi kadar vardı içeridekiler. Raskolnikov antrede durakladı. Burada bir tahta bölmenin arkasında ev sahibinin iki hizmetçisi, yine ev sahibinin mutfağından getirilmiş büyükçe iki semaverin, şişelerin, meze ve böreklerle dolu tabakların çevresinde koşturup duruyorlardı. Raskolnikov, Razumihin'i çağırmalarını rica etti. Büyük bir sevinç içinde koşup geldi Razumihin; aşırı içkili olduğu daha ilk bakışta belli oluyordu; gerçi pek öyle sarhoş olacak kadar içmezdi, ama bu kez içkiyi bayağı fazla kaçırdığı anlaşılıyordu.

— Dinle, –dedi Raskolnikov hemen söze girerek,– sana bahsi senin kazandığını söylemeye geldim. Bir de... Nelerle karşılaşıp, başına neler gelebileceğini insanın hiçbir zaman bilemeyeceğini... İçeri girmeyeceğim. Şu anda çok halsizim, her an yıkılıp kalabilirim. Bu nedenle, merhaba ve hoşça kalın! Yarın bana uğra...

— Seni evine kadar geçireyim! Madem halsizmişsin...

— Ya konukların? Buraya bakan şu kıvırcık saçlı adam kim?

— Şu mu? Şeytan bilir kim olduğunu! Dayımın tanıdıklarından biri olsa gerek... Ya da kendiliğinden gelmiş biri... Dayıma söylerim, o ilgilenir konuklarla. Çok iyi bir insan dayım. Onunla şimdi tanışamayacak olmana üzüldüm. Neyse, hepsinin canı cehenneme! Şu anda hiçbirinin yokluğumu fark edecek halleri yok! Benim de biraz hava almaya ihtiyacım vardı. Kardeş, öyle zamanında geldin ki! Az kalsın içeride kapışacaktım! Öyle palavralar savuruyorlar ki... İnsanların palavracılıklarını nereye vardırabileceklerini anlamak çok zor doğrusu! Ama niye zor olsun? Sanki biz hiç mi yalan söylemiyoruz? Hem varsın dilediklerince yalan söylesinler, böylece daha sonra söylemezler... Bir dakika bekle, Zosimov'u çağırayım.

Zosimov hemen geldi; Raskolnikov'u görmek için can attığı belli oluyordu; yüzünde ona karşı duyduğu özel bir merakın izleri vardı, ama az sonra yüzü aydınlandı, hastasını muayene etti ve:

— Hemen gidip yatmalısınız, –dedi,– geceleyin de... sizin için hazırlattığım şu tozdan alın...

Raskolnikov tozu aldı, hemen oracıkta yuttu.

Zosimov, Razumihin'e:

— Onu eve götürüyor olman çok iyi, –dedi,– yarına nasıl olur göreceğiz, ama bugün çok iyi. İnsan yaşadıkça neler görüp öğreniyor!

Evden çıkar çıkmaz Razumihin, Raskolnikov'a:

— Çıkarken Zosimov kulağıma eğilip ne fısıldadı biliyor musun? –dedi.– Sana bunu açıklayacağım kardeşim, çünkü onların hepsi birer ahmak. Zosimov bana yolda seninle gevezelik edip ağzından laf almamı, sonra da bunları kendisine anlatmamı söyledi. Çünkü onun kafasında... senin delirdiğine ya da buna benzer bir durumda bulunduğuna ilişkin bir düşünce var! Düşünebiliyor musun? Bir kez sen ondan kat kat daha akıllısın; ikincisi, deli olmadığına göre onun kafasındaki bu saçma sapan düşünceye güler geçersin, üçüncüsü de uzmanlığı operatörlük olan bu et kafa, şimdi nedense ruh hastalıklarına merak sarmış bulunuyor... Bugün Zamyotov'la yaptığın konuşma, kafasındaki sana ilişkin düşünceleri altüst etmiş.

— Zamyotov sana her şeyi anlattı mı?

— Anlattı ve çok da iyi yaptı. Şimdi ben de, Zamyotov da işin içyüzünü çok iyi anlamış bulunuyoruz... Yani Rodya'cığım... tek kelimeyle... ben şimdi hafif tertip kafayı bulmuş durumdayım... Ama bu önemli değil... Önemli olan... hani o düşünce var ya... Anlıyor musun? Bir ara kafalarına iyiden iyiye takılmıştı... Anlıyor musun? Gerçi hiç kimse bunu açıkça dile getiremiyordu, çünkü son derece saçma bir düşünceydi bu, ama işte şu boyacının tutuklanmasından sonra, bütün bu saçmalıklar da sonsuzcasına yok olup gitti. Ama bu adamlar neden bu kadar ahmaklık etmişlerdi? Bilmiyorum. Ben o sıralar Zamyotov'a da epey çıkıştım bu konuda, bu, lütfen aramızda kalsın kardeş, bildiğini hiçbir şekilde sezdirme Zamyotov'a, çünkü görebildiğim kadar, alıngan bir adam. Laviza'nın evinde oldu bu dediğim olay. Ama bugün, artık her şey açıklığa kavuşmuş bulunuyor. Aslında şu İlya Petroviç'ten başladı bütün bu yanlışlıklar: O gün karakolda bayılman onu kuşkulandırdı. Ama daha sonra kendisi de utandı kuşkusundan dolayı. Ben zaten biliyordum bunun böyle olacağını...

Raskolnikov can kulağıyla dinliyordu. Razumihin sarhoşlukla epey boşboğazlık etmişti.

— Aşırı sıcaklarla odadaki yağlıboya kokusuydu bayılmamın nedeni, –dedi.

— Şuna bak hele! Bir de açıklama yapıyor! Hem neden, yalnızca yağlıboya kokusu mu? Bir aydır için için sürüp gelen bir hastalığın sonucu bu! Zosimov da tanık buna! Zamyotov'un nasıl perişan olduğunu tahmin edemezsin! "Ben onun tırnağı olamam." diyor. "O" dediği, sensin! Doğrusu, kardeş, zaman zaman çok iyi duygular görülüyor şu Zamyotov'da. Ama bugün Kristal Palas'ta kendisine esaslı ders vermişsin! Dört dörtlük bir ders! Önce korkutmuşsun, hem öyle böyle değil, tir tir titremiş korkusundan! Çünkü yeniden saçma birtakım düşüncelere inanmaya zorlamışsın kendisini. Sonra da dilini çıkarıp, "adamı işte böyle yaparlar!" gibilerden alay etmişsin!.. Şahane! Ezik, perişan durumda şimdi! Gerçekten yaman adamsın, onlara da senin gibisi gerek. Orada olmadığıma nasıl yanıyorum! Demin Zamyotov gelmeni sabırsızlıkla bekliyordu. Porfiri de seninle tanışmayı çok istiyor...

— Demek o da... İyi ama, bunlar beni neden deli sanıyorlar?

— Ne delisi canım?.. Kardeş, ben galiba biraz fazla gevezelik ettim... Senin bir tek o noktayla ilgilenmen şaşırttı onları. Oysa şu anda bütün durum aydınlandıktan sonra... yani seni sinirlendiren şeyin, o olayın hastalığınla aynı zamana rastlaması... niçin ilgilendiğin anlaşıldı... Ben, kardeş, şu anda biraz kafayı bulmuş durumdayım, yalnız şeytan bilir ya, bu Zosimov'un kafasında kendine özgü bir düşünce var... Ne diyorum sana: Adam ruh hastalıklarına merak sardırdı... Aman sen de tükür gitsin içine!

Yarım dakika kadar ikisi de sustular.

— Dinle Razumihin, –dedi Raskolnikov,– sana bir şey söyleyeceğim: Ben az önce bir ölünün yanındaydım. Bir memur... öldü... Bütün paramı onlara verdim... Ve az önce beni öyle bir yaratık öptü ki, birini öldürmüş olsaydım bile... her neyse, ben orada bir başka yaratık daha gördüm... şapkasında ateş rengi tüyler bulunan... Galiba uzattım... Çok bitkinim, tut beni... Zaten merdivenlere geldik...

Razumihin telaşla:

— Ne oluyorsun? Neyin var? –diye sordu.

— Hafif başım dönüyor... Ama, önemli değil!.. Önemli olan şu ki... Çok, çok üzgünüm... Bir kadın gibi tıpkı... İnan bana! Baksana, şu ne? Bak! Bak!

— "Ne" ne?

— Görmüyor musun, odamda ışık var? Bak, aralıktan sızıyor...

Son merdiven sahanlığında, ev sahibi kadının kapısı hizasında duruyorlardı. Gerçekten de Raskolnikov'un kapısının altından ışık sızıyordu.

— Tuhaf!.. –diye söylendi Razumihin.– Nastasya'dır belki...

— Bu saatte Nastasya'nın ne işi var odamda? Hem o çoktan uyumuştur... Neyse, ne olacaksa varsın olsun! Elveda Razumihin!

— Ne oluyorsun yahu? Seni geçireceğim, beraber gireceğiz içeri!

— Biliyorum, beraber gireceğiz, ama ben şimdi elini sıkmak ve seninle vedalaşmak istiyorum. Hadi, ver elini! Elveda!

— Rodya, neyin var?

— Yok bir şey, hadi girelim; sen de tanıklık edersin...

Basamakları çıkmaya başladılar. Razumihin'in kafasından bir an, Zosimov'un haklı olabileceği düşüncesi geçti. "Gevezeliklerimle sinirlerini bozdum." diye söylendi içinden. Kapıya yaklaşınca birden sesler duydular: Odada birileri vardı.

Razumihin:

— Yahu ne oluyor burada? –diye bağırdı.

Raskolnikov önce davranıp kapıyı ardına kadar açtı ve olduğu yerde mıhlanmış gibi kalakaldı. Annesiyle kız kardeşi divana oturmuşlar, bir buçuk saattir onun dönmesini bekliyorlardı. Onların geleceklerine, hatta belki de gelmiş olabileceklerine ilişkin daha bugün bile tekrarlanan haberleri duymasına karşın, nasıl olmuştu da herkesten az beklemiş, herkesten az aklına getirmişti onları? Bu bir buçuk saat içinde ana kız, şu anda hâlâ karşılarında durmakta olan ve kendilerine her şeyi bütün ayrıntılarıyla anlatmış olan Nastasya'yı soru yağmuruna tutmuşlardı. Hele Raskolnikov'un hasta hasta "kaçtığını", Nastasya'nın anlattıklarından çıktığına göre, hatta sayıklamalı bir durumda bulunuyor olmasına karşın kaçtığını öğrenince, öyle korkmuşlar, öyle korkmuşlardı ki, "Tanrım, acaba başına bir şey mi geldi?" diye ağlaya ağlaya perişan olmuşlardı.

Raskolnikov'un kapıda görünüşü sevinçli, heyecanlı çığlıklarla karşılandı; ikisi birden üzerine atıldılar. Ama Raskolnikov ölü gibi duruyordu; bilinci ani ve güçlü bir darbe yemişti sanki! Kucaklaşmak için kollarını bile kaldıramamıştı. Annesiyle kız kardeşi ona sımsıkı sarılmışlar, öpüyor, gülüyor, ağlıyorlardı. Raskolnikov bir adım attı, yalpaladı, birden olduğu yere yığılıp kaldı; bayılmıştı.

Telaşlı, korkulu bağırışlar, çığlıklar kapladı odayı. Razumihin hemen odaya daldı, hastayı kucaklayıp kaldırdı; beriki bir anda kendini havada bulmuştu.

Razumihin, Raskolnikov'un annesiyle kız kardeşine dönerek:

— Bir şey değil, bir şey değil! –dedi.– Küçük bir baygınlık... Ciddi bir şey değil! Doktor kendisini daha demin gördü ve tümüyle sağlıklı olduğunu söyledi! Hah, işte kendine geliyor!.. Bakın gözlerini açtı bile!..

Ve Duneçka'nın kolunu, onu bayağı incitecek kadar sertlikle tutup, kardeşinin "kendine geldiğini" göstermek için eğilip bakmaya zorladı. Ana kız, Razumihin'e bir kurtarıcıya bakar gibi sevgi ve minnet duygularıyla dolu olarak bakıyorlardı; gece boyunca Nastasya'dan bu "becerikli delikanlının" –Pulheriya Aleksandrovna Raskolnikova'nın, Nastasya'nın anlattıklarını dinledikten sonra Razumihin için taktığı addı bu– Rodyaları için neler yaptığını bütün ayrıntılarıyla dinlemişlerdi.

Üçüncü Bölüm

I

Raskolnikov yattığı yerden doğrulup oturdu. Razumihin annesiyle kız kardeşini yatıştırmak için son derece heyecanlı, ateşli bir şeyler anlatmaktaydı... Arkadaşının bir sağanağı andıran konuşmasını kesmek için elini güçlükle, belli belirsiz kaldırdı. Sonra annesiyle kız kardeşinin ellerinden tutup bir birinin, bir ötekinin yüzüne bakarak iki dakika kadar konuşmadan öylece durdu. Annesi onun bu bakışlarından korkmuştu. Çünkü Raskolnikov'un bakışlarında hem müthiş bir acı anlatımı, hem de bir kımıltısızlık ve delice pırıltılar vardı. Pulheriya Aleksandrovna ağlamaya başladı.

Avdotya Romanovna'nın yüzü sapsarıydı; ağabeyinin avcundaki eli titriyordu.

Raskolnikov, Razumihin'i göstererek:

— O... sizi evinize... götürsün, –dedi; kesik kesik konuşuyordu.– Yarın görüşmek üzere! Yarın her şeyi... Çok oldu mu geleli?

Pulheriya Aleksandrovna:

— Akşam geldik, –dedi.– Tren çok geç geldi. Ama Rodya, beni şimdi kessen buradan ayrılmam. Şuracıkta, senin yanında yatıveririm ben.

Raskolnikov elini sinirli sinirli salladı:

— Tanrı aşkına beni üzmeyin!

— Onun yanında ben kalırım! –diye bağırdı Razumihin,– bir an bile yanından ayrılmam, evdeki misafirler de ne halt ederlerse etsinler, nasıl olsa dayımı orada bıraktım.

Pulheriya Aleksandrovna:

— Size nasıl, nasıl teşekkür edeceğimi bilemiyorum... –diye bir şeyler söyleyecek oldu, ama Raskolnikov annesinin sözünü keserek:

— Dayanamayacağım, dayanamayacağım artık! –dedi sinirli bir şekilde.– Yeter artık! Dayanamayacağım! Gidin!

Dunya çok korkmuştu, annesine fısıldayarak:

— Gidelim anneciğim, –dedi,– hiç değilse bir an için olsun odadan çıkalım. Varlığımız ona çok acı veriyor.

Pulheriya Aleksandrovna ağlamaya başladı:

— Üç yıllık ayrılıktan sonra nasıl olur da oğlumu doya doya seyredemem?

Raskolnikov annesinin sözünü yeniden keserek:

— Durun bir dakika! –dedi.– Boyuna sözümü kesiyorsunuz, aklım karışıyor. Lujin'i gördünüz mü?

Pulheriya Aleksandrovna:

— Hayır, –dedi,– ama geldiğimizi biliyor...

Ürkek ürkek ekledi:

— Pyotr Petroviç öyle iyi bir insan ki, duyduğumuza göre de bugün seni ziyaret etmiş.

— Evet, öyle iyi bir insan ki... Dunya; ben bugün o adama, kendisini merdivenlerden atabileceğimi söyledim ve buradan kovdum.

Pulheriya Aleksandrovna:

— Ne diyorsun Rodya? –diye bağırdı korku içinde.– Sen herhalde... Yani sen demek istemiyorsun ki...

Sonra kızına bir göz attı ve sustu. Avdotya Romanovna, gözlerini ağabeysinin yüzüne dikmiş, sözlerini bitirmesini bekliyordu. Bu sabahki kavgayı anlayabildiği ve anlatabildiği kadarıyla demin Nastasya'dan dinlemişler, şaşırmışlar, üzülmüşlerdi.

Raskolnikov konuşmasını güçlükle sürdürerek:

— Dunya, –dedi,– ben bu evliliğe karşıyım, bu nedenle yarın sabah ilk iş Lujin'e verdiğin sözü geri al, artık o adamın adını bile duymak istemiyorum.

Pulheriya Aleksandrovna:

— Aman Tanrım! diye bağırdı.

Avdotya Romanovna:

— Ağabey, sen ne söylediğinin farkında mısın?.. –diye bir şeyler söyleyecek oldu, ama hemen sözü değiştirerek:

— Sanırım bugün kendinde değilsin, yorgunsun, –dedi.

— Sayıklıyor muyum yani? Hayır... Sen Lujin'le benim için evleniyorsun. Ve ben böyle bir özveriyi kabul etmiyorum. Bu nedenle yarın hemen kendisine sözünü geri aldığını bildirir bir mektup yazacaksın. Mektubu yarın sabah bana okursun, bu iş de burada biter!

Dunya öfkeyle:

— Hayır, böyle bir şey yapamam! –diye bağırdı.– Hem ne hakla...

Pulheriya Aleksandrovna korkmuştu:

— Dunya! –diye atıldı.– Sen de amma öfkelisin! Kes artık!.. Yarın... görmüyor musun? En iyisi biz şimdi buradan gidelim!

Razumihin sarhoş sarhoş:

— Sayıklıyor! –diye bağırdı.– Yoksa böyle bir şey söylemeye nasıl cesaret edebilir! Yarına bütün bu saçmalamaları geçmiş olur... Bugünse... onu gerçekten kovdu. Evet... kovdu! O da çok kızdı tabii... Önce bize bir söylev çekti, ne kadar bilgili olduğunu gösterdi, sonra da kuyruğunu bacaklarının arasına kıstırdığı gibi gitti!..

Dunya:

— Yarın görüşürüz ağabey, –dedi; kardeşine acır gibiydi.– Hadi, anne! Hoşça kal, Rodya!

Raskolnikov son çabasını da harcayarak arkalarından bağırdı:

— Anladın değil mi kardeşim? Ben sayıklıyor falan değilim. Bu evlenme değil, alçaklık. Hadi ben alçağım, bari sen olma... Bir kişinin olması yeter... Ve ben bir alçak olabilirim, ama böyle bir kardeşi de kardeşliğe kabul edemem! Ya ben, ya Lujin! Gidin artık!

Razumihin:

— Çıldırdın mı sen be! Bu ne despotluk! –diye kükredi.

Ama artık Raskolnikov cevap vermedi; belki de cevap verecek gücü kalmamıştı. Bitkin bir şekilde divana uzandı, yüzünü duvardan yana döndü... Avdotya Romanovna kardeşine ilgiyle bakıyordu, kara gözleri kıvılcımlanmıştı. Razumihin bile titrediğini duydu onun bu bakışlarından. Pulheriya Aleksandrovna'nın eli ayağı buz kesmişti; umutsuzca:

— Ben buradan dünyada ayrılmam! –diye fısıldadı Razumihin'e.– Burada... kalacak bir yer bulurum... Siz Dunya'yı götürün.

Razumihin de aynı fısıltıyla:

— Ve bütün işleri de altüst edersiniz! –dedi.– Hiç değilse şuraya, merdivenlere çıkalım. Nastasya, ışık tutsana!

Merdivenlerde sesini biraz daha yükselterek, yarı fısıltılı:

— Size yemin ederim, –dedi,– bu sabah beni de, doktoru da neredeyse dövecekti! Anlıyor musunuz? Doktoru! Ne yapsın, sinirlendirmemek için çekti gitti adam. Ben ona göz kulak olmak için aşağıda kaldım. Oysa o bu arada giyinip kaçmış. Eğer sinirlendirirseniz, şimdi de kaçar. Gece vakti kendine bir şey yapmaya falan kalkışabilir!

— Ah, siz neler söylüyorsunuz!

— Hem Avdotya Romanovna'nın pansiyonda tek başına kalması doğru olmaz. Kalacağınız yerin nasıl bir yer olduğunu biliyor musunuz siz? Pyotr Petroviç denilen alçak sanki size doğru dürüst bir yer bulamaz mıydı? Biliyor musunuz, ben bu akşam hafif tertip sarhoşum... onun için, sövüyorum diye kusura bakmayın.

Pulheriya Aleksandrovna hâlâ ayak diriyordu:

— Ev sahibi kadına gidip, Dunya ile bana burada kalabileceğimiz bir köşe göstermesi için yalvaracağım. Onu böyle bırakamam, yapamam!

Bunları konuştukları sırada, merdivenlerde, tam ev sahibi kadının kapısı önünde bulunuyorlardı. Nastasya ise bir basamak aşağıdan onlara ışık tutuyordu. Razumihin, onda pek görülmeyen bir coşkunluk içindeydi. Yarım saat önce Raskolnikov'u evine kadar geçirirken kendisinin de itiraf ettiği gibi çok gevezelik etmişti, ama bu gece içtiği içki düşünülecek olursa, tümüyle dinç ve aklı başında olduğu söylenebilirdi. Şu anda ise büyük bir coşkunluk içindeydi, sanki içtiği bütün içkiler içinde iki kat çoğalmış ve başına vurmuştu. Kadınların ellerinden tutmuş, şaşırtıcı bir açıklıkla konuşarak onları ikna etmeye çalışıyor, sözlerine daha çok inanmalarını sağlamak için olsa gerek, her sözünde ikisinin de elini acıtacak kadar sıkıyor ve hiç çekinmeden Avdotya Romanovna'ya gözleriyle yiyecekmiş gibi bakıyordu. Kadınlar arada bir acıdan ellerini onun kocaman ve kemikli avuçları arasından kurtarıyorlar, ama o bunu hiç fark etmediği gibi, onları daha bir güçlü kendine doğru çekiyordu. Eğer şimdi bu iki kadın onlara hizmet olsun diye kendisini merdivenlerden tepetaklak atmasını isteselerdi, bir an bile düşünmeden isteklerini yerine getirirdi. Aklı fikri Rodya'sında olan Pulheriya Aleksandrovna, genç adamın oldukça eksantrik biri olduğunu ve ellerini gerektiğinden çok sıktığını hissetmekle birlikte, şu anda onu bir koruyucu olarak gördüğü için bütün bu eksantriklikleri görmezden gelmeye çalışıyordu. Annesiyle aynı kaygılar içinde bulunan Avdotya Romanovna, korkak bir kız olmamasına karşın, bu ağabey dostunun yabani bir ışıkla tutuşan bakışları karşısında büyük bir şaşkınlık, hatta korku duyuyordu; onu, annesini de ardı sıra sürükleyerek bu tuhaf adamın yanından kaçmaktan alıkoyan biricik şey, Nastasya'nın ona ilişkin anlattıklarının, içinde uyandırdığı sonsuz güvendi. Şu anda belki de ondan kaçmalarının olanaksız olduğunu da anlıyordu. Aslında on dakika kadar sonra genç kız kendini epey ferahlamış duydu. Çünkü Razumihin, nasıl bir ruhsal durum içinde bulunursa bulunsun, kendini bir anda apaçık gösteren bir insandı. Bu nedenle de ana kız, nasıl biriyle birlikte olduklarını çabucak anladılar.

— Ev sahibinin yanında kalmak istemeniz çok saçma bir şey! –diye bağırdı Razumihin.– Evet, biliyorum, bir annesiniz, ama eğer burada kalırsanız, onu iyice çileden çıkarırsınız ve o zaman da neler olabileceğini artık hiç kimse bilemez. Bakın ne yapalım: Nastasya onun yanında kalsın, ben sizi evinize kadar götüreyim, çünkü sizin tek başınıza gitmeniz doğru olmaz; bizim Petersburg bu konularda... Her neyse!.. Sizi bırakır bırakmaz hemen buraya dönerim. Ve size namus sözü veriyorum, on beş dakika sonra size Rodya'nın durumu hakkında haber getiririm. Sonra, doğruca kendi evime koşarım, evde bir sürü misafirim var ve hepsi sarhoş... Zosimov'u alırım. Zosimov, Rodya'ya bakan doktordur, şu anda benim evde bulunuyor ve sarhoş da değildir. Zaten o hiçbir zaman sarhoş değildir. Onu aldığım gibi doğruca Rodya'ya götürürüm, sonra da hemen size gelirim. Böylece bir saat içinde ondan iki kez haber almış olursunuz. Hem de doktor ağzından, anlıyor musunuz, yani benim gibi birinden değil, doğrudan doğruya doktor ağzından!.. Eğer Rodya'nın durumu ağırsa, yemin ederim, sizi buraya getiririm. Yok eğer durumu iyiyse, siz de yatar uyursunuz. Ben de geceyi buracıkta, şu koridorda geçiririm. Rodya'nın haberi bile olmaz bundan! Zosimov'a da, elimin altında bulunması için, ev sahibi kadının yanında gecelemesini söylerim. Şimdi ona siz mi daha gereklisiniz, yoksa doktor mu? Hiç kuşkusuz doktor daha yararlı olur onun için. Şu halde şimdi doğruca evinize! Ev sahibi kadının yanında kalmak yok! Ben kalabilirim, ama siz kalamazsınız! İzin vermez çünkü... Aptalın tekidir de ondan... Beni Avdotya Romanovna'dan kıskanır. Hatta bir şey söyleyeyim mi, sizden bile kıskanır... Ama Avdotya Romanovna'dan kesinkes kıskanır. Tuhaf, çok tuhaf bir kadındır! Aslında ben de aptalın biriyim ya... Neyse! Tükürün gitsin içine! Hadi gidelim! Bana inanıyor musunuz? Söyleyin, bana inanıyor musunuz, yoksa inanmıyor musunuz?

— Gidelim anneciğim, –dedi Avdotya Romanovna,– inanıyorum ki söz verdiği gibi davranacaktır. Kardeşimi dirilten o değil mi? Hem doktor burada gecelemeye razı olursa, bu çok iyi bir şey olur!

Razumihin coşkuyla bağırdı:

— Bakın siz... siz... beni anlıyorsunuz, çünkü siz bir meleksiniz! Gidelim! Nastasya! Sen hemen ışıkla onun yanına çık! Ben on beş dakikaya kadar dönerim...

Pulheriya Aleksandrovna, Razumihin'in söylediklerine bütünüyle inanmadıysa da daha fazla direnmedi. Razumihin ikisinin birden koluna girdi ve merdivenlerden sürüklercesine indirip götürdü. Pulheriya Aleksandrovna her şeye karşın kaygılıydı, "Evet, gerçi iyi yürekli, becerikli bir çocuk, ama acaba verdiği sözü yerine getirebilecek mi? Öylesine sarhoş ki..." diye düşünmekten kendini alamıyordu.

Razumihin, Pulheriya Aleksandrovna'nın aklından geçenleri anlamıştı:

— Biliyorum, beni sarhoş sanıyorsunuz! –diye kadının düşüncelerini yarıda kesti; kocaman ve hızla adımlarla yürüyor ve iki kadını ardı sıra koşmak zorunda bırakıyordu, ama o bunun farkında bile değildi.– Saçma! Yani... ben fena halde sarhoşum, ama sorun bu değil; ben içkiden sarhoş değilim. Sizi görünce içki başıma vurdu... Neyse, tüküreyim bana. Sözlerime kulak asmayın siz. Yalan söylüyorum çünkü, size layık bir insan değilim... Hem de hiç değilim!.. Sizi bırakır bırakmaz hemen şuracıkta, kanalda başıma iki kova su dökeceğim... Sizi nasıl sevdiğimi bir bilseydiniz! Lütfen ne gülün, ne de kızın! Kime isterseniz kızabilirsiniz, ama bana kızmayın! Ben onun dostuyum, bu duruma göre sizin de dostunuz sayılırım. Ben böyle istiyorum... Aslında ben hissediyordum bunu... Geçen yıl, öyle bir an geldi ki... ama hayır, hiç de önceden böyle bir şey hissetmişliğim yok. Çünkü siz sanki gökten iniverdiniz! Sanırım bu gece hiç uyuyamayacağım! Zosimov bugün onun çıldırabileceğinden korkuyordu... Bu yüzden onu hiç sinirlendirmememiz gerek...

Pulheriya Aleksandrovna:

— Neler söylüyorsunuz siz? –diye bağırdı.

Avdotya Romanovna da korkmuştu:

— Doktor gerçekten de böyle mi söyledi?

— Söyledi, ama söylediği bu değildi. Bir ilaç verdi kendisine, bir toz, gözümle gördüm, sonra da siz geldiniz... Ah, keşke yarın gelseydiniz!.. Ama çıkmakla çok iyi ettik! Bir saat sonra Zosimov gelip size hastanın durumu hakkında rapor verir. O benim gibi sarhoş değil! Ben de bir daha sarhoş olmayacağım... Hey Tanrım, ben niye bu kadar içtim acaba? Alçaklar! Beni tartışmaya çektiler! Oysa bir daha tartışmaya tövbe etmiştim!.. Öyle cevherler yumurtluyorlardı ki, az kalsın dövüşecektim! Başkan olarak dayımı bıraktım yanlarında... Kişilikten yoksunluk! İstedikleri bu! Ve bundan büyük bir haz duyuyorlar. Yani, kendileri olmamak, olabildiğince kendilerine benzememek! En büyük ilerleme, onlara göre bu! Sıraladıkları saçmalar bari kendi uydurmaları olsa...

Pulheriya Aleksandrovna çekine çekine:

— Dinleyin... –diyecek oldu, ama bu Razumihin'i kızıştırmaktan başka bir işe yaramadı. Sesini iyiden iyiye yükselterek:

— Siz ne sanıyorsunuz? –diye bağırdı.– Onlara palavra savurdukları için mi kızıyorum sanıyorsunuz? Saçma! Ben yalanı severim! Yalan, insanların bütün öteki yaratıklara karşı biricik üstünlüğüdür! Yalan söylersin ve böylece gerçeğe ulaşırsın! Ben yalan söylediğim için insanım. Önceden on dört kez, hatta belki de yüz on dört kez yalan söylemeden hiçbir gerçeğe ulaşılmamıştır. Ve bu kendine göre onurlu bir iştir. Oysa biz yalanı bile kendimiz kıvıramayız! Bana bir yalan söyle, ama bu yalan senin olsun, senin uydurduğun bir şey olsun, alnından öpeyim! Kendine ait bir yalan, başkalarına ait gerçekleri tekrarlamaktan belki de daha iyidir. Birincisinde sen bir insansın, ikincisinde ise bir papağan! Biz şimdi neyiz? Biz şimdi, ayrıcalıksız hepimiz, bilimde, gelişmede, düşüncede, buluşta, ülküde, istekte, liberalizmde, akılda, tecrübede, her şeyde, her şeyde, her şeyde daha kolej hazırlık sınıfındayız! Başkalarının aklıyla yetinmek hoşlarına gidiyor, alışmışlar bir kez!

Razumihin her iki kadının da elini sıkarak ve sarsarak:

— Öyle değil mi? Öyle değil mi diyorum size? Öyle değil mi? –diye bağırdı.

Zavallı Pulheriya Aleksandrovna:

— Oh, aman Tanrım! Nereden bileyim ben? –dedi.

— Söylediklerinizin hepsine katılmamakla birlikte, evet... evet, –dedi Avdotya Romanovna; bunları çok ciddi bir eda ile söylemişti, ama birden can acısıyla haykırdı. Çünkü Razumihin kızın elini bu kez gerçekten biraz fazla sıkmıştı.

Razumihin coşkuyla:

— Evet mi? Evet mi dediniz? –diye bağırdı.– Öyleyse siz... iyiliğin, temizliğin, akıl ve mükemmelliğin kaynağısınız! Verin elinizi, uzatın, siz de verin elinizi, hemen şuracıkta diz çöküp öpmek istiyorum bu elleri!

Ve Razumihin yolun ortasına diz çöktü, bereket versin gelip geçen kimse yoktu.

Pulheriya Aleksandrovna çok telaşlanmıştı:

— Rica ederim kesin artık! –diye bağırdı.– Ne yapıyorsunuz öyle?

— Kalkın, kalkın! –dedi Dunya; o da telaşlanmıştı, ama bir yandan da gülüyordu.

— Elinizi vermezseniz dünyada kalkmam! Tamam, işte böyle, bakın şimdi kalkarım, hadi gidelim! Ben mutsuz, ahmak bir sarhoşum, size layık değilim ve sizden utanıyorum... Sizi sevmeye layık değilim, ama önünüzde saygı ile eğiliyorum ve eğer mükemmel bir hayvan değilse, karşınızda her insan aynı şeyi yapar! İşte önünüzde eğildim ve işte kalacağınız pansiyon! Rodion'un az önce sizin şu Pyotr Petroviç'i odasından kovması yalnızca bu nedenle bile bağışlanabilir! Nasıl olur da sizi böyle bir pansiyona yerleştirebilir? Rezalet bu! Kimler gelir gider buraya; biliyor musunuz? Oysa siz onun nişanlısısınız! Nişanlısınız siz, değil mi? Bu durumu gördükten sonra, nişanlınızın bir alçak olduğunu söylemek düşüyor bana!

Pulheriya Aleksandrovna:

— Bakın Bay Razumihin; unutuyorsunuz ki... –diye başlayacak oldu, ama Razumihin onun sözünü keserek:

— Evet, evet, haklısınız! –dedi.– Bir an unuttum ve bu yüzden de utanıyorum. Ama... ama... böyle konuştuğum için bana gücenemezsiniz! Çünkü içtenliğimden böyle konuşuyorum, yoksa... şeyden değil... Hım!.. Zaten çok alçakça olurdu böylesi! Tek kelime ile ben size... Hım!.. Neyse; bunun nedenini söylemeyeceğim, cesaret edemem! Bugün daha Rodya'nın odasına girdiği anda o adamın bizim dünyamızdan biri olmadığını hepimiz anlamıştık. Ama saçlarını berberde maşalattığı ya da bize ne kadar bilgili olduğunu göstermeye kalkıştığı için değil, hayır, bir casus, bir vurguncu olduğu için! Pozcunun, gösterişçinin, soytarının biri olduğu için! Apaçık görülen şeylerdi bunlar onda. Yoksa siz onu akıllı mı sanıyorsunuz? Hayır, ahmağın biri o! Ahmak! Ve siz onu denginiz mi sanıyorsunuz? Tanrı korusun! Ve hanımlar, biliyor musunuz ki, –pansiyonun merdivenlerinden çıkarken birden duraklamıştı.– Gerçi şu anda evimde bulunan konukların hepsi sarhoş, ama hepsi de namuslu insanlardır. Sonra biz yalan da söyleriz, çünkü ben de söylerim, ama böylece önünde sonunda gerçeğe ulaşacağız; çünkü yürüdüğümüz yol, doğru bir yol. Pyotr Petroviç'e gelince...

onun yolunun doğru olduğunu söyleyemeyiz. Gerçi ben az önce konuklarıma sövüp saydım, ama yine de onların hepsine saygı duyarım. Hatta şu Zamyotov'a bile, evet saygı duymam ama, severim, çünkü daha çok toy. Evet, evet, o hayvan herifi, o Zamyotov denen hayvanı bile severim, çünkü dürüsttür ve işini iyi bilir... Yeter artık! Her şeyi söyledim ve bağışlandım! Bağışlandım mı? Bağışlandım, öyle değil mi? Hadi, gidelim! Ben bu koridoru bilirim, daha önce de gelmiştim; şurada, üç numaralı odada bir rezalet çıkmıştı... Sizin odanız hangisi, kaç numara? Sekiz mi? Tamam, kapınızı kilitleyin ve kimseye açmayın! Çeyrek saat sonra size Rodya'dan haber getireceğim, yarım saat sonra ise Zosimov'la birlikte geleceğim. Görürsünüz! Haydi hoşça kalın! Ben hemen gidiyorum.

Pulheriya Aleksandrovna kızına dönerek telaş ve korku içinde:

— Aman Tanrım, Duneçka! –dedi.– Nedir bütün bu başımıza gelenler?

Duneçka şapkasını ve şalını çıkarırken:

— Sakin olun anneciğim, –dedi,– bu adamı bize Tanrı gönderdi. Gerçi doğruca bir içki sofrasından kalkıp geliyor, ama ona güvenebiliriz, inanın bana. Hele kardeşim için yaptığı onca şeyden sonra...

— Ah Dunya'cığım; Tanrı bilir artık gelip gelmeyeceğini! Nasıl bırakabildim Rodya'yı! Kırk yıl düşünsem aklıma gelmezdi onu böyle bulacağım! Nasıl da sertti? Sanki gelişimiz onu hiç sevindirmedi...

Pulheriya Aleksandrovna'nın gözlerinde yaşlar parladı.

— Anneciğim, yanılıyorsunuz. Sürekli ağladığınız için iyi göremediniz. Geçirdiği hastalık onu iyice sarsmış, bütün neden bu.

— Ah şu hastalık! Bir şeyler olacak, bir şeyler olacak!

Pulheriya Aleksandrovna kızının gözlerine ürkek ürkek bakıyor, onun kafasından geçenleri okumaya çalışıyordu.

Dunya'nın ağabeysini savunmasından onu bağışladığı sonucunu çıkarmış ve bu onu oldukça avutmuştu. Kızının düşüncelerini okumaya devam ederek:

— Ve seninle ne biçim konuştu Dunya! –diye ekledi.– Ama ben yarın onun bu düşüncelerini değiştireceğine inanıyorum.

— Bense, –dedi Avdotya Romanovna annesinin sözünü keserek,– onun bu konu üzerinde yarın da aynı şeyleri söyleyeceğinden eminim.

Hiç kuşkusuz konu oldukça nazikti. Üstelik Pulheriya Aleksandrovna'nın şu anda konuşmaktan çekindiği bir nokta vardı burada. Dunya uzanıp annesini öptü, Pulheriya Aleksandrovna da hiçbir şey söylemeden kızını sımsıkı kucakladı. Sonra oturdu ve üzüntülü bir merakla Razumihin'in dönüşünü beklemeye başladı. Bir yandan da ürkek ürkek kızını izliyordu. Dunya ellerini çaprazlama olarak göğsünde kavuşturmuş, düşünerek odanın içinde bir aşağı bir yukarı dolaşıyor ve o da Razumihin'i bekliyordu. Düşünürken odanın içinde tur atmak Avdotya Romanovna'nın eski bir alışkanlığı idi. Annesi böyle anlarda onun bu dalgın halini bozmaktan çekinirdi.

Razumihin'in içkili kafayla Avdotya Romanovna'ya karşı birdenbire alevleniveren tutkuları hiç kuşkusuz gülünçtü. Ama genç kızı, özellikle de şu anda kollarını göğsünde kavuşturmuş, düşünceli, üzüntülü odanın içinde dolaşırken gören pek çok insan, herhalde delikanlıyı –sarhoşluk hali hesaba katılmasa bile– hoş görürdü. Son derece güzel bir kızdı Avdotya Romanovna: Uzun boylu, son derece endamlı ve gürbüzdü. Her halinden, her hareketinden kendine güveni belli olurdu; ama onun bu kendine güveni, davranışlarındaki yumuşaklığı ve inceliği hiç bozmuyordu. Yüzü ağabeyinin yüzüne benzerdi, ama bu yüzün güzelliği çok daha kusursuzdu. Koyu kumral saçları ağabeyininkilerden biraz daha açıktı. Karaya çalan gözleri ışıl ışıldı; bu gözlerde gurur ve zaman

zaman da sonsuz iyilik pırıltıları görülürdü. Benzi soluktu, ama hastalıklı bir solukluk değildi bu. Yüzünden körpelik ve sağlık fışkırıyordu. Ağzı biraz küçüktü, kırmızı, diri altdudağı, çenesiyle birlikte hafifçe öne doğru çıkıktı. Bu çok güzel yüzün belki biricik kusuru da buydu. Ama kızın yüzüne ilginç bir özellik, sanki bir tür kibirlilik katıyordu bu durum. Yüzünün anlatımı neşeli olmaktan çok, ciddi ve düşünceli idi. Oysa gülümseme bu yüze öyle yakışıyordu ki!.. Neşeli, genç, kaygısız bir gülümseme bu yüze öyle bir hava veriyordu ki!.. Ömründe böyle bir yaratık görmemiş ateşli, içten, açıkyürekli, biraz saf, ama bir pehlivan gibi güçlü ve sarhoş Razumihin'in onu daha ilk görüşte kendini kaybedivermesi çok doğaldı. Üstelik de rastlantılar Dunya'yı, ağabeysiyle karşılaşmasının yarattığı o güzel sevgi ve sevinç anında karşısına çıkarmıştı. Daha sonra da ağabeysinin son derece kaba ve sert emirleri karşısında kızcağızın altdudağının öfkeden nasıl titrediğini görmüş ve artık dayanamamıştı.

Aslında az önce merdivenlerde Raskolnikov'un eksantrik ev sahibesi Praskovya Pavlovna'nın, onu yalnızca Avdotya Romanovna'dan değil, Pulheriya Aleksandrovna'dan bile kıskanabileceğini söylerken, doğru söylüyordu. Pulheriya Aleksandrovna kırk üç yaşındaydı, ama yüzü hâlâ eski güzelliğinin izlerini taşıyor; içinin duruluğunu, izlenimlerinin tazeliğini, yüreğinin onurlu ve temiz ateşini koruyabilmiş hemen bütün kadınlar gibi yaşından çok daha genç gösteriyordu. Burada bir ayraç açıp şunu belirtelim ki, gençlikteki güzellik için gereklilikleri tartışılmaz olan bu özellikleri koruyabilmiş olmak, yaşlıyken de güzel kalmanın biricik yoludur. Saçları ağarmaya ve seyrekleşmeye başlamış, gözlerinin çevresinde çoktan ışıksı birtakım çizgicikler halinde kırışıklıklar oluşmuştu; yanakları üzüntüden ve acıdan çökmüştü. Ama yine de bu yüz olağanüstü güzeldi. Altdudak özelliği bir yana bırakılırsa, bu yüz Avdotya Romanovna'nın yirmi yıl sonraki portresi idi. Duygulu bir kadındı Pulheriya Aleksandrovna, ama sahteliğe varmayan bir duygululuktu bu. Belli ölçüde sıkılgan ve uysaldı: İnançlarına ters düşen konularda bile uzlaşabilir, uysalca boyun eğebilirdi. Ama öyle bir dürüstlük çizgisi, öyle katı birtakım kuralları ve inançları vardı ki, hiçbir zorlama onu bunların ötesine geçirtemezdi.

Razumihin'in gidişi üzerinden tam yirmi dakika geçmişti ki, kapı hafifçe, ama çabuk çabuk, iki kez vuruldu. Razumihin dönmüştü. Hemen kapıyı açtılar.

— Hayır, girmeyeceğim, –dedi Razumihin hızlı hızlı,– Raskolnikov son derece sakin, derin bir uykuda. Umarım böylece on saat falan uyur! Nastasya var şu anda yanında; ben dönene kadar yanından ayrılmayacak. Şimdi de gidip Zosimov'u getireceğim, o size durumu daha ayrıntılarıyla açıklar. Sonra siz de yatarsınız, yorgunluktan perişan durumdasınız!

Razumihin sözlerini bitirir bitirmez geri döndü ve koşarcasına uzaklaştı.

Pulheriya Aleksandrovna çok sevinmişti:

— Ne becerikli... ne sadık bir çocuk!.. –dedi.

Odada yeniden bir aşağı bir yukarı dolaşmaya başlayan Avdotya Romanovna:

— Evet, iyi bir insana benziyor, –dedi.

Yarım saat kadar sonra koridorda yeniden ayak sesleri duyuldu, yeniden kapı çaldı. İki kadın da bu kez Razumihin'in verdiği sözü yerine getireceğine inanarak bekliyorlardı. Gerçekten de Zosimov'u getirmeyi başarmıştı Razumihin. Zosimov şölen sofrasını bırakmayı ve gidip Raskolnikov'u görmeyi ikiletmeden kabul etmişti. Ama sarhoş Razumihin'e güvenemediği için kadınların yanına biraz kuşkulu, biraz istemeye istemeye gelmişti. Kadınların kendisini bir önbiliciyi bekler gibi beklediklerini görünce hemen yatışmış, hatta onuru okşanmış, özsaygısı artmıştı. Anneyle kızın yanında on dakika kalmış ve bu süre içinde Pulheriya Aleksandrovna'yı yatıştırmayı başarmıştı. Büyük bir ilgiyle, ama kendini tutarak, hatta zorlama bir ciddilikle, önemli bir konsültasyona çağrılmış yirmi yedi yaşındaki bir hekim gibi konuşmuş, tek kelimeyle olsun konudan ayrılmadığı gibi, kadınlardan her ikisiyle de daha kişisel ya da özel bir ilişkiye girme isteği de göstermemişti. Daha odaya girdiği anda Avdotya Romanovna'nın güzelliğiyle gözleri kamaşmış, bütün ziyareti boyunca ona hiç dikkat etmemeye çalışarak ve yalnız Pulheriya Aleksandrovna'ya bakarak konuşmuştu. Bütün bunlar ona büyük bir gönül hoşnutluğu veriyordu. Hasta konusunda söylediği ise şu anda sevinç verici bir durumda bulunduğuydu. Gözlemlerine göre hastalığın, delikanlının şu son aylarda geçirdiği maddi sıkıntıların yanı sıra, ruhsal bazı nedenleri de vardı; "yani maddi, manevi pek çok karmaşık etkenlerin, birtakım düşüncelerden kaynaklanan korku, kaygı ve üzüntülerin... ve daha başka bazı şeylerin ürünü bir hastalık"tı bu. Avdotya Romanovna'nın kendisini büyük bir dikkatle dinlediğini görünce Zosimov konu üzerine biraz daha ayrıntılı açıklamalara girişti. Pulheriya Aleksandrovna'nın çekine çekine sorduğu, "Rodya'nın delirmesiyle ilgili kuşkuları bulunup bulunmadığı" sorusuna içten bir gülümseme ile sözlerinin abartıldığı karşılığını verdi. Gerçi hastada sabit bir fikre saplanıp kalmış olma, yani saplantıya benzer (ki tıp biliminin bu yeni alanı kendisinin son derece ilgisini çekiyordu) bir durum görülmüyor değildi, ama hastanın kaç gündür sayıklamalı bir durumda bulunduğunu da unutmamak gerekirdi. Öte yandan annesiyle kız kardeşinin gelişi hiç kuşkusuz hastanın toparlanmasına, güçlenmesine yardım edecek, iyileşmesi yönünde olumlu etkilerde bulunacaktı; ama unutmamak gerekirdi ki, böyle bir şey ancak hastayı sarsacak yeni, olağanüstü birtakım heyecanlardan kaçınmak koşuluyla mümkündü, Zosimov bu son sözleri oldukça anlamlı bir tavırla söylemişti. Sonra kalktı, ağırbaşlı, içten, hanımları selamladı; kutsamalarla, hayır dualarıyla, içten teşekkürlerle, hatta hiç ummamasına karşın, sıkması için uzanan Avdotya Romanovna'nın küçücük eliyle uğurlanarak, ziyaretinden, ama bundan da çok kendinden son derece hoşnut bir durumda dışarı çıktı.

Razumihin, Zosimov'un ardı sıra çıkarken:

— Yarın görüşürüz, –dedi,– şimdi ne yapıp edip yatmanız gerekiyor. Yarın olabildiğince erkenden gelip size raporumu veririm.

Dışarı çıktıklarında Zosimov neredeyse dudaklarını yalayarak:

— Göz kamaştırıcı bir kız! –dedi.– Hayran oldum şu Avdotya Romanovna'ya!..

Razumihin birden onun gırtlağına sarıldı ve ulurcasına:

— Göz kamaştırıcı mı? Hayran mı oldun? –diye bağırdı.– Eğer böyle bir şeye cesaret edersen... Anlıyor musun? Anlıyor musun? –Zosimov'u duvara dayamış, yakasından tutarak sarsıyordu.– Anlıyor musun?

Zosimov kendini savunmaya çalışarak:

— Bırak beni sarhoş şeytan! –diye bağırdı, sonra Razumihin kendisini bırakınca gözlerini dikip uzun uzun arkadaşının yüzüne baktı ve birden katıla katıla gülmeye başladı.

Razumihin kolları sarkık, üzgün, karamsar, öylece duruyordu karşısında.

— Eşeğin biriyim ben, –dedi sonunda yine öyle üzgün,– ama sen... sen de öylesin!

— Hayır dostum, ben hiç de öyle değilim! Çünkü ben senin gibi öyle aptalca şeyler düşlemiyorum.

Konuşmadan, sessizce yürüdüler. Ancak Raskolnikov'un evine yaklaştıklarında Razumihin daldığı derin düşüncelerden sıyrılarak sessizliği bozdu:

— Dinle, –dedi Zosimov'a,– iyi bir çocuksun, ama başka pek çok rezilliklerinin yanı sıra, bir de zamparasın. Bunu biliyorum, hem de pis bir zamparasın! Sinirli, sünepe bir adamsın! İyice yağlandığın halde, kendini hiçbir şeyden yoksun bırakamıyorsun. Ben böylesi şeylere pis diyorum, çünkü bunlar insanı doğruca pisliğe götüren şeylerdir. Kendini öyle şımarttın, öyle nazlı nazenin bir şey yaptın ki, nasıl olup da iyi, hatta özverili bir hekim olabildiğine doğrusu bir türlü aklım ermiyor. Kuştüyü yataklarda yatarsın (tabii, ne de olsa doktor!), sonra da kalkıp hastaya gidersin! Üç yıla kalmaz, artık hastaların için yatağından da kalkmaz olursun! Neyse, boş ver bunları! Sorun şu: Geceyi ev sahibi kadının evinde geçireceksin (kadını güçbela kandırabildim, bende mutfakta yatacağım). İşte size küçük bir tanışma fırsatı! Ama iş sandığın gibi değil, aklından geçen şeyin gölgesi bile yok bu işte!

— Ben de aklımdan bir şey geçirmiyorum zaten.

— Burada, azizim, bir yandan utangaçlık, suskunluk, aşırı bir erdemlilik, bir yandan da iç çekmeler, mum gibi erimeler, sararıp solmalar vardır. Dünyadaki bütün şeytanlar adına sana yalvarıyorum: Kurtar beni bu kadından! Çok sevimli, hoş bir yaratıktır! Yap bana bu iyiliği, ömrüm boyunca kulun kölen olayım!

Zosimov deminkinden daha şiddetli bir kahkaha attı:

— Amma korkutmuş kadın gözünü! İyi ama, ne yapayım ben onu?

— İnan bana fazla bir şey yapacak değilsin! Yanına oturup, ne kadar saçma olursa olsun, aklına eseni anlat, yeter! Kaldı ki, bir doktorsun sen, birtakım hastalıklar bul ve tedavi et onu. Yemin ederim pişman olmayacaksın. Sonra, bir orgu var kadının; bilirsin, ben biraz şarkı mırıldanabilirim, hani bir Rus halk şarkısı vardır: "Yakıcı gözyaşları döküyorum..." diye, işte bu şarkıyı söylemiştim kendisine... böyle şarkıları sever, aramızdaki ilişki de zaten şarkı ile başladı... Oysa sen piyanoda bir virtüöz, bir üstatsın; bir Rubinstein![1] İnan bana, pişman olmayacaksın!

---

1 Anton Grigoriyeviç Rubinstein (1829-1894) — Piyanist, besteci, orkestra şefi.

— Yoksa sen kadına söz mü verdin? Ya da senet falan?.. Belki de evlenme konusunda bir söz verdin...

— Hayır, hayır, hiç öyle bir şey yok! Sonra o öyle bir kadın değil. Çebarov bir gün kendisine...

— Madem öyle, vazgeç gitsin kadından!

— Olur mu öyle durup dururken?

— Neden olmasın?

— Neden mi? Olmaz da onun için! Azizim, biliyor musun, bu işin çekici bir başlangıcı var...

— Demek kadının aklını çeldin?

— Hayır, hiç de aklını çelmedim, hatta belki de tersine, aptallığım yüzünden o benim aklımı çeldi. Yanında ben olmuşum ya da sen olmuşsun, ona göre hiç fark etmez; yeter ki yanında biri olsun ve iç çeksin... Burada dostum... bilmem ki sana nasıl anlatayım, yani, örneğin sen matematikten anlarsın, hâlâ matematikle uğraştığını biliyorum, işte ona, örneğin entegral hesaplarından söz et... hiç şaka etmiyorum, çok ciddiyim. Onun için bunun hiçbir önemi yok. O senin yüzüne bakıp iç çekecektir. Bütün bir yıl boyunca böyle yan yana oturup anlattıklarını dinler ve iç çeker. Tam iki gün kendisine Prusya senatosunu anlattım (ne konuşabilirdim ki onunla?), o da iki gün boyunca karşımda iç çekti durdu. Yalnız aşktan söz edeyim deme, çok sıkılgandır. Ondan vazgeçemiyormuşsun gibi görün, yeter. Esaslı konforlu bir evi var: Kendi evindeymişsin gibi davranabilirsin: Oku, uzan, otur, yaz... Hatta dikkatli olmak koşuluyla öpebilirsin bile...

— İyi ama, bana ne bu kadından?

— Eh, sana da bir türlü laf anlatılmıyor! Biliyor musun, siz ikiniz birbiriniz için yaratılmışsınız! Bu konuda zaten daha önce de aklıma gelmiştin sen... Hem nasılsa dönüp dolaşıp geleceğin nokta bu! Ha biraz daha erken olmuş, ha biraz daha geç, fark eder mi senin için? Bu işin içinde kuştüyü yatak ilkesi var, kardeş. Hem yalnızca kuştüyü yatak mı? Seni buraya alınyazın çekiyor; burası senin için dünyanın sonudur, demir atacağın sakin bir liman, dünyanın göbeği, evrenin tabanıdır. Mis gibi gözlemeler, kaymaklı börekler, fokurdayan semaverlerde akşam çayları bekliyor seni burada; hemen yanı başında sessiz iç çekmeler, sıcacık kürkler, tandırlar... Bir bakıma ölmüşken yaşar gibi olacaksın, senin anlayacağın bir taşla iki kuş... Neyse, azizim, epey gevezelik ettim! Artık yatsak iyi olur! Dinle: Ben geceleri arada bir kalkar gidip kendisini yoklarım. Önemli bir şey değil, her şey yolunda! Senin de telaşlanmanı gerektirecek bir şey yok! Eğer istersen, sen de çıkıp bir kez yoklayıver! Eğer bir şey fark edersen, ne bileyim, sayıklama, ateş ya da bunlara benzer bir şeyler, hemen bana haber ver! Gerçi bir şey olacağı yok ya...

II

Ertesi gün sekize doğru epey kaygılı uyandı Razumihin ve birden kendini öngöremediği pek çok kuşku ve kararsızlıkların ortasında buluverdi. Bir gün gelip de bir sabah bu şekilde uyanabileceği, kırk yıl düşünse aklına gelmezdi. Dün olup bitenleri en küçük ayrıntılarına kadar hatırlıyor, daha öncekilere hiç benzemeyen, hiç bilmediği, yepyeni ve olağanüstü bir etkinin altında bulunduğunu anlıyordu. Anladığı bir şey daha vardı: Kafasında doğan şey, gerçekleşmesi olanaksız bir düştü; o derece gerçekleşemez bir düştü ki bu, hatta delikanlı böyle bir şeyi aklından geçirebildiği için utanç duymaya başlamıştı. Bu nedenle hemen kendini "dünkü lanetli günden" miras kalan çok daha önemli birtakım kaygılara, çok daha önemli başka konulara kaptırdı.

"Alçak ve iğrenç" bir insan durumuna düşmüş olması, dünle ilgili en korkunç anısıydı. Ama kendini böyle hissetmesi yalnızca sarhoş olması nedeniyle değildi. Kızla nişanlısı arasındaki ilişkiyi doğru dürüst bilmemesine, adamı hemen hiç tanımamasına rağmen, aptalca, bir kıskançlık duygusuna kapılarak ve kızın durumundan yararlanarak nişanlısı hakkında ileri geri sözler etmesi, adama sövmesi onu bu duruma düşürmüştü. Sonra adam hakkında böylesine düşüncesizce ve alelacele yargılarda bulunmaya hakkı var mıydı? Ve ondan düşüncesini soran olmuş muydu? Her şey bir yana Avdotya Romanovna gibi bir yaratık kendisine layık olmayan bir adama parası için varır mıydı? Demek ki, adamın birtakım erdemleri vardı? Pansiyon mu? İyi ama, nereden bilsindi adam bu pansiyonun o biçim bir yer olduğunu? Hem onlar için ayrıca bir ev de tutmamış mıydı?.. Tüh, nasıl da alçalmıştı! Sarhoş oluşuyla mı temize çıkaracaktı kendisini? İyi ama, bu kendisini daha da alçaltan, aptalca bir mazeret olmaz mıydı? İçkideydi tüm gerçek ve olanca çıplaklığıyla kendini göstermişti; "yani incelikten yoksun, kıskanç bir yüreğin olanca çirkefliği ortaya çıkmıştı!" Hem böylesi bir hayale kendini kaptırmaya nasıl cesaret edebilmişti? Böyle bir kızın yanında kendisi neydi ki? Kavgacı bir sarhoş ve dünkü palavracı değil mi? "Bundan daha gülünç ve küstah bir karşılaştırma olabilir mi?" Razumihin bu düşünce ile kıpkırmızı kesildi; tam bu sırada, sanki inadınaymış gibi, dün merdivenlerde Raskolnikov'un ev sahibesinin onu Avdotya Romanovna'dan kıskanabileceğini söylediğini hatırladı... Hayır, bu kadarı da fazlaydı artık! Razumihin olanca gücüyle mutfaktaki ocağa bir yumruk indirdi. Öyle sert vurmuştu ki, ocağın bir tuğlası kırıldı, eli de yaralandı.

Bir dakika kadar sonra, kendini aşağılarcasına,

— Hiç kuşkusuz, –diye mırıldandı,– yaptığım bütün bu rezillikleri ne şimdi, ne de hiçbir zaman onlara unutturabilirim... Öyleyse bu konu üzerinde düşünmem de gereksiz... Oraya sessizce gidip... görevlerimi sessizce yerine getiririm... özür falan dilememeliyim... hiçbir şey konuşmak da yok... ve... ve tabii artık her şey de mahvoldu!

Bununla birlikte giyinirken elbisesine her zamankinden daha büyük özen gösterdi. Başka elbisesi yoktu, ama olsaydı da herhalde giymezdi, "kasten giymezdi". Ama böyle derbeder ve rezil bir durumda da kalamazdı: Başkalarının, üstelik de kendisinin yardımına gereksinim duyan, onu yanlarına çağıran insanların duygularını hiçe saymaya hakkı yoktu. Elbisesini özenle fırçaladı. Gömleği zaten fena sayılmazdı: Titizdi gömlek konusunda.

Yıkanırken de çok özenliydi: Nastasya'da sabun varmış, saçlarını, boynunu, özellikle de ellerini özenerek yıkadı. Tıraş olma konusuna gelince (Praskovya Pavlovna'nın rahmetli kocasından kalma çok güzel usturaları vardı) aşırı katı bir tavırla olumsuz karar verdi: "Sakallı kalayım daha iyi! Yoksa benim... şey için tıraş olduğumu sanırlar... Kesinlikle öyle sanırlar! Yok, dünyada tıraş olmam!"

— Ve... en önemlisi de kaba, pis bir adam olduğunu, davranışlarının bayağı olduğunu söyleyeceklerdir. Diyelim ki... evet, belki namuslu bir insansın, ama namuslu bir insanım diye övünülür mü hiç? Herkes namuslu olmak zorunda değil midir? Hatta temiz bir insan... Kaldı ki, –kendin de hatırlıyorsun bunu– senin de ufak tefek bazı numaraların olmadı değil. Gerçi bunlar alçakça işler değildi, ama olsun!.. Oysa kafandan neler geçiyordu! Bütün bunları Avdotya Romanovna ile yan yana koy bakalım! Vay anasına! Eeh, ne yapayım yani! İnadıma böyle pis, salaş bir insan olarak kalacağım, tükürmüşüm! Hatta daha da beter olacağım!

Geceyi Praskovya Pavlovna'nın salonunda geçiren Zosimov, onu böyle kendi kendine konuşurken buldu.

Doktor evine gidiyordu, yalnız daha önce hastaya bir göz atmak istemişti. Razumihin ona hastasının bir köstebek gibi uyuduğunu bildirdi. Doktor da kendiliğinden uyanıncaya dek hiç ellememelerini söyledi. Saat on bire doğru uğrayıp, kendisi de ayrıca yoklayacaktı.

— Tabii evde bulabilirsem, –diye ekledi.– Lanet olsun! Bir doktor hastasına söz geçiremezse, onu nasıl tedavi edebilir? Biliyor musun, o mu onlara gidecek, yoksa onlar mı buraya gelecekler?

Sorunun amacını anlayan Razumihin:

— Sanırım onlar buraya gelecekler, –dedi.– Aile sorunlarını görüşeceklerdir herhalde... Ben çıkar giderim. Sense doktor olarak, kalmak hakkına kuşkusuz benden daha çok sahipsin.

— Papaz değilim ben; uğrayıp hemen gideceğim, zaten işim başımdan aşkın!

Razumihin kaşlarını çatarak:

— Canımı sıkan bir şey var, –diye onun sözünü kesti,– dün gece yürürken, sarhoşlukla ağzımdan saçma sapan bir şeyler kaçırdım sanıyorum... Bu arada, senin onun çıldırmaya eğilimli olduğundan korktuğunu da söyledim...

— Dün aynı gevezeliği kadınlara da yapmışsın.

— Aptallık ettiğimi biliyorum! İstersen döv beni! Ama gerçekten bu konudaki düşüncen kesin mi?

— Saçma! Nereden kesin düşüncem olacak? Beni ona götürürken, sen kendin bir saplantılı gibi anlattın onu. Öte yandan biz de dün işi büsbütün kızıştırdık... Daha doğrusu sen... şu boyacı hikâyelerinle... Belki de bu yüzden aklını kaçıran bir adamın yanında açılan konuya bak! Eğer karakolda olup bitenleri, serserinin birinin şu malum şüphe ile onu incittiğini ayrıntılarıyla biliyor olsaydım, dünkü konuşmalara kesinlikle izin vermezdim. Zaten bu saplantılılar damladan derya yaratırlar, kuruntularını gerçek sanırlar. Hatırlayabildiğim kadarıyla, dün Zamyotov'un anlattıklarıyla benim için sorunun yarısı aydınlanmış bulunuyor. İşte böyle! Bir olay biliyorum: Kırk yaşlarında bir kuruntulu, sofra başında sekiz yaşında bir çocuğun şakalarına dayanamayarak çocuğu boğazlamış. Burada ise paçavralar içinde bir genç, küstah bir polis, başlangıç halinde bir hastalık ve bir şüphe ile karşı karşıyayız! Şüphe edilen kişi de kim? Çıldırma kertesine varmış bir kuruntulu!.. Üstelik de müthiş kibirli, müthiş kendini beğenmiş! Hastalığın çıkış noktası da belki buradadır! Lanet olsun! Şu Zamyotov, evet, sevimli bir çocuk ne var ki, hım... dün akşam oturup bütün bunları anlatması çok gereksizdi. Gevezeliğin böylesine pes doğrusu!

— Anlatıp da kime anlattı sanki? Seninle bana değil mi?

— Porfiri'yi de unutma.

— E, ne olmuş Porfiri'ye?

— Aklıma gelmişken; şunlara, anneyle kıza sözün geçerse eğer, söyle, çok dikkatli davransınlar bugün Rodya'ya...

Razumihin isteksizce:

— Onlar anlaşır, –dedi.

— Sonra, Lujin'den ne istiyor bu oğlan Tanrı aşkına? Besbelli hali vakti yerinde bir adam, sonra kızın da ondan pek nefret eder bir hali yok... Bunlar beş parasızlar galiba, öyle değil mi?

— Ne diye ağzımı arayıp duruyorsun? –Razumihin sinirlenmişti.– Beş parasızlar mı, değiller mi, nereden bileyim ben? Kendin sor, belki bir şeyler öğrenebilirsin...

— Tüh! Bazen nasıl da aptal oluyorsun! Geceki sarhoşluğunu hâlâ atamamışsın... Hadi hoşça kal! Konukseverliğinden ötürü Praskovya Pavlovna'ya tarafımdan teşekkür et. Odasına kapandı; kapısının arkasından kendisine "bonjur!" dedim, karşılık vermedi. Oysa saat yedide kalkmıştı, mutfaktan semaverini getirdiklerini gördüm, ama kendilerinin yüzünü görmek şerefine eremedim...

Razumihin saat tam dokuzda Bakaleyev'in pansiyonundaydı. Kadınların ikisi de ne zamandır sinirli bir sabırsızlıkla bekliyorlardı kendisini. Saat yedide, hatta belki de daha erken kalkmışlardı. Razumihin bir karış suratla içeri girdi, beceriksizce bir selam verdi ve hemen bu davranışından dolayı kendine içerledi. Anneyi hiç hesaba katmamıştı: Pulheriya Aleksandrovna ona doğru atılıp ellerini yakalamış, neredeyse öpecekti. Razumihin ürkek ürkek Avdotya Romanovna'ya baktı: Bu gururlu yüzde bile şu anda alaycı bakışlar, elde olmayan, iyi gizlenmemiş bir hor görme yerine, öyle bir minnet ve dostluk anlatımı, öylesine hiç beklemediği bir saygı anlatımı vardı ki, sövgüyle karşılansa belki Razumihin için daha kolay olurdu. Oysa şu anda içinde bulunduğu durum son derece utanç vericiydi. Bereket versin konuşacak hazır bir konusu vardı; o da dört elle buna sarıldı.

Oğlunun "daha uyanmadığını" ama "her şeyin yolunda olduğunu" öğrenen Pulheriya Aleksandrovna bunun daha iyi olduğunu, "çünkü oraya gitmeden önce Razumihin'le konuşmak istediğini, hem de bunu çok, çok istediğini" bildirdi. Bundan sonra kahvaltı ve Razumihin'in kahvaltıya daveti konusu görüşüldü; hanımlar Razumihin'i beklerken kahvaltı etmemişlerdi. Avdotya Romanovna zili çaldı, zil sesine hırpani kılıklı biri geldi, kendisine çay getirmesini söylediler, ama servis öylesine kötü, her şey öylesine pisti ki, kadınlar çok utandılar. Razumihin otel için okkalı bir küfür savuracaktı ki, Lujin'i hatırlayıp sustu, utanmıştı, Sonunda Pulheriya Aleksandrovna kendisini ardı arkası kesilmez bir biçimde soru yağmuruna tutunca, buna pek sevindi.

Bu sorulara cevap verirken, hiç durmadan sözleri yeni sorularla kesilerek tam kırk beş dakika boyunca Rodion Romanoviç'in son bir yıllık yaşamı üzerine bilebildiği başlıca ve en gerekli olayları anlattı; sözlerini hastalığıyla ilgili ayrıntılı bilgilerle bitirdi. Ancak, atlanması gereken her şeyi, bu arada polis karakolunda geçenleri bütün sonuçlarıyla birlikte atlamıştı. Kadınlar anlattıklarını büyük bir ilgiyle dinlemişlerdi; ama o artık anlatacaklarını bitirdiğini ve dinleyicilerini tatmin ettiğini düşünürken, onlar için bu hikâyenin daha başlangıcına bile girilmemiş olduğu ortaya çıktı.

Pulheriya Aleksandrovna sözcükleri yutarcasına:

— Söylesenize, –dedi,– söylesenize, siz... ah, özür dilerim, daha adınızı bile bilmiyorum?

— Dmitri Prokofiç.

— Evet, Dmitri Prokofiç, çok, çok bilmek isterdim... yani genel olarak... onun... şeylere nasıl baktığını... yani... bilmem ki nasıl anlatsam size; en iyisi şöyle diyeyim: Nelerden hoşlanır, nelerden hoşlanmaz? Her zaman böyle sinirli midir? Sonra, eğer söyleyebilmeniz mümkünse, arzuları, hayalleri nelerdir? Şu anda onu özellikle etkileyen şey nedir? Tek kelime ile isterdim ki...

— Ah, anneciğim! –dedi Dunya.– Bütün bu sorularınıza birdenbire nasıl cevap verilebilir?

— Ah Tanrım! Onu böyle bulacağımı hiç, ama hiç ummuyordum, Dmitri Prokofiç.

Razumihin:

— Bu son derece doğal bir durum, –dedi.– Benim annem yok, dayımsa her yıl ziyaretime gelir ve hemen her gelişinde de dış görünüşüm bakımından bile beni güçlükle tanır; oysa akıllı bir adamdır. Siz üç yıldır ayrıydınız, bu süre içinde çok sular aktı köprülerin altından. Bilmem ki size ne söylesem. Ben Rodya'yı bir buçuk yıldır tanıyorum. Tanıdığım kadarıyla, somurtkan, kederli, başı havada, gururlu biri. Son zamanlarda ise (belki de daha uzunca bir süreden beri) kuruntulu. Gönlü yücedir, iyi yüreklidir. Düşüncelerini dile getirmeyi sevmez, yüreğindekileri açığa vurmaktansa, şiddete başvurmayı yeğler. Ama bazen hiç de kuruntulu değildir, sadece soğuk ve acımasız denebilecek derecede duygusuzdur. Doğrusunu isterseniz, birbirine ters iki ayrı karakter sanki nöbetleşe yer değiştirir gibidir onda. Bazen ağzını bıçak açmaz! Hiç zamanı yoktur, herkes kendisine engel olmaktadır, oysa hiçbir şey yapmamakta, sırtüstü yatmış uzanmaktadır. Alaycı değildir, ama bu zekâsının yetmezliğinden değil, böyle saçmalıklara ayıracak zamanının olmayışındandır. Anlatılanları sonuna kadar dinlemez. Herkesin ilgisini ayakta tutan bir konu onu hiç ilgilendirmeyebilir. Kendisine müthiş değer verir ve sanırım bu konuda pek de haksız değildir. Daha ne söylesem, bilmem ki?.. Sanırım gelişinizin, üzerinde iyileştirici bir etkisi olacaktır...

— Ah, umarım! –diye atıldı Pulheriya Aleksandrovna; Rodya'sı üzerine Razumihin'in anlattıkları bayağı üzmüştü onu.

Razumihin ise sonunda cesaretini toplayıp Avdotya Romanovna'ya bakabildi. Konuşma sırasında göz ucuyla ikide bir bakmış, ama bu bakışlar hep kaçamak olmuştu; bakmasıyla gözünü kaçırması bir olmuştu. Avdotya Romanovna bazen masaya oturup onu dikkatle dinlemiş, bazen kalkıp ellerini göğsünde kavuşturarak, dudakları sımsıkı kenetli, alışkanlığı üzere oda içinde bir aşağı bir yukarı dolaşmıştı; arada bir, yürüyüşünü kesmeden, dalgın dalgın sorular sormuştu. Onun da anlatılanları sonuna kadar dinlememe huyu vardı. İnce kumaştan koyu renk bir elbise vardı üzerinde, boynuna da beyaz, şeffaf bir eşarp bağlamıştı. Razumihin ortadaki pek çok belirtiden kadınların her ikisinin de yoksul olduklarını hemen anlamıştı. Avdotya Romanovna bir kraliçe gibi giyinmiş olsaydı, belki de ondan hiç korkmayacaktı; şimdiyse, özellikle kızın böylesine yoksul giyimli olması içine bir korku düşürmüş, söyleyeceği her sözden, yapacağı en küçük bir hareketten korkar olmuştu; zaten kendine güveni olmayan bir insan için doğrusu oldukça sıkıcı bir durumdu bu.

Avdotya Romanovna gülümseyerek:

— Kardeşimin huyları üzerine... üstelik de tam bir tarafsızlıkla pek çok ilginç şey anlattınız, –dedi.– Bu güzel bir şey. Ona büyük bir hayranlık beslediğinizi sanıyordum ben.

Sonra düşünceli bir tavırla ekledi:

— Hayatında bir kadının bulunması gerektiği görüşü de yanlış değil gibi geliyor bana...

— Ben böyle bir şey söylemiş değilim. Ancak siz bu noktada haklı olabilirsiniz. Ne var ki...

— Evet?

— Onun kimseyi sevdiği yok!.. –diye kestirip attı Razumihin.– Ve hiçbir zaman da sevmeyecektir!

— Yani sevme yeteneği mi yok?

Razumihin birden kendisinin de hiç beklemediği bir şey söyledi:

— Biliyor musunuz Avdotya Romanovna, her konuda ağabeyinize öyle benziyorsunuz ki!..

Sonra az önce kızın ağabeyi için söylediği sözleri hatırladı, ıstakoz gibi kızardı; dehşetli utanmıştı. Avdotya Romanovna ise onun haline gülmekten kendini alamamıştı.

— Rodya konusunda belki de ikiniz de yanılıyorsunuz, – dedi Pulheriya Aleksandrovna; alınmış gibi bir hali vardı.– Ben şimdikinden, yani Pyotr Petroviç'in mektubunda yazdığı kızdan söz ediyor değilim, Dunya'cığım... Belki her ikimizin de tahmini yanlıştır... Ama onun nasıl fantastik, nasıl kaprisli bir çocuk olduğunu, Dmitri Prokofiç, imkânı yok tahmin edemezsiniz... On beş yaşında olduğu sıralarda bile onun karakterine asla güvenemezdim. Şimdi de durup dururken, hiçbir insanın yapmayı aklından bile geçirmediği birtakım şeyler yapabileceğinden eminim... Hem uzağa gitmeye ne gerek var: Bilmem biliyor musunuz, bir, bir buçuk yıl kadar önce şu pansiyoncu kadının... neydi canım... şu... Zarnitsına'nın kızıyla evlenmeye kalkışarak beni nasıl şaşırtmış, sarsmış, neredeyse ölecek hale getirmişti!..

— Bu olayın ayrıntılarını biliyor musunuz? –diye sordu Avdotya Romanovna.

— Sanıyor musunuz ki, –diye Pulheriya Aleksandrovna heyecanla sözlerine devam etti,– benim o sırada döktüğüm gözyaşları, ricalarım, hastalığım, hatta üzüntüden ölmem, yoksulluğumuz, onu kararından caydırabilirdi? Hayır! Kılı bile kıpırdamadan bütün engelleri aşıp geçecekti. Yoksa... yoksa bizi hiç mi sevmiyor?

— Bana bu hikâyeden kendisi hiçbir zaman söz etmedi...

Razumihin sözcükleri dikkatle seçerek konuşuyordu:

— Ama ben Bayan Zarnitsına'dan bir şeyler duymuştum. Aslında o da pek öyle konuşkan takımından değildir... Zaten duyduğum şeyler de bana oldukça tuhaf görünmüştü...

— Nelerdi örneğin, duyduklarınız? –Soruyu hanımların ikisi birden sormuşlardı.

— Doğrusunu isterseniz, öyle fazlaca önemli şeyler değil... Yalnız, öğrendiğime göre bu evlenme işine kesin karar verilmiş, ancak kızın ölümü üzerine gerçekleşmemiş. Öte yandan Zarnitsına da bu evliliğe karşıymış... Ayrıca, söylediklerine göre, kız güzel de değilmiş, hatta çirkinmiş... Sonra hastalıklı ve... ve tuhaf bir kızmış... Bununla birlikte, sanırım birtakım erdemleri vardı. Hatta kesinlikle olması gerekiyor, yoksa bu evlenme işini açıklayabilmek mümkün olmaz. Üstelik kızın çeyizi de yokmuş. Gerçi Rodya çeyize falan önem verenlerden değildir ama... Böyle konularda bir yargıya varabilmek doğrusu pek kolay değildir.

Avdotya Romanovna kısaca:

— Ben bu kızın erdemli bir kız olduğuna inanıyorum, –dedi.

— Tanrı beni bağışlasın ama, ben o zaman kızın ölümüne sevinmiştim, –dedi Pulheriya Aleksandrovna,– gerçi evlenselerdi hangisi hangisinin başını yerdi, orasını bilemiyorum...

Sonra Rodya ile Lujin arasında dün olanlar üzerine yeniden Razumihin'e sorular sormaya başladılar. Dura dura, dikkatle konuşuyor, sürekli Dunya'ya bakıyordu; bu konunun kızın hoşuna gitmediği anlaşılıyordu. Rodya ile Lujin arasında geçenlerin Pulheriya Aleksandrovna'yı çok üzdüğü belli oluyordu, Razumihin her şeyi yeni baştan ve ayrıntılarıyla anlattı, ama bu kez kendi görüşünü de ekledi: Rodya'yı Pyotr Petroviç'e kasten hakaret etmekle suçlayarak, hastalığının önemli bir özür sayılmayacağını söyledi.

— Zaten hastalığından önce de niyeti vardı buna, –diye ekledi.

— Ben de öyle düşünüyorum, –dedi Pulheriya Aleksandrovna perişan bir halde. Ama Razumihin'in, Pyotr Petroviç'ten bu kez dikkatli bir dille, hatta saygıyla söz etmesi onu çok şaşırtmıştı. Avdotya Romanovna da şaşırmıştı bu duruma.

— Demek Pyotr Petroviç için böyle düşünüyorsunuz? – diye sormaktan kendini alamadı Pulheriya Aleksandrovna.

— Kızınızın müstakbel kocası üzerine başka bir düşüncem olamaz, –dedi Razumihin kararlı bir tavırla ve heyecanla,– ve bunu yalnızca kaba bir nezaket duygusuyla da söylüyor değilim. Ben bunu böyle söylüyorum. Çünkü... çünkü... neyse, sırf Avdotya Romanovna'nın onu kendi gönlüyle seçmiş olmasından dolayı böyle söylüyorum. Dün gece ona sövmeme gelince, bu... dün gece zilzurna sarhoş oluşumdan ve bir de... çılgın olmamdandır... Evet, bir çılgındım dün gece, aklım başımda değildi, çıldırmıştım... Bugünse o halimden utanıyorum!..

Razumihin kıpkırmızı kesildi ve sustu. Avdotya Romanovna'nın gözlerinde öfke kıvılcımları parladı, ama bir şey söylemedi. Zaten Lujin'den söz etmeye başladıklarından beri ağzını açıp tek kelime söylememişti.

Pulheriya Aleksandrovna ise kızından yardım göremediği için olacak, kararsızlık içindeydi. Sonunda, gözlerini kızından ayırmayarak, kekeleye kekeleye, kendisini çok kaygılandıran bir durum olduğunu söyledi ve:

— Biliyor musunuz Dmitri Prokofiç... –diye başladı.– Ben Dmitri Prokofiç'e her şeyi açıkça söyleyeceğim Dunya'cığım?

Avdotya Romanovna ciddi bir tavırla:

— Tabii, anneciğim, –dedi.

Acısını açmasına izin verilmesinden dolayı sanki sırtından büyük bir yük kalkmıştı Pulheriya Aleksandrovna'nın. Çabuk çabuk konuşarak:

— Mesele şu, –diye söze başladı.– Dün, gelişimizi bildirdiğimiz Pyotr Petroviç'ten bu sabah erkenden bir pusula aldık. Bizi istasyonda kendisinin karşılayacağına söz vermişti. Oysa gele gele, bize yolu göstermek için elinde bu pansiyonun adresi olan bir uşak geldi. Pyotr Petroviç uşağına, bu sabah bizi burada ziyaret edeceğini bildirmesini emretmiş. Bu sabah da kendisinin yerine işte şu pusula geldi... En iyisi, alın siz kendiniz okuyun... Beni çok kaygılandıran bir nokta var içinde... Bunun ne olduğunu, okuduğunuzda siz de anlayacaksınız... ve... lütfen bana düşüncenizi apaçık olarak söyleyin Dmitri Prokofiç! Çünkü Rodya'nın karakterini içimizde en iyi siz biliyorsunuz, bu nedenle de en sağlıklı öğüdü sizden alabiliriz. Size şunu da söyleyeyim ki, Dunya daha işin en başından kararını vermiş bulunuyor... Ama ben, doğrusu nasıl davranmam gerektiğini hâlâ bilemiyorum... Hep sizi bekledim...

Razumihin dünkü tarihi taşıyan pusulayı açtı ve şunları okudu:

"Sayın Bayan Pulheriya Aleksandrovna!

Beklenmedik birtakım engeller yüzünden sizi istasyonda karşılayamadığımı, sizi karşılaması için becerikli bir adamımı yolladığımı bildirmekten şeref duyarım. Aynı şekilde, hem Yargıtay'da erteleyemeyeceğim işlerim olması, hem de sizin oğlunuzla, Avdotya Romanovna'nın ise ağabeysiyle yapacağınız aile içi görüşmeye engel olmamak düşüncesiyle yarın sabah da kendimi sizinle görüşmek şerefinden yoksun bırakıyorum. Sizi kaldığınız yerde ziyaret etmek ve size saygılarımı sunmak şerefine ancak yarın akşam saat tam sekizde erebileceğim. Bu arada, yapacağımız görüşmede Rodion Romanoviç'in bulunmamasını özellikle ve ısrarla rica etmek cesaretini göstereceğim. Çünkü dün hastalığı dolayısıyla kendisini ziyarete gittiğimde bana ağır hakaretlerde bulundu. Öte yandan bilinen konuda size bazı zorunlu ayrıntıları açıklamak ve görüşünüzü öğrenmek dileğindeyim. Ricalarıma rağmen orada Rodion Romanoviç'le karşılaşırsam, hemen çıkıp gitmek zorunda kalacağımı da size önceden bildirmekle şeref duyarım. Bu durumda suçu kendinizde aramanız gerekeceği tabiidir. Böyle bir varsayımdan söz etmemin nedeni, ziyaretim sırasında o kadar hasta görünen Rodion Romanoviç'in, birdenbire iyileşip sokağa çıkabildiğine göre, belki size de gelebileceğini düşünmemdir. Çünkü bu duruma, bir araba altında kalarak ezilip ölen bir sarhoşun evinde kendi gözlerimle tanık oldum. Oğlunuz, nasıl sağladığınızı çok iyi bildiğim için beni fazlasıyla şaşırtan bir davranışla, ölen adamın uygunsuz yoldaki kızına cenaze masrafı bahanesiyle yirmi beş rubleye varan bir para verdi. Böylece, saygıdeğer Avdotya Romanovna'ya özel saygılarımı sunar, sizin de candan bağlılık duygularımı kabul buyurmanızı rica ederim.

Sadık hizmetkârınız
P. LUJİN"

Pulheriya Aleksandrovna, ağlamaklı:

— Ne yapayım şimdi ben, Dmitri Prokofiç? –dedi.– Rodya'ya gelmemesini nasıl söyleyebilirim? O Rodya ki, dün bu işin bittiğini Pyotr Petroviç'e bildirmemiz için onca üstelemişti, şimdiyse onun buraya gelmemesi isteniyor! Eğer durumu öğrenirse, inadına gelir. O zaman da... Ne yaparız o zaman?

— Avdotya Romanovna nasıl karar verdiyse, öyle yapın! –dedi Razumihin. Soruya çabucak cevap vermişti, sakindi.

— Tanrım! O ne diyor biliyor musunuz? Ne dediğini Tanrı bilir; amacının ne olduğunu da açıklamıyor! Ne diyor biliyor musunuz? Rodya'nın da bu akşam saat sekizde buraya gelmesi, hatta iyi bile olurmuş... Daha doğrusu, muhakkak gelmesi gerekiyormuş... Karşılaşmaları gerekliymiş çünkü... Oysa ben mektubu bile ona göstermek istemiyor, sizin de yardımınızla bir kurnazlık düşünüp, onun buraya gelmemesini sağlamak istiyordum... Çünkü Rodya öyle sinirli ki... Hem ben bu ölen sarhoştan da, onun kızından da, Rodya'nın bu kıza nasıl olup da para verdiğinden de hiçbir şey anlamadım. Ki o paraları...

Avdotya Romanovna annesinin sözünü tamamladı:

— Siz ne büyük güçlüklerle sağlamıştınız anneciğim!

— Dün hiç kendinde değildi, –dedi Razumihin düşünceli düşünceli.– Dün bir restoranda neler yaptığını bir bilseydiniz... Gerçi akıllıca şeylerdi ama... Hımm! Ölmüş birinden ve onun kızından dün eve dönerken bana da söz etti, ama ben anlattıklarından bir kelime bile anlamadım... Zaten dün ben de...

Avdotya Romanovna:

— Anneciğim, en iyisi biz şimdi oraya gidelim, –dedi.– İnanın bana, ne yapacağımızı orada hemencecik kararlaştırabileceğiz...

Üzerindeki giysilerle müthiş çelişen, Venedik işi incecik bir kordonla boynuna asılı, mineli altın saatine bir göz attı:

— Aman Tanrım! Üstelik de saat onu geçiyor...

Avdotya Romanovna'nın saati çok güzeldi. Razumihin, "Nişanlısının armağanı" diye düşündü.

— Evet, gidelim Dunya'cığım, gidelim... –diye söylendi Pulheriya Aleksandrovna; korkulu bir telaş içindeydi.– Dün olup bitenlerden sonra kendisine alındığımızı sanacaktır... Ah Tanrım!

Pulheriya Aleksandrovna bir yandan bunları söylerken, bir yandan da telaşlı telaşlı omuzlarına atkı atmış, şapkasını giymişti. Dunya da giyinmişti. Kızın eldivenlerindeki delikleri fark etti Razumihin. Üzerlerindeki yoksul kılıkları kendilerine yakıştırmayı bilenlerde hep olduğu gibi, bu iki kadının da yoksul giysileri onlara özel bir soyluluk veriyordu. Razumihin Duneçka'ya derin bir saygı ile bakıyor, ona yol arkadaşlığı edeceği için gururlanıyordu. Bir yandan da, "Hapishanede çoraplarını yamayan kraliçe[1]" diye düşünüyordu, "herhalde en görkemli taç giyme törenlerinde olduğunca, hatta belki de bundan da fazla kraliçeye benziyordu."

Bu sırada Pulheriya Aleksandrovna:

---

1 Fransız ihtilali sırasında XVI. Louis'nin karısı Marie Antoinette.

— Aman Tanrım! –diye haykırdı.– Bir gün gelip de oğlumla, canım Rodya'mla karşılaşmaktan böylesine korkacağım hiç aklıma gelir miydi?

Razumihin'e ürkekçe bakarak ekledi:

— Korkuyorum, Dmitri Prokofiç!

Dunya annesini öperek:

— Korkmayın anneciğim, –dedi,– ona inanın. Ben inanıyorum.

— Ah Tanrım! Ben de inanıyorum, ama işte bütün gece uyuyamadım!

Hep birlikte çıktılar.

— Biliyor musun Duneçka, –dedi Pulheriya Aleksandrovna, sokağa çıktıklarında,– dün gece sabaha karşı şöyle içim geçivermiş, rüyamda rahmetli Marfa Petrovna'yı görmeyeyim mi?.. Baştan ayağa beyazlar içindeydi... Yanıma yaklaşıp elimden tuttu, bir yandan da sert sert başını sallıyordu, sanki ayıplıyor gibiydi beni... Bilmem ki iyiye mi yormalı? Ah Dmitri Prokofiç, siz tabii bilmiyorsunuz: Marfa Petrovna öldü!

— Hayır, bilmiyorum. Hangi Marfa Petrovna bu?

— Apansız ölüverdi! Ve düşünün ki...

— Sonra, anneciğim, –diye Dunya girdi söze.– Dmitri Prokofiç, Marfa Petrovna'nın kim olduğunu bile bilmiyor...

— Ah, bilmiyor musunuz? Bense sizin her şeyi bildiğinizi sanıyordum. Bağışlayın, Dmitri Prokofiç, bugünlerde aklım karmakarışık. Ne bileyim, sizi Tanrı kayırdığı gibi gördüğüm için, her şeyi bildiğinizi düşünüyordum. Sizi bizden biri sayıyorum... Böyle söylediğim için sakın gücenmeyin. Ah, aman Tanrım! Sağ elinize ne olmuş öyle? Bir yere mi çarptınız?

Mutluluktan uçan Razumihin:

— Evet, –dedi,– bir yere çarptım.

— Ben bazen içimdekileri olduğu gibi söyleyiveririm, Dunya düzeltir beni... Ama, Tanrım, oturduğu yer ne biçim öyle! Acaba uyandı mı? Ve şu... ev sahibi olacak kadın, orayı odadan mı sayıyor? Bakın, siz onun yüreğindekileri açığa vurmayı sevmediğini söylemiştiniz, o zaman ben acaba gösterdiğim bu zayıflıklarla onu bıktırır mıyım? Bir akıl verin bana Dmitri Prokofiç... Nasıl davranayım ona karşı? Biliyor musunuz, sanki kendimde değil gibiyim...

— Suratını buruşturduğunu gördüğünüzde artık ona fazla şey sormayın. Hele sağlığı ile ilgili sorulardan özellikle kaçının, hiç sevmez.

— Ah, Dmitri Prokofiç, ne zormuş ana olmak! İşte birkaç merdiveni de çıktık mı, tamam... Ah, ne kötü bir merdiven bu böyle!

Dunya annesini okşayarak:

— Anneciğim, yüzünüz sapsarı, –dedi,– durup soluklanın biraz, yatışın şöyle...

Sonra gözleri pırıl pırıl, ekledi:

— Sizi gördüğü için mutlu olması gerek, oysa siz oturmuş kendinize eziyet ediyorsunuz.

Razumihin:

— Durun da ben önden gidip, uyanmış mı bir bakayım, –dedi.

Kadınlar önden giden Razumihin'in ardı sıra merdivenleri çıkmaya devam ettiler. Dördüncü katta ev sahibi kadının kapısının hizasına geldiklerinde, kapının hafif aralık olduğunu ve karanlığın içinden iki keskin gözün kendilerini gözetlediğini fark ettiler. Bakışları karşılaşınca kapı öyle bir gürültüyle kapandı ki, Pulheriya Aleksandrovna korkudan az kalsın bir çığlık atacaktı.

III

Gelenleri karşılayan Zosimov neşeyle bağırdı:

— İyi, gayet iyi kendisi!

On dakika önce gelmişti o da, divanda, dünkü yerinde oturuyordu. Kendisinde nicedir görülmeyen bir biçimde özenle yıkanıp giyinmiş ve saçlarını taramış olan Raskolnikov da karşı köşede oturuyordu. Oda bir anda doluvermişti, ama Nastasya bir kolayını bulup ziyaretçilerin ardı sıra içeri girmiş ve konuşulanları dinlemeye koyulmuştu.

Raskolnikov gerçekten de, hele düne göre, iyice sayılırdı. Yalnız yüzü sapsarı, solgun ve asıktı. Dış görünüşüyle bir yaralıyı ya da müthiş acı çeken bir adamı andırıyordu: Kaşları çatılmış, dudakları büzülmüş, bakışları ateşliydi. Az ve isteksiz konuşuyordu; konuşurken büyük çaba harcıyormuş ya da bir ödevi yerine getiriyormuş gibi bir hali vardı; arada bir hareketlerinde tedirginlik göze çarpıyordu.

Parmağında ağrılı bir çıban çıkmış ya da kolu ağrıyan ya da buna benzer durumda bulunan birine büsbütün benzemesi için, kolunda sargısı ya da parmağında yakısı eksikti. Yine de annesiyle kız kardeşi içeri girince, solgun ve asık yüzü bir an için bir ışıkla aydınlandı; ama bu, yüzünün az önceki hüzünlü dalgınlığına, yoğun bir acı anlatımı eklemekten başka bir işe yaramadı. Yüzünü aydınlatan ışık çabucak söndü, ama acı anlatımı kaldı. Ve hastasını, mesleğe yeni başlamış genç bir hekim ilgisiyle incelemekte olan Zosimov, yakınlarının gelişiyle onda sevinç yerine, bir iki saat kadar sürecek olan kaçınamayacağı bir işkenceye dayanma kararlılığı gördü ve buna şaştı. Zosimov yine, konuşmalar boyunca hemen her sözün, hastasının yaralarından birine dokunarak onu nasıl deştiğini de gördü. Öte yandan bir gün önce en küçük bir sözden neredeyse cinleri tepesine çıkan dünkü saplantılı gencin, kendini tutabilme ve duygularını gizleyebilme başarısına da şaştı.

Raskolnikov annesiyle kız kardeşini güler yüzle kucaklayıp öperken:

— Evet, –dedi,– hemen hemen tümüyle iyileştiğimi şimdi kendim de görüyorum.

Pulheriya Aleksandrovna'nın yüzü hemen sevinçle ışıdı. Raskolnikov, Razumihin'e döndü, elini dostça sıkarken:

— Ve bunu dünkü havamda söylemiyorum, –diye ekledi.

Hastası ile aralarındaki konuşma on dakikada bitiverdiği için konukların gelişine çok sevinen Zosimov:

— Bugün ben de çok şaştım ona, –diye söze başladı.– Böyle giderse üç dört güne kalmaz, tümüyle eski halini... yani bir ay önceki, hatta iki ay... belki de üç ay önceki halini bulacak. Aslında bu çok zaman önce başlamış ve içten içe gelişmiş bir durum olsa gerek, öyle değil mi? –Onu kızdırmaktan hâlâ çekiniyormuş gibi ihtiyatlı bir gülümseyişle ekledi.– Kabul edin ki, bu işte kabahatli olan belki de sizsiniz?

Raskolnikov soğuk bir tavırla:

— Çok mümkün! –dedi.

Cesareti artan Zosimov:

— Bunu söylemekten amacım şu, –diye devam etti.– Tümüyle iyileşmeniz sizin kendi elinizde olan bir şey. Sizinle konuşabilmenin mümkün olduğu şu anda, hastalığınızı yaratan etkenleri, yani hastalığınızın kökünü yok etmeniz gerektiğini kabul etmenizi isterdim. Böyle yaparsanız, iyileşebilirsiniz, yoksa durumunuz daha da kötüleşebilir. Hastalığınızı yaratan ilk etkenlerin neler olduğunu ben bilmiyorum, ama siz herhalde biliyorsunuzdur? Siz akıllı bir insansınız, sanırım kendinizi gözlemlemişsinizdir. Kanımca hastalığınızın başlangıcı, üniversiteden ayrıldığınız günlere denk düşüyor. Boş durmanız hiç doğru değil, bunun içindir ki, çalışmanız ve kendiniz için kesin bir amaç belirlemeniz, sizin için çok yararlı olacaktır.

— Çok haklısınız! Yakında okula kaydımı yeniden yaptıracağım, o zaman her şey yoluna girecektir.

Biraz da kadınları etkilemek için akıllıca öğütlere girişen Zosimov, sözleri bitip de Raskolnikov'un yüzüne bakınca, doğrusu biraz şaşırdı: Çünkü delikanlının yüzünde apaçık alaycı bir anlatım vardı. Ama bu bir an sürdü. Pulheriya Aleksandrovna, Zosimov'a özellikle de dün gece otele kadar gelip kendilerini ziyaret edişinden dolayı teşekküre koyulmuştu.

— Nasıl? –diye sordu Raskolnikov telaşlı,– Zosimov gece de mi geldi size? Demek yolculuğun üzerine siz de uyumadınız?

— Ah, Rodya, bunların hepsi saat ikiye kadar olup bitti. Dunya'yla evde de ikiden önce yattığımız olmaz...

Raskolnikov birden kaşlarını çatıp, başını öne eğerek:

— Ona nasıl teşekkür edeceğimi doğrusu ben de bilemiyorum, –dedi.– Para konusunu bir yana bırakalım. –Zosimov'a döndü.– Bundan söz ettiğim için beni bağışlamanızı rica ederim... ama sizin özel ilginize nasıl hak kazandığımı da doğrusu bilmiyorum. Yani anlayamıyorum... ve... ve bu benim ağırıma da gidiyor, çünkü anlaşılmaz bir durum bu: Size düşüncelerimi açıkça söylüyorum...

Zosimov zoraki bir gülümsemeyle:

— Sinirlenmeyin canım, –dedi,– varsayın ki siz benim ilk hastamsınız; bizde mesleğe yeni başlayanlar ilk hastalarını öz çocuklarıymış gibi severler, hatta kimileri bunlara âşık bile olur. Bana gelince, doğrusu hasta yönünden pek zengin sayılmam.

Raskolnikov, Razumihin'i göstererek:

— Benden hakaret ve angaryadan başka hiçbir şey görmeyen şu adamdan ise hiç söz etmiyorum!

— Amma atıyor ha! –diye bağırdı Razumihin.– Bakıyorum bugün pek duygulusun!

Sezgisi biraz daha kuvvetli olsaydı, Razumihin, ortada duygululuk değil, hatta tam tersi bir durum olduğunu görecekti. Avdotya Romanovna'nın ise gözünden kaçmamıştı bu durum. Kardeşini büyük bir dikkatle, ilgiyle, kaygıyla izliyordu.

Raskolnikov sabahtan beri ezberlemeye çalıştığı bir dersi tekrarlar gibi:

— Size gelince anneciğim, –dedi,– sizden söz etmeye hele hiç cesaretim yok! Dün burada benim dönüşümü beklerken çektiğiniz acıları ancak bugün birazcık olsun anlayabildim.

Raskolnikov bunları söyledikten sonra, birden gülümseyerek, ama hiçbir şey söylemeden ellerini kız kardeşine uzattı. Ama bu kez gülümsemesinde sahtelikten uzak bir duygu ışıldıyordu. Dunya, mutlu, minnettar, sevinç içinde ağabeysinin ellerini tuttu, sımsıcak sıktı. Dünkü tartışmadan yana ilk kez sesleniyordu ağabeyi kendisine. İki kardeşin bu sözsüz ve kesin barışmasını gören annenin yüzü sevinç ve mutlulukla parladı.

Her şeyi hemen büyüten Razumihin, sandalyesi üzerinde çevik bir dönüş yaparak:

— İşte ben onu bu yüzden severim, –dedi,– böyle davranışları vardır onun!..

Pulheriya Aleksandrovna da kendi kendine, "Ne güzel yapar böyle şeyleri!" diye düşündü. "Ne soylu coşkunlukları var! Nasıl da incelikle ve kolayca çözümleyiverdi kız kardeşi ile arasındaki anlaşmazlığı! Tam zamanında elini uzatıp içtenlikle bakıvermesi yetti... Hem gözleri ne güzel öyle, bütün yüzü ne güzel!.. Hatta bir bakıma Dunya'dan bile güzel! Ama, Tanrım, üstündekiler ne öyle! Elbise diye giydiği şu şeylere bak! Afanasiy İvanoviç'in çırağı Vasya'nın bile üstü başı ondan daha düzgündür! Ah, onu nasıl kucaklamak, sarılıp ağlamak istiyorum... Ama korkuyorum... Korkuyorum... Öyle bir hali var ki... Oysa nasıl da sevecen konuşuyor, ama ben korkuyorum! Peki, ama niçin korkuyorum ben böyle?"

Pulheriya Aleksandrovna düşüncelerine burada ara verip:

— Ah, Rodya'cığım, –dedi.– Duneçka ile dün gece ne kadar mutsuz olduğumuzu bilemezsin! Şimdi artık her şey geçip gittiğine ve yeniden mutlu olduğumuza göre, anlatabilirim. Düşün ki, daha trenden iner inmez seni kucaklayabilmek için doğruca buraya koşup geliyoruz, derken o kadın... bak kendisi de buradaymış! Günaydın Nastasya!.. Demez mi ki, ateşler içinde yatıp dururken, doktordan habersiz kalkıp sokağa çıkmışsın!.. Sayıklamalı bir durumdaymışsın ve seni aramaya gitmişler... Ne hale geldiğimizi var düşün! Aklıma hemen Teğmen Potançikov'un o tüyler ürpertici ölümü geldi. Sen onu hatırlamazsın Rodya, babanın bir arkadaşıydı. O da tıpkı senin gibi ateşler içinde yatarken evden kaçmış ve bir kuyuya düşmüştü. Ancak ertesi gün çıkarabildilerdi kendisini kuyudan... Bize gelince, kuşkusuz olayı biraz büyüttük. Hemen Pyotr Petroviç'i bulup, hiç değilse onun yardımıyla... Çünkü biz burada yapayalnızız Rodya, kimsemiz yok...

Pulheriya Aleksandrovna bu sözleri acıklı bir sesle söylemiş, ama sonra hemen susmuştu. Susmuştu, çünkü hepsi yeniden mutlu olmuşlardı ama, yine de Pyotr Petroviç'ten söz etmek hâlâ oldukça tehlikeli sayılırdı... Bunu hatırlamıştı.

— Evet... Evet... bütün bunlar, kuşkusuz çok can sıkıcı şeyler... –diye mırıldandı Raskolnikov; ama öylesine dalgın ve kendinde değil gibiydi ki bunları söylerken, Duneçka şaşkın şaşkın bakakalmıştı. Sonra güçlükle hatırlamaya çalışıyormuş gibi devam etti.– Ve bir de şey... lütfen anneciğim ve sen Duneçka, bu sabah size gelmek istemediğimi, sizin buraya gelmenizi beklediğimi sanmayın.

— Ne diyorsun sen Rodya? –diye bağırdı Pulheriya Aleksandrovna; o da şaşırmıştı.

"Sanki bir görev yerine getirir gibi konuşuyor bizimle," diye düşündü Dunya, "barışması da, özür dilemesi de bir görevi yerine getirir gibi... ya da bir dersi tekrarlıyor sanki..."

— Kalkar kalkmaz size gelmek istiyordum, ama şu gömlek... Dün Nastasya'ya gömleğimdeki kanı yıkamasını söylemeyi unutmuşum... Bu yüzden ancak şimdi giyinebildim.

Pulheriya Aleksandrovna telaşlanarak:

— Kan mı? Ne kanı? –diye sordu.

— Telaşlanmayın, önemli bir şey değil. Dün akşam sayıklayarak, kendimi bilmez bir halde dolaşırken, araba altında ezilmiş bir adama rastladım... bir memur...

— Kendini bilmez bir halde mi?.. –diye Razumihin onun sözünü kesti.– Ama her şeyi hatırlıyorsun?

Raskolnikov bu soruya özel bir dikkatle cevap verdi:

— Doğru... En ince ayrıntılarına kadar hatırlıyorum hem de... Ama oraya niçin gittiğimi, bir davranışta niçin bulunduğumu, bir sözü niçin söylediğimi hatırlayamıyorum, nedenlerini açıklayamıyorum...

— Bu çok bilinen bir durumdur, –diye Zosimov lafa karıştı.– Hareketlerin yerine getirilişi şaşılacak ustalıkta, hatta kurnazlıktadır, ama hareketlerin yönetimi çeşitli hastalıklı duygulardan kaynaklanır. Düşe benzer bir durum yani...

"Beni deli sayması belki de benim için daha iyi..." diye düşündü Raskolnikov.

Dunya, Zosimov'a kaygıyla bakarak:

— Ama sağlıklı olanların da böylesi davranışları yok mu? –dedi.

— Olmaz olur mu? Bu anlamda hepimiz bir parça deliyizdir. Şu küçük farkla ki, "hastalar" bizden biraz daha delidirler. Burada bu küçük noktanın altını çizmek gerekir. Kusursuz insanlara gelince, doğrusu bunlar hemen hemen yok gibidir. On binde, belki de yüz binde bir rastlanır böylelerine, üstelik de oldukça zayıf örnekler olarak...

Pek sevdiği konuda gevezeliğe başlayan Zosimov'un ağzından kaçırıverdiği "deli" sözcüğü herkesin yüzünün buruşmasına yol açmıştı. Raskolnikov'sa dudaklarında hafif bir gülümsemeyle bütün bunlara aldırmıyormuş gibi dalgın dalgın oturuyordu. Gerçekte, bir şeyler düşünmekteydi.

— Peki şu ezilen adam ne oldu? –diye bağırdı Razumihin.– Sözünü kestim, yarım kaldı!

— Efendim? –dedi Raskolnikov uykudan uyanır gibi.– Ha... evet... Evine taşınmasına yardım ederken üstüm başım kan içinde kaldı... Bu arada, anneciğim, dün akşam bağışlanmaz bir şey yaptım! Gerçekten hiç kendimde değildim... Dün... bana gönderdiğiniz paranın hepsini... onun karısına verdim... Cenaze masrafları için... Dul kaldı... veremli... acınası bir durumda... üç küçük yetim... açlar... ev tamtakır... Bir de kızları var... Durumlarını görseydiniz, belki siz de verirdiniz... Yine de, özellikle de bu parayı nasıl sağladığınızı bildiğime göre, böyle davranmaya hiç hakkım olmadığını itiraf ederim. Bir insanın yardıma kalkışması için ilkin buna hakkı olması gerek. Yoksa, "*Crevez, chiens, si vous n'etes pas contents!*"[1] Gülümsedi. Öyle değil mi, Dunya?

— Hayır, –dedi Dunya kesin bir tavırla,– hiç de öyle değil!

— Sen de mi?.. Kasten böyle söylüyorsun! –Kardeşinin yüzüne neredeyse nefretle bakıyor, alayla gülümsüyordu.– Aklıma gelmeliydi!.. Doğrusu, övülmeye değer; hem senin için belki de daha iyi... İnsan bazen öyle bir sınıra gelir ki, onu aşamaz mutsuz olur; aşar, bu kez belki daha mutsuz olur!.. Hem bütün bunlar çok saçma şeyler!..

Elinde olmadan coşup biraz fazla ileri gittiğini düşünerek sinirli sinirli ekledi.

— Ben, sadece, anneciğim, beni bağışlamanızı dilemek istemiştim...

Kesik kesik konuşarak ve sertçe bitirdi sözlerini.

Annesi sevinmişti:

— Tamam, Rodya! Senin yaptığın her şeyin doğru ve güzel olduğuna inanırım ben!

Raskolnikov'un dudakları tuhaf bir gülümsemeyle çarpıldı:

— Hayır, inanmayın!

Bir sessizlik oldu. Bütün bu konuşmalarda, bu sessizlikte, bu barışmada, hatta bu özür dilemede gergin bir şeyler vardı; herkes hissediyordu bunu.

Göz ucuyla annesine ve kız kardeşine bakan Raskolnikov, "Sanki korkuyorlar benden" diye düşündü. Gerçek-

---

1 (Aslında da Fransızca) — Hoşnut değilseniz, geberin, köpekler!"

ten de suskunluk uzadıkça Pulheriya Aleksandrovna'nın ürkekliği artıyordu.

"Yokluklarında sanki seviyordum onları..." diye düşündü Raskolnikov.

Pulheriya Aleksandrovna birden yerinden fırlayarak:

— Biliyor musun, Rodya, –dedi,– Marfa Petrovna öldü!..

— Hangi Marfa Petrovna?

— Canım, Marfa Petrovna... Svidrigaylova!.. Hani yazmıştım sana mektubumda...

— Ha... evet... hatırlıyorum... Demek öldü? Gerçekten mi? –Uykudan uyanır gibiydi Raskolnikov, birden canlanmıştı.– Neden öldü?

Pulheriya Aleksandrovna oğlunun gösterdiği ilgiden cesaretlenmişti; çabuk çabuk:

— Düşünsene... –dedi.– Birdenbire ölüverdi. Hem de tam sana mektup yazdığım gün... Hatta tam mektubu yazdığım sırada... Düşünsene... Sanırım o korkunç adam neden olmuş ölümüne... Kötü dövmüş kadını!

Raskolnikov, Dunya'ya dönerek:

— Hep böyle miydi yaşamları? –diye sordu.

— Hayır, tam tersine. Karısına karşı her zaman sabırlı, hatta sevecendi. Çoğu zaman karısının kaprislerini tam bir hoşgörüyle karşılardı. Yedi yıl boyunca bu böyle sürdü... Derken işte birden sabrı tükenivermiş...

— Yedi yıl dayanabildiğine göre, demek ki pek de öyle korkunç bir adam değilmiş! Duneçka, sanırım sen adamı haksız bulmuyorsun?

Duneçka neredeyse titreyerek:

— Hayır, hayır! –dedi.– Korkunç biri o. Ondan daha korkuncunu düşünemem bile...

Sonra kaşlarını çattı ve düşünceye daldı.

— Olay sabahleyin olmuş, –diye Pulheriya Aleksandrovna yine çabuk çabuk sürdürdü sözlerini.– Olaydan sonra, öğle yemeğini yer yemez, kente gitmek için arabayı koşmalarını emretmiş... Çünkü böylesi durumlarda hep kente gitmek gibi bir alışkanlığı varmış. Söylediklerine göre, yemeğini büyük bir iştahla yemiş...

— Dövülmüş olmasına rağmen mi?

— ...Hep böyle yaparmış... Yemeğini yer yemez, kente geç kalmamak için doğruca yıkanmaya gitmiş... Biliyor musun, belki de yıkanarak kendini tedavi ediyordu?.. Bir su kaynağı vardır onların orada, o da her gün bu kaynakta yıkanırmış... Ama o gün daha suya girer girmez, kalp krizinden ölüvermiş!

Zosimov:

— Elbette! –dedi.

— Çok mu dövmüş kocası?

— Fark eder mi? –dedi Dunya.

Raskolnikov sinirli sinirli:

— Hımm! Ne diye açtınız bu saçma konuyu anneciğim! –diye söylendi.

— Ama, canım, ne konuşacağımı bilmiyorum ki! –sözleri döküldü Pulheriya Aleksandrovna'nın ağzından.

Raskolnikov çarpık bir gülümsemeyle:

— Ne o, –dedi,– yoksa korkuyor musunuz benden?

Dunya doğruca kardeşinin gözlerinin içine bakarak:

— Bak işte bu doğru! –dedi.– Annem merdivenleri çıkarken korkusundan haç bile çıkardı.

Raskolnikov'un yüzü kramp girmiş gibi çarpıldı. Pulheriya Aleksandrovna telaşla atıldı:

— Ah, Dunya, ne diyorsun! Lütfen gücenme, Rodya... Dunya, niçin böyle konuşuyorsun! Evet, ben, gerçekten de buraya gelirken, yol boyunca trende hep kavuşmamızı, neler konuşup söyleşeceğimizi düşledim durdum... Ve öyle mutluydum ki, yol nasıl tükendi, farkına bile varmadım! Ah, ne yapıyorum ben! Ben şimdi de mutluyum... Hayır Dunya, yanılıyorsun! Sana kavuştuğum, seni gördüğüm için öylesine mutluyum ki, Rodya...

— Yeter anne! –dedi Raskolnikov heyecanla. Yüzüne bakmadan annesinin elini sıktı.– Daha oturup konuşacak bol zaman var önümüzde.

Bunları söyledikten sonra birden şaşırdı, sapsarı kesildi: Yine o bir süre önceki korkunç duygu ölümcül soğukluğuyla gelip çökmüştü içine; şu anda korkunç bir yalan söylediğini, oturup bol bol konuşmak şöyle dursun, hiç kimseyle hiçbir zaman hiçbir şey konuşamayacağını anlamıştı. Öylesine acı verici bir düşünceydi ki bu, etkisi öylesine güçlüydü ki, bir an kendini, her şeyi unuttu, yerinden kalkıp kimseye bakmadan odadan dışarı çıktı.

Razumihin onu kolundan yakalayarak:

— Ne oluyorsun? –diye bağırdı.

Raskolnikov yeniden içeri girdi, yerine oturdu, sessizce çevresine bakınmaya başladı; herkes kendisini şaşkınlıkla süzüyordu.

Birden, hiç kimsenin beklemediği bir anda:

— Ne can sıkıcı insanlarsınız! –diye bağırdı.– Bir şeyler söylesenize! Ne diye böyle oturup duruyorsunuz! Hadi, söyleyin bir şeyler! Bir şeyler konuşalım... Toplanıp bir araya geldik, ama susuyoruz... Hadi, bir şeyler...

Pulheriya Aleksandrovna üst üste haç çıkararak:

— Tanrı'ya şükür! –dedi.– Yine dün geceki hallerine girecek sanmıştım...

Avdotya Romanovna kuşkulu kuşkulu:

— Neyin var Rodya? –diye sordu.

— Hiçbir şey... –Birden gülümsedi.– Aklıma bir şey geldi de...

Zosimov divandan kalkarak:

— Eh, madem hiçbir şey, öyleyse iyi... Ben de sanmıştım ki... –diye mırıldandı.– Neyse, benim artık gitmem gerek... Belki yine uğrarım... tabii eğer yerinde bulabilirsem...

Odadakileri selamlayarak çıktı. Pulheriya Aleksandrovna:

— Ne iyi adam! –diye mırıldandı.

Raskolnikov birden:

— Evet, çok iyi, bilgili, akıllı, olağanüstü bir adam... –dedi. O ana dek onda görülmemiş bir canlılıkla, çabuk çabuk konuşuyordu.– Kendisiyle hastalanmazdan önce de karşılaşmıştım, ama nerede olduğunu hatırlayamıyorum... Herhalde bir yerlerde... Bakın bu da iyi bir adamdır!

Başıyla Razumihin'i gösterdi, sonra Dunya'ya dönerek,

— Nasıl, Dunya, hoşuna gidiyor mu Razumihin? –diye sordu ve birden gülmeye başladı.

— Evet, çok, –dedi Dunya.

Müthiş utanan ve kıpkırmızı kesilen Razumihin:

— Of, amma saçma adamsın ha! –dedi ve sandalyesinden kalktı.

Pulheriya Aleksandrovna gülümsedi, Raskolnikov'sa gürültülü bir kahkaha atarak:

— Nereye böyle? –dedi.

— Ben de gidiyorum... İşim var.

— Hiçbir işin yok. Otur oturduğun yerde! Zosimov gitti, senin de gitmen gerekti! Hayır, gitme... Saat kaç? On iki oldu mu? O ne güzel saat öyle Dunya! Ne diye sustunuz yine? Hep ben konuşuyorum!..

— Marfa Petrovna'nın armağanı, –dedi Dunya.

— Ve çok pahalı bir saat, –diye ekledi Pulheriya Aleksandrovna.

— Ne büyük öyle! Pek kadın saatine benzemiyor!

— Ben böylesini seviyorum.

"Demek nişanlısının armağanı değil", diye düşündü Razumihin ve nedense sevindi.

Raskolnikov:

— Oysa ben Lujin'in armağanı sanmıştım, –dedi.

— Hayır, Lujin daha Duneçka'ya hiçbir şey armağan etmedi.

— A–a–a! Hatırlıyor musunuz, anneciğim, bir zamanlar âşık olmuştum ve ben de evlenecektim?

Annesine bakarak söylediği bu sözler öylesine beklenmedik, ses tonu öylesine tuhaftı ki, Pulheriya Aleksandrovna çok şaşırdı; bir Duneçka'ya, bir Razumihin'e bakarak:

— Ah, canım, evet! –dedi.

— Hımm! Evet! Size bunu nasıl anlatsam? Kendim bile çok az hatırlayabiliyorum. Hastalıklı bir kızcağızdı... –Raskolnikov yine dalgınmış gibiydi, gözleri yerde sürdürdü sözlerini.– Hem de esaslı hastaydı. Yoksullara sadaka vermeyi sever ve hep manastıra kapanmayı düşlerdi. Hatta bir gün bana bundan söz ederken gözünden yaşlar boşanmıştı... Evet, evet... Hatırlıyorum... Çok iyi hatırlıyorum... Çirkince bir kızdı. Doğrusu, ona niçin tutulduğumu da bilmiyorum... Belki de hep hasta olduğu için... Hastalığının üstüne bir de topal ya da kambur olsaydı, sanırım onu daha da severdim... –Dalgın, gülümsedi.– Bir tür bahar sarhoşluğuydu...

Dunya heyecanla:

— Hayır; bu yalnızca bir bahar sarhoşluğu değildi, –dedi.

Raskolnikov gergin bir dikkatle baktı kız kardeşine, ama onu ya duymamış ya da duymuş ama sözlerini anlamamıştı. Sonra derin bir dalgınlık içinde kalkıp annesini öptü, yeniden yerine oturdu.

Pulheriya Aleksandrovna duygulanmıştı:

— Sen onu hâlâ seviyorsun! –dedi.

— Onu mu? Şimdi de mi? Ha, evet... siz ondan söz ediyorsunuz! Hayır! Şimdi bütün bunlar bir başka dünyaya ait şeyler... Hem de ne zamandan beri... Aslında çevremdeki her şey sanki buralara ait şeyler değilmiş gibi...

Odadaki herkese dikkatle baktı.

— Sizler de öyle... binlerce verstlik bir uzaklıktan bakıyor gibiyim size... İyi ama, ne demeye bunlardan söz ediyoruz şimdi? Ve siz niçin soruşturup duruyorsunuz?

Can sıkıntısıyla söylediği bu son sözlerden sonra sustu, tırnaklarını kemirerek yeniden düşünceye daldı. Odanın ağır sessizliğini Pulheriya Aleksandrovna bozdu. Birden:

— Ne kötü bir odan var, Rodya? –dedi.– Oda değil, bir mezar sanki! Eminim, sen biraz da bu odadan dolayı böyle melankolik oldun...

Raskolnikov dalgın dalgın:

— Oda?.. –dedi.– Ha, evet... odanın da çok payı var tabii... Bunu ben de düşündüm... –Sonra birden tuhaf tuhaf gülümseyerek ekledi.– Şu anda söylediğiniz şeyin ne şaşılası bir düşünce olduğunu bir bilseydiniz anneciğim!

Biraz daha geçseydi, bu topluluk, bu ana, oğul, kardeş görüşmesi, bu içten aile söyleşisi, herhangi bir şey konuşmanın kesin olarak imkânsızlaşması yüzünden Raskolnikov için artık dayanılmaz bir hal alacaktı.

Ancak, şu ya da bu biçimde çözülmesi gereken, ama bugün çözülmesi gereken, ertelenemez bir sorun vardı. Bu sabah, daha yataktan kalktığında böyle karar vermişti Raskolnikov. İşte şu anda, bir kurtuluş gibi bu sorunun varlığına seviniyordu.

Ciddi, kupkuru bir sesle:

— Bak, Dunya, –dedi,– dün için tabii senden özür diliyorum. Ama temelde düşüncelerimden caymadığımı sana hatırlatmayı da borç bilirim. Ya ben, ya Lujin! Ben alçaksam alçağım, ama sen olmamalısın. Birimizin olması yeter. Eğer Lujin'le evlenirsen, bir daha benim kardeşim değilsin.

Pulheriya Aleksandrovna acılı bir sesle haykırdı:

— Rodya, Rodya! Ama bütün bunlar yine dün akşamki şeyler! Ve niçin durmadan kendine alçak deyip duruyorsun? Dayanamıyorum buna! Dün de aynı şeyi yapmıştın...

— Ağabey, –dedi Dunya, tıpkı onunki gibi ciddi, kupkuru bir sesle.– Bu konuda bir yerde yanılıyorsun. Dün gece uzun uzadıya düşündüm ve nerede yanıldığını buldum. Sorun şu: Sanırım sen benim birileri için kendimi feda ettiğimi düşünüyorsun. Bu hiç de böyle değil. Ben kendim için evleniyorum, çünkü kendim de güç durumdayım; ama evliliğimin yakınlarıma bir yararı dokunursa, bundan hiç kuşkusuz hoşnut olurum. Ne var ki, beni bu kararı almaya iten ana neden bu değil...

Raskolnikov öfkesinden tırnaklarını kemirerek, "Yalan söylüyor!" diye düşündü. "Ne de kibirli! Bu işi bize iyilik etmek için yaptığını itiraf etmiyor! Ah sizi aşağılık insanlar! Nefret eder gibi seviyorlar... Ah, hepsinden nasıl da tiksiniyorum!"

— Kısacası, –diye devam etti Dunya,– ben Pyotr Petroviç'le evleniyorum, çünkü iki kötüden daha az kötü olanı seçiyorum. Benden beklediği her şeyi dürüstlükle yerine getirmek niyetindeyim, böylece de onu aldatmış olmayacağım... İyi ama, niçin gülüyorsun?

Dunya'nın gözlerinde öfke kıvılcımları tutuştu.

— Demek, –dedi Raskolnikov zehir gibi bir gülümseyişle,– senden beklediği her şeyi yerine getireceksin?

— Belli bir ölçüye kadar. Pyotr Petroviç'in beni isteyiş biçiminden, bu konuda tuttuğu yoldan, ona gerekli olan şeyleri hemen anladım. Kuşkusuz kendine değer veriyor, hatta belki biraz fazla değer veriyor, ama öyle umuyorum ki, bana da bir değer veriyor. Yine niye güldün?

— Ya sen niçin öyle kıpkırmızı kesildin? Yalan söylüyorsun kardeşçiğim, bile bile yalan söylüyorsun; yalnızca düşüncelerini bana kabul ettirebilmek, yalnızca o kadın inadın yüzünden yalan söylüyorsun!.. Sen Lujin'e saygı duyamazsın: Ben onu gördüm, onunla konuştum. Demek oluyor ki, sen kendini para için satıyorsun ve demek oluyor ki, şöyle ya da böyle, aşağılık bir davranış içindesin. Ama hiç değilse hâlâ kızarabiliyor olmana sevindim!

Bütün soğukkanlılığını yitiren Dunya:

— Hayır, yalan söylemiyorum! –diye bağırdı.– Bana değer verdiğine inanmasaydım, onunla evlenmezdim; ona saygı duyacağıma kesinlikle inanmasam, yine onunla evlenmezdim. Bereket versin onun bana değer verdiğine, hem de daha bugünden inanabilirim. Ve böyle bir evlilik hiç de alçaklık değildir! Böyle bir evlilik alçaklık olsaydı, yani sen haklı olsaydın bile, benimle böyle konuşman acımasızlık değil mi? Neden belki kendinde de bulunmayan bir kahramanlık bekliyorsun benden? Bu despotluktur, zorbalıktır! Benim bu davranışımdan zarar gören biri varsa, o da benim... Daha kimseyi öldürmüş değilim! Rodya! Bana niçin öyle bakıyorsun? Neden öyle sapsarı kesildin? Rodya, neyin var? Rodya, canım!..

Pulheriya Aleksandrovna:

— Aman Tanrım! Sonunda çocuğu bayılacak hale getirdin! –diye bağırdı.

— Yok... bir şeyim yok... saçma!.. Biraz başım döndü, o kadar. Bayılma falan değil... Bir bayılmadır tutturmuşsunuz!.. Hım! Evet... Ne diyecektim?.. Ha... nasıl inanabilirsin ona saygı göstereceğine, onun da sana değer verdiğine? Böyle söylemiştin, değil mi? Sanırım, "hem de daha bugünden," demiştin? Yoksa yanlış mı duydum?

— Anneciğim, Pyotr Petroviç'in mektubunu göstersenize ağabeyime.

Pulheriya Aleksandrovna titreyen ellerle mektubu uzattı. Raskolnikov merakla mektubu aldı. Ama açmadan önce, birden şaşkınlık içinde Duneçka'ya baktı. Aklına yeni gelen bir düşünceyle şaşırmış gibiydi; ağır ağır:

— Tuhaf! –dedi.– Ne demeye böyle çırpınıp duruyorum? Bütün bu bağırış çağırışlar ne için? Kiminle istiyorsan, evlen!

Kendi kendine konuşur gibi söylemişti bu sözleri, ama yüksek sesle söylemişti; şaşırmış gibi bir süre kız kardeşine bakakalmıştı.

Yüzünde aynı şaşkınlık anlatımıyla sonunda mektubu açtı; ağır ağır, dikkatle okumaya başladı. İki kez okudu. Pulheriya Aleksandrovna son derece tedirgindi; yalnız o değil, herkes bir şeyler bekler gibiydi.

— Şaşılacak şey doğrusu... –dedi özel olarak kimseye seslenmeden; küçük bir duraksamadan sonra mektubu annesine verdi.– Davalara giriyor, avukat, konuşması da... havalı, ama nasıl da cahilce yazıyor!

Herkes oturduğu yerde kıpırdandı; bu hiç beklemedikleri bir şeydi.

Razumihin kesik kesik:

— Hepsi böyle yazar onların, –dedi.

— Sen de okudun mu?

— Evet.

Pulheriya Aleksandrovna, utanmış:

— Biz gösterdik Rodya'cığım, –dedi,– bu sabah... danışmak istedik...

Razumihin onun sözünü kesti:

— Mahkeme ağzı... Mahkeme kâğıtları hâlâ hep böyle yazılır...

— Mahkeme ağzı mı? Evet, tam da öyle... Ne pek öyle cahilce, ne de fazla edebi... iş adamı ağzı!

Ağabeysinin takındığı bu yeni tavırdan biraz alınan Avdotya Romanovna:

— Pyotr Petroviç de gizlemiyor iyi bir öğrenim görmediğini, –dedi,– hatta kendi kendini yetiştirmiş olduğu için övünüyor.

— Eğer övünüyorsa, haksız sayılmaz. Zaten ben de buna karşı çıkıyor değilim. Ama sen, kardeşim, koca mektuptan dura dura yalnız biçem konusu üzerinde durduğum ve böyle sudan görüşler ileri sürdüğüm için, sanırım bana kızdın; böyle ıvır zıvır şeylerden söz etmemi de sırf seni kızdırmak istememle açıklıyorsundur... Ama değil. Biçem konusunda şu anda hiç de gereksiz sayılmayacak bir şey geldi aklıma. "Suçu kendinizde aramanız" diye bir cümlesi var. Özellikle konulmuş, açık, anlamlı bir cümle... Bir de gözdağı var: Ben gelirsem, kalkıp gidecekmiş... Bu gözdağının, eğer uysallıkla sözlerini dinlemezseniz, üstelik de sizleri ta buraya, Petersburg'a kadar çağırmışken, ikinizi de bir başınıza bırakacağı korkutmasından bir farkı var mı? Lujin'in yazdığı bu sözleri, diyelim şu adam yazsaydı (başıyla Razumihin'i gösterdi) ya da Zosimov yazsaydı ya da içimizden herhangi biri yazsaydı, yine böyle kızabilir miydik?

Duneçka canlanarak:

— Hayır, –dedi,– bu düşüncelerin son derece safça dile getirildiğini ve Pyotr Petroviç'in, belki de yazma konusunda bir usta olmadığını çok iyi anlamış bulunuyorum. Düşüncelerine hak veriyorum. Oysa ben sanıyordum ki...

— Mahkeme ağzıyla yazılmış. Mahkeme ağzıyla da başka türlü yazmak mümkün değildir. Belki onun istediğinden biraz daha kaba olmuş... Aslında, sanırım, seni biraz hayal kırıklığına uğratacağım: Bu mektupta bir şey daha var, bir kara çalma... Üstelik de epey alçakça... Ben dün paraları veremli bir kadına, zavallı bir dula, "cenaze masrafı bahanesiyle" değil, düpedüz cenaze masrafı olarak verdim. Sonra, yine onun yazdığı gibi, "uygunsuz yoldaki kızına" değil (ki kızı ömrümde ilk kez o gün, orada görüyordum), doğrudan doğruya dul kadının kendine verdim. Ben bütün bunlardan, bana kara çalmak ve sizinle aramı açmak gibi fazla acelece bir istek görüyorum. Tabii yine mahkeme ağzıyla, yani amacını biraz fazlaca açığa vuran bir ağız ve yine fazla saf bir acelecilikle... Akıllı bir adam, ama akıllıca davranabilmek için yalnızca akıl yetmiyor. Bütün bunlar bize onun portresini çiziyor... ve ben... onun sana fazlaca değer verdiğini sanmıyorum. Bunları sana öğüt olsun diye söylüyorum, çünkü içtenlikle senin iyiliğini istiyorum...

Dunya karşılık vermedi; kararını ta ne zaman vermişti o, hele bir akşam olsundu...

Oğlunun sözlerine birdenbire sinen bu resmi tondan tedirginliği daha da artan Pulheriya Aleksandrovna:

— Peki, senin kararın ne Rodya? –diye sordu.

— Ne "karar"ı?

— Pyotr Petroviç senin gelmemeni, gelirsen kendisinin gideceğini yazıyor... Bu durumda sen... nasıl davranacaksın?

— Bu konuda karar vermek bana düşmez. Eğer Pyotr Petroviç'in isteğini aşağılayıcı bulmuyorsanız, ilkin size düşer. Sonra yine bu isteği aşağılayıcı bulmuyorsa, Dunya'ya düşer... –Durdu, kupkuru bir sesle ekledi.– Bana gelince, sizin için en uygunu nasılsa, öyle davranırım.

— Duneçka kararını verdi bile, –dedi Pulheriya Aleksandrovna çabuk çabuk.– Ben de tümüyle ona katılıyorum.

— Bizdeki bu görüşmede senin de ne olursa olsun bulunmanı rica etmeye karar vermiştim Rodya, –dedi Dunya.– Bu konuda çok ısrarlıyım. Gelecek misin?

— Geleceğim.

Dunya, Razumihin'e dönerek:

— Akşam saat sekizde sizin de bizde bulunmanızı rica edeceğim, –dedi.– Anne ben onu da çağırıyorum.

— Çok güzel yapıyorsun Duneçka! Nasıl karar verdiyseniz, öyle olsun! Doğrusu çok hafifledim; yalandan, yapmacıktan hiç hoşlanmam... Gerçeği olduğu gibi söylememiz çok daha iyi olacak... Şimdi artık ister gücen, ister gücenme Pyotr Petroviç!

IV

Bu sırada kapı usulca açıldı ve odaya ürkek ürkek çevresine bakınarak genç bir kız girdi. Hepsi birden şaşkınlıkla ve ilgiyle ona döndüler. Raskolnikov önce tanıyamadı kızı. Sonya Semyonovna Marmeladova idi bu. Dün kendisini ilk kez gördüğünde, ortam öyle bir ortamdı, koşullar öyleydi ki, hatta kızın üstünde öyle bir elbise vardı ki, belleğinde bambaşka bir yüzün hayali kalmıştı. Şu anda karşısında duransa, gösterişsiz, hatta yoksulca giyimli, çok genç, neredeyse bir kız çocuğunu andıran genç bir kızdı. Davranışları ince, gösterişten uzaktı. Tertemiz yüzünde hafif bir korku izi vardı. Çok sade, gündelik bir elbiseyle, modası geçmiş, eski bir şapka giymişti. Yalnız, elinde yine o şemsiyesi vardı. Birdenbire kalabalık bir odayla karşılaşınca, utanmanın da ötesinde, büsbütün şaşırdı, küçük bir çocuk gibi ürktü, hatta gerisingeri odadan çıkmaya davrandı.

— Ah, siz misiniz! –dedi Raskolnikov büyük bir şaşkınlıkla; sonra kendisi de utandı.

Birden annesiyle kız kardeşinin, Lujin'in mektubundan "uygunsuz" bir kız üzerine bir şeyler bildiklerini hatırladı. Daha şimdi Lujin'in kara çalmalarına karşı çıkmış, kızı ilk kez o gün gördüğünü söylemişti, oysa şu anda kız birdenbire odasına giriyordu. Öte yandan, "uygunsuz yolda" ifadesine hiç karşı çıkmadığı aklına geldi. Bütün bunlar bulanık bir biçimde ve bir anda gelip geçmişti kafasından. Ama dikkatlice bakınca kızcağızın acınası bir durumda olduğunu gördü; öylesine acınasıydı ki hali, Raskolnikov'un yüreği sızladı. Hele kızın korkudan gerileyip odadan çıkacak gibi olduğunu görünce, bir anda sanki altüst oldu.

— Sizi hiç beklemiyordum, –dedi, gözleriyle onu durdurmaya çalışarak.– Lütfen, oturmaz mısınız? Herhalde Katerina İvanovna gönderdi sizi... Oraya değil, lütfen şuraya buyurun...

Sonya içeri girdiği sırada odadaki üç iskemleden kapının hemen yanındakinde oturmakta olan Razumihin, kızın içeri girebilmesi için yerinden hafifçe doğrulmuştu. Raskolnikov kıza önce divanda Zosimov'un oturduğu yeri göstermişti, aynı zamanda yatak olarak kullandığı divanın biraz fazla samimi olabileceğini unutmuştu, sonra hemen Razumihin'in iskemlesini gösterdi.

— Sen de şuraya otur, –dedi Razumihin'e, Zosimov'un yerini göstererek.

Sonya korkudan titrercesine oturdu, sonra ürkek ürkek iki kadına baktı. Nasıl olup da bunlarla aynı odada oturabildiğine şaşıyor gibiydi. Bu düşünceyle birden öylesine ürktü ki, hemen ayağa kalktı, doğruca Raskolnikov'a dönerek:

— Ben... size... şöyle, bir dakika için uğramıştım... –diye kekeledi.– Rahatsız ettiğim için, bağışlayın. Katerina İvanovna gönderdi beni, başka kimsesi yoktu gönderecek... Katerina İvanovna yarın sabah bize öğle yemeğine... yani, yarın sabah Mitrofan Kilisesi'nde yapılacak sabah duasına, sonra da bize... yani ona, öğle yemeğine buyurmanızı rica etmemi istedi benden... Bu onuru bizden esirgemememenizi... size iletmemi emretti.

Sonra kekeleyerek sustu.

Raskolnikov hafifçe yerinden doğruldu, o da kekeleyerek:

— Muhakkak... muhakkak gelmeye çalışacağım... –dedi; sözlerini tamamlayamamıştı.– Lütfen oturur musunuz, sizinle konuşmam gerek. Bilmiyorum, belki de aceleniz var, lütfedip bana iki dakikanızı verebilir misiniz?..

Kıza sandalyesini gösterdi; Sonya yeniden oturdu, sonra yeniden ürkek, şaşkın bakışlarla iki kadına şöyle bir göz attı, bakışlarını yere indirdi.

Raskolnikov'un solgun yüzü kıpkırmızı kesilmişti, altüst olmuş gibiydi, gözleri alev alev yanıyordu. Sert ve karşı konulmaz bir tavırla:

— Bu, anneciğim, –dedi,– dün gece gözümün önünde bir arabanın altında kalarak ölen zavallı Marmeladov'un kızı Sonya Semyonovna Marmeladova'dır... Kendisinden size söz etmiştim...

Pulheriya Aleksandrovna, Sonya'ya baktı, hafifçe gözlerini kırpıştırdı. Rodya'nın ısrarlı ve meydan okuyucu bakışlarından duyduğu şaşkınlığa rağmen, kendisini bu zevkten mahrum edememişti. Duneçka'ya gelince, gözlerini zavallı kızcağızın üzerine dikmiş, şaşkınlıkla, ama büyük bir ciddiyetle ona bakıyordu. Sonya, Raskolnikov'un kendisini tanıtma sözleri üzerine gözlerini yerden kaldırmak istediyse de eskisinden daha çok utandı.

Raskolnikov kıza dönerek, çabuk çabuk:

— Bugünkü işleri soracaktım size... –dedi.– Kimse rahatsız etmedi ya sizi? Polis, örneğin...

— Hayır, bir terslik olmadı... Zaten ölümün neden olduğu apaçık ortada... Kimse rahatsız etmedi... Yalnız apartman komşularının biraz canları sıkıldı.

— Niçin?

— Cenaze uzun süre kalıyor diye... Havalar sıcak... koku... Bugün akşam duasından sonra mezarlığa götürülecek, yarına kadar da mezarlık kilisesinde kalacak. Katerina İvanovna önce razı olmadı, ama başka çaresi olmadığını görünce...

— Demek bugün kaldırılıyor?

— Katerina İvanovna, yarın kilisedeki töreni onurlandırmanızı, sonra da eve, yas yemeğine buyurmanızı rica ediyor.

— Yas yemeği mi veriyor Katerina İvanovna?

— Evet, kahvaltı gibi bir şey... Dünkü yardımınız için size teşekkür etmemi söyledi... "Sakın unutma." dedi... Siz olmasaydınız, hiçbir şey yapamazdık, cenazeyi bile gömdüremezdik.

Birden hem dudağı, hem çenesi titremeye başladı, ama kendini tuttu ve yeniden gözlerini yere indirdi.

Konuşurken Raskolnikov onu dikkatle incelemişti. Son derece zayıf, solgun bir yüzü vardı; burnu küçücük ve sivriydi, çenesi de öyle... Çizgileri pek de düzgün olmayan bir yüzdü bu. Güzel bile denemezdi bu yüze. Ama mavi gözleri öylesine aydınlık, hele canlılıkla baktığı zaman yüzü öylesine güzel ve temizdi ki, insanı ister istemez kendine çekiyordu. Sonra bu yüzde, yalnız yüzde de değil, kızın bütün görünüşünde, insanın son derece ilgisini çeken bir özellik vardı: On sekiz yaşında olmasına karşın, neredeyse bir kız çocuğu gibi görünüyordu; hatta bu durum onun kimi hareketlerinde gülünç bir biçimde kendini gösteriyordu.

Raskolnikov konuşmayı sürdürmekte direterek:

— Ama, –dedi,– Katerina İvanovna o kadarcık bir parayla bütün bu işleri nasıl halledebildi? Bir de yemek?..

— Tabut çok sade olacak... Her şey sade olacak... Onun için fazla harcama gerekmeyecek... Katerina İvanovna ile hesapladık, yas yemeği için de bir şeyler kalıyor... Katerina İvanovna yemek vermeyi çok istiyor... Hem bunsuz olmaz ki...

Onun için de bir avuntu... Nasıl bir insan olduğunu siz de biliyorsunuz...

— Anlıyorum... anlıyorum... elbette... Ne o, odama mı bakıyorsunuz? Annem de bir tabuta benzediğini söylüyor...

— Dün elinizde avcunuzda ne varsa bize verdiniz, –dedi Sonya; çabuk çabuk ve güçlü bir fısıltıyla söylemişti bunları. Gözlerini yeniden yere indirmiş, dudağıyla çenesi yeniden titremeye başlamıştı. Daha odaya girdiği anda şaşıp kalmıştı Raskolnikov'un içinde bulunduğu yoksulluğa ve şu anda bu sözler elinde olmadan ağzından dökülüvermişti.

Bir sessizlik oldu. Dunya'nın gözleri ışıl ışıldı, Pulheriya Aleksandrovna bile Sonya'ya sevecenlikle bakıyordu.

— Rodya, –dedi yerinden kalkarak,– öğle yemeğini herhalde birlikte yiyeceğiz. Dunya'cığım, hadi gidelim... Rodya, sen de biraz çıkıp dolaşsan, sonra da dinlensen... Akşam bize olabildiğince erken gel. Seni biraz yorduğumuzdan korkuyorum da...

Raskolnikov da yerinden kalkarak:

— Evet, evet... gelirim, –dedi aceleyle.– Aslında işim de var...

— Ne yani, ayrı ayrı mı yemek yiyeceksiniz? –diye bağırdı Razumihin; Raskolnikov'a şaşkınlıkla bakıyordu.– Ne yapıyorsun sen Tanrı aşkına?

— Evet, evet, gelirim... muhakkak... muhakkak gelirim... Razumihin, sen biraz burada kalsana... Şimdilik herhalde kendisi size gerekli değil anneciğim? Yoksa onu elinizden almış mı oluyorum?

— Yok, hayır, hayır! Dmitri Prokofiç, yemeğe gelme lütfunu bizden esirgemeyeceksiniz, değil mi?

— Lütfen, –dedi Dunya da,– bekliyoruz.

Razumihin, yüzü ışıl ışıl, saygıyla eğilip selam verdi. Bir an; hepsi de tuhaf bir utangaçlık duydular.

— Hoşça kal Rodya, daha doğrusu, tekrar görüşünceye kadar; şu "hoşça kal"ı sevmiyorum. Hoşça kal, Nastasya. Ah, yine "hoşça kal" dedim!..

Pulheriya Aleksandrovna, Sonya'yı da selamlamak istiyordu, ama nedense yapamadı ve telaşla odadan çıktı. Dunya ise sırasını beklermiş gibi, annesinin ardı sıra Sonya'nın önünden geçerken, dikkatli, sevecen, içten bir selam verdi. Soneçka şaşırdı; telaşlı, ürkek, selama karşılık verdi. Avdotya Romanovna'nın dikkat ve inceliğinden acı duymuşçasına yüzünde hastalıklı bir duygunun gölgeleri dolaştı.

Raskolnikov aralıktan bağırdı:

— Hoşça kal Dunya! Elini versene!

Dunya sevecen, biraz da utanarak döndü:

— Az önce verdim ya, unuttun mu?

— Olsun, bir daha ver!

Ve kız kardeşinin küçücük parmaklarını kuvvetle sıktı. Dunya gülümsedi, yüzü pembeleşmişti, çabucak elini kurtarıp nedenini bilmediği bir sevinçle dolu, annesinin ardı sıra seğirtti.

Raskolnikov odaya dönünce Sonya'ya sevinçle bakarak:

— Çok güzel! –dedi.– Tanrı ölüleri bağışlasın, dirilere uzun ömür versin! Öyle değil mi? Öyle değil mi? Söyleyin, öyle değil mi?

Sonya şaşkınlıkla, onun birdenbire sevinçle aydınlanan yüzüne bakıyordu; Raskolnikov hiçbir şey söylemeden, ona bir süre dikkatle baktı; birden rahmetli babasının onun üzerine anlattığı şeyleri hatırlayıvermişti...

Pulheriya Aleksandrovna daha sokağa çıkar çıkmaz konuşmaya başlamıştı:

— Aman Tanrım, Duneçka, çıkmakla ne iyi ettik! Sanki hafifleyiverdim! Dün akşam trendeyken oğlumun yanından çıkınca sevineceğim aklıma gelir miydi hiç?

— Söyledim ya size anneciğim, hâlâ hasta kendisi. Gerçekten görmüyor musunuz bunu? Belki de bizim yüzümüzden çektiği acılarla böyle oldu? Hoşgörülü olmamız ve onu bağışlamamız gerek.

Pulheriya Aleksandrovna onun sözünü keserek, ateşli, sinirli bir şekilde:

— Ama sen hiç de hoşgörülü değildin! –dedi.– Biliyor musun Dunya, demin ikinize şöyle baktım da birbirinizin tıpkısısınız... Hem yalnızca yüzünüz değil, huylarınız da... İkiniz de melankoliksiniz, ikiniz de yüzü gülmez ve ateşlisiniz, ikiniz de gururlu ve ikiniz de temiz yüreklisiniz... Onun bencil olması mümkün mü, Duneçka, ha? Hele bu akşam neler olabileceğini düşündükçe, yüreğim ağzıma gelecek gibi oluyor!

— Tasalanmayın, anneciğim, olması gereken ne ise o olacak.

Zavallı Pulheriya Aleksandrovna, birden boş bulunup:

— Düşünsene Duneçka, –dedi,– ya Pyotr Petroviç bu işten cayarsa?

Dunya, sert, aşağılayıcı:

— Böyle bir şey yaparsa artık ne değeri kalır kendisinin! –dedi.

— Çıkmakla ne iyi ettik Dunya! –dedi Pulheriya Aleksandrovna kızının sözünü keserek; sonra, çabuk çabuk sürdürdü konuşmasını.– Acele bir işi var gibiydi sanki... Varsın biraz dolaşıp hava alsın... İnsanı bunaltan bir odası var... Aslında her yer boğucu burada, insanın soluk alabileceği bir yer yok. Sokaklar bile penceresiz odalara benziyor. Aman Tanrım, nasıl bir kent bu böyle! Dur, kenara çekil, çiğneneceksin! Bir şey götürüyorlar! Piyanoymuş!.. Amma itip kakıyorlar insanı... Ben bu kızdan çok korkuyorum Dunya!

— Hangi kızdan, anneciğim?

— Şu deminki kızdan... Sonya Semyonovna mıdır, nedir...

— Ne olmuş Sonya Semyonovna'ya?

— Bir önsezi var içimde Dunya. İster inan, ister inanma, daha odaya girdiği anda, "İşte her şeyin sebebi bu kız," diye düşündüm...

Dunya can sıkıntısıyla:

— O kızın hiçbir şeyin sebebi olduğu yok! –dedi.– Hem şu sizin önsezileriniz de anneciğim, artık bıktırdı! Rodya kızı ömründe ilk kez dün görmüş. Nitekim demin odaya girdiğinde onu tanıyamadı bile!

— Bak, görürsün!.. Bu kızdan kuşkulanıyorum... göreceksin! Nasıl da korkuttu beni! Nasıl da bakıp duruyordu bana... Sonra öyle bir gözleri vardı ki... sandalyemde doğru dürüst oturamadım. Kızı bize nasıl tanıttığını hatırlıyor musun? Tuhaf doğrusu: Pyotr Petroviç bize bu kız için neler yazıyor, oysa tutup o kızı bize tanıtıyor, üstelik de sana tanıtıyor! Besbelli, çok değer veriyor bu kıza!

— Pyotr Petroviç'in yazdığına bakma sen! Bizim için de neler söylediler, neler yazdılar, unuttun mu? Ben onun... çok iyi bir kız ve onun için söylenenlerin de çok saçma olduğuna inanıyorum.

— Umarım öyledir!

— Pyotr Petroviç'e gelince, çirkin bir dedikoducudan başka bir şey değil! –diye kestirip attı Duneçka. Pulheriya Aleksandrovna da sustu. Konuşmaları da böylece bitti.

Raskolnikov, Razumihin'i pencereye doğru götürerek:

Baksana, –dedi,– seninle bir işimiz var...

Sonya gitmek için kalktı, onlara selam verdi ve çabuk çabuk:

— Katerina İvanovna'ya geleceğinizi söyleyeceğim... –dedi.

— Bir dakika Sonya Semyonovna, konuşmamız gizli değil ve siz bize hiç engel olmuyorsunuz... Hem size söylemek istediğim birkaç şey vardı...

Sonya'ya söyleyeceklerini tamamlamadan, Razumihin'e döndü:

— Baksana... sen şu... neydi adı? Porfiri Petroviç'i tanırsın, değil mi?

— Elbette! Akrabam olur, –Razumihin müthiş meraklanmıştı.– Ne yapacaksın Porfiri'yi?

— Şu davayı... yani şu cinayet işini... dün öyle konuşuyordunuz, galiba o yürütüyormuş, öyle değil mi?

Razumihin'in gözleri fal taşı gibi açıldı:

— Evet, ne olmuş?

— Kadına kimlerin rehin yatırdığını soruşturuyormuş... Benim de verdiğim bir iki parça eşya vardı... Gerçi ufak tefek şeyler... Biri buraya gelirken kız kardeşimin armağan ettiği yüzük, öteki de baba yadigârı gümüş saat. Edecekleri beş altı ruble bir şey, ama hatıra değerleri var... Acaba ne yapmam gerekiyor? Bunların kaybolup gitmesini istemiyorum, özellikle de saatin... Demin Duneçka'nın saatinden söz edilirken, annemin benimkini görmek isteyeceğinden çok korktum. Babamdan bize kalan tek şey. Bu saat kaybolursa, annem üzüntüden hasta olur. Kadın milleti işte! Ne yapayım, bana bir akıl öğret! Biliyorum, karakola başvurmalıyım, ama acaba doğrudan Porfiri'ye başvurmam daha iyi olmaz mı? Ne dersin? Bu işi bir an önce halletmek istiyorum. Göreceksin, yemeğe gittiğimizde annem saati soracaktır!

— Kesinlikle karakola değil, Porfiri'ye başvuracaksın! – diye bağırdı Razumihin, müthiş heyecanlanmıştı.– Tanrım, nasıl sevindim! Hem ne diye hemen şimdi gitmiyoruz, şuradan şurası, şimdi evdedir!..

— Olur, gidelim...

— O da seninle tanıştığına çok, ama çok, çok sevinecektir! Senden pek çok kez söz ettim kendisine... Hatta daha dün... Gidelim hadi!.. Demek kocakarıyı tanıyordun ha? Tabii canım, boşa değildi... Her şey öyle yerine yerleşti, öyle güzel yoluna girdi ki şimdi!.. Ah, evet, Sonya İvanovna...

Raskolnikov düzeltti:

— Sonya Semyonovna... –Sonra kıza döndü.– Bu, benim dostum Razumihin'dir Sonya Semyonovna... ve çok iyi bir çocuktur...

Sonya, Razumihin'in yüzüne hiç bakmamıştı, bu durumdan daha da çok utanarak;

— Eğer hemen gitmek zorundaysanız... –diye mırıldandı.

Raskolnikov:

— Evet, gidelim, –dedi,– ben size bugün uğrarım Sonya Semyonovna, yalnız adresinizi verin bana.

Konuşurken şaşırdığı söylenemezdi, ama çabuk çabuk konuşuyor, kızın gözlerine bakmaktan kaçınıyordu. Sonya ona adresini verdi, bu sırada da kıpkırmızı kesildi. Hep birlikte çıktılar.

Razumihin en son çıktı; onların ardı sıra merdivenlerden inerken:

— Kapıyı kilitlemiyor musun? –diye sordu.

— Hiçbir zaman kilitlemedim ki! Sözde iki yıldır kilit alacağım... –Gülümseyerek Sonya'ya baktı.– Kilitleyecek hiçbir şeyi olmayan insanlar mutludurlar herhalde, öyle değil mi?

Sokak kapısının ağzında durdular.

— Siz sağa mı sapıyorsunuz, Sonya Semyonovna? Aklıma geldi: Oturduğum yeri nasıl buldunuz? Kıza bambaşka bir şeyler söylemek istiyormuş gibi bir tavırla sormuştu bu soruyu. Onun o durgun, tertemiz gözlerine bakmak istiyor, çok istiyor, ama bir türlü bakamıyordu...

— Dün Poleçka'ya vermişsiniz adresinizi.

— Polya? Ah, evet... Poleçka! Şu... küçük kız... Sizin kız kardeşiniz, değil mi? Ona adresimi mi vermişim?

— Yoksa unuttunuz mu?

— Yok, hatırlıyorum...

— Sonra rahmetli babamdan da duymuştum sizi... Ama o sıralar adınızı bilmiyordum... Babam da bilmiyordu... Ve işte şimdi geldim... dün adınızı öğrenince, bugün gelip, "Bay Raskolnikov burada mı oturuyor?" diye sordum. Pansiyoner olarak yaşadığınızı bilmiyordum... Hoşça kalın... Katerina İvanovna'ya... ileteceğim...

Sonunda onlardan ayrılabildiğine çok sevindi; başı önünde, hızlı adımlarla yürüdü; onların gözünden olabildiğince çabuk kaybolmak ve olabildiğince hızlı yürüyüp hemen yirmi adım ötede, sağdaki sokağa sapmak istiyordu. Ondan sonra artık tek başına kalacaktı; tek başına kalacak ve kimsenin yüzüne bakmadan, hiçbir şeyi fark etmeden, hızlı hızlı yürüyerek düşünecek, söylenen her sözü, her davranışı hatırlamaya çalışacaktı. Hiçbir zaman, ama hiçbir zaman böylesi duygular duymamıştı. Daha önce hiç bilmediği, yepyeni, koskoca bir dünyayı sisler içinde gibi, belirsizce duyumsuyordu. Sonra birden Raskolnikov'un bugün kendisine uğrayacağını söylediğini hatırladı; belki yarın sabah, belki de hemen şimdi uğrardı. Kalbi duracak gibi oldu birden:

— Ah! Bari bugün gelmese! Lütfen, bugün gelmese! Korkmuş bir çocuk gibi yalvarıyordu. Tanrım!.. Bana... o odaya... görecek... Ah Tanrım!

Hiç kuşkusuz Sonya böyle bir anda, hiç tanımadığı birinin kendisini adım adım izlediğini fark edemezdi. Kapıdan çıktığı andan beri peşindeydi adam. Raskolnikov, Razumihin ve Sonya dışarı çıkıp da sokak kapısı önünde bir iki kelime bir şeyler konuştukları sırada, tesadüfen yanlarından geçmekte olan yabancı, yine tesadüfen Sonya'nın "Bay Raskolnikov burada mı oturuyor, diye sordum" sözlerini duyunca titrer gibi olmuş, üçüne de çabucak, ama dikkatle bakmış, özellikle de o sırada Sonya'yla konuşmakta olan Raskolnikov'a dikkat etmişti. Sonra eve bir göz atmış ve belleğine iyice yerleştirmişti. Bütün bunlar göz açıp kapayıncaya dek geçen bir süre içinde olmuş ve adam yanlarından geçerken yürüyüşünü bile kesmemişti. Yalnız, kulağına gelen sözlerden sonra, yüzünü göstermemeye çalışarak adımlarını ağırlaştırmış, birini bekliyormuş gibi bir tavır takınmıştı. Sonya'yı bekliyordu. Üç arkadaşın vedalaştığını duymuştu. Sonya'nın şimdi onlardan ayrılıp bir başına evine dönmesi gerekiyordu.

Sonya'nın yüzünü hatırlamaya çalışan yabancı, "Ben bu yüzü bir yerde gördüm," diye düşündü. "Acaba nerede oturuyor?.. Öğrenmem gerek."

Köşeye varınca sokağın karşı tarafına geçti, dönüp arkasına baktı ve Sonya'nın hiçbir şeyden habersiz ardı sıra gelmekte olduğunu gördü. Köşeye gelince Sonya da aynı sokağa saptı. Adam gözlerini ondan ayırmadan, karşı kaldırımda yürüyordu. Böylece elli adım kadar gittikten sonra, Sonya'nın yürümekte olduğu yana geçti, adımlarını hızlandırıp ona yetişti ve beş adım kadar gerisinden yürümeye başladı.

Bu, elli yaşlarında, ortadan biraz uzun boylu, iriyarı, geniş omuzlu bir adamdı; omuzlarının geniş olması onu hafif kamburumsu gösteriyordu. Sırtındaki şık ve güzel giysilerden sıradan biri değil, bir beyefendi olduğu anlaşılıyordu. Elinde yepyeni eldivenler ve her adım atışında kaldırım taşları üzerinde tıklattığı güzel bir baston vardı. Büyücek ve elmacık kemikleri hafif çıkık yüzü oldukça hoştu. Yüzünde, Petersburglularda pek görülmeyen bir dirilik, canlılık vardı. Tek tük akları olan açık sarı saçları çok gürdü; saçlarından da açık renkte olan sakalı yine çok gürdü ve dümdüz aşağı iniyordu. Gözleri mavi, bakışları soğuk ve dalgındı. Dudakları kıpkırmızıydı. Kısacası yaşını pek göstermeyen, daha doğrusu yaşından çok daha genç gösteren bir adamdı bu.

Sonya kanal yoluna çıkınca ikisi kaldırımda yan yana geldiler. Adam gözlerini Sonya'dan hiç ayırmadığı için kızın son derece dalgın, düşünceli olduğunu da görmüştü. Sonya evine gelince, dış kapıdan geçip avluya girdi. Şaşırır gibi olan adam da ardı sıra yürüdü. Sonya avluda sağa sapıp, köşede, dairesine çıkan merdivenlere doğru yürüdü. Adam,

— Şu işe bak! –diye söylenip onun arkasından merdivenlerden çıkmaya başladı.

Sonya onu ancak burada fark etti. Üçüncü kata gelince koridora saptı ve kapısına tebeşirle "Terzi Kapernaumov" yazılı 9 no'lu dairenin kapısını çaldı. Yabancı da 8 no'lu dairenin kapısını çalarken, bu tuhaf rastlantıya iyice şaşırarak bir kez daha,

— Şu işe bak! –diye söylendi. İki kapı arasındaki uzaklık altı adım var yoktu.

Yabancı, Sonya'ya bakıp gülümseyerek:

— Kapernaumov'un dairesinde mi oturuyorsunuz? –diye sordu.– Dün kendisine bir yelek diktirmiştim... Ben de burada, hemen yanı başınızda, Madam Resslich'in, Gertrude Karlovna'nın dairesinde oturuyorum. Ne hoş bir rastlantı!

Sonya adama dikkatle baktı.

— Komşuyuz, –diye ekledi adam; pek bir neşeliydi,– üç gündür Petersburg'dayım. Neyse, şimdilik hoşça kalın!

Sonya karşılık vermedi. Kapı açılmıştı, süzülürcesine içeri girdi. Nedense utanmış, biraz da ürker gibi olmuştu.

Porfiri'ye giderlerken Razumihin coşmuş gibiydi. Yolda birkaç kez:

— Kardeş, işte bu çok iyi oldu! Çok, çok sevindim, –diye tekrarladı.

Raskolnikov, "Neye sevindin?" diye geçirdi içinden.

— Kocakarıda senin de rehinin olduğunu bilmiyordum ben. Ve... ve... çok önce mi oldu bu? Yani rehin için ona uğraman?

"Budala, ne kadar da safsın!"

— Dur bakayım ne zamandı?.. Hatırlamaya çalışarak duraksadı. Sanırım ölümünden üç gün önce ondaydım... –Rehine bıraktığı eşyaları için kaygılandığını ve onlara bir an önce kavuşmak istediğini hissettiren bir sesle,– Aslında ben şimdi saatimle yüzüğümü kurtarmaya gidiyor değilim... Gerçi gene beş parasızım... Dünkü o lanet sayıklama yüzünden cebimde bir tek gümüş ruble kaldı...

Sayıklamasını hatırlatırken özellikle vurgulu konuşmuştu.

— Evet, biliyorum, biliyorum, –dedi Razumihin çabuk çabuk; neyi onayladığı belli değildi,– demek bunun içindi o sıralar... beni biraz şaşırtmıştı bu... Biliyor musun, o sıralardaki sayıklamalarında da birtakım yüzüklerden, kordonlardan söz edip durmuştun!.. Evet... evet, şimdi artık her şey apaçık!

"Bak hele! Demek bu düşünce onların arasında epey yayılmış! Şu adam benim için çarmıha gerilmeye bile gider; sayıklarken yüzüklerden, kordonlardan niçin söz ettiğimin açıklık kazanmasına nasıl da seviniyor! Evet, iyice yer etmiş bu düşünce kafalarında!.."

— Acaba kendisini evinde bulabilecek miyiz?

— Buluruz, buluruz, –dedi Razumihin.– Bu, kardeş, şimdi sen de göreceksin ya yaman oğlandır! Biraz patavatsızdır. Aslında sosyeteyi ve kurallarını bilir, ben başka anlamda söylüyorum patavatsızlığını... Akıllıdır, aptal sayılmaz, hatta hiç de aptal sayılmaz. Yalnız biraz değişik bir düşünüş biçimi vardır... Kuşkucudur, kimseye güvenmez, hatta edepsizleşebilir. Kazıklamayı, daha doğrusu oyuna düşürmeyi sever... Hani şu eski yöntem... Maddi delillere dayanma... Ama işini iyi bilir... Geçen yıl hiçbir ipucu olmayan bir cinayet işini ortaya çıkarmıştı! Seninle tanışmak için de can atıyor!

— Ne diye can atıyor ki, benimle tanışmak için?

— Yani şeyden dolayı değil... Şu son sıralar, hastalığın dolayısıyla, senden sıkça söz etmem gerekti kendisine. Tabii beni dinledi... Ve senin de hukuk fakültesinde okuduğunu, maddi olanaksızlıklar yüzünden okulu bırakmak zorunda kaldığını öğrenince, "Çok yazık!" dedi. Ben de bundan şu sonucu çıkardım... yani bütün bunlar bir arada düşunülünce... hayır, yalnız bunlar da değil... Dün Zamyotov'a söylediklerin... Biliyor musun Rodya, dün birlikte eve dönerken ben sarhoş kafayla birtakım gevezelikler ettim... Bunları büyütmüş olmandan korkuyorum...

— Neyi yani? Beni deli saymalarını mı? Belki de doğrudur bu...

Yüzü gergin bir gülümsemeyle çarpıldı.

— Evet... Yani şey, tüh! Hayır! Yani dün sana söylediklerimin hepsi, öteki konuda söylediklerim de sarhoş saçmaları idi...

— Ne diye özür diliyorsun canım? –Abartılmış bir öfkeyle bağırdı.– Hem bıktım bütün bunlardan artık!..

Gerçekte kızmamış, ama çok öfkelenmiş gibi bir tavır takınmıştı...

— Biliyorum, biliyorum, anlıyorum. İnan bana, anlıyorum. Konuşması bile utanç verici...

— Madem utanç verici, sen de konuşma!

İkisi de sustular. Razumihin coşkunun da ötesinde bir heyecan içindeydi ve Raskolnikov onun bu durumundan tiksinti duyuyordu. Razumihin'in az önce Porfiri hakkında söyledikleri de onu heyecanlandırmıştı.

Yüzü sapsarı, yürek vuruşları sıklaşmış, "Bir de buna ağlayıp sızlamak, mutsuz adam rolleri oynamak gerekecek şimdi." diye düşündü. "Ve tabii olabildiğince doğal olmaya çalışarak... Aslında en doğal olan, hiç rol yapmamak ve olduğu gibi görünmek... Kendimi hiç zorlamamalıyım. İstemeden, zorla yaptım mı, doğallıktan uzak olurum... Artık oradaki duruma göre... bakacağız... Acaba gitmekle doğru mu yapıyorum? Pervaneler kendiliklerinden atılırlar mum ışığına. Yüreğim kötü çarpıyor, bu hiç iyi değil!.."

— Şu gri ev, –dedi Razumihin.

"En önemlisi de Porfiri benim dün bu cadının evine gittiğimi biliyor mu, bilmiyor mu? Gittiğimi ve kan meselesini sorduğumu?.. Bunu hemen öğrenmeliyim... İlk anda... daha adımımı içeri atar atmaz... yüzüne bakmalı ve çıkarmalıyım... Ölmek pahasına bile öğrenmeliyim!.."

— Biliyor musun, –dedi hilekâr bir gülümsemeyle Razumihin'e dönerek,– bugün dikkat ettim de sabahtan beri, sende hiç görmediğim bir heyecan içindesin. Doğru mu söylüyorum?

— Ne heyecanı? –dedi Razumihin yüzünü buruşturarak.– Heyecanlı filan değilim!

— Yok, kardeş, apaçık görülüyor bu! Demin benim orada iskemlenin neredeyse düşecekmiş kadar ucuna oturmuş, tir tir titriyordun. Ben senin iskemleye böyle oturduğunu hiç görmedim. İkide bir de hoplayıp kalkıyordun. Bazen öfkeleniyor, bazen de bademşekeri gibi tatlılaşıyor, gevşiyordu yüzün. Hatta kızarıyordun; hele yemeğe çağrıldığında kıpkırmızı kesildin.

— Bende bu dediklerinin hiçbiri olmadı, yalan söylüyorsun! Hem bana baksana, sen ne demek istiyorsun?

— İlkokul öğrencileri gibi şımarıp duruyorsun! Şuna bak, yine kıpkırmızı kesildi!

— Domuzun birisin sen!

— Utandın mı, Romeo? Dur hele, ben bugün bunu bir yerde anlatayım da gör! Hah–hah–ha!.. Annemi bir güldüreyim... annemle birlikte birisini daha güldüreyim de gör!..

— Dinle, dinle beni!.. –dedi Razumihin; iyice şaşırmış, eli ayağı buz kesmişti.– Dur, dinle, bak ciddi söylüyorum... Ondan sonra ne olur biliyor musun?.. Ne anlatacakmışsın onlara? Ben, kardeş... Tüh! Ne domuzmuşsun, ulan!

— İlkbahar gülü canım! Ama ne de yakışıyor bu durum sana! 1.90'lık Romeo! Nasıl da yıkanmış, temizlenmiş bugün! Tırnaklarını bile unutmamış!.. Hiç görülmüş şey mi bu! Aman Tanrım, şuna bakın, krem de sürmüş! Eğil bakayım!

— Domuuuz!

Raskolnikov kendinden geçmişçesine gülüyordu.

Porfiri Petroviç'in apartmanına da ortalığı çınlatan bu kahkahalarla girdiler. Raskolnikov'a gerekli olan da buydu: Eve gülerek girdikleri, holde de gülmelerini sürdürdükleri içeriden duyulsun istiyordu.

Raskolnikov'u omzundan yakalayan Razumihin kudurmuş gibi:

— Burada tek kelime edersen... seni gebertirim! –dedi.

V

Ama artık içeri giriyorlardı.. Raskolnikov'un görünüşü, kahkahalarla gülmemek için kendini güçlükle tutan birini andırıyordu. Onun ardından giren Razumihin ise sırık gibi boyuyla neredeyse iki büklüm yere doğru eğilmişti, müthiş öfkeli bir görünüşü vardı, yüzü şakayık gibi kıpkırmızı, hareketleri hantal, beceriksizceydi. Gerek yüzü, gerekse genel durumu gerçekten de gülünçtü ve Raskolnikov kahkahalarla gülmekte haklı görülebilirdi. Raskolnikov, odanın ortasında dikilen ve soru dolu bakışlarla onlara bakmakta olan ev sahibini, henüz tanıştırılmamış olmasına karşın eğilerek selamladı, gülüşünü tutmak ve hiç değilse kendini tanıtmak üzere birkaç kelime söyleyebilmek için hâlâ büyük çaba harcıyormuş gibi bir tavırla elini uzattı. Ama tam bu sırada, sözde ciddileşebilmiş ve birkaç kelime söyleyebilecek duruma gelmişti, gözü sanki elinde olmadan Razumihin'e gitmiş ve artık kendini tutamamıştı. O ana kadar güçlükle bastırdığı, bastırdığı ölçüde de güçlenmiş olan bir kahkaha attı. Bu "içten" gülüşler karşısında Razumihin'in takındığı aşırı öfkeli tavır, sahneye son derece içtenlikle bir neşe katıyor, bundan da önemlisi sahneyi doğallaştırıyordu. Üstelik Razumihin, sanki bile bile yapıyormuş gibi, her şeyin kıvamını daha da artıran bir iş yaptı:

— Ah seni, şeytan! –diyerek Raskolnikov'a doğru savurduğu eli hemen oracıkta, üzerinde boş bir çay bardağı bulunan, yuvarlak, küçük sehpaya çarptı; sehpa da, bardak da şangır şungur yere devrildi.

Porfiri Petroviç, neşeyle:

— Mobilyaları ne kırıyorsunuz baylar? –diye bağırdı.– Hazineye zarardır bu!

Sahne şöyleydi: Elini ev sahibinin elinde unutan Raskolnikov, ölçüyü de elden kaçırmayarak katıla katıla gülüyor, bu duruma olabildiğince çabuk ve doğal bir biçimde son verecek zamanın gelmesini kolluyordu. Sehpayı devirmekten ve bardağı kırmaktan iyice utanan Razumihin yerdeki cam kırıklarına üzüntüyle baktıktan sonra tükürmüş, odadakilere sertçe arkasını dönerek, yüzü bir karış, görmeyen gözlerle pencereden bakmaya başlamıştı. Porfiri Petroviç gülüyor, gülmek de istiyordu, ama durumun kendisine açıklanması gerektiği de apaçıktı. Köşede bir iskemlede oturmakta olan Zamyotov, konukların içeri girdiğini görünce hafifçe yerinden doğrulmuş, ağzı hafif bir gülümsemeyle yarı açık, beklemeye başlamıştı. Sahneyi şaşkınlıkla, hatta biraz da kuşkuyla izliyor, dahası Raskolnikov'a bozulmuş gibi bakıyordu. Zamyotov'la bu hiç beklemediği karşılaşma, Raskolnikov'da da düş kırıklığına benzer bir şaşkınlık yaratmıştı.

"Bunu da iyice bir düşünmek gerek" diye geçirdi içinden. Sonra zorlama bir utangaçlıkla:

— Bağışlayın lütfen, –diye söze başladı, Raskolnikov...

— Aman efendim, çok sevindim... Sizin gelişiniz de doğrusu sevinç, neşe doluydu... –Porfiri Petroviç başıyla Razumihin'i gösterdi.– Ne o, selam da mı vermek istemiyor?

— Ne yaptım da cinleri tepesine çıktı, bilmiyorum. Yolda kendisine Romeo'ya benzediğini söyledim, hepsi bu... Söyledim ve kanıtladım... Başka da bildiğim kadarıyla bir şey olmadı.

Razumihin yüzünü çevirmeden:

— Domuz! –diye homurdandı.

Porfiri gülümseyerek:

— Bir tek kelimeye bu kadar kızabilmesi için çok ciddi birtakım nedenleri olsa gerek, –dedi.

Razumihin birden döndü, hiçbir şey olmamış gibi gülümsedi ve Porfiri Petroviç'e doğru ilerleyerek:

— Ah, seni sorgu yargıcı! –dedi.– Hepinizi şeytanlar götürsün, e mi! Bu kadar şamata yeter! İşimize bakalım: İşte, dostum Rodion Romanoviç Raskolnikov! Birincisi senden kendisine o kadar çok söz ettim ki, tanışmak istedi; ikincisi de seninle küçük bir işi var... A, a Zamyotov! Sen ne arıyorsun burada? Siz tanışıyor muydunuz? Eski ahbap mısınız yoksa?

Raskolnikov kaygıyla, "Bu da ne demek oluyor?" diye düşündü.

Zamyotov bir an şaşırır gibi oldu, sonra senlibenli bir tavırla:

— Dün senin evinde tanışmıştık ya, –dedi.

— Desene evimdeki toplantı senin işine yaradı... Bu, Porfiri, geçen hafta kendisini seninle tanıştırmam için yalvarıp durmuştu bana, ama bakıyorum, benim yardımım olmadan da siz muhabbeti ilerletmişsiniz... Tütünün nerede Porfiri?

Porfiri Petroviç ev kılığındaydı, üzerinde bir ropdöşambr vardı. Çamaşırları tertemizdi. Terlikleri fazla giyilmekten çarpılmıştı. Otuz beş yaşlarında, ortadan biraz kısa boylu, tıknaz, hatta göbekli bir adamdı. Ne bıyığı, ne favorisi vardı ve yüzü tıraşlıydı. Saçları çok kısa kesilmişti. Başı kocaman, yusyuvarlaktı ve arkada bir çıkıntı yapıyordu. Kısa, kalkık burunluydu; şiş ve yuvarlacık yüzü hastalıklı sarımsı renkteydi. Ama canlı, dinçlik akan, hatta alaycı bir yüzdü bu. Birine göz kırpıyormuş gibi titreşen, neredeyse bembeyaz kirpiklerinin örttüğü, duru, su ışıltılı gözlerinin anlatımı da olmasa insan bu yüze saf ve temiz bir yüz diyebilirdi. Kadınsı çizgiler taşıyan vücuduyla çelişen bir anlatımı vardı gözlerinin. Ve bu durum, ilk bakışta kendisinden beklenebilecek olandan çok daha ciddi bir hava veriyordu ona.

Porfiri Petroviç konuğun kendisiyle "küçük bir iş"i olduğunu duyar duymaz, hemen divana oturmasını rica etti, kendisi de divanın öteki ucuna yerleşti ve gözlerini konuğa dikip sabırsızlıkla meselenin anlatılmasını beklemeye başladı. Özellikle de yeni tanıştığınız biri, anlatacağınız şeyi dinlemek için gerektiğinden daha ciddi bir ilgi gösterirse; hele anlatacağınız şey, sizin görüşünüze göre, karşınızdakinin gösterdiği derin ilgi ile yan yana getirilemeyecek kadar basit ise, bu durum sizi fazlasıyla sıkar, tedirgin eder. Ama Raskolnikov kısa ve açık birkaç cümleyle ne istediğini hiç eksiksiz anlattı. Buna çok sevindi, çünkü böylece Porfiri'yi inceleyecek zaman bulmuştu. O konuştuğu sürece Porfiri Petroviç gözlerini üzerinden bir an bile ayırmamıştı; masanın tam karşısında oturan Razumihin ise Raskolnikov'un sorununu anlatmasını gergin bir sabırsızlıkla izliyor, gözleri biraz da bu işin ölçüsünü kaçırarak, durmadan birinden ötekine gidip geliyordu.

Raskolnikov içinden, "Budala!" diye bir küfür savurdu.

Porfiri resmi bir tonla:

— Polise bir dilekçe vermeniz gerek, –dedi.– Falanca olayı, yani cinayeti öğrenmiş bulunuyorum; şu, şu eşyalar benimdir, eşyalarımı geri alabilmem için durumun ilgili sorgu yargıcına iletilmesini rica ederim... gibi bir şey... ya da... onlar size orada yazarlar.

Raskolnikov çok utanmış gibi görünmeye çalışarak:

— Ne var ki... –dedi,– ben şu anda beş parasız durumdayım... Hatta bunca önemsiz bir işe yetecek kadar bile param yok... Ben şimdi yalnızca falan eşyaların benim olduğunu, param olduğunda da geri alacağımı bildirmek isterdim...

Raskolnikov'un parasal durumuyla ilgili açıklamalarını oldukça soğuk karşılayan Porfiri Petroviç:

— Fark etmez, –dedi.– Ama yine de isterseniz, dilekçenizi bana da verebilirsiniz; aynı anlamda bir dilekçe olacak bu: Falanca olayı öğrendim, filanca eşyalar benimdir, geri alabilmem için gereği...

Raskolnikov yine sorunun parasal yanıyla ilgilenerek, hemen Porfiri'nin sözünü kesti:

— Acaba rasgele bir kâğıda yazabilir miyim?

— Tabii, –dedi Porfiri,– nasıl kâğıda isterseniz...

Ve birden gözlerini kırpıştırarak ve hatta sanki Raskolnikov'a göz kırparak alay eder gibi baktı. Bu, belki de Raskolnikov'a böyle gelmişti, çünkü bir anlık bir şeydi bu. Ama yine de bir anlık da olsa, böyle bir şey olmuştu. Raskolnikov, Porfiri'nin kendisine göz kırptığına yemin edebilirdi. "Ama niçin ve hangi amaçla?"

Bir an, şimşek hızıyla "Biliyor!" düşüncesi geçti kafasından.

— Sizi böyle saçma şeylerle rahatsız ettiğim için bağışlayın, –dedi sonra; biraz şaşırmış gibiydi.– Rehindeki eşyalarımın edip edeceği beş, altı ruble bir şey; ama onları bana yadigâr bırakanların anıları nedeniyle benim için değerleri pek büyüktür. Doğrusu, öğrendiğimde çok korktum...

Bu sırada Razumihin hiçbir art niyeti olmaksızın:

— Şimdi anladım... –dedi.– Dün ben Zosimov'a, Porfiri'nin, kocakarıya rehin yatıranları sorguya çektiğini söylediğimde, demek bunun için telaşlanmıştın!..

Artık bu kadarına dayanılmazdı. Raskolnikov öfke kıvılcımlarıyla tutuşan kapkara gözlerini Razumihin'e dikti. Ama hemen kendisini toparladı ve ustalıkla takındığı yapmacık bir öfke ile:

— Sen, kardeş, sanırım benimle alay ediyorsun? –dedi.– Evet, belki senin gözünde saçmadır bütün bunlar ve ben bu saçma şeyler üzerinde gerektiğinden çok duruyor olabilirim. Ama bu yüzden beni ne bencillikle, ne de açgözlülükle suçlamalısın. Kaldı ki, bu iki değersiz şeyin benim gözümde bambaşka değerleri olabilir. Sana demin de söylemiştim, şu birkaç rubleden fazla etmeyecek gümüş saat, babamdan kalan biricik şeydir. Benimle alay edebilirsin ama, –birden Porfiri'ye döndü,– annem geldi, bir öğrenirse... –çabucak yine Razumihin'e döndü, sesini titretmeye çalışıyordu,– saatin elimden çıktığını, perişan olur. Kadın milleti işte!

Razumihin üzülmüştü:

— Ben o anlamda söylemedim ki... –dedi.– Ben hatta tam tersini söylemek istemiştim!

Raskolnikov heyecandan tir tir titriyordu: "Güzel açıklayabildim mi? Doğal mıydım? Abartmalı değil miydim biraz? 'Kadın milleti'ne hiç gerek yoktu!"

Porfiri Petroviç:

— Anneniz mi geldi? –dedi.

— Evet.

— Ne zaman?

— Dün akşam.

Porfiri sustu. Bir şeyler düşünüyor gibiydi.

— Eşyalarınızın başına bir şey gelmesi söz konusu olamaz, –dedi sonunda, sesi soğuk ve sakindi.– Aslında ben sizi ne zamandır bekliyorum...

Ve sanki hiçbir şey olmamış gibi, sakin, sigarasının küllerini halıya silkeleyip duran Razumihin'e bir kül tablası uzattı. Raskolnikov titredi, ama Porfiri ona bakmıyor gibiydi, hâlâ Razumihin'in sigarasıyla ilgiliydi.

— Ne–e? Bekliyor muydun? –diye bağırdı Razumihin.– Öyleyse sen orada onun da rehini olduğunu biliyordun?

Porfiri Petroviç, Raskolnikov'a:

— Sizin iki eşyanızı, yani saatinizi ve yüzüğünüzü, bir kâğıda sarılmış olarak bulduk onda; Kâğıdın üzerine kurşunkalemle okunaklı olarak adınızı ve rehinleri sizden aldığı tarihi yazmış.

— Ne kadar dikkatlisiniz! –dedi Raskolnikov, Porfiri'nin gözlerinin içine bakmaya çalışarak.

Gülümsemek istedi, ama sonunda dayanamayarak,

— Yani demek istiyorum ki, –dedi,– herhalde ona rehin yatıran pek çok insan vardı... Yani hepsinin bir bir hatırlanması pek kolay değil, oysa siz hepsini çok iyi hatırladığınız gibi, bir de...

"Aptalca konuşuyorum! Şu son sözü hiç eklememeliydim. Çok zayıf kaçtı!"

Porfiri belli belirsiz bir alayla:

— Bütün rehin sahipleri biliniyordu, –dedi,– gelmeyen bir siz kalmıştınız!

— Biraz rahatsızdım.

— Duydum bunu. Sonra, nedense sinirleriniz de bozukmuş... Aslında şu anda da renginiz biraz soluk.

Raskolnikov birden o ana kadarki tavrını değiştirip, kaba, hırçın bir tonla:

— Hiç de değil! –dedi.– Tam tersine çok iyiyim!

İçinde, bastıramadığı bir öfke dalgası kabarıyordu. "Şimdi kızgınlıkla yanlış bir şey söyleyeceğim." diye düşündü. "Neden böyle eziyet ediyorlar bana?"

Razumihin öteden söze karıştı:

— Biraz rahatsızmış! Laf mı bu? Daha düne kadar kendinde değildin, sayıklayıp duruyordun!.. İnanır mısın, Porfiri, ayakta duracak hali yoktu, ama biz daha Zosimov'la kapıdan çıkar çıkmaz, üstünü giyindiği gibi soluğu dışarıda almış... Ve artık nerelerde dolaştıysa, ta gece yarılarına kadar sokaklarda sürtüp durmuş. Ve düşün ki, ateşler içinde ve bütünüyle kendini bilmez bir durumda!.. Hiç yapılacak iş mi bu!

Porfiri başını kadınlar gibi sallayarak:

— Gerçekten de bütünüyle kendini bilmez bir durumda mı? –diye sordu.

Raskolnikov öfke içinde:

— Saçma! –dedi.– İnanmayın! Aslında benim söylememe de gerek yok, inanılacak şey mi bu!

Ama Porfiri Petroviç bu tuhaf sözleri duymamışa benziyordu.

— Kendini bilmez durumda olmasaydın, hiç sokağa çıkar mıydın? –diye parladı Razumihin.– Niçin çıktın, ha? Niçin? Ve neden gizlice? Bunları yaptığın sırada sende aklın, sağduyunun varlığından söz edilebilir mi? Evet, şu anda ortada tehlike bulunmadığına göre, bunu sana açıkça söylüyorum!

Raskolnikov küstah, kışkırtıcı bir gülümsemeyle Porfiri'ye dönerek:

— Dün öylesine bıktırdılar ki beni, dayanamayıp kaçtım... Beni bulamamaları için başka bir yerde, bir oda tutmak istiyordum kendime. Giderken de çokça para almıştım yanıma. Bay Zamyotov da gördü bu paraları. Siz söyleyin Bay Zamyotov, dün benim aklım başımda mıydı, değil miydi?

Şu anda Zamyotov'u boğabilirdi: Bakışları, susuşu öylesine sinirlerine dokunuyordu.

— Bence dün siz tümüyle aklı başında, hatta kurnazca konuşuyordunuz, –dedi Zamyotov, sesi soğuktu,– yalnız biraz fazla sinirliydiniz.

Porfiri Petroviç:

— Nikodim Fomiç de, –dedi,– az önce bana size dün gece çok geç saatlerde atların altında kalarak ezilen bir memurun evinde rastladığını söylüyordu...

— Evet, alalım şu memur olayını... –diye atıldı Razumihin.– Memurun evinde aklın başında mıydı? Cebindeki olanca parayı cenaze masrafı yapsın diye memurun dul karısına verdin! Yardım mı etmek istiyorsun: Ver on beş ruble, ver yirmi ruble... ama bir iki ruble de kendine bırak! Hayır, ille cepteki yirmi beş rublenin hepsi verilecek!

— Belki de bir yerde gömü buldum da senin haberin yok? Dün de cömertliğim tuttu!.. Örneğin, Bay Zamyotov biliyor benim böyle bir gömü bulduğumu!.. –Dudakları titreyerek Porfiri'ye döndü.– Böyle ipe sapa gelmez şeylerle yarım saattir başınızı ağrıttığımız için bağışlayın! Herhalde bıktırdık sizi?

— Rica ederim, tam tersine! Ta–am tersine! Bütün bunların beni ne kadar ilgilendirdiğini bilemezsiniz! Sizi izlemek, sizi dinlemek çok ilginç doğrusu! Sonunda beni onurlandırmak yüceliğini gösterdiğiniz için de itiraf ederim ki, çok sevinçliyim!

Razumihin:

— Hiç değilse bir çay ver yahu, boğazımız kurudu! –diye bağırdı.

— Güzel fikir! Herhalde herkes katılır buna. Çaydan önce... daha esaslı bir şey istemez misiniz?

— Hadi bakalım!

Porfiri Petroviç çıktı.

Raskolnikov'un kafasının içinde düşünce kasırgaları esiyordu. Son derece sinirliydi.

"Gizlenmeye, asgari kuralları gözetmeye bile gerek görmüyorlar! Madem beni tanımıyorsun, nasıl oluyor da Nikodim Fomiç'le benden söz edebiliyorsun? Demek ki, it gibi peşimde dolaşıp, beni izleyip durduklarını gizlemek bile istemiyorlar! Yani açıkça suratıma tükürüyorlar!" Sinirden tir tir titriyordu. "Saldırınızı açıktan yapsanıza, ne kedinin fareyle oynadığı gibi oynuyorsunuz? Hem bu hiç de kibarca değil Bay Porfiri Petroviç ve ben böyle bir şeye belki de izin vermeyebilirim!.. Ayağa kalkıp da gerçeği suratlarınıza haykırıveririm! O zaman anlarsınız sizlerden nasıl tiksindiğimi!.." Güçlükle soluyordu. "Ama ya bana öyle geliyorsa? Ya bütün bunlar benim kuruntumsa? Yanılıyor ve deneyimsizliğimden dolayı öfkeye kapılıyorsam? Oynadığım bu alçakça role katlanamıyorsam? Belki de hiçbir art niyetleri yok? Öylesine, rasgele söylemişlerdir, ne söylemişlerse? Ama hayır, yine de bir şeyler var bu sözlerde... Porfiri Petroviç kocakarıdan söz ederken niçin 'onda' dedi? Zamyotov niçin 'hatta kurnazca' konuştuğumu söyledi? Sonra... konuşurkenki tavırları?.. Evet... tavırları... Razumihin burada, bizimle oturduğu halde, neden hiçbir şeyden kuşkulanmıyor? Ama bu odun kafalı ne zaman, neden kuşkulanmıştır ki? Yine kriz başlıyor! Porfiri az önce bana göz kırptı mı, kırpmadı mı? Ama saçma bu, ne diye göz kırpsın ki? Yoksa beni sinirlendirmek, kızdırmak mı istiyorlar? İki olasılık var: Ya bunların hepsi kuruntu ya da biliyorlar! Zamyotov bile küstah! Gerçekten de küstah mı Zamyotov? Anlaşılan bir gece içinde düşüncelerini değiştirmiş. Böyle olacağını biliyordum zaten! Kendi evinde gibi burada, oysa ilk kez geliyormuş. Porfiri onu konuktan saymıyor bile, ona arkasını dönerek oturabiliyor. Muhabbetleri esaslı! Bu yakınlaşma kesinkes benim yüzümden olmuştur! Ve biz gelmeden önce de yüzde yüz beni konuşuyorlardı!.. Acaba oraya daha sonra gittiğimi biliyorlar mı? Bir öğrenebilsem bunu!.. Dün bir oda bulmak için dışarı çıktığımı söylediğimde, üzerinde durmadı... Bu oda işini iyi buldum ama... Daha sonra işime yarayabilir! Demek, ateşler içinde ve kendimi bilmez bir durumda, ha? Hah–hah–ha! Dün akşam, dün neler olup bittiğini, bütünüyle biliyor! Yok annemin gelişinden haberi yokmuş! Yok kocakarı paketin üzerine kurşunkalemle aldığı tarihi yazmış, yok bilmem neler!.. Yalan söylüyorsunuz baylar, faka basmam ben! Bunların hiçbiri daha kanıt değil, sizin kuruntularınız!.. Kanıt gösterin bana, baylar, kanıt! Oraya yeniden gitmiş olmam mı?.. O bir kanıt değil, sayıklamadır... Onlara ne söyleyeceğimi iyi biliyorum ben! Oraya yeniden gittiğimi biliyorlar mı? Bunu öğrenmeden buradan gitmeyeceğim! İyi ama, ben şimdi buraya niçin gelmiştim? Hiçbir şey değilse bile, şu anda sinirli olduğum bir gerçek! Tüh, lanet olsun, nasıl da sinirliyim! Ama bu belki de benim için daha iyi: Hasta rolü oynarım... Porfiri beni yokluyor. Aklı sıra şaşırtmak istiyor. İyi ama, ben buraya niçin geldim?"

Bütün bunlar şimşek hızıyla geçmişti kafasından. Porfiri Petroviç hemen geri döndü. Neşelenmiş gibiydi sanki.

— Sendeki şu dünkü toplantıdan beri, –dedi Razumihin'e gülümseyerek,– başım çatlıyor... Her yanım da kırılıyor sanki...

Konuşması, tavrı bütünüyle değişmiş gibiydi.

— Nasıl, ilginç miydi bari? Dün tartışmanın en ateşli yerinde ayrılmıştım sizden. Sonuçta kim kazandı?

— Tabii hiç kimse. Yüzyıllık sorunlardı tartıştığımız... Havaya yumruk salladık durduk...

— Dün tartıştıkları neydi biliyor musun, Rodya? Suç var mıdır, yok mudur? Bir araba laf ettiler bu konuda!

— Şaşılacak ne var bunda? –dedi Raskolnikov dalgın dalgın.– Bilinen, sıradan bir toplumsal sorun.

Porfiri:

— Konu pek böyle konmamıştı ortaya, –dedi.

Her zaman olduğu gibi hemen ateşlenen Razumihin, Porfiri'yi onaylamakta acele ederek:

— Evet, doğru, konu pek böyle konmamıştı ortaya, –dedi.– Şimdi, Rodion, dinle ve düşüncelerini söyle bana. Dün anamdan emdiğim süt burnumdan geldi bu baylara laf anlatacağım diye; seni bekledim durdum. Geleceğini onlara da söylemiştim... Sosyalistlerin görüşlerinin tartışılmasından başladı her şey. Bilinen görüş: Suç, toplumsal düzenin bozukluklarına karşı bir protestodur. Tamam! Bundan başka hiçbir neden kabul edilmiyor!

— Yalan söyleme! –diye bağırdı Porfiri Petroviç; canlanmış gibiydi. Razumihin'e bakarak ikide bir gülüyor, böylece de onu büsbütün çileden çıkarıyordu.

Razumihin taşkın bir heyecanla Porfiri'nin sözünü keserek:

— Hiçbir neden kabul edilmiyor! –dedi.– Yalan söylemiyorum!.. Sana onların kitaplarını gösterebilirim: Onlara göre her aksaklık, çevrenin bozukluğundan kaynaklanıyor, hepsi bu! En sevdikleri laf bu! Yani eğer toplumsal düzen yoluna konulacak olursa, bir anda bütün suçlar yok oluverecek; çünkü ortada protesto edecek bir şey kalmayacak. Ve herkes bir anda dürüst olacak... Doğa diye bir şey hiç hesaba katılmıyor, yok sanki böyle bir şey! Doğa kapı dışarı! Onlara göre, tarihsel olarak canlı bir biçimde gelişen ve önünde sonunda düzenli bir toplumsal yapıyı sağlayan insanlık yoktur; tam tersine, tarihsel gelişmeden ve canlı süreçlerden önce bütün insanlığı düzenleyen, bütün insanlığı bir anda dürüst, kusursuz bir hale getiren, matematik bir kafadan doğma bir toplumsal düzen vardır. Onların tarihten bu kadar nefret etmelerinin ve onu "rezillikler ve aptallıklar yığını" olarak nitelemelerinin nedeni budur. Böylece her şeyi aynı saçmalıkla açıklama olanağını elde ediyorlar! Yaşamın canlı akışından nefret etmeleri de bu yüzden. Canlı varlığa ne gerek var! Canlı varlık için yaşam gereklidir, canlı varlık makinelere boyun eğmez, canlı varlık kuşkucudur, canlı varlık gericidir! Berikinde ise bir ölü kokusu var, istersen kauçuktan da yapabilirsin böylesini; buna karşılık cansızdır, iradesizdir, köle ruhludur, başkaldırmaz! Böylece sonunda her şeyi tuğla istifine; "falanster"de[1] koridor ve odaların yerleştirilmesine getirip dayıyorlar! Falanster hazır ama, siz falanster için hazır mısınız? Hayır, sizin doğanız henüz falanster için hazır değil; o yaşamak istiyor, yaşam sürecini henüz tamamlamamış... Mezar için henüz zaman erken! Yalnızca mantıkla doğayı aşıp geçemezsin! Mantığın önceden yalnız üç durumu kestirilebilir; oysa bunlar yaşamda milyonlarcadır! Bu milyonlarca duruma boş vermek ve her şeyi konfor sorununa indirgemek! Bu, sorunun en kolay çözüm yoludur! Ve insanı baştan çıkaracak kadar göz kamaştırıcı bir çözüm! Fazlasını düşünmek bile gereksiz! Evet, en önemlisi de düşünmek gereksiz! Yaşamın onca gizi, iki kitap forması içine sığdırılmış!

Porfiri gülümseyerek:

— Amma yırtındın yahu! -dedi.- Bağlayın şunu yoksa susmayacak!

Raskolnikov'a döndü:

— Düşünebiliyor musunuz, dün gece de böyle... bir odada altı kafadan ses... Üstelik herkes bol bol punç içmiş... Hayır dostum, sözlerin birer palavra! "Çevre", suç işlemede çok önemlidir; bunu sana kanıtlayabilirim.

— Önemli olduğunu ben de biliyorum, ama sen bana söyle bakalım: Kırk yaşında bir herif on yaşında bir kızı kirletirse, bu işi çevrenin zoruyla mı yapmış olur?

Porfiri büyük bir ciddiyetle:

— Evet, -dedi,- hem de tam anlamıyla çevrenin zoruyla yapmış olur. Kıza karşı işlenen bu suç, çok, ama çok büyük ölçüde "çevre"yle ilişkilidir.

Razumihin öfkeden kuduracak gibiydi:

---

1 Fransız ütopyacı sosyalist Fourier'nin düşlediği topluluk ve bu topluluk üyelerinin üzerinde yaşadığı dört yüz hektarlık toprak parçası.

— İster misin, –dedi,– senin beyaz kirpikli oluşunun, "İvan Velikiy" çan kulesinin seksen metre yüksekliğinde olmasından, ama yalnız ve yalnız bundan ileri geldiğini kanıtlayayım sana? Üstelik de bunu sana apaçık bir şekilde, büyük bir doğrulukla, ilerici, hatta liberal bir ağızla kanıtlayıvereyim? Nasıl, bahse var mısın?

— Varım! Dinleyelim bakalım, nasıl kanıtlayacaksın!

Razumihin yerinden fırladı, elini kolunu sallayarak:

— İşin gücün rol yapmak, kendini olduğundan başka göstermek! –diye bağırdı.– Konuşmaya değer mi senin gibi bir adamla! Sen onu bilmezsin daha, Rodion, mahsus böyle yapar o! Dün de sırf adamları maskara etmek için onlardan yanaymış gibi göründü. Neler söylemedi Tanrım! Bu böyle konuşuyor diye ötekiler de nasıl seviniyorlardı!.. Hem de girdiği rolü bir iki hafta sürdürür!.. Geçen yıl bizi papaz olacağına inandırmıştı; tam iki ay papazlık türküsü söyledi durdu. Geçenlerde de evleneceği masalını uydurdu, sözde, nikâh için bütün hazırlıklar tamammış... Kendine yeni bir elbise bile diktirdi. Biz de kendisini kutlamaya başladık, oysa ortada ne gelin vardı, ne bir şey!..

— Gene yalan söyledin! Ben elbiseyi daha önce diktirmiştim. Zaten yeni elbise esinledi bana sizi işletmeyi...

Raskolnikov:

— Gerçekten de kendinizi olmadığınız gibi gösterir, böyle şeyler yapar mısınız? –diye sordu.

— Yapmam diye mi düşünüyordunuz? Durun hele size de bir numara yapayım da görün, hah–hah–ha! Hayır, ben size şimdi gerçeklerden söz edeceğim. Bütün bu konuştuğumuz şeyler, suç, çevre, küçük kız... bana sizin bir yazınızı hatırlattı, aslında her zaman ilgimi çekmiştir o yazınız benim, "Suçlar Üzerine" ya da... durun bakayım, nasıldı?.. Neyse, başlığını hatırlayamıyorum. İki ay kadar önce Periodiçeskaya Reç gazetesinde okuma zevkini tatmıştım.

Raskolnikov şaşırmıştı:

— Benim bir yazım mı? Periodiçeskaya Reç'te? Gerçekten de altı ay önce, üniversiteden ayrıldığımda, bir kitap üzerine bir yazı yazmıştım, ama yazımı Periodiçeskaya Reç'e değil, Yejenedelnaya Reç'e vermiştim.

— Ama Periodiçeskaya Reç'te çıktı.

— Yejenedelnaya Reç kapandığı için yazımı basamamışlardı...

— Doğru, Yejenedelnaya Reç yayınına son verdi ve Periodiçeskaya Reç'le birleşti. Yazınız da bundan dolayı, iki ay önce Periodiçeskaya Reç'te yayımlandı. Demek bilmiyordunuz?

Raskolnikov gerçekten de bilmiyordu.

— Gidip kendilerinden yazınızın parasını isteyebilirsiniz! Doğrusu şaşılası bir insansınız! Öylesine kabuğunuza çekilmişsiniz ki, sizi doğrudan ilgilendiren şeylerden bile haberiniz yok. Bu bir gerçek!

Razumihin bağırdı:

— Bravo, Rodya! Bundan benim de haberim yoktu! Bugün hemen bir okuma odasına gidip gazetenin o sayısını arayacağım! İki ay önce mi dedin? Tarihini tam biliyor musun? Neyse, arar bulurum! Şu işe bak! Söylemez de!

— Peki siz yazının benim olduğunu nasıl anladınız? İmza yerine adımın baş harfleri vardı?

— Bir rastlantı sonucu öğrendim; hem de bugünlerde... Gazetenin yazı işleri müdürü arkadaşımdır... Yazı beni çok ilgilendirmişti...

— Yanlış hatırlamıyorsam, suç sürecinde suçlunun psikolojik durumunu incelemiştim.

— Evet. Ve suçu gerçekleştirme anında suçlunun hasta olduğunu savunuyorsunuz. Doğrusu çok, ama çok özgün bir düşünce... ama biliyor musunuz, yazınızın bu bölümü değil de sonlara doğru ileri sürdüğünüz, ama ne yazık ki, üstü kapalı olarak, anıştırma biçiminde ileri sürdüğünüz, bir düşünce daha çok ilgimi çekti... Kısacası hatırlıyorsanız, yazınızda ima yollu, her tür suçu, her tür cinayeti işleyebilecek... işleyebilecek değil de işlemeye hakları olan birtakım insanlardan ve bunlar için yasa ve benzeri engellerin bulunmadığından söz ediyorsunuz...

Raskolnikov, düşüncelerinin art niyetle ve zorlamalı bir biçimde çarpıtılmasına gülümsedi. Razumihin biraz da korkuyla:

— Nasıl? Bu da ne demek? –diye sordu.– Suç işleme hakkı mı? Yoksa yine "çevrenin bozukluğundan" mı!

— Hayır, bu kez çevreyle hiçbir ilgisi yok işin, –dedi Porfiri.– Sorun şu ki, Rodion Romanoviç'in yazısında insanlar "olağanüstüler" ve "sıradan olanlar" diye ikiye ayrılıyor. Sıradan insanlar uysal, söz dinler kişiler olarak yaşarlar ve yasaları çiğneme hakları yoktur, çünkü onlar, adları üstünde, sıradan insanlardır. Yanılmıyorsam böyleydi...

Razumihin, şaşkınlık içinde:

— Ama nasıl olur? Hayır olamaz! –diye söylendi.

Raskolnikov yine gülümsedi. Sözü nereye getireceklerini hemen anlamıştı. Yazısını hatırlıyordu. Meydan okumayı kabul etti. Sakin, alçakgönüllü:

— Yazımda ileri sürdüklerim sizin söylediğiniz gibi değildi, –dedi.– Yine de itiraf ederim ki, düşüncelerimi doğru, hatta tümüyle doğru bir biçimde özetlediniz (Tümüyle doğru olduğunu kabul etmek neredeyse hoşuna gitmişti). Aramızdaki biricik fark, benim, sizin söylediğiniz gibi, olağanüstü insanların her zaman, her türlü rezilliği ille de yapabileceklerini, yapmak zorunda olduklarını söylememiş olmamdır. Sanırım, öylesi bir yazının yayımlanmasına zaten izin vermezlerdi. Ben yalnızca "olağanüstü" insanın, ülkülerinin gerçekleşmesi için gerekiyorsa (yalnızca bu koşulla: Ülkülerinin gerçekleşmesi için gerekiyorsa... Kaldı ki, bunlar tüm insanlık için de kurtarıcı birtakım ülküler olabilirler) bazı engelleri aşmaya kendinde bir hak bulabileceğini (resmi olmayan bir haktır bu) ima etmiştim. Demin yazımın pek açık olmadığını buyurdunuz! Elimden geldiğince onu size açmaya hazırım. Sizin istediğinizin de bu olduğunu söylersem, sanırım yanılmış olmam. Buyurun öyleyse. Kepler ya da Newton'un buluşlarını, çeşitli kombinezonlar yüzünden bu buluşların açığa çıkmasına engel olan, bunların yolunu tıkayan bir, on, yüz ya da daha çok kişinin hayatları feda edilmeden insanlık öğrenemeyecekti diyelim. Bu durumda bence, buluşunu tüm insanlığa iletebilmek için Newton'un bu on ya da yüz kişiyi ortadan kaldırmaya hakkı vardı, hatta bu onun için bir zorunluluktu. Bundan hiçbir zaman Newton'un önüne geleni asıp kesmeye ya da her gün çarşı pazarda hırsızlık etmeye hakkı olduğu sonucu çıkmaz. Daha sonra, hatırımda yanlış kalmadıysa, bu görüşümü şöyle geliştiriyordum: En eskilerden başlayıp, Likurg, Solon, Muhammed, Napolyon ve sonrakilerle sürüp giden insanlığın tüm kurucularının, yasa koyucularının, başka hiçbir nedenle değilse bile, yalnızca yeni yasalar koydukları, böylece de toplumun kutsal saydığı, babadan kalma eski yasaları çiğnedikleri için, ayrımsız hepsi birer suçluydular. Doğaldır ki, bunların hepsi amaçlarına yardımı olacağına inandıkları anda kan dökmede (hatta bazen eski yasalara bağlılık duymaktan başka hiçbir suçu olmayan, tümüyle suçsuz insanların kanını dökmede) duraksamamışlardır. Hatta çok ilginçtir: Bu iyiliksever, bu kurucu, yasa koyucu insanların çoğu büyük birer kan dökücüdür. Kısacası ben buradan şu sonuca varıyorum: Büyükler bir yana, toplum içinde birazcık sivrilen, yani topluma söyleyecek birazcık yeni bir şeyleri bulunanlar, doğaları gereği, tabii kimi az, kimi çok, birer suçlu olmak zorundadırlar. Tersi durumda zaten sivrilmelerine olanak yoktur; öte yandan sürünün içinde kalmayı da yine doğaları gereği kabul edemezler, ki bence de kabul etmemek zorundadırlar. Kısacası; gördüğünüz gibi, buraya kadar söylediklerimde yeni hiçbir şey yok. Binlerce kez tekrarlanmış, yazılıp söylenmiş şeyler bunlar. Benim insanları olağanüstüler ve sıradan olanlar diye bölümlememe gelince, bunun biraz keyfi bir bölümleme olduğunu itiraf ederim; çünkü ben zaten kesin sayılar üzerinde durmuyorum. Ben öne sürdüğüm anadüşünceme inanıyorum. Bu anadüşüncenin özü şudur: İnsanlar doğa yasaları gereğince, genellikle iki bölüme ayrılırlar: Aşağılar (sıradanlar), ki bunların biricik görevleri, kendileri gibi olanların çoğalmalarını sağlamak, bu işin aracı olmaktır ve kendi çevrelerine yeni bir söz söylemek yetenek ve dehasında olanlar. Doğaldır ki, bu arada sınırsız sayıda alt bölümleme yapılabilir. Ama bu iki ana bölümün ayırt edici çizgileri oldukça keskindir. Birinciler, yani kendileri gibi olanların çoğalmasına araç olanlar, doğaları gereği tutucudurlar, uysaldırlar, boyun eğerek yaşarlar ve boyun eğmeyi severler. Bence de bunlar uysal ve boyun eğici olmak zorundadırlar, çünkü bu onların görevleridir ve burada onlar için aşağılatıcı bir durum söz konusu değildir. İkinci bölümdekilerse, sürekli olarak yasaları çiğnerler, yıkıcıdırlar ya da yeteneklerine bağlı olarak, yıkıcılığa yatkındırlar. Bunların işledikleri suçlar, doğaldır ki, son derece çeşitli ve görecelidir; ama büyük çoğunluğu, birbirinden apayrı nedenler ileri sürerek, daha iyi şeyler adına şimdinin yıkılmasını isterler. Bunların ülkülerini gerçekleştirmeleri için, cesetlerin, kan göllerinin üzerinden atlamaları gerekse, bence kendilerine bu izni, vicdan rahatlığıyla verebilirler; tabii bu söz konusu ülkünün ne olduğuna, boyutlarının ne olduğuna bağlı olan bir şeydir, bu noktaya dikkatinizi çekerim. Yazımdaki suç işleme hakkını ben bu bağlamda ele aldım. (Hatırlarsanız, hukuksal bir sorunun tartışması olarak girilmiştir konuya.) Aslında fazla telaş edecek bir durum yok ortada: İkinci bölümdekilerin kendilerine tanıdıkları hakkı, yığın hiçbir zaman onlara tanımamıştır. Onları en ağır biçimde cezalandırmış, boyunlarını vurmuştur (az ya da çok); bunu yaparken de tümüyle haklı olarak, kendi tutucu görevini yerine getirmiştir. Bununla birlikte, sonraki kuşaklarda aynı yığın, başları vurulan bu insanların heykellerini dikmiş ve onlara tapınmıştır (az ya da çok). Birinci bölümdekiler hep bugünün, ikinci bölümdekilerse hep yarının efendileridir. Birinciler dünyayı korurlar ve onu sayıca çoğaltırlar; ikinciler dünyayı hareket ettirirler ve onu bir amaca doğru yöneltirler. Her iki bölümdekiler de tümüyle eşit yaşama hakkına sahiptirler. Tek kelimeyle her iki yanın da hakları birbirine eşittir... ve... *vive la guerre eternelle*[1], tabii Yeni Kudüs'e kadar!

— O zaman siz Yeni Kudüs'e inanıyorsunuz?

— İnanıyorum, –dedi Raskolnikov tok bir sesle. "İnanıyorum" derken de, uzun konuşması süresince de halı üzerinde bir noktaya gözlerini dikmiş, başını hiç kaldırmamıştı .

— Tanrı'ya... Tanrı'ya da inanıyor musunuz? Merakımı bağışlayın.

— İnanıyorum, –dedi Raskolnikov, başını kaldırıp Porfiri 'ye bakarak.

— Peki, ya Lazar'ın[2] dirilişine?

— Buna da inanıyorum. Niçin soruyorsunuz bana bunları?

— Gerçekten inanıyor musunuz?

— Evet, gerçekten inanıyorum.

— Demek öyle... Merakım için bağışlayın. Şimdi izin verirseniz, deminki konuya dönüyorum... Her zaman da boyunları vurulmaz onların, hatta kimileri tam tersine...

— ...yaşarken zafer tacını giyerler? Bu doğru, kimileri ölmeden amaçlarına kavuşur, o zaman da...

— ...onlar kelle kesmeye başlarlar?

— Eğer gerekiyorsa... ve biliyor musunuz, çoğu kez de bu gerekmiştir. Aslında oldukça ince bir espriye dayanıyor düşünceniz.

---

1 (Aslında da Fransızca) — Yaşasın ezeli ve ebedi savaş!

2 Tevrat'ta en yoksul insan olarak nitelenen kişi.

— Teşekkür ederim. Yalnız bana şunu söyleyebilir misiniz: Bu olağanüstüleri, olağanüstü olmayanlardan nasıl ayıracağız? Doğuştan birtakım belirtileri falan mı var? Demek istediğim, biraz daha açıklık, yani dıştan ayırt etmeyi sağlayacak bir belirginlik gerek: Pratik ve iyi niyetli bir insan olarak bu doğal endişemi bağışlayın, ama özel bir giysi, ne bileyim, bir üniforma ya da rozet gibi bir şeyler taşıyamaz mı bunlar? Çünkü, eğer bir yanlışlık olur da bu bölümden birisi, kendisinin aslında öteki bölümden olduğunu sanır ve sizin demin göz kamaştırıcı biçimde açıkladığınız gibi "bütün engelleri kaldırmaya" kalkarsa... kabul edin ki, o zaman...

— Oo, bu sık sık olur! Doğrusu bu düşüncenizde deminkinden de ince bir espri var...

— Teşekkür ederim.

— Rica ederim. Yalnız unutmamak gerekir ki, böylesi yanlışlıklar yalnız birinci bölümdekiler, yani benim "sıradanlar" dediklerim (sanırım pek başarılı değilim bu adlandırmada) tarafından yapılabilir... Boyun eğmeye doğuştan yatkın olmalarına rağmen, doğanın, ineklerden bile esirgemediği bazı cilveleriyle, bunlardan birçoğu kendilerini öncü, "yıkıcı" gibi görmeyi severler ve "yeni söz" söyleme hevesine kapılırlar. Üstelik bunu da büyük bir içtenlikle yaparlar. Gerçek yenileri çoğu kez fark edemezler bile, hatta onları geri ve aşağılık şeyler düşünen insanlar olarak küçümserler. Ama burada bence ciddi bir tehlike söz konusu değildir. Sizin de doğrusu telaşlanmanızı gerektirecek bir neden yok. Çünkü bunlar hiçbir zaman ileri gidemezler. Kapıldıkları hevesten dolayı ve kendilerine kim olduklarını hatırlatmak için, kuşkusuz bunları kırbaçlamak da mümkündür, ama daha ileri gitmemek gerekir. Hatta kırbaçlama için özel birine de gerek yok burada, onlar kendi kendilerine yaparlar bu işi, çünkü son derece dürüsttürler; hatta bu hizmeti birbirlerinden esirgemeyenler de vardır aralarında; kimileriyse kendisine verilecek cezayı başkasına bırakmaz, bu işi kendi elceğiziyle yapar... Kendilerini çeşitli biçimlerde açık itiraflara zorlarlar... Güzel ve ibret verici bir tablodur bu... Kısacası, telaşlanmanızı gerektirecek bir durum yok... Bu işin böylesi yasaları var.

— Doğrusu, hiç değilse işin bu yönünden yüreğime su serptiniz... Gelin görün ki, telaşlanmayı gerektirecek bir başka nokta daha var: Söyler misiniz lütfen, kendilerinde başkalarını boğazlamak hakkını gören şu "olağanüstüler" pek mi çoktur? Ben, kuşkusuz, bunların önünde saygıyla eğilmeye hazırım, ama siz de kabul edersiniz ki, eğer bunların sayıları fazlaysa, bu dehşet verici bir şeydir, öyle değil mi?

— Ah, bu bakımdan da kaygılanmanızı gerektirecek bir durum yok. Genel olarak yeni düşünceleri olan, hatta yeni denebilecek bir şeyler söyleme yeteneğinde olan insanlar pek seyrek doğarlar, hatta şaşılacak kadar seyrek doğarlar. Bilinen bir şey varsa, o da bütün bu farklı bölümlerdeki insanların doğum düzenlerinin, bir doğa yasasıyla hiç yanlışsız ve kesin olarak belirlenmiş olmasıdır. Kuşkusuz, sözünü ettiğim bu doğa yasasının nasıl bir yasa olduğunu biz şimdilik bilmiyoruz; ama ben bunun varlığına ve sonraları nasıl bir şey olduğunun anlaşılıp herkes tarafından kabul edileceğine inanıyorum. Yeryüzünde milyonlarca insan, bizim için hâlâ bir giz olan birtakım süreçlerle ve birtakım çabalarla, cins ve türlerin birbiriyle çaprazlanmasını sağlayarak, binde bir olsun özgün ve yaratıcı bir insan dünyaya getirebilmek amacıyla, yalnızca böyle bir amacın aracı olarak yaşıyorlar. Daha yüksek nitelikleri taşıyan bir insan için bu oran on binde birdir. (sayıları örnek olsun diye veriyorum.) Daha da yükseği ise ancak yüz binde bir gerçekleşebilir. Dâhiler milyonda bir yetişir; insanlığın olgunlaşmasını sağlayan büyük dehalar için ise yeryüzünden belki de yüzlerce milyon insanın gelip geçmesi gerekmektedir. Kısacası ben bütün bu sürecin geçtiği imbiğe bakmadım. Ama bu işlerin belli bir yasayla olması gerektiği hiç kuşkusuzdur. Burada rastlantı söz konusu olamaz!

Razumihin sonunda dayanamadı ve;

— Ne yapıyorsunuz yahu? Şaka mı ediyorsunuz siz? –diye bağırdı.– Yoksa birbirinizle dalga mı geçiyorsunuz? Oturmuşlar, birbirleriyle alay ediyorlar! Rodya, sen ciddi misin?

Raskolnikov dönüp Razumihin'e baktı; yüzü solgun ve üzüntülü gibiydi. Bu durgun, üzüntülü yüzün karşısında, Porfiri'nin gizlemeye bile çalışmadığı ve insanın sinirine dokunan terbiyesiz, alaycı yüzü Razumihin'in pek tuhafına gitti.

— Kardeş, söylerken eğer ciddi idiysen, yani bütün bu dediklerinin hiç de yeni şeyler olmadıklarını, daha önce binlerce kez okuduğumuz ve dinlediğimiz şeylere benzediklerini söylerken ciddi idiysen, bunda haklısın! Ama söylediklerin içinde gerçekten özgün olan ve gerçekten de sana ait olan şey, bunu dehşetle söylüyorum, vicdan sesine uyularak kan dökülmesine izin vermendir... Hem de beni bağışla, nasıl bir körinançla!.. Senin yazının anadüşüncesi de sanırım bu. Hem bu vicdan sesine uyarak kan dökme, bence resmi yolla, yani yasal olarak kan dökmekten daha korkunç bir şey!

— Tümüyle katılıyorum, –dedi Porfiri,– böylesi çok daha korkunç!

— Hayır, –diye devam etti Razumihin,– yazında biraz fazla coşmuş ve ileri gitmiştin! Bir yanlışlık var bu işte. Okuyacağım yazını... Fazla coşmuş ve kendi coşkunluğuna kapılıp gitmişsin! Sen böyle düşünüyor olamazsın! Bulup okuyacağım yazını...

— Yazıda bunların hiçbiri yok, –dedi Raskolnikov,– yalnızca birtakım imalar var.

Porfiri yerinde duramıyordu:

— Evet... evet... Suç olayına nasıl baktığınız konusunda hemen hemen aydınlanmış bulunuyorum... Yakanıza yapışıp kaldığım için beni bağışlayın, sizi rahatsız ettiğim için utanç duyuyorum... Demin, bölümleri birbirine karıştırma yanlışı konusunda beni tümüyle yatıştırdınız... Ama beni hâlâ kaygılandıran bazı pratik noktalar var. Diyelim, bir adam ya da bir delikanlı, günün birinde kendini, tabii geleceğin bir Likurg'u ya da Muhammed'i gibi görmeye başlarsa, yallah deyip önündeki engelleri kaldırmaya girişecektir... Kuşkusuz, uzun bir savaş bulunmaktadır önünde. Savaş içinse paraya gerek vardır. Bu kez de hadi bakalım, savaş için para bulmaya girişecektir... Öyle değil mi?

Zamyotov köşesinden kikirdedi. Raskolnikov o yana bakmadı bile:

— Bu tür olayların gerçekten de olabileceğini kabul etmek zorundayım, –dedi.– Aptallar ve ün peşinde koşanlar bu tuzağa düşebilirler... Özellikle de gençler...

— Gördünüz mü? Öyleyse?.

— Öyleyse... –dedi Raskolnikov, gülümseyerek,– bunun suçlusu herhalde ben değilim. Bugüne dek böyleydi, bundan sonra da böyle olacak. Arkadaş (başıyla Razumihin'i gösterdi) az önce benim kan dökülmesine izin verdiğimi söylüyordu. Veriyorsam ne olmuş? Toplum sürgünlerle, hapishanelerle, sorgu yargıçlarıyla, kürek cezalarıyla esaslı bir şekilde güven altına alınmış değil midir? Ne diye kaygılanıyorsunuz? Arayın hırsızı!..

— Ya bulursak?

— Pahalıya ödetin.

— Akla uygun. Peki ya vicdan?

— Size ne vicdandan?

— Öylesine, insanca bir duyguyla sordum.

— Vicdanı olan, hatasının da bilincindeyse, varsın acı çeksin. Bu kürek cezasına ek olarak ona ikinci bir cezadır.

Razumihin kaşlarını çatarak:

— Peki ya gerçekten dâhi olanlar, –dedi,– hani şu kendilerine başkalarını boğazlama hakkı verilenler?.. Onların acı çekmemeleri gerekiyor, değil mi? Hatta döktükleri kanlar için bile?..

— Gereklilik de nereden çıktı? Burada ne buyruk, ne yasak söz konusu. Kurbanına acıyorsa, varsın acı çeksin... Acı ve üzüntü, engin bir bilinç ve derin bir yürek için her zaman zorunludur. –Birden, birileriyle konuşur gibi değil de yüksek sesle düşünür gibi ekledi.– Bence, gerçekten büyük insanlar, büyük acılar çekmek zorundadırlar.

Gözlerini kaldırdı, herkesin yüzüne dalgın dalgın baktı, gülümseyip şapkasını aldı. Buraya geldiği zamanki durumuna göre, şimdi çok sakindi; bunu kendi de duyumsuyordu. Herkes ayağa kalktı.

— İster sövün, ister kızın, ama aklıma takılan bir küçük soruyu daha sormaktan kendimi alamayacağım. Biliyorum, sizi çok rahatsız ettim, ama aklıma gelen küçük bir düşünce var, hani unutmamak için...

Raskolnikov yüzü soluk ve ciddi ayakta bekliyordu.

— Buyurun, söyleyin bakalım küçük düşüncenizi, –dedi.

— Doğrusu, bunu size en açık biçimde nasıl söyleyebileceğimi ben de bilmiyorum... Bu küçük düşüncem biraz fazla psikolojik... yani pek ele avuca gelir bir şey değil... Sizin... şu yazınızı yazarken... yani kendinizi bir damlacık olsun... Heh–he! Yeni bir söz söyleyen şu "olağanüstü" insanlardan biri saymamış olmanız mümkün değildi herhalde? Yani sizin anladığınız anlamda?..

Raskolnikov nefretle:

— Çok mümkün, –dedi.

Razumihin şöyle bir kımıldandı. Porfiri devam etti:

— Çok mümkün olduğuna göre, gündelik bir başarısızlığınız nedeniyle ya da herhangi bir sıkıntınızı gidermek için ya da ne bileyim, insanlığa yararlı bir hizmette bulunmak için, önünüze çıkan engelleri aşar mısınız?

Porfiri bunları söyledikten sonra, tıpkı az önce yaptığı gibi, birden ona sanki sol gözünü kırpar gibi oldu ve belli belirsiz güldü.

Raskolnikov meydan okurcasına ve aşağılayarak:

— Böyle bir şey yapsam, herhalde size söylemezdim, –dedi.

— Hayır, ben yalnızca... hani yazınızı edebi bakımdan daha iyi değerlendirebilmek için sordum bunu...

Raskolnikov tiksintiyle, "Tüh, böylesine apaçık ve böylesine utanmazca!" diye düşündü. Sonra kupkuru bir sesle:

— Belirtmeme izin verin, –dedi,– ben kendimi ne Muhammed ne de Napolyon sayıyorum... ve ne de bunlara benzer biri... Bu durumda da, onların yerinde olmadan, onlar gibi olsaydım nasıl davranırdım, şeklindeki bir soruya sizin için doyurucu olabilecek bir karşılık veremem.

Porfiri birden aşırı bir senlibenlilikle:

— Geçin efendim, –dedi,– bugün bizde, Rusya'da kendini Napolyon saymayan mı var ki?

Porfiri'nin bu kez ses tonunda, söyleyiş biçiminde bile apaçık bir şeyler vardı.

— Geçen hafta bizim Alyona İvanovna'yı baltayla halleden de sakın şu geleceğin Napolyonlarından biri olmasın?...

Köşesinde oturmakta olan Zamyotov ağzından kaçırmıştı bu sözleri.

Raskolnikov, bakışlarını Porfiri'ye dikmiş, hiçbir şey söylemeden öylece duruyordu. Razumihin'in yüzü karardıkça kararmıştı. Zaten bir süredir bir şeyler sezinlemekteydi. Çevresine öfkeyle bakıyordu. Bu ağır sessizlik bir dakika kadar sürdü. Raskolnikov gitmeye davrandı.

Porfiri aşırı bir incelikle elini uzattı, sevecenlikle:

— Gidiyor musunuz? –dedi.– Tanıştığımıza çok, çok sevindim. Ricanız konusunda içiniz rahat olsun. Anlattığım gibi bir şeyler yazıverin. Ya da daha iyisi, doğrudan bana gelin... Bugünlerde... Hatta isterseniz yarın... Herhalde saat on bir sıralarında orada olurum. Her şeyi yoluna koyarız... Konuşuruz da... –Çok iyi yürekliymiş gibi bir tavırla ekledi.– Orada en son bulunanlardan birisiniz, belki bize bir şeyler söyleyebilirsiniz...

Raskolnikov sert bir sesle.

— Demek, –dedi,– kurallara uygun bir biçimde ve resmen sorguya çekmek istiyorsunuz beni?

— Bunu da nereden çıkardınız şimdilik böyle bir şeye hiç gerek yok. Sanırım yanlış anladınız beni. Ben yalnızca bu fırsatı kaçırmamak için... ve... ve rehin sahiplerinin hepsiyle konuşmuş bulunuyorum... bunların kiminden çeşitli kanıtlar elde ettim... Sizse sonuncu kişisiniz...– Birden aklına gelen bir şeye sevinerek, Razumihin'e döndü.– Yeri gelmişken... Şu Nikolaşka yüzünden başımın etini yemiştin! Sanki ben bilmiyor muyum, –Raskolnikov'a döndü,– bu çocuğun hiçbir suçu olmadığını? Ama elden ne gelir? Mitka'yı da epey rahatsız etmemiz gerekti... Aslında sorun şu, yani bu işin can alıcı noktası siz o gün merdivenlerden çıkarken... Bir dakika, saat sekizde oradaydınız siz değil mi?

— Evet, sekizde, –dedi Raskolnikov, der demez de bunu söylemeyebileceğini düşünerek canı sıkıldı.

— Evet, saat sekiz sularında merdivenlerden çıkarken, ikinci katta, kapısı açık bir daire vardı, hatırladınız mı? Burada çalışan iki işçiyi bari siz görmüş olaydınız, hiç değilse birini... Orada boya yapıyorlardı, hiç gözünüze çarpmadı mı? Bu onlar için çok, ama çok önemlidir!..

Raskolnikov belleğini yokluyormuş gibi ağır ağır:

— Boyacılar mı? Hayır, görmedim, –dedi. Müthiş bir gerginlik içindeydi; soruda gizli tuzağın ne olduğunu bir an önce anlayabilmek için sanki ölümcül bir acı çekiyordu; bir yanlışlık yapmamak için tümden dikkat kesilmişti.– Sonra, kapısı açık bir daire de gözüme çarpmadı... Ama dördüncü katta... (tuzağın ne olduğunu anlamıştı, zafer kazanmışçasına sürdürdü sözlerini) bir memur taşınıyordu... hatırlıyorum... Tam Alyona İvanovna'nın karşısındaki daireden... Çok iyi hatırlıyorum... Hatta hamallar divan gibi bir şey taşıyorlardı ve beni duvara sıkıştırmışlardı... Boyacılara gelince... Hayır, orada boya yapan birilerini görmedim ben... Hatta... kapısı açık bir daire de sanırım yoktu... Evet, evet, yoktu...

Birden kendine gelen ve işin ne olduğunu anlayan Razumihin, Porfiri'ye:

— Ne yapıyorsun yahu sen? –diye bağırdı.– Boyacılar cinayetin işlendiği gün oradaydılar, Raskolnikov'sa cinayetten üç gün önce oradaydı. Sen ne soruyorsun ha?

— Tüh, günleri karıştırmışım! –dedi Porfiri eliyle alnına vurarak.– Bu iş bende kafa falan bırakmadı!

Raskolnikov'a döndü ve özür dilercesine:

— Saat sekiz sularında boyacıları birilerinin orada görmesi bizim için çok önemli, –dedi.– Buna sizin tanıklık edebileceğinizi sanmıştım... Oysa günleri karıştırmışım!

Razumihin, yüzü bir karış:

— İnsan böyle konularda dikkatli olmalı, –dedi.

Bu son sözler antrede söylenmişti. Porfiri Petroviç, büyük bir incelikle onları kapıya kadar geçirdi... İkisi karanlık, asık bir yüzle çıktılar sokağa ve birkaç adım hiç konuşmadan yürüdüler. Raskolnikov derin bir soluk aldı...

VI

Razumihin, olanca gücüyle Raskolnikov'un kanıtlarını çürütmeye çabalamaktan şaşkına dönmüş bir durumda:

— İnanmam! İnanamam! –deyip duruyordu.

Pulheriya Aleksandrovna'yla Dunya'nın nicedir kendilerini beklemekte oldukları Bakaleyev'in pansiyonuna yaklaşmışlardı. Razumihin, konuyu ilk kez açıkça konuşmanın verdiği heyecan ve şaşkınlıkla, yolda ikide bir duraklıyordu.

Raskolnikov, soğuk ve küçümseyici bir gülümsemeyle:

— Sen inanma! –dedi.– Her zaman olduğu gibi hiçbir şey fark etmedin sen, bense her sözcüğü tartıyordum.

— Kuruntulu bir adamsın da onun için tartıyorsun her sözcüğü... Hımm... gerçekten de Porfiri'nin tavrının tuhafça olduğunu kabul ederim... Özellikle de Zamyotov denen alçağın!.. Haklısın, bir şeyler vardı dilinin altında, ama niçin? Niçin?

— Bir gecede düşüncesini değiştirdi de ondan.

— Bence, tam tersine! Tam tersine! Eğer şu sakat düşünceye inanıyorlarsa, bütün güçleriyle bunu gizlemeye, kartlarını belli etmemeye çalışırlardı... Oysa bunlar sözlerine hiç dikkat etmeden, son derece küstahça konuşuyorlardı!

— Eğer ellerinde biraz delil, ama şöyle gerçek deliller... ya da ciddi bir temele dayanan ufacık bir kuşkuları olsaydı, daha çok kazanma umuduyla ellerini gizlerlerdi, oyunu gizli oynarlardı (bu arada örneğin, çoktan bir arama yaparlardı!). Ama ellerinde bir tek olsun delil yok. Yalnızca birtakım kuruntular, uçuşan birtakım düşünceler var. Edepsizleşmeleri ve şaşırtma yoluna başvurmaları, bundan... Porfiri belki de bunun için öfkeleniyor, canı sıkılıyor... Belki de başka bir amacı var... Akıllı bir adama benziyor... Bilir görünerek beni korkutmak istiyor da olabilir... Onun da kendine göre bir psikolojisi var... Ama keselim artık! Bu açıklamaları yapmak bile bana iğrenç geliyor!

— Ve aşağılayıcı, aşağılayıcı! Seni anlıyorum! Şu anda madem seninle açık açık konuşuyoruz (sonunda bu konuyu açıkça konuşmaya başlamamız çok iyi oldu!), şu anda sana açıkça itiraf ederim ki, onların kafasında böyle bir düşüncenin bulunduğunu ben çoktandır sezinliyordum. Gerçi bu belli belirsiz bir kuşkudan öteye geçen bir şey değildi, ama böyle de olsa, nasıl cesaret edebilirler böyle bir şeyi akıllarından geçirmeye? Bu düşüncenin kökleri nerelerde gizli? Nasıl öfkeden kuduracak hale geldiğimi bir bilsen! Şimdi şu duruma bak: Yoksulluğun pençesinde kıvranan kuruntulu bir genç... Kendi değerini bilen ve kendine değer veren bir üniversite öğrencisi... Altı aydır, çekildiği köşesinde bir tek insan yüzü görmemiş... Ağır, sayıklamalı bir hastalığın hemen öncesinde, belki de tam hastalığın başladığı gün (buraya dikkat!) sırtında yırtık bir gömlek, ayağında tabanı gitmiş kunduralar, kendini birden karakolda, birtakım polislerin ortasında buluveriyor ve burada bunların çeşitli aşağılamalarına katlanıyor... Derken birden burnuna bir borç senedi dayayıveriyorlar: Saray müşavirlerinden Çebarov'a ait günü geçmiş bir senet... Ortalığı kaplayan ağır boya kokusu, otuz dereceyi bulan sıcaklık, karakolu dolduran bir yığın insan, pis, boğucu bir koku ve birkaç gün önce evine gittiği bir kocakarının öldürüldüğü haberi... Ve bütün bunlar açlıktan karnı bağırsağına geçmiş bir durumdayken oluyor! Bayılmaz da ne yapar insan? Ve bunlar böyle bir şeyi dayanak yapıyorlar kuşkularına! Lanet olsun! Bunun can sıkıcı bir şey olduğunu biliyorum Rodya'cığım, ama senin yerinde ben olsam, hepsinin gözünün içine baka baka, bir kahkaha atar ya da daha iyisi suratlarına şöyle okkalı bir tükürük savururdum! Hepsini bir güzel kalaylamayı da unutmazdım. Sen de tükür gitsin! Cesaret! Ayıp yahu!

"Doğrusu güzel özetledi!" diye düşündü Raskolnikov. Sonra acıyla:

— Suratlarına tükürmek mi? –dedi.– Ama yarın yine sorgu var! Ve ben yarın yine bin bir açıklama yapmak zorundayım... Dün restoranda Zamyotov'la konuşarak kendimi alçalttığım için öyle canım sıkılıyor ki!

— Lanet olsun! Yarın Porfiri'ye ben giderim! Ve onu şöyle... akrabaca sıkıştırırım... Bildiği bir şey varsa, açıkça söylesin. Zamyotov'a gelince...

"Sonunda akıl edebildi!" diye düşündü Raskolnikov.

Razumihin birden:

— Dur! –diye bağırdı, Raskolnikov'u omzundan tutarak,– dur! Sen demin saçmaladın! Evet, iyice düşündüm ben, sen demin saçmaladın! Ne diye tuzak olsun ki bu? "İşçilerle ilgili soru bir tuzaktı," dedin. Hiç aklın kesiyor mu: Bu işi sen yapmış olsan, dairenin boyandığını, orada işçileri gördüğünü söyler misin? Tam tersine: Görmüş olsan bile, görmedim dersin! İnsan kendi aleyhine tanıklık eder mi?

— Eğer o işi ben yapmış olsaydım, –dedi Raskolnikov isteksiz isteksiz ve gizlemeye çalışmadığı bir tiksintiyle, – orada boya yapan işçileri gördüğümü kesinkes söylerdim.

— Kendi aleyhine... öyle mi?

— Evet. Çünkü yalnızca mujikler ve çok deneyimsiz birtakım acemiler reddederler sorgu sırasında her şeyi. Birazcık aklı başında olan, birazcık görmüş geçirmiş bir insan, yok edilmesi elde olmayan bazı delilleri olanaklar ölçüsünde kabul etmeye çalışır. Yalnız, bunları bambaşka bir ışık altında, bambaşka anlamlara gelebilecek biçimde, değişik nedenlerle açıklar ve yorumlar. Porfiri'nin kafasındaki hesap da buydu: Benim de böyle bir karşılık vereceğimi, doğruyu dile getirmiş olmak için işçileri gördüğümü söyleyeceğimi ve bu konuda birtakım açıklamalara girişeceğimi sanıyordu.

— O zaman da sana cinayetten iki gün önce orada işçi falan bulunmadığını, böylece de senin herhalde cinayet günü saat sekiz sularında orada bulunduğunu söyleyiverecek ve seni gafil avlayacaktı!

— Evet, onun hesabı da buydu, yani benim kendisine bir an önce gerçeğe uygun bir cevap verme telaşıyla, işçilerin orada cinayetten iki gün önce değil, tam cinayet günü bulunduklarını unutacağımı sanıyordu.

— İyi ama böyle bir şey unutulabilir mi?

— Hem de kolayca. Kurnaz insanlar böylesi basit şeylerden tuzağa düşerler. İnsan ne kadar kurnazsa, basit şeylerden tuzağa düşürüleceğinden o kadar az kuşku duyar. Çok, çok kurnaz bir insanı özellikle de en basit şeylerden tuzağa düşürmek gerekir. Porfiri hiç de senin sandığın gibi budalanın biri değil!..

— Öyleyse alçağın biri!..

Raskolnikov gülmekten kendini alamadı. Ama aynı anda, şu son açıklamaları yaparken duyduğu canlılık ve isteği tuhaf buldu. Oysa az önce konuşurken, üzüntü ve tiksintiden başka bir şey yoktu içinde.

"Anlaşılan bu sorunun bazı yönleri hoşuma gidiyor!" diye düşündü.

Ama sonra birden tedirgin oldu: Beklenmedik, kaygı verici bir düşünceyle rahatsız olmuş gibiydi. Tedirginliği gitgide artmaktaydı. Bakaleyev'in pansiyonuna gelmişlerdi.

Birden:

— Sen yalnız gir, –dedi,– ben şimdi dönerim.

— Nereye gidiyorsun? Geldik artık!

— Gitmem gerek... gitmeliyim... bir işim var... yarım saate kalmaz dönerim... bizimkilere söyle.

— Öyleyse ben de seninle geliyorum!

— Sen de mi bana işkence edeceksin!

Raskolnikov bu sözleri öyle acı bir öfke, bakışlarında öyle derin bir umutsuzlukla söylemişti ki, Razumihin'in kolları yanına düştü. Bir süre merdivenlerde durup yüzü bir karış, Raskolnikov'un hızlı adımlarla evinin bulunduğu yönde yürüyüşünü izledi. Sonunda, dişleri kenetli, yumrukları sıkılı, Porfiri'yi hemen o gün bir limon gibi sıkacağına ant içerek, kendilerini uzun süredir beklemekten herhalde telaşlanmış olan Pulheriya Aleksandrovna'yı yatıştırmak üzere merdivenlerden çıkmaya başladı.

Raskolnikov evine vardığında tere batmış gibiydi, güçlükle soluyordu. Merdivenleri hızla çıkıp, kapısı kilitsiz duran odasına girdi ve hemen kapıyı çengelledi. Sonra, korkmuş, çılgına dönmüş bir halde, duvar kâğıdının arkasındaki deliğin bulunduğu köşeye atıldı, elini deliğe sokup birkaç dakika duvar kâğıdının en küçük kıvrımlarına varana dek bütün deliği dikkatle araştırdı. Bir şey bulamayınca, ayağa kalktı, derin bir soluk aldı. Az önce Bakaleyev'in pansiyonunun önünde, birden "Ya delikte bir şey kaldıysa," diye düşünmüştü: "Bir zincir parçası, bir kol düğmesi ya da bunların sarılı olduğu, üzerinde kocakarının el yazısı bulunan bir kâğıt parçası..." Daha sonra reddedilmesi olanaksız bir delil olarak karşısına çıkabilirdi bunlar.

Dalgın, düşünceli, öylece ayakta duruyor, dudaklarında aşağılayıcı, bilinçsiz, tuhaf bir gülümseme uçuyordu. Sonunda şapkasını aldı ve sessizce odadan çıktı. Kafası karmakarışıktı. Dalgın bir halde sokak kapısına vardı.

Kalın bir sesin:

— İşte kendisi! –dediğini duyunca, başını kaldırıp baktı.

Kapıcıydı bu; kendisini uzunca boylu, esnaf kılıklı bir adama gösteriyordu. Adamın sırtında bir yelek ve ropdöşambrı andırır bir elbise vardı. Bu haliyle, uzaktan köylü kadınlara benziyordu. Yağlı bir kasket bulunan başını öne doğru eğmişti; aslında adamın bütün vücudu öne doğru eğikti, kamburcaydı. Buruşuk, pörsümüş yüzü, yaşının elliden fazla olduğunu gösteriyordu. Çukurlarına gömülmüş küçücük gözleri sert, hoşnutsuz bakıyordu.

Raskolnikov kapıcıya yaklaşarak:

— Ne var? –diye sordu.

Esnaf kılıklı adam, hiç acele etmeden göz ucuyla onu uzun uzun ve dikkatle süzdü; sonra yavaşça döndü ve hiçbir şey söylemeden çıkıp yürümeye başladı.

— Ne oluyor? –diye bağırdı Raskolnikov.

Kapıcı:

— Şu adam, –dedi,– gelip sizin adınızı vererek, burada şu adda bir üniversite öğrencisi oturuyor mu, kimin dairesinde oturuyor diye sordu. Tam o sırada siz indiniz, kendisine sizi gösterdim, ama gördüğünüz gibi çekti gitti!

Kapıcının da ilgisini çekmiş gibiydi durum, ama anlaşılan o kadar fazla değildi; bir an düşündükten sonra dönüp odasına girdi:

Raskolnikov hemen adamın arkasından sokağa atıldı ve kendisini caddenin karşı yanında, yine bir şeyler düşünüyormuş gibi gözleri yerde ve yine aynı ölçülü, ağır adımlarla yürürken gördü. Adımlarını hızlandırıp adama yetişti, ama iyice yanına varmayıp, bir süre arkasından yürüdü. Sonunda aynı hizaya gelip yandan yüzüne baktı. Adam onu hemen fark etmişti, bir an gözlerini kaldırıp baktı; sonra yeniden indirdi. Böylece bir dakika kadar yan yana, hiçbir şey konuşmadan yürüdüler.

Sonunda Raskolnikov:

— Kapıcıya... beni soruyordunuz? –dedi,– sesi nedense çok yavaş çıkmıştı.

Adam karşılık vermedi, hatta dönüp bakmadı bile. Yine sessizce yürüyorlardı.

— Bu da ne demek oluyor?.. Hem gelip soruyorsunuz, hem de hiçbir şey söylemiyorsunuz?..

Sözcükler sanki ağzından çıkmak istemiyor gibiydi, sesi kesiliyordu Raskolnikov'un.

Adam bu kez gözlerini kaldırdı, uğursuz, karanlık bakışlarla Raskolnikov'u süzerek:

— Katil! –diye tısladı. Yavaşça, ama çok açık ve anlaşılır bir biçimde söylemişti bunu.

Raskolnikov'un birden bacakları kesilir gibi oldu, sırtında bir ürperti dolaştı, bir an yüreği bile sanki çarpmaz oldu; sonra birden, kendisini tutan bir çengelden kurtulmuşçasına hızla çarpmaya başladı. Böylece yüz adım kadar yan yana ve hiç konuşmadan yürüdüler.

Adam ona hiç bakmıyordu.

Raskolnikov duyulur duyulmaz bir sesle:

— Ne diyorsunuz siz?.. Ne katili?.. Kimmiş katil olan? –diye mırıldandı.

— Sen! –dedi adam, daha açık, anlaşılır ve etkileyici bir sesle ve Raskolnikov'un rengi gitmiş yüzüne, ışığı sönmüş gözlerine bakarak, gülümsedi. Nefret dolu bir zafer gülümsemesiydi sanki bu. Bu sırada bir dört yolağzına gelmişlerdi. Adam soldaki caddeye saptı, sağa sola bakmadan doğruca yürümeye başladı. Raskolnikov adamın ardından bakakalmıştı. Elli adım kadar yürüdükten sonra adam dönüp kavşakta hâlâ kımıldamaksızın duran Raskolnikov'a baktı. Gerçi bu kadar uzaklıktan seçilemezdi, ama adam yine deminki gibi nefret dolu bir zafer gülümseyişiyle bakmıştı sanki; Raskolnikov'a böyle gelmişti.

Güçlükle yürüyerek gerisingeri odasına döndü; dizleri titriyor, müthiş üşüyordu. Şapkasını çıkarıp masanın üzerine koydu ve odanın ortasında on dakika kadar hiç kımıldamadan öylece ayakta durdu. Sonra bitkin düşüp kendini divana attı, hafif; hastalıklı inlemelerle bacaklarını kaldırıp iyice uzandı. Gözleri kapalıydı. Yarım saat kadar böylece yattı.

Hiçbir şey düşünmüyordu. Daha doğrusu dağınık, birbiriyle bağlantısız birtakım düşünceler, düşünce uçları uçuşuyordu kafasında; ta çocukluğunda gördüğü, bir daha da hiç karşılaşmadığı, hiçbir zaman hatırlayamayacağı birtakım insan yüzlerini görür gibi oluyordu; "V..." Kilisesi'nin çan kulesi, meyhanenin birinde bir bilardo masası ve bilardo oynayan bir subay, bodrum katta bir tütüncü dükkanındaki sigara kokuları, bir birahane, bulaşık suları dökülmüş, her yanı yumurta kabuğu kırıklarıyla dolu, karanlık, pis bir merdiven, bir yerlerden duyulan çan sesleri... Bütün bu görüntüler kafasının içinde bir kasırga gibi dönüyor, yerlerini birbirlerine bırakıyorlardı. Bunlardan bazıları hatta hoşuna bile gidiyor, onları daha uzun süre canlı tutmaya çalışıyor, ama başaramıyordu: Görüntüler parladıkları gibi, çabucak sönüyor, yitiyorlardı. Aslında, çok da fazla olmamakla birlikte, içinde onu ezen bir şeyler vardı. Bu bazen hoşuna bile gidiyordu. Sırtındaki hafif ürpertiler henüz geçmemişti. Bu ürpertileri duymaktan da hoşlanıyor gibiydi.

Birden Razumihin'in telaşlı ayak seslerini ve konuştuğunu duydu. Hemen gözlerini yumdu, uyur gibi yaptı. Razumihin kapıyı açtı, bir süre eşikte durdu: Düşünüyor gibiydi. Sonra usulca içeri girdi, yine usulca divana yaklaştı:

— Bırak, uyusun! Yemeğini sonra yer!

Ses Nastasya'nındı, fısıldayarak söylemişti.

Razumihin:

— Haklısın, –dedi, ikisi birden usulca çıkıp, kapıyı kapattılar.

Yarım saat daha geçti. Raskolnikov gözlerini açtı, sırtüstü dönüp, kollarını başının altına geçirdi. "Kim bu adam? Yerin dibinden çıkar gibi karşıma dikiliveren bu adam kim? Neredeydi ve ne gördü? Her şeyi görmüş, buna kuşku yok... Peki ama o sırada nerede duruyordu, nereden bakıyordu? Ve niçin bugüne dek durdu da şimdi, yerin dibinden çıkar gibi çıkıveriyor? Hem nasıl görebildi, mümkün mü görebilmesi?.. Hımm... Sırtında yine o soğuk ürpertileri duydu. Nikolay'ın kapının arkasında bulduğu kutu?.. Bu mümkün müydü sanki? Deliller? Bir milimlik bir şeyi gözden kaçırırsın, Mısır piramitleri büyüklüğünde bir delil olarak karşına çıkar... O sırada orada bir sinek uçuyordu ve o gördü! Böyle mi yani? Hiç olacak şey mi bu?"

Birden, derin bir tiksinti ile çok zayıfladığını, vücutça düştüğünü hissetti. Acı bir gülümsemeyle düşüncelerini sürdürdü:

"Bunu bilmeliydim... Kendimi tanımama, kendimi sezmeme rağmen, hangi cesaretle baltalara sarılıp da ellerimi kana buladım! Bunu önceden bilmek zorundaydım..." Umutsuzluk içinde mırıldandı:

— Ben bunu önceden de biliyordum!..

Arada bir, bazı düşünceleri, onu sanki hareketsizleştiriyordu:

"Hayır, o adamların yapıldıkları malzeme başka... Kendisi için hiçbir yasak olmayan gerçek hükmedici, Toulon'u topa tutar, Paris'te kırımlar düzenletir, Mısır'da ordularını unutur, Moskova'ya sefer düzenler, yarım milyon insanı harcar, Vilna'da bir kelime oyunuyla yakayı sıyırır, ölünce de heykelleri dikilir...[1] Demek ki, onun istediği her şeyi yap-

1 I. Napolyon'la ilgili gerçekler... Toulon'un alınışı (17 Aralık 1793); Paris'te kralcıların ayaklanmasının bastırılması (Ekim 1795). Napolyon 1799'da Mısır seferine çıktı, ancak bu serüvenin çıkmaza girdiğini anlayınca, ordularını Mısır'da bırakarak Fransa'ya kaçtı ve burada iktidarı ele geçirerek, diktatörlüğünü ilan etti. 1812 yılında "yüce ordu"su Rusya'da bozguna uğradı. Bozgundan sonra yaptığı söylenen kelime oyunu ise şöyledir: "Yücelikten cüceliğe – bir adım."

masına izin var... Hayır, böyleleri etten kemikten yapılmış olamazlar, tunçtan yapılmış bunlar!"

Aklına bambaşka bir şey geldi, gülümsedi: "Napolyon, piramitler, Waterloo ve bir memurdan dul kalmış, karyolasının altında kırmızı çekmece bulunan sıska, iğrenç, tefeci bir kocakarı... Petroviç'e nasıl anlatmalı bütün bunları? Nasıl inandırmalı? İnanır mı hiç böyle bir şeye! Bir kez, estetik engel buna: Hiç Napolyon bir kocakarının karyolası altına girer mi? Sünepe sen de!"

Arada bir sayıkladığını sanıyordu: Öylesine ateşleniyor, öylesine büyük bir coşkunluğa kaptırıyordu kendini.

"Kocakarı meselesi çok saçma! Evet, belki bir hataydı bu, ama sorun kocakarı sorunu değil! Kocakarı yalnızca bir hastalıktı... Ben onu bir an önce aşıp gelmek istedim. Ben bir insan öldürmedim, bir ilkeyi öldürdüm! Evet, bir ilkeyi öldürdüm, ama üstünden aşıp ötesine geçemedim, bu yanda kaldım... Yalnızca adam öldürmeyi becerebildim. Hatta, anlaşılan bunu bile beceremedim... İlke mi? Şu Razumihin denilen ahmak demin sosyalistlere niçin sövüyordu ki? Sosyalistler çalışkan adamlar... ve tüccar kafalı... 'Genel mutluluk' için uğraşıyorlar... Hayır, ben dünyaya bir kez geldim ve bir daha da gelmeyeceğim: 'Genel mutluluk' falan bekleyemem... Ben kendim için yaşamak istiyorum, yoksa hiç yaşamayayım, daha iyi... Ben yalnızca, cebimdeki rubleyi sımsıkı tutup, 'genel mutluluk' bekleyerek aç bir annenin önünden geçmek istemedim. 'Genel mutluluğu kurmak için gerekli tuğlaları taşıyor ve bundan da gönül rahatlığı' duyuyorlarmış![1] Hah–hah–ha! Beni unuttunuz! Ben bir kez geldim dünyaya ve yaşamak istiyorum". Birden delice bir gülüşle, "Estetik bir bitim ben, başka bir şey değil." diye sürdürdü dü-

---

1 Fourier öğretisini izleyenlerden Considerant ve 1830–40'ların öteki ütopik sosyalistlerinin yapıtlarında geçen bir cümleyi Raskolnikov alay etmek için çarpıtıyor. Cümlenin aslı şudur: *"Apporter sa pierre a l'edifice nouveau"* –Yeni yapıya kendi taşını taşımak.

şüncesini; başkalarının felaketleri karşısında öç alırcasına sevinç duyanların duygularına benzer bir duyguyla bu düşüncesini didiklemeye, onunla oynamaya, ondan avuntu ummaya başladı. "Evet, gerçekten bir bitim ben; çünkü ilkin, şu anda bir bit olduğumu düşündüğüm için bitim; ikincisi, bir ay boyunca, bu işi kendi zevk ve keyfim uğruna bir şeyler sağlamak için değil, sözde, soylu ve güzel bir amaca erişmek için yaptığıma, o yüce varlığı tanık gösterdiğim, onu rahatsız ettiğim için bir bitim. Hah–hah–ha. Üçüncüsü, işi yaparken eşitlik ilkelerine ve aritmetik ölçülere olanaklar ölçüsünde uymayı benimsemiştim; bitler içinde en yararsızını, en bit olanı seçmiştim, onu öldürüp, ilk adımımı atmak için bana gerekli olan kadarını alacaktım, ne bir fazla, ne bir eksik... (Bu durumda geri kalan da herhalde kocakarının vasiyeti gereğince manastıra gidecekti, hah–ha!)... Ben kesinlikle bir bitim." Dişlerini gıcırdatıyordu. "Ben belki de öldürülen bitten de iğrenç bir bitim. Çünkü cinayeti işledikten sonra kendime böyle söyleyeceğimi sezinliyordum. Acaba dünyada bundan daha dehşet verici bir şey var mıdır? Ne alçaklık! Ne bayağılık! Atının üzerinde yalınkılıç nara atan 'peygamber'i ne güzel anlıyorum: Tanrının buyruğu bu, ey 'titreyen yaratık'[1], boyun eğ! Bataryasını sokağın ağzına yerleştirip, herhangi bir açıklama yapmayı bile gerekli görmeden ve suçlu suçsuz demeden ateş açan 'peygamber'in çok, ama çok hakkı var. Boyun eğ, ey 'titreyen yaratık' ve istek duyma, sen, isteyemezsin, bu senin işin değil!.. Ah! Hiçbir zaman, hiçbir zaman bağışlamayacağım şu kocakarıyı!"

Saçları ter içinde kalmış, titreyen dudakları kurumuştu. Gözleri tavana dikiliydi.

"Annem, kız kardeşim... Nasıl da severdim onları! Şimdi neden nefret ediyorum? Evet, şimdi nefret ediyorum onlardan, fiziksel olarak nefret ediyorum, yanımda bulunma-

---

1 ... 'titreyen yaratık' — Puşkin'in *Kuran'ı Taklit* şiirinden.

larına katlanamıyorum. Bugün annemi öpmüştüm... Onu kucaklamak, sonra da böyle bir şey yaptığımı bilseydi diye düşünmek... Acaba o sırada söyleyiverse miydim? Ne iyi olurdu! Hımm!" Onu bütünüyle pençesine alan sayıklama haliyle mücadele ediyormuş gibi, büyük bir zorlukla düşünüyordu: "Benim gibiydi herhalde o da, bana benziyordu?.. Ah! Nasıl nefret ediyorum şu kocakarıdan! Dirilse, sanki bir daha öldürebilirim! Zavallı Lizaveta! O da sanki ne diye çıkıp geliverdi! Tuhaf şey, o hiç aklıma gelmiyor, sanki onu öldürmedim! Lizaveta! Sonya! Zavallı, uysal insanlar; tatlı bakışlı insanlar!.. Sevimli insanlar!.. Onlar niçin ağlayıp sızlamıyorlar? Onlar her şeylerini veren insanlardır... Sessiz sessiz, tatlı tatlı bakarlar... Sonya! Sonya! Ağzı var dili yok Sonya!.."

Kendini kaybetmişti; bir anda kendini sokakta bulunca çok şaşırdı. Akşam iyice ilerlemişti, karanlık gitgide yoğunlaşıyordu. Tekerlek gibi bir ay, ortalığı her an biraz daha aydınlatıyordu. Ama hava nedense gündüze göre daha bir bunaltıcıydı. Yollar kalabalıktı. Esnaf ve çalışanlar, evlerine dönüyor, ötekiler geziniyorlardı. Hava kireç, toz ve durgun su kokuyordu. Raskolnikov üzüntülü, dalgın, yürüyordu. Evden bir amaçla çıktığını, bir şeyler yapması, hem de acele etmesi gerektiğini çok iyi hatırlıyor, ama bunun ne olduğunu bir türlü çıkaramıyordu. Birden durdu. Caddenin karşı tarafında bir adamın kendisine eliyle işaret ettiğini görmüştü. Yolun o yanına geçti, ama adam birden arkasını döndü ve yürümeye başladı: Sanki çağıran o değildi, başını eğmiş, hiçbir yana bakmadan yürüyordu. "Çağırdı mı, çağırmadı mı?" diye düşündü Raskolnikov, ama yine de adamın arkasından koşmaya başladı. Daha on adım bile atmamıştı ki, adamı tanıdı, korktu. Deminki adamdı bu, yine kamburdu, üzerinde yine aynı elbise vardı. Raskolnikov uzaktan adamı izlemeye başladı; yüreği hızla çarpıyordu. Bir sokağa saptılar. Adam hâlâ dönüp arkasına bakmamıştı. "Acaba arkasından geldiğimi biliyor mu?" diye düşündü Raskolnikov. Adam büyük bir evin avlu kapısından içeri girdi. Raskolnikov adımlarını sıklaştırıp kapıya yaklaştı ve bakmaya başladı: Dönüp bakmayacak mıydı adam, çağırmayacak mıydı kendisini? Gerçekten de adam kapıdan geçip avluya girince, birden arkasına döndü ve tıpkı deminki gibi bir işaret yaptı. Raskolnikov hemen kapıya atıldı, avluya girdi. Ama adam yok olmuştu. Herhalde en yakındaki merdivene sapmıştı. Raskolnikov arkasından koştu. Gerçekten de iki kat kadar yukarıdan, birinin ağır, ölçülü adımlarla merdivenlerden çıktığı duyuluyordu. Şaşılacak şey! Bu merdivenler hiç yabancı değil! İşte birinci katın penceresi: Gizemli, kederli bir ayışığı süzülüyor pencereden. İşte ikinci kat. Vay anasına! Burası boyacıların çalıştığı daire değil mi? Nasıl olmuş da hemen çıkaramamıştı? Adamın ayak sesleri duyulmaz olmuştu: "Ya durdu ya da bir yere gizlendi bekliyor". İşte üçüncü kat! Devam etmeli mi acaba? Nasıl sessizlik bu böyle, insanı ürkütüyor! Çıkmaya devam etti. Kendi ayak seslerinden de ürküyor, heyecanlanıyordu. Aman Tanrım, nasıl da karanlık! Adam herhalde buralarda bir köşeye gizlenmiş olacak! Aa! Kapı ardına kadar açık... Raskolnikov biraz düşündü ve içeri girdi. Hol çok karanlık ve bomboştu. Her şey götürülmüş gibiydi. Ayaklarının ucuna basarak usulca salona girdi: Ayışığıyla yıkanıyor gibiydi salon. Sandalyeler, ayna, sarı divan, duvarda asılı resimler... her şey yerli yerindeydi. Bakır rengi kocaman, yusyuvarlak bir ay pencereyi dolduruyordu. "Aydan ileri geliyor bu sessizlik herhalde," diye düşündü Raskolnikov. "Sanırım bir bilmece soruyor şimdi ay." Durmuş bekliyordu. Uzun bir süre böylece bekledi. Ayın sessizliği arttıkça, onun yüreğinin vuruşları da şiddetleniyordu, hatta acı duyuyordu yüreğinin vuruşlarından. Sessizlik olanca görkemiyle sürüyordu. Birden ince bir dal kırılmış gibi hafif, kuru bir çıtırtı duyuldu, sonra yine ortalık sessizliğe gömüldü. Uyanan bir sinek birden uçmaya başladı, sonra cama çarparak yakınırcasına vızıldadı. Tam bu anda, köşede, komodinle pencere arasında, duvarda mantoya benzer bir şey görür gibi oldu. "Bu da nesi? Daha önce burada böyle bir şey yoktu!" diye düşündü. Usulca mantoya yaklaştı. Sanki arkasında biri gizleniyor gibiydi. Ucundan tutup yavaşça kaldırdı... ve köşede, bir sandalyenin üzerine oturmuş kocakarıyı gördü. Kadın başı öne eğik, yumulmuş gibi oturuyordu, bu yüzden yüzünü görememişti, ama bu oydu. Kadının başında dikilip duruyordu. Sonra, "korkuyor!" diye düşündü ve baltayı yavaşça ilmikten kurtarıp kadının kafasına indirdi. Bir, bir daha vurdu. Şaşılacak şey! Bu vuruşlara rağmen kadın kımıldamamıştı bile; sanki tahtadan yapılmıştı. Raskolnikov korktu. İyice eğilip kadına yakından bakmak istedi. Ama kocakarı da başını biraz daha aşağı indirdi. Bunun üzerine Raskolnikov yere, döşemelere kadar eğilip kadının yüzüne aşağıdan baktı ve korkudan donakaldı: Kocakarı sandalyesine oturmuş, onun duymaması için büyük bir çaba harcayarak, kıs kıs gülüyordu. Birden yatak odasının kapısı da aralanmış gibi geldi Raskolnikov'a, sanki orada da birileri gülüşüyor, fısıldaşıyordu. Kan beynine sıçramıştı: Baltasını bütün gücüyle ve art arda kocakarının kafasına indirmeye başladı. Ama baltayı her indirişinde, yatak odasından duyulan gülme sesleri artıyor, fısıltılar daha bir duyulur oluyordu. Kocakarı da sarsıla sarsıla gülüyordu. Raskolnikov kaçmak için atıldı, ama bütün antre, kapı ağzı, merdiven aralığı salkım saçak insanla doluydu. Birbirlerinin başları üzerinden bakıyorlar, ama aynı zamanda hepsi de gizlenmiş, bekliyor ve susuyorlardı... Raskolnikov'un yüreği sıkışır gibi oldu, bacaklarını kımıldatamıyordu, büyümüş dev gibi olmuşlardı sanki... Bağırmak istedi... ve uyandı.

Güçlükle soluyordu. Ama şaşılacak şey, düş görmeye devam ediyordu sanki: Kapısı ardına kadar açıktı ve kapının eşiğinde hiç tanımadığı bir adam, gözlerini dikmiş ona bakıyordu.

Raskolnikov gözlerini daha tam açamadan yeniden kapadı. Kımıldamadan, sırtüstü yatıyordu. "Düş görmeye devam mı ediyorum, yoksa bu gördüğüm gerçek mi?" diye düşündü ve kirpiklerini hafifçe aralayarak baktı: Yabancı, aynı yerde duruyor ve ona bakmaya devam ediyordu. Birden, usulca eşiği geçti, kapıyı arkasından özenle kapadı, masanın yanına kadar geldi; burada bir dakika kadar bekledi. Bu arada gözlerini bir an bile ondan ayırmamıştı, sonra hiç gürültü etmeden divanın yanındaki sandalyeye oturdu. Şapkasını yanına, yere bıraktı. İki elini bastonuna, çenesini de ellerine dayadı. Uzunca bir bekleyişe hazırlandığı görülüyordu. Raskolnikov'un, kırpışan kirpiklerinin arasından görebildiği kadarıyla, bu tıknaz, beyazımtırak sarı sakallı, pek genç denemeyecek bir adamdı.

On dakika geçti. Ortalık hâlâ aydınlıktı, ama artık akşam oluyordu. Odada derin bir sessizlik vardı. Merdivenlerden bile tek ses gelmiyordu. Yalnız arada bir cama çarpa çarpa uçan irice bir sineğin vızıltısı duyuluyordu. Sonunda bütün bunlar Raskolnikov için dayanılmaz bir hal aldı, birden yerinden doğrularak:

— Pekâlâ, söyleyin bakalım, ne istiyorsunuz? –dedi.

Yabancı, sakin sakin gülümseyerek, Raskolnikov'un sorusuna oldukça tuhaf bir karşılık verdi:

— Ben zaten sizin uyumadığınızı, yalnızca uyur gibi yaptığınızı anlamıştım. Kendimi tanıtmama izin verin: Arkadiy İvanoviç Svidrigaylov...

Dördüncü Bölüm

I

Raskolnikov bir kez daha, "Yoksa hâlâ, düş mü görüyorum?" diye düşündü. Karşısında duran beklenmeyen konuğa güvensizlikle, kuşkuyla baktı. Sonunda şaşkınlık içinde:

— Svidrigaylov! Ama bu... Çok saçma! Olacak şey değil! –diye söylendi.

Onun bu şaşkınlığı konuğu hiç de şaşırtmışa benzemiyordu:

— Size uğramamın iki nedeni var, ilki sizinle tanışmak istemem. Nicedir son derece ilginç şeyler duyuyorum hakkınızda. İkincisi, doğrudan doğruya kız kardeşiniz Avdotya Romanovna'nın çıkarlarının söz konusu olduğu bir girişimde benden yardımınızı esirgemeyeceğinizi umuyorum. Hakkımdaki düşüncelerinden dolayı kız kardeşiniz birinin tavsiyesi olmadan bana kapısından içeri adım bile attırmaz. Ama siz yardım ederseniz, öyle sanıyorum ki...

Raskolnikov onun sözünü keserek:

— Yanılıyorsunuz, –dedi.

— İzninizle sorabilir miyim? Onlar daha dün geldiler, değil mi?

Raskolnikov karşılık vermedi.

— Dün geldiler, biliyorum. Ben de önceki gün geldim zaten. Bakın Rodion Romanoviç, kendimi temize çıkarmaya çalışacak değilim, ama açıklamama izin verin. Boş inançları bir yana bırakarak sağduyu ile düşünecek olursak, bütün bu olup bitenlerde benim yönümden özellikle suç sayılabilecek bir şey var mı?

Raskolnikov konuşmadan ona bakmaya devam ediyordu.

— Yani benim suçum, kendi evimde korunmasız bir kızı sıkıştırmam ve onu "tiksinç önerilerimle aşağılamam"dır, öyle değil mi? (Herkesten önce kendim itiraf ediyorum bunu!) Yalnız, kabul ediniz ki, ben de bir insanım... *et nihil humanum*...[1] Kısacası, ben de âşık olur, sevebilirim (ne yaparsınız, böylesi şeyler bizim irademizle olmuyor). Bu durumda da her şeyin açıklanması son derece doğallık kazanıyor. Burada bütün sorun şu: Ben bir canavar mıyım, yoksa bir kurban mı? Kurbansam, nasıl bir kurban? Düşünün, ben sevdiğim kıza benimle birlikte Amerika'ya ya da İsviçre'ye kaçmasını önerirken, belki de ona karşı sonsuz bir saygı besliyorum içimde. Yalnızca bu da değil. Her ikimiz için mutlu bir gelecek kurmayı düşünüyorum. İnsan aklı, algılaması, tutkuların tutsağı oluyor çoğu kez. Ben belki de ondan çok kendime kıydım...

Raskolnikov onun sözünü tiksintiyle keserek:

— Hayır, –dedi,– hiç de dediğiniz gibi değil! Siz ister haklı olun, ister haksız, ben sizden tiksiniyorum! Sizi tanımak, bilmek istemiyorum. Kovuyorum sizi! Defolun!

Svidrigaylov birden bir kahkaha attı:

— Pes doğrusu! Sizi kandırmak olacak şey değil! Kurnazlık edeyim dedim, ama hayır, siz sorunun en can alacak noktasına parmak bastınız!

— Ama siz şu anda bile kurnazlık ediyorsunuz...

Svidrigaylov çıngıraklı bir kahkaha daha atarak:

— Ne olmuş sanki? Ne olmuş? –dedi.– *Bonne Guerre*[2] derler buna, bu kadarcık bir kurnazlığa da mı izin yok artık?

---

1 (Aslında da Latince) — İnsana aykırı değil!

2 (Aslında da Fransızca) — Kuralına uygun dövüş.

Ama siz benim sözümü kestiniz. Öyle ya da böyle, ben bir kez daha tekrarlıyorum: Eğer bahçedeki o olay olmasaydı, hiçbir tatsızlık da olmayacaktı. Marfa Petrovna...

Raskolnikov onun sözünü kabaca keserek:

— Duyduğuma göre, –dedi,– Marfa Petrovna'yı da öbür dünyaya siz göndermişsiniz?

— Demek bunu da duydunuz? Hoş, duymamanız olacak şey değildi ya... Sorunuza gelince, bu konuda vicdanım tümüyle rahat olduğu halde, doğrusu nasıl yanıt vereceğimi bilemiyorum. Yani korktuğumu, çekindiğimi falan sanmayın. Bu konuda gizli kapaklı hiçbir şey yok, her şey apaçık ortada: Doktor raporları, tıkabasa yemek yedikten ve bir şişeye yakın da şarap içtikten sonra, tok karnına banyoya girmenin neden olduğu inmeden söz ediyor. Raporlarda başkaca hiçbir şey yok. Bu kesinlikle böyle. Ama ben epeyce düşündüm olay üzerinde, özellikle de buraya gelirken, trende: Bu acı, bu mutsuz sonda benim hiç mi payım yok? Onu sinirlendirdiğim için ya da başka herhangi bir nedenle benim yüzümden olmasın tüm bunlar? Ama böyle bir şeyin söz konusu olamayacağı sonucuna vardım.

Raskolnikov gülümsedi:

— Keyfe keder üzüntülerle rahatsız etmişsiniz kendinizi!

— Niçin gülüyorsunuz? Düşünün: Topu topu iki kırbaç vurdum ona. İzi bile kalmadı bunların. Rica ederim; beni yüzsüz bir adam sanmayın, ben bunun benim yönümden ne denli aşağılayıcı bir şey olduğunu çok iyi biliyorum, hatta bunun da ötesinde bir şey: Ama şunu da çok iyi biliyorum ki, Marfa Petrovna da nasıl söylemeli, benim bu merakımdan çok hoşnuta benziyordu. Doğrusunu isterseniz, kız kardeşinizle ilgili o olay alabildiğine sömürüldü. Marfa Petrovna'nın evden bir yere çıkamadığının üçüncü günüydü. İlçede de görünmesi için bir neden kalmamıştı. O ünlü mektubu ile ilçede herkesi bıktırmıştı (mektubun okunması hikâyesini de duymuş muydunuz?). Ve derken benim şu iki kırbacı olağanüstü bir olay haline getirdi. Hemen arabayı hazırlamalarını buyurdu!.. Hiç hoşlanmıyor görünmelerine karşın, kadınların bazen aşağılanmaktan çok, ama çok büyük zevk aldıklarını söylemeye gerek bile görmüyorum. Gerçi bu herkeste böyledir, insanlar genellikle aşağılanmaktan çok, ama çok hoşlanırlar. Bilmem siz de fark ettiniz mi? Ama kadınlar için bu özellikle böyledir. Hatta denilebilir ki, yalnızca bununla yetinirler, bununla yaşarlar ve başka hiçbir şeye gerek duymazlar.

Raskolnikov bir ara kalkıp gitmeyi ve bu görüşmeye bir son vermeyi düşündü. Ama tuhaf bir merak, hatta hesaplılığa benzer birtakım düşünceler bir an için bunu yapmasına engel oldu.

Dalgın dalgın:

— Kavga etmekten hoşlanır mısınız? –diye sordu.

— Hayır pek sevmem, –dedi,– Svidrigaylov. Sesi sakindi. Marfa Petrovna ile hemen hiç kavga etmezdik. Tam bir uyum içindeydik. Hoşnuttu benden. Yedi yıllık evliliğimiz boyunca (eğer tümüyle kuşku verici, anlamsız olan üçüncüsünü saymazsak) topu topu iki kez kırbaç kullandım. Bunlardan ilki, evlendiğimizden iki ay sonra, çiftliğe yeni yerleştiğimiz sıralarda olmuştu; ikincisi ise işte şu son olaydır. Siz de beni canavar ruhlu, geri kafalı, kölelik yanlısı biri sanmıştınız herhalde? Heh–he!.. Yeri gelmişken; bilmem hatırlıyor musunuz Rodion Romanoviç, birkaç yıl önce, henüz mahkemelerin açık görüldüğü o mübarek zamanlarda, adını şimdi çıkaramadığım soylunun biri bir Alman kadınını vagonda kırbaçlamıştı da adamı gerek halk, gerekse basın rezil etmiş, yerin dibine batırmıştı. Çağ'ın çirkin davranışı[1] da aynı yıl olmuş-

---

1 Çağ'ın çirkin davranışı — 1881 yılında, *Çağ* gazetesinde, bir müzikli edebiyat gecesinde kadının birinin Puşkin'in *Mısır Geceleri*'nden Kleopatra'nın monoloğunu terbiye ve edep kurallarına aykırı olarak "kışkırtıcı" el kol hareketleriyle okumasını kınayan bir yazı yer almış, yazı ilerici basında tepkiyle karşılanmıştı, Dostoyevski de dergisinde "Çağ'ın çirkin davranışı"nı kınayan iki yazı yazmıştı.

tu yanılmıyorsam? (Mısır Geceleri toplantılarını hatırlıyor musunuz? Kara Gözler! Ah neredesiniz gençliğimizin o altın çağları.) Her neyse, benim bu konudaki düşüncem şu: O Alman kadınını kırbaçlayan adama herhangi bir biçimde sevecenlik duymuyorum. Çünkü aslında böylesi bir davranış... Ne diye sevecenlik duyacakmışım ki, böyle bir davranışa! Bununla birlikte şunu da söylemekten kendimi alamayacağım: İnsanın tepesini attıran öyle "Alman kadınları" oluyor ki bazen, hiçbir ileri görüşlü insan o soylu adamın yaptığını yapmayacağına ilişkin kendinden yana güvence veremez. Ama o zamanlar hiç kimse olaya bu açıdan bakmamıştı, oysa asıl insanca olan bu noktadır. Asıl hak ve adalet de budur!

Svidrigaylov birden gülmeye başladı. Raskolnikov bir şeyi açıkça anlamıştı: Svidrigaylov kesin olarak bir şeylere karar vermişti ve gizli birtakım düşünceleri vardı.

— Birkaç gündür hiç kimseyle konuşmamışsınız galiba? –diye sordu Raskolnikov.

— Hemen hemen öyle. Ne oldu, benim böylesine aklı başında biri olmam mı şaşırttı sizi?

— Hayır. Gereğinden çok aklı başında olmanız şaşırtıyor beni.

Sorularınızın kabalığına gücenmediğim için mi? Öyle, değil mi? Ne diye güceneyim ki? –Sonra, insanı şaşırtan bir saflıkla ve dalgın dalgın sürdürdü sözlerini.– Siz nasıl sorduysanız, ben de öyle yanıt verdim. Beni özellikle ilgilendiren hiçbir şey yoktur. Hele bu sıralar... Az önce söylediğim gibi, kız kardeşinize olan ilgim yüzünden birtakım bayağı düşüncelerle yüzünüze güldüğümü düşünmekte özgürsünüz!.. Ama size açıkça söyleyeyim ki, canım çok sıkılıyor. Özellikle şu son üç günden beri... Onun için sizi gördüğüme çok sevindim. Sakın gücenmeyin Rodion Romanoviç, ama nedense siz bana çok tuhaf bir insan olarak görünüyorsunuz. Biliyor musunuz, sizde bir şeyler var; özellikle şimdi, yani şu anda değil de genel olarak şu sıralarda... Peki peki, geri aldım sözlerimi, çatmayın kaşlarınızı öyle! Sandığınız gibi yol yordam bilmez, kaba saba bir adam değilim.

— Bilmiyorum, belki hiç kaba saba bir adam değilsiniz, –dedi Raskolnikov. Bakışları kederliydi.– Hatta bana öyle geliyor ki, siz çok iyi bir sosyete adamısınız ya da hiç değilse, nerede nasıl davranılacağını bilen, aklı başında bir insansınız.

Svidrigaylov soğuk, hatta biraz kendini beğenmiş bir tavırla:

— Doğrusunu isterseniz, beni kimsenin düşüncesi ilgilendirmez. Öte yandan, mademki ülkemizde bayağı kişiler el üstünde tutuluyor, ben ne diye öyle olmayayım ki?.. –dedi ve gülümseyerek ekledi,– Hele insanın yaradılışı da buna elverişli ise...

— Ne olursa olsun, ben sizin burada pek çok tanıdığınız olduğunu duydum. Yani siz, hani şu "çevresi olmayan" diye nitelendirilen kişilerden değilsiniz. Bu durumda, özel bir amacınız olmasa, beni ne diye gelip arayacaksınız?

Svidrigaylov, Raskolnikov'un sorusundaki ana noktaya değinmeden, övünürcesine:

— Evet, –dedi,– pek çok tanıdığım olduğu doğrudur. Bugün üçüncü gündür ki, bu kentte sürtüp duruyorum. Ben çevremi tanıyorum, çevrem de sanıyorum beni tanıyor. Oldukça şık giyiniyorum, çevremde kimse beni yoksul bir insan olarak görmüyor. Şu yapılan köylü reformu da bize pek dokunmadı. Ormanlarım, sulak çayırlarım olduğu için gelirimde bir azalma olmadı... Ama oraya gitmem, eskiden beri sıkılırım oradan. Sürtüp durduğum şu üç gün içinde kimseyle bir yakınlığım olmadı... Bir de buraya kent diyorlar! Nasıl kurulmuş, niçin kurulmuş bu kent burada Tanrı aşkına? Tam anlamıyla bir memur ve her türden öğrenci kenti! Sekiz yıl önce bu kentte serserilik ediyordum ben; doğrusu o sıralar pek çok şeyin farkına varmamışım!.. Bugün güvendiğim tek bir şey var, o da anatomi, Tanrı sizi inandırsın!

— Ne anatomisi?

Svidrigaylov bu kez de sorulan sorunun farkında olmadan:

— Şu sizin kulüpleriniz, Dussotlarınız, puantlarınız[1], hatta şu ilerlemeleriniz yok mu... aman benden uzak olsunlar azizim! Artık oyunda hileye paydos!

— Demek hile yaptığınız da oldu?

— Hilesiz olur mu hiç? Sekiz yıl önce, kibarlıktan, efendilikten nasibini almış, esaslı bir gruptuk biz burada, zamanımızı güzel geçirirdik. Hem biliyor musunuz, hepimiz yol yordam bilen insanlardık: Şairler, kapitalistler falandık... Sonra, bilmem fark ettiniz mi, bizde, Rus toplumunda oturup kalkmayı bilen insanlara hep oyunda hile yapanlar arasında rastlanır. Bu işleri bıraktığımdan beri köyde oturmamın nedeni de bu. Niejinli bir Yunan'a olan borcum yüzünden az kalsın hapse düşüyordum o sıralar. Derken tam bu sırada Marfa Petrovna yetişti, Yunanlıyla pazarlığa oturup otuz bin ruble karşılığı beni kurtardı (borcumun tamamı yetmiş bin rubleydi). Kendisiyle yasal olarak evlendik, beni alıp köye, çiftliğine götürdü. Sanki bir hazineydim... Kendisi benden beş yaş büyüktü. Beni çok seviyordu. Yedi yıl köyden dışarı çıkamadım. Şunu da unutmayın ki, bir başkası adına düzenlenmiş otuz bin rublelik borç senedini, hani kendisine başkaldırırsam falan diye hep bir koz olarak elinde tuttu. Şöyle bir kıpırdayacak olsam, tuzağa düştüm demekti! Yapardı da! Zaten kadınlarda bütün bu duygular karışık olarak bir arada bulunur.

— Ortada böyle bir senet olmasaydı, kaçar mıydınız?

— Bilmem ki bunu size nasıl söylesem? Bu senetten dolayı hemen hiç rahatsız olmadım. Zaten canım bir yere gitmek istemiyordu. Marfa Petrovna'nın kendisi bana iki kez yurtdı-

1 Dussot — O yıllarda Petersburg'da ünlü bir restoranın sahibi. Puant (Fr. *point*) — Gezinti yeri

şına çıkmamı önerdi; sıkıldığımı görüyordu. Ya!.. Daha önce de çıkmıştım dışarıya, her çıkışımda da müthiş canım sıkılmıştı. Can sıkıntısı da değil de, ne bileyim işte... Deniz, Napoli Körfezi, güneşin doğuşu... Bakarsın, içinde üzücü bir şeyler duyarsın!.. En çok da bu üzüntüden nefret etmişimdir... Hayır, insanın memleketi daha iyi: Burada hiç değilse başkalarını suçlar, kendini haklı görürsün. Hem ben belki bir araştırma grubuyla Kuzey Kutbu'na gideceğim. Çünkü *j'ai le vin mauvais*[1] ve içkiden de tiksiniyorum. Oysa şarap bir yana, zaten hiçbir şey söz konusu değil benim için... Denedim bunu. Dediklerine bakılırsa Berg pazar günü Yusupov Parkında büyük bir balonla uçacakmış. Yanına da belli bir ücret karşılığı yol arkadaşı alacakmış, aslı var mı acaba?

— Biner miydiniz böyle bir balona?

— Ben mi? Hayır... Öylesine söyledim...

Svidrigaylov gerçekten de dalgınlaşmış gibiydi.

"Bu adam ne istiyor?" diye düşündü Raskolnikov.

— Hayır, bu senet beni üzmüyordu, –diye sürdürdü sözlerini Svidrigaylov, yine öyle dalgındı.– Ben kendim ayrılmıyordum çiftlikten. Kaldı ki bir yıl önce, doğum günümde Marfa Petrovna bana bu senedi geri vermişti. Hem de üzerine önemlice bir para ekleyerek... Paralı kadındı. "Görüyor musunuz Arkadiy İvanoviç, size nasıl güveniyorum?.." demişti. İnanmıyor musunuz böyle söylediğine? Ama bilmelisiniz ki, böyle hatırı sayılır bir patron olmuştum, yörede herkesçe tanınmıştım. Sonra çeşitli kitaplar da getirttim... Marfa Petrovna başlangıçta onaylıyordu bu kitap işini, ama sonraları okumaktan bana bir hal geleceğinden korkmaya başladı.

— Marfa Petrovna'yı çok özlemiş gibisiniz?

— Ben mi? Olabilir... Belki de gerçekten özledim... Aklıma gelmişken; hayalete inanır mısınız?

---

1 (Aslında da Fransızca) — Sarhoşluğum kötüdür.

— Ne hayaleti?

— Ne hayaleti olacak, bildiğimiz hayalet!

— Siz inanır mısınız?

— Evet, belki de hayır, *pour vous plaire*...[1] Yani pek o kadar değil...

— Peki hayalet gördüğünüz oluyor mu?

Svidrigaylov tuhaf bir bakışla:

— Marfa Petrovna arada bir ziyaret etmek lütfunda bulunuyor, –diye mırıldandı ve ağzı tuhaf bir gülümsemeyle çarpıldı.

— Nasıl yani, "ziyaret etmek lütfunda bulunuyor"?

— Üç kez geldi. İlki, kendisini toprağa verdiğimiz gündü. Mezarlıktan çıktıktan bir saat sonra göründü. Buraya hareketimin öngünüydü. İkinci kez, dün değil önceki gün, yoldayken, Malaya Vişera istasyonunda göründü; şafak vaktiydi. Üçüncüsü de iki saat önce, tek başına odamda otururken oldu.

— Uyanık mıydınız?

— Tümüyle. Üçünde de uyanıktım. Geliyor, bir dakika kadar konuşuyor, sonra kapıdan çıkıp gidiyor. Hep kapıdan girer çıkar. Hatta ayak seslerini duyar gibi olurum.

— Peki, ben sizin başınıza bu türden şeylerin kesinkes geldiğini niçin düşündüm?

Nasıl olduğunu kendi de anlamadan söyleyiverdiği bu sözler Raskolnikov'u çok şaşırtmıştı. Büyük bir heyecan içindeydi. Svidrigaylov şaşırarak:

— Demek böyle? –dedi.– Demek siz bunu düşündünüz?.. Gerçekten mi? Aramızda ortak bir nokta bulunduğunu söylememiş miydim size?

Raskolnikov sertçe:

— Hiçbir zaman böyle bir şey söylemediniz! –dedi. Heyecanlıydı.

---

1 (Aslında da Fransızca) — Sizi hoşnut etmek için.

— Söylemedim mi?

— Hayır!

— Söylediğimi sanıyordum. Demin içeri girdiğimde gözlerinizi kapamış, kendinizi uyur gibi gösterdiğinizi görür görmez, kendi kendime "İşte, ta kendisi!" demiştim.

Raskolnikov:

— Ne demek, ta kendisi? Bununla söylemek istediğiniz ne? –diye bağırdı.

Svidrigaylov gerçekten şaşırmış gibiydi, safça:

— Ne mi? –diye kekeledi.– Doğrusu bunu ben de bilmiyorum.

Bir dakika kadar sustular. Gözlerini birbirlerine dikmişlerdi.

— Ama bütün bunlar çok saçma! –diye bağırdı. Raskolnikov'un canı sıkılmıştı.– Marfa Petrovna geldiği zaman size neler söylüyor?

— Kim, o mu? İncir çekirdeğini doldurmaz şeylerden söz eder... İnsanoğlu neymiş, görün de şaşın! Zaten beni öfkelendiren de bundan başka bir şey değil! İlk gelişinde, biliyor musunuz, çok yorulmuştum: Cenaze töreni, dua faslı, yas yemeği... Sonunda çalışma odamda yalnız kalmış, bir sigara tüttürüp karmaşık düşüncelere dalmıştım. Birden kapıdan giriverdi: "Arkadiy İvanoviç, bugün telaştan yemek odasındaki saati kurmayı unutmuşsunuz." dedi. Bu saati, gerçekten de yedi yıldır hep ben kurardım. Kurmayı unutursam da bana hep o hatırlatırdı. Ertesi gün, artık buraya geliyorum, sabaha karşı istasyonda inmişim, gece yolda biraz uyuklamıştım, her yanım dökülüyordu, gözlerimden de uyku akıyordu, bir kahve söylemiş, oturuyorum... bir de ne göreyim, Marfa Petrovna... Elinde bir deste oyun kâğıdı, gelip yanıma oturmamış mı? "Falınıza bakıp yolculuğunuzun nasıl geçeceğini söyleyeyim mi, Arkadiy İvanoviç?" dedi. Faldan çok iyi anlardı. Ona falıma baktırmadığım için kendimi hiç bağışlamayacağım. Korkup kaçmıştım... Aslında tam o sırada kampana da çalmıştı... Ve işte bugün, bir lokantadan getirttiğim berbat yemekten sonra ağırlaşmış bir mideyle, bir sigara tüttürmüş oturuyordum ki, birden Marfa Petrovna içeri girdi. Üzerinde yeşil ipekli kumaştan uzun, çok şık bir elbise vardı. "Merhaba Arkadiy İvanoviç," dedi, "elbisemi nasıl buldunuz? Aniska böylesini dikebilir mi?" (Aniska bizim köyde oturan bir terzi kızdı, eskiden toprak kölelerindendi, sonra Moskova'da terzilik kurslarına falan gitmiş, çok iyi bir kızdı.) Marfa Petrovna karşımda dönüp duruyordu. Önce elbisesine, sonra da yüzüne dikkatle bakarak: "Marfa Petrovna," dedim, "böyle önemsiz şeyler için ta buraya, bana kadar gelip rahatsız olmaya neden böyle isteklisiniz?" "Ah, aman Tanrım," dedi; "demek artık seni rahatsız da etmeyeceğim!" Kendisini biraz kızdırmak için, "Ben Marfa Petrovna, evleniyorum." dedim. "Bu kendi bileceğiniz bir şey Arkadiy İvanoviç." dedi, "Yalnız, karınızı toprağa verir vermez evlenmeye kalkışmanız, size fazlaca şeref kazandırmaz! Bari iyi birini seçmiş olaydınız. Ne siz, ne de o mutlu olamazsınız yoksa, yalnızca herkesi kendinize güldürmüş olursunuz." Bunları dedikten sonra çıkıp gitti. Yürürken elbisesinin hışırtısını duyar gibi oldum. Ne saçma şeyler ama, öyle değil mi?

— Belki de bütün bunları siz uyduruyorsunuz? –dedi Raskolnikov.

Svidrigaylov dalgın dalgın:

— Ben çok az yalan söylerim, –dedi,– sorudaki kabalığın farkına varmamış gibiydi.

— Bundan önce de hayalet gördüğünüz olmuş muydu?

— Ha... Evet, gördüm, bir kez, altı yıl önce. Filka adında bir uşağım vardı. Ölmüştü. Gömüldüğü gün, alışkanlıkla, "Filka, çubuğumu getir" diye seslendim. İçeri girdi, doğruca çubuklarımın bulunduğu küçük cam dolaba yürüdü. "Herhalde benden öç alıyor." diye düşündüm. Çünkü öldüğü gün kendisini esaslı paylamıştım. "Böyle yırtık dirseklerle nasıl yanıma gelebiliyorsun! Çık dışarı sersem!" diye bağırmıştım. Çıktı gitti ve bir daha da dönmedi. O zaman bunu Marfa Petrovna'ya söylememiştim. Kendisi için ayin yaptırıp dua falan okutmak istedim, ama sonra utanıp vazgeçtim.

— Bir doktora görünseniz...

— Rahatsızlığımın ne olduğunu bilmemekle birlikte, hasta olduğumu ben de biliyorum. Ancak bana kalırsa, ben sizden beş kat daha sağlıklıyım. Demin size hayaletlere inanıp inanmadığınızı sormuştum? İnanıyor musunuz?

— Hayır, hem de hiç inanmıyorum!

Raskolnikov'un sesi öfkeliydi.

— Böyle durumlarda genellikle ne derler? –diye mırıldandı Svidrigaylov; kendi kendine konuşur gibiydi, başını hafifçe yana eğmiş, bir başka yana bakıyordu.– Derler ki: "Sen hastasın, göründüğünü sandığın şeyler de gerçekliği olmayan bir sayıklamadan başka bir şey değil... Zaten bu işte sağlam bir mantık arama! Ben hayaletlerin yalnızca hastalara göründüğüne katılıyorum; ama bu, hayaletlerin başkalarına değil de yalnızca hastalara göründüğünü kanıtlar, yoksa onların hiç olmadıklarını değil.

Raskolnikov sinirli bir şekilde:

— Hayalet diye bir şeyin olmadığına hiç kuşku yok! –dedi.

Başka yana bakmakta olan Svidrigaylov gözlerini ağır ağır ona doğru çevirerek:

— Demek hiç kuşku yok? –dedi.– Demek, siz böyle düşünüyorsunuz? Peki, şöyle düşünemez miyiz acaba (siz de yardım edin bana): "Hayaletler, başka dünyalardan parçalar, bölümlerdir, onların başlangıcıdır. Sağlıklı bir insanın bunları görmesi için hiçbir neden yok, çünkü sağlıklı insan, yeryüzü insanı demektir, yani bu dünyada yaşayan insandır, yeryüzünün düzeni bunun böyle olmasını gerektiriyor. Ama şu sağlıklı insan biraz hastalanıverince, yani organizmasındaki normal yeryüzü düzeni bozuluverince, bir başka dünyanın olabilirliği kendini duyurmaya başlar; hastalık arttıkça öteki dünya ile yakınlık da artar. İnsan öldüğünde ise doğrudan doğruya öteki dünyaya göçer gider. Ne zamandır düşündüğüm bir konu bu benim. Eğer öbür dünyaya inanıyorsanız, bu düşüncelere de inanabilirsiniz.

— Öbür dünyaya filan inanmıyorum ben!

Svidrigaylov dalmış, düşünüyordu. Birden:

— Peki ya orada örümcekler ya da buna benzer yaratıklardan başka bir şey yoksa?.. –dedi.

"Kaçık bu adam" diye düşündü Raskolnikov.

— Biz sonsuzluğu anlaşılması olanaksız bir düşünce olarak, şöyle kocaman, çok büyük bir şey olarak düşünürüz hep. İyi ama, neden ille de kocaman, çok büyük bir şey? Oysa bir de bakmışsınız, küçücük köy hamamı gibi bir yerdir. İs içinde, köşeleri örümceklerle dolu? Düşünebiliyor musunuz? İşte size sonsuzluk! Sonsuzluk benim gözüme bazen böyle görünüyor.

— Daha iç açıcı, daha insaflı bir biçimde düşünemez miydiniz bunu? –diye bağırdı Raskolnikov; hastalıklı bir bağırıştı bu.

Svidrigaylov belli belirsiz bir gülümsemeyle:

— Daha insaflı mı? –dedi.– Ne biliyorsunuz, belki de en insaflısı budur. Hem elimde olsaydı eğer, ben özellikle böyle bir düzenleme yapardım!

Bu çirkin karşılık üzerine Raskolnikov birden üşür gibi oldu. Svidrigaylov başını kaldırdı, gözlerini dikip ona baktı, sonra bir kahkaha attı.

— Düşünebiliyor musunuz, yarım saat önce birbirimizi görmemiştik bile ve düşman sayılıyorduk; şu andaysa, aramızda çözümlenmemiş bir sorun dururken, bunu bir yana bıraktık ve neler konuşmaya başladık! Hamurumuzun bir olduğunu söylerken doğruyu söylüyormuşum değil mi?

Raskolnikov sinirli sinirli:

— Ziyaretinizle beni niçin şereflendirdiğinizi bir an önce anlatmanızı rica etmeme izin verir misiniz? –dedi.– Çünkü benim... benim... hiç zamanım yok... Hemen dışarı çıkmak zorundayım...

— Hayhay! Hayhay! Kız kardeşiniz Avdotya Romanovna, Bay Lujin'le... Pyotr Petroviç Lujin'le evleniyormuş, öyle mi?

— Kız kardeşimle ilgili her türlü sorunu bir yana bıraksanız ve de onun adını ağzınıza almasanız... Siz gerçekten de Svidrigaylov iseniz, benim yanımda onun adını ne cesaretle ağzınıza aldığınızı doğrusu anlayamıyorum?

— Ama ben onun hakkında konuşmaya geldim, adını nasıl anmam?

— Pekâlâ, söyleyin, ama çabuk!

— Karım tarafından benim akrabam da olan Bay Lujin'i eğer yarım saat olsun görebildiyseniz ya da onun hakkında gerçeği yansıtan şeyler duyabildiyseniz, eminim ki kendisi hakkında bir fikir edinmişsinizdir. O Avdotya Romanovna'ya göre bir insan değil. Bana kalırsa, Avdotya Romanovna soylu bir davranışla ve hesapsızca kendisini feda ediyor, ailesi uğruna büyük bir özveride bulunuyor. Hakkınızda duyduklarımdan edindiğim kanıya göre, kız kardeşinizin çıkarları zedelenmemek koşuluyla bu evlilik bozulursa, siz bu işe sevineceksiniz. Sizi tanıdığım şu anda ise bu inancım bütünüyle pekişti.

— Bu sözleriniz, sizin yönünüzden son derece safça, hatta bağışlayın, küstahça...

— Yani kendime bir şeyler yontmaya çalıştığımı mı söylemek istiyorsunuz?.. Tasalanmayın, Rodion Romanoviç, kendi çıkarlarımı güdüyor olsaydım, konuyu bu denli apaçık ortaya koymazdım, o kadar da aptal değilim! Buradaki bir psikolojik tuhaflığı açıklayayım. Demin Avdotya Romanovna'ya duyduğum sevgiden dolayı kendimi haklı göstermeye çalışırken, burada kurbanın belki de ben olduğumu söylemiştim. Bilin ki, şu anda kız kardeşinize karşı hiçbir sevgi duymuyorum. Bu benim için de şaşılacak bir durum, çünkü bir zamanlar onu gerçekten sevmiştim...

— Gününüzü gün etmek, gönül eğlendirmek istediğinizden...

— Gerçekten de eğlence düşkünü, gezip tozmayı seven bir adamım. Ama kız kardeşiniz öyle üstün özellikleri olan bir insan ki, ona ben bile kapılmaktan kendimi alamadım. Ama şu anda anlıyorum ki, bütün bunlar saçmaymış!

— Çoktan mı anladınız bunu?

— Önceleri de fark ediyordum, ama üç gün önce, tam Petersburg'a geldiğim gün, buna kesin olarak inandım. Kısacası Moskova'dayken bile hâlâ Avdotya Romanovna'yı elde etmeyi ve bu konuda Lujin'le rekabete girişmeyi düşünüyordum.

— Sözünüzü kestiğim için özür dilerim, ama lütfedip biraz kısa kesemez misiniz? Ziyaretinizin sebebine gelseniz... Acelem var ve dışarı çıkmak zorundayım...

— Büyük bir sevinçle. Buraya geldikten sonra... bir... geziye çıkmaya karar verince, zorunlu bazı işlerimi yoluna koymak istedim. Çocuklarım teyzelerinin yanında kaldı; onlar zengin; bana hiç mi hiç ihtiyaçları yok. Sonra, benim nasıl bir baba olduğum da ortada! Yanıma yalnızca, Marfa Petrovna'nın geçen yıl bağışladığı parayı aldım. Bu kadarı bana yeter. Bağışlayın, şimdi konuya geliyorum. Çıkmayı tasarladığım yolculuktan önce, Bay Lujin'le de hesaplaşmak istiyorum. Bunu kendisine hiç katlanamadığımdan yaptığımı sanmayın, ama Marfa Petrovna'yla kavgamıza Lujin neden olmuştur: Çünkü Lujin'in evlenme işini Marfa Petrovna'nın kotardığını öğrenmiştim. Şimdi sizin aracılığınızla, hatta sizin yanınızda Avdotya Romanovna ile görüşmek ve ona; bir, Pyotr Petroviç'ten kendisine büyük bir yarar gelmeyeceği gibi, tam tersine ve düpedüz zarar geleceğini açıklamak; iki, neden olduğum tatsızlıklar dolayısıyla kendisinden özür dileyerek, ona on bin ruble verme önerisinde bulunmamı kabul etmesini rica etmek ve böylece de Lujin'den ayrılmasını kolaylaştırmak istiyorum, ki bir fırsat doğduğunda onun da bu ayrılığı benimseyeceğinden eminim.

Raskolnikov öfkelenmekten çok, şaşırmıştı:

— Siz gerçekten de gerçekten de delisiniz! –diye bağırdı.– Nasıl cesaret edebilirsiniz böyle konuşmaya!

— Bağıracağınızı biliyordum zaten. Ama bakın, ben her ne kadar zengin bir adam değilsem de şu on bin rubleyi kız kardeşinize rahatça verebilecek bir durumdayım, çünkü bu para bana hiç mi hiç gerekli değil. Eğer Avdotya Romanovna kabul etmezse, aptalca harcayıp gideceğim bu parayı. Bu bir. İkincisi: Vicdanım çok rahat; kendim için hiçbir çıkar gütmüyorum. İster inanın, ister inanmayın, ama daha sonra hem siz, hem de Avdotya Romanovna bunun böyle olduğunu göreceksiniz. Sorun şu ki, saygıdeğer kız kardeşiniz benim yüzümden birtakım tatsızlıklara katlanmak zorunda kaldı; içten bir pişmanlık duygusuyla yaptığım kötülükleri parayla kapatmaya çalışıyor değilim. Bütün amacım, yalnızca kötülük eden, kötülük etme ayrıcalığı olan bir insan olmadığımı kanıtlayarak, onun yararına bir iş yapmaktır. Eğer önerimi yaparken milyonda bir olsun kendi çıkarımı güdüyor olsaydım, daha beş hafta önce bundan çok daha fazlasını önermişken, şimdi tutup da yalnızca bir on bin ruble önermezdim. Bu da bir yana, ben yakında, hem de çok yakında, genç bir kızla evleniyorum; böylece de Avdotya Romanovna'ya karşı kötü birtakım niyetlerimin olduğu kuşkuları tümüyle ortadan kalkmış olacaktır. Son olarak da şunu söyleyeyim ki, Bay Lujin'le evlenmekle Avdotya Romanovna, yine aynı parayı almış olacaktır, yalnız bir başka yolla... Bana hiç kızmayın, Rodion Romanoviç, soğukkanlılıkla, sakin sakin bir kez daha düşünün şu işi.

Bunları söylerken Svidrigaylov'un kendisi son derece sakin ve soğukkanlıydı.

— Rica ederim kesin artık, –dedi Raskolnikov.– Ne olursa olsun, bağışlanmaz bir küstahlıkta bulunuyorsunuz.

— Hiç sanmam. Bu dünyada insan insana ancak kötülük edebiliyor, anlamsız birtakım biçimcilikler nedeniyle bir damla olsun iyilik yapabilme hakkına sahip değiliz. Çok saçma bir şey bu. Şimdi, diyelim ben ölseydim ve bu parayı kız kardeşinize dinsel vasiyetle bırakmış olsaydım, o zaman da geri çevirebilecek miydi?

— Büyük olasılıkla, evet.

— Yok, bu olamaz. Her neyse, olur ya da olmaz. Şu var ki, on bin ruble pek de fena bir para sayılmaz. Ne olursa olsun, ben bu konuştuklarımızı Avdotya Romanovna'ya iletmenizi rica edeceğim.

— Hayır, iletmeyeceğim.

— O zaman Rodion Romanoviç, ben onunla kendim görüşme yollarını aramak, dolayısıyla da onu rahatsız etmek zorunda kalacağım.

— Peki iletirsem, kendisiyle görüşme yoluna başvurmayacak mısınız?

— Doğrusu ne diyeceğimi bilemiyorum. Bir kez olsun görüşebilmeyi çok isterdim.

— Hiç ummayın.

— Yazık! Aslında siz beni tanımıyorsunuz. Kimbilir, ileride belki de daha yakından tanışırız.

— Yakınlaşacağımızı mı düşünüyorsunuz?

— Neden olmasın?

Svidrigaylov gülümseyerek yerinden doğruldu ve şapkasını aldı.

— Aslında sizi rahatsız etmek istemiyordum. Gerçi bu sabah yüzünüz beni çok etkilemişti, ama yine de buraya gelirken fazla umutlu değildim...

— Demek sabahleyin de beni gördünüz? Nerede?

Raskolnikov tedirgin olmuştu.

— Bir rastlantı sonucu... Nedense sizde bana benzer bir şeyler olduğunu düşünüyorum hep. Ama telaşlanmayın, can sıkıcı bir adam değilim; kumarda hile yapanlarla tatsızlık çıkarmadım, uzak akrabalarımdan Prens Svirbey'i kendimden bıktırmadım, Rafael'in Madonna'sı üzerine, Bayan Prilukova'nın albümüne bir şeyler yazmayı becerdim ve Marfa Petrovna'yla yedi yıl, yanından hiç ayrılmamacasına birlikte yaşadım. Geçmişte, Samanpazarı'nda Vyazemski'nin evinde[1] yatmışlığım da vardır. Şimdi de Berg'in balonuna binip uçacağım.

— Güzel! Sormama izin verin; sözünü ettiğiniz yolculuğa yakında mı çıkıyorsunuz?

— Hangi yolculuğa?

— Şu demin sözünü ettiğiniz...

— Ha evet!.. Gerçekten size bir geziden söz etmiştim... Bu epey geniş bir konu... Ama bana ne sorduğunuzu bir bilseydiniz! –Svidrigaylov birden kısa ama gürültülü bir kahkaha attı.– Hem bakarsınız geziye çıkmak yerine evlenivermişim! Bana önerdikleri bir kız var da...

— Burada mı?

— Evet.

— Ne zaman becerdiniz bunu?

— Ama ben yine de Avdotya Romanovna ile bir kez olsun görüşebilmeyi çok isterdim. Ciddi olarak rica ediyorum bunu sizden. Eh, şimdilik hoşça kalın!... Az kalsın unutuyordum! Rodion Romanoviç, kız kardeşinize, Marfa Petrovna'nın kendisine üç bin ruble bıraktığını söyler misiniz? Bu tümüyle doğrudur. Marfa Petrovna ölümünden bir hafta önce yaptırdı vasiyetnamesinde bu düzenlemeyi ve

---

1 Samanpazarı'nda Vyazemski'nin evi... — *Suç ve Ceza*'nın yazıldığı yıllarda, V. V. Krestovski'nin *Petersburg Viraneleri* adlı romanında ayrıntılı bir biçimde anlatılmış olan, Petersburglu yoksulların düşük bir ücret karşılığı barındıkları ev.

her şey benim yanımda oldu. İki üç hafta içinde Avdotya Romanovna parayı alabilir.

— Doğru mu bu söylediğiniz?

— Doğru. Kendisine iletin... Tekrar hoşça kalın. Kaldığım yer size çok yakın.

Tam çıkarken Svidrigaylov kapıda Razumihin'le çarpıştı.

II

Saat neredeyse sekiz olacaktı; Bakaleyev'in pansiyonuna Lujin'den önce varabilmek için ikisi de adımlarını hızlandırdılar.

Sokağa çıktıklarında Razumihin:

— Kimdi deminki adam? –diye sordu.

— Svidrigaylov. Evlerinde mürebbiye olarak çalıştığı sırada kız kardeşime sarkıntılık eden çiftlik sahibi. Bu olay yüzünden karısı Marfa Petrovna, Dunya'yı kovmuş, ama daha sonra kendisinden özür dilemişti. Geçenlerde de birdenbire ölüverdi. Bugün annem söz ediyordu hani... Neden bilmiyorum, ama ben bu adamdan çok korkuyorum. Karısını toprağa verir vermez buraya gelmiş. Çok tuhaf bir adam. Bir şeyler yapmaya kararlı görünüyor... Ve sanki bildiği bir şeyler var... Dunya'yı ondan korumak gerek... Sana bunu söylemek istiyorum, duyuyor musun?

— Korumak mı! Avdotya Romanovna'ya ne yapabilir ki o? Ama bunu benden istediğin için sana teşekkür ederim Rodya... Koruruz Avdotya Romanovna'yı, koruruz! Nerede oturuyormuş adam?

— Bilmiyorum.

— Niye sormadın? Yazık! Neyse, ben öğrenirim!

Raskolnikov bir süre sustu, sonra:

— Sen onu gördün mü? –diye sordu.

— Evet, kendisine iyice dikkat ettim.

Raskolnikov diretti:

— Sen onu iyice gördün mü? Apaçık gördün mü?

— Evet, kendisini çok iyi hatırlıyorum. Bin kişi içinde görsem tanırım. Gördüğüm insanların yüzlerini hiç unutmam.

Yeniden sustular. Sonra Raskolnikov:

— Hımm... –diye söylendi.– Evet, öyle bu... Biliyor musun... hep bir hayalmiş gibi geliyor bana bunlar.

— Ne demek istediğini pek iyi anlayamadım?

Raskolnikov çarpık bir gülümsemeyle:

— Hani siz hepiniz bana deli diyorsunuz ya, –dedi,– bu şimdi bana da öyle geliyor... Yani ben gerçekten bir deliyim ve yalnızca bir hayalet gördüm!..

— Ne diyorsun sen?

— Kimbilir, belki de delinin biriyim ben ve şu son günlerde olup bitenlerin hepsi yalnızca, benim hayalimde geçen şeylerdi...

— Eh, Rodya! Yine sinirlerini bozmuşlar senin!.. Neler söyledi o adam sana, niçin aramış seni?

Raskolnikov karşılık vermedi. Razumihin bir dakika kadar düşündükten sonra:

— Dinle, –dedi,– şimdi sana raporumu veriyorum. Sana uğradım, uyuyordun. Öğle yemeğinden sonra Porfiri'ye gittim. Zamyotov yine oradaydı. Bir şeyler söylemeye yeltendim, ama olmadı, bir türlü istediğim gibi konuşamadım. Hiçbir şey anlamıyorlar, anlayamıyorlar ve utanıp sıkılmıyorlar. Porfiri'yi pencere kenarına çekip bir şeyler söylemeye başladım, ama yine istediğim gibi olmadı: O bir yana bakıyor, ben başka bir yana... Sonunda yumruğumu suratına dayayıp, o suratı akrabaca dağıtacağımı söyledim. Yüzüme baktı, hiçbir şey söylemedi. Tükürdüm ve çıktım, hepsi bu kadar. Çok aptalcaydı. Zamyotov'la tek kelime bile konuşmadım. Her şeyi berbat ettiğimi düşünüyordum ki, merdivenlerden inerken aklıma gelen bir düşünce beni sevindirdi: Ne diye telaşlanıp duruyoruz biz seninle? Senin için bir tehlike ya da buna benzer bir şey söz konusu olsa, hadi neyse! Sana ne her şeyden! Ne ilgin var senin olup bitenlerle? Tükür gitsin yüzlerine; daha sonra biz onlara güleceğiz... Ben senin yerinde olsam, onlara birtakım yalanlar uydururdum. Daha sonra göreceksin nasıl utanacaklar! Tükür gitsin! İleride vuracağız yüzlerine, şimdilik gülüp geçelim!

Raskolnikov:

— Evet, herhalde! –dedi. İçinden de "Peki yarın ne diyeceksin adama?" diye düşündü. Tuhaf şey, şu ana kadar, "Öğrendiğinde Razumihin ne düşünecek acaba?" düşüncesi hiç aklına gelmemişti. Bunu düşününce, gözlerini dikip arkadaşına baktı. Razumihin'in, Porfiri'yi ziyaretiyle ilgili anlattıkları çok az ilgisini çekmişti: Ne çok şey önemini yitirmişti birdenbire ve ne çok yeni ve önemli şey ortaya çıkmıştı!..

Koridorda Lujin'le karşılaştılar: Saat tam sekizde gelmişti, kadınların odasını arıyordu. İçeri birlikte girdiler. Ne birbirlerine bakmışlar, ne selamlaşmışlardı. Delikanlılar önden yürümüşler, Pyotr Petroviç incelik gereği, paltosunu çıkarmak için girişte biraz oyalanmıştı. Pulheriya Aleksandrovna hemen kapıya, onu karşılamaya koştu. Dunya ağabeysiyle selamlaştı.

Pyotr Petroviç içeri girdi, kibarca ama aşırı bir ciddiyetle hanımları selamladı. Bakışlarında bir şaşkınlık ve hâlâ kendini toparlayamamışlık seziliyordu, Pulheriya Aleksandrovna da şaşırmış, utanmış gibiydi. Konuklarını çabucak üzerinde semaver kaynayan yuvarlak bir masanın çevresine aldı. Dunya ve Lujin masanın iki ucuna karşılıklı oturmuşlardı. Razumihin ve Raskolnikov'sa, Pulheriya Aleksandrovna'nın karşısında yer almışlardı. Razumihin, Lujin'e; Raskolnikov'sa kız kardeşine yakındı.

Bir an kimse konuşmadı. Pyotr Petroviç, yavaş hareketlerle cebinden patiska bir mendil çıkardı, ortalığa bir esans kokusu yayıldı. İyi yürekli, ama hakkı yenmiş, bunun için de karşısındakilerden kesinlikle bir açıklama istemeye kararlı bir havayla burnunu sildi. Daha içeri girdiğinde paltosunu çıkarmadan çekip gitmek ve buyruklarını dinlemeyen şu iki kadına ağır bir ceza vererek bir anda akıllarını başlarına getirmek düşüncesi gelmişti aklına. Ama cesaret edememişti buna. Öte yandan bilinmezlikleri sevmeyen bir adamdı, burada da açıklanması gerekli bir nokta vardı: Buyrukları nasıl böylesine açıkça çiğnenebilmişti? Demek ki bir şeyler olmuştu. Cezayı nasıl olsa verirdi, bu kendi elinde olan bir şeydi, onun için şimdi neler olup bittiğini öğrenmesi daha iyi olacaktı.

Pulheriya Aleksandrovna'ya dönerek resmi bir tavırla:

— Umarım yolculuğunuz iyi geçmiştir? –dedi.

— Tanrı'ya şükür, Pyotr Petroviç.

— Çok sevindim, Avdotya Romanovna da yorulmadılar ya?

— Ben genç ve güçlüyüm, –dedi Dunya,– yorulmam... Ama annem için oldukça ağır bir yolculuktu.

— Ne yaparsınız, ulusal yollarımız çok uzun, "Rusya Anacığımız" büyük ülke... Çok istememe karşın, dün gelip sizi karşılayamadım. Yine de umarım her şey yolunda gitmiştir.

Pulheriya Aleksandrovna değişik bir ses tonuyla:

— Ah, hayır Pyotr Petroviç, dün doğrusu tam anlamıyla şaşkına döndük, –dedi.– İyi ki Dmitri Prokofiç yardımımıza geldi. Yoksa perişan olurduk.

Sonra Razumihin'i, Lujin'e tanıttı:

— İşte kendisi, Dmitri Prokofiç Razumihin...

Lujin, Razumihin'e yan gözle bakarak:

— Dün bu şerefe kavuşmuştum... –diye mırıldandı ve kaşlarını çatıp sustu.

Pyotr Petroviç, topluluk içinde nazik görünen, özellikle de nazik olma iddiasında olan insanlardandı; böyleleri bulundukları topluluk içinde kendilerine uygun olmayan en ufak bir aykırı durum karşısında ellerindeki bütün olanakları kaybederler ve bulundukları yeri şenlendiren bir insan olmaktan çıkıp, boş bir un çuvalına dönerler.

Yine kimseden ses çıkmıyordu: Raskolnikov ısrarla susuyor, Avdotya Romanovna zamanından önce konuşmak istemiyordu; Razumihin'inse zaten söyleyeceği bir şeyi yoktu. Bu yüzden yine telaşlanan Pulheriya Aleksandrovna her zamanki yola başvurdu:

— Marfa Petrovna ölmüş, duydunuz mu?

— Tabii duydum. Hemen öğrendim bunu; hatta Arkadiy İvanoviç Svidrigaylov'un, karısını toprağa verir vermez apar topar buraya, Petersburg'a hareket ettiğini size haber vermeye geldim. En azından, güvenilir kaynaklardan aldığım bilgi böyle.

Duneçka telaşlanmıştı:

— Petersburg'a mı? Buraya yani? –diye sordu, sonra annesiyle bakıştılar.

— Evet, buraya. Apar topar gelişine bakılırsa, geçmişte olup bitenler de dikkate alındığında, bu ziyaretin amaçsız olmadığı kendiliğinden anlaşılır.

— Aman Tanrım! –diye bağırdı Pulheriya Aleksandrovna.– Dunya'cığımı burada da mı rahat bırakmayacak?

— Bana kalırsa, telaşlanmanızı gerektirecek bir durum yok: Ne sizin ne de Avdotya Romanovna'nın. Kuşkusuz, onunla şöyle ya da böyle herhangi bir ilişki kurma konusunda sizin istekli olmamanız koşuluyla. Bana gelince, gözüm üzerinde olacaktır, şu anda da nerede kaldığını araştırıyorum...

— Ah, Pyotr Petroviç, şu anda beni nasıl korkuttuğunuzu bilemezsiniz! Ben kendisini topu topu iki kez gördüm, ama bana korkunç bir adam olarak görünmüştü, korkunç! Rahmetli Marfa Petrovna'nın ölümü de onun yüzünden oldu, eminim.

— Bu konuda kesin bir yargıda bulunamayız. Elimde doğruluğu su götürmez bilgiler var. Çeşitli aşağılamalarıyla manevi yönden kadının ölümünü hızlandırmış olabilir. Hal ve davranışları, huyu, karakteri konusunda sizin düşüncenize katılıyorum. Şu anda zengin olup olmadığını, Marfa Petrovna'nın, kendisine herhangi bir şey bırakıp bırakmadığını bilmiyorum; en kısa zamanda bana bu konuda bilgi ulaştırılacaktır. Ama burada, Petersburg'da, eğer elinde birkaç kuruş varsa, hemen eski yaşamına başlayacağı kuşkusuzdur. Kendi gibi ayıp ve ahlaksızlık çamuruna gömülmüş insanların en kötüsüdür Svidrigaylov. Böyle bir adamı sevmek mutsuzluğunu yaşayan ve onu borçlarından kurtaran Marfa Petrovna'nın, sekiz yıl önce onu bir başka beladan daha kurtardığını kabul etmek için elimde önemli birtakım kanıtlar var: Yalnızca karısının çabaları ve özverisiyle, bir cinayet davası, canavarca, fantastik bir cinayet daha başından önlenmiş, böylece Svidrigaylov Sibirya'ya düşmekten kurtulmuştur. Bilmek isterseniz, bu işte böyle bir adamdır.

Raskolnikov dikkatle dinliyordu. Dunya sert, etkileyici bir sesle:

— Bu konuda elinizde önemli birtakım kanıtlar olduğu doğru mu? –diye sordu.

— Aman Tanrım, –diye bağırdı Pulheriya Aleksandrovna.

— Rahmetli Marfa Petrovna'nın bana bir giz olarak anlattığı şeylerdir bu söylediklerim. Belirtmem gerekir ki, bu konu hukuksal yönden tümüyle karanlık durumdadır. Bir zamanlar burada Resslich adında yabancı bir kadın yaşıyormuş (sanırım, şimdi de buralardaymış bu kadın), ufak tefek faiz işleri ve başka işlerle uğraşırmış. İşte bu Resslich'le Bay Svidrigaylov arasında uzun süredir son derece yakın ve gizli bir ilişki varmış. Uzak akrabalarından birinin kızı, sanırım yeğeni, Resslich'in yanında kalırmış; on beş, hatta on dört yaşında, sağır bir kızcağızmış bu; Resslich bu kızdan nefret edermiş, yediği bir lokma ekmeği durmadan başına kakar ve hatta acımasızca dövermiş. Bir gün kızcağızı tavan arasında asılmış bulmuşlar. Olayın intihar olduğuna karar verilmiş ve bu tür işlerde izlenen genel birtakım formalitelerden sonra dosya kapatılmış. Ancak daha sonra bir ihbar yapılmış. Kızın... Svidrigaylov'un tecavüzüne uğradığına ilişkin. Gerçi işin burası da oldukça karanlık, çünkü ihbarı yapan da bir başka Alman kadın, kötü şöhretli, güvenilmez biri. Sonuçta Marfa Petrovna'nın çabaları ve parası sayesinde ihbardan bir şey çıkmadı, her şey bir dedikoduyla sınırlı kaldı. Ancak çok anlamlı bir dedikoduydu bu. Siz de Avdotya Romanovna, altı yıl önce, toprak köleliği hukuku daha kaldırılmamışken, Filip adında işkenceyle öldürülmüş bir adamın öyküsünü duymuşsunuzdur herhalde?..

— Benim duyduğum Filip'in kendini asarak öldüğüydü.

— Doğru, ama onu bu istemediği ölüme zorlayan, daha doğrusu itekleyen şey, Bay Svidrigaylov'un ardı kesilmeyen baskı ve işkenceleriydi:

— Benim bildiğim böyle değil, –dedi Dunya soğuk bir tavırla.– Benim bu Filip üzerine duyduğum şeyler oldukça tuhaf: Söylediklerine göre kuruntulu biriymiş bu Filip, bir tür ev filozofu... Herkes aşırı okumaktan beyninin sulandığını söylermiş, o da zaten Bay Svidrigaylov'un işkenceleri yüzünden değil, daha çok bu olaylar yüzünden kendini asmış. Bay Svidrigaylov çiftlik halkına, benim orada bulunduğum sıralarda çok iyi davranırdı. Çiftliktekiler de onu Filip'in ölümünden suçlu bulmakla birlikte, yine de severlerdi.

Lujin'in ağzı anlamlı bir gülümsemeyle çarpıldı:

— Bakıyorum da Svidrigaylov'u haklı çıkarmaya çalışıyorsunuz Avdotya Romanovna! Gerçekten de çok kurnaz ve hele kadınların gönlünü çelmede çok usta bir adamdır; tuhaf bir biçimde ölen Marfa Petrovna, bu durumun içler acısı örneğidir. Ben yalnızca bu adamın ilerideki olası birtakım girişimlerine karşı sizi ve annenizi uyarmak istemiştim. Bence bu adam yine borç yüzünden hapse düşecektir, buna kesinlikle inanıyorum. Marfa Petrovna çocukları düşünerek ona bir şeyler bağışlamak niyetinde değildi, ama yine de bir şeyler bıraktıysa eğer, bu çok küçük bir miktardır ve onun gibi yaşam süren birine bir yıl bile yetmez.

— Pyotr Petroviç, –dedi Dunya,– lütfen şu Svidrigaylov konusunu kapayalım, canımı sıkıyor.

Raskolnikov birden suskunluğunu bozdu ve ilk kez konuşarak:

— Az önce bendeydi bu Svidrigaylov, –dedi.

Her yandan şaşkınlık sesleri yükseldi, herkes ona baktı. Pyotr Petroviç bile heyecanlanmıştı.

— Yarım saat kadar önce ben uyurken odama girmiş, beni uyandırdı, kendisini tanıttı. Konuşurken epey senlibenli ve neşeliydi; kendisiyle dost olacağımı umuyormuş, kesinlikle inanıyormuş buna. Seninle görüşme konusunda çok ısrarlı, Dunya! Bu görüşme için benim yardımcı olmamı rica etti. Sana bir önerisi var, bunu bana da söyledi. Ayrıca Marfa Petrovna'nın, ölümünden bir hafta önce vasiyetnamesiyle sana da üç bin ruble bıraktığını bildirdi. Bu parayı çok kısa süre sonra alabilirmişsin.

— Tanrı razı olsun! –diye bağırdı Pulheriya Aleksandrovna, haç çıkardı.– Dua et onun için, Dunya, dua et!

— Evet, bu doğru! –sözleri döküldü Lujin'in ağzından.

— Ee, sonra? –diye sabırsızlandı Dunya.

— Sonra, kendisinin zengin olmadığını bütün çiftliğin, şu anda teyzelerinin yanında kalan çocuklara kaldığını söyledi. Bana yakın bir yerde oda tutmuş kendisi, ama neresi, bilmiyorum, sormadım...

Pulheriya Aleksandrovna korku içinde:

— Peki önerisi neymiş Dunya'ya? –diye sordu.– Sana söyledi mi?

— Evet, söyledi.

— Neymiş?

— Sonra söylerim.

Raskolnikov sustu, çayını içmeye koyuldu. Pyotr Petroviç saatini çıkarıp baktı:

— Bir işim var, gitmem gerek... –Sonra bozulmuş bir yüzle iskemlesinden kalkmaya davranarak ekledi.– Böylece size engel de olmamış olurum...

— Kalın Pyotr Petroviç, –dedi Dunya.– Bu akşamı bizimle geçirmek niyetiyle gelmiştiniz. Kaldı ki, anneme bazı açıklamalarda bulunmak istediğinizi yazmıştınız.

Lujin gösterişli bir tavırla yerine otururken:

— Çok haklısınız Avdotya Romanovna, –dedi, şapkasını hep elinde tutuyordu.– Gerçekten de hem sizinle; hem de saygıdeğer annenizle, üstelik de çok önemli birtakım konularda görüşmek istiyordum. Kardeşiniz nasıl Bay Svidrigaylov'a ait bazı önerileri benim yanımda açıklayamıyorsa, ben de... başkalarının yanında son derece önemli bazı konuları görüşmek istemiyorum... Görüşemem. Öte yandan, üzerinde ısrarla durduğum çok önemli ricam da yerine getirilmemiştir...

Lujin sanki acı duyuyormuş gibi yüzünü buruşturdu ve gösterişli bir tavırla sustu.

— Kardeşimin bu toplantıda bulunmaması ricanız, benim ayak diremem nedeniyle yerine getirilmemiştir. Mektubunuzda kardeşimin sizi aşağıladığını yazıyordunuz. Bana kalırsa bu konu hemen açıklığa kavuşmalı ve siz barışmalısınız. Rodya sizi gerçekten aşağıladıysa, sizden özür dilemelidir ve dileyecektir.

Bu sözlerden cesaretlenen Pyotr Petroviç:

— Öyle bazı aşağılamalar vardır ki, Avdotya Romanovna, –dedi,– insan ne kadar isterse istesin, unutması olanaksızdır. Her şeyin, geçilmesi tehlikeli olan bir sınırı vardır. Bu sınır bir aşıldı mı artık geriye dönüş yoktur.

Dunya sabırsızlıkla onun sözünü keserek:

— Size söylemek istediğim yalnızca bu değildi Pyotr Petroviç, –dedi.– Beni lütfen iyi anlayın: Bizim bütün geleceğimiz bu sorunun bir an önce çözümlenip çözümlenmeyeceğine bağlıdır! Size hemen söyleyeyim ki, ben bu soruna başka türlü yaklaşmam. Ve siz eğer bana bir parça değer veriyorsanız, güç de olsa bu hikâye hemen bugün çözüme kavuşmalıdır. Bir kez daha tekrarlıyorum: Rodya suçlu ise sizden özür dileyecektir.

Gitgide sinirlenmekte olan Lujin:

— Sorunu bu şekilde koymanız beni şaşırttı Avdotya Romanovna, –dedi.– Size değer verir, hatta ne bileyim, size tapabilirim, ama ailenizden birisi hoşuma gitmeyebilir. Sizinle evlenmeyi bir mutluluk sayarım, ama bununla bağdaşmayacak birtakım yükümlülükleri üstlenmeyi...

Dunya duygulu bir sesle onun sözünü keserek:

— Ah, bırakın bu alınganlıkları Pyotr Petroviç, –dedi.– Sizi hep gördüğüm ve görmek istediğim gibi akıllı ve soylu olunuz. Size yüce bir söz verdim: Nişanlınızım. Bu işte bana güvenin ve vereceğim kararda tümüyle yansız olacağıma inanın. Şu anda üstlendiğim yargıçlık rolü, sizin için olduğu gibi, kardeşim için de bir sürprizdir. Mektubunuzu aldıktan sonra kendisinden ne olursa olsun buraya gelmesini istediğimde, niyetimden hiç haberi yoktu. Barışmamanız durumunda ikinizden birini, ya sizi, ya onu seçmek zorunda kalacağımı anlayınız. Hem onun, hem de sizin yönünüzden sorun böyle bir hal almıştır: Seçimimde yanılmak istemiyorum ve yanılmamalıyım. Sizin için kardeşimle, kardeşim içinse sizinle ilişkimi kesmek durumundayım. Onun yönünden, gerçekten kardeşim olup olmadığını; sizin yönünüzdense, bana değer verip vermediğinizi, bana gerçek bir koca olup olmayacağınızı anlamak istiyorum ve bunu anlayacağım.

Lujin yüzünü buruşturarak:

— Doğrusu sözlerinizi çok mânidar buldum. Avdotya Romanovna, –dedi,– hatta sizinle kurmaktan onur duyduğum ilişkimiz göz önüne alındığında, aşağılayıcı. Beni şu... küstah gençle karşılaştırıp aynı kefeye koymakla doğrusu aşağılamış oldunuz, ama bu bir yana, deminki sözlerinizle, bana verdiğiniz sözü çiğneme olanağı da yaratmış oluyorsunuz. Diyorsunuz ki: "Ya siz, ya o." Böylece bana ne kadar az değer verdiğinizi gösteriyorsunuz... Aramızdaki ilişki ve üstlendiğimiz sorumluluklar karşısında ben böyle bir şeye izin veremem.

— Nasıl? –diye parladı Dunya.– Sizi, hayatımda en değer verdiğim şeylerle, bugüne kadar bütün hayatımı oluşturan şeylerle bir tutuyorum da siz yine de size az değer verdiğimi söyleyip alınıyorsunuz ha?

Raskolnikov sessiz, alaylı gülümsedi; Razumihin tiksintiyle yüzünü buruşturdu; Pyotr Petroviç'e gelince, Dunya'nın itirazına aldırış etmemiş, sanki hoşuna gidiyormuş gibi, gitgide daha katlanılmaz, daha sinirli olmaya başlamıştı. Bilgece öğüt veriyormuş gibi:

— İnsanın gelecekteki yaşam arkadaşına, kocasına duyduğu sevgi, kardeşine duyduğu sevgiden daha yüce olmalıdır, –dedi.– Hem ben ne olursa olsun, onunla aynı kefeye konulamam... Her ne kadar demin kardeşinizin yanında açıklamalarda bulunamayacağımı ısrarla belirttiysem de, benim için son derece önemli ve üzücü bir konuyu açıklığa kavuşturması için saygıdeğer annenize seslenmek niyetindeyim. Dün oğlunuz, –Pulheriya Aleksandrovna'ya dönmüştü,– Bay Rassudkin'in yanında –Razumihin'e dönüp nazik bir selam verdi,– Böyle miydi adınız? Özür dilerim, unutmuşum... benim bazı düşüncelerimi çarpıtarak bana hakaret etti. Sizinle kahve içip baş başa söyleştiğimiz bir sırada evlilik üzerine düşüncelerimi açmış ve hayatın her türlü nimetine doymuş zengin bir kızla evlenmektense, hayatın her türlü acısını çekmiş yoksul bir kızla evlenmenin, hem karıkoca ilişkileri yönünden, hem de genel olarak ahlaki yönden daha doğru olacağını belirtmiştim. Oğlunuz, sözlerimin anlamını bile bile çarpıtıp beni kötü niyetli olmakla suçladı ve bence bunu yaparken de sizden aldığı mektuba dayanıyordu. Şimdi siz, sayın Pulheriya Aleksandrovna, beni bunun tersine inandırmak olanağını bulabilirseniz, doğrusu çokça rahatlamış olacağım. Rodion Romanoviç'e yazdığınız mektupta acaba benim sözlerimi hangi deyimlerle dile getirmiştiniz?

— Hatırlamıyorum, –dedi Pulheriya Aleksandrovna; şaşırmıştı,– sözlerinizi nasıl anladıysam, öyle aktarmışımdır.

Rodya'nın bunlardan size nasıl söz ettiğini bilemem, belki biraz abartmıştır.

— Siz onu etkilememiş olsaydınız, o abartmazdı.

Pulheriya Aleksandrovna başını dikerek:

— Pyotr Petroviç, –dedi,– şu anda burada bulunuyor olmamız Dunya'nın da, benim de sözlerinizi kötü anlamda yorumlamadığımızın en açık kanıtıdır.

Dunya, Pulheriya Aleksandrovna'yı destekleyerek.

— Çok doğru anneciğim! –dedi.

Lujin alınmıştı:

— Yani burada da ben mi suçluyum?

Pulheriya Aleksandrovna cesaretlenerek:

— Bakın Pyotr Petroviç, –dedi,– siz hep Rodion'u suçluyorsunuz, ama geçen günkü mektubunuzda onunla ilgili doğru olmayan şeyler yazmışsınız.

— Doğru olmayan şeyler yazdığımı hatırlamıyorum.

Raskolnikov dönüp Lujin'e bakmadan sert bir sesle:

— Benim, –dedi,– dün paralarımı, arabanın altında kalarak ezilen memurun dul karısına değil de –ki doğrusu budur–, düne kadar yüzünü bile görmediğim kızına verdiğimi yazmışsınız. Bunu benim ailemle aramı açmak için böyle yazdınız; kendisini hiç tanımadığınız kız hakkında iğrenç birtakım sözler etmenizin nedeni de yine bu. Bütün bunlar dedikodu ve alçaklıktır.

Lujin öfkeden titreyerek:

— Bağışlayın ama efendim, –dedi,– mektubumda sizden söz etmem, tümüyle kız kardeşinizin ve annenizin isteği üzerinedir: Benden sizi nasıl bulduğumu, üzerimde nasıl bir izlenim bıraktığınızı yazmamı rica etmişlerdi. Mektupta sözünü ettiklerime gelince, orada doğru olmayan tek satır bile bulamazsınız. Yani siz bütün paranızı o aileye vermediniz mi? Ve o mutsuz aile içinde şerefsiz kişiler de yok mu?

— Bence siz bütün üstünlüklerinizle o mutsuz kızın serçeparmağı bile olamazsınız.

— O zaman siz onu annenizle kız kardeşinizin çevresine sokma cesaretini de göstereceksiniz?

— Bilmek istiyorsanız, söyleyeyim: Bunu yaptım bile. Bugün annemle Dunya'nın yanına oturttum onu.

Pulheriya Aleksandrovna:

— Rodya! –diye bağırdı.

Dunya kıpkırmızı oldu; Razumihin kaşlarını çattı.

Lujin alaylı gülümseyerek:

— Görüyorsunuz değil mi Avdotya Romanovna, –dedi.– Böyle bir durumda anlaşmadan, barıştan söz edilebilir mi? Umarım artık sorun tümüyle aydınlanmış ve kapanmıştır. Şimdi, sizin ailece görüşmenizin tadını kaçırmamak ve birbirinize gizlerinizi açmanıza daha fazla engel olmamak için gidiyorum. –sandalyesinden kalkıp şapkasını aldı.– Ancak gitmeden önce son bir nokta olarak şunu da belirtmek cesaretini göstereceğim: Bundan böyle, bu tür buluşmalara ve uzlaşma toplantılarına beni katmayacağınızı umarım. Bunu özellikle sizden rica edeceğim saygıdeğer Pulheriya Aleksandrovna, çünkü ben mektubumu size yazmıştım, bir başkasına değil.

Lujin'in bu sözleri Pulheriya Aleksandrovna'nın gücüne gitmişti:

— Bizi bütünüyle buyruğunuz altına almak ister gibisiniz Pyotr Petroviç, –dedi.– Dunya size arzunuzun yerine getirilmeyişinin nedenlerini açıkladı: Çok iyi niyetleri vardı Dunya'nın. Sonra, siz bana buyruk verir gibi yazıyorsunuz. Yoksa sizin her arzunuzu buyruk saymamız mı gerekiyor? Oysa ben bunun tam tersi bir davranış içinde olmanız gerektiğini söyleyeceğim: Bize karşı daha kibar, daha hoşgörülü olmalısınız; çünkü size güvenip her şeyimizi bıraktığımız gibi buraya geldik. Böylece, demek oluyor ki, ek bir çaba göstermenize gerek yok, biz zaten sizin elinizdeyiz.

— Bu hiç de doğru değil Pulheriya Aleksandrovna! Hele de Marfa Petrovna'nın size üç bin ruble bıraktığı şu sırada...

Kaldı ki, –alaylı alaylı gülümsedi,– bana karşı takındığınız şu tavırlara bakılırsa, bu para tam zamanında çıkıp geldi!

Dunya sinirli sinirli:

— Bu sözlerinden öyle anlaşılıyor ki, –dedi,– siz gerçekten de bütün hesaplarınızı bizim umarsızlığımız üzerine yapmışsınız.

— Ama hiç değilse şu anda böyle bir hesap içinde olamam. Öte yandan Arkadiy İvanoviç Svidrigaylov'un, size ulaştırılması için ağabeyinizi yetkili kıldığı gizli önerilerinin görüşülmesine de engel olmak istemiyorum. Kaldı ki, görebildiğim kadarıyla, bu gizli önerilerin sizin için çok önemli, belki de çok hoş birtakım anlamları var.

Pulheriya Aleksandrovna:

— Aman Tanrım! diye bağırdı.

Razumihin yerinde duramıyordu.

— Şimdi de utanmıyor musun kardeşim? –dedi Raskolnikov.

— Utanıyorum, Rodya, –dedi Dunya. Sonra öfkeden yüzü sapsarı, Lujin'e döndü,– Pyotr Petroviç, defolun!

Pyotr Petroviç anlaşılan böyle bir son beklemiyordu. Kendine, sözü geçerliğine, kurbanlarının umarsızlığına fazla güvenmişti. Olanlara hâlâ inanamıyordu. Rengi gitmiş, dudakları titremeye başlamıştı:

— Avdotya Romanovna, –dedi,– ben böyle bir uğurlamayla şu kapıdan çıkıp gittim mi, bir daha geri dönmem. İyi düşünün! Sözüm sözdür!

Dunya yerinden fırlayarak:

— Bu ne küstahlık! –diye bağırdı.– Sizin dönmenizi isteyen kim!

Son ana kadar işin böyle bir çözülmeyle sonuçlanacağına inanmayan Lujin, ipin ucunu iyice kaçırmış gibiydi:

— Nasıl? Demek böyle! –diye bağırdı.– Demek böyle! Ama Avdotya Romanovna, sizi protesto edebileceğimi biliyor musunuz?

Pulheriya Aleksandrovna heyecanla atılarak:

— Nasıl böyle konuşabilirsiniz onunla? –diye bağırdı.– Hem nasıl, ne hakla protesto edebilirmişsiniz? Dunya gibi bir kızı senin gibi birine vereceğim ha? Çekin arabanızı, rahat bırakın bizi! Böyle bir işe girişmekle yanılmışız, herkesten çok da ben yanılmışım...

Öfkeden kudurmuşa dönen Lujin:

— Ama Pulheriya Aleksandrovna, –dedi,– söz verip beni bağlamıştınız, şimdiyse bu sözünüzden cayıyorsunuz... Hem, hem ben onca harcama yaptım...

Bu son sözleri Lujin'in karakterine öylesine uygundu ki, öfkeden ve öfkesini bastırma çabasından sapsarı kesilen Raskolnikov, sonunda dayanamadı ve bir kahkaha attı. Pulheriya Aleksandrovna ise iyice çileden çıkmıştı.

— Harcama mı? Ne harcamasıymış acaba bu? Sakın bizim sandık için yaptığınız harcama olmasın! Bu sandık için kondüktörün sizden beş para almadığını biliyoruz. Aman Tanrım! Demek sizi bağladık ha? Kendinize gelin Pyotr Petroviç! Biz sizi değil, üstelik de hem elimizi, hem ayağımızı olmak üzere, asıl siz bizi bağladınız.

Dunya annesine yalvararak:

— Yeter anneciğim yeter! –dedi. Sonra Lujin'e döndü.– Pyotr Petroviç, lütfen gider misiniz?

— Gidiyorum, ama son bir söz daha, –tümüyle kendini yitirmiş gibiydi Lujin.– Sizi almaya karar verdiğimde hakkınızdaki dedikoduların bütün kenti sardığını anneniz unutmuşa benziyor. Kamuoyuna aldırış etmeyip şeref ve itibarınızı size geri kazandırdıktan sonra, bir ödül ummak, hatta minnet duymanızı istemek hakkım değil miydi? Ancak gözlerim yeni yeni açıldı! Kamuoyunun düşüncesini küçümsemekle çok, ama çok büyük gaflette bulunduğumu anlıyorum.

Sandalyesinden fırlayan ve dövüşe hazırlanan Razumihin:

— Ölümüne mi susamış bu adam! –diye bağırdı.

Dunya:

— Çok kötü yürekli, çok aşağılık bir insansınız! –dedi.

Raskolnikov, Razumihin'e engel olarak:

— Ne bir söz, ne bir davranış! –diye bağırdı.

Sonra Lujin'in yanına gidip yüzünü yüzüne yaklaştırarak tane tane;

— Defolup gider misiniz! –dedi.– Tek kelime daha söylemeye kalkışmayın, yoksa...

Pyotr Petroviç öfkeden çarpılmış bembeyaz bir yüzle birkaç saniye Raskolnikov'un yüzüne baktı, sonra dönüp çıkıp gitti. Yüreğinde Raskolnikov'a karşı, dünyada pek az insanın birbirine duyabileceği bir kin ve nefret vardı. Her şeyin, ama her şeyin suçlusu Raskolnikov'du. İşin en ilginç yanı da Lujin'in merdivenlerden inerken, belki de her şeyin daha yitirilmemiş olduğunu, hele kadınlarla ilgili durumun "pekâlâ" düzeltilebilir olduğunu düşünmesiydi.

III

İşin en önemli yanı ise Lujin'in, son ana kadar böyle bir sonu beklemiyor olmasıydı. İki savunmasız ve yoksul kadının buyruklarına karşı gelebileceklerini bir olasılık olarak bile aklına getirmediğinden, son ana kadar onlara küstahça davranmaya devam etmişti. Onda böyle bir inancın yer etmesinin başlıca nedeni, kibirliliği ve kendini beğenmişlik derecesine varan kendine güvendi. Hiçten var olan Pyotr Petroviç hastalıklı denilebilecek bir biçimde kendine hayrandı; akıl ve yeteneklerine büyük değer verir, bazen yalnızken aynada hayranlıkla yüzünü seyrederdi. Ancak hayatta en sevdiği şey, emeğiyle ve her türlü yolla kazandığı paralarıydı: Bu paralar kendinden yüksek olan her şeye ve herkese erişmesini sağlıyordu.

Demin Dunya'ya, hakkında kötü dedikoduların yayıldığı bir sırada kendini almaya karar verdiğini hatırlatırken son derece içtendi, hatta onun bu "kapkara nankörlüğü" karşısında derin bir öfke duymuştu. Gerçekteyse, Dunya'ya evlenme teklifinde bulunduğunda, Marfa Petrovna'nın herkesin içinde yalanladığı bu dedikoduların saçmalığına çoktan inanmıştı; Marfa Petrovna'nın yalanlamalarından sonra kasaba halkı da kızın suçsuzluğuna inanmış ve olayı unutup gitmişti. O sıralar bütün bunları bildiğini, şu anda kendisi de yadsıyamazdı. Ama yine de Dunya'yı kendi düzeyine yükseltmiş olmasına büyük değer veriyor, bunu bir tür kahramanlık olarak niteliyordu. Şimdi de Dunya'ya bu büyük gizini açarken, kendisinin hayranlık duyduğu bu düşüncelerine, bu yiğitçe davranışına, başkalarının nasıl olup da hayranlık duymadıklarını bir türlü anlayamıyordu. O gün Raskolnikov'un ziyaretine geldiğinde de yaptığı büyük iyiliğin meyvelerini toplamaya gelmiş bir velinimet gibi odaya girmiş, çok tatlı iltifatlar dinlemeye hazırlanmıştı. Şu anda merdivenlerden inerken, doğal olarak, kendini fena halde aşağılanmış, değeri anlaşılmamış bir insan olarak görüyordu.

Dunya kendisi için düpedüz vazgeçilmez bir şeydi, ondan vazgeçmesi düşünülemezdi bile. Ne zamandır hep evlilik hayalleri kurardı; ama işte bunca yıldır para biriktirmiş ve beklemişti. Evleneceği kızla ilgili olarak yüreğinin derinlerinde bulunan büyük gizine esrikliğe benzer büyük bir coşkuyla bağlanmıştı: Evleneceği kız dürüst, yoksul (kesinkes yoksul), çok genç, çok güzel, soylu, okumuş olacaktı; aynı zamanda hayatta çok çekmiş, ürkek, onun karşısında hep boynu bükük olmalıydı bu kız; ona saygı göstermeli, yaşadığı sürece onu kurtarıcısı olarak görüp, ona minnet duymalı, yine ona, ama yalnızca ona hayran olmalıydı. İşten zaman bulup da dinlenebildiği anlarda hayalinde bu gönül ayartıcı, bu çekici konu üzerinde ne sahneler yaratmıştı! İşte onca yılın hayali gerçekleşmek üzereydi: Avdotya Romanovna'nın güzelliği, kültürü büyülemişti kendisini; hele kızcağızın içinde bulunduğu umarsız durum büsbütün coşturmuştu. Hatta düşlediğinden de fazlası vardı Dunya'da: Kız gururlu, karakterli, erdemliydi; eğitim ve öğretim bakımından kendisinden bile üstündü (bunu hissediyordu). İşte böyle bir yaratık, yaptıkları için ona derin bir minnet duyacak, hayatı boyunca önünde kul köle olacaktı. Ona gelince, kızın üzerinde sınırsız ve kesin bir egemenlik kuracaktı!.. Sanki bile bileymişçesine, bu işten kısa bir süre önce, uzun uzadıya düşünüp taşınmış ve sonunda yapmakta olduğu işi değiştirip, daha geniş bir iş alanına atılmaya karar vermişti. Böylece, nicedir için için düşlerini kurup durduğu yüksek sosyeteye girme olanağına da kavuşmuş olacaktı... Tek kelimeyle, Petersburg'u denemeye karar vermişti. Kadınlar sayesinde "çok, ama pek çok" şey kazanabileceğini biliyordu. Güzel, namuslu, kültürlü bir kadının alımlılığı, onun yolunu şaşılacak derecede güzelleştirir, onu çekici kılar, başına bir hale örebilirdi... Ve işte şimdi bunların hepsi yıkılıp gidiyordu. Bu ani, bu çok çirkin kopuş, yıldırımla vurulmuşa döndürmüştü onu. Bu kötü bir şakaydı. Anlamsız bir şeydi bu! Küçücük bir saygısızlıkta bulunmuştu, hatta düşüncelerini bile daha doğru dürüst söyleyememişti, kendini kaptırıvermiş, biraz şaka yapmıştı. Ama nasıl da ciddi olmuştu bunun sonuçları! Hem kaldı ki, Dunya'yı o da kendince seviyordu, düşlerinde ona egemen bile olmuştu! Derken!.. Hayır! Yarın, hemen yarın bu işi düzeltmeli, açılan yaraları sarmalıydı. En önemlisi de şu kendini beğenmiş, ağzı süt kokan çocuğu ortadan kaldırmalıydı: Her şey onun başının altından çıkmıştı. Birden, hiç elinde olmadan, hastalıklı bir duyguyla Razumihin'i hatırladı... Ama ondan yana hemen yatıştı: Yok artık; onun gibisiyle de mi bir tutacaktı kendini! Onun en korktuğu kişi Svidrigaylov'du... Kısacası, daha epey işi vardı......

Dunya annesini kucaklayıp öperek:

— Hayır, bütün suç bende! –diyordu.– Paralarına tamah ettim, ama yemin ederim kardeşim, onun böylesine aşağılık bir insan olduğunu bilmiyordum. Daha önce görebilseydim bunu, hiçbir şeyine tamah etmezdim. Beni suçlama kardeşim!

Pulheriya Aleksandrovna durmadan:

— Verilmiş sadakamız varmış! –diye tekrarlayıp duruyordu. Ama olup bitenlerin hâlâ farkında değil gibiydi, bilinçsizce tekrarlayıp duruyordu aynı sözleri.

Hepsi neşelenmiş, hatta beş dakika sonra kahkahalarla gülmeye başlamışlardı. Yalnız Dunya, arada bir olup bitenleri hatırlayınca sapsarı kesiliyor, kaşlarını çatıyordu. Pulheriya Aleksandrovna böyle bir olaya sevinebileceğini hayal bile edemezdi; Lujin'le bozuşma, daha bu sabah bile korkunç bir yıkım gibi geliyordu ona. Razumihin'e gelince, sevincinden içi içine sığmıyordu. Ama sevincini tümüyle açığa vuramıyordu daha; sıtmaya tutulmuş gibi tir tir titriyordu; sanki seksen kiloluk bir ağırlık kalkmıştı yüreğinin üzerinden. Artık bütün hayatını onlara verebilir, hayatı boyunca onlara hizmet edebilirdi... Az şey miydi bu! Aslında kendi hayallerinden bile korkuyor, kafasından gelecekle ilgili düşünceleri uzaklaştırıyordu. Bir tek Raskolnikov, kaşlarını çatmış, dalgın oturuyor ve hiç konuşmuyordu. Lujin'le ilişkilerin koparılması için en çok direten o olmasına karşın, olanlara karşı şu anda en az ilgi duyan da oydu. Dunya elinde olmadan onun hâlâ kendisine kızgın olduğunu düşünüyor, Pulheriya Aleksandrovna ise önce çekine çekine arada bir göz atıyordu.

Dunya ona doğru yaklaşarak:

— Svidrigaylov sana ne söyledi? –diye sordu.

— Ya, evet evet! –diye bağırdı Pulheriya Aleksandrovna.

Raskolnikov başını kaldırdı:

— Sana ne olursa olsun bir on bin ruble vermek ve benim yanımda seni bir kez görmek istiyor.

— Görmek mi! Dünyada olmaz! –diye bağırdı Pulheriya Aleksandrovna.– Hem ne cesaretle para verme önerisinde bulunabiliyor?

Sonra Raskolnikov (oldukça ilgisiz bir tavırla) Svidrigaylov'la konuşmalarını aktardı. Yalnız gereksiz birtakım ayrıntılara girmemek ve hiç hoşlanmadığı birtakım konuların açılmasını önlemek için Marfa Petrovna'nın hayaletinin Svidrigaylov'u ziyaretiyle ilgili bölümleri atladı.

— Sen ne dedin ona peki? –diye sordu Dunya.

— Önce isteğini sana iletmeyeceğimi söyledim. O zaman her yola başvurup seni kendisinin rahatsız etmek zorunda kalacağını söyledi. Sana olan tutkusunun delilik olduğunu; şu anda sana karşı hiçbir şey hissetmediğini söyledi... Lujin'le evlenmene de karşı... Aslında sözleri oldukça dolambaçlıydı.

— Peki sen ne anlam veriyorsun bu duruma Rodya? Adamın niyeti ne olabilir?

— İtiraf ederim, hiçbir şey anlamıyorum. Hem on bin ruble öneriyor, hem zengin olmadığını söylüyor. Bir yerlere gideceğinden söz ediyor, ardından bu söylediğini unutuyor. Derken birdenbire evlenmek istediğinden, kendisine hatta kız bile bulduklarından söz ediyor... Kuşkusuz bir amacı var, kafasından bir şeyler geçiyor ve büyük olasılıkla da bunlar iyi şeyler değil... Ancak, seninle ilgili kötü birtakım niyetleri olsa, konuya böylesine aptalca yaklaşmasını düşünmek de tuhaf. Doğal olarak ben senin adına bu para önerisini kesinlikle geri çevirdim. Kısaca adam bana oldukça tuhaf göründü... Hatta... biraz da deli gibi geldi. Ancak yanılıyor da olabilirim. Belki bütün bunlar aldatmacadır. Marfa Petrovna'nın ölümü sanırım onu epey etkilemiş.

— Toprağı bol olsun! –dedi Pulheriya Aleksandrovna:– Hayatım boyunca duacısı olacağım! Düşünsene Dunya'cığım, şu üç bin ruble olmasaydı ne yapardık şimdi? Sanki gökten düştü bu para önümüze! Ah, Rodya sabahleyin topu topu üç ruble bir şey kalmıştı cebimizde ve kendisi akıl edip de verene kadar şu adamdan bir şey istememek için Dunya'yla saatlerimizi rehine koymayı düşünmüştük.

Svidrigaylov'un önerisi Dunya'yı çok şaşırtmışa benziyordu. Sürekli düşünüyor, neredeyse titreyerek:

— Besbelli korkunç bir şeyler tasarlıyor! –diye söyleniyordu.

Onun bu korkusu Raskolnikov'un dikkatini çekmişti:

— Sanırım onu birkaç kez daha görmem gerekecek, –dedi Dunya'ya.

Razumihin coşkuyla:

— İzleyeceğiz onu! –diye bağırdı.– Ben onu izleyip bulacağım! Gözümü ayırmayacağım üzerinden! Rodya bana izin verdi. Demin kendisi söyledi: "Kız kardeşimi koru" dedi. Siz de izin veriyor musunuz Avdotya Romanovna?

Dunya gülümseyerek ona elini uzattı, ama yüzündeki kaygı izleri yok olmamıştı. Pulheriya Aleksandrovna kızına çekine çekine bakıyordu; üç bin ruble onu yatıştırmış gibiydi.

On beş dakika kadar sonra canlı bir konuşmanın içinde buldular kendilerini. Raskolnikov bile, konuşmaya katılmamakla birlikte, bir süre onları dikkatle dinledi. Kendinden geçen Razumihin heyecanlı bir söylev tutturmuştu:

— Ne diye gidecekmişsiniz, ne diye? Hem o küçük ilçede ne yapacaksınız? En önemlisi, burada hep birlikte olacaksınız; her biriniz öteki için gereklisiniz! Hem de nasıl gereklisiniz! Anlayın söylediklerimi! Hiç olmazsa bir süre daha kalın... Beni de dost olarak aranıza kabul edin! İnanın bana, çok güzel bir iş kurabiliriz! Dinleyin, size projemi ayrıntılarıyla açıklayayım. Bu sabah, daha bütün bunlar olmamışken aklıma gelmişti... Şöyle: Benim bir dayım var (sizi tanıştırırım; son derece aklı başında, saygıdeğer bir ihtiyarcıktır!), kendisinin birikmiş bin rublesi var, emekli maaşı aldığı için bu paraya gereksinimi yok. İki yıldır bu parayı alıp, kendisine yüzde altı faiz vermem için ısrar eder durur. İşin aslı açık: Niyeti bana yardım etmek. Geçen yıl gereksinim duymamıştım, ama bu yıl dayım gelir gelmez kendisinden bu parayı almaya karar verdim. Siz de elinizdeki üç binden binini verirsiniz, başlangıç için bu bize yeter, ortak oluruz. Peki ne yapacağız bu parayla?

Razumihin, projesini ayrıntılarıyla açıklamaya koyuldu. Bizdeki kitapçıların ve yayıncıların, yaptıkları işten nasıl az anladıklarını, çünkü bunların genellikle kötü yayıncılar olduklarını, oysa iyi bir yayının pekâlâ iyi satıldığını, dahası önemlice para kazandırdığını açıkladı. Başkaları hesabına çalıştığı şu son iki yıldır Razumihin hep kitapçılık üzerine hayaller kuruyordu. Gerçi altı gün önce, elindeki bir çevirinin yarısıyla bunun avans tutarı olan üç rubleyi almaya kandırabilmek için Raskolnikov'a Almanca'dan "şvah"[1] olduğunu söylemişti, ama bu yalandı ve bunun yalan olduğunu Raskolnikov da biliyordu. Çünkü Razumihin üç Avrupa dilini, hem de fena sayılmayacak ölçüde biliyordu.

Razumihin sözlerini heyecanla sürdürüyordu:

— Elimize böyle bir olanak geçmişken niçin, niçin kaçıralım bu fırsatı? Kuşkusuz çok çalışmamız gerekecek. Ama çalışırız. Siz, Avdotya Romanovna, ben ve Rodion... Bazı yayınlar şimdi çok iyi para getiriyor! Şu işin temeli, neyi çevireceğini bilmektir. Biz de hem çevireceğiz, hem çevirdiklerimizi yayınlayacağız, hem de öğrenimimize devam edeceğiz. Benim epeyce deneyimim olduğu için yararlı olabilirim. İki yıldır yayıncı yayıncı dolaştım, işin içyüzünü bütünüyle öğrendim, inanın bana yapılmayacak bir iş değil! Hem ayağımıza kadar gelmiş böyle bir fırsatı ne diye tepelim? Bildiğim öyle birkaç yapıt var ki, çevirtip yayınlamaları için yalnız adlarını söylememe her biri için yüz ruble verirler... Hele bir tanesi var ki, beş yüz ruble verseler adını gene vermem. Bunlar öyle meşe kafalı heriflerdir ki, daha kitabın adını duyar duymaz kuşkuya düşerler! Basımevi, kâğıt, satış gibi işleri siz bana bırakın! Bu işlerin bütün girdi çıktısını bilirim! Şöyle ufaktan başlar, yavaş yavaş büyütürüz. En azından ekmek paramız çıkar, koyduğumuzu da yüzde yüz alabiliriz.

Dunya'nın gözleri parlamıştı.

— Bu söyledikleriniz çok hoş şeyler Dmitri Prokofiç, – dedi.

---

1 (Almanca - *schwach*) — Zayıf.

Pulheriya Aleksandrovna da:

— Ben tabii bu işlerden bir şey anlamıyorum, –dedi.– Belki de iyi birtakım işlerdir, ama yine Tanrı bilir. Yeni başlanılan işin ne olacağı belli olmaz. Kuşkusuz, hiç değilse bir süre, burada kalmamız zorunlu...

Dönüp Rodya'ya baktı.

— Sen ne düşünüyorsun kardeşim? –diye sordu Dunya.

— Razumihin'in düşüncesi çok güzel, –dedi Raskolnikov.– Bugünden büyük bir yayınevi olmak hayalleri kurmamak gerekir, ama beş altı kitabın başarıyla yayınlanabileceğine de kuşkum yok. İyi gidecek bir kitap adı da ben biliyorum. Onun bu işlerin üstesinden gelip gelemeyeceği konusunda ise hiç kuşkum yok: Akıllı adamdır... Neyse, bu konuyu ileride daha bol bol konuşuruz...

— Yaşa! –diye bağırdı Razumihin.– Bakın: Bu evde aynı adamın bir dairesi daha var. Bu odalarla ilişiği olmayan ayrı, özel bir daire. Üstelik möbleli... üç oda... Kirası da uygun... İlk iş, hemen bu daireyi kiralayalım. Ben yarın saatlerinizi rehine koyar, paralarını getiririm. Böylece her şey yoluna girer. En önemlisi, üçünüz birlikte olacaksınız. Rodya da sizle kalır... Hey, Rodya, nereye gidiyorsun?

Pulheriya Aleksandrovna biraz da korka korka:

— Gidiyor musun Rodya? –diye sordu.

— Böyle bir anda, ha! –diye bağırdı Razumihin. Dunya şaşkınlık ve kuşku dolu bakışlarla bakıyordu kardeşine.

Raskolnikov kasketini almış, gitmeye hazırlanıyordu!

— Sanki mezara gömüyorsunuz beni, –dedi tuhaf bir sesle,– ya da sanki sonsuzcasına ayrılıyoruz...

Gülümsüyor gibiydi, ama pek de gülümseme gibi değildi bu.

— Kimbilir, belki de son kez görüşüyoruzdur!

Elinde olmadan söyleyivermişti bu sözleri. Yalnızca aklından geçirmekte olduğu bir düşünceydi bu, oysa işte ağzından kaçırıvermişti.

— Neyin var senin? –diye bağırdı annesi.

Dunya da:

— Nereye gidiyorsun Rodya? –diye sordu; bir tuhaftı Dunya:

— Gitmem gerek, –dedi Raskolnikov; ne söyleyeceği konusunda kararsız gibiydi, ama sararmış yüzünde kesin bir kararlılık vardı.– Size söylemek istiyordum... buraya gelirken... size, anneciğim... ve sana Dunya... bir süre için ayrılmamızın daha iyi olacağını söylemek istiyordum... Kendimi iyi hissetmiyorum, hiç sakin değilim... Sonra yine gelirim ben... kendim gelirim... Gelmem olanaklı olduğu zaman. Sizi hiç unutmayacağım, sizi seviyorum... ama bırakın beni! Beni kendi halime bırakın! Ta ne zaman karar vermiştim ben buna... Kesin karar vermiştim... Başıma ne gelirse gelsin, ölsem bile hatta, yalnız olmak istiyorum. Daha iyisi, siz beni tümden unutun! Kimseye sormayın, aramayın beni. Gerektiği zaman ben kendim gelirim... Sizi çağırtırım. Belki de her şey düzelir!.. Ama şu anda, eğer beni seviyorsanız, bırakın yakamı... Yoksa sizden nefret ederim, bunu hissediyorum... Elveda!

— Aman Tanrım! –diye bağırdı Pulheriya Aleksandrovna.

Anne de kız da dehşet içindeydiler. Razumihin de aynı durumdaydı. Pulheriya Aleksandrovna inliyordu:

— Rodya, Rodya'cığım! Barış bizimle, yine eskisi gibi olalım!

Raskolnikov yavaşça arkasını döndü ve ağır adımlarla kapıya doğru yürüdü. Dunya arkasından koşup ona yetişti, öfkeden alev alev yanan bakışlarla:

— Ağabey! –dedi.– Anneme ne yapıyorsun böyle?

Raskolnikov başını güçlükle çevirip kız kardeşine baktı, ne söyleyeceğini tam bilmiyormuş gibi, yarım ağızla:

— Bir şey yok, ben gelirim... –diye mırıldandı ve yürüdü.

— Duygusuz! Bencil! –diye bağırdı Dunya arkasından.

Razumihin kızın elini şiddetle sıkıp kulağına heyecanla fısıldadı:

— Hayır, duygusuz değil, bir deli o! Deli! Görmüyor musunuz bunu? Ona böyle davranmaya devam ederseniz, asıl duygusuz sizsiniz!

Neredeyse yığılıp kalacak durumda olan Pulheriya Aleksandrovna'ya dönerek:

— Ben şimdi gelirim! –dedi ve koşarak odadan çıktı.

Raskolnikov onu koridorun ucunda bekliyordu:

— Biliyordum ardım sıra koşup geleceğini, –dedi.– Geri dön ve onlarla ol... Yarın da onlarla ol... Hatta hep onlarla ol!... Ben... belki gelebilirim... Olanak bulursam... Elveda!

Ve elini bile uzatmadan dönüp yürüdü.

— Nereye gidiyorsun? –diye mırıldandı Razumihin; iyice şaşırmıştı.– Ne oluyorsun? Neyin var? Böyle şey olur mu hiç?..

Raskolnikov bir kez daha durdu.

— Son kez söylüyorum: Beni kesinlikle arayıp sorma. Sana verecek hiçbir cevabım yok... Evime de gelme! Ben belki buraya gelirim... beni bırak, onları ise bırakma. Ne demek istediğimi anlıyorsun, değil mi?

Koridor karanlıktı; bulundukları yerde bir lamba yanıyordu. Bir dakika kadar hiçbir şey konuşmadan birbirlerini süzdüler. Razumihin hayatı boyunca unutmadı bu anı. Raskolnikov kor gibi yanan gözlerini Razumihin'e dikmişti, bu bakışlar, her saniye sanki biraz daha güçlenerek, Razumihin'in ruhuna, bilincine işliyordu. Razumihin birden ürperdi. Aralarında sanki tuhaf bir geçiş olmuştu... İkisinin de çok iyi anladığı korkunç bir düşünce, bir ima birinden ötekine geçmişti. Razumihin birden ölü gibi sarardı.

Yüzü allak bullak olan Raskolnikov:

— Şimdi anladın mı? –dedi.– Hadi, onlara dön!

Ve hızla arkasını dönüp çıktı.

Razumihin yanlarına döndükten sonra, o gece Pulheriya Aleksandrovnalarda neler olduğunu, Razumihin'in onları nasıl yatıştırdığını, Rodya'nın hasta olduğunu ve kendisine dinlenme olanağı vermeleri gerektiğini onlara nasıl anlattığını... Rodya'nın kesinlikle geri döneceğine, kendisinin onları her gün ziyaret edeceğine, Rodya'nın sinirlerinin çok, ama çok bozuk olduğuna ve onu daha da sinirlendirmemek gerektiğine, kendisinin onu nasıl bir an bile yalnız bırakmayacağına, nasıl en iyi doktorları bulup getireceğine, konsültasyonlar yaptıracağına yeminler ederek onları nasıl inandırmaya çalıştığını burada anlatmayacağım. Şu kadarını söyleyeyim ki, o geceden sonra Razumihin onların oğlu ve kardeşi oldu.

IV

Raskolnikov doğruca Sonya'nın kanaldaki evine gitti. Üç katlı, eski, yeşil boyalı bir evdi bu. Raskolnikov kapıcıyı bulup Terzi Kapernaumov'un nerede oturduğunu sordu. Kapıcının pek de açık olmayan tarifine göre avluda, köşede, dar ve karanlık bir merdivene açılan bir kapı bulup içeri girdi ve ikinci kata çıktı. Avluya bakan yandaki koridor üzerinde Kapernaumov'un dairesinin kapısını aramak için gelişigüzel yürürken, birden üç adım ötesinde bir kapı aralandı. Raskolnikov hiç düşünmeden bu kapıya doğru atıldı. Ürkek bir kadın sesi:

— Kim o? –diye sordu.

— Benim... –dedi Raskolnikov.– Size geldim...

Ve içeri girdi. Küçücük bir antreydi burası. Kırık bir sandalyenin üzerinde, eğri bir şamdana dikilmiş bir mum yanıyordu.

— Siz misiniz?.. –diye bağırdı Sonya; donakalmış gibiydi.

Raskolnikov kızın yüzüne bakmamaya çalışarak:

— Odanıza nereden giriliyor? Buradan mı? –diye sordu ve hızla içeri geçti.

Bir dakika kadar sonra elinde mumla Sonya da geldi. Mumu bıraktı, Raskolnikov'un önünde ayakta durdu. Çok şaşırmıştı, anlatılmaz bir heyecan içindeydi. Onun bu beklenmedik ziyaretinden müthiş ürkmüş gibiydi. Birden solgun yüzünde kırmızı lekeler uçuştu, hatta gözlerinde yaşlar belirdi... Hem acı, hem haz duyuyordu... Raskolnikov hızla dönüp masa başındaki sandalyeye oturdu. Bu arada bir anlık bir bakışla odaya da göz atmak fırsatını bulmuştu.

Çok büyük, ama tavanı son derece alçak bir odaydı burası; Kapernaumovların kiraya verdikleri biricik odaydı; sol yandaki duvarda bulunan kapalı kapıdan onlara giriliyordu. Karşı yandaki, sağdaki duvarda da bir kapı vardı, her zaman kapalı duran bu kapıdan da ayrı bir numara taşıyan bitişik daireye giriliyordu. Sonya'nın tıpkı bir ambara benzeyen odası çarpık bir eşkenar dörtgen biçimindeydi ve bu durum odaya çirkin bir görünüş veriyordu. Kanala bakan üç pencereli duvar, odayı çaprazlamasına kesiyor gibiydi. Bu nedenle köşelerden biri çok sivriydi ve öylesine derinlerde bir yerlerde yitip gitmişti ki, odayı aydınlatan cılız ışıkta orada neler bulunduğunu seçmek bile olanaksızdı. Öbür köşeye ise köşe bile denemezdi, o kadar açık ve belirsizdi. Bu kocaman odada eşya olarak hemen hiçbir şey yoktu. Sağdaki köşede bir karyola vardı, onun hemen yanında, kapıya yakın bir iskemle duruyordu. Karyolanın bulunduğu duvarda, komşu daireye açılan kilitli kapının önünde, uzerinde mavi bir örtü bulunan basit bir tahta masa vardı. Masanın yanında iki hasır iskemle duruyordu. Karşı duvarda, sivri bir köşeye yakın bir yerde, boşlukta yitip gitmiş izlenimi veren bir komodin duruyordu. İsten rengini yitirmiş, yıpranmış, sarıya çalan duvar kâğıtları, köşelerde iyiden iyiye kararmıştı. Besbelli kışın dumanlı ve nemli oluyordu burası. Gözle görülür bir yoksulluk egemendi odaya. Karyolanın perdesi bile yoktu.

Odasını böylesine teklifsizce, böylesine dikkatle süzen konuğuna Sonya sessizce bakıyordu. Sonunda yazgısını belirleyecek birinin, bir yargıcın karşısındaymışçasına korkudan titremeye başladı.

Raskolnikov hızla gözlerini kaldırıp kıza bakmadan:

— Epey geç geldim sanırım... On bir oldu mu saat?.. –diye sordu.

— Oldu, –diye mırıldandı Sonya. Sonra, sanki kendisi için tek kurtuluş yolu buymuş gibi, çabuk çabuk,– Evet, tam on bir... –diye devam etti.– Demin ev sahibinin saati çaldı... Kulaklarımla duydum, tam on bir...

Buraya ilk gelişi olmasına rağmen, Raskolnikov sıkıntılı bir şekilde:

— Bu size son gelişim, –dedi,– bir daha belki hiç görmeyeceğim sizi...

— Bir yere mi gidiyorsunuz?

— Bilmiyorum... Her şey yarın...

— Demek yarın Katerina İvanovna'ya gelmeyeceksiniz? Sonya'nın sesi titremişti.

— Bilmiyorum, her şey yarın sabah... Neyse, sorun bu değil. Asıl bir şey söylemek için geldim ben.

Dalgın bakışlarını kıza kaldırdı ve birden kendisinin oturmakta olduğunu, onunsa baştan beri ayakta durduğunu fark etti.

— Niçin ayakta duruyorsunuz, otursanıza... –dedi.

Sesi değişmiş, yumuşamıştı. Sevecen bir sesti bu. Sonya oturdu. Raskolnikov aydınlık, sevecen bakışlarla ve biraz da acır gibi bir dakika kadar süzdü Sonya'yı.

— Nasıl da zayıfsınız! Şu ellerinize bakın! Sanki saydam... Parmaklarınız ölü parmağı gibi.

Kızın ellerini avuçları içine aldı. Sonya hafifçe gülümsedi.

— Ben hep böyleyim, –dedi.

— Evdeyken de mi?

— Evet.

— Ya, kuşkusuz öyle!.. –dedi Raskolnikov kesik kesik.

Yüzünün anlatımı, sesi yeniden değişivermişti. Çevresine bir kez daha göz attıktan sonra:

— Burayı Kapernaumovlardan mı kiraladınız? –dedi.

— Evet.

— Şu kapının arkasında mı oturuyor onlar?

— Evet. Bu oda gibi onlarınki de...

— Hepsi bir tek odada mı kalıyorlar?

— Evet, bir tek odada.

— Ben olsam sizin bu odanızda geceleri korkardım, –dedi Raskolnikov, yüzü asılmıştı.

Hâlâ kendine gelemeyen ve bu ziyaretin anlamını kestiremeyen Sonya:

— Ev sahiplerim çok iyi, çok sevecen insanlardır, –dedi.– Bu eşyalar... her şey... her şey onların. Çok iyi insanlardır, çocukları sık sık gelirler bana.

— Kekemeydiler, değil mi?

— Evet... Kapernaumov hem kekeme, hem topaldır. Karısı da öyle... Daha doğrusu tam kekeme değil de... bazı sözcükleri tam söyleyemez. Çok, çok iyi bir kadındır. Kapernaumov eski toprak kölelerindendir... Yedi çocukları var... Yalnızca en büyükleri kekemedir... Ötekiler kekeme değildir... ama hepsi hasta... –sonra şaşkınlıkla sordu:– İyi ama siz onları nerden biliyordunuz?

— Hepsini babanız anlatmıştı. Sizinle ilgili her şeyi de anlatmıştı... Nasıl sabahın altısında çıkıp, akşamın sekizlerinde döndüğünüzü, Katerina İvanovna'nın nasıl yatağınızın ucunda diz çöktüğünü...

Sonya utanmıştı.

— Bugün onu gördüm sanki... –diye mırıldandı.

— Kimi?

— Babamı. Sokakta yürüyordum, aşağıda, köşe başında; saat on sıralarıydı. Önümde yürüyordu sanki. Tıpkı oydu. Hemen Katerina İvanovna'ya haber vermek istedim...

— Dolaşıyor muydunuz?

— Evet, –dedi Sonya kesik kesik; yine utanmış, gözlerini yere indirmişti.

— Ama Katerina İvanovna babanızın yanında sizi dövermiş galiba?

— Ah, hayır, –dedi Sonya, korkuyla bakıyor gibiydi,– hayır, neler söylüyorsunuz siz!

— Öyleyse onu seviyorsunuz?

— Onu mu? Sevmez olur muyum hiç! Sonya'nın sesi acılıydı, birden ellerini kavuşturmuştu. Ah! Onu... Onu bir tanımış olsaydınız! Bir çocuk gibidir o... Kafası çok karışıktır... Acıdan. Oysa öyle akıllıydı ki... Öyle yüce gönüllü, öyle iyi yürekli bir kadındır ki... Siz hiç, ama hiçbir şey bilmiyorsunuz... Ah!...

Sonya umutsuzluk içinde, heyecanla, acıyla, ellerini ovuşturarak söylemişti bu sözleri. Solgun yanakları yeniden kızarmış, gözlerine acılı bir anlatım çökmüştü. Bunun onun için en duyarlı konu olduğu açıkça görülüyordu. Bir şeyler söylemek, konuşmak, Katerina İvanovna'yı savunmak istediği anlaşılıyordu. Birden, yüzünün bütün çizgilerinde, deyim yerindeyse eğer, doymak bilmez bir acı belirdi.

— Dövüyormuş! Ne diyorsunuz siz! Tanrım, dövüyormuş! Hem dövse ne olur sanki! Ne olur! Siz hiç, ama hiçbir şey bilmiyorsunuz... Öyle mutsuz, öyle mutsuz bir kadın ki o!.. Ve hasta... Adalet arıyor o... Çok temiz bir kadındır. Her şeyde adalet olması gerektiğine inanır ve bunu ister... İsterseniz işkence edin, ona haksız bir şey yaptıramazsınız. İnsanlarda adalet olamayacağını bir türlü anlamaz, bu yüzden de sinirlenir durur... Çocuk gibidir, tıpkı bir çocuk! Son derece dürüst bir kadındır!

— Peki siz ne olacaksınız?

Sonya sorar gibi baktı.

— Hepsi sizin başınıza kaldı şimdi. Gerçi daha önce de hepsi sizin başınızdaydı, hatta babanız içki parasını bile gelip sizden alırdı... Ama şimdi ne olacak?

Sonya üzüntü içinde:

— Bilmiyorum, –dedi.

— Orada mı kalacak onlar?

— Bilmiyorum. Oraya kira vermeleri gerek. Yalnız söylediklerine göre ev sahibi kadın onları çıkarmak istiyormuş. Katerina İvanovna da "Bu evde bir dakika bile kalmam." diyormuş.

— Neyine güvenerek böyle kabadayılık ediyor? Size mi?

— Ah, hayır, böyle söylemeyin, –dedi Sonya; yeniden heyecanlanmış, hatta öfkelenmişti. Kızdırılmış küçük bir kuşa benziyordu.– Biz onunla bir kişi gibiyiz artık, birbirimizden ayrı değiliz...

Sonra birden heyecanlandı, ateşli bir şekilde:

— Hem başka ne yapabilir ki? Ne yapabilir ki? –dedi.– Bugün nasıl da ağladı! Neredeyse aklını oynatacak, fark etmediniz mi bunu? Aklını oynatacak... Bazen tıpkı bir çocuk gibi, yarın her şeyin yolunda olması, sofrasında yemeğinin bulunması için telaşlanıyor... Bazen ellerini ovuşturuyor, kan tükürüyor, ağlıyor... umutsuzluk içinde başını duvarlara vuruyor. Sonra yine avunuyor; bütün umudunu size bağlamış durumda: Sizin kendisine arka olduğunuzu söylüyor. Sonra, bir yerlerden borç bulup, birlikte doğduğu kente gideceğimizi, orada soylu genç kızlar için bir pansiyon açacağımızı, buranın yönetimini bana vereceğini, böylece bizim için yepyeni, mutlu bir hayatın başlayacağını söyleyip boynuma sarılıyor, beni öpüyor, yatıştırıyor ve bütün bu söylediklerine, bu hayallere inanıyor! Ona karşı konulabilir mi? Bugün bütün gün ortalığı temizledi, eskileri onardı, çamaşır yıkadı, o zayıf, güçsüz haline bakmadan, koca tekneyi odasına çıkardı, sonra da tıkanıp yatağa düştü. Poleçka'yla Lena'ya ayakkabı almak için birlikte çarşıya çıkmıştık, çocukların ikisinin de ayakkabıları parça parça olmuştu. Ama paramız çıkışmadı. Arada çok fark vardı. Çünkü Katerina İvanovna öyle şirin iki pabuç seçmişti ki... Bilemezsiniz, ne ince zevkleri vardır onun... Para çıkışmadı diye oracıkta, mağazada, herkesin içinde ağlamaya başladı. Ah, nasıl üzüldüm, nasıl!

— Evet... –dedi Raskolnikov acı acı gülerek,– niçin böyle yaşadığınız şimdi kolayca anlaşılıyor.

— Sanki siz acımıyor musunuz ona? Daha hiçbir şey görüp bilmeden son kuruşunuza kadar bütün paranızı ona verdiğinizi biliyorum. Ya bir de her şeyi görseydiniz? Oh Tanrım! Ve ben kaç kez, kaç kez onu ağlattım! Daha geçen hafta bile... Onun... babamın ölümünden bir hafta önce çok acımasız davrandım! Ve bunu kaç kez; kaç kez yaptım! Şimdi, bütün gün bunları hatırlayıp durmak ne kadar acı!

Sonya, anılarının verdiği acıdan, konuşurken ellerini ovuşturuyordu.

— Siz mi acımasızsınız?

— Evet, ben! Ben! –Sonya ağlamaya başlamıştı.– O gün eve geldiğimde rahmetli babam, "Sonya," dedi, "başım ağrıyor... Bana şu kitaptan bir şeyler okusana..." Elinde bir kitap vardı, Andrey Semyoniç'ten, Lebezyatnikov'dan almıştı. Bay Lebezyatnikov da orada oturur; hep böyle gülünç birtakım kitaplar bulur. Ben de "Gitmem gerek." dedim, okumak istemedim. Onlara da Lizaveta'dan aldığım yeni yakaları Katerina İvanovna'ya göstermek için uğramıştım. Lizaveta bana çok ucuza yakalar, kolluklar getirmişti. Üzerleri işli, çok güzel, yepyeni şeylerdi. Katerina İvanovna da çok beğendi yakaları, takıp aynanın karşısına geçti, kendine bakmaya başladı. Çok hoşuna gitmişti yakalar. "Lütfen bunları bana armağan eder misin Sonya?" dedi. Lütfen diyordu, o kadar hoşuna gitmişti yakalar, o kadar çok istiyordu bunları. Oysa hangi elbisesinin üzerine takacaktı bu yakaları? Öylesine... eski, mutlu günlerini anımsamıştı besbelli... Aynanın karşısına geçip hayran hayran kendini seyretti. Oysa sırtına giyecek tek bir kat elbisesi yoktu. Kaç yıldır böyleydi bu! Hiç kimseden hiçbir şey istememiştir. Gururludur, birinden bir şey istemektense, kendi elindeki son şeyini verir. Ama işte benim yakalar hoşuna gitmişti istiyordu. Ben de vermeye kıyamadım, "Ne yapacaksın bunları Katerina İvanovna?" dedim. Evet, tam böyle söyledim: "Ne yapacaksınız?" Bu ona hiç söylenmeyecek bir sözdü. Bana öyle bir bakış baktı ki... İsteğini geri çevirmem çok, ama çok ağırına gitmişti... Yüreğim parçalandı! Yakaları alamayışı değildi ağırına giden, benim isteğini geri çevirmemdi. Bunu gördüm. Ah, şimdi her şeyi geri çevirebilsem, bütün o sözleri hiç söylenmemiş yapabilsem... Ah, ben... tutmuş neler anlatıyorum!.. Bütün bunlardan size ne!

— Şu... Lizaveta'yı tanır mıydınız?

— Evet...

Sonya şaşırmıştı, o da sordu:

— Siz de tanır mıydınız?

Raskolnikov karşılık vermedi, biraz sustuktan sonra:

— Katerina İvanovna verem... –dedi.– Hem de ağır... Yakında ölür...

— Ah, hayır, hayır, hayır! –diye bağırdı Sonya, sonra sanki söylediklerini onun da doğrulamasını istercesine, bilinçsiz bir davranışla Raskolnikov'un ellerine sarıldı.

— Ama ölmesi onun için daha iyi!

— Hayır, daha iyi değil, hiç değil! –diye bağırdı Sonya, sesi korku doluydu.

— Çocuklar ne olacak? Yanınıza alamayacağınıza göre?..

Sonya elleriyle başını tutarak umutsuzca:

— Ah, bilmiyorum, bilmiyorum! –diye bağırdı.

Bu konuyu onun da pek çok kez düşündüğü anlaşılıyordu, Raskolnikov bu çözümsüz soruyu yeniden aklına getirmişti.

Raskolnikov acımasızca sözlerini sürdürdü:

— Ya siz, Katerina İvanovna sağken, yani bu sıralar hastalanır da hastaneye götürülürseniz ne olacak?

Sonya'nın yüzü korkudan çarpıldı:

— Ah, siz neler söylüyorsunuz! Böyle bir şey olamaz!

Raskolnikov acımasızca gülümseyerek:

— Nasıl olamaz? –dedi.– Hasta olmayacağınıza ilişkin senet mi var elinizde? Hep birden sokağa dökülecekler, Katerina İvanovna öksüre öksüre dilenecek, şimdi olduğu gibi başını duvarlara vuracak... Çocuklar dersen ağlaşıp duracaklar... Derken karakola götürecekler kendisini; oradan da hastaneye... Ölecek... Peki, çocuklar?..

Sonya'nın sıkışmış göğsünden:

— Ay, hayır! Tanrı bu kadarına razı olmaz! –sözleri döküldü. Her şey sanki Raskolnikov'a bağlıymış gibi, ellerini göğsünde kavuşturmuş, sessiz bir yalvarışla bakarak dinliyordu onu.

Raskolnikov ayağa kalktı, odada dolaşmaya başladı. Böylece bir dakika kadar bir zaman geçti. Sonya'nın başı önüne düşmüştü, kollarını sarkıtmış, öylece, acı içinde ayakta duruyordu. Raskolnikov birden Sonya'nın önünde durdu:

— Biraz para biriktirme olanağı yok mu? Kara gün için?

— Hayır, –diye mırıldandı Sonya.

— Tabii, hayır! –dedi Raskolnikov alay eder gibi.– Hiç denediniz mi?

— Denedim.

— Ve olmadı! Tabii! Anlaşılıyor! Sormam bile saçmaydı!

Yine odanın içinde dolaşmaya başladı. Bir dakika daha geçti.

— Her gün kazanmıyorsunuz değil mi?

Sonya deminkinden de çok utandı, yüzü kıpkırmızı kesildi. Acılı bir çabayla:

— Hayır, –diye fısıldadı.

Raskolnikov birden:

— Herhalde Poleçka'nın da olacağı bu! –dedi.

— Hayır! Hayır! Olamaz! –diye haykırdı. Sonra sanki bir yerine bıçak saplamışlardı, öyle umutsuz bir çığlık atmıştı.– Tanrı... Tanrı böyle korkunç bir şeye izin veremez!..

— Başkaları için veriyor ama...

Sonya kendinden geçmiş gibiydi:

— Hayır! Hayır! Tanrı onu korur! –diye tekrarladı.

Raskolnikov öç alırcasına bir sevinçle:

— Belki de Tanrı hiç yoktur, –dedi, gülümseyerek kıza baktı.

Sonya'nın yüzü birden değişti: Korkunç bir değişmeydi bu, kramp girmişçesine çarpılmıştı yüzü. Anlatılmaz bir serzenişle bakıyordu Raskolnikov'un yüzüne. Bir şeyler söylemek istiyor, ama ağzından hiçbir şey çıkmıyordu. Sonunda yüzünü elleriyle kapatarak hıçkıra hıçkıra ağlamaya başladı.

Raskolnikov biraz sustuktan sonra:

— Katerina İvanovna'nın aklını oynattığını söylüyordunuz demin, –dedi,– ama siz de aklınızı oynatıyorsunuz.

Beş dakika geçti. Raskolnikov konuşmadan, Sonya'nın yüzüne bakmadan odada bir aşağı bir yukarı dolaşıyordu. Sonunda ona yaklaştı, gözleri tutuşmuş gibiydi. İki eliyle omuzlarından tutarak, gözlerini kızın ıslak gözlerine dikti. Uzun uzun baktı. Bakışları ateşli, deliciydi. Dudakları şiddetle titriyordu... Birden, hızla eğildi, yere kapanarak kızın ayaklarını öpmeye başladı. Sonya bir deliden kaçar gibi, korkuyla ondan uzaklaştı, geri çekildi. Gerçekten de delirmiş gibi bakıyordu Raskolnikov.

— Ne yapıyorsunuz? –diye mırıldandı. Sonya, yüzü bembeyazdı, yüreği sıkışıyordu.– Ne yapıyorsunuz böyle? Benim gibi birinin önünde!..

Raskolnikov hemen kalktı, pencereye doğru yürüdü, yabanıl bir sesle:

— Ben senin önünde değil, insanlığın çektiği acıların önünde eğildim, –dedi.

Sonra kızın yanına dönerek,

— Dinle... –dedi.– Az önce beni aşağılayan adamın birine, senin serçeparmağın bile olamayacağını, bugün senin yanına oturtmakla kız kardeşimi onurlandırdığımı... söyledim.

Sonya korku içinde:

— Ah, bunu nasıl söyleyebildiniz! –diye bağırdı.– Hem de onun, kız kardeşinizin yanında? Benim yanımda oturmak mı onur! Oysa... ben... onursuz bir kızım. Büyük, çok büyük bir günahkârım ben! Ah, böyle bir şeyi nasıl söyleyebildiniz!

— Senin onursuzluğunu ve günahlarını düşünmüyordum bunu söylerken. Çektiğin büyük acılar söyletti bunu bana. Büyük bir günahkâr olman konusuna gelince, evet, büyük bir günahkârsın. –Coşkuyla sürdürdü sözlerini.– Senin en büyük günahın kendini boş yere öldürmen, kendini harcamandır. Böyle korkunç bir şey olamaz! Hem nefret ettiğin böyle bir çirkefin içinde yaşıyorsun, hem de bu davranışınla hiç kimseye en ufak bir yardımının dokunmadığını, hiç kimseyi hiçbir şeyden kurtarmadığını biliyorsun (birazcık gözlerini açarsan görürsün bunu). Bundan daha korkunç bir şey olabilir mi? –İyice coşmuştu, kendinden geçmiş gibi konuşuyordu.– Hem söylesene sen, nasıl oluyor da böyle bir yüzkarası, böyle bir bayağılık, bunların tam tersi kutsal duygular bir arada bulunabiliyor sende? Kendini kanala atıp bir çırpıda işini bitirmen bin kez daha doğru ve akıllıca bir davranış olurdu.

Sonya acıyla baktı ona. Ama kendini suya atma önerisine pek şaşmamış gibiydi. Duyulur duyulmaz bir sesle:

— Ya onlar ne olacak? –diye sordu.

Raskolnikov şaşırarak baktı ona. Kızın bir anlık bakışından her şeyi anlamıştı. Demek ki, bunu gerçekten düşünmüştü Sonya. Umutsuzluğa düştüğü anlarda, her şeye son vermeyi kimbilir kaç kez düşünmüştü!.. Bunda çok da ciddi olduğu belliydi. Çünkü şu anda Raskolnikov'un önerisine hiç şaşırmamıştı. Hatta sözlerindeki acımasızlığı bile fark etmemişti. (Serzenişlerinin anlamını, içinde bulunduğu ayıba nasıl bambaşka bir gözle baktığını da fark etmemişti Sonya, bunu açıkça görüyordu Raskolnikov.) Böyle onursuz, böyle yüzkarası bir yaşam sürmenin ona, hem de ne zamandır ne dayanılmaz acılar çektirdiğini şu anda çok iyi anlıyordu. Onu bunca zamandır hayatına son vermek kararından alıkoyan şeyin ne olabileceğini düşündü. Ve o zaman şu zavallı yetimciklerin ve kafasını duvarlara çarpan şu veremli, yarı deli kadının, Katerina İvanovna'nın, onun için nasıl bir anlam taşıdıklarını daha iyi anladı.

Ama yine de Raskolnikov'un apaçık gördüğü bir şey vardı: Sonya bu karakteriyle, bu eğitim ve kültür düzeyiyle sonuna kadar bu durumda kalamazdı. Her şeye karşın, onun bir türlü çözemediği bir sorun çıkıyordu ortaya. Sonya kendini suya atmak cesaretini gösteremediğine göre, bunca uzun bir süre çıldırmadan nasıl kalabilmişti? Kuşkusuz, Sonya'nın durumunun, ne yazık ki toplumda yalnızca ona özgü bir durum olmamakla birlikte, yine de rastlantısal nitelikte bir durum olduğunu anlıyordu. Ama böyle de olsa, bu rastlantı, bu iyi kötü eğitim görmüşlüğü, kendini yetiştirmişliği ve bundan önceki yaşamı, onu bu iğrenç yolun daha ilk adımında da yok edebilirdi. Öyleyse herhalde içinde bulunduğu çirkef, besbelli yalnızca tensel bir şeydi onun için; gerçek ahlaksızlığın bir damlası bile onun yüreğine değmemişti. Raskolnikov bu durumu apaçık görüyordu: Kız, işte gözünün önündeydi...

"Üç yol var önünde," diye düşündü: "Kendini kanala atmak, tımarhaneye düşmek ya da... ya da yüreğini taş gibi duyarsızlaştıran aşağılık zevk ve eğlence âlemlerine dalmak". En çok da bu sonuncu yolu iğrenç buluyordu. Artık kuşkucu olmuştu Raskolnikov, sonra gençti, yaşamdan kopuk, soyut düşünüyordu; bundan olacak, acımasızdı ve işte bütün bu nedenlerden dolayı da Sonya'nın üçüncü yoldan başkasını seçemeyeceğini düşünüyordu.

"Bu gerçekleşebilir mi?" diye sordu kendi kendine. "Daha ruhunun tertemizliğini koruyan bu yaratık, bilinçli olarak kendini çirkef çukuruna atabilir mi? Yoksa çukur onu içine çekmeye başladı da içinde bulunduğu yüzkarası ona eskisi kadar iğrenç görünmediği için mi hâlâ dayanabiliyor? Hayır, hayır, olamaz bu!" diye bağırdı içinden, ama önce Sonya'nın bağırdığı gibi... "Hayır, onu kendini kanala atmaktan alıkoyan şey, günah korkusu ve onlar... Eğer bugüne kadar aklını kaçırmadıysa... Kim söyledi onun aklını kaçırmadığını? Aklı tümüyle yerinde mi? Aklı başında olan insan onun gibi mi konuşur? Aklı başında bir insan onun gibi mi düşünür? Tam onu çeken çirkef çukurunun başında oturup, elini kolunu sallayarak yardım istemek, kendisine tehlikeden söz edilince de kulaklarını tıkamak, aklı başında bir insanın yapacağı iş mi? Yoksa bir mucize mi bekliyor? Herhalde öyle... İyi ama, bütün bunlar delilik belirtisi değilse ne?"

Bu sonuncu düşüncesi üzerinde durdu. Bu yol ona hepsinden daha hoş görünmüştü. Gözlerini dikip kıza dikkatle baktı. Sonunda:

— Tanrı'ya çok mu dua edersin Sonya? –dedi. Sonya karşılık vermedi. Raskolnikov onun cevabını bekleyerek yanı başında duruyordu.

— Tanrı olmasaydı ben ne yapardım? –diye fısıldadı Sonya. Sesi canlıydı. Sonra birden kıvılcımlanan gözlerini kaldırıp ona baktı ve elini tutup sıktı.

"Tam tahmin ettiğim gibi!" diye düşündü Raskolnikov.

Bu konuda kızın düşüncelerini daha çok öğrenmek isteğiyle:

— Peki; ne yapıyor Tanrı senin için? –diye sordu.

Sonya verecek karşılık bulamıyormuş gibi bir süre sustu. Zayıf göğsü heyecanla inip kalkıyordu. Birden:

— Susun! –diye bağırdı.– Böyle şeyler söylemeyin! Buna değmezsiniz!

Raskolnikov içinden, "Tam tahmin ettiğim gibi! Tam tahmin ettiğim gibi!" diye tekrarladı.

— Her şeyi yapıyor! –diye fısıldadı Sonya birden, gözlerini yeniden yere indirmişti.

"İşte çıkış yolu. İşte çıkış yolunun açıklaması!" diye düşündü Raskolnikov; büyük bir merakla Sonya'yı inceliyordu.

Yeni, tuhaf, neredeyse hastalıklı denilebilecek bir duyguyla süzüyordu Sonya'yı! Onun o solgun, küçük, zayıf, düzgün olmayan köşeli yüzünü, böylesine sert, canlı bir duyguyla, böylesine alev alev tutuşabilen sevimli, mavi gözlerini, hâlâ öfkeden tir tir titreyen küçük vücudunu... süzüyordu. Bütün bunlar ona gitgide daha tuhaf, neredeyse olanaksız gibi görünüyordu. "Kaçık! Kaçık!" diye söylendi içinden.

Komodinin üstünde bir kitap duruyordu. Odanın içinde ileri geri dolaşırken, önünden her geçişinde dikkat ettiği kitabı eline alıp baktı. Eski, deri ciltli bir kitaptı bu. İncil'in Rusça çevirisiydi.

Odanın öteki ucundan:

— Nereden buldun bunu? –diye bağırdı.

Sonya hep eski yerinde, masanın üç adım berisinde duruyordu. Gözlerini kaldırmadan, isteksizce:

— Biri getirdi, –dedi.

— Kim getirdi?

— Lizaveta. Ben istemiştim.

"Lizaveta! Tuhaf!" diye düşündü Raskolnikov. Sonya her yanıyla ona gitgide daha tuhaf, daha olağanüstü görünmeye başlamıştı. Kitabı muma yaklaştırıp sayfalarını çevirdi. Birden:

— Lazar'dan hangi bölümde söz ediliyordu? –diye sordu.

Sonya ısrarla önüne bakıyor, karşılık vermiyordu. Masaya hafif yanlamasına oturmuştu.

— Lazar'ın ölümünden sonra dirilişini anlatan bölüm?.. Bulur musun Sonya?

Sonya ona göz ucuyla baktı. Yerinden kalkıp ona yaklaşmadan, sertçe:

— Orada değil... –dedi.– Dördüncü İncil'de...

— Bulup okur musun bana Sonya?..

Raskolnikov oturdu, dirseklerini masaya, başını da ellerine dayadı, dinlemeye hazırlandı. "Üç beş hafta sonra ise buyurun bakalım şöyle çok uzak bir yerlere! Daha kötüsü olmazsa eğer, sanırım ben kendim gitmiş olacağım oraya" diye düşünüyordu içinden.

Sonya kararsız adımlarla masaya yaklaştı; Raskolnikov'un bu tuhaf isteğini kuşkuyla karşılamıştı. Yine de kitabı aldı, yerine geçti. Masanın öbür yanından göz ucuyla Raskolnikov'a bakarak:

— Gerçekten okumadınız mı siz bunu? –diye sordu; sesi gitgide sertleşiyordu.

— Çok önceleri... Öğrenciliğimde... Okusana!..

— Kilisede de dinlemediniz mi?

— Ben... kiliseye gitmem. Sen sık gider misin?

— Hayır, –diye mırıldandı Sonya.

Raskolnikov gülümsedi:

— Anlıyorum... O zaman, yarın babanın cenaze törenine de gitmeyeceksin?

— Hayır gideceğim... Ben geçen hafta da kiliseye gitmiştim... Dua ettirmiştim.

— Kimin için?

— Lizaveta için. Baltayla öldürdüler Lizaveta'yı. Raskolnikov gitgide geriliyordu, başı dönmeye başlamıştı.

— Lizaveta'yla yakın arkadaş mıydınız?

— Evet... Çok dürüst bir kadındı... Bana uğrardı... Ama pek sık değil... Zamanı yoktu çünkü... Birlikte okur... konuşurduk. Şimdi Tanrı'yı görüyor o.

Bu kitapsı sözler tuhaf çınlamalar olarak geliyordu Raskolnikov'un kulağına. Şu iki kadın... İki kaçık kadın arasındaki gizemli buluşmalar... ne tuhaftı!

"Bu gidişle sen de kaçıracaksın!" diye düşündü. "Bulaşıcı galiba bu!"

— Oku! –diye bağırdı birden; sinirliydi sesi.

Sonya hâlâ kararsızdı. Yüreği hızla çarpıyordu. Ona okumaya cesaret edemiyor gibiydi. Raskolnikov bu "mutsuz divane"ye acıyla bakıyordu.

Sonya tıkanırcasına ve güç duyulur bir sesle:

— Size ne diye okuyayım? –dedi.– İnanmıyorsunuz ki!

— Oku! –diye diretti Raskolnikov.– Ben böyle istiyorum!.. Lizaveta'ya okuyordun ya!..

Sonya kitabı açtı, onun istediği yeri aramaya başladı. Elleri titriyordu. İki kez okumaya girişti, ama daha ilk heceleri bile söyleyemedi: Sesi çıkmıyordu. Sonunda büyük bir çabayla okumaya başladı:

— "Beytanya halkından Lazar adında bir adam hastaydı..."

Ama birden üçüncü sözcükte sesi titredi ve aşırı gerilmiş bir tel gibi koptu. Soluğu kesilmiş, göğsü sıkışmıştı.

Raskolnikov, Sonya'nın kendisine okumaya niçin cesaret edemediğini anlamaya başlamıştı. Bunu anladıkça da okuması için inadına daha kaba, daha sinirli bir biçimde direniyordu. Kendini olduğu gibi ortaya koymasının, iç dünyasını açmasının şu anda ona ne kadar ağır geldiğini çok iyi anlıyordu. Bu duyguların gerçekten de onun gerçek gizini, eski gizini oluşturduğunu çok iyi anlıyordu. Bu eski giz, kızcağızın belki de ergenlik çağında, mutsuz bir baba, acıdan deliye dönmüş bir üvey ana, aç çocukların çığlıkları, bağrış çağrışlar, serzenişler arasında geçen babaevindeki dönemine ait bir gizdi. Raskolnikov aynı zamanda, okumaya başladığı şu anda çok sıkılmasına, bir şeylerden çok korkmasına karşın, ona, özellikle ona ve "ileride bir şey olmasın diye" okumak için kızın önüne geçilmez bir istek duyduğunu da kesinlikle anlıyordu. Bu isteği onun gözlerinde okumuş, içinde bulunduğu büyük heyecandan anlamıştı... Sonya yavaş yavaş kendini toparlıyordu, okumaya ilk başladığında sesinin çıkmasını engelleyen boğazındaki tıkanmayı atlatmıştı. Yohanna İncili'nden on birinci bölümdü okuduğu. On dokuzuncu ayete kadar okudu:

— "Yahudilerden birçoğu, kardeşlerinin kaybından üzüntü içinde olan Marta'yla Meryem'i yatıştırmaya gelmişlerdi. Marta, İsa'nın geldiğini duyunca, onu karşılamaya çıktı. Meryem evde kaldı. O zaman Marta İsa'ya, Efendimiz, dedi, eğer sen burada olsaydın, kardeşim ölmezdi. Ama ben şimdi de biliyorum ki, sen Tanrı'dan ne dilersen, dileğin yerine gelir..."

Sonya yeniden durdu. Utanarak, sesinin yine titremeye başladığını, yine kesilecek gibi olduğunu hissediyordu.

— "İsa ona dedi ki: Kardeşin dirilecek. Marta da: Evet, biliyorum, dedi. Diriliş günü, son gün dirilecek. İsa ona; diriliş ve hayat benim, dedi. Kim ki bana inanır, ölse bile dirilecektir. Yaşayan ve bana inanan herkes, sonsuzcasına yaşar. Sen buna inanıyor musun? Marta, İsa'ya dedi ki:"

(Sonya, Marta'nın İsa'ya söylediklerini, sanki kendisi vaaz veriyormuş gibi, acıyla iç çekip, tane tane, vurgulayarak okudu.)

— "Evet, efendimiz! Ben senin, dünyaya gelmesi beklenen Tanrı'nın oğlu Mesih olduğuna inanıyorum."

Sonra durur gibi oldu, ona çabucak bir göz atmak istedi, ama sonra kendini toparladı, okumaya devam etti. Raskolnikov dirseklerini masaya dayamış, kımıldamadan oturuyor, Sonya'ya değil, odanın içinde başka bir yere bakarak dinliyordu. Otuz ikinci ayete gelmişlerdi.

— "Meryem de İsa'nın bulunduğu yere gelip onu görünce, ayaklarına kapandı ve ona dedi ki: Efendimiz! Eğer sen burada olsaydın, kardeşim ölmezdi. İsa onun ağladığını ve onunla birlikte gelen Yahudilerin ağladıklarını görünce ruhu acıyla titredi, öfkelendi ve dedi ki: Onu nereye koydunuz? Ona dediler ki: Efendimiz! Gelin de görün. İsa'nın gözleri yaşardı. O zaman Yahudiler: Bakın, dediler, onu nasıl da seviyormuş. Kimi de şöyle dedi: O ki, körlerin gözlerini açıyordu, bunun ölmemesi için bir şeyler yapamaz mıydı?"

Raskolnikov dönüp heyecanla Sonya'ya baktı. Evet, tam tahmin ettiği gibiydi! Gerçekten de sıtmaya tutulmuşçasına tir tir titriyordu. Raskolnikov'un da beklediği buydu. Yüce mucize sahnesine yaklaşmıştı ve bütünüyle bir zafer duygusu içindeydi. Sesi metalik bir çınlamaya dönüşmüştü, zafer ve sevinçti bu seste çınlayan. Satırlar gözünün önünde uçuşuyordu: Gözleri kararmıştı. Ama ezbere biliyordu Sonya okuduğu yeri. Son ayetteki, "O ki, körlerin gözlerini açıyordu..." sözlerini okurken, sesini alçaltmış, bir dakika sonra yıldırımla vurulmuşçasına yerlere kapanacak, ağlayıp imana gelecek Yahudilerin, gözleri kör, imansız Yahudilerin kuşkularını, serzenişlerini, kötülemelerini büyük bir tutkuyla, sıcaklıkla yansıtmıştı. "O da, o da imansız, onun da gözleri kör, şimdi dinleyince o da imana gelecek. Evet, evet! Şimdi, büyük mucizeyi duyar duymaz!" diye düşünüyor, bu sevinçli bekleyişten titriyordu.

— "İsa, içinde derin bir acımayla mezara geldi. Bir mağaraydı mezar, ağzına da bir taş koymuşlardı. İsa dedi ki: Taşı kaldırın! Ölenin kardeşi Marta da: Efendimiz! dedi. Kokmuştur artık. Çünkü dört gün oldu gömüleli."

Sonya dört günü özellikle vurgulamıştı.

— "İsa ona dedi ki: Ben sana, iman edersen, Tanrı'nın büyüklüğünü görürsün dememiş miydim? Ve ölünün bulunduğu mağaranın ağzından taşı çektiler. İsa gözlerini göğe kaldırdı, dedi ki: Beni dinlediğin için şükürler olsun sana! Dileklerimi her zaman kabul ettiğini ben zaten biliyordum. Ama bu kez, şurada duran insanların beni senin gönderdiğine inanmaları için istedim bunu senden. İsa bunları söyledikten sonra, yüksek sesle: Lazar! dedi. Dışarı çık! Ve ölmüş olan dışarı çıktı."

(Sonya sanki her şeyi kendi gözüyle görmüşçesine heyecandan ürpererek, yüksek sesle okudu:)

— "Elleri ve ayakları kefene sarılı, yüzü mendille bağlıydı. İsa onlara dedi ki: Çözün de gitsin! O zaman, Meryem'e gelen ve İsa'nın bu mucizesini gören Yahudilerin çoğu ona iman ettiler."

Sonya bundan ötesini okumadı, okuyamazdı da zaten. Kitabı kapadı, hızla iskemlesinden kalktı, kesik kesik ve sert bir sesle:

— Lazar'ın ölümden sonra dirilişiyle ilgili bölüm bu kadar, –dedi. Utanıyor gibiydi, gözlerini kaldırıp Raskolnikov'a bakamıyordu; başını başka bir yana çevirmiş, kımıldamadan duruyordu. Sıtma titremesi devam ediyordu. Eğri şamdanda çoktan sönmeye yüz tutan mum, bu perişan odada, bu ölümsüz kitabı okumak için çok tuhaf bir biçimde bir araya gelen bu katille fahişeyi donuk bir biçimde aydınlatıyordu. Aradan beş dakika ya da daha çok bir zaman geçti.

Raskolnikov birden yerinden kalkıp Sonya'ya yaklaştı, kaşlarını çatarak:

— Seninle bir iş konuşmak için gelmiştim, –dedi.

Sonya hiçbir şey söylemeden gözlerini ona kaldırdı. Raskolnikov'un sert bakışlarında yabanıl bir kararlılık okunuyordu.

— Bugün ailemi terk ettim. Annemle kız kardeşimi. Bir daha yanlarına dönmeyeceğim. Kendileriyle bütün bağımı kopardım:

Sonya şaşkına dönmüştü:

— Niçin? –diye sordu.

Geçenlerde Raskolnikov'un annesi ve kız kardeşiyle olan karşılaşma, nedenini ve nasıl olduğunu bilmediği olağanüstü bir etki yapmıştı Sonya üzerinde. Bu nedenle Raskolnikov'un onları terk ettiği haberini, dehşete kapılırcasına dinlemişti.

— Benim için artık bir tek sen varsın, –diye ekledi Raskolnikov.– Birlikte gidelim. Bunu söylemek için geldim sana. İkimiz de lanetlenmişiz. Birlikte gidelim.

Gözleri alev alev yanıyordu sanki. Sonya da onun için "kaçık!" diye düşündü, sonra elinde olmadan geri geri çekilerek, korku içinde:

— Nereye gideceğiz? –diye sordu.

— Ne bileyim, nereye gideceğiz. Benim bildiğim tek şey, aynı yolun yolcusu olduğumuz, hepsi bu! Hedeflerimiz aynı!

Sonya hiçbir şey anlamadan bakıyordu ona. Anlayabildiği tek şey, bu adamın çok, ama çok mutsuz olduğuydu.

— Sen kime ne anlatırsan anlat, kimse bir şey anlamaz, –diye sürdürdü sözlerini Raskolnikov.– Ama ben seni anladım. Sen bana gereklisin. Buraya, sana gelmemin nedeni de bu.

— Anlamıyorum... –diye fısıldadı Sonya.

— Sonra anlarsın. Sen de aynı şeyi yapmadın mı? Sen de toplum kurallarını çiğnedin... çiğneyebildin. Kendi kendini öldürdün, kendi hayatını mahvettin (hepsi aynı şey!). Oysa ruh ve akıl gücünle yaşayabilecekken, Samanpazarı'nda tükenip gideceksin... Ama sen dayanamazsın ve eğer tek başına kalırsan, bir gün sen de benim gibi aklını kaçırırsın. Zaten şu anda bile deli gibisin. Öyleyse, birlikte gitmemiz gerek. Aynı yoldan. Hadi, gidelim!

Onun bu sözlerinden müthiş bir heyecana kapılan Sonya:

— Niçin? Niçin söylüyorsun bunları? –dedi.

— Niçin mi? Artık böyle kalamayacağın için! Nedeni bu! Çocuk çığlıklarına, gözyaşlarına bakarak değil, ki böylesine Tanrı da izin vermez, ciddi, aklı başında düşünmen gerek. Yarın seni hastaneye kaldırırlarsa ne olur, söyler misin? Katerina İvanovna'nın aklı başında değil, üstelik veremli ve yakında da ölecek. Peki, ya çocuklar? Poleçka da tükenip gitmeyecek mi? Annelerinin, dilenmeleri için köşe başlarına yerleştirdiği çocukları hiç görmedin mi sen buralarda? Ben bu anaların nerelerde ve hangi koşullar altında yaşadıklarını biliyorum. Bu çocuklar buralarda çocuk olarak kalmazlar. Daha yedi yaşındayken ya fahişe, ya hırsız olurlar. Oysa çocuklar İsa'nın birer suretidir: "İlahi saltanat onlarındır." İsa bize onları sevmemizi, saymamızı buyurdu, onlar geleceğin insanlığıdır...

Sonya ellerini ovuşturuyor, hıçkırıklardan sarsıla sarsıla:

— Ne yapmalı? Ne yapmalı peki? –diye tekrarlayıp duruyordu.

— Ne mi yapmalı? Kesilmesi gereken her şeyi kesip atacaksın. Sonsuza dek. Hepsi bu. Tabii böylece acı çekmeyi de peşinen kabul edeceksin. Ne? Anlamıyor musun? Sonra anlarsın... Özgürlük ve güç... özellikle de güç gerek insana! Bütün titreyen yaratıkların, bütün karıncaların üzerinde egemenlik kurmak gerek! İşte amaç! Unutma bunu! Benden sana öğüt olsun! Belki de bu seninle son görüşmemiz. Eğer yarın gelmezsen, o zaman her şeyi kendin öğrenirsin. O zaman bu sözlerim aklına gelsin. Yıllar sonra bir gün, yaşam sana bu sözlerin ne demek olduğunu öğretir belki. Eğer yarın gelirsen, sana Lizaveta'yı kimin öldürdüğünü söyleyeceğim. Elveda!

Sonya korkudan tir tir titriyordu. Dehşet içindeydi. Bütün vücudu buz gibiydi. Delikanlıya yabanıl bakışlarla bakarak;

— Kimin öldürdüğünü gerçekten biliyor musunuz? - dedi.

— Evet biliyorum; sana da söyleyeceğim. Ama sana, yalnız sana! Bunu söylemek için seni seçtim. Senden beni bağışlamanı dilemek için gelmeyeceğim, yalnızca gelip Lizaveta'yı kimin öldürdüğünü söyleyeceğim. Bunu söylemek için seni ben ta ne zaman seçtim... Daha baban sana benden söz ettiği sıralar... ve daha Lizaveta sağken. Elveda! Bana elini verme. Yarın!

Raskolnikov çıktı. Sonya onun arkasından bir deliye bakar gibi baktı. Ama kendisinin de bir deliden farkı yoktu ve bunu hissediyordu. Başı dönüyordu. "Tanrım! Lizaveta'yı kimin öldürdüğünü nasıl bilebilir? Bütün bu sözleri ne demekti? Korkunç bir şey bu!" Bütün bunları böylece düşünmesine karşın, asıl o düşünce Sonya'nın aklına hiç mi hiç gelmiyordu. "Herhalde çok mutsuz!.. Annesini ve kız kardeşini terk etmiş. Niçin? Ne oldu? Ve kendisinin niyeti ne? Söylediği bütün bu sözler ne anlama geliyor?" Onun ayağını öpmüş ve... demişti ki (evet, bunu açıkça söylemişti), "Artık sensiz yaşayamam" demişti... "Ah Tanrım!"

Sonya sıtmalı gibi titreyerek ve sayıklayarak geçirdi geceyi. Bazen yerinden fırlıyor, ağlıyor, ellerini ovuşturuyor, bazen yine çırpınmalı bir uykuya dalıyor, düşünde Poleçka'yı, Katerina İvanovna'yı, Lizaveta'yı, İncil okuma sahnesini ve onu... bembeyaz yüzü, alev alev yanan gözleriyle onu görüyordu... Ayaklarına kapanmış, öpüyor, ağlıyordu... Ah Tanrım!

Sonya'nın odasını Gertrude Karlovna Resslich'in dairesinden ayıran sağdaki kapının ardında, yine Bayan Resslich'in dairesine ait olan ve ne zamandır kiralık olarak boş duran bir oda vardı. Odanın kiralık olduğunu bildirmek için, evin anakapısına ve odanın kanala bakan pencerelerine ilanlar asılmıştı. Sonya eskiden beri bu odayı boş saymaya alışmıştı. Oysa bütün bu süre içinde boş odanın kapısında duran Bay Svidrigaylov, kulağını kapıya yapıştırarak onları dinlemişti. Raskolnikov çıktıktan sonra, bir süre durup düşünmüş, sonra ayaklarının ucuna basarak, bu boş odaya bitişik olan kendi odasına geçerek, bir sandalye almış ve bunu yavaşça Sonya'nın odasına açılan kapının arkasına koymuştu. İçeri odada geçen deminki konuşma ona çok ilginç, çok önemli görünmüş; çok, ama çok hoşuna gitmişti. O kadar hoşuna gitmişti ki, bir başka gün; örneğin yarın, yine böyle bir saat ayakta durmak gibi bir zahmete katlanmamak, şöyle rahatça oturup keyifle dinlemek için bir sandalye getirmişti.

V

Ertesi sabah saat tam on birde sorgu yargıçlığına başvurarak, gelişini Porfiri Petroviç'e haber vermelerini rica ettiği zaman, Raskolnikov uzunca bir süre kabul edilmeyişine bayağı şaştı: Kendisini çağırmalarına dek aradan en aşağı on dakika geçmişti. Oysa kendi tahminine göre, daha o oraya varır varmaz hemen üzerine atılmaları gerekiyordu. Ama işte bekleme salonunda oturuyor, yanından kendisiyle hiç ilgilenmedikleri anlaşılan bir sürü insan gelip geçiyordu. Bitişik odada birkaç yazıcı birtakım kâğıtlarla uğraşıyor, yazı yazıyordu; bunların hiçbirinin kafasında Raskolnikov diye bir kavramın olmadığı açıkça anlaşılıyordu. Tedirgin, kuşkulu bakışlarla çevresine bakınmaya başladı. Bir yerlere sıvışmaması için onu gözetlemekle görevlendirilmiş bir çift gizlenmiş göz, onu kollayan birileri olup olmadığını anlamaya çalışıyordu. Ama böyle birileri yoktu ortalıkta. İşleriyle uğraşan yazıcılardan ve daha başka birtakım adamlar dışında kimseler yoktu ve hiç kimse onunla ilgili değildi; istediği yere çekip gidebilirdi şu anda. Dünkü adama ilişkin düşüncesi gitgide pekişmeye başladı. Şu yerin altından çıkmışa benzeyen gizemli adam, şu hayalet, gerçekten de her şeyi bilmiş, görmüş olsaydı, acaba kendisine şimdi böyle rahat rahat bekleme olanağını verirler miydi? O bunu kendiliğinden düşünüp de teşrif edinceye kadar, böyle on birlere kadar beklerler miydi? Demek oluyor ki, ya adam daha gelip bildiklerini söylememişti ya da... ya da o da bir şey bilmiyordu, hiçbir şey görmemişti, (zaten nasıl görebilirdi ki?) Öyleyse, dün olup biten her şey, yine kuşkulu, hasta hayal gücünün yarattığı ve büyüttüğü birtakım hayallerdi. Bu tahmin kafasında, hatta dün en dayanılmaz heyecanlar, umutsuzluklar içinde kıvrandığı bir sırada yer etmeye başlamıştı. Bütün bunları yeniden düşünüp, yeni bir savaşa hazırlandığı şu anda birden titrediğini duydu. Porfiri Petroviç'in, nefret ettiği adamın karşısına çıkmaktan korktuğu için titrediğini düşününce, içinde müthiş bir öfke dalgası kabardı. Bu adamı yeniden görmek, onun için korkunç olan şeylerin en korkuncuydu. Öylesine sınırsız bir biçimde nefret ediyordu ki ondan, ona karşı nefreti öylesine sonsuzdu ki, nefretinin kendisini ele vereceğinden korkuyordu. Ve nefreti öylesine güçlüydü ki, bir anda titremesine son verdi; içeri soğuk, küstah bir tavırla girmeye hazırlandı; olabildiğince susup onu dinlemek, çevresini incelemek için kendine söz verdi;

hiç değilse bu kez şu aşırı sinirliliğini yenmeliydi; ne olursa olsun başarmalıydı bunu. Tam bu sırada kendisini Porfiri Petroviç'in beklediğini söylediler.

Porfiri Petroviç odasında yalnızdı. Ne büyük ne küçük bir odaydı bu. Odada eşya olarak muşamba kaplı bir kanepe, onun önünde büyükçe bir yazı masası, köşede bir çalışma masası, dolap ve birkaç sandalye vardı. Hepsi cilalı, sarı ağaçtan, devlet malı eşyalardı. Dip duvarda, daha doğrusu arkadaki bölmenin üzerinde bir kapı daha vardı. Herhalde, bölmenin ötesinde başka odalar bulunuyordu. Raskolnikov içeri girer girmez Porfiri Petroviç onun girdiği kapıyı kapattı ve böylece içeride ikisi baş başa kaldılar. Görünüşe bakılırsa Porfiri konuğunu çok neşeli, aydınlık bir yüzle karşılamıştı, ancak birkaç dakika sonra Raskolnikov bazı belirtilerden onun epey telaşlı olduğunu fark etti. Sanki birden kafasını karıştırmışlar ya da yapmakta olduğu gizli bir iş yarım kalmıştı.

— Oo, muhterem! Bizim buralara da uğrar mıydınız... – dedi Porfiri Petroviç; iki elini birden Raskolnikov'a doğru uzatmıştı.– Otur hele babam! Buyurun, şöyle geçin! Belki de böyle *tout court*[1] "muhterem" ve "baba" diye seslenilmesinden hoşlanmamışsınızdır? Lütfen bunu senlibenlilik olarak almayın... Şuraya, şu kanepeye buyurun!

Raskolnikov gözlerini ondan ayırmadan gösterdiği yere oturdu.

"Bizim buralar" senlibenliliğinden ötürü özür dilemeler, söylediği şu Fransızca "*tout court*" vb. vb... bütün bunlar ilginç belirtilerdi. "İki elini birden uzattığı halde, tam zamanında geri çekip, bir elini bile vermedi" diye düşündü Raskolnikov ve kuşku verici buldu bunu. İkisi de birbirini izliyor, ama bakışları karşılaşır karşılaşmaz, şimşek hızıyla gözlerini başka yana çeviriyorlardı.

---

1 (Aslında da Fransızca) — Kısaca.

— Size... şu kâğıdı getirdim... Hani, saat konusunda... İşte... Doğru mu yazmışım, yoksa yeniden yazmam gerekecek mi?

— Ne? Kâğıt mı? Ha, evet... Evet, doğru yazmışsınız...

Porfiri Petroviç sanki hemen bir yere gidiyormuş gibi aceleyle söylediği bu sözlerden sonra ancak kâğıdı açıp okudu, sonra yine telaşla:

— Evet, doğru yazmışsınız. Bu kadar, başka bir şeye gerek yok, –dedi ve kâğıdı masaya bıraktı. Bir dakika sonra, başka bir konudan söz ederlerken kâğıdı koyduğu yerden aldı, katlayıp kendi çalışma masasının üzerine bıraktı.

— Sanırım, dün beni resmen sorguya çekmek istediğinizi söylemiştiniz... şu... öldürülen kadınla ilişkili olarak? –diye başladı Raskolnikov. Sonra şimşek hızıyla: "Şu 'sanırım'ı ne diye ekledim sanki?" diye geçirdi kafasından. Hemen ardından da yine şimşek hızıyla: "İyi ama sanırımı ekledim diye niçin bu kadar tedirgin oluyorum?" diye düşündü.

Yalnızca Porfiri'yle karşılaşmış olmanın, yalnızca bir çift sözün, iki bakışın kuşkularını böylesine büyütmesini, onu böylesine işkillendirmesini çok tehlikeli buldu; sinirleri bozulacak, heyecanı artacaktı. "Felaket! Felaket! Yine ağzımdan bir şeyler kaçıracağım!"

— Evet, evet, evet! Hiç merak etmeyin! Zamanımız var, zamanımız var! –diye mırıldandı Porfiri Petroviç. Odanın içinde, yazı masasının önünde bir aşağı bir yukarı amaçsızca dolaşıyor, bazen pencereye, bazen çalışma masasına, oradan yine yazı masasına doğru koşturuyor, bazen gözlerini Raskolnikov'un kuşkulu bakışlarından kaçırıyor, bazen birdenbire durarak delikanlının gözlerinin ta içine bakıyordu. Lastik bir top gibi dört bir yana yuvarlanan, duvarlara, köşelere çarparak hemen geri dönen bu küçücük, toparlacık adamın pek tuhaf bir görünüşü vardı.

Konuğuna sigara sunarken;

— Zamanımız var, zamanımız var... Sigara içer misiniz? –diye sürdürdü sözlerini.– Sigaranız var mı? Buyurun, buradan yakın... Biliyor musunuz, sizi burada kabul ediyorum, ama benim odam aslında şurada, şu bölmenin arkasında... Devletin bana verdiği makam odası... Burada geçici olarak bulunuyorum... Biraz onarım yapmak gerekti benim odamda. Şu sıralar bitmek üzere... Beylik oda güzel bir şey, öyle değil mi? Siz ne dersiniz?

Raskolnikov alaycı bir bakışla:

— Ya, güzel bir şey, –dedi.

Porfiri Petroviç bambaşka birtakım düşüncelere dalmış gibi:

— Güzel bir şey, güzel bir şey... –diye birkaç kez tekrarladı.

Sonra birden Raskolnikov'a iyice yaklaşıp gözlerini gözlerine dikerek,

— Evet, çok güzel bir şey!.. –diye bağırdı. Beylik odanın güzel bir şey olduğu gibi aptalca bir sözü tekrarlayıp durması, şu anda konuğuna dikilen gözlerindeki ciddi, anlamlı, gizemli bakışlarla son derece çelişiyordu.

Onun bu durumu, Raskolnikov'un öfkesini büsbütün taşırdı; alay etmekten ve tedbirsizce meydan okumaktan kendini alamayarak:

— Sanırım, bütün sorgu yargıçlarınca uygulanan bir yöntem bu, –dedi. Porfiri'nin yüzüne küstahça bakıyor ve küstahlığından sanki keyifleniyordu.– Bu yönteme göre sorgu yargıçları söze epey dolambaçlı yollardan anlamsız görünen birtakım konulardan ya da ciddi olmakla birlikte, asıl konuyla ilgisi bulunmayan başka birtakım konulardan söz ederek girerler. Amaçları, deyim yerindeyse, sorguya çekilen kişiyi yüreklendirmek ya da daha doğrusu onun dikkatini dağıtmak, sonra birdenbire en amansız, en tehlikeli sorularla onu serseme çevirmektir, öyle değil mi? Sizin meslekte kutsal bir şeymişçesine bağnazlıkla uygulanan bir yöntem bu yanılmıyorsam?

— Daha neler!... Yoksa sizi şu beylik oda sözlerimle... şey mi yapacağımı sandınız?

Porfiri Petroviç bunları söyledikten sonra gözlerini kırpıştırdı, yüzünde neşeli, kurnaz bir ışık dolaştı, alnındaki incecik çizgiler kayboldu, gözleri süzüldü, yüzünün çizgileri uzadı ve birden Raskolnikov'un gözlerinin içine bakarak sarsıla sarsıla gülmeye başladı. Aralıksız, sinirli bir gülüştü bu. Raskolnikov da gülümsemek için kendini zorladı. Porfiri Petroviç onun da güler gibi olduğunu görünce, öyle gülmeye başladı ki, neredeyse katılacaktı, yüzü kıpkırmızı kesildi. Raskolnikov'un duyduğu tiksinti bir anda her türlü çabasını geride bıraktı; gülmesi bir anda silindi, kaşlarını çattı ve Porfiri Petroviç'in dinmek bilmeyen ve kasıtlıymış hissi veren uzun kahkahaları boyunca gözlerini bir an bile ayırmaksızın öfke dolu bakışlarını onun üzerine dikti. İki taraf da ihtiyatsızlık etmişti: Porfiri Petroviç konuğuyla alay etmiş, o bunu nefretle karşılamıştı. Öte yandan yine Porfiri Petroviç konuğunun nefretine hiç aldırış etmemişti. Raskolnikov için önemli bir noktaydı bu. Porfiri Petroviç'in, kendisinin deminki sözlerine de hiç aldırış etmediğini anlıyordu. Tuzağa düşmüştü işte. Porfiri'nin bu davranışının onca bilinmeyen bir amacı vardı; belki de bir şeyler hazırlamıştı ve şimdi, hemen şu anda her şey açığa çıkabilir, her şey altüst olabilirdi.

Hemen konuya girdi. Ayağa kalkıp şapkasını alarak, kararlı, ama oldukça sinirli bir tavırla:

— Porfiri Petroviç, –dedi,– dün beni sorguya çekmek istediğinizi söyleyerek buraya gelmemi istemiştiniz (sorguya çekmek sözlerini özellikle vurgulamıştı). İşte geldim, soracak bir şeyiniz varsa, buyurun sorun, yoksa bırakın gideyim. Zamanım yok, bir sürü işim var. Şu, arabanın altında kalarak ezilen zavallı memurun cenazesinde bulunmak zorundayım... ki kendisini siz de biliyorsunuz.

Raskolnikov sözlerine eklediği son cümleden dolayı sinirlendi, daha da öfkelenerek sürdürdü sözlerini:

— Ve bütün bunlardan bıktım artık, duyuyor musunuz, çoktan bıktım! Biraz da bu yüzden hasta oldum... Kısacası, –hastalıkla ilgili sözlerinin daha da yersiz kaçtığını düşünerek büsbütün bağırmaya başladı,– kısacası ya sorguya çekin beni ya da bırakın gideyim... Sorguya çekecekseniz, bu ancak usulünce olabilir, başka türlüsüne izin vermem! Böylece, birlikte yapacağımız bir şey bulunmadığına göre, şimdilik hoşça kalın!

— Aman Tanrım! Neler söylüyorsunuz! Ne diye sorguya çekeyim sizi?..

Porfiri Petroviç bir anda tavrını değiştirmiş, gülmesini kesmişti; gıdaklar gibi konuşuyordu:

— Rica ederim, telaşlanacak bir şey yok... –Yeniden odanın içinde volta atmaya başlamıştı, arada bir Raskolnikov'un yanına gelerek onu yerine oturtmaya çalışıyordu.– Zamanımız var, zamanımız var... Hem bütün bunlar önemsiz şeyler! Tam tersine, sonunda buraya gelişinize nasıl sevindim, bilemezsiniz! Sizi bir konuk olarak kabul ediyorum. Şu lanet gülüşüme gelince, rica ederim beni bağışlayın Rodion Romanoviç. Rodion Romanoviç? Doğru söylüyorum değil mi adınızı? Sinirli bir adamım ben. Zekice nüktelerinizle beni güldürdünüz! Bazen bir lastik top gibi hoplaya hoplaya yarım saat kadar güldüğüm olur. Hastalıktır bende gülmek. Vücut yapımı düşünerek, bu yüzden bir gün inme ineceğinden bile korkuyorum. Otursanıza, ne oluyorsunuz böyle! Lütfen oturun, iki gözüm, yoksa bana darıldığınızı düşüneceğim...

Raskolnikov kaşlarını daha da çatmış, öfkeyle susuyor, dinliyor ve onu izliyordu. Sonunda, kasketini bırakmadan oturdu.

Porfiri Petroviç yine odanın içinde koşturarak ve başlangıçta olduğu gibi konuğuyla göz göze gelmemeye çalışarak:

— Size, huyumu anlamanız için kendimle ilgili bir iki şey söyleyeceğim, Rodion Romanoviç, –dedi.– Biliyorsunuz ben bekârım. Çevrem yoktur, kimse beni tanımaz. Üstelik işi bitmiş, tohuma kaçmış bir adamım... ve... ve bilmem dikkatinizi çekti mi Rodion Romanoviç, bizde, yani Rusya'da, özellikle de bizim şu Petersburg'da, yeni tanışmış ama birbirlerine saygı duyan, örneğin bizim gibi aklı başında iki adam, bir araya geldikleri zaman konuşacak bir şey bulamazlar ve koca bir yarım saat birbirlerinden sıkılarak buz gibi öylece dururlar. Oysa herkesin, örneğin kadınların, konuşacak konuları vardır... Yine, örneğin sosyeteden insanlar her zaman konuşacak bir şeyler bulurlar; bizim gibi orta hallilere, yani düşünen, aydın kişilere gelince, nedense hep utanırız; bir türlü konuşamayız, oysa *c'est de rigueur.*[1] Peki bu niçin böyle? Ortak ilgi alanlarımız mı yok, yoksa birbirimizi aldatamayacak kadar dürüst müyüz? Bilmiyorum. Siz ne dersiniz? Kasketinizi bıraksanıza, hemen kalkıp gidecek gibi bir haliniz var... Bakarken bile rahatsız oluyor insan... Oysa ben sizinle olmaktan çok sevinçliyim.

Raskolnikov şapkasını masanın üzerine koydu. Yine öyle kaşları çatık, suskun, ciddi, Porfiri Petroviç'in gevezeliklerini dinliyordu. "Amacı ne bu adamın? Yoksa dikkatimi gevezeliklerinin üzerine mi çekmek istiyor?"

Porfiri Petroviç ara vermeden sürdürüyordu sözlerini:

— Size kahve sunamayacağım, çünkü yeri değil! Ama insan hoşça zaman geçirmek için bir dostuna bir beş dakikasını da veremezse, olur mu? Ama memurluk böyledir işte, bilirsiniz... Sonra, bu ileri geri dolaşmalarım da kızdırmasın lütfen sizi... Beni bağışlayın azizim, sizi gücendirmekten korkuyorum, ama bu dolaşmalar benim için bir zorunluluk... Sürekli oturduğum için, beş dakikalık böyle bir gezinti bana büyük zevk veriyor... Hemoroidim var da... jimnastikle geçirmek istiyorum hep... Anlattıklarına göre devlet müşavirleri, eylemli devlet müşavirleri ve hatta gizli müşavirler büyük bir keyifle ip atlıyorlarmış dairelerinde... Yüzyılımızda

---

1 (Aslında da Fransızca) — "Bu bir zorunluluktur" anlamında.

bu bile nasıl bir bilim halini almış, görüyor musunuz!.. Bu işler böyledir işte... Buradaki zorunluluklarımıza, bütün o sorgulara ve öteki formalitelere gelince... Demin siz de böyle bir sorgu sözü etmiştiniz... Bilir misiniz, azizim Rodion Romanoviç, bu sorgular sorguya çekilenden çok, sorguya çekenin aklını karıştırır?.. Demin siz de son derece yerinde olarak ve zekice bu konuya işaret buyurmuştunuz (Raskolnikov bu konuda hiç de bir şey söylememişti). Evet, aklınız karışır! İnanın aklınız karmakarışık olur! Trampet sesi gibi sanki, hep aynı şey, hep aynı şey! Bakalım, şimdi reform yapıyoruz... Hiç değilse adlarımız değişecek... Hah–hah–ha!.. Bizim kullandığımız yöntemlere gelince... sizin o çok zekice deyiminizi kullanıyorum doğrusu bu konuda size katılırım... Ama sorarım size, mujikler de içinde olmak üzere, hangi sanık bilmez bu yöntemi? Yani söze, yine sizin deyiminizle, dolambaçlı yollardan girildiğini, sonra birden en amansız, en tehlikeli sorularla kendisinin serseme çevrileceğini hangi sanık bilmez? Hah–hah–ha! Yine sizin deyiminizi kullandım! Hah–hah–ha!.. Buradaki makam odamdan söz edişimin gerçekten sizi şaşırtmak için mi olduğunu sandınız? Hah–ha!.. Çok şakacısınız. Hiç öyle şey yapar mıyım! Laf lafı açıyor, düşünce düşünceyi kovalıyor, bir de aklıma geldi, demin usulden söz etmiştiniz siz, hani, usulüne uygun sorgulamadan... Nedir ki usul dediğiniz! Pek çok durum için usul saçmalıktan başka bir şey değildir. İnsan bazen usul dışı, dostça, konuşur ve bu çok daha yararlı olur. Bu böyle diye, usul kaybolmaz, hiç merak etmeyin. Hem işin özüne bakacak olursak, nedir ki şu usul dediğimiz şey? Bir sorgu yargıcının eli kolu usulle bağlanmamalıdır. Sorgu yargıcının yaptığı iş bir tür sanattır, özgür bir sanat ya da bunun gibi bir şey... Hah–hah–ha!..

Porfiri Petroviç bir an soluk almak için durdu. Öylesine aralıksız konuşuyordu ki, bazen anlamsız birtakım şeyler, bazen gizemli birkaç cümle söylüyor, durmadan konuşuyordu. Odadaki dolaşmaları neredeyse koşturmaya dönüşmüştü; tombul, yağlı bacakları hızla hareket ediyordu, gözleri hep yerdeydi; sağ kolunu arkasına atmış, sol koluyla aralıksız birtakım hareketler yapıyordu; kolunun hareketleriyle sözleri arasında şaşırtıcı bir uyumsuzluk vardı. Raskolnikov birden, odada dolaşırken iki kez kapının orada duraklar gibi olduğunu ve içeriye kulak kabarttığını fark etti...

"Yoksa beklediği bir şey mi var?"

— Siz gerçekten de haklısınız... -yeniden söze başlamıştı Porfiri Petroviç; neşeli, saf, temiz bakışlarla bakıyordu Raskolnikov'a. (Raskolnikov bir an bu bakışlardan dehşetle irkildi, ama hemen kendini toparladı.)– Evet, şu bizim hukuk usulleriyle alay etmekte çok haklısınız, hah–hah–ha! Psikolojik derinlikleri büyük usullerimiz! Hepsi değil, ama bazıları gerçekten çok gülünçtür, dahası tam bir katılıkla izlendikleri zaman büsbütün yararsızdırlar. Evet... yine usulden söz edeceğim; diyelim, bana verilmiş bir iş var ve ben filan ya da falan adamın suçlu olduğunu biliyorum ya da daha doğrusu suçlu olduğundan kuşkulanıyorum... Siz hukuk öğrenimi yapıyorsunuz değil mi Rodion Romanoviç?

— Yapıyordum...

— Öyleyse size ileride işinize yarayabilecek bir örnek vereyim... Sakın size ders vermek cesaretinde bulunduğumu düşünmeyin; suçlar üzerine makaleler yayımlamış biri için böyle bir şeye cesaret edemem! Size gerçek bir olaydan örnek verme cesaretinde bulunacağım. Diyelim falanca ya da filanca kişi bana göre katildir. Elimde kanıtlar bile olsa, bu adamı zamanından önce rahatsız etmenin bir anlamı var mı? Öte yandan bir başkasını hemen yakalatmak zorundayımdır... Ama falanca kişi bambaşka bir yaradılıştadır, öyleyse ben de bırakırım, elini kolunu sallaya sallaya dolaşsın kentte... Hah–hah–ha! Hayır, görüyorum ki, tam anlamadınız beni; öyleyse size biraz daha açayım konuyu: Eğer ben bu adamı zamanından önce yakalar ve içeri atarsam, bununla ona manevi bir destek sağlamış olurum, hah–hah–ha! Bakın, gülüyorsunuz! (Oysa Raskolnikov gülmediği gibi, dudaklarını sıkmış, alev alev yanan gözlerini Porfiri Petroviç'e dikmişti.) Ama bir başkasına, başka türlü yaklaşırım, çünkü insanlar bin bir türlüdür ve her biri için özel bir uygulama geliştirmek gerekir. Şimdi siz bana, "peki delilleriniz?" diyeceksiniz. Evet, varsayalım ki, elimizde delil de var. Ama azizim, delil denilen şey, çoğunlukla çift ağızlı usturaya benzer. Bense yalnızca bir sorgu yargıcıyım, yani zayıf bir insanım, soruşturmanın sonucunu matematik bir kesinlikle görmek isterim. Bulacağım deliller, iki kere iki dört eder gibi kesin olmalı! Apaçık ve tartışılmaz şeyler olmalı! Diyelim ki, onu zamanından önce yakalayıp içeri attım, katilin o olduğuna kesinlikle inanıyor olmama karşın, böyle bir davranışla onun kendi kendini ele vermesini önlemiş olmaz mıyım? Neden mi? Çünkü yakalayıp içeri atmakla onu belirli bir durum içine sokmuş olurum, yani ona manevi bir belirlilik sağlamış olurum. Böylece rahatlar ve benden uzaklaşarak kendi kabuğuna çekilir. Sonunda da bir tutuklu olduğunu anlar. Anlattıklarına göre, Sivastopol'de Alman çatışmalarından hemen sonra, bazı akıllı kişiler, düşmanın açıktan saldırıya geçeceğinden ve kentin çabucak düşeceğinden korkuyorlarmış.[1] Oysa düşmanın usulüne uygun bir kuşatma yolunu seçtiğini ve ilk sıra kuşatma hendeklerini kazmaya başladığını görünce sevinmişler; kentin usulünce bir kuşatmayla alınması demek, bu işin bir iki ay daha uzaması demekmiş çünkü. Yine gülüyorsunuz, yine inanmıyorsunuz bana! Aslında siz de haklısınız. Evet evet, haklısınız! Bunlar özel birtakım olaylar. Size katılıyorum. Ama burada, aziz Rodion Romanoviç, canım kardeşim, bir noktayı gözden uzak tutmamak gerekir: Bütün hukuk usullerinin, hukuki kuralların, şu kitaplarda yazıldığı biçimde kendilerinden kaynaklandığı ge-

---

1 1854–1855 Kırım Savaşı'ndan söz edilmektedir.

nel olaylar zaten yoktur. Çünkü her olay; hiç değilse her cinayet, işlenir işlenmez tümüyle özel bir olay halini alır. Hatta bazen kendinden öncekilere hiç benzemeyen, çok özel olaylar halini alırlar. Bu arada çok komik olaylar da olur. Diyelim, ben adamı tutuklamıyor ve serbest bırakıyorum, kendisini hiç mi hiç rahatsız etmiyorum. Ama bir koşulla: Adam gece gündüz, her saat, her dakika kendisini izlediğimi, her şeyi bildiğimi bilecek ya da bundan kuşkulanacak... Böylesine bir kuşku ve korku altında yaşamaya dayanamayacağına yemin ederim. Eninde sonunda kendiliğinden gelecek ve hatta bana iki kere iki dört eder gibi matematik kesinlikle deliller sağlayacak birtakım davranışlarda bulunacaktır. Eh, güzel olan da bu değil mi? Kara cahil bir mujiğin de, çağdaş, aydın, hatta kimi alanlarda başarılar kazanmış bir insanın da başına gelebilir bu. Çünkü bir tane kardeşim benim, insanların hangi alanlarda başarılı olduklarını bilmek çok önemli bir şeydir. Hele sinirler? Siz sinirleri tümden unutmuşa benziyorsunuz? Bu sıralar sinirler pek zayıf, sinirler çok yıpranmış durumda!.. Hele öfke? Nasıl öfkelidir suçlular, biliyor musunuz? Bazen bütün bu işlerin kaynağı bunlardır! Benim adamım elini kolunu sallaya sallaya kentte dolaşıyorsa, ben bundan ne diye rahatsız olayım? Varsın dolaşsın! Ben nasıl olsa, onun benim bir kurbancığım olduğunu, benden bir yere kaçamayacağını biliyorum ya!.. Nereye kaçabilir ki zaten? Hah–hah–ha! Yurtdışına mı? Bir Polonyalı kaçabilir, ama o asla! Kaldı ki, kendisini her an izliyorum, her türlü önlemi almış durumdayım... Rusya'nın içerilerine mi kaçar diyorsunuz? Ama orada da mujiklerimiz var, şu gerçek Ruslar! Hem günümüz aydını, Rusya içlerindeki mujikler gibi yabancılar arasında yaşamaktansa, hapiste yatmayı yeğ tutar, hah–hah–ha!.. Neyse, bunların hepsi saçma ve konumuz dışında kalan şeyler! Hem, kaçmak ne demek? Biçimsel bir şey değil midir kaçmak? Önemli olan, onun yalnızca gidecek yeri olmadığı için kaçmayışı değil, psikolojik bakımdan kaçamayacağıdır, hah–hah–ha!.. Ne güzel dile getirdim ama, öyle değil mi! Kaçacak yeri olsa bile, doğa yasası gereği benden kaçamaz o! Yanan mumların çevresindeki pervaneleri görmüşsünüzdür!.. İşte o da, tıpkı pervaneler gibi çevremde dönüp duracak, sonunda bir gün özgürlük kendisi için tatlı bir şey olmaktan çıkacak, şaşıracak, sersemleyecek, ağa düşmüş balık gibi ölümcül korkular duyacaktır. Üstüne üstlük, matematik kesinlikteki şu iki kere ikilik delilleri de kendisi hazırlayacaktır bana... Yeter ki, kendisine uzunca bir süre vermiş olayım... Dairelerini daralta daralta çevremde dönüp duracak, sonunda da hop ağzıma düşecek! Tabii ben de kendisini yutuvereceğim! Ah bu öyle hoş bir şeydir ki, hah–hah–ha!.. İnanmıyor musunuz?

Raskolnikov karşılık vermedi. Yüzü bembeyazdı: Aynı gergin bakışlarla Porfiri'ye bakıyordu.

"Ders, doğrusu harikaydı!" diye düşündü soğuk soğuk ürpererek. "Bu artık, dünkü gibi fareyle oynayan kedi de değil! Bana saçma sapan bir güç gösterisinde bulunduğunu da sanmıyorum: Böyle bir şey yapmayacak kadar zeki bir adam çünkü. Başka bir amacı var, ama ne? Yok, kardeş, bütün bunlar saçma! Kurnazlık ediyor, beni korkutmak istiyorsun! Elinde bir tek delil yok! Dün gördüğüm adam da yok! Yalnızca beni şaşırtmak istiyorsun! Beni sinirlendirmek ve bundan yararlanmak için yalan üstüne yalan kıvırıyorsun! Sökmez bunlar, sökmez! Evet, belki bir hazırlığın var, ama yalan söylüyorsun, sökmez bana bunlar! Hem hazırlığın ne olduğunu da göreceğiz!.."

Korkunç ve belirsiz bir felakete hazırlanarak bütün gücüyle kendini toparladı. Bazen, birden üzerine atılıp Porfiri'yi boğmak isteği duyuyordu. Buraya gelirken de böylesi duygulara kapılabileceğini düşünmüş ve korkmuştu. Dudaklarının kuruduğunu, yüreğinin hızla çarptığını duydu. Ama susmak ve zamanı gelmeden konuşmamak kararındaydı. İçinde bulunduğu durum karşısında izlenecek en iyi yolun bu olduğunu anlıyordu. Çünkü böylece kendisi ağzından bir şey kaçırmadığı gibi, susuşuyla düşmanını sinirlendirecek, böylece de belki onun ağzından bir şeyler kaçırmasını sağlayacaktı. Hiç değilse o böyle olacağını umuyordu.

Gittikçe neşesi artan, sevincinden kesik kesik kahkahalar atan Porfiri, odanın içinde yeniden tur atmaya başlayarak:

— Hayır, –dedi,– görüyorum ki bana inanmıyor, şaka yaptığımı sanıyorsunuz. Aslında haklısınız! Tanrı öyle bir yüz, öyle bir vücut vermiş ki bana, başkalarında yalnızca gülünç birtakım düşünceler uyandırıyorum: Buffon[1] gibi bir şeyim sizin anlayacağınız! Benim gibi yaşlı bir adamın kusuruna bakmayın, azizim Rodion Romanoviç, ama size bir kez daha tekrarlıyorum: Daha gençsiniz, daha ilk gençliğinizi yaşıyorsunuz, bu bakımdan da bütün gençler gibi insan aklına her şeyden çok değer veriyorsunuz. Zekânın kıvrak inceliği, aklın soyut, yaşamdan uzak verileri gözlerinizi kamaştırıyor! Askerlik konularından söz etmek ne derece yetkim içindedir bilmem ama, bu durum tıpkısı tıpkısına eski Avusturya Hofkriegsrat'ına benziyor: Kâğıt üzerinde Napolyon'u yenmiş, tutsak etmişlerdi; ama onlar çalışma odalarında bu ince, birbirinden zekice hesaplarla uğraşırlarken, komutanları General Mack ordusuyla birlikte Napolyon'a teslim oluyordu, hah–hah–ha!.. Görüyorum, görüyorum, azizim Rodion Romanoviç, sivil bir adam olmasına karşın, boyuna savaş tarihinden örnekler vermeme gülüyorsunuz... Ne yaparsınız, bu da benim zayıflığım işte... Askerliği severim; askeri bültenleri okumaya bayılırım... Mesleğimi çok, ama çok yanlış seçmişim. Asker olmalıymışım ben, evet, belki bir Napolyon olamazdım, ama herhalde bir binbaşı olurdum, hah–hah–ha!.. Neyse, şimdi de size, aziz dostum, bu özel olaya ilişkin bütün gerçeği ayrıntılarıyla açıklayayım: Gerçeklik ve doğa, muhterem efendim benim, çok önemli şeylerdir; o kadar ki,

---

1 (Fransızca – *Bouffon*) — Soytarı.

bazen en ince hesapları bile altüst ederler! Siz bu ihtiyarın sözlerini kulak ardı etmeyin Rodion Romanoviç, (ancak otuz beşinde bulunmasına rağmen Porfiri Petroviç bunları söylerken sanki gerçekten de yaşlanıvermişti; sesi bile değişmiş, kamburu çıkmış, iki büklüm olmuştu) çok ciddi konuşuyorum... Sonra ben açıkyürekli bir insanım... Ne dersiniz, sizce de öyle miyim? Sanırım, açıkyürekliyim; baksanıza, hiçbir karşılık beklemeden size neler anlatıyorum... Hah–hah–ha!.. Neyse, devam edelim: Bence zekâ olağanüstü bir şeydir; doğanın süsü, hayatın avuntusudur; bu arada, hep olduğu gibi, kendini hayallerine kaptırmış zavallı bir sorgu yargıcına, şaşırtıcı hünerleriyle içinden çıkamayacağı birtakım hokkabazlıklar da yapabilir; çünkü önünde sonunda sorgu yargıcı da bir insandır! Ama işte bu noktada doğa sorgu yargıcına el uzatıverir! Bu arada (dün sizin çok zekice ve kurnazca belirttiğiniz gibi) önünüze çıkan bütün engelleri aşmakta olan kendi zekâsına vurgun gençlik ise bunu aklına bile getirmez. Diyelim şu bizim özel alaydaki sanık, İncognito, yalan söylemektedir, hem de kusursuz, mükemmel bir yalan; kendisini zafer kazanmış saymakta, zekâsının meyvelerini toplamaya hazırlanmaktadır, değil mi? Ne gezer! En olmayacak yerde, bu işin en fazla skandal sayılacağı yerde pat diye düşer bayılır. Evet, hastalıktan, sık sık görüldüğü gibi odaların boğucu havasından olabilir bayılması ama, olsun, bir kurt düşer karşı tarafın içine! Evet, benzersiz bir biçimde yalan söyleyebilmektedir, ama doğasının kendisine neler edebileceğini hiç bilememiştir: İşin can alıcı noktası buradadır işte! Bir başka kez, zekâsının kıvraklığına kapılıp, kendisinden kuşkulanan adamla alay etmeye kalkışır... Oynadığı rol gereğiymiş gibi, bile bile yapıyormuş gibi, yüzü sapsarı kesilir, ama bu kadarı biraz fazla doğal kaçar, gerçeğe fazla uygundur yüzünün renginin gitmesi... Alın size mide bulandırıcı ikinci bir şey daha! Evet, gerçi bu birinci karşılaşmada onu aldatmıştır, ama bütün gece düşünür durur; acaba ufacık da olsa yanlış bir şey yaptım mı diye... Bu her adımda böyledir! Dahası da var: Kendiliğinden öne çıkar, gerekli gereksiz, her şeye burnunu sokmaya başlar, konuşmak bir yana, tam tersine susulması gereken yerlerde gevezelik etmeye, kinayeli kinayeli konuşmaya başlar, hah–hah–ha!.. Bu en zeki insanların, psikologların, edebiyatçıların başına da gelebilen bir durumdur! İnsanın doğası, insanın aynasıdır, hem de ne ayna! Geç karşısına, kendini hayran hayran seyret! Rodion Romanoviç, ama siz niçin böyle sapsarı kesildiniz? Yoksa odanın havası mı boğucu? Pencereyi açayım mı?

Raskolnikov birden bir kahkaha atarak:

— Yo, rica ederim rahatsız olmayın, –dedi,– rica ederim!

Porfiri onun tam karşısında duruyor, bekliyordu; birden o da bir kahkaha attı. Raskolnikov kanepeden kalktı, tümüyle sinirden olan kahkahasını birden kesti ve ayakta güçlükle duruyor olmasına karşın, yüksek sesle ve tane tane:

— Porfiri Petroviç! –dedi.– Kocakarıyla kız kardeşi Lizaveta'nın ölümlerinden açıkça beni suçladığınızı görüyorum, kendi payıma bütün bunlardan artık fazlasıyla bıktığımı açıklıyorum size. Hakkımda yasal bir kovuşturma yapma yetkisine sahipseniz yapın; tutuklama hakkına sahipseniz, tutuklayın. Ama gözümün içine baka baka alay etmenize, bana acı çektirmenize izin veremem.

Birden dudakları titredi, gözleri delice bir ışıkla tutuştu, o ana kadar tuttuğu sesi çınlamaya başladı. Olanca gücüyle masaya bir yumruk indirerek:

— İzin veremem! –diye bağırdı.– Anlıyor musunuz, Porfiri Petroviç? İzin veremem!

Porfiri Petroviç büyük bir korku içinde:

— Aman Tanrım, yine ne oluyor! –diye bağırdı.– Rodion Romanoviç, anam babam, neyiniz var, neyiniz var kardeşim?

— İzin veremem! –diye bağırdı Raskolnikov bir kez daha.

Porfiri Petroviç yüzünü Raskolnikov'un yüzüne yaklaştırarak korku içinde;

— Daha yavaş, iki gözüm! –dedi.– Şimdi duyup gelecekler! O zaman onlara ne deriz, düşünsenize!

Raskolnikov bir makine gibi:

— İzin veremem! İzin veremem! –diye tekrarladı. Ama bu kez onun da sesi fısıltı halinde çıkmıştı.

Porfiri çabucak koşup pencereyi açtı.

— Hele biraz temiz hava alın! Sonra bir yudum da su içmeniz gerek, yine bir nöbet geçiriyorsunuz!

Tam su söylemek için kapıya atılmıştı ki, köşede su dolu bir sürahi gördü. Sürahiyi kapıp Raskolnikov'un yanına koştu.

— İçin iki gözüm, –diye fısıldadı.– Belki iyi gelir...

Porfiri'nin korkusu ve ilgisi o kadar doğaldı ki, Raskolnikov sustu ve dik dik ona bakmaya başladı. Suyu da içmemişti.

— Rodion Romanoviç! İki gözüm! Böyle devam ederseniz, inanın bana, aklınızı oynatırsınız! İçsenize... Bir yudumcuk hiç değilse!..

Bardağı zorla Raskolnikov'un eline tutuşturmaya çalıştı. Raskolnikov bir makine davranışıyla bardağı aldı, dudaklarına götürdü, ama birden kendine geldi, bardağı tiksintiyle masanın üzerine bıraktı.

Porfiri Petroviç dostça bir üzüntüyle, ama hâlâ şaşkın:

— Bir nöbetçik geçirdiniz, –dedi. Konuşması yine tavuk gıdaklaması gibiydi.– Eski hastalığınız depreşecek böyle giderseniz... Aman Tanrım! Kendinizi hiç, ama hiç korumuyorsunuz! Dün de Dmitri Prokofiç gelmişti bana... Evet kabul ediyorum, çok kötü, alaycı bir huyum var... Ama herkes de bundan ne sonuçlar çıkarıyor!.. Aman Tanrım! Dün, sizden sonra geldi. Oturup yemek yedik, o anlattı, anlattı, ben yalnızca ellerimi açtım, düşündüm ki... Ah Tanrım! Yoksa siz mi göndermiştiniz onu? Otursanıza iki gözüm, oturun Tanrı aşkına!

— Hayır, ben göndermedim! –dedi Raskolnikov sert bir sesle.– Ama size gittiğini ve niçin gittiğini biliyordum.

— Biliyor muydunuz?

— Biliyordum ama ne olmuş biliyorsam?

— Ne mi olmuş Rodion Romanoviç, iki gözüm; ben sizin yalnızca birtakım kahramanlıklarınızı değil, sizinle ilgili her şeyi biliyorum! Akşam vakti, ortalık karardıktan sonra nasıl daire kiralamaya gittiğinizi, kapının çıngırağını nasıl çaldığınızı, yerdeki kanları sorarak kapıcıyla oradaki işçileri nasıl şaşırttığınızı... O sırada içinde bulunduğunuz ruh halini de çok iyi anlıyorum... ama yemin ederim, böyle giderseniz, aklınızı kaçıracaksınız. Önce talihinizden, sonra karakoldakilerden gördüğünüz aşağılamalar içinizde soylu bir öfke dalgasının kabarıp taşmasına yol açtı; bu nedenle herkese bildiği her şeyi hemen söyletebilmek için oraya buraya koşturup duruyorsunuz, çünkü bütün bu aptalca şeylerden, bu kuşkulardan bıkıp usandınız artık, öyle değil mi? Doğru kestirmiş miyim içinde bulunduğunuz ruh halini? Ama böyle yapmakla yalnız kendinizin değil, benim zavallı Razumihin'in de başını döndürüyorsunuz... Çünkü siz de bilirsiniz ki, böylesi işler için o çok iyi bir çocuktur. Siz hasta bir insansınız, o ise erdemli bir insan. Onun erdemliliği, sizin bu hastalığınızın kolayca ona da bulaşmasına neden olabilir. Hele biraz yatışın, iki gözüm, size bunların hepsini anlatacağım... Otursanıza iki gözüm, Tanrı aşkına oturun! Oturun ve dinlenin lütfen, yüzünüzde renk diye bir şey kalmamış, otursanıza!..

Raskolnikov oturdu. Bütün vücudunu bir ateş basmıştı: Korku içinde olan ve kendisine dostça bir yakınlık gösteren Porfiri Petroviç'i derin bir şaşkınlık ve gerilim içinde dinliyordu. Ona inanmak için tuhaf bir eğilim duymasına karşın, söylediği bir tek söze bile inanmıyordu. Porfiri'nin kocakarının dairesiyle ilgili sözleri kendisini müthiş şaşırtmıştı. "Nasıl bilebilir bu daire işini?" diye düşündü içinden, "üstelik bunu bildiğini bana da söylüyor!"

— Adalet hizmetinde çalıştığım yıllar içinde, buna benzer, yine hastalıklı, psikolojik bir olaya daha tanık olmuştum, –diye yeniden söze başladı Porfiri Petroviç, çabuk çabuk konuşuyordu.– Adamın birisi yine böyle kendisine cinayet iftirasında bulunmuştu. Hem de nasıl bir iftira: Koca bir hayali olay yaratmış, kanıtlar ileri sürmüş, nedenler sıralamış, böylece de herkesin aklını karıştırmıştı. İyi ama, neden? Bütünüyle kasıtsız olarak, bir cinayete bir parça da o neden olmuştu. Ama yalnızca, bir parça... Ve bir cinayete neden olduğunu öğrenir öğrenmez de kendini büyük bir üzüntüye kaptırdı, hayaller görmeye başladı ve oynattı. Kendini, katilin kendisi olduğuna inandırdı! Bereket versin Yargıtay kararı bozdu, adamcağız beraat etti ve gözetim altına alındı. Aferin şu Yargıtay'a doğrusu! Ah, ah! Hiç olur mu iki gözüm? İnsan böyle gece vakitleri gidip kapı çıngırakları çalar, kapıcılara birtakım kanları ne yaptıklarını sorarsa, sinirleri ne hale gelir? Sayıklamaz da ne yapar böyle bir insan! Bu psikolojiyi ben meslek hayatımızın bana kazandırdığı deneylerle öğrendim. Bazen kendini pencereden ya da çan kulesinden atmaya kalkanlara rastlanır, böylesine baştan çıkarıcı bir duygu içine girerler bazen. Sizin şu kapının çıngırağını çalmanız da bunun gibi bir şey... Hastalık, Rodion Romanoviç, hastalık! Hastalığınızı biraz fazla küçümsemeye başladınız! İyi bir doktora görünmenizi salık veririm size... Şu sizin şişko da kim oluyor!.. Sayıklama var sizde! Bütün bunları da sayıklama halindeyken yapıyorsunuz!

Bir anda Raskolnikov'un çevresindeki her şey dönmeye başladı.

"Şu anda da yalan söylüyor olabilir mi?" diye geçirdi kafasından... "Hayır, olamaz, olamaz!" Ama daha önce böyle bir düşünceye kapılmasının kendisini nasıl deliye döndüreceğini hissettiği için hemen kovdu bu düşünceyi kafasından. Porfiri Petroviç'in kendisine nasıl bir tuzak kurduğunu anlayabilmek için bütün zekâsını toplamaya çalışarak:

— Hayır! –diye bağırdı,– sayıklama halinde değildim ben o zaman, tümüyle aklım başımdaydı! Duyuyor musunuz, "aklım başımdaydı," diyorum!

— Duyuyor ve anlıyorum! Siz dün de sayıklamadığınızı söylemiş, hatta bu konuda ayak diremiştiniz! Söyleyebileceğiniz her şeyi anlıyorum! Dinleyin beni, Rodion Romanoviç, benim erdemli dostum, şu duruma bir göz atalım: Siz gerçekten suçlu olsaydınız ya da şu lanet olası işe şu ya da bu biçimde karışmış bulunsaydınız, rica ederim, bütün o yaptığınızda diretir miydiniz? Evet, büyük bir inatla bu konuda böylesine diretir miydiniz? Söyleyin rica ederim, hiç böyle şey olur mu? Bana kalırsa, tam tersine bir davranış içinde olmanız gerekirdi. Eğer kendinizden bir parça kuşkulanıyor olsaydınız, bütün o yaptıklarınızı aklınız başınızda olarak değil, sayıklama halinde yaptığınızda diretmeniz gerekirdi! Öyle değil mi?

Sinsice, şeytani bir şeyler vardı bu soruda. Raskolnikov, üzerine doğru iyice eğilen Porfiri'den uzaklaşmak için, kanepenin arkalığına doğru geriledi. Konuşmuyor, anlamayan gözlerle dimdik Porfiri'ye bakıyordu.

— Ya da alalım şu Razumihin olayını... Kendiliğinden mi geldi dün Razumihin bana, yoksa sizin kışkırtmanızla mı? Burada sizin yapacağınız şey, Razumihin'in bana kendiliğinden geldiğini söylemek, ama sizin kışkırttığınızı gizlemektir, değil mi? Ama siz bunu gizlemiyorsunuz! Bana gelmesi için Razumihin'i kışkırttığınızda ayak diretiyorsunuz.

Oysa Raskolnikov hiç de ayak dirememişti bu konuda. Sırtı soğuk soğuk ürperdi.

— Söylediklerinizin hepsi yalan! –dedi cılız bir sesle; dudakları hastalıklı bir gülümsemeyle kıvrılmıştı.– Bana yine bütün oyunlarımı bildiğinizi, vereceğim cevapları önceden bildiğinizi göstermek istiyorsunuz... –Söylediği sözlerin söylenmesi gerekli sözler olup olmadığından kuşkuluydu, sözlerini bütünüyle kontrol edemediğini hissediyordu – Korkutmak istiyorsunuz beni ya da düpedüz alay ediyorsunuz benimle...

Bunları söylerken Porfiri'nin yüzüne dimdik bakmaya devam ediyordu, birden gözleri sınırsız bir öfkenin kıvılcımlarıyla tutuştu:

— Yalan söylüyorsunuz! –diye bağırdı.– Siz de çok iyi bilirsiniz ki bir suçlunun yapacağı en iyi hile, gizlenmeseler de olabilecek şeyleri, olanaklar ölçüsünde gizlememeye çalışmaktır. Size inanmıyorum!

— Nasıl da dönüp duruyorsunuz düşüncelerinizden! –diye kikirdedi Porfiri.– Sizinle başa çıkılmaz! Bir saplantı yer etmiş kafanıza... Şimdi siz bana inanmıyorsunuz, değil mi? Ama ben diyorum ki, hiç değilse dörtte birine inanıyorsunuz söylediklerimin. Ve size öyle bir şey göstereceğim ki, ne diyorsam hepsine inanacaksınız. Çünkü sizi gerçekten seviyor ve iyiliğinizi istiyorum.

Raskolnikov'un dudakları titredi.

Porfiri Petroviç, Raskolnikov'un kolunun dirseğinin biraz üstünden hafifçe ve dostça bir tavırla tutarak:

— Evet iyiliğinizi istiyorum, –dedi,– ve size kesinlikle şunu söyleyeyim ki, hastalığınıza dikkat etmelisiniz! Kaldı ki, şimdi artık aileniz de burada, onları düşünmeniz, kendilerine sevecen davranmanız gerek, oysa siz onları korkutup duruyorsunuz!..

— Size ne bundan? Hem siz bunu nereden biliyorsunuz? Ve neden ilgileniyorsunuz bu işle? Belki de beni izliyorsunuz ve bu sözlerinizle de bana bunu anlatmak istiyorsunuz?

— İki gözüm! Bunların hepsini, hepsini sizden öğrendim. Bana da, başkalarına da heyecanlarınız sırasında pek çok şey söylediğinizi unutuyorsunuz. Razumihin'den, Dmitri Prokofiç'ten de dün epey ilginç ayrıntılar öğrendim. Hayır, sözümü kestiniz, size şunu söylemek isterim ki, çok zeki olmanıza rağmen, kuruntularınız yüzünden bütün sağduyunuzu kaybettiniz! Örneğin, yine şu kapının zilini çalışınıza dönelim: Böyle değerli bir şeyi, böyle bir gerçeği (hem de ne gerçek!), üstelik de bir sorgu yargıcı olmama rağmen, size kendi ağzımla söyledim. Siz bundan hiçbir şey anlamıyor musunuz? Sizden bir parçacık olsun kuşkulanıyor olsaydım, böyle mi davranırdım? Tam tersine, kuşkularınızı dağıtmam, bu gerçeği bildiğimi sizden gizlemem gerekmez miydi? Böylece sizi tam ters yöne sürükleyip sonra, "Evet, söyleyin bakalım, gecenin onunda, hatta neredeyse on birinde, cinayetin işlendiği evde ne işiniz vardı? Kapının çıngırağını ne diye çalıp durdunuz? Kanı ne yaptıklarını niçin sordunuz? Kapıcıları neden şaşırttınız ve neden karakola götürmeye kalkıştınız?" gibi sorularla, (sizin deyiminizle söyleyeyim) sizi serseme çevirirdim. Sizden bir damlacık kuşkulanıyor olsaydım, işte böyle davranmam gerekirdi. Usulüne uygun bir biçimde sizi sorguya çekmem, evinizde arama yapmam, hatta sizi tutuklamam gerekirdi. Demek oluyor ki, sizden kuşkulanmıyorum, yoksa başka türlü davranırdım! Oysa siz, tekrarlıyorum, sağduyunuzu yitirdiğiniz için, hiçbir şey görmüyorsunuz!

Raskolnikov'un bütün vücudu titredi, öyle ki Porfiri Petroviç bile açıkça fark etti bunu.

— Bütün söyledikleriniz yalan! –diye bağırdı.– Amacınızın ne olduğunu bilmiyorum ama söylediklerinizin hepsi yalan! Az önce bütün bunları bambaşka bir anlamda söylüyordunuz, yanılıyor olmam olanaksız!.. Siz, yalan söylüyorsunuz!

— Ben mi yalan söylüyorum? –dedi Porfiri; sinirlenmiş gibiydi, ama eski neşesini ve alaycılığını koruyordu. Raskolnikov'un kendisiyle ilgili düşüncelerine de hiç aldırış etmiyor gibiydi.– Ben mi yalan söylüyorum?.. Bir sorgu yargıcı olmama rağmen az önce size neler söyledim? Kendinizi savunabileceğiniz yanları, bütün psikolojik gerekçeleri size çıtlatan ben değil miyim? "Sözümona hastalık, sayıklama, hakarete uğramıştım... melankoli... polisler... vb." Bütün bunları söyleyen ben değil miyim, ha? Hah–hah–ha!.. Gerçi bütün bunlar, yeri gelmişken söyleyivereyim bütün bu psikolojik savunma yolları; bu bahaneler, hileler... tümüyle temelsiz şeylerdir. Üstelik de iki yanlıdır bunlar: "Sözümona hastalık, sayıklama, hayal, rüya, hatırlamıyorum..." Peki ama, iki gözüm, bu hastalıklarda, bu sayıklamalarda, neden hep böyle birtakım hayaller, özellikle böyle birtakım rüyalar görülüyor da başkası görülmüyor? Görülebilecek başka hayaller de vardır herhalde, öyle değil mi? Hah–hah–ha!..

Raskolnikov gururla ve aşağılayarak bakıyordu ona.

— Kısacası, –diye bağırdı, Porfiri'yi hafifçe itip ayağa kalkarken,– kısacası bilmek istediğim bir tek şey var: Beni kuşkularınızdan kesinlikle uzak tutuyor musunuz, tutmuyor musunuz? Evet mi, hayır mı? Söyleyin, Porfiri Petroviç, hemen şimdi, çabucak ve açıkça söyleyin bunu!

— Sizinle başa çıkılmaz azizim, doğrusu çok zor adamsınız, –dedi Porfiri, heyecandan uzak, neşeli, kurnazdı.– Daha sizi hiç kimse rahatsız etmeye başlamamışken, bunca çok şeyi öğrenip de ne yapacaksınız? Tıpkı bir çocuk gibisiniz; "Şu ateşi avcuma koyun!" diye tutturmuşsunuz. Niçin bu kadar tedirginsiniz? Neden kendinizi bize hatırlatıp duruyorsunuz? Neden, ha? Hah–hah–ha!..

Raskolnikov çileden çıkmışçasına:

— Bir kez daha söylüyorum size, –diye bağırdı,– artık dayanamam buna...

Porfiri onun sözünü keserek:

— Neye dayanamazsınız? –diye sordu.– Belirsizliğe mi?

— Benimle alay etmeyin! İstemiyorum!.. Size istemiyorum diyorum!.. Dayanamıyorum ve istemiyorum!.. Duyuyor musunuz! Duyuyor musunuz!

Raskolnikov masaya yeniden bir yumruk indirdi.

— Yavaş olun biraz, yavaş! –diye fısıldadı Porfiri.– Herkes duyacak! Sizi ciddi olarak uyarıyorum, kendinizi koruyun. Şaka etmiyorum!

Bu kez Porfiri'nin yüzünde deminki gibi, iyi yürekli bir kadının korkmuş hali yoktu. Hatta tam tersine, bütün o gizemli, iki anlamlı konuşmaları bir yana bırakmış, sert, düpedüz emreden biri olup çıkmıştı. Ama bu durum yalnızca bir an sürdü. Raskolnikov şaşkına dönmüş, müthiş bir öfkeye kapılmıştı; ama şaşılacak şey; dehşetli bir öfke içinde bulunmasına karşın, Porfiri'nin yavaş konuşma buyruğuna ikinci kez boyun eğmişti.

Porfiri'nin buyruğuna karşı çıkamayacağını büyük bir acı ve tiksinti ile anlıyordu Raskolnikov, ancak bu durum onu iyice çileden çıkarmıştı. Biraz önce olduğu gibi fısıltıyla:

— Bana eziyet etmenize izin vermeyeceğim! –dedi.– Beni tutuklayın, üzerimi arayın, tabii hepsini usulünce yapmak koşuluyla, ama benimle oynamayın! Böyle bir şeye kalkışmayın...

Porfiri, dudaklarında az önceki sinsi gülümseme, büyük bir zevkle seyrediyordu onu.

— Usulden yana hiç kaygılanmayın, –dedi.– Sizi buraya çağırmam tümüyle özel ve dostça ilişkiler çerçevesindedir!

— Sizin dostluğunuzu isteyen kim! Tüküreyim sizin dostluğunuza! Anlıyor musunuz! İşte şapkamı alıyor ve gidiyorum! Madem beni tutuklamak niyetindesiniz, bakalım şimdi ne diyeceksiniz?

Şapkasını alıp kapıya doğru yürüdü. Raskolnikov'u az önce olduğu gibi dirseğinin biraz üstünden tutarak kapının orada durduran Porfiri:

— Acaba küçük sürprizimi görmek istemez miydiniz? –diye kikirdedi.

Görünüşünden gitgide neşelendiği ve şakacı bir hal aldığı anlaşılıyordu. Raskolnikov'u iyice çileden çıkarmıştı onun bu durumu: Birden durup korkuyla Porfiri'ye bakarak:

— Ne sürprizi? –diye sordu.– Sürpriz de nereden çıktı?

Porfiri dipteki bölmede bulunan kapalı kapıyı göstererek:

— İşte, –dedi,– şurada, şu kapının arkasında oturuyor küçük sürprizim, hah–hah–ha!.. Hatta kaçmasın diye kendisini kilitledim!

— Ne demek bu? Nerede? Neymiş?..

Raskolnikov kapıya gitti, açmak istedi, ama kapı kilitliydi.

— Kilitlidir. İşte anahtarı!

Gerçekten de Porfiri cebinden bir anahtar çıkarıp gösterdi.

Kendini daha fazla tutamayan Raskolnikov:

— Yalan söylüyorsun! Yalan söylüyorsun soytarı herif! –diye uludu ve geri geri kapıya doğru çekilen, ama hiç de korkmuşa benzemeyen Porfiri'nin üzerine atıldı.– Her şeyi, her şeyi anlıyorum! Kendimi ele vermem için yalan söyleyip beni kızdırıyorsun!

— Rodion Romanoviç, iki gözüm, bir insan kendini bundan daha çok ele veremez ki! Baksanıza, öfkeden neredeyse kendinizden geçtiniz! Bağırmayın, yoksa adam çağırırım!..

— Yalan söylüyorsun! Bir şey olacağı yok! Çağır adamlarını! Hasta olduğumu biliyordun, kendimi ele vermem için beni sinirlendirmek, öfkeden çılgına çevirmek istedin, amacın buydu! Ama hayır, sen hele elindeki delilleri göster bakalım! Her şeyi anlıyorum! Elinde delil yok değil mi? Zamyotov'un adi tahminlerinden, beş para etmez kuşkularından başka bir şey yok elinde! Huyumu biliyordun, beni çileden çıkarmak, sonra da papazlarla, birtakım kurullarla beni sersemе çevirmek istiyordun... Onları bekliyorsun, değil mi? Ne bekliyorsun? Hani, neredeler? Çağırsana!

Porfiri bir yandan kapıya kulak verirken:

— Ne kurullarından söz ediyorsunuz siz iki gözüm? –dedi.– Adamın düşündüğü şeye bak. Hem, sizin deyiminizle söyleyeyim, usulüne uygun davranış bu mudur? Sizin bu işlerden hiç mi hiç anladığınız yok, iki gözüm...

Gerçekten de bu sırada Porfiri'nin kulak kabarttığı kapının ötesinden birtakım gürültüler duyuldu.

— Geliyorlar işte! –diye bağırdı Raskolnikov.– Adam gönderip çağırttın onları! Şimdi ne bekliyorsun! Onlara güveniyordun... çağır hepsini buraya: Kurullarını, tanıklarını, kimi istiyorsan çağır... Hadi! Ben hazırım! Ben hazırım!

Ama tam bu sırada, olayların normal akışı açısından son derece beklenmedik ve tuhaf bir şey oldu; ne Raskolnikov'un, ne Porfiri Petroviç'in tahmin edebileceği bir sonuçtu bu.

VI

Sonraları Raskolnikov'un bu ana ilişkin hatırladıkları şunlar olmuştu:

Kapının ardından duyulan gürültü iyice artmış, derken kapı hafifçe aralanmıştı. Porfiri Petroviç öfkeyle:

— Ne oluyor orada? –diye bağırdı.– Ben sizi uyarmamış mıydım?..

Bir an kimseden ses gelmedi. Ama kapının ardında birilerinin olduğu ve birini itekleyerek kapıdan uzaklaştırmaya çalıştıkları anlaşılıyordu.

Porfiri Petroviç telaşla:

— Ne oluyor orada? –diye yeniden bağırdı.

— Tutukluyu getirdiler, –diye karşılık verdi dışarıdan bir ses,– Nikolay'ı.

Porfiri Petroviç kapıya doğru atılarak:

— Nikolay'ın ne işi var burada? –diye bağırdı.– Nikolay falan istemez! Defolun! Bu ne düzensizlik böyle!

Yine aynı ses:

— Ama o kendisi... –diye başladıysa da devam edemedi.

Dışarıda iki saniye kadar süren müthiş bir itişip kakışma oldu, sonra biri sanki bir başkasını zorla itip uzaklaştırdı, derken Porfiri Petroviç'in odasına yüzü sapsarı bir adam daldı.

Adamın görünüşü çok tuhaftı. İleri doğru bakıyor, ama sanki kimseyi görmüyordu. Gözlerinde kararlılık pırıltısı vardı, ama öte yandan yüzü, idam sehpasına götürülüyormuşçasına sapsarıydı. Bembeyaz dudakları hafifçe titriyordu.

Genç, işçi kılıklı, orta boylu, zayıfça bir adamdı bu. Saçları daire biçiminde kesilmişti. Yüz çizgileri ince ve sertçeydi. İtekleyip elinden kurtulduğu adam da hemen onun ardı sıra odaya dalmış ve kendisini omzundan yakalamıştı. Bu bir jandarmaydı; ama Nikolay kolunu hızla çekerek onun elinden bir kez daha kurtuldu.

Kapıda meraklılar toplanmıştı. Bunlardan kimi kalabalığı yarıp içeri girmeye çalışıyordu. Bütün bunlar bir anda olup bitivermişti.

Epey şaşırmışa benzeyen Porfiri Petroviç'in bu işe çok canı sıkılmıştı.

— Defol! –diye bağırdı adama.– Daha zamanı değil! Çağrılana kadar bekle!.. Niye erken getirmişler bunu?..

Ama Nikolay birden diz çöktü.

— Ne yapıyorsun? –diye bağırdı Porfiri şaşkınlık içinde.

Nikolay tıkanırcasına, ama yine de gür bir sesle:

— Suçluyum! –dedi.– Günah işledim! Katilim ben!

On saniye süren bir sessizlik oldu odada; herkes sanki taş kesilmişti. Jandarma bile elini Nikolay'dan çekmiş ve gerisingeri kapıya doğru uzaklaşarak orada kımıltısız kalmıştı.

Uğradığı bir anlık şaşkınlıktan sıyrılan Porfiri Petroviç:

— Bu da nesi? –diye bağırdı.

Nikolay bir saniyelik bir suskunluktan sonra:

— Ben... katilim... –diye tekrarladı.

— Nasıl?.. Sen... sen kimi öldürdün ki?

Porfiri Petroviç şaşkına dönmüş gibiydi. Nikolay yine bir saniye kadar sustuktan sonra:

— Alyona İvanovna ile kardeşi Lizaveta İvanovna'yı... ben öldürdüm... baltayla... –dedi.– Gözlerim kararmıştı... –diye ekledi ve sustu. Hep öyle diz çökmüş durumdaydı.

Porfiri Petroviç birkaç saniyelik bir duraklamadan sonra birden atıldı, kapıda biriken ve kendilerini henüz çağırmadığı tanıklara gitmeleri için eliyle işaret etti. Herkes bir anda gözden kayboldu, kapı kapandı. Sonra köşede duran ve yabanıl bakışlarla Nikolay'ı süzen Raskolnikov'a baktı, ona doğru bir adım attı, ama birden durakladı; gözleri bir Nikolay'a, bir Raskolnikov'a gidip geliyordu. Sonunda sanki çekiliyormuşçasına Nikolay'a doğru yürüdü.

— Sana göz kararmalarını soran mı oldu ki, koşup geldin? –diye bağırdı.– Ben daha sana gözünün kararıp kararmadığını sormadım... Söyle bakalım, sen mi öldürdün?

— Evet, katil benim... itiraf ediyorum...

— E–eh! Neyle öldürdün peki?

— Baltayla. Önceden bağlamıştım.

— Eh, acele ediyor! Tek başına mı?

Nikolay soruyu anlamamıştı.

— Tek başına mı öldürdün?

— Evet, tek başıma. Mitka'nın hiçbir suçu yok, Mitka'nın bu işle hiçbir ilgisi yok.

— Mitka'ya acele etme bakalım! E–eh!.. Madem öyle, nasıl merdivenlerden öyle koşarak iniyordun? Kapıcılar ikinizi birden görmüşler?

Nikolay önceden hazırlanmış gibi çabuk çabuk:

— Ben o zaman mahsus öyle yaptım... –dedi.– Mitka'yla birlikte koşuyormuş gibi yaptım...

Porfiri öfkeyle:

— Tahmin ettiğim gibi! –diye bağırdı. Sonra kendi kendine konuşuyormuş gibi,– Kendi ağzı değil bu ağız... –diye mırıldandı.

Bu sırada birden gözü Raskolnikov'a ilişti. Nikolay'a kendisini öylesine kaptırmıştı ki, bir ara Raskolnikov'un varlığını unutmuştu. Utanarak Raskolnikov'a atıldı ve:

— Rodion Romanoviç, iki gözüm! –dedi.– Bağışlayın... Böyle olmaz... siz lütfen... yani sizinle bir işimiz kalmadı burada artık... Doğrusu ben de... neyse, sürprizi görüyor musunuz!.. Lütfen!..

Raskolnikov'un koluna girip, kapıya doğru götürdü.

Olup bitenlerden pek bir şey anlamayan, ama yine de yüreklenen Raskolnikov:

— Galiba bunu beklemiyordunuz? –dedi.

— Evet, ama... iki gözüm, siz de beklemiyordunuz. Bakın, eliniz nasıl da titriyor, hah–hah–ha!..

— Siz de titriyorsunuz, Porfiri Petroviç.

— Evet, titriyorum; doğrusu hiç beklemiyordum...

Kapının önünde duruyorlardı. Porfiri, Raskolnikov'un bir an önce gitmesi için sabırsızlanıyordu. Raskolnikov birden:

— Şu küçük sürprizinizi göstermeyecek misiniz? –dedi.

— Dişleri takırdarken söylediği şeye bakın hele şunun! Hah–hah–ha!.. Çok şakacısınız! Neyse, yine görüşürüz!

— Bana kalırsa, elveda!

Porfiri Petroviç çarpık bir gülümsemeyle:

— Tanrı nasıl isterse öyle olur! –dedi.

Raskolnikov bürodan geçerken pek çok kişinin kendisine dikkatle baktığını fark etti. Bekleme odasındaki kalabalık arasında, o gece kendileriyle karakola gitmeyi önerdiği o evin iki kapıcısını da gördü; durmuş bir şey bekliyorlardı. Tam merdivenlere çıktığı sırada, birden arkasından Porfiri Petroviç'in sesini duydu. Dönüp baktı; Porfiri soluk soluğa ardından koşmaktaydı.

— Son bir söz daha Rodion Romanoviç! Hiç kuşkusuz, her şey Tanrı'nın istediği gibi olacak, ama yine de usulen size bir şeyler sormam gerekecek... Bu nedenle yine görüşeceğiz!

Porfiri gülümseyerek durdu, sonra:

— Evet... –diye ekledi.

Sanki bir şeyler daha söyleyecek gibiydi; ama söyleyememişti.

Önlenemez bir nezaket gösterisinde bulunacak kadar yüreklendiğini hisseden Raskolnikov:

— Az öncesi için bağışlayın Porfiri Petroviç, –dedi,– sinirleniverdim işte...

Porfiri Petroviç neşeyle:

— Önemli değil, hiç önemli değil! –dedi.– Ben de doğrusu... Kabul etmem gerekir ki, çok kötü bir huyum var, evet, itiraf ederim! Yine görüşeceğiz, Tanrı izin verirse, hem de pek çok kez görüşeceğiz!..

— Ve birbirimizi daha iyi tanıyacağız!

Porfiri Petroviç, Raskolnikov'un sözlerini yankı gibi tekrarladı:

— Ve birbirimizi daha iyi tanıyacağız! –Sonra gözlerini kısıp ciddi ciddi bakarak,– Şimdi bir doğum günü partisine mi gidiyorsunuz?

— Hayır, bir cenaze törenine.

— Öyle ya, cenaze töreniydi! Sağlığınıza... sağlığınıza dikkat edin!

Artık merdivenleri inmeye başlayan Raskolnikov birden durdu, dönüp:

— Ben de sizin için bir dilekte bulunmak istiyorum, ama bilmem ki ne dilesem? –dedi.– Çok gülünç bir işiniz var, bu nedenle size işlerinizde başarılar dilerim!

Porfiri Petroviç dönüp odasına gitmek üzereyken, birden kulaklarını dikti:

— Neden gülünçmüş işim?

— Neden olacak, şu zavallı Mikolka'ya suçunu itiraf ettirene kadar kendi yöntemlerinizle kimbilir ne psikolojik işkenceler ettiniz, nasıl canından bezdirdiniz adamcağızı! Herhalde kendisine gece gündüz, "Sen katilsin! Sen katilsin!" diye tekrarlaya tekrarlaya, sonunda katil olduğunu söyletmişsinizdir. Şimdiyse kendisi bunu itiraf etmiş bulunuyor. Bu kez de "Sen katil değilsin! Yalan söylüyorsun! Kendi ağzınla konuşmuyorsun!" diyerek canından bezdireceksiniz. Eh, böyle bir işe gülünç denmez de ne denir?

— Hah–hah–ha!.. Demek demin Nikolay'a, "Kendi ağzı değil bu ağız" dediğimi fark ettiniz?

— Fark etmez olur muyum?

— Ha, ha! Çok zekisiniz! Her şeyi fark ediyorsunuz! Çok kıvrak bir zekânız var! Her zaman en komik tellere dokunabiliyorsunuz, ha, ha! Söylediklerine göre, yazarlar içinde Gogol'ün çok güçlüymüş bu yanı?

— Evet, Gogol'ün.

— Evet, Gogol'ün... görüşmek üzere!

— Görüşmek üzere!

Raskolnikov doğruca evine gitti. Öylesine bitkindi, kafası öylesine karmakarışıktı ki, dinlenmek ve düşüncelerini toparlayabilmek için eve gelir gelmez kendini divana atıp, on beş dakika kadar öylece oturdu. Nikolay konusunu düşünmeye bile kalkışmadı; o konuda tümden şaşkındı; Nikolay'ın itirafında şu anda anlayamayacağı, açıklanamaz, şaşılası bir şeyler bulunduğunu hissediyordu. Ama öte yandan da bu itiraf gerçek bir olaydı. Bu olayın nasıl bir sonuç vereceğini kestirmek hiç zor değildi: Nikolay'ın yalan söylediği çabucak anlaşılacak ve yine onun peşine düşülecekti. Ama yine de bir süre için serbest kalabilecekti. Bu arada hemen bir şeyler yapması gerekti, çünkü kaçınılmaz bir biçimde tehlikeyle karşı karşıyaydı.

Yine de bu tehlikenin boyutları neydi acaba? Durum, yavaş yavaş açıklığa kavuşmaya başlamıştı. Porfiri'yle az önce aralarında geçen sahneyi taslak halinde ve genel çizgileriyle hatırlayınca, bir kez daha korkuyla titremekten kendini alamadı. Hiç kuşkusuz, Porfiri'nin amaçladığı şeylerin tümünü bilmiyordu, onun deminki hesaplarının ne olduğunu anlayabilmesi de olanaksızdı. Ama yine de oyununun bazı yönleri açığa çıkmıştı ve bu oyunda Porfiri'nin ne denli korkunç bir ele sahip olduğunu kendisinden daha iyi hiç kimse anlayamazdı. Biraz daha beraber kalsalardı, kendini tümüyle ve gerçekten ele verebilirdi.

Raskolnikov'un karakterindeki hastalıklı yanları çok iyi anlayan ve daha ilk ağızda durumu kavrayan Porfiri, epeyce kararlı ve kendinden emin davranıyordu. Raskolnikov'un da deminki görüşmede çokça gaf yaptığı tartışılmazdı, ama iş daha delillere kadar gelmiş değildi, her şey daha göreliydi. Yine de acaba onun şu anda anladığı gibi miydi her şey? Yanılıyor olamaz mıydı? Örneğin, bugünkü görüşmeden acaba Porfiri nasıl bir sonuç çıkarmıştı? Bugün için gerçekten de bir şey hazırlamış mıydı? Neydi bu hazırladığı şey? Gerçekten beklediği bir şey var mıydı? Şu beklenmedik Nikolay felaketi olmasaydı, bugün birbirlerinden acaba nasıl ayrılacaklardı?

Porfiri, hemen hemen elindeki bütün kartları açmıştı; tehlikeyi göze almış ve açmıştı ve eğer (tabii Raskolnikov böyle sanıyordu) elinde başka bir şey daha olsaydı, onu da gösterirdi. Neydi acaba şu "sürpriz"? Yoksa alay mı ediyordu? Önemli mi, önemsiz mi bir şeydi? Suçlanmasını sağlayacak ciddi bir şey olabilir miydi? Yoksa dünkü adam mıydı bu? Hangi cehenneme gitmişti bu adam? Bugün nerelerdeydi? Porfiri'nin elinde gerçekten de ciddi bir şey varsa, bu besbelli dünkü adamla bağlantılı bir şeydi...

Başı yere eğik, dirseklerini dizlerine dayamış, yüzü avuçlarının içinde, divanda oturuyordu. Bütün vücudu hâlâ sinirden titriyordu. Sonunda yerinden kalktı, şapkasını aldı, biraz düşündükten sonra kapıya doğru yürüdü.

İçinde bir ses, hiç değilse bugün kendisini güven içinde hissedebileceğini söylüyordu. Birden yüreğinde sevince benzer bir şey hissetti: Hemen Katerina İvanovna'ya gitmek istedi canı. Kuşkusuz cenaze törenine geç kalmıştı, ama yas yemeğine yetişebilirdi, Sonya'yı görecekti orada.

Durdu, dudaklarında hastalıklı bir gülümsemeyle düşündü:

— Bugün! Bugün! Evet, hemen bugün! Böyle olması gerek... –diye mırıldandı.

Tam kapıyı açmak üzereyken, kapı kendiliğinden açılmaya başladı. Raskolnikov irkilerek geri çekildi. Kapı ağır ağır ve sessizce açılıyordu. Birden dünkü adam, yerin dibinden çıkan adam belirdi kapıda.

Adam eşikte durdu, hiçbir şey söylemeden ona baktı, sonra içeri doğru bir adım attı. Tıpkı dünkü gibiydi, üzerindeki elbiseler de aynıydı. Yalnız yüzünde ve bakışlarında derin bir değişiklik vardı; bakışları üzüntülüydü. Biraz durup derin derin iç geçirdi. Bir de avcunu yanağına dayayıp başını hafifçe bir yana doğru eğse, tam bir köylü karısına benzeyecekti. Raskolnikov neredeyse bir ölüye dönmüştü:

— Ne istiyorsunuz? –diye sordu.

Adam susuyordu, sonra birden onun önünde yerlere kadar eğildi; sağ elindeki yüzük ta döşemeye değmişti.

— Ne istiyorsunuz? –diye yeniden sordu Raskolnikov.

Adam yavaşça:

— Beni bağışlayın, –dedi.

— Niçin?

— Kötü düşüncelerim için.

İkisi de durmuş birbirlerine bakıyorlardı.

— O gece siz belki de içkiyi biraz fazla kaçırmış olarak gelip de kapıcıları karakola çağırdığınızda ben de oradaydım... Kanları ne yaptıklarını sordunuz kendilerine... Oysa, onlar sizi sarhoş sandılar, sözlerinize kulak asmadılar... Buna çok canım sıkıldı... Öylesine ki, o gece uyku bile uyuyamadım. Ertesi gün adresinizi hatırladım. Buraya gelip soruşturdular...

Bir anda işin içyüzünü anlamaya başlayan Raskolnikov adamın sözünü keserek:

— Kim gelip soruşturdu? –diye sordu.

— Ben yani... Sizi üzdüm...

— Siz o evden misiniz?

— Evet, orada otururum. O sırada kapının orada ben de onlarla birlikteydim, hatırlamıyor musunuz? Esnafız biz... Kürkçüyüz... Eve iş alırız...

Raskolnikov birden iki gün önce kapının orada geçen bütün sahneyi hatırladı. Gerçekten de o sırada kapıcılardan başka birtakım adamlar, hatta kadınlar da vardı kapının orada. Kendisini doğruca karakola götürmelerini öneren bir ses duyduğunu hatırladı. Sesin sahibini çıkaramıyordu, şimdi bile görse çıkaramazdı, o sırada adama dönüp karşılık olarak bir şeyler söylediğini çok iyi hatırlıyordu.

Dünkü kabus nasıl sonuçlanmıştı! İşin en korkunç yanı da böylesine hiçten bir şey yüzünden az kalsın kendi kendini gerçekten mahvetmek üzere olduğunu düşünmesiydi. Demek ki, bu adam evi kiralamak istediğinden ve kanla ilgili sözlerinden başka bir şey söyleyemezdi. Demek ki, Porfiri'nin elinde bu sayıklamadan ve iki yanlı psikolojiden başka hiçbir ciddi delil yoktu. Demek ki, ortaya başka delil çıkmazsa (ki çıkmaması gerekirdi, çıkmaması, çıkmaması!) kendisine bir şey yapamayacaklardı. Tutuklasalar bile onu kesin olarak neyle suçlayabilirlerdi ki? Ve yine demek ki, Porfiri şu daire kiralama işini şimdi, az önce öğrenmişti ve şu ana kadar bundan hiç haberi yoktu.

Aklına gelen bir düşünceyle müthiş heyecanlanarak:

— Oraya geldiğimi bugün Porfiri'ye siz mi söylediniz? – dedi.

— Hangi Porfiri'ye?

— Sorgu yargıcına.

— Ben söyledim. O gün kapıcılar gitmeyince, ben gittim.

— Bugün mü?

— Evet, sizden bir dakika önce gelmiştim. Ve her şeyi duydum... size nasıl işkence ettiğini...

— Nerede? Nasıl? Ne zaman?

— Orada, şu bölmenin arkasındaydım. Hep orada oturdum.

— Nasıl? Demek sürpriz sizdiniz? Ama, insaf, bu nasıl olabilir?

— Kapıcılar sözümü dinlememişlerdi, kendilerine niçin zamanında başvurmadıklarını sorabileceklerini ve bu nedenle kızabileceklerini ileri sürüyorlardı. Bu duruma çok canım sıkıldı, uykularım kaçtı, bunun üzerine sorup soruşturmaya başladım. Dün öğreneceklerimi öğrenince de bugün kalkıp gittim. İlk gidişimde kendisi yoktu. Bir saat sonra tekrar gittim, bu sefer de yanına sokmadılar. Ancak üçüncü gidişimde içeri bıraktılar. Her şeyi olduğu gibi anlattım kendisine. Odanın içinde hoplayıp zıplamaya, göğsünü yumruklamaya başladı. Bir yandan da "Ah sizi haydutlar, bana ne yaptığınızı biliyor musunuz?" diyordu, "Bütün bunları daha önce gelip söyleseydiniz jandarmalarla getirtirdim onu buraya!" Sonra koşup birini çağırdı, kendisiyle köşede bir şeyler konuştu, arkasından yine benim yanıma geldi, sorguya çekmeye sövüp saymaya başladı. Epeyce payladı beni. Kendisine ne biliyorsam anlattım; dün size söylediğim sözlere karşı bana cevap vermeye cesaret edemediğinizi, beni tanımadığınızı... hepsini. Bunun üzerine yeniden odada koşmaya, göğsünü yumruklamaya başladı; hem kızıyor, hem konuşuyordu. Sizin geldiğinizi bildirdiklerinde, bana bölmenin ötesindeki odaya geçip beklememi, ne duyarsam duyayım hiç kımıldamamamı, beni belki de çağırabileceğini söyledi, kendi eliyle bir iskemle getirip, üstüme kapıyı kilitledi. Nikolay geldikten ve siz çıkıp gittikten sonra, beni de odadan çıkardı, "Seni yine çağıracağım ve sorguya çekeceğim." dedi.

— Nikolay'ı senin yanında mı sorguya çekti?

— Siz gittikten hemen sonra beni de gönderdi. Nikolay'ı ondan sonra sorguya çekmeye başladı.

Adam birden durdu, sonra yeniden yüzüğü döşemelere değecek kadar eğildi.

— Size iftirada bulunduğum ve kötülük ettiğim için beni bağışlayın.

Raskolnikov:

— Tanrı bağışlasın, -dedi.

Adam yeniden, ama bu kez yere kadar değil, yarı beline kadar eğildi, ağır ağır döndü ve çıkıp gitti.

Raskolnikov,

— Hepsi iki yanlı, artık elindeki delillerin hepsi iki yanlı, -diye tekrarladı ve kendini başka hiçbir zaman olmadığı kadar dinç hissederek odadan çıktı:

Merdivenlerden inerken hınçla gülümseyerek:

— Seninle daha hesaplaşırız! –diye söylendi. Duyduğu hınç kendisineydi; nasıl "korktuğunu" tiksintisiyle ve utançla hatırlamıştı.

Beşinci Bölüm

I

Pyotr Petroviç, Duneçka ve Pulheriya Aleksandrovna ile aralarında geçen o uğursuz konuşmanın ertesi sabahı epeyce kendine gelmiş olarak uyandı. Daha dün kendisine neredeyse hayal gibi gelen, gerçekleşmesine rağmen hâlâ imkânsızmış gibi görünen olayı, hoşlansa da hoşlanmasa da olup bitmiş, geri dönülmesi elde olmayan bir gerçek olarak kabul etmek zorunda kaldı. Yaralı onurunun kara yılanı, bütün gece yüreğine zehrini akıtıp durmuştu. Yataktan kalkıp aynaya baktı. Bir gece içinde sarılığa uğramış olabileceğinden korkuyordu. Ancak bu bakımdan şimdilik içi rahat olabilirdi. Soylu, beyaz ve son zamanlarda hafif tombullaşmış yüzünü seyrettikten sonra, kendisine bir başka yerde, belki de daha iyi bir kız bulabileceğine kesin olarak inanarak rahatladı, ama bu rahatlama çok kısa sürdü, olup bitenleri hatırlayınca başını yana çevirip okkalı bir tükürük savurdu.

Onun böyle tükürmesi, genç dostu ve oda arkadaşı Andrey Semyonoviç Lebezyatnikov'un yüzünde sessiz ama alaycı bir gülümseme uyandırdı. Bu gülümseme Pyotr Petroviç'in gözünden kaçmadı ve bunu hemen genç arkadaşının hesabına geçirdi. Son zamanlarda bu hesap epey kabarmıştı. Dün akşam olup bitenleri Andrey Semyonoviç'e anlatmaması gerektiğini düşününce, duyduğu hınç bir kat daha arttı. Dün aşırı öfke ve taşkınlık içinde yaptığı ikinci yanlış olmuştu bu, üstüne üstlük o sabah sanki inadınaymış gibi terslikler birbirini kovalamıştı. Yargıtay'da bile, üzerine onca düştüğü bir davada kendisini başarısızlık bekliyordu. Ama bu arada onu en çok sinirlendiren, yakında gerçekleşecek evliliği için kiraladığı ve kendi parasıyla onarımını yaptırdığı evin sahibi oldu. Esnaflıktan zenginleşme bir Alman olan ev sahibi, Pyotr Petroviç evini kendisine yeniden yapılmışçasına teslim etmesine rağmen, daha yeni imzalanmış olan kontratı bozmaya yanaşmıyor ve kontratta yazılı cayma tazminatının tümüyle ödenmesini istiyordu. Yine satın aldığı, ancak daha eve bile getirilmemiş olan mobilyalar için verdiği kaparonun da bir rublesini bile geri vermek istememişlerdi. Pyotr Petroviç dişlerini gıcırdatarak,

— Sırf mobilya aldığım için evlenecek değilim ya!.. –diye söylendi.

Hemen ardından da umutsuzluk içinde, "Gerçekten de her şey bitti mi?" diye düşündü. "Geri dönülemez biçimde mi yok olup gitti her şey? Acaba bir denemeye daha girişilemez mi?" Duneçka düşüncesi içini hoş eden bir kıymık gibi battı yüreğine. Sadece istemekle Raskolnikov'u öldürmek mümkün olsaydı eğer, Pyotr Petroviç bu isteği göstermekte bir an bile duraksamazdı.

Üzgün üzgün Lebezyatnikov'la paylaştığı odaya dönerken, "Bir yanlışım da onlara para vermemek oldu," diye düşünüyordu. "Lanet olsun, niye böyle cimrileştim ben! Üstelik bu böyle bir hesap işi de değil! Onları güç durumda bırakarak, beni bir nimet gibi görmelerini sağlamak istemiştim, onlarsa... şu işe bak, tüh! Oysa çeyizlerini hazırlamaları, ne bileyim ben, tuvalet takımları, akik taşları, kumaşlar, armağanlar ve şu Knop'tan, İngiliz mağazasından başka birtakım ıvır zıvır almaları için kendilerine örneğin, bir bin beş yüz ruble verseydim, iş... çok daha temiz ve... sağlam olurdu!, O zaman beni bu kadar kolay reddedemezlerdi! Bunlar öyle insanlardır ki, böyle bir ayrılık durumunda armağanları da, paraları da geri vermeyi kendilerine vazgeçilmez bir görev bilirler... Öte yandan da bunları geri vermek onlara zor gelecekti, kıyamayacaklardı eşyacıklarına. Hem vicdanları da rahat olmayacaktı, 'Bugüne kadar böylesine cömert davranmış kibar bir adamı böyle birdenbire nasıl kovabiliriz?' diye düşüneceklerdi. Hım! Yanlış iş yaptım!" Yine dişlerini gıcırdatan Pyotr Petroviç kendi kendine, tabii içinden, "Aptal!" dedi.

Bu sonuca varınca, çıktığından bir kat daha sinirli ve öfkeli olarak döndü eve. Katerina İvanovna'nın odasında yapılan yas yemeği hazırlıkları biraz ilgisini çekti. Dün de bir şeyler duymuştu bu yas yemeğiyle ilgili olarak, hatta yemeğe kendisinin de çağrıldığını hatırlıyordu, ama içine düştüğü şu telaş yüzünden, başka hiçbir şeye dikkat edemez olmuştu. Katerina İvanovna hâlâ mezarlıkta olduğu için, hemen hemen hazırlanmış durumda olan sofranın eksikleriyle uğraşmakta olan Bayan Lippevehzel'den bilgi almaya koştu. Kadından öğrendiğine göre, yas sofrası çok görkemli olacaktı, aralarında rahmetlinin tanımadıkları da bulunmasına rağmen, kiracıların hemen hepsi çağrılmıştı, hatta bir zamanlar Katerina İvanovna'yla kavga etmiş olmasına rağmen, Andrey Semyonoviç Lebezyatnikov bile çağrılmıştı. Kendisine, Pyotr Petroviç'e gelince, yalnızca bir çağrılı değil, bütün kiracılar ve konuklar arasında en önemli konuk olarak sabırsızlıkla bekleniyordu. Amalya İvanovna'nın kendisi de Katerina İvanovna'yla aralarındaki bütün o eski tatsızlıklara rağmen, büyük bir saygıyla çağrılmıştı; şu anda, hem de neredeyse zevk duyarak sofra için koşturması; ev sahipliği yapması bundandı. Sonra pek de şıktı; gerçi yas elbisesiydi üzerindeki, ama yepyeni ve ipekli bir elbiseydi bu ve Bayan Lippevehzel elbisesiyle pek övünüyordu. Öğrendikleri, Pyotr Petroviç'in kafasında bazı düşünceler uyandırmıştı. Odasına, daha doğrusu Andrey Semyonoviç Lebezyatnikov'un odasına giderken epey dalgındı, Pyotr Petroviç çağrılılar arasında Raskolnikov'un da bulunduğunu öğrenmişti.

Andrey Semyonoviç bu sabah nedense odasından hiç çıkmamıştı. Pyotr Petroviç'in onunla tuhaf, ama oldukça da doğal bir ilişkisi vardı. Odasına yerleştiği günden beri Lebezyatnikov'a karşı nefret ve küçümseme duyuyor, ama aynı zamanda ondan çekiniyordu. Petersburg'a gelir gelmez onun odasına yerleşmesinin başlıca nedeni cimriliği olmakla birlikte, bu tek neden değildi. Başka nedenler de vardı. Bir kez Pyotr Petroviç, Andrey Semyonoviç'in vasisiydi ve onun adını daha kendisi taşrada bulunduğu sıralarda duymuştu. Kulağına çalındığına göre, Lebezyatnikov aşırı ilerici gençlerden biriydi ve hatta çok ilginç ve akla hayale gelmez birtakım derneklerde oldukça önemli rolleri vardı. Bu durum Pyotr Petroviç'i fazlasıyla şaşırtmıştı. Her şeyi bilen, herkesi aşağılayan, herkesin foyasını açığa çıkaran ve herkesi suçlayıp kınayan bu güçlü dernekler, Pyotr Petroviç'te ne zamandır kendisinin de anlamadığı özel, belirsiz bir korku uyandırmaktaydı. Kuşkusuz onun, hele de taşrada yaşıyor olduğu düşünülecek olursa, bu konularda doğruya yakın bir bilgisi yoktu. Petersburg'da birtakım nihilistlerin, ilericilerin, herkesin foyasını açığa çıkaran birtakım adamların bulunduğu, herkes gibi onun da duyduğu bir şeydi. Ama o da pek çokları gibi bu derneklerin adlarının anlamlarını abartıyor, saçmalığa varacak kadar çarpıtıyordu. Birkaç yıldan beri foyasının açığa çıkarılmasından, suçlanmaktan çok korkar olmuştu; hele işlerini Petersburg'a taşımayı tasarladığı şu sıralarda, gittikçe büyüyen sürekli bir tedirginlik halini almıştı bu korku. Küçük çocuklar bazen nasıl korkutulurlarsa, o da bu konuda öyle korkutulmuştu. Birkaç yıl önce taşrada meslek hayatını daha yeni yeni yoluna koymaya başladığı sıralarda, kendilerinden yardım ve koruma gördüğü, taşranın önemli bazı kişileriyle ilgili iki yolsuzluk olayının açığa çıkarılmasına tanık olmuştu. Bunlardan ilk olay, yolsuzluğu açığa çıkarılan kişi hesabına büyük bir rezaletle sona ermişti, ikincisi ise az kalsın bundan da kötü bir şekilde sona erecekti. İşte bunun içindir ki Pyotr Petroviç, Petersburg'a gelir gelmez hemen bu işlerin aslını öğrenmeyi ve eğer gerekirse, ne olur ne olmaz, acele ederek de olsa "genç kuşaklarımız"a yakınlık göstermeyi uygun bulmuştu. Bu konuda Andrey Semyonoviç'e güveniyordu. Örneğin Raskolnikov'un ziyaretine gittiğinde, başkalarından duyma belli bazı cümleleri yuvarlayıp söylemeyi öğrenmiş bulunuyordu.

Kuşkusuz, çok kısa bir süre sonra Andrey Semyonoviç'i son derece bayağı, sıradan bir insan olarak görmeye başladı. Ama bu durum Pyotr Petroviç'in ne inancını değiştirdi, ne de kendisini tedirgin eden konulardaki korkularının geçmesine, yüreklenmesine neden oldu. Hatta bütün ilericilerin ahmak olduklarına bile inansa, tedirginliği yine geçmezdi. Aslında Andrey Semyonoviç'in durmadan kafa ütülediği bütün bu öğretiler, düşünce sistemleri onun hiç mi hiç umurunda değildi. Onun kendince bir amacı, olabildiği kadar çabuk öğrenmek istediği bazı şeyler vardı: Örneğin burada neler olup bitiyordu? Bu adamların güçleri var mıydı, yok muydu? Kendisi yönünden korkulacak bir şey var mıydı? Herhangi bir işe giriştiğinde kendisinin de foyasını açığa çıkarırlar mıydı? Eğer çıkarırlarsa, özellikle hangi noktadan hareket ederler, ne şekilde yaparlardı bu işi? Öte yandan bu adamlar eğer gerçekten güçlüyseler, acaba herhangi bir şekilde onlardanmış gibi görünmek ve kendilerini aldatmak mümkün değil miydi? Böyle bir girişimde bulunmalı mı, yoksa hiç ilişmemeli miydi? Örneğin; onların aracılığıyla meslek hayatı yönünden tırmanışa uygun iyi bir yer kapabilir miydi? Kısacası, cevapsız yüzlerce soru vardı önünde.

Pyotr Petroviç'in oda arkadaşı Andrey Semyonoviç, hastalıklı denilecek kadar cılız, kısa boylu bir adamdı. Bir yerlerde memur olarak çalışıyordu. Saçları beyaza yakın açık sarı, dudağının kenarına kadar uzanan favorileri kalın ve gürdü. Andrey Semyonoviç favorileriyle çok övünürdü. Gözleri hemen hep ağrırdı. Yumuşak yürekli bir insan olmasına karşılık, sözlerinde kendine aşırı güven, hatta bazen aşırı küstahlık sezilirdi ve bu durum onun dış görünüşüyle bir çelişki yaratırdı. İçki içmediği, kirasını da düzgün ödediği için Amalya İvanovna'nın hatırlı kiracılarından sayılırdı. Bütün bu niteliklerine rağmen, Andrey Semyonoviç gerçekten de aptal bir adamdı. Onu ilericilere ve "genç kuşaklarımız"a yönelten şey tutkuları olmuştu. Yürürlükteki en yeni düşüncelere, onları bayağılaştırmak için, hemen ve ne olursa olsun burnunu sokan, bazen son derece içtenlikle çalışıp çabalamalarına karşın, el attıkları her şeyi gülünç bir hale getiren, her alanda bilgisi yetersiz budalalar sürüsünden, bin bir çeşit prematüre yaratıktan biriydi.

Lebezyatnikov da çok iyi yürekli bir insan olmasına karşılık, kendi hesabına, eski vasisi ve oda arkadaşı Pyotr Petroviç'i katlanılmaz bulmaya başlamıştı. Bu iki taraf için de sanki birdenbire ve karşılıklı olmuştu. Ne kadar saf olursa olsun, Andrey Semyonoviç yine de Pyotr Petroviç'in kendisini aldattığını, için için küçümsediğini ve hiç de göründüğü gibi bir adam olmadığını yavaş yavaş anlamaya başlamıştı. Ona Fourier'nin sisteminden ve Darwin kuramından söz edecek olmuş, ama Pyotr Petroviç, özellikle de şu son sıralar onu alayla dinlemeye, hele şu son birkaç gündür ise resmen azarlamaya başlamıştı. Aslında durum şuydu: Pyotr Petroviç, Lebezyatnikov'un budalanın teki olmakla kalmadığını, ama belki de palavracının da biri olduğunu ve bağlı olduğu dernekte önemli bir yeri olmadığını, ancak üçüncü ağız olabilecek kişilerle ilişkisi bulunduğunu sezgileriyle de olsa anlamaya başlamıştı; üstüne üstlük, Lebezyatnikov görevi olan propaganda işini bile doğru dürüst yapamıyor, konuşurken sık sık şaşırıyordu, bu adam mı birinin foyasını açığa çıkarabilecekti. Bu arada yeri gelmişken belirtelim; Pyotr Petroviç şu son bir iki haftadır (özellikle de ilk günleri) Andrey Semyonoviç'in birbirinden tuhaf övgülerini seve seve kabul ediyor, yani bu övgülere hiç itiraz etmiyordu. Örneğin Andrey Semyonoviç, çok yakında Meşçanskaya Caddesi'nde kurulacak yeni bir komüne Pyotr Petroviç'in de yardıma hazır olduğunu ya da örneğin, evliliklerinin daha ilk ayında Duneçka eğer kendine bir sevgili edinmek isterse, Pyotr Petroviç'in buna hiç karşı çıkmayacağını ya da doğacak çocuklarını vaftiz ettirmeyeceğini ve hep bu türden daha pek çok şeyi, sanki daha önce Pyotr Petroviç'in kendisi söylememiş gibi, ona yükleyerek ileri sürdüğü zaman, Pyotr Petroviç hiç ses çıkarmıyor, bu tür övgülerle de olsa övülmesine izin veriyordu; öylesine hoşlanıyordu övülmekten Pyotr Petroviç.

Hangi nedenle olduğu bilinmez, bu sabah yüzde beş faizli tahvillerinden birkaç tanesini satan Pyotr Petroviç, masasının başına geçmiş, önünde yığılı duran banknot destelerini sayıyordu. Hemen her zaman parasız olan Andrey Semyonoviç'se odada dolaşıyor ve paralara karşı kayıtsızmış, hatta onlara küçümseyerek bakıyormuş gibi görünmeye çalışıyordu. Andrey Semyonoviç'in bu paraları gerçekten kayıtsızlıkla seyrettiğine Pyotr Petroviç dünyada inanmazdı; Andrey Semyonoviç'e gelince; o da üzüntü içinde, Pyotr Petroviç'in gerçekten de bu şekilde düşünmeye yatkın bir insan olduğunu, hatta masanın üzerinde yığılı duran paralarla ona hiçliğini ve aralarında sözümona var olan farkı hatırlatarak onunla alay etmekten, onu kışkırtmaktan zevk duyacağını düşünüyordu.

Andrey Semyonoviç ona yeni bir "komün"ün kurulması gibi en sevdiği konuyu açtığı halde, Pyotr Petroviç'i bu kez hemen hiç görmediği kadar sinirli ve dikkatsiz buldu. Abaküs üzerinde bilyelerin çıkardığı seslerin kesildiği aralarda Pyotr Petroviç'in birkaç kelimeyle dile getirdiği kısa itirazları ve düşünceleri, kasıtlı ve açıktan açığa kaba alayla doluydu. Ama "insanlıktan" nasipsiz olmayan Andrey Semyonoviç, onun bu ruh halini dün Duneçka ile ayrılmalarına yüklüyor ve bir an önce bu konuyu görüşmek isteğiyle yanıp tutuşuyordu; bu konuda söylemek istediği bazı ilerici ve propagandacı görüşleri vardı ve bunlar sayın dostunu avutabileceği gibi "kuşkusuz" bundan sonraki gelişmesine de yardımcı olabilirdi.

Pyotr Petroviç, Andrey Semyonoviç'in sözünü en ilginç yerinde keserek:

— Şu... dul kadın bir yas yemeği veriyor galiba? –diye sordu.

— Sanki bilmiyorsunuz! Daha dün böylesi törelerimiz üzerine düşüncelerimi açıklamıştım ya size... Hem duyduğuma göre siz de çağrılıymışsınız bu yemeğe... Dün de kendisiyle konuşmuşsunuz...

— Bu dilenci kılıklı budala kadının, öteki budaladan... Raskolnikov'dan aldığı paraların hepsini yas sofrasına harcayacağı hiç aklıma gelmezdi doğrusu. Demin geçerken gördüm de şaştım kaldım: O ne hazırlıklar öyle!.. Şişe şişe şarap, yığın çağrılı!.. Ne olup bitiyor, şeytan bilir!

Pyotr Petroviç konuşmayı bu konuda derinleştirmek istercesine sorular sorarak sürdürdü sözlerini:

— Ne? Benim de mi çağrılı olduğumu söylediniz? –Birden abaküsten başını kaldırarak sormuştu bu soruyu.– Ne zaman çağırmışlar? Hiç hatırlamıyorum... Gitmem ben, ne işim var orada? Dün geçerken, şöyle ayaküstü, yoksul bir memur dulu olarak, bir sefere mahsus olmak üzere, kocasının bir yıllık maaşı tutarında bir yardım alabileceğini söylemiştim. Sakın beni bunun için çağırıyor olmasın? Hah–hah–ha!

— Ben de gitmemek niyetindeyim, –dedi Lebezyatnikov.

— Daha neler, yok bir de gidecektiniz! Kadına attığınız o kötekten sonra, olacak şey mi bu, hah–hah–ha!

Lebezyatnikov birden telaşlandı, kıpkırmızı kesildi:

— Kim kötek atmış? Ben mi?

— Evet, siz, Katerina İvanovna'ya... Bir ay önce olmuş! Ben daha dün duydum... Sizi gidi ilericiler sizi!.. Demek kadın sorununu böyle çözüyorsunuz!.. Hah–hah–ha!

Bu sözlerden sonra kendini biraz yatışmış duyan Pyotr Petroviç yeniden abaküsün bilyelerini şıkırdatmaya başladı.

— Bütün bunlar saçma bir iftiradan başka bir şey değil! –diye parladı Lebezyatnikov; bu konunun hatırlatılmasından her zaman çekinirdi.– Ve olay hiç de dediğiniz gibi olmadı! Bambaşka bir şey bu... Yanlış anlatmışlar size, dedikodu etmişler! Ben o zaman yalnızca kendimi korudum. İlk o atıldı üzerime... tırnaklarıyla... Bütün favorilerimi yoldu... Sanırım, kendini savunmak, her insana tanınmış bir haktır. Kaldı ki, ben hiç kimsenin bana karşı kuvvet kullanmasını izin vermem... Bu bir ilkedir benim için. Çünkü bir bakıma despotizmdir bu. Ne yapacaktım yani? Karşısında put gibi dikilip duracak mıydım? Şöylece bir ittim kendisini, o kadar...

Lujin, hınçlı ve alaycı gülüşünü sürdürüyordu:

— Hah–hah–ha!..

— Bugün öfkeli ve canınız sıkkın olduğu için takılıyorsunuz bana böyle... Bu saçma olayın kadın sorunuyla ne ilgisi var! Hiç de sizin anladığınız gibi değil durum. Ben şöyle düşünüyordum: Mademki kadın her bakımdan erkeğe eşittir, hatta güç bakımından da, ki bunu doğruluyorlar, öyleyse burada da eşitlik olmalıdır. Aslında daha sonra yine duşündüm konu üzerinde, temelden böyle bir sorunun olmaması gerek; çünkü kavga diye bir şeyin olmaması gerek. Yarının toplumu için zaten düşünülemez bir şeydir kavga; bu böyle olduğuna göre kavgada eşitlik aramak da kendiliğinden saçma bir şey olup çıkıyor...[1] O kadar da aptal değilim artık... Evet, gerçi şimdi kavga var, yani ileride olmayacak... ama şimdilik var... Tüh! Lanet olsun, iyice şaşırdım! Sizinle de doğru dürüst konuşulmuyor ki, şaşırtıyorsunuz insanı! Benim yas yemeğine

---

1 Lebezyatnikov'un bu ve sonraki sözleri, 1860'ların devrimci demokrat basınında ve Çernişevski'nin *Ne Yapmalı?* adlı romanında yer alan görüşleri alaya alarak zayıflatmaya yöneliktir.

gitmemem bu tatsız olaydan dolayı değil. Ben yalnızca ilkesel olarak yas yemeğini iğrenç bir batıl inanç olarak gördüğüm için gitmiyorum, o kadar. Yine de gidebilirim oraya, ama yalnızca alay etmek için... Ne yazık ki, papazlar olmayacak... Hele onlar olsa, ne yapar eder giderdim...

— Yani birinin yemeğini yiyecek, sonra da içine tüküreceksiniz!.. İyi ama bu sizi yemeğe çağıran insanların yüzüne tükürmekle aynı şey değil mi?

— Tükürmek değil, protesto etmektir burada söz konusu olan. Yani yararlı bir amaç var. Dolaylı yoldan ilerleme ve propagandaya katkıda bulunmuş oluyorum. Herkes katkıda bulunmalı ilerleme ve propagandaya ve bu iş ne kadar sert yapılırsa, o kadar iyi olur. Ben bir düşünceyi, yani tohumu ekerim... Bu tohumdan bir gerçek filizlenir. Niçin gücendirdim ben onları? Önce gücenirler, ama sonra benim bu davranışımın kendilerine yarar getirdiğini anlarlar. Şu... Terebyeva'yı, şimdi komün üyesidir, evinden ayrıldıktan sonra anne babasına yazdığı bir mektuptan dolayı suçlamışlardı. Terebyeva evinden kaçtıktan sonra, kendisini tümüyle topluma vermiş ve evine yazdığı bir mektupta batıl inançlar arasında yaşamak istemediğini, serbest bir evlilik yapacağını bildirmişti. Kıza, mektubunun çok sert ve kaba olduğunu, ailesine acıyıp daha yumuşak yazmasının hiç de olanaksız olmadığını söyleyerek kendisini kınamışlardı. Bence bu yaptıkları, saçmalıktan başka bir şey değil; yumuşaklığın ne gereği var, tam tersine, tam tersine sert protestolarda bulunmak gerek. Ya da Varents'i alalım ele, yedi yıllık kocasını ve iki çocuğunu bıraktığı gibi çekip gitti. Kocasına yazdığı mektupta şöyle diyordu: "Sizinle mutlu olamayacağımı anlıyorum. Komünler şeklinde örgütlenmiş yeni bir toplumsal düzen bulunduğunu, benden gizlediğiniz ve böylece beni aldattığınız için sizi hiç bağışlamayacağım... Bütün bunları, kendimi teslim ettiğim ve birlikte bir komün kuracağımız yüce gönüllü bir erkekten öğrenmiş bulunuyorum. Sizi aldatmayı namussuzluk saydığım için böyle apaçık konuşuyorum. Siz de nasıl isterseniz öyle yapın. Beni yolumdan geri çevirebileceğinizi ummayın, bu iş için çok geç kalmış bulunuyorsunuz: Mutluluklar dilerim." Bu tür mektuplar nasıl yazılıyormuş, görün!

— Bu Terebyeva, hani şu sizin üçüncü kez serbest evlilik yaptığını söylediğiniz kadın değil mi?

— Doğru konuşmak gerekirse bu daha onun ikinci evliliğidir! Ama isterse dördüncü ya da ne bileyim, on beşinci evliliği olsun! Önemli olan bütün bunların saçma olması! Annemle babamın ölümlerine herhangi bir zamanda üzüldüğüm olmuşsa, bu herhalde ilk kez ve şu andadır. Kaç kez, "Sağ olsalardı eğer, suratlarına protestoyu nasıl yapıştırırdım," diye düşündüğüm olmuştur! Onlara öyle bir "ilişki kesme" gösterisi yapar, kendilerini öyle bir şaşırtırdım ki!.. Ama, ah! Ne yazık ki, kimsem yok!

— Böylesi numaralar çekip şaşırtmak için mi? Hah–hahha! Neyse, bildiğiniz gibi davranın... Yalnız, söyleyebilir misiniz bana lütfen: Şu... ölen adamın kızını... şu çelimsiz kızı tanıyor musunuz? Onun için söylenenlerin aslı var mı?

— Ne olmuş o kıza? Bence, yani benim kişisel inancıma göre, bu bir kadın için en normal durumdur. Neden olmasın? Yani *distinguons.*[1] Bugünkü toplumda bu; hiç kuşkusuz pek normal değil, çünkü zorunlu olarak yapılıyor, ama yarının toplumunda bu son derece normal sayılacak, çünkü özgürce yapılacak. Ama bu kız bugün de haklıdır: Bir yandan yoksulluk içinde bulunuyordu, öte yandan da dilediği gibi kullanabileceği bir sermayesi vardı. Yarının toplumunda böylesi sermayelere gerek kalmayacağı kuşkusuzdur... Onların yaptıkları işin bambaşka bir anlamı olacak ve bu iş akılcı bir biçimde düzenlenip; sıkı koşullara bağlanacaktır. Sonya Semyonovna'nın kendisine gelince, şu anda ben onun

1 (Aslında da Fransızca) — "Bunları birbirinden ayıralım" anlamında.

yaptığı işi, toplumsal yapıya karşı yöneltilmiş enerjik, örnek bir protesto olarak görüyor, kendisine bu nedenle saygı duyuyorum; hatta ona bakarak sevinç duyuyorum!

— Ama bana onun ayağını kaydıranın siz olduğunuzu, bu evde kalmakta olduğu odadan sizin yüzünüzden ayrıldığını söylediler!

Lebezyatnikov büyük bir öfkeyle:

— Bu da bir başka iftira! –diye bağırdı.– Hiç de dediğiniz gibi olmadı o iş! Ne olup bittiğini anlamadığı için hep Katerina İvanovna uydurdu o saçmalıkları! Ben hiçbir zaman Sonya Semyonovna'nın aklını çelmeye çalışmadım! Ben yalnızca onda bir protesto duygusu uyandırmaya çalışarak, hiçbir art niyetim olmaksızın onu geliştirmeye çaba gösterdim. Bana gerekli olan yalnızca protestoydu, Sonya Semyonovna kendiliğinden artık burada kalamayacağı sonucuna vardı.

— Onu da komüne almak istediniz herhalde?

— Alaylarınız hiç de başarılı değil... Hiçbir şey anlamıyorsunuz! Komünde böylesi roller yoktur. Kaldı ki, komünler bu tür rollere yer kalmaması için kurulmaktadır. Komünde bu rol şimdiki özünü tümüyle değiştirecektir. Burada aptalca sayılan bir şey, komünde akıllıca davranış olarak görülecek; burada, şimdiki koşullar altında doğal olmayan bir şey, orada tümüyle doğal sayılacaktır... Her şey insanın içinde yaşadığı ortama, koşullara bağlıdır: Her şeyi belirleyen ortamdır, insansa bir hiçtir. Benim şu anda Sonya Semyonovna ile aram iyidir ve bu durum, onun beni hiçbir zaman kendini inciten bir adam, bir düşman saymadığının bir kanıtıdır. Evet! Ben şimdi onun komüne girmesini sağlamaya çalışıyorum, ama bambaşka temeller üzerinde kurulmuş bir komüne! Alay edecek ne var bunda! Biz kendimize eskilerinden çok başka, geniş temeller üzerinde, özel bir komün kurmak istiyoruz. Biz inançlarımızda daha da ileri gitmiş bulunuyoruz. Daha çok inkâr ediyoruz! Eğer Dobrolyubov mezarından kalksaydı, onunla tartışırdım. Belinski'ye de yapacağımı bilirdim! Ben şimdilik Sonya Semyonovna'yı geliştirmeye devam ediyorum. Son derece güzel, eşsiz bir insan Sonya Semyonovna!

— Bu güzel, eşsiz insandan yararlanıyor musunuz bari? Hah–hah–ha!..

— Hayır, hayır! Ah, hayır! Tam tersine!

— Ne? Tam tersine mi!

— Hah–hah–ha!.. Amma laf ha!

— İnanın böyle bu! Hem dediğiniz gibi bir şey olsa ne diye gizleyeyim sizden? Tersine, bu durum benim de tuhafıma gidiyor: Benimleyken aşırı ürkek ve utangaç oluyor Sonya Semyonovna!

— Tabii siz de onu geliştiriyorsunuz! Hah–hah–ha!.. Bütün bu utangaçlıkların saçma bir şey olduğunu kanıtlıyorsunuz ona?..

— Hiç değil! Hiç değil! Nasıl da kaba ve nasıl da bağışlayın ama, aptalca bir anlamda anlıyorsunuz geliştirmek sözünü! Hiçbir şey anlamıyorsunuz! Ve ne kadar uzaksınız böyle şeyleri anlamaktan! Biz kadın özgürlüğünü gerçekleştirmeye çalışıyoruz, sizinse aklınızda hep aynı şey var... Genel olarak namus ve kadınca utangaçlık konusunu bir yana bırakalım, ama bana karşı namuslu olmasını ben tümüyle uygun buluyorum, çünkü bu onun aklına, onun iradesine bağlı olan bir şeydir. Eğer bana gelip de, "Benim olmanı istiyorum" deseydi, hiç kuşkusuz bundan çok mutlu olurdum, çünkü kendisini çok beğeniyorum ve hiç değilse şu anda, herhalde hiç kimse ona benim kadar ince davranmamış, layık olduğu saygıyı göstermemiştir... Ben yalnızca bekliyor ve umut ediyorum, o kadar!

— Siz en iyisi ona bir şeyler armağan edin! Bunu hiç düşünmediğinize bahse girerim.

— Size hiçbir şey anlamadığınızı söylemiştim! Kuşkusuz onun durumu böyle... ama burada söz konusu olan bambaşka bir şey! Siz yanlış değerlendirdiğiniz, aşağılama nedeni olarak gördüğünüz bir olaya dayanarak, bu kıza insanca bakmayı reddediyorsunuz. Onun nasıl bir insan olduğunu bilmiyorsunuz! Yalnız son günlerde okumayı bırakmasına, benden artık kitap almamasına canım sıkılıyor. Oysa eskiden gelir kitap isterdi. Bütün enerjisine ve protestoda bulunma kararlılığına rağmen, ki bu kararlığı bir kez göstermişti, bazı körinançlardan ve aptalca şeylerden kurtulabilmesi için gerekli bağımsızlık, başına buyrukluk, ret, inkâr hâlâ yeterince yok onda ve bu üzücü bir şey. Buna karşın bazı sorunları çok iyi anlıyor. Örneğin şu el öpme sorununu, yani kadının elini öpmekle erkeğin eşitsiz bir davranışta bulunduğu ve bu davranışıyla da kadını aşağılamış olduğu sorununu çok iyi anlıyor.[1] Bu konuyu biz arkadaşlarla aramızda tartışmıştık ve ben hemen kendisine iletmiştim. Fransa'da işçi sendikaları konusunda anlattıklarımı da dikkatle dinlemişti. Şimdi de kendisine geleceğin toplumunda odalara serbestçe girilebileceğini anlatıyorum.

— Bu da neymiş?

— Şu son sıralar tartıştığımız bir sorun bu: Bir komün üyesi, kadın ya da erkek bir başka komün üyesinin odasına istediği zaman girebilir mi, giremez mi? Buna hakkı var mıdır, yok mudur? Her komün üyesinin bu hakka sahip olduğuna karar verdik...

— İyi ama, o sırada içeride bulunan kadın ya da erkek, zorunlu gereksinimlerini gidermekle meşgulseler ne olacak; hah–hah–ha?

---

1 ...el öpme sorunu... — Lebezyatnikov, Çernişevski'nin *Ne Yapmalı?* adlı romanının kahramanlarından Vera Pavlovna'nın şu cümlesini tekrarlamaktadır: "Erkeklerin, kadınların elini öpmesine hiç gerek yok... Bu... kadınlar için çok incitici bir davranıştır... bu kadınları insandan saymama... düşüncesinin bir sonucudur..." Çernişevski'nin roman kahramanlarınca ileri sürülen aile hayatına ilişkin kuralların karikatürize edilerek tekrarlanması, Lebezyatnikov'un "geleceğin toplumunda odalara serbestçe girilebilmesi" üstüne komün üyelerinin yaptıkları tartışmaları aktaran sözlerinde de görülmektedir.

Andrey Semyonoviç bayağı öfkelenmişti, tiksinircesine:

— Aklınız fikriniz o işte! –diye bağırdı.– Siz şu lanet olası "gereksinmeler"den başka bir şey düşünmez misiniz? Size sistemi açıklarken şu lanet "gereksinimler"den söz etmekle, zamanından önce söz etmekle ne büyük aptallık etmişim! Lanet olsun! Bu, sizin gibiler için hep bir engeldir. İşin en kötü yanı da daha sorunun ne olduğunu anlamadan, alaya başlamanız! Sanki doğal bir hakkınız bu sizin! Sanki bir şeylerle övünüyorsunuz! Tüh! Acemilere; sorunun özünü bilmeyenlere, bu konuların ancak en sonra, iyice gelişip yetiştikleri ve sisteme inandıkları zaman anlatılabileceğini kaç kez söylemişimdir! Hem söyler misiniz lütfen, çirkef çukurunda bile utanılacak, aşağılanacak ne görüyorsunuz siz? Ben bu çirkef çukurlarının hangisini isterseniz temizlemeye hazırım! Burada en ufak bir özveri bile söz konusu değildir! Burada yalnızca basit bir iştir söz konusu olan, bütün başka işlerden farksız, toplum için hayırlı, yararlı bir iş ve yararlı olduğu için de bir Rafael ya da Puşkin'in yaptıklarından daha yüce bir iş![1]

— Ve daha soylu bir iş, hah–hah–ha!

— Ne demek, daha soylu? İnsan etkinliklerini belirtme anlamında ben bu deyimleri anlamıyorum. "Daha soylu"... "daha gönlü yüce"... Bütün bunlar saçma, anlamsız ve benim reddettiğim batıl inançları yansıtan eski kavramlar! İnsanlığa yararlı olan her şey soyludur! Benim anladığım bir tek kavram var: Yararlı! Gülün istediğiniz kadar, ama bu böyle!

Pyotr Petroviç kahkahalarla gülüyordu. Paralarını saymayı bitirmiş ve kaldırıp gizlemişti; ancak nedense bir bölümünü masada bırakmıştı. Bu "çirkef çukuru sorunu", bütün

1 ...Rafael ya da Puşkin'in yaptıklarından... — "Saf" bilim, "saf" sanat ve bilim ve sanattan toplum adına beklenen pratik yarar konusunda, o yıllarda D. İ. Pisarev'le V. A. Zaytsev arasında *Russkoe Slovo* (Rus Sözü) dergisinde yapılan tartışmalar alaya alınıyor.

bayağılığına karşın, Pyotr Petroviç'le genç dostu arasında pek çok kez anlaşmazlığa ve bozuşmaya neden olmuştu. Ancak işin saçma yanı, Andrey Semyonoviç gerçekten kızıyor, Lujin ise içini döküyordu. Şu anda ise, istediği tek şey Lebezyatnikov'u kızdırmaktı.

Bütün "bağımsızlığına", bütün "protestoculuğuna" rağmen, Pyotr Petroviç'e itiraz etmeye pek cesaret edemeyen ve eskiden kalma bir alışkanlıkla ona hâlâ saygı besleyen Lebezyatnikov sonunda dayanamadı ve:

— Bugünkü bu hınç ve öfkeniz herhalde dün uğradığınız başarısızlıktan kaynaklanıyor, –diye söylendi.

Pyotr Petroviç'in canı sıkılmıştı, yüksek perdeden bir tavırla:

— Siz en iyisi bana şunu söyleyin, –dedi.– Kendisini buraya şey yapabilir misiniz?.. Ya da daha doğrusu şöyle: Şu yosma ile kendisini bir dakika için buraya, bu odaya çağıracak kadar yakınlığınız var mı? Herhalde mezarlıktan döndüler... Merdivenlerden ayak sesleri geldi demin... Onu... şu yosmayı görmem gerek.

Lebezyatnikov şaşırmıştı:

— Ne yapacaksınız onu?

— Öyle... görmem gerek. Bugün yarın buradan ayrılıyorum, kendisine bildirmem gereken bir şey var... Konuşmamız sırasında siz de lütfen burada bulunun. Yoksa kimbilir neler düşünürsünüz!..

— Hiçbir şey düşünmem... Öylesine sormuştum. Madem bir işimiz var, onu buraya çağırmaktan kolay bir şey yok. Hemen gidiyorum. Merak etmeyin, sizi hiç rahatsız etmem.

Gerçekten de beş dakika kadar sonra Lebezyatnikov Sonya'yla birlikte döndü. Sonya büyük bir şaşkınlık içindeydi ve her zaman olduğu gibi ürkekti. Böylesi durumlarda hep ürker, yeni yüzlerden, yeni tanışmalardan çok korkardı, çocukluğunda da böyleydi bu, şimdiyse daha da çok korkuyordu... Pyotr Petroviç onu "nazik ve sevecen", ama biraz da kendi gibi ciddi, ağırbaşlı bir insanın, Sonya gibi genç ve bazı bakımlardan enteresan bir yaratığa karşı göstermesini uygun saydığı neşeli bir senlibenlilik havasıyla karşıladı. Hemen kızcağızı "yüreklendirmeye" girişerek, kendisine masada, karşısında yer gösterdi, Sonya oturdu, çevresine, Lebezyatnikov'a, masanın üstünde duran paralara göz gezdirdi, sonra dönüp birden Pyotr Petroviç'e baktı ve sanki çivilemiş gibi bir daha da gözlerini ondan ayırmadı. Lebezyatnikov kapıya doğru yürümüştü; Pyotr Petroviç yerinden kalkıp onun yanına gitti, bu arada Sonya'ya onun masada kalmasını işaret etmişti. Lebezyatnikov'u kapıda durdurarak, fısıltıyla:

— Şu... Raskolnikov orada mı? Gelmiş mi? –diye sordu.

— Raskolnikov mu? Orada. Ne olacak? Evet, orada... Az önce girdi, gördüm... Ne olmuş Raskolnikov'a?

— Öyleyse burada bizimle kalmanızı ve beni şu... kızla yalnız bırakmamanızı rica edeceğim. Çok önemsiz bir şey görüşeceğimiz konu, ama Raskolnikov'un orada gereksiz bazı şeyler anlatmasını istemiyorum... Ne demek istediğimi anlıyorsunuz, değil mi?

Durumu birden anlayan Lebezyatnikov:

— Evet evet, anlıyorum, anlıyorum! –dedi.– Haklısınız... Bana kalırsa biraz fazla çekiniyorsunuz, ama yine de haklısınız. Kalırım tabii burada. Şurada, şu pencerenin yanında dururum ve sizi hiç rahatsız etmem... Evet, bence de haklısınız...

Pyotr Petroviç, Sonya'nın yanına döndü, geçip divana, onun tam karşısına oturdu ve dikkatle kıza bakmaya başladı, sonra birden bakışları aşırı ciddileşti, hatta sertleşti: "Sakın aklına başka şeyler gelmesin küçükhanım!" der gibi bakıyordu. Sonya müthiş utanmıştı.

Pyotr Petroviç çok ciddi, ama yine de sevecen bir tavırla girdi söze:

— İlkin, Sonya Semyonovna, saygıdeğer üvey annenizden benim adıma özür dilemenizi rica ederim... Yanılmıyorsam böyleydi değil mi, Katerina İvanovna analığınızdı?

Pyotr Petroviç'in dostça birtakım niyetleri olduğu anlaşılıyordu.

Sonya çabuk çabuk ve ürkekçe:

— Evet, doğru, –dedi.– Katerina İvanovna analığımdır.

— Öyleyse, nazik çağrısına rağmen, elimde olmayan nedenlerden dolayı yemeğe... yani yas yemeğine gelemeyeceğim için kendisinden benim adıma özür dilemenizi rica ederim.

Sonya iskemlesinden fırlayarak:

— Söylerim, –dedi,– hemen şimdi gider söylerim.

Pyotr Petroviç onun saflığına ve incelik kurallarını bilmezliğine gülümseyerek:

— Durun, daha bitmedi, –dedi.– Eğer böylesine önemsiz ve yalnızca kendimi ilgilendiren bir nedenden dolayı sizin gibi bir hanımı rahatsız edip buralara kadar çağıracağımı düşündüyseniz, beni hiç tanımıyorsunuz demektir. Sizi buraya çağırmaktaki amacım tümüyle başkadır.

Sonya çabucak yerine oturdu. Hâlâ masanın üzerinde duran gri renkli yüz rublelik banknotlara kaydı gözü, ama hemen başını çevirip Pyotr Petroviç'e bakmaya başladı. Hele kendisi gibi bir kızın başkasının paralarına bakması çok ters bir davranış gibi gelmişti. Pyotr Petroviç'in sol elinde tuttuğu altın çerçeveli saplı gözlüğe ve yine sol elinin orta parmağındaki sarı taşlı kocaman, çok güzel yüzüğe bakacak oldu, ama birden gözlerini kaçırdı, nereye bakacağını bir türlü kestiremeyerek, sonunda doğruca Pyotr Petroviç'in gözlerinin içine bakmaya başladı.

Pyotr Petroviç biraz sustuktan sonra, az öncekinden de ciddi; ağırbaşlı bir tavırla:

— Dün zavallı Katerina İvanovna'yla ayaküstü bir iki kelime bir şeyler konuşma fırsatı bulmuştum, –dedi.– Bu kısacık konuşma, deyim yerindeyse eğer, onun ne denli "doğal olmayan" bir durumda bulunduğunu anlamama yetti.

Sonya onu aceleyle doğrulayarak:

— Evet, kendisi doğal olmayan durumdadır, –dedi.

— Ya da daha yalın ve anlaşılır anlatımıyla, hasta...

— Evet, açık ve anlaşılır anlatımıyla, hasta...

— Evet... Evet, işte ben de insanlık duygularımdan Ve... ve... ve... kendisini kaçınılmaz olarak bekleyen mutsuz yazgıyı göz önüne alarak, onun için yararlı olabilecek bir yardımda bulunmak isterdim. Bu mutsuz aile sanırım şu anda yalnızca sizin elinize bakıyor.

Sonya birden ayağa kalkarak:

— Bir şey sormama izin verir misiniz? –dedi.– Emekli maaşı bağlanabileceği konusunda dün siz mi bir şeyler söylediniz kendisine? Çünkü bana söylediğine göre, siz ona emekli maaşı bağlatmak için uğraşıyormuşsunuz... Doğru mu bu?

— Hayır, hiç değil! Hatta son derece saçma bir şey bu. Ben yalnızca, görev sırasında ölmüş bir memurun dul karısına, o da arkası varsa, bir yardımda bulunulabileceğine ilişkin bir şeyler söylemiştim. Oysa rahmetli babanız yeterli hizmet süresini doldurmamış olduğu gibi, öldüğü sırada devlet hizmetinde de bulunmuyormuş. Kısacası, belki bir umut olabilirdi ama, tümüyle geçici bir umut... Çünkü yardımda bulunulması için herhangi bir sebep yok ortada... hatta tersine... Kendisine maaş bağlanabileceğini düşünmüş! Hah-hah–ha! Doğrusu, açıkgöz bir hanım!

— Evet... bir emekli maaşı... Çünkü çok saf, çok iyi yürekli bir kadındır kendisi... İyi yürekli olduğu için her şeye kolayca inanır. Yaradılışı böyle onun... Evet... özür dilerim efendim...

Sonya kalktı ve gitmeye davrandı.

— Lütfen kalır mısınız, sözlerim daha bitmedi.

— Evet efendim; sözleriniz daha bitmedi... –diye mırıldandı Sonya.

— Lütfen oturur musunuz!

Sonya müthiş bir utanç içinde, yeniden ve üçüncü kez oturdu.

— Zavallı yavrularıyla birlikte içinde bulunduğu durumu göz önüne alarak, demin de dediğim gibi, gücümün yettiğince, evet, böyle diyorlar değil mi, gücümün yettiğince, kendisine bir yardımda bulunmak isterdim, daha fazla değil. Böylesi durumlarda hep olduğu gibi, onun için bir yardım defteri açılabilir ya da ne bileyim piyango gibi bir şey düzenlenebilir... yakınları ya da genel olarak ona yardım etme isteğinde bulunan kişilerce... Size söylemek istediğim buydu, böyle şeyler yapılabilir.

Sonya gözleri Pyotr Petroviç'in gözlerinde:

— Evet, çok iyi olur... –diye mırıldandı.– Bu öneriniz için Tanrı sizden razı olsun!..

— Evet, bu yapılabilir... ancak... bu sonraki iş... Aslında bugün de başlanabilir buna. Akşama görüşür, işin ilkelerini belirleriz. Saat yedi civarında falan bana gelin... Umarım... Andrey Semyonoviç de katılır bize... Ama... burada üzerinde önceden ve titizlikle durmamız gereken bir nokta var. Sizi buraya kadar çağırıp rahatsız etmemin nedeni de bu Sonya Semyonovna. Bence, paraları Katerina İvanovna'nın eline vermeyelim, bu tehlikeli bir şey olur. Bunun kanıtı da bugünkü şu yas sofrası. Ne bileyim, yarına ne yiyeceğini, ne giyeceğini bilemez durumda olan bir insan, tutuyor bugün Jamaika romu, Madera şarabı ve... ve... kahve satın alıyor... Demin geçerken gördüm. Yarın bir lokma ekmek için yine size el açacaklar... Artık bu kadarı da saçmalık. İşte bu nedenden dolayı; paralar mutsuz dulun kendisinin haberi olmadan toplanmalıdır: Ne bileyim, bunu örneğin, yalnızca siz bilmelisiniz. Öyle değil mi?

— Bilmem ki... O yalnızca bugün için... Ve bu hayatta yalnızca bir kez olacak bir şey... Rahmetliyi anmak, ona saygıda bulunmak istemişti... Çok akıllı bir kadındır aslında...

Ama... yine de siz nasıl uygun görüyorsanız, öyle olsun. Ben size çok... ben değil, hepimiz size çok... Tanrı sizden razı olsun... öksüzler de...

Sonra sözlerini tamamlayamadı, ağlamaya başladı.

— Evet, bu konuyu aklınızda tutun. Şimdi de ailenizi düşünerek, bu konuda başlangıç olmak üzere, benim şu gücüm ölçüsünde gösterdiğim yardımımı kabul ediniz. Yardım konusunda adımın açıklanmaması çok önemli bir ricamdır. Buyurun alın... Benim de başımda bir sürü dert olduğu için, daha fazlasını vermek durumunda değilim...

Ve Pyotr Petroviç elinde dikkatle düzeltip açarak, Sonya'ya on rublelik bir banknot uzattı. Sonya kıpkırmızı kesilerek parayı aldı, bir şeyler mırıldanarak aceleyle veda etti; Pyotr Petroviç gösterişli bir şekilde onu kapıya kadar geçirdi. Sonya heyecanlı, perişan, kendini odadan dışarı attı, şaşkınlık içinde doğruca Katerina İvanovna'ya gitti.

Bütün bu zaman içinde konuşmaları kesmekten çekinen Andrey Semyonoviç bazen pencere önünde, bazen odada bir aşağı bir yukarı dolaşmıştı. Sonya çıktıktan sonra Pyotr Petroviç'e yaklaşıp coşkuyla elini uzatarak:

— Her şeyi duydum, her şeyi gördüm, –dedi; "gördüm" sözcüğünü özellikle vurgulamıştı.– Son derece soylu, yani insanca bir davranışta bulundunuz! Size minnet duymalarına da fırsat yaratmadınız, gördüm! Gerçi kişisel yardımlara, iyilikte bulunmalara ilkesel olarak karşıyımdır, çünkü kötülüğü kökünden kaldırmaz bu tür davranışlar, hatta tam tersine besleyip büyütürler. Ama yine de sizin bu davranışınızı sevinçle karşıladığımı söylemekten kendimi alamayacağım. Evet, evet, çok hoşuma gitti,

Lebezyatnikov'u dikkatle süzen Pyotr Petroviç:

— Bunların hepsi saçma! –dedi heyecanlı bir sesle.

— Hayır, saçma değil! Dünkü olaydan dolayı sizin gibi hakarete uğrayan, üzgün durumda bulunan bir adam, aynı zamanda başkalarının mutsuzluğunu paylaşabiliyorsa, bu davranışıyla toplumsal bir yanlış yapıyor da olsa, yine de saygıya değerdir. Düşüncelerinizi bilen bir kimse olarak doğrusu sizden böyle bir davranışı hiç beklemezdim! Pyotr Petroviç! Ah, anlayışınız size nasıl da engel oluyor!

İyi yürekli Andrey Semyonoviç, Pyotr Petroviç'e yeniden yakınlık duymaya başlamıştı:

— Örneğin şu dünkü evlenmeye, bu yasal evliliğe karşı duyduğunuz bu başarısızlığınız sizi nasıl da heyecanlandırdı! Hem bu aşırı istek de niçin, soylu, sevgili Pyotr Petroviç? Neden ille de yasal bir evlilik? İsterseniz beni dövün, ama bu evlenmenin gerçekleşmeyişine, sizin özgür kalışınıza, insanlık için tümden yok olup gitmemiş olmanıza çok, çok sevindim... Görüyor musunuz: Söyleyiverdim işte düşüncelerimi!..

Lujin sırf bir cevap vermiş olmak için:

— Boynuz takmamak ve başkalarının çocuklarına babalık etmemek için, sizin serbest evliliğinizi değil, yasal evliliği yeğliyorum, –dedi. Kafası bir şeylerle aşırı meşgul gibiydi.

Saldırı borusunu duymuş bir savaş atı gibi irkilen Andrey Semyonoviç:

— Çocuklar mı dediniz? –dedi.– Çocuklara mı değindiniz? Bunun toplumsal bir sorun ve birinci derecede toplumsal bir sorun olduğuna ben de katılırım. Ama çocuk sorunu büsbütün başka bir biçimde çözümlenecektir. Aileyle ilgili her şeyi olduğu gibi, çocukları da tümüyle reddedenler var... ama biz bu konuyu daha sonra konuşuruz, şimdi şu boynuz konusunu bir çözümleyelim. Bunun benim zayıf bir noktam olduğunu itiraf ederim. Bu iğrenç, bu saçma deyimin, bu Puşkin deyiminin geleceğin sözcüklerinde yer alması düşünülemez. Hem nedir bu boynuz? Hangi boynuz? Niçin boynuz? Bu ne saçma şey böyle! Asıl serbest evliliklerde yer olmayacaktır boynuza! Boynuz, ancak her tür yasal evlenmenin doğal sonucu, bir başka deyişle yasal evliliğin düzeltilmesidir; bir protestodur, bu anlamda da kadın ya da erkek için hiç de küçültücü bir şey değildir... Olacak şey değil ya eğer günün birinde yasal bir evlilik yapacak olursam, şu sizin lanet boynuzlarınızı taşımaktan da zevk duyacağım ve karıma şöyle diyeceğim: "Dostum! Bugüne kadar seni yalnızca seviyordum, şimdiyse sana saygı duyuyorum, çünkü sen protesto etmeyi başardın!" Gülüyorsunuz? Çünkü batıl inançlarınızdan kurtulabilecek gücünüz yok! Lanet olsun, yasal evlilikte eşlerin birbirini aldatmasında tatsızlığın nereden kaynaklandığını anlıyorum. Bu, hem kadını, hem erkeği alçaltan aşağılık bir olayın, aşağılık bir sonucudur. Oysa boynuz apaçık oldu muydu, yok olur; serbest evliliklerde olduğu gibi... Anlamsız bir şey olur o zaman, hatta taşıdığı boynuz adını bile yitirir. Bu da bir yana, karınız, onun mutluluğuna engel olmak güç ve yeteneğinde olmadığınızı, yeni kocasından dolayı ondan öç almaya kalkışmayacak kadar ileri görüşlü olduğunuzu kabul etmekle, yalnızca size saygı duyduğunu kanıtlamış olacaktır. Lanet olsun, bazen düşünürüm de... eğer bir gün beni everirlerse tüh! yani evlenirsem, (ister yasal evlilik, ister serbest, fark etmez) ve karım da bir türlü kendine bir sevgili bulamazsa, öyle sanıyorum ki kendi elimle ona bir sevgili bulur ve, "Aziz dostum," derim ona, "seni seviyorum, ama ayrıca bana saygı duymanı da istiyorum, al sana bir sevgili!" Doğru değil mi ama?

Pyotr Petroviç fazla bir ilgi göstermeden ve kıs kıs gülerek dinlemişti Lebezyatnikov'u. Hatta yer yer dinlemediği bile olmuştu. Gerçekten de bambaşka şeylerle meşguldü kafası. Lebezyatnikov da sonunda farkına varmıştı bunun. Hatta heyecanlıydı Pyotr Petroviç, ellerini ovuşturuyor, bir şeyler düşünüyordu. Bütün bunları Andrey Semyonoviç daha sonra anlamlandırabildi.

II

Bu anlamsız yas yemeği fikrinin Katerina İvanovna'nın kafasında hangi nedenlerle doğduğunu söyleyebilmek kolay değildi. Gerçekten de Marmeladov'un cenaze masrafları için

Raskolnikov'un verdiği yirmi küsur rublenin yaklaşık yarısı harcanmıştı bu sofraya. Belki de Katerina İvanovna bütün kiracıların, özellikle de Amalya İvanovna'nın, rahmetli Marmeladov'un "onlardan hiç de aşağı olmadığını, belki de onlardan çok daha üstün olduğunu", hiç kimsenin rahmetliye karşı "burnu büyüklük" taslamaya hakkı olmadığını bilmeleri için ve böylece rahmetli kocasının anısına "gereken" saygıyı gösterebilmek için bu yemeği bir borç gibi görmüştü. Belki de onun bu davranışında en büyük etken, günlük yaşayışımızda her birimiz için zorunlu sayılabilecek birtakım toplumsal törenlerde, pek çok yoksulu ellerindeki son meteliğe varıncaya kadar bütün biriktirdiklerini sırf "başkalarından daha kötü durumda olmadıklarını" kanıtlamak; "başkalarınca ayıplanmamak" için harcamaya zorlayan yoksulluk gururuydu.

Katerina İvanovna belki bu fırsattan yararlanarak, kendisinin dünyada herkes tarafından terk edildiğini sanan bütün bu "değersiz ve aşağılık" kiracılara; "yalnızca görgü kurallarını ve yiyip içmesini bildiği"ni değil, böyle kötü bir kadere boyun eğmek için yaratılmış biri olmadığını, "soylu, hatta aristokrat bir albay evinde" eğitilmiş olduğunu; tahta silmek, geceleri çocuk bezleri yıkamak için yetiştirilmemiş olduğunu göstermek de istemiş olabilirdi. Böylesi gurur ve şöhret düşkünlüğü nöbetleri bazen yoksul ve ezilmiş insanlara da bulaşmakta ve bu durum onlarda zaman zaman sinirli, önüne geçilemez bir gereksinim halini almaktadır. Kaldı ki, Katerina İvanovna ezilmiş, sindirilmiş insanlardan da değildi. Bazı durumlarda onu tümden mahvetmek mümkündü, ama onu manevi olarak sindirmek, yani korkutup iradesine gem vurmak, ona boyun eğdirmek kimsenin yapabileceği bir şey değildi. Ayrıca Sonya'nın, onun gitgide aklını oynattığına ilişkin sözleri, hiç de öylesine söylenmiş, temelsiz sözler değildi. Gerçi bunun böyle olduğu henüz kesinlikle söylenemezdi, ama gerçekten de şu son sıralarda hatta on bir yıldır, öyle çok acı çekmişti ki, zavallı kafasının bir parça da olsa bundan zarara uğramış olması mümkündü. Tüm doktorların söylediği gibi, ilerlemiş verem durumu da insanda akıl dengesinin bozulmasına neden olabiliyordu.

Şaraplar ne çoktu, ne de çeşitli, Madera şarabı da yoktu. Bütün bunlar biraz fazla abartılmıştı. Ama şarap vardı. Votka, rom ve porto da vardı, hepsi de kötü cinstendi, ama herkese yetecek kadar vardı. Yemek olarak, kutya[1] dışında daha üç dört çeşit kadardı, sonra gözleme de vardı ve hepsi de Amalya İvanovna'nın mutfağında hazırlanmıştı. Ayrıca, yemekten sonra içilmesi öngörülen çay ve punç için de iki semaver birden hazırlanmıştı. Satın alma işleriyle Katerina İvanovna'nın kendisi uğraşmıştı. Bu işte kendisine, yoksul bir Polonyalı yardım etmişti; bu adamın Bayan Lippevehzel'in evinde ne aradığını Tanrı bilirdi, ama işte hemen Katerina İvanovna'nın emrine verilmişti ve dün bütün gün ve bu sabah dili bir karış dışarıda, Katerina İvanovna'nın ardı sıra kendini parçalarcasına koşturup durmuştu. Ama galiba bu durumunun fark edilmesi için de özel bir çaba göstermişti. Olur olmaz nedenlerle Katerina İvanovna'ya başvuruyor, hatta onu Gostinniy Dvor'da bile arayıp buluyordu. Bir de durmadan "Pani Harunjina"[2] deyip duruyordu ki, başlangıçta "bu lütufkâr; bu yüce gönüllü" adam olmasa mahvolacağını söyleyen Katerina İvanovna bile sonunda ondan bıkmıştı. Aslında Katerina İvanovna'nın huyuydu bu; daha ilk kez gördüğü birini allayıp pullamak, utandıracak kadar göklere çıkarmak; onda övgüye neden olacak bin bir erdem bulmak, biraz sonra da bu erdemlerin varlığına büyük bir içtenlikle ve gerçekten inanmak, ama sonra birdenbire düş kırıklığına uğrayarak, her şeye tükürmek, övüp göklere çıkardığı, neredeyse tapacak gibi olduğu adamı yerden yere çal-

---

1 Yas sofraları için bal ya da üzümle yapılan pirinç lapası.
2 (Aslında da Lehçe) — Hanımefendi.

mak, onda huy halini almıştı. Şakacı, neşeli, barışçıl bir yaradılışı vardı, ama aralıksız uğradığı başarısızlıklar, mutsuzluklar ve çektiği acılar yüzünden, herkesin barış ve neşe içinde yaşaması, başka bir biçimde yaşamaya cesaret edememesi için öylesine taşkın bir istek duymaya başlamıştı ki, hayatta karşılaştığı küçücük bir uyumsuzluk, uğradığı küçücük bir başarısızlık onu bir anda çileden çıkarıyor, onca parlak umutlardan ve güzel düşlerden sonra, kaderine lanet okumaya, eline geçeni yerlere çalmaya, başını duvarlara vurmaya başlıyordu. Amalya İvanovna da nedense birdenbire büyük bir önem ve saygı kazanmıştı Katerina İvanovna'nın gözünde. Bunun belki de tek nedeni, şu yas sofrası, Amalya İvanovna'nın sofranın kurulmasıyla ilgili her türlü işe içtenlikle koşturmasıydı. Sofrayı o hazırlamış, peçeteleri, yemek takımlarını o sağlamış, yemekleri kendi mutfağında o pişirmişti. Katerina İvanovna mezarlığa giderken ona her alanda yetki vermiş, onu kendi yerine bırakmıştı. Gerçekten de mezarlıktan döndüklerinde her şeyi pek iyi hazırlanmış bulmuşlardı. Masanın üzerine oldukça temiz bir örtü örtülmüştü, tabaklar, çatallar, bıçaklar, kadehler, hepsi değişik kiracılardan alındıkları için, değişik cins; boy ve türlerde olmakla birlikte, tam belirlenen saatte hiç eksiksiz hazırlanmış bulunuyorlardı. Üstlendiği işi başarıyla gerçekleştirdiğini gören Amalya İvanovna, üzerinde siyah bir elbise, süslenmiş, hotozuna yeni siyah kurdeleler takmış olarak; mezarlıktan dönenleri biraz da gururla karşılamıştı. Hak edilmiş olmasına rağmen bu gurur Katerina İvanovna'nın nedense hoşuna gitmemişti: "O olmasa sanki bu sofrayı kuramayacaktık sanacak herkes!" Yeni kurdelelerle süslü hotozu da hoşuna gitmemişti: "Yoksa şu ahmak Alman karısı ev sahibi olduğu için, yoksul kiracılarına acıyıp yardım etmeyi kabul ettiği için mi böyle gururlanıyor? Acıyıp! Demek öyle ha! Bir albay, neredeyse vali olmak üzere olan bir albay olan Katerina İvanovna'nın babacığının evinde kırk kişilik ziyafet sofraları kurulurdu ve orada Amalya İvanovna, daha doğrusu Lyudvigovna gibilerini mutfağa bile sokmazlardı..." Katerina İvanovna hemen bugün Amalya İvanovna'ya haddini bildirmeye karar vermekle birlikte -yoksa kimbilir ne sanacaktı bu kadın kendini- şimdilik duygularını açığa vurmaktan caydı. Şimdilik ona karşı soğuk davranmakla yetinecekti. Bir başka tatsızlığın daha payı olmuştu Katerina İvanovna'nın sinirlenmesinde. Mezarlıktaki törene, ne yapıp edip buraya da gelen Polonyalıdan başka, kiracılardan hiç kimse gelmemişti. Ama yas sofrasına, yani yemeğe, en yoksuluna, en önemsizine varana kadar herkes gelmişti. Üstelik bunlardan çoğu her zamanki kılıklarında bile değillerdi, üstleri başları dökülüyordu. Önemli, hatırı sayılır çağrılılara gelince, sanki aralarında anlaşmışlarcasına hiçbiri gelmemişti. Örneğin, bütün kiracılar arasında en önemli kişi olan Pyotr Petroviç Lujin gelmemişti. Oysa Katerina İvanovna daha dün önüne gelen herkese, yani Amalya İvanovna'ya, Poleçka'ya, Sonya'ya, Polonyalıya... Pyotr Petroviç'in soylu, yüce gönüllü, zengin bir insan olduğunu, geniş bir çevresi bulunduğunu, ilk kocasından eski bir dostu olduğunu, babasının evine de kabul olunduğunu ve kendisine önemli bir emekli maaşı bağlatmak için olanca gücüyle uğraşacağına söz verdiğini anlatıp durmuştu. Burada şunu da belirtelim ki, Katerina İvanovna birinin zenginliğiyle, geniş çevresiyle övünürken, bunu her türlü kişisel çıkar ve hesaptan uzak, içten bir duyguyla, yalnızca övme ve övülene daha büyük bir değer verme zevkiyle yapardı.

Lujin'den sonra ve herhalde "onu örnek alarak" Lebezyatnikov denilen şu alçak, aşağılık adam da gelmemişti. "Ne sanıyordu yani bu adam kendini?" Onu sırf bir lütufta bulunmuş olmak için çağırmışlardı. Çünkü Pyotr Petroviç'in dostuydu, onunla aynı odada kalıyordu ve birini çağırıp ötekini çağırmamak biraz tuhaf olurdu. Evde kalmış kızıyla birlikte görgü budalası bir kadın da gelmemişti. Bunlar, Amalya İvanovna'nın evine taşınalı daha iki hafta olmasına rağmen, Marmeladov'un dairesinden, özellikle de rahmetli sarhoş geldiği zaman yükselen bağrış çağrışlardan rahatsız olmuşlar ve birkaç kez şikâyette bulunmuşlardı. Katerina İvanovna bir kavgaları sırasında Amalya İvanovna'dan öğrenmişti bu şikâyetleri. Amalya İvanovna bu kavga sırasında Katerina İvanovna'ya "ayaklarının tırnağı bile olamayacakları kibar kiracıları" rahatsız ettiklerini haykırarak, bütün aileyi kapı dışarı etmekle tehdit etmişti. Katerina İvanovna, "ayağının tırnağı bile olamayacağı" söylenen bu kadınla kızını yas yemeğine çağırmaya kesin olarak karar vermişti. Sağda solda rastlaştıklarında çalımla yüzünü başka yana çeviren bu kadına; kendisini yas yemeğine çağırmakla "bu evde soylu düşünceler taşıyan soylu insanların yaşadığını ve yapılan kötülükleri hatırlamayıp, bu kötülükleri yapanları evlerine çağırdıklarını" ve Katerina İvanovna'nın böylesi güç bir yaşama alışık olmadığını gösterecekti. Bütün bunları sofrada rahmetli babacığının valiliğiyle birlikte açıklamayı tasarlamıştı. Ayrıca, karşılaştıklarında yüzünü başka yana çevirmenin hiç de gerekli olmadığını, bunun aptalca bir davranış olduğunu, şöyle dolaylı yoldan dokunduruverecekti. Şişko yarbay (aslında emekli üsteğmen) da gelmemişti. Ama onun dün sabahtan beri "kımıldayamayacak kadar yorgun" olduğu anlaşılmıştı. Kısacası gelenler, yalnızca şu zavallı Polonyalıyla, kirli fraklı, sivilceli yüzlü, pis pis kokan, miskin, sessiz bir memurdu; bir de çok eskiden beri Amalya İvanovna'nın evinde oturan ve buradaki odasının kirasını kimin verdiği belli olmayan, bir zamanlar bilmem hangi postanede çalışmış, sağır ve neredeyse iyice kör bir ihtiyarla, terbiyesizce kahkahalar atıp duran sarhoş bir emekli teğmen, daha doğrusu iaşe memuru (hem de "düşünün ki," yeleksiz olarak!) gelmişlerdi. Adamın birisi ise Katerina İvanovna'ya selam bile vermeden geçip masaya kurulmuştu; hele birisi, elbisesi olmadığı için ropdöşambrla gelmişti ki, artık terbiyesizliğin bu kadarına dayanılamazdı, bu adam hemen Amalya İvanovna ve Polonyalının çabalarıyla odadan uzaklaştırıldı. Polonyalı da Amalya İvanovna'nın evinde hiç oturmamış, bu evde bugüne kadar hiç görülmemiş başka iki Polonyalıyı getirmişti. Bütün bunlar Katerina İvanovna'yı müthiş sinirlendirmişti, "Madem böyle olacaktı, bu hazırlıklar kimin için yapılmıştı?" Hatta sırf yer açılsın diye çocukları, zaten bütün odayı kaplamış olan masaya oturtmamışlar, onlara arka köşede, sandık üzerinde bir sofra kurmuşlardı. İki küçük bir sırada oturuyor, Poleçka ise büyük kardeş olarak onların karınlarını doyuruyordu. Bu arada yine Poleçka bütün "iyi çocuklara yapıldığı gibi", kardeşlerinin burunlarını silmek zorundaydı. Kısacası, Katerina İvanovna, ister istemez bütün konukları iki kat büyüklenerek, hatta kibirle karşılamak zorunda kalmıştı. Hele kimilerine özellikle sert bakıyor, sofraya buyur ederken pes perdeden bir tavır takınıyordu. Bütün gelmeyenlerin sorumluluğunu nedense Amalya İvanovna'ya yükleyivermiş ve hemen ona karşı son derece saygısızca davranmaya başlamıştı. Amalya İvanovna da ondaki bu değişikliği fark etmiş ve buna bayağı canı sıkılmıştı. Pek de iyi bir sonuç vaat eden bir başlangıç değildi bu. Sonunda herkes sofrada yerini aldı.

Raskolnikov tam mezarlıktan dönüldüğü sırada gelmişti. Katerina İvanovna onun gelişine çok sevinmişti. Çünkü birincisi, Raskolnikov bütün konuklar içinde tek "kültürlü konuk"tu ve "bilindiği gibi iki yıl sonra, bura üniversitelerinde bir kürsü sahibi olmaya hazırlanıyordu"; ikincisi, çok istemesine rağmen, mezarlığa gelemediği için son derece saygılı bir tavırla özür dilemişti. Katerina İvanovna ona dört elle sarıldı, sofrada yanına, sol tarafına oturttu (sağında Amalya İvanovna oturuyordu) ve yemeklerin düzenli dağıtılması ve herkese yetmesi gibi telaşları ve koşuşturmaları arasında, üstelik de ikide bir konuşmasına engel olan ve kendisini neredeyse boğulacak hale getiren ve galiba şu son iki gün içinde iyice azıtan, son derece acı verici öksürük nöbetlerine rağmen, durmadan Raskolnikov'a bir şeyler söylüyor, yas yemeğinin uğradığı başarısızlıktan duyduğu haklı öfkeyi, içinde birikenleri ona bir an önce fısıldamaya çalışıyor, ama yine de bu öfkesi sık sık, son derece neşeli kahkahalara bırakıyordu yerini.

— Bütün suç şu baykuş suratlıda! Kimden söz ettiğimi anlıyorsunuz tabii: Ondan, ondan! –Başıyla ev sahibi kadını gösteriyordu.– Baksanıza bir şuna, gözlerini nasıl da belertmiş! Kendisinden söz ettiğimizi hissediyor, ama neler konuştuğumuzu anlayamıyor, gözlerini devirip duruyor. Tüh, baykuş karı! Hah–hah–ha! Öhö–öhö–öhö! Ya şu hotozuyla ne demek istiyor ki! Öhö–öhö–öhö! Farkında mısınız, herkes onun beni koruduğunu, buraya gelmiş olmakla beni onurlandırdığını sansın istiyor... Kendisinden doğru dürüst adamlar çağırmasını, özellikle de rahmetlinin tanıdıklarını çağırmasını rica etmiştim; ama baksanıza o kimleri çağırmış: Bir alay soytarı! İpsiz, sapsız! Şu kirli suratlı adama, bakın. Adam değil; iki ayaklı sümüklüböcek! Hele şu Polonyalılar... Hah–hah–ha!.. Hiç kimse, ama hiç kimse görmemiştir onları burada, ben de görmedim; öyleyse sorarım size, niçin gelmişler buraya? Yan yana nasıl da uslu uslu duruyorlar!

Katerina İvanovna birden bu Polonyalılardan birine seslenerek:

— Pan, hey Pan, –dedi,– gözleme aldınız mı gözleme? Biraz daha alın. Bira için, bira! Votka istemiyor musunuz?.. Bakın hele, nasıl da yerinden fırlayıp selam verdi! Bakın bakın! Zavallılar; çok açlar herhalde! Zararı yok, varsın yesinler. Hiç değilse gürültü etmiyorlar... yalnız... yalnız; doğrusu ev sahibinin gümüş kaşıkları korkutuyor beni!..

Birden yanında duran ev sahibi kadına döndü, herkesin duyabileceği bir sesle:

— Amalya İvanovna! –dedi.– Bakın, söylemedi demeyin, gümüş kaşıklarınızı yürütürlerse karışmam! Hah–hah–ha!

Kendi sözüne kahkahalarla gülmeye başladı, sonra yine Raskolnikov'a dönüp yine başıyla kadını gösterdi:

— Anlamadı, yine anlamadı! Ağzı bir karış açık, oturuyor... Bakın hele şuna: Baykuş, tam bir baykuş! Yeni kurdeleli kukumav! Hah–hah–ha!..

Ama burada kahkahaları, beş dakika kadar süren dayanılmaz bir öksürük nöbetine dönüştü. Mendili kana bulandı, alnında ter damlacıkları belirdi. Kanlanan mendilini sessizce Raskolnikov'a gösterdi. Yanakları al al olmuştu. Heyecan içinde, güçlükle soluyarak Raskolnikov'un kulağına eğildi ve:

— Baksanıza, –diye fısıldadı,– ona ince bir iş vermiştim ben, yani o kadınla kızını da çağırmasını istemiştim... Kimden söz ettiğimi anlıyor musunuz? Büyük nezaket göstermek ve çok hünerli olmak gerekir böyle konularda, oysa Amalya İvanovna kimbilir nasıl davrandı ki, kadın bu gibi hallerde başvurulması gereken en basit nezaket kurallarını bile yerine getirmedi, ne kendisi geldi, ne birini gönderip özür diledi... Sersem karı! Kendini beğenmiş şey! Taşralı n'olacak! Kendine emekli maaşı bağlatabilmek için devlet dairelerinin eşiklerini aşındırmaya gelmiş bir binbaşı dulu! Elli beşinde olduğu halde allık sürüyor, boyanıyor (herkes biliyor bunu)... Pyotr Petroviç'in niçin gelmediğini de bir türlü anlayamıyorum! Sonya nerede, nereye gitti? Hah, işte geldi! Nereye kayboldun Sonya? Babanın gömüldüğü bir günde bu düzensizliğin çok tuhaf doğrusu! Rodion Romanoviç, izin verin de yanınıza otursun. İşte senin yerin, Soneçka... Ne istersen al tabağına! Söğüş al, en iyisi o. Şimdi gözlemeler de gelir. Çocuklara da verdiler mi? Poleçka, bütün yemeklerden aldınız mı? Öhö–öhö–öhö! İyi, iyi! Lyonya, uslu çocuk ol... Sen de Kolya bacaklarını sallayıp durma öyle... Sen ne diyorsun Soneçka?

Sonya, herkesin duyabileceği bir sesle konuşmaya özen göstererek, Pyotr Petroviç'in nasıl özür dilediğini, onun kullandığı en kibar, en saygı belirten sözcükleri seçerek ve bunları bir kez de kendi süsleyerek anlatmaya başladı. Ayrıca, Pyotr Petroviç'in iş konusunda baş başa görüşmek ve ilerisi için neler yapabileceklerini kararlaştırmak için fırsat bulur bulmaz geleceğini söylediğini ekledi.

Sonya bu sözlerin Katerina İvanovna'yı yatıştıracağını, en önemlisi de bunlardan hoşlanacağını, gururlanacağını biliyordu. Raskolnikov'un yanına oturmuştu. Onu hafifçe selamlamış, sonra bir an meraklı gözlerle bakmıştı. Aslında yemek boyunca gözlerini durmadan ondan kaçırmaya çalışmıştı. Kendisini memnun etmek için yemek süresince Katerina İvanovna'ya bakıp durmuştu, ama dalgın olduğu anlaşılıyordu. Ne onun, ne de Katerina İvanovna'nın üzerlerinde yas elbisesi vardı. Sonya koyu kahverengi bir elbise giymişti, Katerina İvanovna'nın sırtında ise biricik elbisesi olan çizgili, koyu renkli entarisi vardı.

Pyotr Petroviç'le ilgili haberi hoşnutlukla karşıladı Katerina İvanovna; Sonya'nın söylediklerini ciddi ciddi dinledi, yine aynı ciddilikle Pyotr Petroviç'in sağlığını sordu, sonra Raskolnikov'un kulağına eğilerek, çevreden de duyulabilecek bir fısıltıyla, "Pyotr Petroviç gibi saygın, seçkin bir kişinin, ailesine olan bağlılığını ve babacığıyla olan eski dostluğuna rağmen, böyle tuhaf bir topluluğun arasına katılmasının gerçekten de doğru kaçmayacağını" söyledi.

— Size özellikle bunun için minnettarım Rodion Romanoviç, –diye sürdürdü sözlerini, yine fazlaca duyulabilecek bir fısıltıyla konuşuyordu,– böyle bir topluluk içinde dahi bizimle tuz–ekmek paylaşmaktan kaçınmadınız. Bununla birlikte rahmetli kocamla aranızdaki özel dostluğun da sözünüzü tutmakta büyük payı olduğuna eminim.

Katerina İvanovna bunları söyledikten sonra, gururla, ağırbaşlılıkla konuklarını gözden geçirdi; birden masanın öbür ucunda oturan sağır ihtiyara özenle "Kızarmış et isteyip istemediğini, kendisine porte verip vermediklerini" sordu. İhtiyar karşılık vermedi, yanındakiler kendisini dürtüp alay ettikleri halde, uzun süre kendisine ne sorulduğunu anlayamadı. Ağzını açmış, aptal aptal etrafına bakınıp duruyordu. Onun bu durumu masanın genel neşesini daha da artırmıştı.

Katerina İvanovna yeniden Raskolnikov'a dönerek:

— Şuna da bakın hele, –dedi,– ne salak şey! Ne diye getirmişler ki onu buraya? Pyotr Petroviç'e gelince, ben ona her zaman güvenmişimdir ve... –Katerina İvanovna sözünün burasında Amalya İvanovna'ya döndü, kadını ürkütecek kadar sert bir sesle,– Pyotr Petroviç, sizin o, babacığımın mutfağına aşçı olarak bile giremeyecek, takıp takıştırmış yosmalarınıza benzemez... Rahmetli kocam ise sonsuz iyiliğiyle onları kabul ederek kendilerine şeref verirdi.

Bu arada on ikinci kadeh votkayı yuvarlamakta olan emekli iaşe memuru: .

— Evet efendim, –diye bağırdı,– içkiyi çok severdi... İyi içerdi!..

Katerina İvanovna adama dönerek:

— Kocamın böyle bir zayıflığı vardı, –dedi,– bu herkesin bildiği bir şey. Ama o iyi yürekli, ailesini seven ve ona saygı duyan bir insandı; tek kusuru, kendi iyiliği yüzünden her türlü ahlaksıza karşı aşırı dostluk göstermesiydi. Tanrı bilir kimlerle; hatta pabucunun tabanı etmeyecek adamlarla bile oturur içerdi. Düşünebiliyor musunuz, Rodion Romanoviç, cebinde bir gün bir horoz şekeri bulmuştuk, ayakta duramayacak kadar sarhoştu, ama yine de çocuklarını düşünmüştü.

Emekli iaşe memuru:

— Horoz mu? –diye bağırdı.– Horoz mu dediniz?

Katerina İvanovna ona cevap vermeye tenezzül etmedi. Dalmıştı, derin derin iç geçirdi, sonra Raskolnikov'a dönerek:

— Herhalde siz de benim ona sert davrandığımı düşünüyorsunuzdur, –dedi.– Oysa bu hiç de böyle değil! O bana saygı duyardı, bana büyük saygısı vardı! Çok iyi yürekli bir insandı! Bazen ona öyle acırdım ki!.. Bazen bir köşeye oturur, oradan bana üzgün üzgün bakardı! Dayanamaz, kalkıp okşamak isterdim kendisini. Ama sonra, "Böyle yaparsam yine içkiye başlar" diye düşünürdüm. Çünkü onu ancak sertlikle bir parça olsun tutabiliyordum.

Emekli iaşe memuru:

— Evet, saçlarının yolunduğunu, hem de bunun pek çok kez olduğunu biliriz! –diye bağırdı ve bir kadeh votka daha yuvarladı.

Katerina İvanovna emekli iaşe memurunun sözünü keserek:

— Bazı ahmakların yalnızca saçlarını yolmak değil, süpürge sopasıyla okşanmalarında da büyük yarar vardır... –dedi.– Bu kez rahmetli kocamdan söz etmiyorum!

Yanaklarındaki kırmızı lekeler gitgide koyulaşıyor, göğsü hızla kalkıp iniyordu. Az daha üzerine varılırsa, bir olay çıkarmaya hazırdı. Masa başındakilerin çoğunun hoşuna gidiyor gibiydi bu durum, kıs kıs gülüyorlar, iaşe memurunu kışkırtıyorlar, kulağına bir şeyler fısıldıyorlardı.

Emekli iaşe memuru:

— İz–ni–nizle sormak isterim... Siz kimden... yani siz kimi... buyurdunuz ki... Aman, boş ver! Değmez! Saçma! Dul bir kadın! Onu bağışlıyorum... Benden pas! –diye söylendi ve bir kadeh daha votka yuvarladı.

Raskolnikov oturuyor ve konuşulanları tiksintiyle dinliyordu. Katerina İvanovna'nın aralıksız tabağına doldurduğu şeyleri incelik gereği ve sırf kadını incitmemiş olmak için, çatalının ucuyla şöyle bir dokunarak yiyordu. Bakışları hep Sonya'nın üzerindeydi. Sonya'nın da gitgide kaygılanmakta olduğu görülüyordu; yas yemeğinin tatlılıkla sona ermeyeceğini hissediyor; öfkesi gitgide artmakta olan Katerina İvanovna'yı korkuyla izliyordu. Sonya bu arada; iki taşralı kadının Katerina İvanovna'nın çağrısını böylesine kaba bir biçimde geri çevirmelerinin tek nedeninin kendisi olduğunu da biliyordu: Amalya İvanovna'dan öğrendiğine göre, kızın annesi kendilerine böyle bir çağrıda bulunmasına kızmış ve hatta "Kızımı böyle bir kızla nasıl yan yana oturtabilirim?" diye sormuştu. Sonya, Katerina İvanovna'nın bu durumu şu ya da bu şekilde öğrenmiş olduğunu da hissediyordu; Sonya'nın aşağılanması Katerina İvanovna için kendisinin, çocuklarının, babasının aşağılanmasından farksızdı, tek kelimeyle bu onun için öldürücü bir aşağılanmaydı ve Sonya onun "bu şıllıklara gereken dersi vermeden" kolay kolay yatışmayacağını biliyordu. Aksi gibi tam bu sırada, masanın öbür ucundan biri Sonya'ya, bir tabak gönderdi; tabakta ekmek içinden yapılmış ve bir okla delinmiş iki kalp vardı. Katerina İvanovna çileden çıktı ve bulunduğu yerden masanın öbür ucuna bu tabağı gönderenin "sarhoş bir eşek" olduğunu haykırdı. Onun kendisine karşı takındığı kibirli havadan Amalya İvanovna'nın gururu incinmişti. Bu bakımdan sofranın tatsız havasını dağıtmak ve bu arada herkesin gözünde kendini yüceltmek için, damdan düşercesine, hiç ilgisiz bir fıkra anlatmaya başladı. "Tanıdığı Karl adında bir eczacı kalfası bir gece arabayla gidiyormuş, arabacı Karl'ı öldürmek istemiş, Karl da kendisini öldürmemesi için çok çok yalvarmış, ağlamış, kollarını önünde kavuşturmuş, çok korkmuş ve korkudan yürek inmiş." Katerina İvanovna hafifçe gülümseyerek, Amalya İvanovna'nın Rusça fıkra anlatmaması gerektiğini söyledi. Amalya İvanovna bu sözlere daha da alındı ve "fater aus Berlin"in[1] çok çok önemli bir kişi olduğunu ve hep eli ceplerde dolaştığını" söyledi. Katerina İvanovna dayanamayıp öylesine gülmeye başladı ki; neredeyse çileden çıkmak üzere olan Amalya İvanovna, son bir dayanma gücüyle kendini tutabildi.

Katerina İvanovna neşe içinde:

— Şu kukumava da bak hele! –dedi Raskolnikov'a.– "Elleri cebinde dolaşırdı" demek istedi, oysa söylediği sözden başkalarının ceplerini karıştırdığı anlamı çıktı, Öhö–

1 (Aslında da Almanca) — Berlinli babası.

öhö–öhö! Bilmem siz de fark ettiniz mi Rodion Romanoviç? Petersburg'daki bütün yabancılar, özellikle de şuradan buradan bizim buralara gelip duran Almanlar, bizden çok daha aptallar! Fıkra böyle mi anlatılır Tanrı aşkına! "Eczacı kalfası Karl korkudan yürek inmiş!" Ahmak herif, arabacının elini kolunu bağlayacak yerde; kendisi "ellerini önünde kavuşturmuş ve ağlamış, çok yalvarmış." Salak karı!.. Fıkrasının da çok dokunaklı olduğunu sanıyor, bunun ne denli ahmakça bir şey olup olmadığından en ufak bir kuşku duymuyor! Bana kalırsa, şu sarhoş iaşe memuru bile bu karıdan çok daha akıllı; hiç değilse bu ayyaş son akıl kırıntısını da votkasına meze edip içmiş; oysa şu karının tafra satışına, kurumlanışına bakın! Nasıl da gözlerini devire devire oturuyor! Kızıyor! Kızıyor bir de! Hah–hah–ha! Öhö–öhö–öhö!

Neşesini bulan Katerina İvanovna hemen birtakım ayrıntılı açıklamalara girişti ve kendisine bağlanacak maaşla yerlisi olduğu "T..." kentinde soylu kızlar için bir pansiyon açacağını anlatmaya başladı. Bu konudan daha önce Raskolnikov'a hiç söz etmemiş olduğu halde, birden en ince ayrıntıları anlatmaya girişti. Tam bu sırada, nereden çıktıysa bir de "diploma" çıkıverdi ortaya; bu, Marmeladov'un bir meyhane köşesinde Raskolnikov'a, karısının enstitüyü bitirme gününde "valinin ve öteki bazı kişilerin önünde" omzunda bir şalla dans ettiğini anlattığı sırada sözünü ettiği, şu ünlü diplomaydı. Diploma anlaşılan bu kez de Katerina İvanovna'ya bir pansiyon açma ve yönetme hakkı veren bir belge ödevi görecekti! Ama diplomanın şu anda Katerina İvanovna'nın üzerinde bulunmasının asıl nedeni, yas yemeğine gelmiş olsalardı "şu iki rüküş şıllığı" can evinden vurmak ve Katerina İvanovna'nın soylu, "hatta aristokrat bir ailenin, bir albayın kızı olarak, şu son sıralarda ortalarda sıkça görülmeye başlayan birtakım maceracı türedilerle karşılaştırılamayacak kadar üstün" olduğunu kanıtlamaktı.

Diploma hemen sarhoş konuklar arasında elden ele dolaştı; Katerina İvanovna da buna engel olmadı, çünkü gerçekten de diplomada kendisinin albay rütbesine eşit bir danışman ve bir süvari kızı olduğu *en touteslettres*[1] yazılıydı. İyice coşan Katerina İvanovna, gelecekte "T..."de süreceği güzel ve sakin hayatı; pansiyonunda ders vermeleri için çağıracağı lise öğretmenlerini; enstitüdeyken Katerina İvanovna'nın da Fransızca öğretmeni olan ve ömrünün kalan günlerini "T..."de geçirmekte olan ihtiyar Fransız Mangot'nun nasıl az bir ücretle onun pansiyonuna geleceğini ayrıntılarıyla anlatmaya başladı. Sözü sonunda Sonya'ya getirdi; "Sonya da kendisiyle birlikte 'T...'ye gelecek ve orada her konuda kendisine yardımcı olacaktı." Bu sırada masanın öteki ucundan birinin kikirdediği duyuldu. Katerina İvanovna bu gülüşü fark etmemiş gibi küçümser bir tavır takınmaya çalıştıysa da birden sesini yükseltip büyük bir coşkuyla, Sonya Semyonovna'nın kendisine yardımcı olmaya layık, yetenekleri kuşku götürmez bir kız olduğunu, "güzel, sabırlı, özverili, soylu ve kültürlü" bir kız olduğunu anlatmaya başladı. Bu arada Sonya'nın yanağını okşadı, yerinden kalkıp iki kez candan bir biçimde kucaklayıp Sonya'yı öptü. Sonya kıpkırmızı kesildi, Katerina İvanovna da ağlamaya başladı, ama aynı anda kendisinin "sinirleri zayıf bir budala olduğunu, aşırı duygulandığını, artık yemek bittiğine göre, çay verilmesine başlanabileceğini" söyledi. Tam bu sırada, bütün bu konuşmalar boyunca kendisinin tek söz söylememiş olmasına ve kimsenin kendisini dinlememesine müthiş içerleyen Amalya İvanovna birden son bir denemede bulunmak gibi bir tehlikeyi göze aldı ve Katerina İvanovna'ya, açacağı pansiyonda "kızların çamaşırlarının (die Wäsche) temiz olmasına özel bir dikkat göstermesi gerektiğine" ve "bu çamaşırlarla çok iyi ilgilenecek iyi bir ka-

---

1 (Aslında da Fransızca) — Harfiyen.

dın (die Dame) bulundurması gerektiğine", sonra "genç kızların geceleri gizlice roman okumalarının da önlenmesi gerektiğine" ilişkin, işletmecilikle ilgili ve derin anlamlı birkaç noktayı işaret etmek cesaretinde bulundu. Gerçekten de iyice sinirlenen ve yorulan, üstelik de bu yas yemeğinden bıkmaya başlayan Katerina İvanovna, Amalya İvanovna'yı tersleyerek, "iyice saçmaladığını", hiçbir şeyden anlamadığını, die Wasche konusunun soylu bir pansiyon müdiresini değil, çamaşır görevlisini ilgilendiren bir sorun olduğunu, roman konusuna gelince, böyle bir istekte bulunmanın terbiyesizlikten başka bir şey olmayacağını, kendisinin artık lütfen susmasını rica ettiğini söyledi. Çileden çıkan Amalya İvanovna, bunları kendisine "iyilik olsun" diye söylediğini, "çok çok iyilik olsun" istediğini, kendisinin "ne zamandır ev kirasını ödemediğini" söyledi. Katerina İvanovna, Amalya İvanovna'nın iyilik olsun sözünün yalan olduğunu, çünkü daha dün rahmetli kocası masada yatarken gelip kira sözleriyle kendisini canından bezdirdiğini söyleyerek "lafı ağzına tıkadı." Bunun üzerine de Amalya İvanovna "o kadınları davet ettiğini, ancak o kadınların gelmediğini, çünkü o kadınların soylu olduklarını ve soylu olmayan kadınların evlerine gelemeyeceklerini" söyledi. Katerina İvanovna da hemen; bir bulaşıkçı olduğuna göre onun gerçek soyluluk konusunda yargıda bulunamayacağını "belirtti". Bu sözlere dayanamayan Amalya İvanovna, "fater aus Berlin"in çok çok önemli bir kişi olduğunu, hep elleri ceplerinde dolaşarak "puf! puf!" yaptığını açıkladı ve babasının bu işi nasıl yaptığını tam canlandırabilmek için de iskemlesinden kalkıp ellerini ceplerine soktu, yanaklarını şişirerek, ağzından "puf! puf!" gibi anlaşılmaz birtakım sesler çıkarmaya başladı. İki kadın arasında bir kavga çıkacağını anlayan ve kendisini onayladıklarını belli ederek Amalya İvanovna'yı kışkırtan konukların gürültülü kahkahaları sarmıştı ortalığı. Katerina İvanovna artık bu kadarına dayanamazdı; hemen, Amalya İvanovna'nın belki de hiç fater'i olmadığını, Petersburg'da doğmuş ayyaş bir yabancı olduğunu, daha önceleri de herhalde orada burada aşçılık ettiğini, hatta belki de daha aşağılık işlerde çalıştığını herkesin duyabileceği bir biçimde "açıkça dile getirdi". Amalya İvanovna ıstakoz gibi kızardı ve ıslıksı bir sesle, "asıl Katerina İvanovna'nın fater'i olmadığını"; kendisininse uzun redingotlar giyen ve "puf! puf!" diye sesler çıkararak dolaşan bir "fater aus Berlin"i olduğunu söyledi. Katerina İvanovna aşağılayıcı bir tavırla kendisinin soyunun herkesçe bilindiğini, işte şu diplomada da babasının albay olduğunun basılı olarak belirtildiğini, Amalya İvanovna'nın babasına gelince (eğer ille bir babası varsa) bunun olsa olsa; Petersburg'lu bir yabancı olduğunu ve mesleğinin de sütçülük olabileceğini, ama babasının hiç olmamasının daha akla yakın olduğunu, çünkü baba adının İvanovna mı, Lyudvigovna mı olduğunun hâlâ belli olmadığını söyledi. İyice kendinden geçen ve masaya bir yumruk indiren Amalya İvanovna, çığlık çığlığa adının Lyudvigovna değil, Amal-İvan olduğunu, "babasının adının Yohan olduğunu, kendisinin belediye başkanlığında bulunduğunu", Katerina İvanovna'nın babasınınsa hiçbir zaman "belediye başkanlığı etmediğini" haykırdı. Katerina İvanovna sandalyesinden kalktı, (yüzü bembeyaz olmasına ve göğsü hızla inip kalkmasına rağmen) sakin bir sesle ve sertçe, "eğer Amalya İvanovna aşağılık fater'ini bir kez daha onun babacığıyla yan yana getirmeye kalkışırsa, başındaki hotozu kapıp yere çalacağını ve ayakları altında çiğneyeceğini" söyledi. Bu sözleri duyan Amalya İvanovna odada dört dönerek olanca gücüyle, bu evin sahibinin kendisi olduğunu ve Katerina İvanovna'nın "hemen şu anda evini terk etmesi" gerektiğini haykırmaya başladı; sonra nedense masadan gümüş kaşıkları toplamaya girişti. Müthiş bir curcuna kopmuştu odada; bağrış çağrışlara çocuk ağlamaları da karışmıştı. Sonya, Katerina İvanovna'yı tutmaya hazırlanıyordu; ama Amalya İvanovna bağırarak sarı kart[1] üzerine bir şeyler söyleyince, Katerina İvanovna, Sonya'yı itti ve az önce hotoz üzerine savurduğu tehdidi yerine getirmek için Amalya İvanovna'nın üzerine atıldı. Tam bu sırada kapı açıldı ve eşikte birden Pyotr Petroviç Lujin göründü. Olduğu yerde öylece duruyor ve sert, dikkatli bakışlarla kalabalığı süzüyordu. Katerina İvanovna fırlayıp ona doğru atıldı.

III

— Pyotr Petroviç, –diye bağırdı,– hiç olmazsa siz koruyun bizi! Mutsuz bir soylu kadına karşı böyle davranamayacağını, işin ucunun mahkemeye varacağını şu budala yaratığa bari siz anlatın!.. Doğruca, vali hazretlerine ileteceğim durumu... Hesabını sorarlar ondan bunların... Babamla paylaştığınız tuz–ekmeğin hatırı için olsun, şu yetimleri koruyun!

— İzin verin hanımefendi, izin verin hanımefendi, –dedi Pyotr Petroviç, ellerini uzatıp Katerina İvanovna'yı durdurmaya çalışarak.– Çok iyi biliyorsunuz ki, babanızla tanışmak şerefine erişmedim... İzin verin hanımefendi! (Birisinin bir kahkaha attığı duyuldu.) Öte yandan sizin Amalya İvanovna ile şu bitip tükenmek bilmez kavgalarınıza karışmak niyetinde de değilim... Ben buraya... kendimle ilgili bir iş için geldim... Ve hemen üvey kızınız Sonya... İvanovna... Böyleydi galiba? Evet, Sonya İvanovna'yla görüşmek istiyorum: İzin verin de geçeyim...

Ve Pyotr Petroviç, Katerina İvanovna'nın yan tarafından dolaşarak, Sonya'nın bulunduğu karşı köşeye doğru yürüdü.

Katerina İvanovna yıldırımla vurulmuşçasına olduğu yerde kalakaldı. Pyotr Petroviç'in, babasıyla tuz–ekmek paylaştığını nasıl inkâr edebildiğini anlayamıyordu. Uydurduğu

---

1 Orospulara verilen vesika.

bu tuz–ekmek hikâyesine kendisi tümüyle inanıyordu. Pyotr Petroviç'in resmi, kuru; hatta aşağılayıcı tavrı da onu şaşırtmıştı. Sonra onun görünmesiyle birlikte bütün sesler yavaş yavaş kesilmiş, ortalığa bir sessizlik çökmüştü. Öte yandan, odadaki kalabalığa hiç uymayan bu "ciddi iş adamının" buraya çok ciddi bir nedenle geldiği ve onu buraya ancak olağanüstü bir olay getirebileceğine göre, herhalde az sonra bir şeyler olacağı belliydi. Sonya'nın yanında durmakta olan Raskolnikov, Pyotr Petroviç'in geçebilmesi için yana çekildi; Pyotr Petroviç onu hiç fark etmemiş gibiydi. Bir dakika kadar sonra odanın kapısında Lebezyatnikov da göründü, ama o içeri girmemiş, merakla, hatta şaşkınlıkla eşikte durup konuşulanları dinlemeye başlamıştı; ancak uzunca bir süre, olup bitenlerden o da bir şey anlayamamıştı.

Pyotr Petroviç özellikle belli bir kişiye seslenmeden:

— Toplantınızı kestiğim için özür dilerim, –dedi,– ama oldukça önemli bir durum var ve ben bu işin kalabalık önünde konuşulacak olmasından memnunum. Amalya İvanovna, ev sahibi olarak, benimle Sonya İvanovna arasında şu anda geçecek konuşmaya dikkat etmenizi özellikle rica ederim.

Çok şaşıran ve daha şimdiden korkmaya başlayan Sonya'ya dönerek sürdürdü sözlerini:

— Sonya İvanovna, sizin ziyaretinizden hemen sonra, arkadaşım Andrey Semyonoviç Lebezyatnikov'un odasındaki masanın üzerinden, bana ait yüz rublelik bir banknot kayboldu. Şu ya da bu şekilde, bu paranın şu anda nerede bulunduğunu biliyorsanız ve bize söylerseniz, bu kadar insanın önünde size namus sözü veririm ki, bu iş burada bitecektir. Aksi halde çok ciddi önlemlere başvurmak zorunda kalacağım... ki o zaman artık suçu kendinizde arayın!

Odaya tam anlamıyla sessizlik egemendi. Ağlayan çocuklar bile susmuşlardı. Sonya ölü gibi sararmış, Lujin'e bakıyor, hiçbir şey söylemiyordu. Henüz hiçbir şey anlamamış gibiydi. Böylece birkaç saniye geçti.

Lujin gözlerini ona dikerek:

— Evet? –dedi.– Ne diyorsunuz?

Sonunda duyulur duyulmaz bir ses çıktı Sonya'dan:

— Bilmiyorum... Ben hiçbir şey bilmiyorum...

— Bilmiyor musunuz? –dedi Lujin; birkaç saniye sustu, sonra yine sert ama öğüt verir gibi bir tavırla,– Düşünün matmazel, –dedi,– enine boyuna, iyice bir düşünün durumu, istediğiniz kadar süre vermeye hazırım size düşünmeniz için. Dikkat buyurun, eğer bu kadar emin olmasaydım, bunca tecrübemin üzerine sizi açıkça suçlamak tehlikesini göze alamazdım. Çünkü böyle herkesin gözü önünde yapılan suçlamalar, bile bile yapılan sahte suçlamalar ya da yanılgıya düşerek yapılan suçlamalar, bir bakıma o suçlamayı yapan kişiyi suçlu duruma düşürür. Bunu biliyorum. Bu sabah, ihtiyacım olduğu için yüzde beşlik tahvillerimden birkaç tanesini paraya çevirmiştim, nominal değerleri üç bin rubleydi tahvillerin. Hesabı cep defterimde yazılıdır. Eve gelip paraları saydım, Andrey Semyonoviç de buna tanıktır, iki bin üç yüz rublesini cüzdanıma yerleştirdim, cüzdanımı da ceketimin yan cebine koydum. Masada beş yüz ruble kadar bir para kalmıştı, bu paralar arasında üç tane yüzlük banknot vardı. Bu sırada (benim çağırmam üzerine) siz geldiniz odaya. Yanımda kaldığınız sürece çok heyecanlıydınız, o kadar ki, konuşmamız daha bitmediği halde, üç kez kalkıp gitmeye davrandınız. Andrey Semyonoviç bunların hepsine tanıklık edebilir. Herhalde matmazel, sizi Andrey Semyonoviç aracılığıyla çağırtmamın biricik nedeninin, öksüzlerin ve Katerina İvanovna'nın acınası durumları üzerine sizinle konuşmak (çünkü ben yas yemeğine gelemeyecektim), bir yardım defteri açmanın ya da piyango düzenlemenin yararlı olup olmayacağını görüşmek için olduğunu inkâr etmeyeceksinizdir? Siz bana teşekkür ettiniz, hatta gözleriniz yaşardı; size her şeyi bir bir anlatıyorum, çünkü birincisi, olup bitenleri size hatırlatmak istiyorum, ikincisi de en ufak bir ayrıntıyı bile gözden kaçırmadığımı göstermek istiyorum. Sonra, aileniz için ilk yardım olmak üzere, masadan on rublelik bir banknot alıp size verdim. Bunların hepsini Andrey Semyonoviç de gördü. Daha sonra sizi kapıya kadar geçirdim. Siz hep aynı heyecan içindeydiniz. Siz çıktıktan sonra Andrey Semyonoviç'le on dakika kadar konuştuk, daha sonra Andrey Semyonoviç de çıktı. Bunun üzerine, bir kez daha sayıp kaldırmak için masadaki paraların başına döndüğümde, büyük bir şaşkınlıkla yüz rublelik bir banknotun eksik olduğunu gördüm. Şimdi düşünelim: Andrey Semyonoviç'ten kuşkulanamazdım; bunu düşünmek bile utandırır beni. Hesaplarımda yanılmış olamazdım, çünkü sizin odaya gelmenizden bir dakika önce paraları hesaplamış ve toplamı doğru bulmuştum. Sizin heyecanlı halinizi, gitmek için o acelenizi, bir an elinizin masada durduğunu hatırlayınca, öte yandan toplumsal durumunuzu göz önüne alınca, dehşet içinde, hatta hiç istemememe rağmen, kuşkusuz zalimce, ama haklı bir kuşkuya düşmek zorunda kaldığımı siz de kabul edersiniz! Şunu bir kez daha tekrarlayayım ki, kendime kesinlikle güvenmeme rağmen, yine de böylesi bir suçlamayla kendimi tehlikeye attığımı biliyorum. Ama gördüğünüz gibi bir an bile duraksamadım, isyan ettim, niçin olduğunu da size söyleyeyim: Bunun biricik nedeni, hanımefendi, bunun biricik nedeni, sizin kapkara nankörlüğünüzdür! Şu işe bakın! Ben sizi bir felaketle karşı karşıya bulunan ailenizin çıkarları için çağırayım, gücüm oranında size on rublelik yardımda bulunayım, siz bana bütün bunların üzerine, hem de hemen o anda, böyle bir davranışta bulunun! Hayır, bu hiç iyi bir şey değil! Size bir ders vermek gerekiyor. Düşünün bir kez... Ayrıca sizden gerçek bir dostunuz sıfatıyla (şu anda daha iyi bir dostunuz olamaz çünkü!) rica ediyorum, aklınızı başınıza toplayın! Yoksa acımasız davranacağım! Evet, ne diyorsunuz?

Sonya dehşet içinde:

— Ben sizden bir şey almadım, –dedi – Siz kendiniz bana bir on ruble verdiniz, işte, alın onu da...

Sonya cebinden mendilini çıkardı, düğümlediği yeri bulup on rubleyi çıkardı ve parayı Lujin'e uzattı.

Pyotr Petroviç parayı almadı, çıkışarak:

— Demek yüz rubleyi aldığınızı kabul etmiyorsunuz? – dedi.

Sonya çevresine bakındı. Herkes ona korkunç, sert, alaycı, nefret dolu bakışlarla bakıyordu. Raskolnikov'a bir göz attı... Delikanlı kollarını kavuşturmuş, sırtı duvara dayalı, alev alev yanan gözlerle kendisine bakıyordu.

— Ah Tanrım! –diye haykırdı Sonya.

Lujin usulca, hatta sevecenlik dolu bir sesle:

— Amalya İvanovna, –dedi,– durumu polise bildirmemiz gerekiyor, bunun için çok rica ediyorum, şimdilik kapıcıyı çağırtınız!

— *Gott der Barmherzige!*[1] Ben onun hırsız olduğunu zaten biliyordum! –dedi Amalya İvanovna.

— Biliyor muydunuz? –dedi Lujin.– Öyleyse böyle bir sonuca varmış olmak için birtakım nedenleriniz olsa gerek? Tanıklar önünde söylemiş de olsanız, bu sözlerinizi unutmamanızı rica edeceğim sizden, saygıdeğer Amalya İvanovna.

Birden her yandan gürültülü konuşmalar duyuldu, herkes kımıldadı.

Kendine gelen Katerina İvanovna, bulunduğu yerden koparcasına Lujin'in üzerine atıldı:

— Nası–l–l! Siz onu hırsızlıkla mı suçluyorsunuz? Sonya'yı, öyle mi? Ah, alçaklar, alçaklar! –Sonra Sonya'ya atıldı, kupkuru kollarıyla bir mengene gibi sıkarak kucakladı.– Sonya! Nasıl alırsın sen bu adamın verdiği on rubleyi! Ah aptal! Ver çabuk! Ver şunun on rublesini! Evet, işte!

---

1 (Aslında da Almanca) — Merhametli Tanrım!

Sonya'nın elinden parayı alıp avcunda buruşturdu ve olanca gücüyle Lujin'in suratına fırlattı. Buruşturulmuş para Lujin'in gözüne çarptı ve oradan yere sekti. Amalya İvanovna parayı almak için fırladı. Pyotr Petroviç müthiş öfkelenmişti:

— Tutun şu deli karıyı! –diye bağırdı.

Bu arada kapıda, Lebezyatnikov'un yanında, aralarında o iki taşralı kadının da bulunduğu, birkaç kişi daha belirdi.

Katerina İvanovna:

— Nasıl! Deli mi? Ben mi deliyim? –diye bağırdı.– Aptal! Seni aptal seni! Seni hilebaz davavekili seni! Aşağılık herif! Sonya senden para çalacak ha! Değil çalmak, Sonya sana üste para verir be!

Sinirli bir kahkaha atan Katerina İvanovna, parmağıyla herkese Lujin'i göstererek;

— Şu aptalı görüyor musunuz? –diye odanın dört bir yanına atılmaya başladı; bu sırada ev sahibi Amalya İvanovna, gözüne iliști.– Nasıl! Sen de mi?.. Sen de mi onun hırsız olduğunu söylüyorsun, yağ tulumu! Seni Prusyalı tavuk seni! Ah sizi! Ah sizi! Sonya'cığım senin yanından geldikten sonra, alçak herif, odadan dışarı bile çıkmadı, şuracıkta, Rodion Romanoviç'in yanında oturdu! Arayın üstünü! Dışarı çıkmadığına göre, paranın üzerinde olması gerekir! Ara, hadi ara üstünü! Arasana! Ama eğer bir şey bulamazsan, kusura bakma ama, halin dumandır! Doğruca efendimize, çar hazretlerine, merhametli çarımıza başvuracağım, ayaklarına kapanacağım! Bugün, hemen şimdi! Ben garibim, beni bırakırlar yanına! Bırakmazlar mı sanıyorsun? Yalan söylüyorsun, bırakırlar! Bırakırlar işte! Sonya'mın mazlum bir kız olduğunu bildiğin için böyle yaptın değil mi? Buna güveniyordun, öyle değil mi? Ama, kardeş, ben yaman kadınımdır! Sökmez bana bu numaralar! Ara hadi! Arasana! Arasana! Arasana!..

Katerina İvanovna bunları söylerken, bir yandan da Lujin'i öfkeyle çekiştirerek Sonya'ya yaklaştırmaya çalışıyordu.

— Ben hazırım... Söylediklerimin hesabını da verebilirim... –diye mırıldandı Lujin.– Ama... siz lütfen kendinize geliniz hanımefendi! Ne yaman bir kadın olduğunuz fazlasıyla görülüyor... Ama bu... nasıl olabilir? Evet, yeterince tanık var, ama yine de bu işin polis önünde yapılması gerekir. Ben hazırım... Ama yine de zor bir durum... cinsiyet meselesi var ortada. Amalya İvanovna da yardım ederse eğer... Ama bu işler yine de böyle yapılmaz... Nasıl yapsak acaba?

— Kimi isterseniz çağırın! –diye bağırdı Katerina İvanovna.– Kimi isterseniz çağırın; arasın! Sonya, çevir ceplerini tersine, görsünler! İşte! İşte! Bak bakalım canavar herif! Bak işte, bomboş! Burada mendili vardı, görüyor musun? Bomboş cebi! İşte öteki cebi! İşte görüyor musun?

Katerina İvanovna, Sonya'nın ceplerini tersine çevirmeye, daha doğrusu yırtarcasına çekiştirmeye başlamıştı. Ama birden ikinci olarak çektiği sağ cepten bir kâğıt parçası fırladı, havada bir yay çizip tam Pyotr Petroviç'in önüne düştü. Bunu herkes görmüştü; bağrışanlar oldu. Pyotr Petroviç eğildi, kâğıdı iki parmağıyla yerden aldı, kaldırıp herkese göstererek açtı. Bu, sekize katlanmış yüz rublelik bir banknottu. Pyotr Petroviç elini havada dolaştırarak banknotu herkese gösterdi.

— Hırsız! Defol evimden! Polis! Polis! –diye bağırdı Amalya İvanovna.– Sibirya'ya sürmek gerek bunları! Defol!

Her kafadan bir ses çıkıyordu. Raskolnikov susuyor, gözlerini kırpmadan Sonya'ya bakıyordu. Arada bir, hızla, bakışlarını Lujin'e kaydırdığı oluyordu. Sonya olup bitenlerden hiçbir şey anlamıyormuşçasına, hatta şaşkınlık belirtisi bile göstermeden olduğu yerde duruyordu. Birden yüzü kıpkırmızı oldu, bir çığlık atarak elleriyle yüzünü kapadı. Yürek parçalayıcı bir sesle:

— Hayır, ben almadım, ben hiçbir şey bilmiyorum! –diye haykırarak Katerina İvanovna'ya atıldı. Katerina İvanovna da onu herkesten korumak istiyorcasına sımsıkı kucaklayıp göğsüne bastırdı.

Her şey apaçık ortadaydı, ama yine de Katerina İvanovna:

— Sonya! Sonya! Ben inanmıyorum! Görüyorsun ya ben inanmıyorum! –diye mırıldanarak bir çocuk gibi Sonya'yı kollarından sarsıyor, ellerini yakalayıp dudaklarına götürerek öpüyordu.– Sen alacaksın ha! Ne aptal insanlar bunlar! Ah Tanrım! Odadakilere döndü: Aptallar! Hepiniz aptalsınız! Onun nasıl bir yürek taşıdığını, onun nasıl bir kız olduğunu bilmiyorsunuz daha! O para çalacak ha! Üstündeki son gömleğini satar, kendisi yalınayak, çırılçıplak kalır da ihtiyacı olanlara verir, böyle bir kızdır Sonya! Çocuklarım açlıktan ölmesinler diye vesikalı oldu, bizim için kendini sattı!.. Ah, rahmetlim ah! Ah rahmetlim, ah! Kalk da gör şu olup bitenleri, kalk da gör! İşte senin yas yemeğin! Efendiler, korusanıza onu, ne diye dikilip duruyorsunuz öyle! Rodion Romanoviç! Siz neden karşı çıkmıyorsunuz? Yoksa siz de mi inanıyorsunuz? Hepiniz, hepiniz, hepiniz bir tek serçeparmağı bile olamazsınız onun! Tanrım! Korusanıza onu!

Bu zavallı, bu veremli, kimsesiz kadının ağlayışı odada bulunanlar üzerinde derin bir etki yapmış gibiydi. Veremin tükettiği bu acılı yüzde, yer yer kan pıhtılarının bulaştığı bu kurumuş dudaklarda, bu hırıltılı, boğuk haykırışta, bu çocuk ağlamasına benzer hıçkırıklarda, bu saf, çocuksu, umutsuz yalvarışta öylesine acı, öylesine insanın yüreğine işleyen bir şeyler vardı ki, zavallı kadına herkes acımış gibiydi. En azından Pyotr Petroviç hemen acımıştı.

— Hanımefendi! Hanımefendi! –dedi etkileyici bir sesle,– bu işin sizi ilgilendirir bir yanı yok! Hiç kimse sizi kötü niyetlilikle ya da bu işe rıza göstermiş olmakla suçlamaya cesaret edemez! Kaldı ki, cepleri tersine çevirerek işi ortaya çıkaran sizsiniz. Demek ki, bu konuda hiçbir şey bilmiyordunuz... Sonya Semyonovna bu işi eğer yoksulluğunun etkisiyle yaptıysa, kendisini hemen bağışlamaya hazırım, ama matmazel, bunu niçin itiraf etmekten kaçındınız? Yüzkarası bir duruma düşmekten mi korktunuz? Belki de bu daha ilk deneyiminiz? Ya da kendinizi kaybediverdiniz? Evet, anlaşılmayan bir yanı yok işin, son derece açık her şey! Ama yine de böylesine bayağılaşmamalıydınız! –Odada, bulunanlara döndü.– Baylar! Küçükhanıma acıdığım için uğradığım onca hakarete rağmen, kendisini hemen şu anda bağışlamaya hazırım. –Sonya'ya döndü.– Matmazel, şu anda duyduğunuz utanç, gelecek için size ders olsun. Bu işi daha ileri götürmeyeceğim, burada kapatıyorum. Yeter!

Pyotr Petroviç, yan gözle Raskolnikov'a baktı. Bakışları karşılaştı. Raskolnikov'un ateşli bakışları Lujin'i yakıp kül etmeye hazırdı. Katerina İvanovna ise artık hiçbir şey duymuyordu: Sonya'yı kucaklamış, çılgın gibi öpüp duruyordu. Çocuklar da minicik kollarıyla dört yanından sarmışlardı Sonya'yı. Ne olup bittiğini pek de anlayamayan Poleçka, hıçkırıklardan sarsılıyor, ağlamaktan şişmiş, ıslak güzel yüzünü, Sonya'nın omzuna dayayarak gizlemeye çalışıyordu.

Tam bu sırada kapı tarafından gür bir ses yükseldi:

— Bu ne alçaklık!

Pyotr Petroviç hızla çevresine bakındı.

— Bu ne alçaklık! –diye tekrarladı Lebezyatnikov, gözlerini Lujin'in gözlerine dikerek.

Pyotr Petroviç, hafifçe irkilir gibi oldu. Herkes fark etmişti bunu. (O sırada Pyotr Petroviç'in irkildiğini fark ettiklerini daha sonra hatırladılar.) Lebezyatnikov odanın içine doğru bir adım attı, Pyotr Petroviç'e yaklaşarak:

— Bir de beni tanık göstermeye cesaret ediyorsunuz ha! –dedi.

— Ne diyorsunuz siz Andrey Semyonoviç? Neden söz ediyorsunuz? –diye mırıldandı Lujin.

— Şundan söz ediyorum ki, siz bir iftiracısınız! Söylemek istediğim bu! –dedi Lebezyatnikov. Müthiş öfkeliydi. Aşırı miyop gözleriyle Lujin'e sert sert bakıyordu. Raskolnikov onun her sözünü yakalayıp tartmak istercesine gözlerini Lebezyatnikov'a dikmişti. Yeniden sessizlik egemen olmuştu odaya. Pyotr Petroviç, özellikle de ilk anlarda kendinden geçer gibi olmuştu. Kekeleyerek:

— Eğer bu sözler banaysa... –diye başladı.– Ne oluyor size Tanrı aşkına? Aklınız başınızda mı?

— Benim aklım başımda, ama siz bir sahtekârsınız! Ah, ne bayağılık! Her şeyi sonuna kadar dinlemek için mahsus bekledim, anlamak istiyordum çünkü... İtiraf ederim ki, şu anda bile mantığıma aykırı geliyor bu yaptıklarınız. Neden yaptınız bütün bunları, hiç anlamıyorum.

— Ne yapmışım ben? Nedir bu saçmalar, bu bilmece gibi sözler! Yoksa sarhoş musunuz?

— Ben içki içmem, aşağılık herif! Ama sen içebilirsin... İnançlarıma aykırı olduğu için ben ağzıma içki koymam! Düşününüz ki baylar, şu yüz rublelik banknotu kendi elleriyle Sonya Semyonovna'ya verdi bu adam, ben bunu gözlerimle gördüm, tanığım... Yargıç huzurunda yemin edebilirim... O, o verdi parayı!

Lujin ıslıksı bir sesle:

— Yoksa sen keçileri mi kaçırdın, süt kuzusu? –dedi.– Kendisi daha demin herkesin gözü önünde ve açıkça benden on rubleden başka bir para almadığını söyledi. Bu duruma göre ben ona nasıl başka para vermiş olabilirim?

— Ben gördüm, gozlerimle gördüm! –diye bağırdı Lebezyatnikov.– İnançlarıma aykırı olmasına rağmen, hemen şu anda, yargıç önünde istedikleri yemini etmeye hazırım; çünkü parayı kaşla göz arasında kızın cebine nasıl sokuşturduğunuzu gözlerimle gördüm! Kapının orada, vedalaşırken, o bir ara başını çevirdiğinde, sağ elinizle onun elini sıkarken, sol elinizle parayı cebine bırakıverdiniz. Ama ben aptal, bunu iyi yürekliliğinizden böyle gizlice yaptığınızı sanmıştım... Her şeyi kendi gözlerimle gördüm! Gördüm!

Lujin'in yüzü kireç gibi oldu.

— Yalan söylüyorsunuz! –diye bağırdı.– Ta pencerenin oradan parayı nasıl seçebilirdiniz ki? Miyop gözlerinizle hayal görmüşsünüz siz! Sayıklıyorsunuz!

— Hayır, hayal görmedim ben! Evet, uzakta duruyordum, ama yine de her şeyi gördüm. Dediğiniz doğru, pencerenin oradan paranın kaç rublelik olduğunu seçebilmek zordur, ama ben bir başka nedenle bunun özellikle yüz rublelik bir banknot olduğunu çok iyi biliyorum. Çünkü siz Sonya Semyonovna'ya on rubleliği verirken, masadan bir de yüz rublelik banknot aldınız, bunu kendi gözlerimle gördüm, çünkü o sırada yanınızdaydım ve aklıma gelen bir düşünce nedeniyle de elinizde bir yüz rublelik bulunduğunu unutmadım. Parayı katladınız ve konuşmanız süresince hep avcunuzda tuttunuz. Sonra ben bunu unuttum. Ama ayağa kalktığınızda parayı sağ elinizden sol elinize geçirirken az kalsın yere düşürecektiniz, o zaman yeniden hatırladım. Çünkü yine aynı şeyi, yani Sonya Semyonovna'ya benden gizli bir yardımda bulunmak istediğinizi düşündüm. Bunun üzerine hareketlerinizi ne büyük bir dikkatle izlemeye başladığımı tahmin edebilirsiniz... Sonra da parayı o farkına varmadan kızın cebine sokmayı başardınız. Bunu kendi gözlerimle gördüm, gördüm! Yargıç önünde yemin edebilirim!

Lebezyatnikov neredeyse tıkanacaktı. Odanın her yanından, çoğu şaşkınlık dile getiren sesler yükselmeye başladı; ama öfkeli, tehdit özelliği giderek artan sesler de duyuluyordu, Pyotr Petroviç'i çember içine almışlardı. Katerina İvanovna, Lebezyatnikov'a atılarak:

— Andrey Semyonoviç! –dedi,– sizin hakkınızda yanılmışım! Koruyun onu! Bir siz ondan yanasınız! Kimsesi yok onun! Sizi Tanrı gönderdi! Andrey Semyonoviç, iki gözüm, canım kardeşim!

Ve Katerina İvanovna, ne yaptığının farkında olmadan, Andrey Semyonoviç'in önünde diz çöktü. Pyotr Petroviç öfkeden deliye dönmüştü.

— Saçma! –diye bağırdı.– Söyledikleriniz baştan aşağı saçma! "Bunu unutmuştum, sonra hatırladım, sonra yine unuttum." Nedir bütün bunlar! Yani ben mahsus mu sokuşturdum parayı onun cebine? Niçin? Ne amaçla? Ne alıp veremediğim olacak benim bu... bu kızla?

— Niçin? İşte benim anlayamadığım da bu! Ama sözlerim bütünüyle gerçeği yansıtıyor! Bu konuda o kadar yanılmıyorum ki, ah ne kadar aşağılık bir adamsınız! Bu davranışınızdan dolayı elinizi sıkıp size teşekkür ettiğim sırada, özellikle aklıma gelen bir soruyu çok iyi hatırlıyorum. Bu parayı neden özellikle gizlice koymuştunuz kızın cebine? Özellikle gizlice? Acaba benim, kişisel yardımların köktenci bir çözüm olmadığı için bunlara karşı olduğumu biliyordunuz da, yalnızca benden gizlemek için mi böyle davranmıştınız? Daha sonra, benim yanımda bu kadar büyük bir parayı vermekten utanmış olabileceğinize karar verdim. Sonra, ona sürpriz yapmak istemiş de olabilirdiniz... Cebinde yüz rublelik bir banknot bulacak ve şaşıracaktı... (Çünkü bazı yardımsever kişilerin yaptıkları yardımın gizli kalmasını istediklerini, bundan çok hoşlandıklarını biliyorum.) Yine düşündüm ki, belki de cebinde parayı bulunca size teşekkür etmeye gelip gelmeyeceğini denemek istiyordunuz! Sonra, hani, sağ elin verdiğini sol el bilmemeli sözü uyarınca, size minnet duymasından kaçınmak istiyor da olabilirdiniz!.. Kısacası daha neler neler geldi aklıma... Ama ben bütün bunlar üzerinde daha sonra düşünmeye karar verdim. Öte yandan sırrınızı bildiğimi belli etmenin de kabalık olacağını düşündüm. Ancak aklıma yine bir şey takılmıştı: Kendisine yapılan iyilikten habersiz olan Sonya Semyonovna, parayı yitirebilirdi. Bu bakımdan buraya gelip cebine yüz ruble bıraktığınızı kendisine söylemeye karar verdim. Ama, "Pozitivist Yöntemin Genel Sonuçları"nı[1] bırakmak, özellikle de kitapta Piderit'le Vagner'in makalelerini okumalarını salık vermek için,

1 "Pozitivist Yöntemin Genel Sonuçları"... — Batıda doğal bilimlerle toplum bilimleri alanındaki en yeni gelişmelerin popüler sonuçlarını aktarmak amacıyla 1866 yılında Petersburg'da pozitivist bazı filozofların, bu arada T. Piderit ve A. Vagner'in, makaleleri bu başlık altında toplanmıştı.

geçerken Bayan Kobilyatnikovalara uğradım, sonra doğruca buraya geldim. Geldim ki, meğer burada neler oluyormuş! Şimdi sorarım size: Eğer Sonya Semyonovna'nın cebine yüz rublelik banknotu koyduğunu görmeseydim, bütün bu ayrıntılı düşünceler, varsayımlar, nasıl aklıma gelebilirdi?

Andrey Semyonoviç uzun söylevini böyle bir mantıki sonuçla bitirdiğinde artık iyice yorulmuş, hatta yüzü ter içinde kalmıştı. Ama ne yazık ki, meramını anlatacak kadar Rusça bilmediği için –başka dil de bilmezdi– bu avukatlık başarısından sonra sanki bir anda eriyip tükenmiş, hatta sanki zayıflayıvermişti. Ama konuşması herkes üzerinde büyük bir etki yapmıştı. Öylesine coşkuyla, öylesine inançla konuşmuştu ki, sözlerine herkesi inandırmış gibiydi. Pyotr Petroviç işlerin kötüye gitmekte olduğunu anlıyordu.

— Kafanıza takılan bu saçma sapan sorulardan bana ne! –diye bağırdı.– Bunlar kanıt değildir! Bütün bunları rüyanızda görmüş olabilirsiniz! Ben de size diyorum ki, yalan söylüyorsunuz bayım, kimbilir hangi kızgınlığınızdan dolayı yalan söylüyor ve bana kara çalıyorsunuz! Özellikle de sizin serbest ve tanrıtanımaz düşüncelerinize katılmadığım için bana kızmış olabilirsiniz, hepsi bu!

Ama yaptığı bu manevra Pyotr Petroviç'e bir yarar sağlamadığı gibi, tam tersine her yandan homurtuların yükselmesine neden oldu.

— Şuna bakın, işi nerelere götürdü! –diye bağırdı Lebezyatnikov.– Yalan söylüyorsun! Polis çağır, ben yargıç önünde yemin etmeye hazırım! Yalnız, niçin, hangi nedenle böyle aşağılık bir davranışta bulunduğunu hâlâ anlayabilmiş değilim! Ah, ne alçakmışsın meğer!

— Böyle aşağılık bir davranışta bulunmasının nedenini ben açıklayabilirim... Gerekirse yargıç önünde yemin de edebilirim...

Sonunda Raskolnikov söze girmişti, bir adım öne çıkmış, sakin, kendinden emin bir sesle konuşuyordu. Odadaki herkes, daha ilk ağızda, onun gerçekten de işin içyüzünü bildiğini ve bilmecenin çözümüne yaklaşıldığını anlamıştı. Raskolnikov, Lebezyatnikov'a dönerek:

— Artık her şeyi anlamış bulunuyorum... –diye sürdürdü sözlerini.– Aslında ta işin başından beri bunun iğrenç bir tuzak olduğundan kuşkulanıyordum. Yalnızca benim bildiğim, biraz sonra da hepinize anlatacağım özel birtakım nedenlerden dolayı, böyle bir kuşkuya kapılmıştım: İşin can alıcı noktası buradadır. Size gelince, Andrey Semyonoviç, değerli sözlerinizle her şeyi kesin olarak anlamamı sağladınız! Herkesin, herkesin beni dikkatle dinlemesini rica ederim: Bu bay (Lujin'i gösterdi) birkaç gün önce bir kızla, daha doğrusu benim kız kardeşim Avdotya Romanovna Raskolnikova ile evlenmek üzereydi. Ama üç gün önce, Petersburg'a geldiğinin ilk günü, daha ilk görüşmemizde benimle kavga etti, ben de kendisini evimden kovdum; bu olayın iki tanığı vardır. Çok kötü yürekli bir adamdır bu... Dün değil önceki gün, yani kendisiyle kavga ettiğimiz gün, ben daha onun burada, yani sizin odanızda Andrey Semyonoviç, oturduğunu bilmiyordum. Aynı gün, yani kavga ettiğimiz gün, rahmetli Marmeladov'un dostu olarak karısı Katerina İvanovna'ya cenaze harcamalarında kullanması için birkaç kuruş verdiğimi görmüş. Hemen oturup anneme bir mektup yazarak, bütün paramı Katerina İvanovna'ya değil de Sonya Semyonovna'ya verdiğimi bildirmiş; bu arada da Sonya Semyonovna üzerine, daha doğrusu benim Sonya Semyonovna'yla olan ilişkimin niteliği üzerine en aşağılık sözlerle çeşitli imalarda bulunmuş. Hemen anlayacağınız gibi bütün bunlardan amacı, annemle kız kardeşimi bana bin bir güçlükle gönderdikleri paraları kötü yollarda harcadığıma inandırarak ailemle aramı açmaktı. Dün akşam, annemle kız kardeşimin ve onun bulunduğu bir aile toplantısında, paraları Sonya Semyonovna'ya değil, cenaze harcamaları için Katerina İvanovna'ya verdiğimi, o sırada daha Sonya Semyonovna'yı hiç tanımadığımı, hatta yüzünü bile görmediğimi kanıtlayarak gerçeği ortaya çıkardım. Bu arada onun, yani Pyotr Petroviç Lujin'in, sahip olduğu bütün üstünlükleriyle birlikte, kendisi için onca kötü sözler söylediği Sonya Semyonovna'nın serçeparmağı bile olamayacağını ekledim. Kendisinin; Sonya Semyonovna'yı kız kardeşimle yan yana oturtup oturtamayacağım sorusuna karşılık da, daha o gün bu işi yapmış bile olduğumu söyledim. Ettiği onca iftiraya rağmen, annemle kız kardeşimin benimle bozuşmak istememeleri üzerine kendisi iyice çileden çıktı ve söylediği her sözle, annemle kız kardeşime karşı bağışlanmaz kabalıklarda bulundu. Sonunda kesin kopuş oldu ve kendisini evden kovduk. Bütün bu anlattıklarım dün akşam oldu. Şimdi şu noktaya dikkat etmenizi rica ederim: Eğer az önce hırsız olduğunu kanıtlamayı başarsaydı, Sonya Semyonovna'yla kız kardeşimi bir tuttuğum için bana gücenmekte çok haklı olduğunu, bana çıkışmakla kız kardeşimin, yani nişanlısının şerefini koruduğunu kanıtlamış olacaktı. Kısacası böylece, benim yeniden ailemle aramı açmayı ve onların gözüne girmeyi umuyordu. Sonya Semyonovna'nın şeref ve mutluluğunun benim için ne kadar değerli olduğunu doğru tahmin ederek, benden kişisel olarak öç almak istemesinden hiç söz etmiyorum. İşte onun hesapları bunlardı! Bütün bu olup bitenleri ben bu şekilde anlıyorum! Bu aşağılık davranışının başka hiçbir nedeni olamaz!

Raskolnikov sözlerini böyle ya da hemen hemen böyle bitirdi. Kalabalık, şaşkınlık dile getiren seslerle sık sık sözlerini kesmiş, ama yine de herkes konuşmasını büyük bir dikkatle dinlemişti. Sakin, kendinden emin, dolambaçsız, kesin bir dille konuşmuştu. Sesindeki kararlılık ve inanç, yüzünün sert anlatımı, herkesin üzerinde derin bir etki bırakmıştı. Lebezyatnikov heyecanla:

— Evet, evet bu böyle! –diye doğruladı.– Yani böyle olması gerek. Çünkü Sonya Semyonovna içeri girer girmez, bana özellikle sizin burada olup olmadığınızı, Katerina İvanovna'nın konukları arasında sizi de görüp görmediğimi sordu. Beni pencerenin oraya götürerek, orada sessizce sordu bunu bana. Demek ki, onun için sizin muhakkak burada bulunmanız gerekiyordu! Evet, bu böyle, bu kesinlikle böyle!

Lujin, dudaklarında küçümseyici bir gülümseme, susuyordu. Ama yüzü bembeyazdı. İşin içinden nasıl sıyrılacağını düşünüyor gibiydi. Her şeyi olduğu gibi bırakıp gitmek fazlasıyla işine gelirdi; ama şu anda böyle bir şey olanaksız gibiydi: Bu, Sonya Semyonovna'ya iftira ettiği yolunda kendisine yöneltilen suçlamaların doğruluğunu kabul etmesi anlamına gelirdi. Çoğu kafayı bulmuş olan konuklar zaten fazlasıyla heyecanlanmış durumdaydılar. İaşe memuru, konuşulanların çoğunu anlamamış olmakla birlikte, herkesten çok bağırıyor, Lujin'in hiç de hoşuna gitmeyecek birtakım yollara başvurulmasını öneriyordu.

Ama odada sarhoş olmayanlar da vardı; bütün kiracılar içeri üşüşmüşlerdi. Polonyalıların üçü de müthiş öfkelenmişti, "Pane aydak!"[1] diye bağırıp duruyorlar, bu arada kendi dillerinde başka bazı tehditler de savuruyorlardı. Sonya da büyük bir gerilim içinde dinliyordu, ama bir baygınlık geçirmiş de yeni ayılmış gibi her şeyi anlamış görünmüyordu. Bütün savunmasının Raskolnikov'a bağlı olduğunu hissederek gözlerini ayırmadan ona bakıyordu. Katerina İvanovna hırıldayarak, güçlükle soluyordu, bitip tükenmiş bir hali vardı. Ama en aptalca görünüşü olan Amalya İvanovna'ydı; ağzını açmış, hiçbir şey anlamadan çevresine bakınıyordu. Anladığı tek şey, Pyotr Petroviç'in köşeye sıkışmış olduğuydu, Raskolnikov bir şeyler daha söylemek için izin isteyecek oldu, ama fırsat vermediler: Lujin'in etrafını sarmışlar, sövüyorlar, tehditler savuruyorlar, bağırıyorlardı. Ama Pyotr Petroviç ödlek takımından değildi, planının başarısızlığa uğradığını görünce, işi yüzsüzlüğe döktü. Kalabalığı yarmaya çalışarak:

---

1 (Aslında da Lehçe) — Aşağılık adam.

— İzin verin baylar, izin verin, –dedi.– Açılın da geçelim! Hem bana gözdağı vermekten de vazgeçin! İnanın bana, bundan bir şey çıkmaz, hiçbir şey yapamazsınız, ödlek takımından değilim ben! Tam tersine, bir suçu zorla örtbas ettiğiniz için sorumlu duruma düşersiniz! Hırsız açıkça ortaya çıkmıştır, bu işin peşini bırakmayacağım... Yargıçlarımız ne kör, ne de sarhoş... Kişisel öç duygularıyla beni suçlayan, evet, az önce aptallıklarından bunu kendi ağızlarıyla itiraf ettiler, bu iki dinsiz, dinsizlikleri herkesçe bilinen serbest düşünceli bu iki haytaya inanmazlar... Evet, izin verin baylar!

Semyonoviç öfkeyle:

— Artık odamdaki varlığınıza katlanamam! –diye bağırdı.– Hemen terk edin odamı! İki haftadır onu ağırlayabilmek için neler çektiğimi düşünüyorum da...

— Geçen gün ben kendim odanızdan çıkıyordum Andrey Semyonoviç, ama beni siz alıkoymuştunuz; şimdiyse, o günkü sözlerime tek bir şey ekleyeceğim: Siz aptalın birisiniz! Kafanızdaki kontaklığı ve kör gözlerinizi tedavi ettirmenizi dilerim. İzin verin, baylar!

Lujin kalabalığı yararak kendine bir yol açtı; ama onun yalnızca bir iki küfürle savuşup gitmesine gönlü razı olmayan iaşe memuru, masadan bir bardak kaptı ve gerilip Pyotr Petroviç'e fırlattı. Ama bardak Pyotr Petroviç yerine Amalya İvanovna'ya geldi. Amalya bir çığlık attı, iaşe memuru ise bardağı atarken fazla gerilediği için hızını alamadı, dengesini yitirip olanca ağırlığıyla masanın altına yuvarlandı, Pyotr Petroviç odasına döndü, yarım saat kadar sonra da evden ayrıldı.

Sonya yaradılıştan ürkek bir kızdı, kendisine başka bütün insanlardan çok daha kolay kötülük yapılabileceğini, aşağılamak, gönlünü kırmak gibi şeylerinse, herkesin hemen hiçbir ceza görmeden kolayca yapabileceği şeyler olduğunu öteden beri bilirdi. Ama yine de şu son olaya kadar, herkese karşı takındığı ölçülü, uysal, boyun eğer tavrıyla, felaketlerden kaçınabileceğini sanıyordu. Müthiş bir düş kırıklığına uğramıştı. Her şeyi, hatta bu son olayı bile tevekkülle karşılayabilir, katlanabilirdi. Ama bu son olay, özellikle de ilk anlarda ona çok ağır gelmişti. Kazandığı zafere, temize çıkmasına rağmen, ilk korku ve şaşkınlık anı geçip de olup bitenleri bütünüyle kavrayınca, umarsızlığın ve aşağılanmışlığın dayanılmaz acısını duydu yüreğinde. Sinirleri allak bullak olmuştu, sonunda dayanamadı ve kendini odadan dışarı atıp koşa koşa evine gitti. Lujin'in çıkıp gitmesinden hemen sonra olmuştu bu.

Odadakilerin kahkahaları arasında bardağı yiyen Amalya İvanovna, bir başkasının yanlışı yüzünden böylesine bir cezaya uğramaya katlanamazdı; bir çığlık atarak, kudurmuşçasına, bütün olup bitenlerin sorumlusu olarak gördüğü Katerina İvanovna'nın üzerine atıldı.

— Defol evimden! Hemen, şimdi! Marş!

Ve Katerina İvanovna'nın eşyalarından eline geçenleri kaldırıp yere çalmaya başladı. Bitkin bir şekilde kendini attığı yataktan fırlayan Katerina İvanovna, onun üzerine atıldı. Ama eşitsiz bir kavgaydı bu. Amalya İvanovna onu bir tüy gibi fırlatıp attı. Zavallı kadın hıçkırıklardan tıkanarak:

— Ne!.. –diye haykırdı.– Tanrı'dan korkmadan Sonya'ya iftira ettikleri yetmezmiş gibi, şimdi de bu hayvan bana saldırıyor, ha! Kocamı toprağa verdiğim gün, soframda tuzumu ekmeğimi yediği gün, şu yetimlerle beni sokağa atmaya kalkıyor, ha! Nereye gideceğim ben?.. Gözleri alev alev, birden bir çığlık attı: Tanrım! Adaletin yok mu? Bizi, bizim gibi yetimleri korumayacaksın da kimi koruyacaksın? Ama göreceğim! Mahkeme de var, adalet de bu dünyada! Ben bulacağım! Bekle sen dinsiz kadın! Poleçka, sen çocuklarla kal, ben şimdi dönerim! Sokakta bile olsa, bekleyin beni! Adalet var mı, yok mu, göreceğim!

Katerina İvanovna, rahmetli kocasının sözünü ettiği yeşil drap şalını başına örttü, hâlâ odayı doldurmakta olan apartman halkının meydana getirdiği karmakarışık sarhoş kalabalığını yararak kendine yol açtı, gözyaşları içinde; hıçkıra hıçkıra, ne olursa olsun hemen şu anda bir yerlerde adaleti bulmak kararıyla sokağa fırladı. Poleçka, küçüklerle birlikte korku içinde köşedeki sandığın üzerine büzüldü, iki kardeşini kucakladı, tir tir titreyerek annesinin dönmesini beklemeye başladı. Amalya İvanovna odanın içinde dört dönüyor, ulur gibi ağlıyor; bağırıyor, eline geçen her şeyi kudurmuşçasına yerlere atıyordu. Kiracılar da müthiş gürültü ediyor, her kafadan bir ses çıkıyordu; kimileri olup bitenler üzerine akılları erdiğince bir şeyler söylüyor, kimileri tartışıyor, küfürler savuruyor, kimileriyse şarkı söylüyordu.

Raskolnikov, "Artık ben de gideyim." diye düşündü. "Evet, Sonya Semyonovna, bakalım şimdi ne diyeceksiniz?"

Ve Sonya'nın evine gitmek üzere çıktı.

IV

Raskolnikov, ruhunda bunca dehşet ve acı duymasına rağmen, Lujin'e karşı Sonya'nın çalışkan, yavuz bir avukatı olmuştu. Bu sabah çektiği bunca işkenceden sonra, iyiden iyiye katlanılmaz bir hal almaya başlayan izlenimlerini değiştirmesine neden olan bu rastlantıya sevinmiş gibiydi; bu sevince kaynak olan bir başka nedenden, onu Sonya'yı savunmaya zorlayan kişisel ve candan duygulardan hiç söz etmiyoruz. Öte yandan, kendisini hele bazen müthiş heyecanlandıran bir randevusu vardı Sonya'yla: Lizaveta'yı kimin öldürdüğünü söylemek zorundaydı ona; bunun acısını şimdiden duyuyor, bu düşünceyi kafasından uzaklaştırmak istiyor gibiydi. Katerina İvanovna'nın evinden çıkarken, "Bakalım şimdi ne diyeceksiniz, Sonya Semyonovna?" derken de, herhalde az önce Lujin'e karşı kazandığı zaferin coşkusu içinde bulunuyordu. Ama şu anda tuhaf bir şeyler oluyordu kendisine. Kapernaumovların evine gelince, birden elinin ayağının çekilir gibi olduğunu, korktuğunu hissetti. Kapının önünde tuhaf bir soruyla, dalgın, duraksadı: "Lizaveta'yı kimin öldürdüğünü ille de aklından geçirir geçirmez söylememesinin olanaksız olması bir yana, bu işi bir an geciktirmenin dahi elinde olmadığı"nı anladı. Bunun niçin olanaksız olduğunu henüz bilmiyordu, ama hissediyordu bunu ve böylesi birtakım zorunluluklar karşısında güçsüz olduğunu hissetmek ona dehşetli acı veriyor, yüreğini eziyordu. Daha fazla düşünmemek ve acı çekmemek için hızla kapıyı açtı ve eşikte durup Sonya'ya baktı. Sonya dirsekleri masaya dayalı, elleriyle yüzünü örtmüş, oturuyordu, ama Raskolnikov'u görür görmez, sanki onu bekliyormuş gibi yerinden kalktı, karşılamaya koştu. Odanın ortasında karşılaştılar. Sonya çabuk çabuk:

— Siz olmasaydınız, halim ne olurdu! –dedi; ilk ağızda söylemek için hazırladığı sözlerdi bunlar. Sonra sustu ve bekledi.

Raskolnikov masaya yaklaştı, az önce onun kalktığı iskemleye oturdu. Tıpkı dünkü gibi, Sonya onun iki adım ötesinde ayakta durdu.

— Evet, Sonya?.. –diye başladı Raskolnikov, ama birden sesinin titrediğini hissetti.– Bütün sorun, toplumsal durum ve ona bağlı geleneklerden kaynaklanıyordu. Anladınız mı az önce bunu?

Sonya'nın yüzünde acı gölgeleri uçuştu.

— N'olur benimle dünkü gibi konuşmayın, –dedi.– Lütfen yine başlamayın! Çektiğim acılar bana yeter...

Bu sitemine Raskolnikov'un alınabileceğinden korkarak; hemen gülümsedi:

— Aptalca bir şeydi oradan ayrılmam. Kimbilir neler oluyor şimdi orada? Demin gidecektim, ama hep... sizin gelebileceğinizi düşündüm.

Raskolnikov ona Amalya İvanovna'nın Katerina İvanovna'yı ve çocuklarını evden kovduğunu ve Katerina İvanovna'nın bir yerlere "adalet aramaya" gittiğini anlattı.

— Aman Tanrım! –diye bağırdı Sonya,– hemen gidelim...

Ve mantosunu kaptı.

— Yine aynı şey!.. –dedi Raskolnikov sinirli sinirli.– Aklınız fikriniz onlarda! Biraz da benimle olun.

— Ya... Katerina İvanovna?

Raskolnikov ters ters:

— Merak etmeyin, Katerina İvanovna sizden vazgeçmez, –dedi.– Evden çıktığına göre, az sonra kendisi buraya gelir. Sizi burada bulamazsa pişman olursunuz sonra...

Sonya acılı bir kararsızlıkla iskemleye ilişti. Raskolnikov başını önüne eğmiş bir şeyler düşünüyor, konuşmuyordu.

— Diyelim Lujin şimdi istemedi, –diye başladı, Sonya'ya bakmadan konuşuyordu,– ama ya isteseydi ya da hesabına öylesi uygun gelseydi, Lebezyatnikov ve ben olmasaydık, sizi hapse attırabilirdi, öyle değil mi?

Sonra duyulur duyulmaz bir sesle:

— Evet, –dedi, sonra dalgın, korkulu,– Evet! –diye tekrarladı.

— Ve ben gerçekten de orada bulunmayabilirdim! Lebezyatnikov'sa tümüyle bir rastlantı sonucu oradaydı.

Sonya susuyordu.

— Hapse düşseniz ne olacak? Dün size söylediklerimi hatırlıyor musunuz?

Sonya yine bir şey söylemedi. Raskolnikov biraz bekledi, sonra zorlama bir gülümsemeyle:

— Yeniden, "Ah, yeter artık, bunlardan söz etmeyin!" diyeceğinizi sanmıştım ben de... –dedi.

Bir dakika kadar sustu, sonra:

— Ne o, yine susuyorsunuz? –dedi.– Ama bir şeyler konuşmamız gerek. Lebezyatnikov'un dediği gibi, bir "sorun"u nasıl çözeceğinizi öğrenmek, doğrusu benim için çok ilginç olacak. (Saçmalamaya başlamıştı). Hayır, ciddi söylüyorum, gerçekten ciddiyim. Düşünün ki Sonya, Lujin'in bütün niyetlerini önceden biliyordunuz, böylece Katerina İvanovna'nın, onun çocuklarının, ek olarak da (kendinizi bir hiç olarak gördüğünüz için ek olarak diyorum) kendinizin tümüyle mahvolacağını (hem de kesinlikle) biliyorsunuz! Poleçka'nın da öyle... çünkü o da aynı yolun yolcusu... Evet, böyle bir durumda, eğer her şey sizin elinizde olsaydı, yani birilerinin yaşaması ya da ölmesi, diyelim Lujin'in yaşaması ve alçaklıklarına devam etmesi ya da Katerina İvanovna'nın ölmesi size bırakılmış olsaydı, nasıl bir karar verirdiniz? Bunlardan hangisi ölmeli size göre? Evet, soruyorum.

Sonya kaygılı gözlerle bakıyordu ona. Bu dolambaçlı, bu uzaktan uzağa bir şeyler hatırlatan sözlerde özel bir şeyler sezer gibi olmuştu.

— Böyle bir şey soracağınız içime doğmuştu, –dedi; dikkatle, merakla bakıyordu Raskolnikov'a.

— İyi, öyle olsun; ama siz söyleyin bana: Kararınız ne olurdu?

Sonya yüzünde bir tiksinti anlatımıyla:

— Olmayacak şeyler üzerine neden soru soruyorsunuz bana? –dedi.

— Öyleyse, Lujin'in yaşaması ve alçaklıklarına devam etmesi daha iyi? Buna da mı karar verecek cesaretiniz yok?

— Bu Tanrı'nın işi, ben nereden bilebilirim?.. Hem ne diye bana böyle hiç sorulmayacak şeyleri sorup duruyorsunuz? Böyle anlamsız boş şeyleri? Hiç böyle bir şey benim kararıma kalabilir mi? Filancanın yaşamasına, filancanın yaşamamasına karar vermek hakkını bana kim verdi?

Raskolnikov somurtarak:

— Tanrı'nın işi dediniz miydi, artık konuşacak bir şey kalmıyor demektir, –diye homurdandı.

Sonya acıyla:

— Benden ne istediğinizi açıkça söylerseniz; daha iyi edersiniz! –diye bağırdı.– Yine dilinizin altında bir şeyler var... Yoksa buraya, bana işkence etmeye mi geldiniz?

Ve kendini tutamadı, birden acı acı ağlamaya başladı. Raskolnikov kederli gözlerle bakıyordu ona. Aradan beş dakika geçti.

— Haklısınız; Sonya... –dedi Raskolnikov yavaşça. Birden değişmişti sanki. Az önceki yapmacık küstahlığından ve kışkırtıcı tavrından eser kalmamıştı. Sesi bile cılızlaşmıştı.– Dün sana, beni bağışlamanı dilemeye gelmeyeceğimi söylemiştim, ama işte sözlerime neredeyse beni bağışlamanı dilemekle başladım... Lujin ve kendim konusunda söylediklerim için... Evet Sonya, bağışlanmayı diledim...

Gülümsemek istedi, ama yorgunluğu, bezginliği dile getiren zayıf bir gülümseyişti bu. Başını eğdi, yüzünü elleriyle kapadı.

Birden yüreğinde Sonya'ya karşı yakıcı bir nefret duydu; beklenmedik, tuhaf bir duyguydu bu; Raskolnikov şaşırdı, ürktü, başını kaldırıp Sonya'ya baktı, ama kaygı dolu, ilgi dolu, acılı bakışlarla karşılaştı gözleri. Bu bakışlarda sevgiden başka bir şey yoktu; Raskolnikov'un içindeki nefret bir hayal gibi yok oldu. Hayır, bu o değildi; şaşırmış, iki duyguyu birbirine karıştırmıştı. Bu, yalnızca o anın geldiğini gösteriyordu.

Yeniden elleriyle yüzünü kapadı ve başını yere eğdi. Birden yüzü sapsarı oldu, iskemlesinden kalktı, Sonya'ya baktı, hiçbir şey söylemeden bir makine davranışıyla gidip kızın yatağına oturdu.

Şu anla, baltayı ilmiğinden çıkardıktan sonra, kocakarının arkasında dururken, "artık kaybedecek bir saniyesi bile olmadığını" düşündüğü an arasında öyle korkunç bir benzerlik vardı ki...

— Neyiniz var? –diye sordu Sonya, ürkmüştü onun bu halinden.

Hiçbir şey söyleyemedi Raskolnikov. Açıklamanın bu şekilde olacağını hiç düşünmemişti, şu anda kendisine neler olduğunu o da bilmiyordu. Sonya usulca yatağa, onun yanına oturdu, gözlerini dikip beklemeye başladı. Yüreği neredeyse duracaktı. Dayanılmaz bir durumdu bu: Raskolnikov ölü gibi sararan yüzünü Sonya'ya çevirdi; dudakları bir şeyler söyleyebilmek çabasıyla çırpınıyor gibiydi. Sonya'nın yüreğini bir korku kapladı. Ondan hafifçe uzaklaşarak yeniden:

— Neyiniz var? –diye sordu.

— Bir şey yok, Sonya! Korkma... Saçma! Gerçekten de saçma!.. –Kendinden geçmiş, sayıklıyor gibiydi. Birden başını kaldırıp Sonya'ya baktı.– Yalnız, niçin sana böyle eziyet ediyorum, Sonya? Gerçekten de niçin? Kendime hep bunu soruyorum...

Belki on beş dakika önce yine sormuştu bu soruyu kendine, ama bu kez, neredeyse kendinden geçmişçesine, bütün vücudu tir tir titreyerek soruyordu.

Sonya ona gözlerinde derin bir acıyla bakarak:

— Ah, nasıl da acı çekiyorsunuz!.. –dedi.

— Hepsi saçma!.. Baksana Sonya, –nedense gülümsedi, iki saniye kadar süren uçuk, belli belirsiz bir gülümsemeydi bu,– dün sana bir şeyler söylemek istemiştim, hatırlıyor musun?

Sonya tedirginlikle bekledi.

— Dün buradan çıkarken, belki sonsuzcasına ayrıldığımızı, ama eğer dönersem, sana Lizaveta'yı kimin öldürdüğünü açıklayacağımı söylemiştim.

Sonya birden bütün vücudunun titrediğini duydu.

— İşte şimdi söylemeye geldim.

Sonya güçlükle:

— Evet, dün siz gerçekten de... –diye bir şeyler mırıldandı, sonra birden kendine geldi, telaşla,– İyi ama siz bunu nereden biliyorsunuz? –diye sordu.

Zorlukla soluk almaya başlamıştı Sonya, yüzü gitgide sararıyordu.

— Biliyorum.

Sonya bir dakika kadar sustu, sonra ürkek ürkek:

— Yoksa buldular mı onu? –diye sordu.

— Hayır, daha bulamadılar.

Sonya yine bir dakika kadar sustu, sonra zor duyulur bir sesle:

— Öyleyse siz bunu nereden biliyorsunuz? –diye sordu.

Raskolnikov yüzünü ona çevirip gözlerini gözlerine dikti, az önceki çarpık, uçuk gülümseyişiyle:

— Tahmin et, –dedi.

Sonya tepeden tırnağa titrediğini duydu. Bir çocuk gibi gülümseyerek:

— Ama siz... niçin beni böyle korkutuyorsunuz? –diye mırıldandı.

Raskolnikov, gözlerini ondan ayırmak elinde değilmiş gibi dik dik bakmayı sürdürerek:

— Madem bunu biliyorum, öyleyse onun çok yakın dostuyum... –dedi.– O... Lizaveta'yı öldürmek istemiyordu... İstemeden öldürdü onu... Kocakarıyı öldürmek istiyordu o... Kocakarı yalnızdı önce... Tam o sırada Lizaveta girdi içeri... Böylece onu da öldürmüş oldu...

Aradan korkunç bir dakika daha geçti. İkisi de gözlerini ayırmadan birbirlerine bakıyorlardı. Kendini çan kulesinden aşağı bırakıyormuşçasına bir duyguyla:

— Tahmin edemiyor musun? –diye sordu Raskolnikov.

Sonya zor duyulur bir sesle:

— Ha–hayır, –diye kekeledi.

— İyice bir bak bakalım...

Bunu söyler söylemez o eski, bildik duygu bütün ruhunu dondurdu; birden Sonya'nın yüzünde Lizaveta'nın yüzünü gördü. Birden elinde baltayla Lizaveta'nın üzerine yürürken, kadının yüzünde beliren anlatımı hatırladı: Lizaveta bir yandan duvara doğru gerilerken, bir yandan da çocuksu bir korkuyla korkmaya başlayan ve gözlerini kendisini korkutan şeye dikip minicik ellerini ileri doğru uzatarak; her an ağlamaya hazır, geri geri çekilen bir çocuk gibiydi... Şu anda Sonya'nın yüzünde de aynı anlatım vardı. Aynı korku, aynı umarsızlıkla bakıyordu ona. Birden sol elini ona doğru uzatarak parmağının ucuyla hafifçe göğsüne dokundu. Bir yandan da usul usul ondan uzaklaşarak yataktan, oturduğu yerden kalkmaya başlamıştı; ancak gözlerini bir an olsun onun gözlerinden ayırmıyordu. Sonya'nın duyduğu korku birden ona da bulaştı; yüzünde aynı dehşet anlatımı, hatta dudaklarında aynı çocuksu gülümseme, o da Sonya'ya bakmaya başladı. Sonunda:

— Anladın mı? –diye fısıldadı.

— Tanrım! –diye bir çığlık koptu Sonya'nın göğsünden.

Yatağa yığılıp yüzünü yastığa gömdü. Ama çok kısa sürdü bu. Çabucak doğruldu, hızla Raskolnikov'a yaklaştı, iki elini birden tutup incecik parmakları arasında bir mengene gibi sıkarak, gözlerini onun gözlerine dikti ve yeniden dikkatle bakmaya başladı. Bu bakışlarla son bir umut ışığı bulmak istiyor gibiydi, ama hayır, hiçbir umut yoktu. Hiç kuşkusu kalmamıştı, dediği gibi olmuştu her şey! Sonya çok sonraları bu anı hatırladığında, hiç kuşkusu kalmayışını, bu karara böylesine birdenbire varışını çok tuhaf ve yadırgatıcı bulmuştu. Yoksa bu onun içine mi doğmuştu? Hayır, böyle bir şey söyleyemezdi. Ama şu anda, Raskolnikov ona bunu söyler söylemez, bütün bunlar gerçekten de kendisinin içine doğmuş gibi geldi.

Raskolnikov acıyla:

— Yeter, Sonya! –dedi.– Yeter! Acı çektiriyorsun bana!

Ona bu işi böyle açacağını, bu işin böyle olacağını hiç, ama hiç düşünmemişti. Ama böyle olmuştu işte. Sonya birden kendinde değilmiş gibi yerinden fırladı, ellerini ovuşturarak odanın ortasına kadar gitti; sonra hızla döndü, yeniden yatağa, onun yanına oturdu; yakınına oturmuştu ki, neredeyse omuzları birbirine değiyordu. Sonra birden, sanki bir yerine bir şey saplamış gibi irkildi, bir çığlık attı, kendinde değilmişçesine ve niçin yaptığını kendi de bilmeden Raskolnikov'un önünde diz çöktü.

— Ne yaptınız, ne yaptınız böyle kendinize! –diye mırıldandı, sesi umutsuzlukla doluydu. Sonra birden doğruldu, Raskolnikov'un boynuna atıldı, kollarıyla sımsıkı sarıldı.

Raskolnikov kendini hafifçe geri çekti, üzgün bir gülümsemeyle:

— Ne tuhafsın Sonya, –dedi,– sana ondan söz ettiğim sırada beni kucaklayıp öpüyorsun! Ne yaptığının farkında mısın?

Sonya onun ne dediğini duymamıştı bile, müthiş bir heyecan içinde:

— Şu anda bütün dünyada sizden daha mutsuz hiç kimse yoktur! –diye haykırdı ve bir ağlama nöbetine tutulmuşçasına hıçkırmaya başladı.

Raskolnikov ne zamandır yabancısı olduğu bir duygunun bir sel gibi içine boşaldığını ve kendisini hafiflettiğini hissetti. Bu duyguya karşı koymadı; gözlerinden yuvarlanan iki damla yaş kirpiklerine asılıp kalmıştı.

— Yani beni bırakmıyor musun Sonya? –dedi;– belli belirsiz bir umut titreşimi vardı sorusunda.

— Hayır, hayır! –diye bağırdı Sonya.– Hiçbir zaman, hiçbir yerde. Nereye gidersen peşinden geleceğim!.. Ah Tanrım! Ah, ne kadar mutsuzum! Ah, niçin, niçin seni daha önce tanımadım! Niçin bana daha önce gelmedin! Ah Tanrım!

— Geldim ya işte!

— Şimdi geldin ama! Ne yapılabilir şimdi!.. Birlikte, birlikte... gideriz küreğe de...

Raskolnikov'a yeniden sarılmıştı... Bu sözler üzerine Raskolnikov'un bütün vücudu kasıldı, dudaklarında az önceki küçümseyici gülümseme:

— Ben belki de daha küreğe gitmek niyetinde değilim Sonya, –dedi.

Sonya ona hızlı bir göz attı.

Mutsuz bir insana karşı duyduğu o heyecanlı ilk acıma duygusundan sonra, yeniden korkunç cinayet düşüncesiyle sarsıldı. Raskolnikov'un konuşma tonundaki değişme, ona bir anda cinayeti ve katili hatırlatmıştı. Şaşkınlıkla bakıyordu ona. Bu iş niçin olmuştu, nasıl olmuştu, daha hiçbir şey bilmiyordu. Bu sorular şu anda birdenbire bilincinde çakıvermişti. Ama hemen sonra, yeniden kuşkulanmaya başladı, inanamıyordu bir türlü: "O mu katil! Olacak şey mi bu!.."

— Ne oluyor? Neredeyim ben? –diye bağırdı birden; hâlâ kendisine gelememiş gibi büyük bir şaşkınlık içindeydi.– Hem... sizin gibi birisi nasıl böyle bir şey yapabilir?.. Niçin yaptınız bunu?

Raskolnikov can sıkıntısıyla ve bitkin bir şekilde:

— Niçin olacak, soymak için. Yeter artık Sonya! –dedi.

Sonya sersemlemiş gibiydi, ama birden:

— Aç mı kalmıştın! –diye bağırdı.– Sen... sen bunu annene yardım etmek için yaptın, öyle değil mi?

Raskolnikov yüzünü öte yana çevirdi, başını önüne eğdi:

— Hayır Sonya, hayır, –diye mırıldandı.– Aç olduğum söylenemez... Evet, gerçekten de anneme yardım etmek istemiştim, ama... tam bu da değil. Bana acı çektirme Sonya!

Sonya'nın elleri yanına düştü.

— Bütün bunlar gerçek olabilir mi? Tanrım; bu nasıl gerçek böyle! Böyle bir gerçeğe kim inanır? Hem çıkarıp cebinizdeki parayı son kuruşuna kadar başkalarına verin, hem de para için birini öldürün!

Bir an sustu, sonra:

— Ah, yoksa... yoksa Katerina İvanovna'ya verdiğiniz o paralar da... Tanrım, yoksa o paralar da... –diye bağırdı.

Raskolnikov onun sözünü keserek:

— Hayır Sonya... –dedi.– O paralar, o paralar değil. İçin rahat olsun! Bir tüccar aracılığıyla annemin gönderdiği paralar onlar. Hastalandığım gün elime geçmiş, aynı gün de Katerina İvanovna'ya vermiştim. Razumihin tanıktır... Paraları da benim adıma o almıştı tüccardan... Benimdi o paralar, benim, kendi paralarım...

Sonya gözlerini dört açmış onu dinliyor, olanca çabasıyla bir şeyler anlamaya çalışıyordu. Raskolnikov dalgın dalgın:

— O paralara gelince... –diye ekledi,– aslında para olup olmadığını da bilmiyorum ya; çünkü o sırada kocakarının boynundan içi tıkabasa dolu bir para kesesi almıştım, ama içine bakmamıştım, fırsat olmamıştı... sonra zincir, kol düğmesi gibi bazı şeyler de vardı... para kesesiyle birlikte bunların hepsini ertesi sabah, "V..." Caddesi'nde daha önce hiç bilmediğim bir avluda, bir taşın altına gizledim... Şimdi de orada duruyorlar...

Sonya kulak kesilmiş dinliyordu. Raskolnikov'un son sözlerinde bir umut ışığı görerek:

— Bu işi... soymak için yaptığınızı söylüyorsunuz, ama hiçbir şey almamışsınız!.. –dedi.

Raskolnikov yine dalgın dalgın:

— Biliyorum... Daha bu paraları alıp almamaya karar vermedim, –diye mırıldandı; sonra birden kendine geldi, hafifçe gülümseyerek,– Amma aptalca şeyler söylüyorum, öyle değil mi? –dedi.

Sonya'nın aklından, "Sakın deli olmasın?" düşüncesi geçti, ama hemen kovdu bu düşünceyi kafasından; burada başka bir şey vardı. Kendisi hiçbir şey anlamıyordu.

Raskolnikov birden coşarak:

— Biliyor musun, Sonya, –dedi,– eğer aç olduğum için çalsaydım bu paraları... –sözcüklerin üzerine basarak devam etti.– Şu anda mutlu olurdum! Bunu bilmiş ol!

Biraz sonra umutsuzluk içinde:

— Ama bütün bunlardan sana ne! –diye sürdürdü sözlerini.– Şu anda yaptığım şeyin aptalca olduğunu söylüyorsun, bundan sana ne? Bana karşı elde ettiğin bu aptalca zaferden sana ne? Ah Sonya, ben sana bunları söylemek için mi geldim?

Sonya yine bir şeyler söylemek istedi, ama konuşmaktan vazgeçti.

— Dün seni benimle birlikte gelmen için çağırmamın tek nedeni, senden başka kimsemin olmayışıydı.

Sonya ürkek ürkek:

— Nereye çağırmıştın? –diye sordu. Raskolnikov acı acı gülümseyerek:

— Korkma, hırsızlığa; cinayet işlemeye değil, –dedi.– Farklı insanlarız biz... Biliyor musun, Sonya, dün seni nereye çağırdığımı daha şimdi, şu anda anladım... Dün bilmiyordum bunu, nereye gideceğimizi ben de bilmiyordum. Bir tek şey için çağırdım seni, bir tek şey için geldim buraya. Beni bırakmaman için. Bırakmayacaksın değil mi Sonya?

Sonya onun elini sıktı.

Raskolnikov bir dakika kadar sonra, Sonya'ya sonsuz bir acıyla bakarak:

— Niçin söyledim bunu ona, niçin? –diye bağırdı.– Niçin açtım? İşte benden açıklama bekliyorsun, Sonya... Oturuyor ve bekliyorsun... Oysa ne söyleyebilirim sana? Hiçbir şey anlamayacak, yalnızca acı çekeceksin... benim yüzümden!.. Bak işte ağlıyor ve beni kucaklıyorsun... Niçin kucaklıyorsun beni Sonya? Bu acıyı tek başıma çekemediğim ve "sen de acı çek ki, ben biraz hafifleyeyim" dediğim için mi? Böyle bir alçağı sevebilir misin sen?

— Sanki sen acı çekmiyor musun? –diye bağırdı Sonya.

Yine aynı duygu bir sel gibi boşaldı Raskolnikov'un yüreğine ve yine yüreğini bir an için yumuşattı.

— Sonya ben kötü yürekli bir adamım, bunu unutma, pek çok şeyin açıklaması burada. Sana da kötü yürekli olduğum için geldim. Her şeye karşın buraya gelmeyebilecek insanlar da vardır. Bense... ödleğin ve alçağın biriyim! Ama... ne yapalım, öyle olayım! Bu değil sorun... Konuşmamız gerek, ama ben söze nasıl başlayacağımı bilemiyorum...

Durdu, uzun uzun düşündü, sonra:

— Dedim ya, farklı insanlarız biz! –diye bağırdı.– Birbirimizin dengi değiliz! Buraya geldiğim için de kendimi hiç, ama hiç bağışlamayacağım!

— Hayır, hayır! –diye bağırdı Sonya.– Buraya gelmen, benim öğrenmem iyi oldu! Hem de çok iyi oldu!

Raskolnikov ona acıyla baktı.

— Gerçekten de ne olmuş sanki! –dedi, düşünüp taşınıp bir karar vermiş gibiydi.– Böyle oldu bu iş! Sorun şu. Bir Napolyon olmak istedim, onun için de öldürdüm... Nasıl, anladın mı?

Sonya safça ve çekinerek:

— Hayır, –dedi, sonra yalvarırcasına ekledi.– Yalnız, sen anlat! Ben anlarım... ben kendi kendime hepsini anlarım!

— Anlar mısın? Pekâlâ, görürüz!..

Sustu; uzunca bir süre düşündü.

— Sorun şu, –dedi.– Bir gün kendime şöyle bir soru sordum: Eğer benim yerimde Napolyon olsaydı ve mesleki tırmanışına başlamak için önünde ne Toulon, ne Mısır, ne Mont Blanc'dan geçiş gibi güzel ve anıtsal şeyler değil de gülünç, zavallı bir kocakarı, üstelik de sandığındaki paraları çalmak için (mesleki tırmanış için, anlıyorsun ya?) öldürülmesi gereken bir tefeci kocakarı bulunsaydı ve başkaca da hiçbir çıkış yolu olmasaydı, acaba ne yapardı? Böylesine anıtsal olmaktan uzak, üstelik de... günah olan bir şey yaptığı için acı duyar mıydı? Şunu hemen söyleyeyim ki, bu "sorun" üzerine çok, ama çok kafa yordum, öyle ki sonunda Napolyon'un bu işten acı duymak şöyle dursun, bu işin anıtsal bir iş olup olmadığı gibi bir konunun aklının köşesinden bile geçmeyeceğini, hatta... bu işin insana acı verebileceğinin farkında bile olmayacağını anladım (nasılsa birdenbire anladım bunu) ve böyle düşündüğüm için müthiş utanç duydum... Önünde başka bir yol yoksa, hiç duraksamadan kadının işini bitiriverirdi Napolyon!.. Ben de... bunun üzerine düşünmekten vazgeçip... bu otoritenin örneğine uygun olarak... cinayeti işledim... Tümüyle anlattığım gibi oldu bu iş! Gülünç mü buluyorsun? Evet, Sonya, burada asıl gülünç olan; bu işin tam anlattığım gibi olmasıdır...

Sonya anlattıklarını hiç de gülünç bulmamıştı. Daha da ürkmüş olarak ve zor duyulan bir sesle:

— Siz, –dedi,– bana doğruca, hiç örnek vermeden anlatın, daha iyi...

Raskolnikov onun ellerini tuttu, yüzüne üzüntüyle bakarak:

— Yine haklısın, Sonya, –dedi.– Bütün bunlar saçma, neredeyse boş bir gevezelik! Biliyorsun, annemin hiçbir şeyi yok... Bir rastlantı sonucu eğitim gören kız kardeşimin yazgısı, mürebbiye olarak sürünüp durmak... İkisinin de umudu bendim. Üniversitede okuyordum, ama masraflarını karşılayamadığım için ayrılmak zorunda kaldım. Hoş, her şey yolunda gitse ve ayrılmasam ne olacaktı? On, on iki yıl sonra, yıllık bin ruble geliri olan bir öğretmen ya da memur olmaktan başka ne umabilirdim?.. –Ezberlemiş gibi konuşuyordu.– Bu arada annem kaygılardan, acılardan çöküp gidecek ve ben onun için hiçbir şey yapamayacaktım... Kız kardeşimin başına daha da kötü şeyler gelebilirdi!.. Her şeyden el etek çekmek, annemi unutup, kız kardeşimin uğrayacağı aşağılanmalara saygıyla katlanmak için sebep ne? Evet, ne için bütün bunlar? Onları toprağa verip, yeni dertler edinmek, evlenip çoluk çocuk sahibi olarak bu kez de onları beş parasız, bir lokma ekmeğe muhtaç bırakmak için mi? İşte... İşte ben kocakarının paralarıyla, anneme yük olmadan üniversite öğrenimimi sürdürmeyi, üniversiteden sonraki ilk adımlarımı atabilmeyi ve bütün bunları çok geniş bir biçimde ve radikal anlamda yapmayı düşünmüştüm; öyle ki yepyeni bir mesleki tırmanış gerçekleştirmek ve yeni, bağımsız bir yolda ilerleyebilmek istiyordum... İşte... hepsi bu... Kocakarıyı öldürmekle... hiç kuşkusuz kötü bir iş yaptım... Eh, yeter artık!

Sözlerini bitirdiğinde tam bir bitkinlik içindeydi, başını eğdi.

— Ah, ama bu o değil, bu o değil! –diye bağırdı Sonya, sesi acı doluydu.– Hiç böyle şey olur mu?

— Olmadığı ortada! Ama ben sana gerçeği söyledim!

— Bu nasıl gerçek böyle! Ah Tanrım!

— Ben yalnızca bir bit öldürdüm, Sonya, yararsız, iğrenç, herkese zararı dokunan bir bit!

— Ama bu bit bir insan!

Raskolnikov ona tuhaf tuhaf bakarak:

— Ben de biliyorum onun bir bit olmadığını, –dedi.– Aslında Sonya, ben yalan söylüyorum, hem de ne zamandır yalan söylüyorum... Doğru söylüyorsun sen. Bu, o değil. Burada başka, bambaşka nedenler var!.. Ne zamandır kimseyle konuşmadım, Sonya... Başım çok kötü ağrıyor...

Gözleri humma ateşiyle yanıyordu. Sayıklar gibiydi; dudaklarında tedirgin gülümsemeler uçuşuyordu. Bütün varlığını kaplayan coşkunluğunun ardında, bir bitkinlik seziliyordu. Sonya onun ne denli acı çektiğini anlıyordu. Onun da başı dönmeye başlamıştı. Evet, tuhaf şeyler söylüyordu, ama yine de anlaşılır bir şeyler var gibiydi bu sözlerde... Ama... "Ah Tanrım! Nasıl olur! Nasıl olur!" Sonya umutsuzluk içinde ellerini ovuşturuyordu.

Raskolnikov başını kaldırarak:

— Hayır, Sonya, bu, o değil! –dedi, düşüncelerindeki ani dönüş kendisini de şaşırtmış, yeniden heyecanlandırmış gibiydi.– Bu, o değil! En iyisi... evet böylesi gerçekten daha iyi... Tut ki, ben kendini beğenmiş, kıskanç, kötü yürekli, aşağılık, kindar bir adamım... hatta... belki biraz deliliğe de yatkınım... varsın hepsi birden olsun! Delilik sözünü eskiden de etmişlerdi, biliyorum! Az önce sana, parasızlık yüzünden üniversiteden ayrılmak zorunda kaldığımı söylemiştim. Biliyor musun, istesem ayrılmayabilirdim. Okul için gerekli parayı annem gönderebilir, üst baş, boğaz sorununu da kendim halledebilirdim: Özel dersler çıkıyordu, elli kopek veriyorlardı ders başına. Razumihin veriyor ya hani!.. Ben öfkelenmiştim, çalışmak istemedim. Evet, öfkelenmiştim... bu sözcük tam yerinde! Ben o sıralar tam bir örümcek gibi çekilmiştim. Öyle ya, görmüştün sen benim kaldığım o rezil yeri!.. Biliyor musun Sonya, alçak tavanlar, daracık odalar insanın aklını ve ruhunu öylesine boğar ki!.. Ah, nasıl nefret ederdim o rezil odadan! Ama yine de oradan dışarı çıkmak istemezdim. Özellikle istemezdim! Günlerce dışarı çıkmazdım, ne çalışmak, ne de yemek yemek isterdim, boyunca yatardım. Nastasya bir şeyler getirirse yerdim, getirmezse günüm öylece geçerdi. Hıncımdan, özellikle bir şey istemezdim! Geceleri yakacak mumum yoktu, karanlıkta oturur ve bir mum alacak para kazanmazdım. Okumam gerekti, oysa ben kitaplarımı satmıştım; masamın üzerindeki not defterlerimin, kâğıtlarımın üzerinde şimdi bile bir parmak toz vardır! En sevdiğim şey uzanıp yatmak ve düşünmekti. Boyuna düşünürdüm... Sonra düş görürdüm, tuhaf tuhaf düşler... Bunların ne tür düşler olduğunu anlatmam gereksiz! Ancak, işte bu sıralarda düş gibi bir şeyler kurmaya başladım... Hayır, böyle değil! Yine anlatmadım!.. Biliyor musun, o sıralar durmadan kendime şunu sorardım: Neden böyle aptalım ben? Madem başkaları aptal ve ben onların aptal olduklarını kesin olarak biliyorum, öyleyse neden onlardan daha akıllı olmak istemiyorum? Sonra, herkesin akıllı olmasını beklemenin çok uzun süreceğini anladım, Sonya. Bir de bunun hiçbir zaman gerçekleşmeyeceğini... İnsanların değişmeyeceğini, onları değiştirebilecek kimsenin bulunmadığını ve bunun için çaba göstermeye değmeyeceğini! Ya, böyle işte! Bu bir yasa Sonya, yasa. Akılca ve ruhça kim sağlam ve güçlüyse, insanlara onun buyuracağını biliyorum artık! Kim daha yürekliyse, haklı olan da odur. Her şeyin içine tükürmekte, aldırmazlıkta en ileri gidenler, yasa koyucu olurlar. Herkesten daha gözü pek olan, herkesten daha haklıdır! Bugüne kadar böyle gelmiş, bu bundan sonra da böyle gidecek! Bu gerçeği ayırt edemeyenler kördür!

Raskolnikov bunları söylerken gerçi Sonya'ya bakıyordu, ama artık anlayıp anlamadığını pek düşünmüyordu.

Hummaya yakalanmış gibiydi. Karamsar bir heyecan içindeydi... gerçekten de uzun süredir hiç kimseyle konuşmamıştı! Sonya, söylediği bu karamsar sözlerin onda bir din, bir inanç haline geldiğini anlamıştı.

Heyecanla sürdürdü sözlerini:

— O zaman şunu anladım, Sonya. İktidar, ancak eğilip onu almak cesaretini gösterenlere verilir. Bir tek şey söz konusuydu burada, cesaret! Böylece hiç kimsenin, hiçbir zaman düşünmediği bir şey geldi aklıma! Evet, hiç kimsenin! Bütün bu saçmalıkların yanından geçerken, hiç kimse bunları kuyruğundan tuttuğu gibi, "cehenneme kadar yolunuz var," deyip fırlatıp atmaya cesaret edememişti; evet, gün gibi açıktı bu! Ne kimse cesaret edebilmişti böyle bir şeye, ne de şimdi eden vardı! Ben... işte bu cesareti göstermek istedim ve... öldürdüm... Ben yalnızca cesaret göstermek istedim, Sonya, hepsi bu!

Sonya ellerini çırparak:

— Ah, susun! Susun! –diye bağırdı.– Siz Tanrı'dan uzaklaşmışsınız! Sizi Tanrı çarpmış ve şeytana teslim etmiş!..

— Gerçekten de Sonya; karanlıkta odamda yatıp bunları düşünürken, yoksa şeytan mı ruhuma girdi de beni yoldan çıkardı, ha?

— Susun! Alay etmeyin! Dinsiz! Hiç, ama hiçbir şey anlamıyorsunuz! Ah Tanrım! Hiçbir şey anlamıyor!

— Yeter, Sonya. Alay ettiğim yok benim! Beni şeytanın sürüklediğini ben kendim de biliyorum. –Üzgün üzgün tekrarladı.– Sus, Sonya, yeter artık! Her şeyi biliyorum ben. Odamda, karanlıkta yatıp dururken bütün bunları kaç kez düşündüm; kaç kez kendi kendime mırıldandım! En küçük ayrıntılarına varana dek, her şeyi kendi kendimle tartıştım! Her şeyi, her şeyi biliyorum! Ve bütün bu gevezeliklerden o zaman öylesine bıkıp usanmıştım ki! Her şeyi unutmak, bütün bu gevezeliklere bir son vermek ve yeni bir hayata başlamak istiyordum, Sonya. Benim oraya hiçbir şey düşünmeden, bir aptal gibi gittiğimi mi sanıyorsun yoksa? Aklı başında bir insan olarak gittim ben oraya Sonya. Beni mahveden de bu oldu zaten! Sanıyor musun ki, eğer iktidara sahip olmaya hakkım olup olmadığını kendime sormaya başlamışsam, buna hakkım olmadığını bilmiyordum? Ya da eğer insanın bir bit olup olmadığını sormaya başlamışsam, demek ki, insan benim için bir bit değildir... Kimin ki aklına böyle bir soru hiç gelmez ve doğruca hedefin üzerine yürür gider, insan onun için bir bittir. Eğer ben, "Napolyon olsam gider miydim, gitmez miydim?" diye kendi kendimi yiyip bitirmişsem; bir Napolyon olmadığımı açıkça hissetmiş olmalıyım... Bütün bu gevezeliklere katlandım Sonya ve bütün bunlardan kurtulmak istedim: Ahlaki, vicdani herhangi bir nedene dayanmaksızın, yalnızca kendim için öldürmek istedim! Bu konuda kendime bile yalan söylemek istemedim! Anneme yardım etmek için öldürmedim örneğin. Maddi olanaklara ve iktidara kavuşmak ve böylece insanlığa yardım etmek için de öldürmedim. Bütün bunlar palavra! Ben öylece öldürdüm; kendim için, yalnızca kendim için yaptım bunu! İnsanlığa iyilik eden biri olmak ya da bir örümcek gibi ağıma düşen kurbanlarımın özsularını emerek ömür sürmek, o anda benim için herhalde farklı şeyler değildi! Beni bu cinayete sürükleyen başlıca sebep, paraya duyduğum gereksinim de değildi; çünkü paraya olan gereksinimim, bütün başka şeylere olan gereksinimimden daha fazla değildi. Bütün bunları şimdi anlıyorum... Anla beni; bütün o yollardan yeniden geçecek olsam, sanırım bu cinayeti tekrarlamazdım. O sıralar öğrenmek istediğim şey bambaşkaydı, bambaşka bir şey yön verdi ellerime; bir an önce öğrenmek istediğim bir şey vardı: Ben de herkes gibi bir bit miydim, yoksa bir insan mı? Önüme çıkan engeli aşabilir miydim, aşamaz mıydım? Eğilip iktidarı yerden almaya cesaret edebilecek miydim, edemeyecek miydim! Titreyen bir yaratık mıydım, yoksa hakları olan biri mi?..

Sonya ellerini çırparak:

— Ne hakkı? -dedi.- Öldürme hakkı mı?

— Eeh, Sonya... -dedi Raskolnikov sinirli sinirli; itiraz edecek, bir şeyler söyleyecek gibiydi, sonra küçümseyen bir susuşla vazgeçti.- Sözümü kesmesene! Ben sana yalnızca beni oraya şeytanın sürüklediğini, sonra da oraya gitmeye hakkımın bulunmadığını, çünkü benim de herkes gibi bir bitten başka bir şey olmadığımı gösterdiğini anlatmak istedim! Şeytan benimle alay etti, ben de bu yüzden sana geldim! Konuğunu kabul et! Eğer bir bit olmasaydım, şimdi burada ne işim vardı! Dinle: Kocakarıya giderken niyetim yalnızca bir deneme yapmaktı... Bunu böylece bilesin!

— Ama öldürdünüz! Öldürdünüz!

— Öldürdüm, ama nasıl? Adam öldürme böyle mi olur? Benim o gün gittiğim gibi mi gidilir adam öldürmeye? Nasıl gittiğimi de anlatırım bir gün sana. Ben o gün kocakarıyı değil, kendimi öldürdüm! Kendimi sonsuzcasına mahvettim! Kocakarıya gelince, onu ben değil şeytan öldürdü... Yeter, yeter artık, Sonya, yeter! -Birden müthiş bir üzüntüyle bağırdı.- Bırak, bırak beni!

Dirseklerini dizlerine dayadı, avuçlarıyla kafasını bir mengene gibi sıktı:

— Ah, bu ne acı böyle! -diye inledi Sonya.

Raskolnikov birden başını kaldırdı, mutsuzluğun çarpıttığı bir yüzle:

— Şimdi ne yapmalı, söyle bakalım! -dedi.

Sonya yerinden fırlayarak:

— Ne mi yapmalı! -diye bağırdı; yaşlarla dolu olan gözleri ışıl ışıl parlıyordu.- Kalk! -Raskolnikov'u omuzlarından tuttu; beriki şaşkınlıkla ona bakıyordu, yerinden kalktı.- Hemen şimdi, şu anda, bir dört yol ağzına koş, yere kapan, önce kirlettiğin toprağı öp, sonra dört bir yana eğil, bütün dünyayı selamla ve "Ben öldürdüm!" diye bağır, o zaman Tanrı sana yeniden hayat verir.

Sonya, Raskolnikov'un ellerini avuçları içine aldı, alev alev yanan gözlerini yüzüne dikip, hummaya tutulmuşçasına titreyerek:

— Gideceksin, gideceksin değil mi? –diye sordu.

Raskolnikov onun bu beklenmedik heyecanı karşısında çok şaşırmıştı.

— Kürekten mi söz ediyorsun, Sonya? –dedi asık bir yüzle.– Gidip kendimi ele vermem gerektiğini mi söylüyorsun?

— Acı çekmen, günahlarının kefaretini ödemen gerek!

— Hayır, gitmeyeceğim onlara, Sonya!

— Peki nasıl yaşayacaksın? –diye bağırdı Sonya.– Kiminle yaşayacaksın? Annenin yüzüne nasıl bakacaksın? Ah, şimdi onların hali ne olacak; onların hali ne olacak! Ben de neler söylüyorum! Anneni kız kardeşini terk etmiştin sen! Evet, terk ettin, terk ettin! Ah Tanrım! Bütün bunları kendisi de biliyor! İnsansız nasıl yaşanır! Ne olacaksın sen!

— Çocuk olma, Sonya, –dedi Raskolnikov yavaşça.– Onlara karşı ne suç işledim ben? Niçin gideyim? Gidip de ne diyeceğim ben? Bütün bunlar kuruntudan başka bir şey değil... Kendileri milyonlarca insanın canına okuyorlar. Üstelik de bunu erdem sayıyorlar. Hepsi alçak ve sahtekâr onların Sonya! Hayır, gitmeyeceğim. –Acı bir gülümsemeyle ekledi.– Hem gidip ne diyeceğim onlara: "Kadını ben öldürdüm, ama paraları almaya cesaret edemedim, bir taşın altına gizledim." mi diyeceğim? Ama alay ederler o zaman benimle, "Aptala bak, paraları bile alamamış." derler. Korkak ve aptal! Hiç ama hiçbir şey anlamayacaklardır. Sonya; anlamaya layık insanlar da değiller zaten! Hayır, gitmeyeceğim! Çocuk olma Sonya...

Sonya ellerini ona doğru uzatmış:

— Acı çekeceksin, çok acı çekeceksin... –diye tekrarlıyordu.

Raskolnikov dalgın dalgın;

— Hem ben belki de kendime itiraf ediyorum, –dedi.– Bit değil, daha bir insanım belki de ve kendimi mahkûm etmekte acele ediyorum... Daha savaşacağım...

Dudaklarında kibirli bir gülümseme belirdi.

— Böyle bir acıyı taşıyıp durmak! Üstelik de hayat boyunca!..

Raskolnikov asık yüzle ve dalgın dalgın:

— Alışırım... –dedi.

Bir dakika kadar sustu.

— Beni dinle, –dedi.– Ağlaştığımız yeter artık, biraz da iş konuşalım: Sana buraya beni aradıklarını, izlediklerini söylemeye gelmiştim...

Sonya korkuyla:

— Ah! –diye haykırdı.

— Ne oldu? Az önce küreğe gitmemi istiyordun, şimdi ise korkuyorsun! Ne var ki, onlara yakamı kaptırmayacağım! Daha savaşacağım onlarla. Hiçbir şey yapamayacaklar bana. Ellerinde doğru dürüst hiçbir delil yok. Dün çok büyük bir tehlike atlattım, her şey bitti sanıyordum. Ama bugün işler düzeldi. Ellerindeki bütün deliller iki başlı, yani onların bütün suçlamalarını kendimi savunabileceğim kanıtlar haline çevirebilirim. Çevireceğim de... Çünkü artık, her şeyi öğrenmiş bulunuyorum. Ama herhalde beni içeri alacaklardır. Aslında bir olay olmasaydı, belki bugün de içeri alırlardı... hâlâ da alabilirler ya... Ama bunun önemi yok, Sonya. Biraz yatarım, sonra salıverirler... Çünkü ellerinde doğru dürüst hiçbir delil yok ve olmayacak da... sana söz veriyorum. Ellerindeki deliller beni hapse atmalarına yetmez... Eh, artık yeter... Bütün bunları bilesin istedim... Annemle kız kardeşime gelince, kendilerini korkutmadan fikirlerini değiştirmeye çalışacağım... Kız kardeşim sanırım artık güvende... dolayısıyla annem de... İşte böyle. Sen de dikkatli ol. Hapse girdiğim zaman gelip beni göreceksin değil mi?

— Ah, tabii, tabii!

Fırtınanın ıssız bir kıyıya fırlatıp attığı iki insan gibi, ezik, bitkin, üzgün, öylece yan yana oturuyorlardı. Raskolnikov, Sonya'ya bakıyor ve genç kızın kendisini ne kadar çok sevdiğini hissediyordu; ama tuhaf şey, böylesine çok sevilmek ona birden acı vermişti. Gerçekten de çok tuhaf, korkunç bir duyguydu bu! Kendisi için son umut, son çıkış yolu olduğunu düşünerek gelmişti Sonya'ya; acılarının hiç değilse birazını burada bırakacağını düşünmüştü, ama genç kızın bütün kalbini kendisine verdiğini anladığı şu anda, kendini birden eskisinden çok, ama çok daha mutsuz hissetmişti.

— Sonya, hapse girdiğim zaman gelip beni görmesen daha iyi olur.

Sonya cevap vermedi, ağlıyordu. Böylece birkaç dakika geçti. Sonra, birden aklına gelmiş gibi:

— Üzerinde haç var mı? –diye sordu Sonya.

Raskolnikov önce soruyu anlamadı.

— Yok, değil mi? Al bunu, selvi ağacından yapılmıştır. Bende bir tane daha var, bakırdan; Lizaveta vermişti... Lizaveta ile haçlarımızı değişmiştik, o bana kendi haçını vermişti, ben de ona boynumdaki kutsal tasviri vermiştim. Ben şimdi Lizaveta'nın verdiğini taşıyacağım, bunu da sen tak. Al, benimdir! Yalvarırcasına tekrarladı: Al, benimdir! Değil mi ki birlikte acı çekeceğiz, bütün acılara birlikte katlanacağız...

— Ver! –Raskolnikov, onu üzmek istememişti.

Ama hemen sonra, haçı almak için uzattığı elini geri çekti, bir yandan da onu yatıştırmak için:

— Şimdi değil Sonya, –dedi,– sonra ver, daha iyi...

Sonya onu heyecanla doğrulayarak:

— Evet; evet, sonra daha iyi! –dedi.– Acı çekmeye giderken takarsın. Bana gelirsin, ben sana kendi elimle takarım, sonra da dua eder, yola çıkarız:

Bu sırada oda kapısı üç kez vuruldu.

— Sonya Semyonovna, girebilir miyim?

Çok iyi bildikleri, nazik bir sesti bu.

Sonya korkuyla kapıya atıldı. Lebezyatnikov'un sarışın yüzü göründü kapıda.

V

Lebezyatnikov'un telaşlı bir hali vardı.

— Sizi görmeye geldim, Sonya Semyonovna, –dedi. Sonra birden Raskolnikov'a döndü.– Bağışlayın, sizi de burada bulacağımı düşünmüştüm... yani hiçbir şey düşünmemiştim... özellikle düşündüğüm...

Birden Raskolnikov'u bıraktı; Sonya'ya döndü, kısaca:

— Katerina İvanovna çıldırdı, –dedi.

Sonya bir çığlık attı.

— Yani, en azından öyle görünüyor: Doğrusu... biz ne yapacağımızı şaşırdık! Durum bu! Gittiği yerden sanırım kendisini kovmuşlar... belki de... dövmüşler... Hiç değilse öyle görünüyor... Semyon Zahariç'in amirine gitmiş, yokmuş adam evinde, kendisi gibi bir generalle yemekteymiş... Düşünebiliyor musunuz; tutup oraya, yemek yedikleri yere gitmiş, Semyon Zahariç'in amirini çağırmalarını istemiş, ille göreceğim diye tutturmuş, sanırım sonunda adamı sofradan kaldırmış... İşin nasıl sonuçlandığı kestirebilirsiniz... Kendisini kovmuşlar... Katerina İvanovna ise, kendisinin adama sövdüğünü, hatta eline geçen bir şeyi üzerine fırlattığını söylüyor. Doğrusu, yapmış da olabilir... Kendisini tutuklamamış olmaları şaşılacak şey!.. Herkese bunu anlatıyor şimdi... Amalya İvanovna'ya da anlatıyor... Yalnız öyle bağırıyor, öyle dövünüyor ki, ne dediği hiç anlaşılmıyor... Ah, evet! Dediğine göre, madem artık herkes kendisini terk etmiş, o da çocuklarını alıp sokağa çıkacakmış. Kendisi laterna çalacak, çocuklar da şarkı söyleyip dans edeceklermiş. Kendisi de dans edecek, para toplayacakmış... Her gün generalin penceresi altına gidecekmiş. Soylu memur çocuklarının sokaklarda nasıl dilendiklerini herkes görsünmüş!.. Böyle söylüyor... Durmadan çocukları dövüyor, onlar da ağlaşıp duruyorlar. Lyonya'ya "Hutorok"u söylemeyi, oğlanla Polina Mihaylovna'ya da dans etmeyi öğretiyor... Elbiselerini yırtıyor, aktörlerin giydiklerine benzer birtakım şapkalar yapıyor onlara... Kendisi de eline bir leğen alıp müzik aletiymiş gibi çalmak istiyor... Hiçbir şey dinlediği yok... Düşünebiliyor musunuz durumunu? Bu kadarı da olmaz artık!

Lebezyatnikov belki daha anlatacaktı, ama onu soluğu kesilerek dinleyen Sonya mantosuyla şapkasını kaptığı gibi fırladı; hem koşuyor, hem giyiniyordu. Raskolnikov da onun ardından çıktı. Lebezyatnikov da Raskolnikov'u izledi. Sokağa çıktıklarında, Lebezyatnikov:

— Yüzde yüz aklını kaçırdı, –dedi.– Ben Sonya Semyonovna'yı ürkütmemek için "sanırım" dedim, ama oynattığına hiç kuşkum yok. Dediklerine göre, verem hastalığında beyinde birtakım tümörler çıkıyormuş... Ne yazık ki, bu tıp işlerinden hiç anlamam. Kendisini kandırmaya çalıştım, ama bir şey dinlemiyor ki...

— Tümörlerden söz ettiniz mi kendisine?

— Yani özel olarak tümörlerden değil de... Hem zaten söylesem de bir şey anlamazdı... Benim demek istediğim şu: Bence bir insana ağlaması için ortada bir neden bulunmadığı açıkça anlatılır ve bu durum kendisine mantık yoluyla kanıtlanırsa, artık ağlamaz olur... Öyle değil mi?

— O zaman yaşamak çok kolay olurdu.

— İzin verin, izin verin. Katerina İvanovna'nın bunu anlaması, hiç kuşkusuz epey güç... Ama bilmem biliyor musunuz, Paris'te delilerin yalnızca mantıken inandırmaya dayanılarak iyileştirilmeleri olasılığını araştıran ciddi birtakım deneyler yapılıyormuş... Bu yakınlarda ölen bir profesör de –ki gerçek bir bilginmiş kendisi– böyle bir yöntemle iyileştirmenin mümkün olduğunu düşünüyormuş. Bu profesörün düşüncesinin özü şu: Delilerin bünyelerinde ciddi herhangi bir bozukluk yoktur; delilik, deyim yerindeyse eğer, mantık bozukluğu, yargılama bozukluğu, eşyaya doğru bakamamadır. Profesör, aşamalı olarak hastasını yalanlamakla başlamış işe ve düşünebiliyor musunuz, söylediklerine göre bundan sonuç da almış! Ama bu tedavi sırasında duşlardan da yararlandığına göre, tabii yöntemi biraz kuşkuyla karşılanıyor... En azından böyle olduğu sanılıyor...

Raskolnikov ne zamandır onu dinlemiyordu. Tam evinin önüne gelince, başıyla Lebezyatnikov'u selamladı ve apartmana girdi. Lebezyatnikov ancak o zaman kendine geldi, çevresine bakındı ve koşarcasına yoluna devam etti.

Raskolnikov odasına girip odanın tam ortasında ayakta durdu. "Ne diye gelmişti ki buraya?" Yer yer yırtılmış, sararmış duvar kâğıtlarına, her yeri kaplayan tozlara, yatağına bir göz attı... Avludan sürekli bir gürültü geliyordu: Sanki birisi çivi çakıyordu... Pencereye yaklaştı, parmak uçlarında yükselerek büyük bir dikkatle ve uzun uzun avluya baktı. Ama avlu boştu ve çivi çakan biri de görünmüyordu... Sol yanda açık birkaç pencere vardı, pencere kenarlarındaki saksılarda boyunları bükük birtakım ıtır çiçekleri seçiliyordu. Pencerelerin gerisine çamaşır asılmıştı... Ezbere bildiği şeylerdi bütün bunlar. Dönüp yatağına oturdu.

Kendini hiçbir zaman böylesine yalnız hissetmemişti!

Sonya'dan belki de gerçekten nefret ettiğini bir kere daha düşündü: Özellikle de şu anda onu böylesine mutsuz ettiği bir sırada... "Neden gözyaşı dilenmeye gitmişti ona? İlle de kızcağızın hayatını zehirlemesi mi gerekti? Ah, bu ne alçaklıktı!"

Birden kesin bir kararla:

— Hayır, –diye söylendi,– tek başıma kalacağım... ve o beni hapishaneye görmeye falan da gelmeyecek!

Beş dakika kadar sonra başını kaldırdı ve tuhaf tuhaf gülümsedi. Aklına bir şey gelmişti. "Belki de gerçekten en iyisi küreğe gitmek..." diye düşündü.

Kafasında belirsiz, bulanık düşünceler, odasında ne kadar oturdu, hatırlamıyordu. Birden kapı açıldı, Avdotya Romanovna girdi içeri. Az önce kendisinin de Sonya'ya yaptığı gibi, önce eşikte durdu, bir süre onu süzdü, sonra ilerledi, onun tam karşısındaki iskemleye, dünkü yerine oturdu. Raskolnikov hiçbir şey söylemeden, hiçbir şey düşünmeden izliyordu onu.

— Kızma kardeşim, –dedi Dunya,– yalnızca bir dakika için uğradım...

Yüzünün düşünceli, ama sert olmayan bir anlatımı vardı. Bakışları açık, sakindi. Raskolnikov onu buraya getiren şeyin, yalnızca kendisine duyduğu sevgi olduğunu görüyordu.

— Kardeşim, ben artık her şeyi, her şeyi biliyorum. Dmitri Prokofiç bana her şeyi anlattı ve açıkladı. Aptalca ve iğrenç bir kuşkuyla seni izliyorlar, sana acı çektiriyorlarmış... Dmitri Prokofiç bana hiçbir tehlike bulunmadığını ve senin boş yere üzülmekte olduğunu söyledi. Ama ben öyle düşünmüyorum ve bu durumun seni nasıl öfkelendirdiğini, bu öfkenin sende nasıl ömür boyu sürecek bir iz bırakabileceğini çok iyi anlıyorum. Korktuğum da bu. Bizi terk ettiğin için seni kınamıyorum, kınamaya cesaret de edemem. Daha önce sana serzenişte bulunduğum için de beni bağışla. Eğer benim de başıma böyle büyük bir felaket gelmiş olsaydı, ben de herkesten kaçardım: Anneme bu konuda hiçbir şey söylemeyeceğim, ama durmadan senden söz edeceğim ve senin adına, kendisine yakında bizi görmeye geleceğini söyleyeceğim. Onun için üzülme, ben onu avuturum... Ama sen de onu üzme, hiç değilse bir kez bizi ziyaret et. Onun bir anne olduğunu unutma! Buraya sana yalnızca bir tek şey söylemek için gelmiştim (Dunya kalkmaya davrandı): Herhangi bir şekilde bana ihtiyacın olursa, varlığım sana gerekirse, bana seslen, hemen gelirim. Hoşça kal!

Sertçe döndü ve kapıya doğru yürüdü.

— Dunya! –diye seslendi Raskolnikov ve yerinden kalkıp onun yanına gitti.– Şu Razumihin, Dmitri Prokofiç, çok iyi bir insan...

Dunya hafifçe kızardı. Biraz bekledikten sonra:

— Evet? –dedi.

— Hünerli, çalışkan, dürüst, kuvvetle sevebilen bir insan... Elveda Dunya.

Dunya'nın yüzüne bir ateş çöktü, sonra birden telaşlanarak:

— Ne oluyor, kardeşim? –dedi.– Yoksa birbirimizden sonsuzcasına mı ayrılıyoruz? Ne diye böyle... vasiyette bulunur gibi konuşuyorsun benimle?

— Fark etmez... elveda...

Raskolnikov arkasını döndü, pencereye doğru yürüdü. Dunya durdu, ona kaygılı gözlerle baktı, sonra perişan bir durumda çıkıp gitti.

Hayır, soğuk değildi kız kardeşine karşı. Hatta bir an (tam Dunya giderken) onu sımsıkı kucaklamak, onunla vedalaşmak, hatta ona söyleme isteğine kapılmıştı; gel gör ki elini bile uzatamamıştı:

"Eğer kendisini kucaklayıp öpseydim, daha sonra belki tüyleri ürperir, öpücüğünü çaldığımı söylerdi!"

Birkaç dakika sonra, "Dunya buna dayanabilir mi, dayanamaz mı?" diye düşündü. "Hayır dayanamaz! Böyleleri hiçbir zaman dayanamaz!"

Sonra Sonya'yı düşündü.

Pencereden serin bir esinti geliyordu. Avlunun aydınlığı gitgide canlılığını kaybediyordu. Birden şapkasını aldığı gibi sokağa fırladı.

Kendi hastalığıyla hiç ilgilenmiyordu, aslında ilgilenmek istediği de yoktu. Ama yaşadığı art arda üzüntüler, içinde bulunduğu dehşet dolu ruh hali, hiçbir iz bırakmadan geçip gidemezdi. Gerçek bir humma nöbetiyle yatağa serilip kalmıyorsa eğer, bu herhalde içinde bulunduğu bitmez tükenmez telaş ve kaygılar nedeniyle idi, bedenini ve bilincini ayakta tutan bunlardı. Ama yapay ve geçici bir ayakta kalıştı bu. Amaçsızca dolaşıyordu. Güneş batmıştı. Şu son sıralar tuhaf bir hüzün duymaya başlamıştı. Bu öyle acı veren, yakan bir hüzün değildi. Ama bir süreklilik, sonsuzluk, umarsızlıkla dolu yıllar, "bir metrelik alan"ın sonsuzluğu duyuluyordu bu soğuk, bu ölgünleşmiş hüzünde. Bunu, özellikle de akşam saatlerinde daha acı verici bir biçimde duyuyordu.

— Gel de bir güneş batışından kaynaklanıveren bu aptalca, bu tümüyle fiziksel rahatsızlıklarla, aptalca bir şey yapmaktan kendini koru! –diye söylendi.

Birilerinin adını seslendiğini duydu. Çevresine bakındı, Lebezyatnikov koşup geliyordu kendisine doğru.

— Ben de sizden geliyordum, sizi arıyorum: Düşünebiliyor musunuz, dediğini yaptı, çocukları da alıp çıktı! Sonya Semyonovna'yla birlikte güçbela bulabildik onları. Kendisi bir tavaya vuruyor, çocukları da dans etmeye zorluyor. Çocuklar ağlıyor. Kavşaklarda, dükkanların önünde duruyorlar... Artları sıra da bir sürü dangalak koşturup duruyor. Hemen gidelim.

— Ya Sonya? –diye sordu, sesinde müthiş bir endişe titreşimi vardı.

— Çıldırmış gibi sanki... Yani Sonya Semyonovna değil çıldıran, Katerina İvanovna, Ama Sonya Semyonovna da çıldırmış gibi. Katerina İvanovna ise tümden çıldırmış sanki. Ne diyorum size: Aklını tümden oynatmış!.. Şimdi yakalayıp karakola götürürler hepsini. Bunun üzerlerinde nasıl bir etki yapacağını düşünebiliyor musunuz?.. Şu anda "X..." Köprüsü'nün oradalar; Sonya Semyonovna'nın evine çok yakın, hemen kanalın orada...

Kanalın hemen köprüye yakın bir yerinde, Sonya'nın evinden iki ev ötede, özellikle de küçük çocukların oluşturduğu bir kalabalık vardı. Katerina İvanovna'nın kısık sesi ta köprünün oradan duyuluyordu. Gerçekten de sokaktan gelip geçenlerin ilgisini çekecek tuhaf bir görünüşleri vardı.

Üzerinde eski elbiseler, omzunda şu ünlü şalı, başında da bir yana yıkılmış eski bir hasır şapka bulunan Katerina İvanovna gerçekten de çıldırmış gibiydi. Yorgunluktan güçlükle soluk alıyordu. Veremin tükettiği yüzü her zamankinden daha acı doluydu. Veremliler genel olarak sokakta, güneş ışığında, evde olduklarından çok daha hasta, tükenmiş görünürler... Ama heyecanı dinmek bilmiyor, her geçen saniye biraz daha sinirleniyordu. Çocukların üzerine atılıyor, bağırıyor, itekliyor; herkesin gözü önünde nasıl dans etmeleri, nasıl şarkı söylemeleri gerektiğini öğretiyor, bunun niçin gerekli olduğunu anlatıyor, onların anlayışsızlığından umutsuzluğa kapılıyor, dövmeye başlıyordu... Sonra onları öylece bırakıp kalabalığa dönüyor, üstü başı düzgünce birini gördü mü, doğruca ona "soylu, hatta aristokrat bir ailenin çocukları olan" şu gariplerin ne hallere düşürüldüğünü anlatmaya koyuluyordu. Kalabalıktan biri gülecek ya da laf atacak oldu mu, kavga etmeye hazır, hemen üzerine gidiyordu: Kalabalık arasında gerçekten de gülenler vardı, kimileriyse başlarını sallıyordu; ancak genel olarak herkes, yanında ürkmüş çocukları ağlaşıp duran bu deli kadını ilgiyle izliyordu. Lebezyatnikov'un sözünü ettiği tava ortalarda yoktu ya da en azından Raskolnikov görmemişti; ama Katerina İvanovna, Poleçka'yı şarkı söylemeye ya da Lyonya ile Kolya'yı dans etmeye zorladığı zaman tava yerine kuru avuçlarını birbirine vurarak tempo tutuyordu. Bu arada şarkıya kendisi de eşlik etmek istiyor, ama daha ikinci notada müthiş bir öksürükle sesi kesiliyor, umutsuzluğa kapılıyor; öksürüğüne lanetler savuruyor, hatta ağlamaya başlıyordu. En çok da Kolya ile Lyonya'nın korkudan ağlamaları onu öfkelendiriyordu. Çocukları gerçekten de sokak şarkıcılarının kılığına sokmaya çalışmıştı. Oğlana kırmızı ve beyaz bezlerden bir sarık sararak, sözümona Türk'e benzetmişti, Lyonya için uygun kostüm bulamamış, başına yünden bir başlık, daha doğrusu rahmetli Semyon Zahariç'in gecelik külahını geçirmişti; külahın ucuna da Katerina İvanovna'nın ninesine ait olan ve bugüne dek bir aile yadigârı olarak sandıkta saklanan beyaz bir tavus tüyü takılmıştı. Poleçka'nın üzerinde her zamanki entarisi vardı; annesini ürkek, şaşkın bakışlarla izliyor, çıldırmış olduğunu anladığı için gözyaşlarını ondan gizlemeye çalışarak, arada bir ürkek bakışlarını çevrede gezdiriyordu. Sokaktan ve kalabalıktan son derece korkmuşa benziyordu. Sonya'ya gelince, Katerina İvanovna'nın bir an bile ardından ayrılmıyor, gözyaşları içinde eve dönmesi için yalvarıyordu. Ama Katerina İvanovna onu dinlemiyordu bile. Boğulurcasına öksürerek:

— Yeter Sonya, kes artık! –diye bağırıyordu.– Çocuk gibisin, ne istediğini kendin de bilmiyorsun! "O sarhoş Alman karının evine dönmem." diye kaç kez söyledim sana! Ömrü boyunca dürüstlükle, bağlılıkla hizmet etmiş, hatta bir bakıma görevi başında ölmüş (kaşla göz arasında uydurduğu bu hikâyeye kendisi hemen inanmıştı) soylu bir babanın çocukları nasıl dileniyor, varsın bütün Petersburg görsün! Şu general olacak alçak herif görsün! Sen de amma safsın Sonya! Ne kalmış ki artık, söylesene! Yeter artık bizim yüzümüzden çektiğin! Sana daha fazla yük olmak istemiyorum!

Birden Raskolnikov'u gördü ve ona doğru atıldı.

— Ah, Rodion Romanoviç, siz misiniz! Şu küçük budalaya, bundan daha akıllıca bir şey yapamayacağımızı lütfen siz anlatır mısınız? Laternacılar bile para kazanıyor; bizi hemen fark ederler ve dilenciliğe kadar düşmüş soylu bir ailenin yetimleri olduğumuzu öğrenirler... O general bozuntusuna gelince, göreceksiniz, yerinden olacak! Her gün onun penceresinin altına gideceğiz, çar hazretleri oradan geçerken önünde diz çöküp yetimlerimi göstereceğim ve "Koru bizi babamız!" diyeceğim. Yetim babasıdır çar, acıması boldur, bizi koruyacaktır, göreceksiniz! O general bozuntusuna gelince... Lyonya! *Tenez–vous droite!*[1] Sen, Kolya, yine dans

1 (Aslında da Fransızca) — Dik durun!

edeceksin! Şuna bak, yine ağlıyor! Ne var ağlayacak! Neden korkuyorsun, aptal! Hey Tanrım! Bunlarla ne yapacağım ben Rodion Romanoviç? O kadar kafasızlar ki!.. Ne yapılır bunlarla!..

Kendisi de ağladı ağlayacak bir halde olmasına karşılık – ama bu aralıksız konuşmasına engel olmuyordu– ağlayan çocuklarını Raskolnikov'a gösteriyordu. Raskolnikov onu evine dönmesi için kandırmaya çalıştı, hatta özsaygısını etkilemek için, soylu kızlar için açılacak bir pansiyonun yöneticisi olmaya hazırlanan bir kadının, laternacılar gibi sokaklarda dolaşmasının hiç yakışık almadığını söyledi.

— Pansiyon mu, hah–hah–ha! Davulun sesi uzaktan hoştur! –Kahkahası bir öksürük nöbetiyle kesilmişti.– Hayır, Rodion Romanoviç, geçti o hayaller! Herkes bizi terk etti!.. O general bozuntusuna gelince... Biliyor musunuz Rodion Romanoviç, o herifin suratına bir hokka fırlattım ben. Orada, uşaklar odasında, tam da masanın üzerindeydi hokka... onu ziyarete gelenlerin imzaladıkları kâğıdın yanındaydı... Ben de imzaladım o kâğıdı... Hokkayı fırlattım ve kaçtım... Ah, alçaklar, alçaklar! Ama tükürmüşüm hepsine! Artık bunlara kendim bakacağım, kimsenin önünde eğilmeyeceğim! Başıyla Sonya'yı gösterdi: Yeter bu kızcağıza çektirdiğimiz! Poleçka, kaç para oldu, göster bakayım? Ne? Yalnızca iki kapik mi! Ah, iğrenç yaratıklar! Beş para vermiyorlar, yalnız ardımızdan koşup dillerini çıkarıyorlar! –Kalabalıktan birini gösterdi.– Ya şu aptal niye gülüyor! Hep Kolya'nın kafasızlığı yüzünden bunlar! Sana ne oluyor, Poleçka? Fransızca konuş benimle, *parlez–moi Français*. Ama sana öğretmiştim, birkaç cümle biliyordun hani!.. Yoksa sizin soylu bir ailenin iyi eğitim görmüş çocukları olduğunuz; öteki laternacılara benzemediğiniz nereden anlaşılacak? Kukla oynatıp şarlatanlık etmiyoruz biz sokaklarda, soylu romanslar söylüyoruz... Ah, evet! Ne söylesek acaba?.. Durmadan sözümü kesiyorsunuz... oysa biz... Biliyor musunuz Rodion Romanoviç, söyleyeceğim şarkıyı seçmek için durmuştuk biz burada... Öyle bir şarkı olmalı ki bu, Kolya da dansla eşlik edebilsin bize... Çok hazırlıksız durumdayız... Doğru dürüst prova edebilmemiz için, önce aramızda anlaşmamız gerek... Sonra da yüksek sosyetenin bulunduğu Nevski Bulvarı'na gideceğiz, orada hemen fark ederler bizi. Lyonya "Hutorok"u biliyor... Ama bunu herkes söylüyor, herkesin ağzında varsa yoksa "Hutorok". Biz çok daha soylu bir şeyler söylemeliyiz... Sen bir şey bulabildin mi, Polya? Hiç olmazsa sen annene yardım et! Bellek... bellek diye bir şey kalmadı ki bende! Yoksa hemen hatırlardım! "Kılıcına dayanan süvari"yi[1] mi okusak acaba? Ah, Fransızca "Cinq sous"u söyleyelim! Bunu size öğretmiştim, öğretmiştim! En önemlisi de bu şarkı Fransızca olduğu için sizin soylu çocukları olduğunuzu hemen anlarlar... Çok daha dokunaklı böylesi! Hatta "Malborough s'en va–t–en guerre"i söylesek de olur... Bu, tam bir çocuk şarkısı ve bütün aristokrat evlerinde çocuklara ninni olarak söylenir.

Malborough s'en va–t–en guerre,
Ne sait quand reviendra...[2]

Şarkıyı okumaya başlamışken kesti.

— Hayır, hayır, "*Cinq sous*" daha iyi! Hadi bakalım, Kolya, eller belde, çabuk, sen de Lyonya, ters tarafa dön, biz de Poleçka'yla size eşlik edip el çırpacağız!

Cinq sous, cinq sous,
Pour monter notre menage...[3]

---

1 K.N. Batyuşkov'un *Ayrılık* adlı şiiri üstüne bestelenmiş bir romans.
2 (Aslında da Fransızca) Malbrug savaşa gider / Bilinmez ne zaman döner...
3 (Aslında da Fransızca) Beş mangır, beş mangır / Evimizi kurmak için...

Boğulurcasına öksürmeye başlayarak şarkıyı kesti.

— Entarini düzelt Poleçka, omuzların kaymış, –hem öksürüyor, hem Polya'yı uyarıyordu.– Sizin artık davranışlarınıza, üstünüze başınıza özellikle dikkat etmeniz gerek ki, soylu bir aileden olduğunuz anlaşılsın. Ben o zaman göğüs kısmını bol tutmak ve iki parçalı biçmek istemiştim; ama sen Sonya, "kısa olsun, kısa olsun" diye tutturmuştun... görüyor musun şimdi şu durumu, çocuğun üzerinde nasıl çirkin duruyor entarisi? Ah, yine mi ağlıyorsunuz siz! Ne oluyorsunuz, aptal şeyler! Evet Kolya, başla hemen, çabuk, çabuk... Ah, ne çekilmez bir çocuk bu!..

Cinq sous, cinq sous...

— Yine mi asker! Evet, ne istiyorsun ahbap?

Gerçekten de bir polis kalabalığı yararak ilerliyordu. Ama tam bu sırada, üzerinde bir kaput bulunan, resmi elbiseli, elli yaşlarında, yüksek rütbeli bir memur olduğu anlaşılan (adamın boynunda bir nişan vardı ve bu, Katerina İvanovna'nın çok hoşuna gitmiş, polisi ise etkilemişti) bir bay onlara yaklaştı ve hiçbir şey söylemeden Katerina İvanovna'ya üç rublelik bir banknot uzattı. Adamın yüzünde içten bir acıma duygusu vardı. Katerina İvanovna parayı aldı, kibar, hatta fazla törensel bir reveransla adamı selamladı ve gururlu bir tavırla:

— Çok teşekkür ederim, iyiliksever beyefendi, –dedi.– Bizi bu duruma düşüren nedenler... Poleçka, al şu parayı.. Felakete uğramış soylu bir kadına yardım etmeye hazır, yüce gönüllü, soylu insanlar hâlâ var, görüyorsunuz... Lütufkâr beyefendi, bu gördüğünüz yetimler soylu, hatta denebilir ki, aristokrat bir aileden geliyorlar... O general bozuntusuna gelince, yemek masasına kurulmuş, bıldırcın ziftleniyordu. Kendisini rahatsız ediyorum diye ter ter tepindi olduğu yerde... "Ekselansları," dedim kendisine, "çok yakından tanıdığınız rahmetli Semyon Zahariç'in yetimlerini koruyun..." "Çünkü," dedim, "tam rahmetliyi toprağa verdiğimiz gün, öz kızına alçakların alçağı bir adam hakarette bulundu..." Yine deminki asker! Ne diye sokulup duruyor yanımıza? – Memura seslendi.– Koruyun bizi ondan! Az önce Meşçanskaya'daydık, adam hakarette bulundu... Yine deminki asker! Ne alıp veremediğin var bizimle, ahmak!

— Çünkü sokaklarda yasaklanmıştır! Lütfen uygunsuzluk etmeyin!

— Uygunsuz sensin! Tut ki, laternayla dolaşıyorum, seni ilgilendirir mi bu?

— Laternayla dolaşmak için izin kâğıdı gerek, sizse bunu kendiliğinizden yapıyorsunuz, böylece de halkın toplanmasına sebep oluyorsunuz! Nerede oturuyorsunuz?

— Ne izin kâğıdı! –diye bağırdı Katerina İvanovna.– Kocamı daha bugün toprağa verdim; ne izin kâğıdı!

Yüksek rütbeli memur:

— Hanımefendi, hanımefendi, –diye söze başlayacak oldu,– sakin olun, buyurun gidelim, ben sizi götürürüm... Burada, sokak ortasında hiç yakışık almıyor... Siz rahatsızsınız...

Katerina İvanovna:

— İyiliksever beyefendi, iyiliksever beyefendi siz hiçbir şey bilmiyorsunuz! –diye bağırdı.– Nevski Bulvarı'na gideceğiz biz... Sonya, Sonya! Nereye kayboldu bu kız? Ah, o da ağlıyor! Ne oluyor hepinize böyle kuzum!.. –Birden korkuyla bağırdı.– Kolya, Lyonya, nereye gidiyorsunuz? Ah, aptallar! Kolya! Lyonya! Nereye gidiyor bunlar böyle!..

Sokaktaki kalabalıktan, annelerinin çılgınca davranışlarından ve son olarak da kendilerini tutup bir yerlere götürmek isteyen polisten müthiş korkan Kolya ile Lyonya, sanki anlaşmışlar gibi el ele tutuşup kaçmaya başlamışlardı. Zavallı Katerina İvanovna da ağlaya inleye onların ardından koşmaya başladı. Soluğu tıkanarak ve gözyaşları içinde koşuyordu: Çok acıklı bir görünüştü bu. Sonya ile Poleçka da onun ardından koşmaya başlamışlardı.

— Yakala, getir onları, Sonya!.. Ah, aptal, değerbilmez çocuklar!.. Polya! Tut onları!.. Ben sizin için bu kadar...

Sözünü tamamlayamadı, koşarken ayağı takıldı ve düştü.

— Aman Tanrım! Yaralandı, kan içinde kaldı, –diye bağırdı Sonya ve onun üzerine eğildi.

Herkes koşuştu. Raskolnikov'la Lebezyatnikov ilk koşup gelenler arasındaydı; yüksek rütbeli memur da gelmişti, onun ardından da polis geliyordu. İşin kendisini epey yoracak bir hal almaya başladığını sezerek, "Hey Tanrım!" gibilerinden elini sallıyor, bir yandan da:

— Dağılın! Dağılın bakalım! –diyerek zavallı kadının başına biriken kalabalığı dağıtmaya çalışıyordu.

Kalabalıktan birisi:

— Ölüyor! –diye bağırdı.

— Delirmiş! –dedi bir başkası.

Kadının biri haç çıkardı:

— Tanrım, sen bizi koru! Kaçan küçükleri yakaladılar mı bari? Hah işte, ablaları tutmuş, getiriyor... Ah sizi küçük şeytanlar!..

Ama Katerina İvanovna'ya dikkatle bakınca, bütün kaldırımı kaplayan kanın, Sonya'nın sandığı gibi düşüp de yaralanmasından değil, ağzından boşaldığını anladılar.

Raskolnikov'la Lebezyatnikov'a dönen memur:

— Ben bunu bilirim, gördüm, –diye mırıldandı.– Verem bu. Kan işte böyle birdenbire boşalır ve boğar. Geçenlerde bir yakınımın başına geldi, gözlerimle gördüm, neredeyse bir buçuk bardak kan boşaldı ağzından... Ne yapsak acaba, şimdi ölecek?..

— Şuraya, şuraya benim evime götürelim! –diye yalvardı Sonya.– Hemen şuracıkta oturuyorum ben! Şurada, hemen iki ev ötede... –Kalabalık içinde bir ona bir buna doğru koşuyor, yalvarıyordu.– N'olur çabuk! Çabuk! Bir doktor çağırın... Ah Tanrım!..

Memurun çabasıyla işler yoluna kondu; hatta polis bile yardım etti hastanın taşınmasına. Zavallı kadını yarı ölü durumda götürüp Sonya'nın yatağına yatırdılar. Ağzından hâlâ kan geliyordu. Odaya Sonya'dan başka, Raskolnikov, Lebezyatnikov, memur ve polis de gelmişti. Polis ilk iş olarak, artları sıra ta buraya kadar gelen kalabalığı dağıtmaya koyulmuştu. Tir tir titreşen, ağlaşan çocukları Poleçka ellerinden tutup içeri sokmuştu. Kapernaumovlar da gelmişlerdi. Topal ve tek gözü kör bir adam olan Kapernaumov'a fırça gibi dimdik saçlarıyla favorileri iyice tuhaf bir görünüş veriyordu; karısının sürekli korkan bir hali vardı; ağızları yarı açık, yüzlerinde hep bir şaşkınlık anlatımı bulunan çocuklar tahtadan yontulmuş gibiydi. Bütün bu kalabalık içinde birden Svidrigaylov da göründü. Kalabalık içinde onun da bulunduğunu hatırlayamayan Raskolnikov, şimdi nereden çıkıp geldiğine bir türlü akıl erdiremeyerek şaşkınlıkla baktı ona.

Birileri doktordan ve papazdan söz etti. Memur, Raskolnikov'a doktor çağırmanın gereksiz olduğunu fısıldamakla birlikte, yine de gidip bir doktor getirmelerini emretti, Kapernaumov'un kendisi koştu bu iş için.

Bu arada ağzından gelen kan bir süre için duran Katerina İvanovna biraz kendine gelir gibi olmuştu. Titreyen ellerle alnındaki ter damlacıklarını silen Sonya'nın rengi uçmuş yüzüne hastalıklı, ama dimdik, delip geçen bakışlarla bakıyordu; sonra kendisini kaldırmalarını rica etti, iki yanından tutup kendisini yatağında oturttular.

Güçlükle konuşarak:

— Çocuklar nerede? -diye sordu.- Sen mi getirdin onları, Polya? Ah, aptallar!.. Ne diye kaçtınız sanki... Ah!

Kurumuş dudaklarına, hâlâ kan geliyordu... Gözlerini odanın içinde gezdirerek:

— Demek burada yaşıyorsun, Sonya! -dedi.- Şimdiye kadar hiç gelmemiştim sana... Bugüne kısmetmiş...

Acıyla bakıyordu Sonya'ya:

— İliğini, kanını emdik senin, Sonya... Polya... Lyonya... Kolya... buraya gelin... İşte... Sonya... hepsi sana emanet!.. Bana gelince... tamam artık, balo bitti!.. Bırakın beni, hiç değilse rahatça ölebileyim!

Başını yastığa koyarak kendisini yeniden yatağına uzattılar.

— Ne? Papaz mı? Hayır, gerekmez... Boşuna para harcamayın... Benim hiçbir günahım yok!.. Olsa da Tanrı bağışlar... Kendisi de biliyor nasıl acı çektiğimi!.. Bağışlamazsa, eh, onu da kendi bilir!..

İyiden iyiye sayıklamaya başlamıştı. Arada bir irkilerek çevresini süzüyor, bir an herkesi tanıyacak gibi oluyor, ama hemen sonra bilinç yerini sayıklamaya bırakıyordu. Hırıltıyla ve güçlükle soluk alıyor, boğazında bir şey fıkırdıyor gibiydi.

Her sözcüğün sonunda durup soluklanarak:

— "Ekselansları!" dedim ona, –diye bağırdı.– "Bu Amalya Lyudvigovna..." Ah, Lyonya, Kolya! Eller kalçaya! Çabuk, daha çabuk *Glissez–glissez! Pas–de basque!*[1] Ayaklarını yere vur!.. Zarif, sevimli bir çocuk olmalısın!

Du hast Diamanten und Perlen...

Devamı nasıldı? Ah, bir söyleyebilsem...

Du hast die schönsten Augen,
Mädchen, was willst du mehr.[2]

Hayır, böyle değildi! Was willst du mehr, nasıl uyduruyor, aptal... Ah, evet, işte bir tane daha:

Öğle sıcağında, bir vadisinde Dağıstan'ın...[3]

---

1 Bale adımları.

2 (Aslında da Almanca) Heine'nin dizeleri: Senin elmasların var, incilerin var / Senin çok güzel gözlerin var / Genç kız daha ne istiyorsun.

3 Lermontov'un *Düş* şiiri üstüne bestelenmiş bir romans.

Ah, ne çok severdim bu romansı, ne çok, Poleçka! Biliyor musun, babanla nişanlıyken... hep bunu söylerdi rahmetli... Hey gidi günler!.. Ah bir söyleyebilsek bunu! Dur bakayım, nasıldı... Görüyor musun, unutmuşum... Hatırlatsanıza bir, nasıldı?

Müthiş bir heyecan içindeydi ve kalkmak için büyük çaba harcıyordu. Sonunda hırıltılı, yırtılırcasına bir sesle okumaya başladı; korkunç bir sesti bu, her sözcükte duraksıyor, söyledikçe yüzündeki korku anlatımı artıyordu:

Öğle sıcağında... Bir vadisinde Dağıstan'ın...
Göğsünde bir kurşunla!..

Birden gözyaşlarına boğularak ve insanın içini paralayan hıçkırıklarla sarsılarak:

— Ekselans! –diye haykırdı.– Koruyun şu yetimleri! Rahmetli Semyon Zahariç'le paylaştığınız tuz–ekmek hatırına koruyun! Aristokratlık adına da diyebiliriz buna...

Birden kendine gelerek irkildi, herkesin yüzüne tek tek ve korkuyla baktı, birden Sonya'yı tanıdı, onu burada, karşısında görmekten şaşırmış gibi yumuşak, sevecen bir sesle,

— Sonya, Sonya, Sonya!.. Sonya, canım, sen de burada mısın? –dedi.

Kendisini tekrar kaldırdılar. Umutsuzluk ve öfke dolu bir sesle:

— Yeter artık! Tamam! Elveda, talihsiz kız!.. Lağar beygiri çok yordular!.. Çatladı artık! –diye bağırdı ve başı yastığa düştü.

Yeniden kendini kaybetmişti, ama bu son kez kendinden geçişi oldu ve uzun sürmedi; beyaz denebilecek sarı, zayıf yüzü geriye doğru sarktı, ağzı açıldı, bacakları kasılarak uzadı, derin bir soluk aldı ve öldü.

Sonya fırlayıp yatağa atıldı, sımsıkı sarıldı ölüye, başını kurumuş göğsüne dayadı ve öylece kaldı. Polya'cık da annesinin ayaklarına kapanmış, hıçkıra hıçkıra öpüyordu. Ne olup bittiğini henüz kavrayamayan, ama korkunç bir şeylerin geçmekte olduğunu anlayan Kolya ile Lyonya, karşılıklı olarak elleriyle birbirlerinin omuzlarından tutmuşlardı, derken gözlerini birbirlerinin gözüne dikip ağızlarını açarak aynı anda bağırmaya başladılar. İkisi de hâlâ gösteri kılığındaydılar: Birinin başında sarık, ötekinin başındaysa, ucunda tavus tüyü takılı külah vardı.

Bu arada şu ünlü "diploma" yine nasıl ortaya çıkmıştı? Yatağın üzerinde, Katerina İvanovna'nın hemen yanı başında duruyordu. Raskolnikov diplomaya bir göz attı, sonra pencereye doğru çekildi. Lebezyatnikov yanına gelerek:

— Öldü! –dedi.

Svidrigaylov geldi yanlarına:

— Rodion Romanoviç, –dedi,– size bir iki şey söylemek istiyorum...

Lebezyatnikov hemen yerini ona bıraktı ve kibarca yanlarından uzaklaştı. Svidrigaylov şaşıran Raskolnikov'u daha uzakça bir köşeye çekerek:

— Bütün bu telaşı, yani cenaze vesaire işlerini ben üzerime alıyorum, –dedi.– Paraya bakan işler bunlar, bilirsiniz. Öte yandan size, elimde bana gerekli olmayan bir para bulunduğundan söz etmiştim. Şu iki yavruyla Poleçka'yı bir öksüzler yurduna yerleştirip, her biri için de ergin yaşa geldiklerinde almaları koşuluyla bin beş yüz ruble yatıracağım. Sonya Semyonovna'nın içi rahat etsin!.. Ona, Semyonovna'ya gelince; içinde bulunduğu girdaptan çekip çıkaracağım onu da. İyi bir kıza benziyor kendisi, öyle değil mi? Siz de Avdotya Romanovna'ya lütfen on bin rublesini bu yolda harcadığımı iletin...

Raskolnikov:

— Hangi amaçlarla yapıyorsunuz bu iyiliği? –diye sordu.

Svidrigaylov gülümsedi:

— Amma kuşkulu adamsınız! Bu paralara gereksinim duymadığımı söylemiştim size. Sonra, yalnızca insanca bir duyguyla yapıyor olamaz mıyım yani böyle bir şeyi? Parmağıyla Katerina İvanovna'nın yattığı köşeyi gösterdi. Herhangi bir tefeci kocakarı gibi bir "bit" değildi o... "Lujin'in yaşayıp alçaklıklarına devam etmesi mi, yoksa onun ölmesi mi daha iyi?" Eğer ben böyle bir yardımda bulunmazsam, "Poleçka da o yolun yolcusu değil mi?.."

Svidrigaylov bunları, bakışlarını Raskolnikov'dan ayırmadan, neşeli bir kurnazlıkla ve göz kırparak ona bir şeyler sezdirmek ister gibi söylemişti. Sonya'ya söylediği sözleri, hem de tam kendi deyimleriyle onun ağzından duyan Raskolnikov buz gibi oldu, sarardı.

Hızla geri çekilip yabanıl ışıklarla parlayan gözlerini Svidrigaylov'un üzerine dikti; soluğunu tutarak:

— Ne–ne–nereden... biliyorsunuz siz bunları? –diye keledi.

— Ben hemen şuracıkta, şu duvarın ötesinde, Madam Resslich'in dairesinde oturuyorum. Burada Kapernaumovlar, şurada da benim eski ve sadık dostum Madam Resslich oturur. Anlayacağınız, komşuyuz.

— Siz ha?

— Evet ben, –katıla katıla gülmeye başladı Svidrigaylov.– İnanın bana Rodion Romanoviç, siz benim çok, ama çok ilgimi çekiyorsunuz. Hem ben size anlaşacağımızı söylememiş miydim? İşte bakın, anlaştık. Benim, kendisiyle uyum sağlanabilir, geçinilebilir bir adam olduğumu da göreceksiniz. Göreceksiniz ki, benimle yaşanılabilirmiş de...

Altıncı Bölüm

I

Raskolnikov için tuhaf bir dönem başlamıştı: Sanki yanını yöresini bir sis sarmış ve onu kurtuluşu olmayan, ağır bir yalnızlığa gömmüştü. Çok sonraları, hayatının bu dönemini hatırladığında çıkardığı sonuç, bilincinin bulanıklaşır gibi olduğu ve bu durumun aralıklarla son felaket anına kadar böylece sürüp gittiğiydi. O sıralar pek çok şeyde, örneğin bazı olayların tarihlerinde ve ne kadar sürdüklerinde yanıldığından kesinlikle emindi. En azından, bazı olayları hatırladıkça ve hatırladıklarını anlamaya, açıklamaya çalıştıkça, kendisiyle ilgili çoğu şeyi bile, ancak başkalarının bilgisine başvurarak öğrenebilmişti. Örneğin, bir olayı bir başka olayla karıştırıyor, o bir başka olayı ise yalnızca hayalinde var olan bambaşka bir olayın sonucu sayıyordu. Kimileyin kendini müthiş acı veren, hastalıklı bir üzüntünün içinde buluyor, bu üzüntü zaman zaman paniğe varan dayanılmaz bir korkuya dönüşebiliyordu. Bununla birlikte, kendini bu korkunun tam tersi bir duyumsamazlık içinde hissettiği dakikaları, saatleri hatta belki de günleri olduğunu da hatırlıyordu: Ölmekte olan kimi insanlarda görülen hastalıklı umursamazlığa, kayıtsızlığa benzer bir duyumsamazlıktı bu. Aslında son günlerde o kendi durumunu açıkça görmekten kaçınıyordu; hemen açıklanması gereken çok önemli bazı olaylar onu özellikle üzüyordu; oysa içinde bulunduğu birtakım kaygılardan kaçıp kurtulabilse, öyle sevinecekti ki...

Özellikle de Svidrigaylov kaygılandırıyordu onu: Hatta yalnızca onun üzerinde durduğu bile söylenebilirdi. Svidrigaylov'un Katerina İvanovna'nın öldüğü gün Sonya'nın evinde söylediği, anlamı kendisi için son derece açık ve bir o kadar da tehlikeli sözlerinden sonra, düşüncelerinin olağan akışı altüst olmuş gibiydi. Ancak bu yeni gerçek kendisini bunca kaygılandırmasına rağmen, o nedense bu işin içyüzünü öğrenmekte hiç acele etmiyordu. Bazen kendini kentin ıssız bir semtinde, acınası bir meyhanede düşüncelere gömülmüş olarak tek başına bir masada oturur buluyor, buraya nasıl geldiğini bir türlü çıkaramıyor, derken aklına birden Svidrigaylov geliyordu. Böyle anlarda, hemen bu adamla oturup konuşması ve onunla ilgili sorunu kökünden halletmesi gerektiğini acı duyarak, ama apaçık bir biçimde anlıyordu. Hatta yine böyle kendini kentin dışında bulduğu bir gün, Svidrigaylov'u beklediğini, onunla burada buluşmak için sözleştiğini sanmıştı. Bir başka gün de sabaha karşı, yerde, çalıların altında uyanmış; buraya nasıl geldiğini, nasıl yatıp uyuduğunu çıkaramamıştı. Aslında, Katerina İvanovna'nın ölümünün üzerinden geçen şu iki üç gün içinde Svidrigaylov'la iki kez karşılaşmıştı: Amaçsızca ve bir iki dakikalığına uğradığı Sonya'nın evinde olmuştu bu karşılaşmalar. Ancak, zamanı gelinceye değin açmamak üzere aralarında anlaşmışlarcasına bu kısa karşılaşmalarda asıl konuya hiç değinmemişler, yalnızca hal hatır sormakla yetinmişlerdi.

Raskolnikov'un son gidişinde, cenaze bir tabutun içinde, hâlâ odada duruyordu. Svidrigaylov dinsel tören ve gömülmeyle ilgili emirler veriyor, telaşla koşturup duruyordu. Sonya da çok meşguldü: Svidrigaylov, Raskolnikov'a Katerina İvanovna'nın çocuklarının sorununu çözümlediğini, buradaki kimi tanıdıkları aracılığıyla gerekli adamları bularak, çocukları üstelik de çok iyi bir yurda yerleştirdiğini, kendileri için ayırdığı paranın bu işte çok yardımı olduğunu, çünkü parası olan çocukları bir yurda yerleştirmenin, yoksul çocukları yerleştirmekten çok kolay olduğunu anlattı. Sonya hakkında da bir şeyler söyledi; "bir konuda görüşmek ve kendisine danışmak için" bugünlerde ona uğrayacağına söz verdi. Merdivenlerin başında, sahanlıkta konuşuyorlardı, Svidrigaylov, Raskolnikov'un gözlerinin ta içine bakarak bir süre sustuktan sonra, birden sesini alçalttı:

— Neyiniz var, Rodion Romanoviç? –dedi.– Kendinizde değil gibisiniz? Evet; bakıyor, dinliyorsunuz, ama hiçbir şey anladığınız yok! Cesaretinizi toplayın! Oturup bir konuşsak sizinle... Ama o kadar da çok işim var ki... Hem kendi işlerim, hem başkalarının işleri...

Bir an durdu, sonra:

— Ah, Rodion Romanoviç! –dedi.– Herkesin her şeyden önce havaya gereksinimi var azizim! Havaya, havaya, havaya!..

Svidrigaylov birden, merdivenlerden çıkmakta olan papazla zangoca yol vermek için kenara çekildi. İki din adamı onun emriyle, rahmetliye dua etmek için her gün iki kez, düzenli olarak geliyordu. Papazla zangoç geçtikten sonra, Svidrigaylov da merdivenlerden inerek yoluna devam etti. Raskolnikov bir süre durup düşündükten sonra, papazla zangocun ardı sıra Sonya'nın odasına girdi.

Tam kapıda durdu. Duaya başlanmıştı. Sakin, sessiz, hüzünlü bir havayla dua ediliyordu. Ölüm bilinci, ölümün varlığı duygusu, Raskolnikov için ta çocukluğundan beri ağır, içinde mistik korku uyandıran bir duyguydu. Hem ne zamandır herhangi bir ayinde bulunmamıştı. Üstelik burada başka bir şeyler vardı, korkunç, tedirgin edici bir şeyler... Çocuklara baktı: Hepsi tabutun önünde diz çökmüştü, Poleçka ağlıyordu. Onların arkasında Sonya vardı. Sessizce, ürkercesine ağlayarak dua ediyordu. "Şu birkaç gündür ne yüzüme baktı, ne de bana bir şey söyledi" diye düşündü Raskolnikov. Güneş odayı iyice aydınlatıyordu, buhurdan da kıvrıla kıvrıla bir duman yükseliyor, papaz "ruhu şad olsun" diye dua ediyordu. Raskolnikov duanın sonuna kadar bekledi. Papaz içeridekileri kutsayıp veda ederken, bir yandan da tuhaf bakışlarla çevresini süzüyor gibiydi. Duadan sonra Raskolnikov Sonya'ya yaklaştı. Sonya hemen onun iki elini birden tutup, başını omzuna yasladı. Bu dostça yakınlık Raskolnikov'u müthiş şaşırttı, hatta tuhaf buldu Sonya'nın bu davranışını. Bu nasıl işti böyle: Sonya'da kendisine karşı en ufak bir nefret, tiksinti yoktu, elleri bile titremiyordu. Bir insanın kendini küçük görmekte ulaşabileceği en son noktaydı bu artık. En azından Raskolnikov bunu böyle almıştı. Sonya hiçbir şey söylemedi, Raskolnikov onun ellerini sıkıp, çıktı. Dayanılmaz bir ağırlık duyuyordu içinde. Eğer şu anda, ömrü boyunca da olsa yapayalnız kalabileceği bir yerlere gidebilmesi mümkün olsaydı, kendini mutlu sayacaktı. Ama bir sorun vardı bu noktada: Şu son sıralar hemen hep yalnız olmasına rağmen, kendini bir türlü yalnız hissedememişti. Kent dışına, kent dışındaki anayola kadar çıktığı olmuş, hatta bir seferinde ta koruluğa kadar gitmişti, ama gittiği yerler ıssızlaştıkça, o da birinin rahatsız edici varlığını daha yakından, daha güçlü hissediyordu; bu duygu onu korkutmamakla birlikte, canını sıkıyor, bunun üzerine hemen kente dönüp kalabalığa karışıyor, bir meyhaneye ya da birahaneye gidiyor, Tolkuçiy, Sennaya gibi kalabalık yerlerde dolaşıyordu. Buralarda kendini daha rahat, hatta daha yalnız hissediyordu. Bir gün, akşama doğru uğradığı bir meyhanede şarkı söylüyorlardı: Tam bir saat orada kalıp şarkı dinlemiş ve daha sonra hatırladığına göre de bundan çok hoşlanmıştı. Ama sonunda yine aynı tedirginliği duymuştu; bir tür vicdan azabıydı sanki bu. "Oturmuş şarkı dinliyorum... Bu mu benim yapmam gereken şey!" diye düşünmüştü. Bununla birlikte, kendisini rahatsız eden tek şeyin bu olmadığını; hemen çözümlenmesi gereken, anlamanın da, sözcüklerle anlatmanın da olanaksız olduğu asıl bir başka sorunu bulunduğunu fark ediyordu. Her şey birbiri üzerine yumaklanmış gibiydi. "Hayır, savaşmak daha iyi!" diye düşündü. "Porfiri'yle ya da Svidrigaylov'la dişe diş bir mücadeleye girişmek... Hemen birilerine meydan okumak... birilerinin saldırısına hedef olmak... Evet! Evet!" Meyhaneden kaçar gibi fırlayıp çıktı. Birden Dunya'yla annesini hatırladı ve nedense içinde paniğe varan bir korku duydu. O gece sabaha karşı Krestovski Adası'nda, çalıların arasında humma nöbetleri içinde tir tir titreyerek uyandı. Hemen evine gitti. Ancak sabaha doğru ulaşabilmişti eve. Birkaç saat uyuyunca nöbeti geçti; ama uyanması epey geç oldu, öğleden sonra saat ikiydi uyandığında.

Katerina İvanovna'nın cenaze töreninin bugün yapılacağını hatırladı ve törende bulunmadığına sevindi. Nastasya kendisine yemek getirdi, hiç doymayacakmış gibi bir iştahla yiyip içti. Dinlenmiş, sakinleşmişti; şu son üç gündür hiç bu kadar sakin hissetmemişti kendini. Hatta, şu paniğe varan korkularına bile, bir an şaşmaktan kendini alamadı.

Kapı açıldı, Razumihin girdi içeri:

— A–a! Yemek yiyor, demek ki hasta değil! –dedi ve bir iskemle çekip, Raskolnikov'un karşısına oturdu.

Heyecanlıydı ve heyecanını gizlemeye çalışmıyordu. Gözle görülür bir üzüntüyle, ama hiç acele etmeden ve sesini yükseltmeden konuşuyordu. Gelişinin özel, hem de çok özel bir amacı var gibiydi. Kararlı bir sesle:

— Dinle, –diye başladı.– Hepinizi şeytanlar alsın! Çünkü hiçbir şey anlamamış olduğumu apaçık görüyorum artık. Sakın seni sorguya çekmeye geldiğimi sanma. Umurumda değil! Hiç mi hiç istemiyorum böyle bir şeyi! Şu anda sen kendin bütün gizlerini açmaya bile kalksan, belki dinlemem ve "bana ne" der, giderim. Buraya bir şeyi kesin olarak öğrenmek için geldim: Senin bir deli olduğun doğru mu, değil mi? Çünkü, senin bir deli ya da buna çok yakın durumda bir şey olduğunu düşünenler var, birileri böyle düşünüyor işte! İtiraf ederim ki; birincisi, senin hiçbir şeyle açıklanamaz, aptalca, iğrenç davranışlarına bakarak, ikincisi de geçenlerde annenle kız kardeşine yaptıklarını düşünerek, bu düşünceye ben de katılmak eğilimindeydim. Çünkü, bir deli değilse, ancak bir aptal, canavar yapabilir senin annenle kız kardeşine yaptıklarını; dolayısıyla da sen bir delisin...

— Ne zaman gördün onları?

— Az önce. Ya sen ne zamandır görmedin? Nerelerde sürtüp duruyorsun, söyler misin! Tam üç kez uğradım buraya... Üçünde de yoktun. Annen dünden beri ağır hasta. İlle sana gelmek için tutturdu, Avdotya Romanovna kendisine engel olmak istedi, ama söz dinlemiyor ki... "Eğer hastaysa, eğer aklını falan kaçırıyorsa, annesinden başka kim yardım edebilir ona?" diyor, başka bir şey demiyor. Kendisini yalnız bırakmayacağımıza göre, hep birlikte geldik buraya: Ta şu kapıya kadar kendisini yatıştırmaya çalıştık. İçeri girdik ki, sen yoksun. Annen işte şuraya oturdu, on dakika kadar öylece durdu, biz de başında, hiçbir şey söylemeden dikildik. Sonunda kalktı, "Dışarı çıkabildiğine göre, demek ki sağlığı yerinde. Demek ki, annesini unutmuş oğlunun kapısına gidip ondan sevgi dilenmek bir anne için utanç verici bir davranıştır." dedi. Eve döner dönmez de kendini yatağa attı. Şu anda ateşi epey yüksek. "Bakıyorum o kız için zaman buluyor." diyor. O kız dediği Sonya Semyonovna... Onu senin nişanlın ya da sevgilin falan sanıyor herhalde, bilmiyorum artık... Bunun üzerine doğruca Sonya Semyonovna'ya gittim. Neden dersen kardeş, durumu öğrenmek istiyordum... Gittim ki, ortada bir cenaze, çocuklar ağlaşıyor, Sonya Semyonovna da onlara yas giysileri hazırlıyor. Sana gelince, yoksun... Sonya Semyonovna'dan özür dileyip çıktım ve doğruca Avdotya Romanovna'ya gidip durumu bildirdim. Demek oluyor ki, o kız hikâyesi falan saçmaymış ve yine demek oluyor ki, sen bir deliymişsin, yani geriye kala kala bir bu kalıyor. Baksana, karşımda oturmuş, günlerdir bir şey yememiş gibi dana söğüş tıkınıp duruyorsun!.. Evet, gerçi deliler de yemek yer, ama ağzını açıp da bana tek kelime söylemiyorsun ki, birader... ama sen... deli değilsin! Şerefsizim ki, değilsin! Hayır, deli olamazsın! Eh, hepinizi şeytan alsın! Çünkü bu işte bir giz var ve ben sizin gizinizin ne olduğunu anlamak için kafa patlatmak niyetinde değilim! –Ayağa kalktı.– Buraya yalnızca sövüp rahatlamak için uğramıştım, şimdiyse ne yapacağımı çok iyi biliyorum!

— Ne yapacakmışsın şimdi?

— Sana ne bundan?

— Bak, sana söyleyeyim: Kafayı çekeceksin!

— Sen... sen bunu nereden biliyorsun?

— Gördün mü!

Razumihin bir an sustu, sonra heyecanla;

— Sen her zaman aklı başında bir adamdın, azizim, –dedi,– hiçbir zaman da deli olmadın! Evet, doğru: Kafayı çekeceğim! Hadi bana eyvallah!

— Dün değil önceki gündü sanırım, Dunya'ya senden söz ettim, Razumihin!

Razumihin birden durdu:

— Benden mi? Nerede gördün peki onu? –diye sordu, yüzü sararır gibi olmuştu. Yüreğinin hızla çarpmaya başladığını anlamak hiç zor değildi.

— Buraya geldi, tek başına, işte şuraya oturdu ve benimle konuştu.

— O, öyle mi!

— Evet, o!

— Ne dedin peki ona... yani, benim hakkımda?

— Senin çok iyi, dürüst ve çalışkan bir adam olduğunu söyledim. Onu sevdiğini söylemedim, çünkü bunu kendisi de biliyor.

— Kendisi de mi biliyor?

— Ne sandındı ya! Bak, ben nereye gidersem gideyim, başıma ne gelirse gelsin, onlardan ayrılmamalı, onlara göz kulak olmalısın, tamam mı? Kısacası, onları sana emanet ediyorum Razumihin. Bunları söylüyorum, çünkü onu sevdiğini ve temiz yürekli bir insan olduğunu çok iyi biliyorum. Yine, onun da seni sevebileceğini, hatta belki şimdi bile sevdiğini biliyorum. Şimdi artık içer misin, içmez misin, bu senin bileceğin iş.

— Rodya, canım kardeşim... Tüh, kör şeytan! Şu işe bak yahu!.. Peki sen nereye gidiyorsun? Bak, eğer bu bir gizse, bırak söyleme! Ama... ama ben bu gizi öğrenirim... Bunun saçma sapan bir şey olduğuna ve senin kuruntundan başka bir şey olmadığına yüzde yüz eminim... Her neyse... Sen harika bir insansın, kardeşim! Harika bir insan!

— Sana bir şey daha söyleyecektim, ama sözümü kestin... Demin bu gizi öğrenmesen daha iyi olacağını söylemiştin, doğru bu! Zamanı gelinceye dek bu işin üstüne düşme ve hiç kaygılanma. Günü geldiğinde, öğrenmen gerektiğinde her şeyi öğrenirsin. Dün adamın biri, insana gerekli olan şeyin hava, hava, hava olduğunu söylemişti bana! Bununla ne demek istediğini öğrenmek için şimdi ona gitmek istiyorum.

Razumihin dalmış, ayakta duruyor ve heyecanla bir şeyler düşünüyordu: "Kesinlikle siyasi bir suikastçı bu! Hem de bugünlerde çok önemli bir adım atmaya hazırlanan bir suikastçı! Başka türlü olamaz... ve... Dunya da biliyor bu durumu..." Sonra her sözcüğü özel bir vurguyla söyleyerek:

— Demek Avdotya Romanovna sana geliyor, sen de insana her şeyden çok hava gerektiğini söyleyen bir adamla görüşmeye gitmek istiyorsun, öyle mi? Demek ki, o mektup da... –Kendi kendine mırıldanır gibiydi.– Demek o mektup da bu işle ilgili...

— Hangi mektup?

— Bir mektup aldı bugün Avdotya Romanovna, hem de kendisini çok, ama çok telaşlandıracak bir mektup... Senden söz edince de susmamı, hiçbir şey söylemememi rica etti. Sonra... sonra yakında belki de birbirimizden ayrılacağımızı söyleyip, bir şeyler için bana uzun uzun teşekkür etti ve odasına kapandı.

Raskolnikov dalgın dalgın:

— Demek bir mektup aldı, ha? –diye mırıldandı.

— Evet... mektup... Peki sen bunu bilmiyor muydun?

İkisi de sustular.

— Hoşça kal, Rodya. Ben, kardeş... bir ara... neyse, hoşça kal, biliyor musun, bir ara... Boş ver, hoşça kal!... Benim de gitmem gerek. Kafayı da çekmeyeceğim. Artık gereği kalmadı... Sen... yalan söylüyorsun!

Gitmekte acele eder gibiydi. Ama tam koridora çıkıp da kapıyı ardından kapamak üzereyken birden durdu, geri döndü, Raskolnikov'a değil, odanın içinde bir yerlere bakarak:

— Aklıma gelmişken! –dedi.– Şu cinayet işini hatırlıyorsun, değil mi? Hani canım, şu Porfiri... kocakarı, filan. Haberin olsun, katil bulundu, kendiliğinden itiraf etmiş her şeyi, bütün kanıtları sayıp dökmüş... Şu aşağı katta çalışan işçilerden... boyacılardan biri... o sıralar onları nasıl savunduğumu hatırlıyor musun? Kapıcı ve iki tanık yukarı çıkarken; arkadaşıyla merdivenlerdeki o boğuşmalar, o gülüşmeler, düşünebiliyor musun, hep sahteymiş, kendisinden kuşkulanılmaması için mahsus yapmış... Şu köpoğlu köpekteki kurnazlığı, soğukkanlılığı görüyor musun! İnanılır şey değil! Ama her şeyi açıklamış, kendiliğinden itiraf etmiş! Ben de amma yanılmışım, ha!.. Bu adam ikiyüzlülüğün, kurnazlığın, adaleti yanlış yola saptırmanın dâhiyane bir örneği!.. Ama şaşacak ne var bunda!.. Böyleleri sanki çıkmıyor mu?.. Dayanamayıp itiraf etmesi ise, her şeyden daha inandırıcı ve gerçeğe uygun! Ben bu yüzden ona daha da çok inanıyorum!.. Oysa o sıra onları nasıl da savunmuştum, suçsuzluklarını göstermek için bir düz duvara tırmanmadığım kalmıştı!

Raskolnikov heyecanla:

— Söylesene, –dedi,– bütün bunları nereden öğrendin ve yine bütün bunlar seni niçin bu kadar ilgilendiriyor?

— Daha neler! Beni niçin ilgilendiriyormuş! Soruya bak! Daha pek çok şeyin yanı sıra, Porfiri'den öğrendim bunları. Aslında hemen her şeyi öğrendim Porfiri'den.

— Porfiri'den mi?

— Evet, Porfiri'den.

Raskolnikov korku içindeydi.

— Peki, ne dedi sana Porfiri?

— Her şeyi çok güzel açıkladı; kendi yöntemince, psikolojik olarak...

— O, kendisi yaptı sana bu açıklamayı, ha?

— Evet, kendisi, kendisi... Haydi hoşça kal! Sana sonra bir şeyler daha anlatacağım, ama şu anda işim var. Bir ara ben de sanmıştım ki... Her neyse, sonra!.. Ne diye gidip kafa çekeceğim ki şimdi! İçkisiz de sarhoş ettin sen beni. Sarhoş oldum, Rodya'cığım! İçmeden sarhoş oldum! Haydi hoşça kal, yakında yine uğrarım...

Odadan çıktı.

— Evet, evet, siyasi bir suikastçı bu... –diye mırıldandı merdivenlerden inerken; buna kesinlikle karar vermiş gibiydi.– Bu böyle, bu herhalde böyle... Kız kardeşini de sokmuş işin içine... Avdotya Romanovna'nın karakterini göz önüne alacak olursak, bu hiç de olmayacak bir şey değil... Buraya gelmiş, görüşmüşler... Bana da dolaylı olarak sezdirmişti zaten bunu... Söylediği sözlerden, konuşma biçiminden, özellikle seçtiği bazı sözcüklerden açıkça anlaşılıyordu bu... Hem başka türlü nasıl açıklanabilir ki bu bilmece! Hımm! Oysa ben düşünmüştüm ki... Aman Tanrım! Evet, neler düşünmüştüm ben! Nasıl da aklım karışmıştı; ona karşı suçluyum! O gün koridorda, lambanın altında kafam allak bullak olmuştu! Tüh! Ne alçakça, ne iğrenç şeyler düşünmüştüm! Aferin Mikolka, ne iyi ettin de her şeyi açıkladın! Şimdi artık önceki olaylar da açıklığa kavuşuyor... O zamanlardaki hastalığı... Tuhaf davranışları... Hatta daha önceleri, ta üniversitedeki halleri, tasayla somurtup durmaları... İyi ama şu mektup ne olacak? Nedir bu mektubun anlamı? Bak işte bunda bir iş var... Kimden geliyor bu mektup? Yoksa?.. Hımm... Hayır, ben bu işin içyüzünü öğreneceğim.

Dunya'yla ilgili her şeyi bir kez daha hatırladı, düşündü. Yüreği buz gibi oldu birden. Koşmaya başladı.

Razumihin çıkar çıkmaz Raskolnikov masadan kalktı, pencereye doğru gitti, bir an hücresinin ne kadar dar olduğunu unutup volta atmaya kalktı, sonra dönüp yine divana oturdu. Baştan aşağı değişmiş, yenilenmişti sanki; savaş yeniden bulunmuştu: İşte çıkış yolu...

Evet, demek ki bir çıkış yolu bulunmuştu! Gerçekten de ne zamandır iyice bunalmış, tıkanacak gibi olmuştu; boğulurcasına acı duymaya başlamıştı her şeyden! Bir uyuşturucunun etkisi altındaydı sanki. Porfiri'nin odasında Mikolka'yla geçen şu sahneden beri, bir çıkış yolu bulamamaktan, sıkışıp kalmaktan boğulur gibi olmuştu. Mikolka olayından sonra, aynı gün Sonya'nın evinde de bir sahne geçmişti; bu sahne onun daha önce tasarladığı gibi olmamış, çok daha başka biçimde gelişmiş ve öylece sona ermişti. Nasıl da zayıftı Sonya'yla konuşurken! Üstelik bir anda gerçekleşmiş, tam bir düşüştü bu! Vicdanında böyle bir ağırlıkla tek başına yaşayamayacağını Sonya'ya kendisi, evet, kendisi, hem de içtenlikle itiraf etmişti. Ya, Svidrigaylov? Svidrigaylov bir bilmeceydi! Svidrigaylov kaygılandırıyordu onu, doğrusu bu, ama bir başka yönde... Svidrigaylov'la da savaşması gerekecekti belki. Svidrigaylov da başlı başına bir çıkış yoluydu belki... Ama Porfiri başkaydı...

"Demek, Porfiri'nin kendisi açıklamış Razumihin'e, kendi yöntemince, psikolojik olarak! Yine o lanet olasıca psikolojik yöntemlerini devreye soktu demek! Porfiri, ha?" Mikolka odaya girmezden önce Porfiri'yle arasında geçen ve yalnızca bir tek biçimde yorumlanabilecek olan o göz göze bakışma sahnesinden sonra, Porfiri'nin bir an için olsun Mikolka'nın suçluluğuna inanabilmesi mümkün müydü? Raskolnikov şu son sıralar, o gün Porfiri'yle aralarında geçen sahneyi birkaç kez gözünde parça parça olarak canlandırmış, sahnenin tümünü hatırlamaya dayanamamıştı. O gün birbirlerine öyle sözler etmiş, öyle tavırlar takınıp, bazı sözleri öyle jestlerle ve öyle tonlarla söylemişler, öyle anlamlı bakışlarla göz göze gelmişler ve konuşmalarında öyle bir sınıra ulaşmışlardı ki, bütün bunlardan sonra, daha ilk sözünden ve ilk davranışından içini okuduğu Mikolka'nın, Porfiri'nin temel inancını değiştirmesine, bu konuda onun içine bir kuşku salmasına olanak yoktu.

"Şu işe bak! Demek Razumihin bile kuşkulanmaya başlamış! Demek o gün koridorda, lambanın altında geçen sahne boşa gitmemiş! Anlaşılan soluğu Porfiri'de almış Razumihin... İyi ama Porfiri ona niçin gerçeği anlatmadı da aldatmaya çalıştı? Razumihin'in dikkatini Mikolka'nın üzerine çekmekten amacı ne olabilir? Muhakkak bir şey düşünüyordu bunu yaparken, ama ne? Ne gibi bir amacı olabilir? O günden beri bunca zaman geçti, hem de epey uzunca bir zaman geçti, ama Porfiri'de ne bir ses var, ne bir nefes... Bu, hiç kuşkusuz iyiye yorulabilecek bir şey değil..." Raskolnikov kasketini aldı, bir an düşündükten sonra odasından çıktı. Nicedir kendini ilk kez, hiç değilse sağduyulu hissediyordu. "Önce Svidrigaylov'la olan işimi bitirmeliyim..." diye düşündü. "Ne pahasına olursa olsun bitirmeliyim artık o işi... Hem de olabildiğince çabuk. Çünkü, sanırım o da benim kendisine gelmemi bekliyor..." Şu anda yorgun yüreğinde öyle bir nefret kabarmıştı ki, Svidrigaylov ya da Porfiri, bu ikisinden biri eline geçse öldürebilirdi. Şu anda değilse bile; ileride, en azından bunu yapabilecek bir duruma geleceğini hissediyordu. "Görürüz, görürüz!" diye mırıldandı içinden.

Tam kapıyı açıp merdiven sahanlığına çıktığı sırada, Porfiri'yle burun buruna geldi. O da ona geliyordu. Raskolnikov bir an için donakaldı; ama tuhaf şey, Porfiri'nin gelişi onu ne şaşırtmış, ne de fazlaca korkutmuştu: Yalnızca irkilmiş, ama hemen kendini toparlamıştı. "Belki de dananın kuyruğu kopuyor!... İyi ama, nasıl böyle sessizce gelebildi? Bir kedi gibi? Hiçbir şey duymadım? Yoksa içeriyi dinledi mi?"

Porfiri Petroviç gülerek:

— Galiba konuk beklemiyordunuz Rodion Romanoviç? –diye bağırdı.– Ne zamandır uğramak istiyordum... Bugün evinizin önünden geçerken, "Niçin şimdi bir beş dakikalığına uğramayayım ki," dedim. Siz de çıkıyordunuz galiba? Merak etmeyin, zamanınızı almam. Yalnız, izin verirseniz bir sigaracık içeyim?

— Buyurun oturun, Porfiri Petroviç, oturun! –Raskolnikov öyle hoşnut, öyle dostça bir anlatımla yer göstermişti ki konuğuna, kendi halini görebilse, buna kendi de şaşardı. Kafasında koşturup duran deminki düşüncelerinden en küçük bir iz bile kalmamıştı. Hani, haydutların eline düşen biri yarım saat ölüm korkuları çeker de, sonunda bıçak kesin olarak gırtlağına dayanınca bütün korkuları geçer gider ya, öyleydi işte. Kendisi de geçip Porfiri'ye gösterdiği yerin tam karşısına oturdu ve gözünü kırpmadan ona bakmaya başladı. Porfiri gözlerini süze süze sigarasını içmeye başlamıştı.

"Konuşsana be adam!" diye haykırmak ister gibiydi Raskolnikov. "Konuşsana! Ne diye susup duruyorsun, karşıma geçmiş! Konuşsana! Konuşsana!"

II

Sigarasını içen ve dinlenen Porfiri Petroviç sonunda:

— Ah şu sigara! –diye söze başladı.– Biliyorum zararlı, çok zararlı, ama bir türlü bırakamıyorum işte! Öksürüyorum, boğazım gıcıklanıyor, tıkanıyorum, ama yine de içiyorum. Biliyor musunuz, ben biraz ödleğimdir... Geçenlerde doktor "B..."ye başvurdum, hastalarını en az yarım saat muayene eden bir hekimdir bu. Beni görünce önce bir alay etti; sırtımı, göğsümü dinledi, tık tık etti, "Sizin," dedi, "tütünü bırakmanız gerek..." Akciğerlerim büyümüş... İyi ama nasıl bırakacağım? Onun yerini alabilecek bir şey yok ki! Felakete bakın ki, içki de içmiyorum, hah–hah–ha! İçki içmemek de felaketmiş, görüyorsunuz ya! Her şey görecelidir azizim Rodion Romanoviç, her şey görecelidir!

Raskolnikov tiksintiyle, "Gene eski numaralarına mı başlıyor?" diye düşündü. Son görüşmelerinde geçen sahneleri hatırladı ve birden, o zamanki duyguları büyük bir dalga halinde yüreğine saldırdı.

Porfiri Petroviç odaya bir göz atarak:

— Bilmem haberiniz var mı, –diye sürdürdü sözlerini,– önceki gün yine uğramıştım size? Buraya, bu odaya girdim. Gene bugünkü gibi evinizin önünden geçiyordum, "Haydi şuna bir ziyaretçik yapayım." diye düşündüm ve yukarı çıktım. Çıktım ki, odanızın kapısı ardına kadar açık... Biraz bekledim, bakındım, sonra hizmetçinize adımı vermeden çıkıp gittim. Kapınızı hiç kilitlemez misiniz?

Raskolnikov'un yüzü gitgide kararıyordu. Porfiri onun kafasından geçenleri tahmin ediyor gibiydi.

— Açıklama yapmaya geldim, canım kardeşim Rodion Romanoviç, açıklama yapmaya geldim! Size böyle bir açıklamada bulunmak zorundaydım, –diye sürdürdü sözlerini. Yüzünde bir gülümseme vardı; hatta avcuyla Raskolnikov'un dizine hafifçe vurdu; ama aynı anda yüzü birden ciddileşti, kaygılı bir hal aldı; hatta Raskolnikov'u şaşırtan, kedere benzer bir şeyler bile vardı yüzünde. Onu hiç böyle görmemişti Raskolnikov, böyle görebileceğini de kırk yıl düşünse bilemezdi.– Son görüşmemizde aramızda tuhaf bir sahne geçmişti Rodion Romanoviç. Aslında, ilk görüşmemizde de tuhaf şeyler olmuştu; ama o zaman... Her neyse, onlar oldu bitti! Şimdi, sorun şu: Sanırım size karşı çok suçluyum, bunu hissediyorum... O gün birbirimizden nasıl ayrıldığımızı hatırlıyor musunuz? Siz müthiş sinirlenmiştiniz, bacaklarınız titriyordu; ben de müthiş sinirlenmiştim ve benim de bacaklarım titriyordu. Ve bildiğiniz gibi, o gün aramızda pek de kibarca şeyler geçmemişti. Oysa biz, ne de olsa centilmen kişileriz. Yani ne olursa olsun, öncelikle centilmeniz; bunu hiç unutmamak gerek. Oysa o gün işi nerelere vardırmıştık... Hiç de kibarca bir davranış değildi...

Başını kaldırıp Porfiri'ye bakan Raskolnikov, "Neler söylüyor bu adam, beni ne sanıyor?" diye düşündü.

— Şimdi açık davranmakla daha doğru hareket etmiş olacağımızı düşündüm, –diye sürdürdü sözlerini Porfiri Petroviç; bakışlarıyla eski kurbanını daha çok rahatsız etmek istemiyormuş gibi, gözlerini yere indirmişti; eskiden kullandığı yöntemleri, başvurduğu kurnazlıkları küçümsüyordu sanki.– O kuşkular, o sahneler uzayıp gidemezdi öyle. O gün eğer Mikolka araya girmeseydi, iş nereye varırdı, bilemiyorum. Düşünebiliyor musunuz, şu esnaf kılıklı adam o gün benim odamda, bölmenin arkasında oturuyordu?.. Kuşkusuz, bunu şimdi biliyorsunuz, ben de sizin bildiğinizi biliyorum, çünkü onun daha sonra size uğradığını öğrendim. Ama o gün sizin düşündüğünüz birtakım şeyler olmamıştı: Yani adam gönderip kimseyi çağırmamış ve hiç kimseye birtakım konularda emirler vermemiştim. Niçin emir vermediğimi mi soruyorsunuz? Bilmem ki bunu size nasıl anlatmalı? Olup bitenler sanki beni de serseme çevirmişti! Böylece, ancak kapıcıları çağırtabilmiştim. Çıkarken herhalde görmüşsünüzdür! Kafamda, şimşek gibi bir düşünce çakmıştı çünkü; o sıralar ben kesin bir inanç duyuyordum içimde Rodion Romanoviç. Bir şeyi bir süre için elimden kaçırırsam, bir başka şeyi kuyruğundan tutar ve bu kez de bunu benimserim. Benimserim ve sonuna kadar elimden kaçırmam. Yaradılıştan çok sinirlisiniz siz Rodion Romanoviç, az çok öğrenmiş olmakla övünebileceğim karakterinizin ve yüreğinizin başka pek çok özelliklerinin yanı sıra, çok sinirli bir kişiliğiniz var. Hiç kimsenin, kalkıp da bütün gizlerini bir bir sayıp dökmeyeceğini, kuşkusuz ben de düşünebilirdim. Evet, gerçi karşınızdaki adamın sabrını iyice taşırdığınız zaman böyle şeyler olmuyor değil, ama, doğrusu pek seyrek!.. Bunu ben de düşünebilirdim. Ama benim düşündüğüm şey başkaydı: "Bir delil," diyordum ben, "küçücük, minnacık bir delil olsa!" Ama öyle bir delil ki, onu ellerimle tutabileyim: Somut bir şey olsun, psikolojik değil... "Çünkü" diyordum, "eğer bir adam suçluysa, ne olursa olsun ciddi, elle tutulur bir açık vermesi beklenebilir; hatta böylesi durumlarda hiç ummadığı sonuçlarla bile karşılaşabilir insan..." Yani, o sıralar sizin, karakterinize güveniyordum Rodion Romanoviç, her şeyden çok sizin karakterinize! O sıralar hemen bütün umudum sizdeydi.

Raskolnikov sorduğu soruyu bile doğru dürüst düşünmeden:

— İyi ama... siz şimdi niçin böyle konuşuyorsunuz? –diye mırıldandı. Sonra aklı iyice karışarak, "Bu adam neler söylüyor böyle?" diye düşündü. "Beni gerçekten de suçsuz sanıyor olabilir mi?"

— Bunları niçin söylüyorum? Çünkü size açıklama yapmaya geldim ve bunu kendim için kutsal bir görev sayıyorum. Her şeyi, bütün bu hikâyenin nasıl geliştiğini, o zamanki acı ve üzüntüleri bir bir anlatmak istiyorum. Benim yüzümden çok acı çektiniz Rodion Romanoviç! Ama ben bir canavar değilim. Bütün bu olup bitenlerin umutsuz, karamsar ama gururlu, hükmetmek isteyen ve sabırsız, evet, özellikle de sabırsız bir insana ne kadar ağır geleceğini çok iyi anlıyorum! İnançlarınıza bütünüyle katılmamakla birlikte, sizi kesinlikle son derece iyi ve yüce gönüllü bir insan olarak görüyorum. Bunu bütün açıkyürekliliğimle peşin peşin söylemeyi bir borç sayıyorum, çünkü her şeyden önce, hiç kimseyi aldatmak istemiyorum. Size karşı daha tanıdığım ilk andan beri bir muhabbet duyuyorum. Bu sözlerime belki de gülüyorsunuzdur? Haklısınız, daha ilk gördüğünüz andan beri beni sevmediğinizi biliyorum; çünkü gerçekten de sevmeniz için ortada bir neden yoktu. Ama ben, siz nasıl sayarsanız sayın, her yola başvurarak sizde bıraktığım kötü izlenimi gidermek ve benim de yüreği; vicdanı olan bir insan olduğumu göstermek istiyorum. İçtenlikle söylüyorum bunları.

Porfiri Petroviç sustu. Raskolnikov yeni bir korku dalgasının yükselişini duydu içinde. Porfiri'nin kendisini suçsuz saydığı düşüncesi, birden onu korkutmaya başlamıştı.

— Bütün bu hikâyenin nasıl başladığını anlatmak, gereksiz, hatta baş ağrıtmak türünden bir şey olacaktır sanırım, -diye sürdürdü sözlerini Porfiri Petroviç.– Hem bunu becerebileceğimi de hiç sanmam. Çünkü bu durum nasıl açıklanabilir ki? Önce birtakım söylentiler dolaşmaya başladı. Bunların ne tür söylentiler olduğunu, kimden çıktığını, ne zaman başladığını... ve işin nasıl gelip size dayandığını konuşmayı da gereksiz buluyorum. Bana gelince... tümüyle ve gerçek anlamda bir rastlantı sonucu başladı bendeki kuşkular. Bu rastlantı olabilirdi de, olmayabilirdi de... Evet, neydi bu rastlantı? Hımm, sanırım bu da üzerinde durmamız gereken bir konu değil. İşte bütün bu rastlantı ve söylentiler bende bir düşüncenin doğmasına neden oldu. Her şeyi itiraf ettiğime göre, yine itiraf ederim ki, size ilk ben saldırmıştım. Rastlantılara örnek olarak, kocakarının kendisine rehin bırakılan eşyaların üzerine koyduğu işaretleri ve buna benzer başka birtakım saçma şeyleri söyleyebilirim. Yüzlercedir bunlar. Öte yandan yine bir rastlantı sonucu olarak, karakolda geçen sahneyi bütün ayrıntılarıyla öğrendim; hem de öyle rasgele birinden değil, çok özel, çok önemli, kendisi de farkında olmadan bu sahneye tam hakkını veren birinden dinledim. Ve işte bütün bunlar gelip de birbirinin üstüne binince, sevgili Rodion Romanoviç, siz olsanız belli bir yöne yönelmez miydiniz? Evet, gerçi bir İngiliz atasözü, "Yüz tavşandan bir at oluşturulamayacağı gibi, yüz kuşkudan da hiçbir zaman bir delil oluşturulamaz." diyor, ama bu aklın, sağduyunun sesidir, siz gelin de insanın tutkularına anlatın bunu, çünkü önünde sonunda sorgu yargıcı da bir insandır. Sonra bir dergide çıkan makalenizi de hatırladım, hani beni ilk ziyaretinizde üzerinde ayrıntılarıyla konuşmuştuk... Ben o zaman sizin düşüncelerinizi daha etraflıca öğrenebilmek için yazınızdaki fikre karşı çıkmış, hatta alay etmiştim. Tekrar ediyorum, Rodion Romanoviç, siz hem çok sabırsız, hem de hastasınız. Gözü pek, kibirli, ciddi ve... duygulu, çok duygulu bir adam olduğunuzu çoktandır biliyordum. Bütün bunlar benim yakından bildiğim duygulardır, bu bakımdan yazınızı bildik birinin yazısını okur gibi okudum. Yüreğinizin göğsünüzden fırlayacakmış gibi çarptığı ve sizin bu coşkunluğunuzu bastırmaya çalıştığınız uykusuz gecelerin esrikliği içinde doğmuş bir yazıydı bu. Ama gençliğin bu bastırılmış, gurur dolu coşkunluğu çok tehlikelidir! O gün alay etmiştim yazınızla, şimdiyse, bu yazıyı çok sevdiğimi, yani genç bir amatörün bu ateşli kalem denemesini genel olarak çok beğendiğimi söylüyorum. Sis ve duman bulutları arasında inleyen bir tel!.. Saçma ve fantastik bir yazı, ama içinde öyle bir içtenlik, satın alınamayan öyle bir gençlik gururu, öyle sonsuzcasına bir gözü peklik parıldıyor ki... Karamsar bir yazı, ama güzel. Makalenizi okuyup bir kenara koymuş, "Bu adam bu kadarla kalmayacak!" diye düşünmüştüm. Şimdi söyleyin: Böyle bir geçmişten sonra, bunu izleyen olaylara kendimi kaptırmamam mümkün müydü? Ah! Ben sanki şu anda bir şeyler söylüyor muyum? Herhangi bir düşünce ileri sürdüğüm var mı şu anda? O sıra yalnızca bir gözlemde bulunmuştum. Düşünüyorum da, ne var sanki bunda? Hiçbir şey yok, hem de en yüksek düzeyde hiçbir şey!.. Hem bir sorgu yargıcı olarak benim bu işe kendimi böylesine kaptırmam hiç de yakışık alır bir davranış olmasa gerek: Elimde, üstelik de bütün delilleriyle birlikte bir Mikolka var; kim ne derse desin, ortadaki gerçek bu! Bu gerçek de kendi psikolojisini getiriyor; bununla uğraşmam gerek, çünkü bu benim için bir ölüm kalım sorunudur. Şimdi bütün bunları size niçin açıklıyorum? Her şeyi bilesiniz ve o günlerdeki kırıcı davranışlarımdan dolayı aklınızla ve yüreğinizle beni suçlamayasınız diye. İçtenlikle söylüyorum, gerçekten kötü bir niyetim yoktu, hah–hah–ha! Sanıyor musunuz ki, o zaman gelip evinizi aramadım? Geldim, aradım, hah–hah–ha! Şurada, yatağınızda hasta yatıyordunuz. Tabii resmen bir sorgu yargıcı olarak gelmedim, ama geldim ve aradım. Daha ilk belirtiler ortaya çıktığı anda, eviniz en dip köşe bucağına varana kadar karış karış aranmıştır! Ama *umsonst!*[1] O zaman; "Bu adam kendiliğinden gelecektir." diye düşündüm. Mademki suçlu, kesinlikle gelecektir, hem de çok yakında... Bir başkası olsa gelmezdi, ama bu gelecektir... Razumihin'in bir ara yaptığı gevezelikleri hatırlıyor musunuz? Bunu, sizi heyecanlandırmak için biz düzenlemiştik; ortaya bazı söylentiler attık, Razumihin öfkesini içinde gizleyemeyen bir adam olduğu için bunları gelip size iletecekti! Bay Zamyotov'un dikkatini ise o apaçık pervasızlığınız ve öfkeniz çekmişti: Bir insan bir restoranda birdenbire "Ben öldürdüm!" diye nasıl bağırabilir! Bunu yapan insanın son derece gözü pek, son derece küstah ve eğer suçluysa, son derece yılmaz, savaşkan biri olması gerekir! İşte o sıralar ben böyle düşündüm ve beklemeye başladım! Bütün varlığımla sizi bekliyordum! O gün Zamyotov'u perişan etmiştiniz doğrusu!.. Aslında bütün iş, hep şu lanet olasıca iki başlı psikolojideydi!

Neyse, ben sizi böyle gerilim içinde beklerken, bir de baktım ki Tanrı sizi bana göndermiş; doğruca bana, evime geliyorsunuz! Yüreğim öyle çarpmaya başladı ki!.. Niçin gelmeniz gerekmişti bana; niçin geliyordunuz? Ya o gülüşünüz! O kahkahalarınız! Hatırlıyor musunuz içeri girerkenki gülüşünüzü? Bir camın ardından izliyordum sanki her şeyi, bir an-

---

1 (Aslında da Almanca) — Boşuna!

da sezmiştim durumu. Eğer sizi öylesine gerilimle, öylesine özel bir biçimde bekliyor olmasaydım, gülüşünüz dikkatimi bile çekmeyebilirdi! İnsanın belli bir ruh hali içinde bulunması budur işte!.. Ya Razumihin'in hali neydi öyle!.. Hele şu taş! Hele şu taş! Hani şu altına eşyaların gizlendiği taş, hatırlıyor musunuz? Evet, bir bostanın içinde görür gibi oluyorum o taşı... "Bir bostanda" demiştiniz, değil mi Zamyotov'a? Sonra, ikinci kez de bana?.. Derken, makaleniz üzerinde konuşmaya başlamıştık; siz bize açıklamalarda bulunuyordunuz, her sözünüzün altında ikinci bir anlam daha vardı; her sözünüz, asıl anlamının dışında bir başka anlam daha taşıyordu sanki!.. İşte Rodion Romanoviç, son kilometre taşına ben bu şekilde geldim, ama alnım taşa çarpınca, kendime geldim. "Hey," dedim kendi kendime, "ne yapıyorum ben böyle? İnsan isterse, bütün bunları en küçük ayrıntısına kadar tam ters yönde de açıklayabilir, üstelik böylesi daha da doğal olur..." Elimde küçücük bir delilin bulunması çok daha iyi olurdu! Ama şu kapının çıngırağı olayını duyunca, sevincimden neredeyse yüreğim duracaktı, tir tir titriyordum. "İşte delil!" diye düşündüm. "İşte delil!" O zaman bunun üzerinde fazla kafa yormadım, istememiştim bunu. Şu esnaf kılıklı adam yüzünüze karşı "Katil!" diye bağırdığı halde, kendisine hiçbir şey sormaya cesaret edemeden, onunla nasıl yüz adım yolu birlikte yürüdüğünüzü kendi gözlerimle görebilmek için o anda çıkarıp bin ruble verebilirdim! Ya şu sırtınızdaki ürpertiler! Hastayken, yarı sayıklar durumdayken gidip de kapının çıngırağını çalışınız?.. Bütün bunlardan sonra o sıralar size yaptığım şakalara şaşılabilir mi Rodion Romanoviç? Hem sonra neden bana tam o anda geldiniz sanki? Tanrı bilir, birileri iteklemişti sizi bana doğru ve eğer o sırada Mikolka gelip de bizi ayırmasaydı... Mikolka'nın gelişini hatırlıyorsunuz, değil mi? İyi hatırlıyor musunuz? Bir yıldırım düşmüştü sanki aramıza! Bulutların arasından, doğruca ortamıza düşmüştü! Ama ben nasıl karşıladım bu yıldırımı? Kendiniz de gördünüz, şu kadarcık olsun inandım mı ona? Ne gezer! Siz çıktıktan sonra Mikolka bana hele bazı noktalarda öylesine düzgün, tutarlı cevaplar verdi ki, doğrusu şaşmaktan kendimi alamadım, ama yine de söylediklerinin hiçbirine inanmadım! Bir insanın doğru bildiği düşünceye sımsıkı sarılması budur işte! "Hayır," diye düşündüm, *Morgen früh!*[1] "Mikolka da kim oluyormuş!"

Raskolnikov:

— Ama Razumihin bana daha bugün, sizin şu anda da Nikolay'ı suçlu gördüğünüzü söyledi, –dedi,– hatta buna Razumihin'i inandıran da siz olmuşsunuz.

Ama soluğu sözünü tamamlamasına yetmedi, tıkanıp kaldı. Onu çok iyi tanıyan Porfiri'nin yine de kendi kendini inkâra benzeyen sözlerini soluk almamacasına bir heyecanla dinlemişti. Duyduklarına inanmaktan korkuyor ve inanmıyordu. Porfiri'nin iki anlama gelebilecek sözlerinde daha açık, daha kesin bir şeyler yakalamaya çalışıyordu.

Porfiri Petroviç, sürekli susan Raskolnikov'un bir soru sormasına sevinmiş gibiydi.

— Bay Razumihin! –diye bağırdı.– Hah–hah–ha! Onu bu işten dışlamak gerekiyordu: İki kişilik oyunda üçüncü kişinin işi yoktur! Bay Razumihin, bu işlerle hiç mi hiç ilgisi olmayan bir adam... Bana geldiğinde yüzünde renk diye bir şey kalmamıştı... Neyse, Tanrı yardımcısı olsun, onu bu işe hiç karıştırmayalım! Mikolka'ya gelince, onu benim nasıl gördüğümü bilmek ister misiniz? Daha ergin yaşa gelmemiş bir çocuk bu Mikolka... Ödlek falan değil, ama... nasıl söyleyeyim, sanatçı gibi bir şey... Onu böyle anlatışıma gülmeyin! Temiz yürekli, kolay etkilenebilen birisi. Üstelik hayalci. Çok güzel şarkı söylüyor, çok güzel dans ediyor ve dediklerine göre öyle güzel masal anlatıyormuş ki, başka yerlerden kalkıp kendisini dinlemeye geliyorlarmış. Okula da

1 (Aslında da Almanca) — Sabah.

gidiyormuş... Katılırcasına gülmesi için parmağınızın ucunu göstermeniz yetermiş... İçer, körkütük sarhoş olurmuş, ama bunu serkeşliğinden değil, öylesine, birileri içirdiği zaman, çocuksu denilebilecek bir şekilde yaparmış. O sırada bir şey çaldığının da farkında değil: "Yerde bulup aldıysam, bu da hırsızlık mı sayılır?" diyor. Bu çocuğun bir raskolnik[1] daha doğrusu bir tarikat üyesi olduğunu bilmem biliyor muydunuz? Soyunda göçerler varmış... Kendisi de şu son iki yıldır köyünde bir din önderine müritlik etmiş. Bütün bunları Mikolka'nın kendisinden ve onun Zarayskh hemşerilerinden öğrendim. Durun, daha bitmedi! Bir ara çöllere kaçmak istemiş! Müthiş sofuymuş, gece gündüz dua eder, en eski, "gerçek" dua kitaplarını okur, sevaba girermiş. Petersburg kendisini müthiş etkilemiş, özellikle de kadınlar ve şarap. Kolay etkilenebilen bir insan olduğu için, köyündeki din önderini, dua kitaplarını falan unutuvermiş. Yine öğrendiğime göre Petersburglu bir sanatçımızın dikkatini çekmiş, ders için ona gidip gelmeye başlamış... Derken işte başına bu iş geldi! Çok korktu. Kendini asmaya kalkıştı. Sonra kaçmak istedi! Elden ne gelir: Halkımızda adalet sistemimiz üzerine yerleşmiş bir inancın sonucu bu! Yalnızca "yargılanma" sözü bile kimileri için başlı başına ürkütücü bir kavram. Bu işin suçlusu kim? Dediklerine göre, yeni mahkemeler kurulacakmış... Umarım!.. Neyse, hapishanede Mikolka'nın din önderini hatırlayacağı tuttu, yeniden sofuluğa başladı. Bir de baktık, elinde bir İncil... Bu tür insanlardan kimileri için "çile çekmek" ne demektir bilir misiniz Rodion Romanoviç? Herhangi biri adına ya da herhangi bir şey için değil, yalnız "çile çekmek gerektiği için" çile çekerler. Çile çekmek iyi bir şeydir onlar için, hele bu çile devletten kaynaklanıyorsa, büsbütün iyidir. Bir zamanlar bir mahkûm tanımıştım. Boyuna ocağın üzerinde yatar ve kutsal ki-

1 Raskolniklik — XVII. yüzyıl ortalarında Rusya'da merkezi kilisenin güçlenmesine karşı çıkan ayrılıkçı bir din hareketi.

tap okurdu. Tam bir yıl böyle uslu uslu yattı. Sonunda okuya okuya öyle bir hale geldi ki, bir gün, ortada fol yok yumurta yokken, duvardan söktüğü bir tuğlayı hapishane müdürünün kafasına fırlatıverdi. Ama nasıl bir fırlatış: Adama bir şey olmaması için, tuğlayı başının bir metre üzerine atmıştı! Hapishanede görevlilere silahla saldıran bir mahkûmun başına neler gelir, malum! O bir kez "çile çekmeye karar vermişti!" İşte ben Mikolka'nın da "çile çekmeye karar verdiğini" ya da aklından buna benzer bir şeyler geçirdiğini sanıyorum. Bunu kesinlikle, hatta birtakım gerçek verilere dayanarak bildiğimi söyleyebilirim. Yalnız o daha benim bunu bildiğimi bilmiyor. Ne o, yoksa bizim halkımız gibi bir halkın içinden böyle birtakım fanatiklerin çıkabileceğine inanmıyor musunuz?.. Çıkar, hem de sık sık çıkar. Din önderi, özellikle de kendini asmaya kalkmasından sonra Mikolka üzerinde yeniden etkisini göstermeye başladı. Aslında kendisi gelip bütün bunları bana bir bir anlatacaktır. Gelmez, dayanır mı diyorsunuz? Bekleyelim, görürüz! Her an gelip eski ifadelerini inkâr etmesini bekliyorum ben. Doğrusunu isterseniz, sevdim ben bu oğlanı ve kendisini esaslı bir şekilde inceliyorum. Hah–hah–ha! Ne dersiniz, pek çok konuda bana öyle tutarlı cevaplar verdi ki, gerekli bilgileri edindiği, ustaca hazırlandığı besbelli! Ama öte yandan, pek çok konuda da öylesine saçmaladı ki, hiçbir şey bilmediğini açıkça ortaya koydu; üstelik hiçbir şey bilmediğinden en ufak bir kuşkuya kapılmadan! Hayır azizim Rodion Romanoviç, Mikolka değil bizim aradığımız adam! Çağımızın, içinde yaşadığımız zamanın fantastik, karanlık bir olayıyla karşı karşıyayız burada; çağımız ki, insanların yüreklerini bir şaşkınlıktır almış, kan "tazeleniyor" sözleri dillerden düşmez olmuş, bütün hayatın konfordan ibaret olduğu düşüncesi propaganda edilir olmuş!.. Kitabi düşler ve teorilerle allak bullak olmuş bir kafadır burada söz konusu olan! İlk adımı atabilmenin kararlılığını görüyoruz burada;

ama öylesine kendine özgü bir kararlılık ki bu, cinayeti işlemeye karar vermiş, ama cinayet işlemeye kendi ayaklarıyla değil de sanki dağdan ya da çan kulesinden düşer gibi gitmiş! Kapıyı arkasından kilitlemeyi unutmuş, ama yine de öldürmüş, hem de iki kişiyi birden, sırf teorisi öyle gerektirdiği için. Öldürmüş, ama paraları almayı becerememiş, aldığı kadarını da götürüp bir taşın altına gizlemiş. Dışarıdan kapı sarsılır, çıngırak durmamacasına çalarken, kapının bu tarafında çektiği acılar yetmemiş, daha sonra bu çıngırağı yine hatırlayarak, sırtında aynı soğuk ürpertileri bir kez daha duyabilmek için, yarı sayıklar bir durumda kalkıp cinayet yerine, boş daireye gitmiş... Diyelim bu davranışı hastalık halinin bir sonucu, ama bu kez de bir başka durumla karşılaşıyoruz: Bu adam bir cinayet işlemiş olmasına rağmen, kendisini dürüst, namuslu bir insan saymakta, herkesi küçümsemekte ve neredeyse kanat takıp melekliğe soyunmaktadır!.. Yok, Rodion Romanoviç, yok iki gözüm, Mikolka'nın haddine mi düşmüş bütün bunlar! Mikolka değil bu adam!

Porfiri Petroviç'in, daha önce söylediklerini inkâra benzeyen bu son sözleri öylesine beklenmedikti ki, Raskolnikov tepeden tırnağa titrediğini duydu, kendini tutamadı ve tıkanırcasına:

— Öyleyse... kim... öldürdü? –dedi.

Öylesine beklenmedik bir soruydu ki bu Porfiri Petroviç için, öylesine şaşırtmıştı ki bu soru onu, kendini koltuğun arkalığına bırakıverdi.

— Nasıl kim öldürdü? –dedi, kulaklarına inanamıyor gibiydi.– Siz öldürdünüz, Rodion Romanoviç!

Fısıldayarak ve inanç dolu bir sesle ekledi:

— Siz öldürdünüz!..

Raskolnikov yerinden fırladı, birkaç saniye ayakta durdu, sonra hiçbir şey söylemeden yeniden oturdu. Bütün yüzü hafif hafif seğirmeye başlamıştı.

Porfiri Petroviç özenli bir ilgiyle:

— Dudaklarınız yine titremeye başladı, –dedi.

Bir süre sustu, sonra:

— Sanırım beni yanlış anladınız, Rodion Romanoviç, –dedi,– onun için bu kadar şaşırdınız. Ben buraya özellikle her şeyi söylemek ve işi artık açıklığa kavuşturmak için geldim.

— Ben öldürmedim, –diye mırıldandı Raskolnikov; suçüstü yakalanmış çocuklar gibiydi.

Porfiri Petroviç:

— Hayır, Rodion Romanoviç, siz öldürdünüz, başkası değil, –dedi. Sesi sert ve inançlıydı.

İkisi de sustular, şaşılacak kadar uzun süren bir suskunluk oldu: Tam on dakika ikisi de ağzını açmadı. Raskolnikov dirseklerini masaya dayamış, parmaklarını saçlarına daldırmıştı. Porfiri Petroviç, sakin, oturuyor ve bekliyordu. Raskolnikov birden Porfiri Petroviç'i aşağılayıcı bakışlarla süzerek:

— Yine şu eski numaralarınıza başladınız, değil mi Porfiri Petroviç? –dedi.– Yine şu bilinen yöntemleriniz! Nasıl da bıkmıyorsunuz bunlardan!

— Ne yönteminden söz ediyorsunuz siz kuzum! Yöntemlerden bana ne şu anda! Yanımızda tanıklar olsaydı, hadi neyse... Şurada baş başa vermiş söyleşiyoruz. Buraya sizi bir tavşan gibi kovalaya kovalaya gelmediğimi kendiniz de görüyorsunuz. İtiraf edip etmemeniz umurumda bile değil şu anda! Sizin itirafınız olmasa da ben bir inanca varmış bulunuyorum!

Raskolnikov sinirli bir sesle:

— Madem öyle, buraya niçin geldiniz? –diye sordu.– Ve size eski bir sorumu tekrarlıyorum: Eğer suçlu olduğuma inanıyorsanız, niçin yakalayıp hapse atmıyorsunuz beni?

— İşte soru diye buna derim! Madde madde cevap veriyorum ben de: Birincisi, sizi şıp diye alıp hapse atmak hiç işime gelmiyor.

— Nasıl işinize gelmiyor? Suçlu olduğuma inanıyorsanız, bunu yapmak zorundasınız...

— Ben inanmışım ne çıkar! Bütün bunlar şimdilik yalnızca benim kuruntularım! Hem ne diye hapse atayım ki sizi? Huzura kavuşmanız için mi? Hapsedilmeyi bu kadar istediğinize göre, bunun böyle olacağını siz de biliyorsunuz demektir! Diyelim, yalanınızı açığa çıkarmak için şu esnaf kılıklı adamı getirdim, ya siz ona, "Sarhoş musun, nesin? Beni seninle gören var mı? Hem ben seni sarhoşun biri sanmıştım, ki gerçekten de sarhoştun sen o gün" derseniz, ne yapacağım ben? Üstelik sizin sözleriniz onunkinden daha gerçeğe uygun olacak! Çünkü onun bütün sözleri bir psikolojiye dayanıyor olacak, hem öyle bir psikoloji ki, herifin suratına bile uygun değil! Sizin sözlerinizse, can alıcı bir noktaya değiniyor olacak: Çünkü rezil herif, gece gündüz kafayı çekiyor ve bu durumunu da herkes biliyor. Hem size birkaç kez içtenlikle söylediğim gibi, şu iki uçlu psikolojinin ikinci ucu gerçeğe daha çok yaslanıyor... Bu da bir yana, elimde size karşı en küçük bir delil yok... Gerçi ben sizi yine de hapse attıracağım, hatta hiç de insanca olmamakla birlikte size her şeyi önceden açıklamak için geldim buraya. Ama buna rağmen, size açıkça diyorum ki, bu da insanca değil, sizi hapse atmak hiç mi hiç işime gelmiyor. Buraya gelişimin ikinci nedeniyse...

Raskolnikov tıkanırcasına:

— Evet, ikinci nedeni? –dedi,– hâlâ soluk soluğaydı.

— Daha önce de söylediğim gibi kendimi size açıklamada bulunmak zorunda duyuyorum. Beni bir canavar bilmenizi istemiyorum; bu da bir yana, ister inanın, ister inanmayın, size karşı sempati duyuyorum. Buraya gelişimin üçüncü nedeni de bu son noktadan kaynaklanıyor: Açık, dolambaçsız bir öneride bulunmak istiyorum size: Suçunuzu itiraf edin... Bu, sizin için sayısız yararlar sağlayacaktır, tabii benim için de... Çünkü omuzlarımdan bir yük kalkmış olacak... Ne dersiniz, kendi yönümden açıkça koyabildim mi durumu ortaya?

Raskolnikov bir dakika kadar düşündü.

— Dinleyin Porfiri Petroviç, demin kendiniz ortada psikolojiden başka bir şeyin bulunmadığını söylüyordunuz, oysa şimdi işi getirip matematik kesinliğe dayadınız. Ya şu anda da yanılıyorsanız?

— Hayır Rodion Romanoviç, yanılmıyorum. Elimde küçük, minicik bir ipucu var, ta o zaman bulmuştum bunu! Tanrı'nın gönderdiği bir ipucu bu!

— Neymiş bu ipucu?

— Bunun ne olduğunu söylemeyeceğim Rodion Romanoviç. Hem artık işi daha fazla geciktirmeye de hakkım yok, sizi hapse atacağım. Artık iş size kalmış. Benim için şu anda hepsi bir. Dolayısıyla bütün bunları sizin iyiliğinizi istediğim için söyledim. Yemin ederim, böylesi daha iyi olacak Rodion Romanoviç!

Raskolnikov öfkeyle gülümsedi:

— Bu iş artık gülünç olmaktan çıktı ve bayağılığa dönüşmeye başladı. Ben suçlu olsam bile, ki hiç de böyle bir şey söylediğim yok, ne diye gelip size itirafta bulunayım ki? Demin hapishanede huzura kavuşacağımı söyleyen sizdiniz!..

— Eh Rodion Romanoviç, sözcüklere fazla inanmayın; belki de huzur falan bulmayacaksınız orada! Bu yalnızca bir teoridir, üstelik de benim bir teorim; ben kim, sizin için otorite olmak kim! Belki de şu anda sizden bir şeyler gizliyorumdur? Oturup size her şeyi söyleyecek değilim herhalde, hah–hah–ha! Bu bir; ikincisi, itiraf etmenizin size ne gibi yararlar sağlayacağını, böyle yaparsanız cezanızdan nasıl bir indirim yapılacağını biliyor musunuz? Yalnızca şunu düşünün yeter: "Nasıl bir anda ortaya çıkıyorsunuz?" Bir başkasının cinayeti üzerine aldığı ve her şeyi karmakarışık ettiği bir anda... Ben de size yemin ederim, "orada" işleri öyle bir sarpa sardıracağım, öyle bir şekle sokacağım ki, itirafınız iyice beklenmedik bir şey olacak. Şu psikolojilerin falan hiç sözü edilmeyecek; sizden en ufak bir şekilde kuşkulanılmamasını sağlayacağım; böylece siz cinayeti bir bilinç kararması sonucu işlemiş olacaksınız, ki işin doğrusu da budur. Ben namuslu bir insanım Rodion Romanoviç, verdiğim sözü tutarım.

Raskolnikov üzüntüyle başını önüne eğmiş, susuyordu; uzun süre böylece düşündükten sonra yeniden gülümsedi, sevecen, ama acılı bir gülümsemeydi bu:

— Yok, istemez! –dedi; artık Porfiri'den hiçbir şey gizlemiyor gibiydi.– Değmez! Yapacağınız indirime de hiç mi hiç ihtiyacım yok!

Porfiri heyecanla:

— İşte ben de bundan korkuyorum! –dedi.– Yapacağımız indirimi kabul etmeyeceğinizden korkuyordum...

Raskolnikov'un acı dolu bakışları etkileyiciydi. Porfiri sözlerini sürdürdü:

— Hayatı küçümsemeyin! Önünüzde daha upuzun bır hayat var. Nasıl ihtiyacınız olmazmış ceza indirimine, nasıl! Ne sabırsız adamsınız siz böyle!

— Önümde daha upuzun ne var?

— Hayat! Hayat! Yoksa kendinizi her şeyi bilen bir peygamber mi sanıyorsunuz? Belki de Tanrı bekliyordur sizi orada? Hem bu tutsaklık ömrünüz boyunca sürecek değil ya...

Raskolnikov:

— Öyle ya, indirim vardı... –dedi gülümseyerek.

— Yoksa burjuva utancı duymaktan mı korkuyorsunuz? Kimbilir, belki de korkuyorsunuz da daha kendiniz bile bunun farkında değilsiniz? Çünkü gençsiniz! Suçunu itiraf etmekten korkmak ya da utanmak hiç de size göre bir şey değil!

Raskolnikov konuşmak bile istemiyormuş gibi bir küçümseme ve tiksintiyle:

— Tükürmüşüm!.. –diye fısıldadı; bir yerlere gitmek istiyormuş gibi doğrulup kalkacak oldu, vazgeçti, umutsuzlukla yeniden oturdu.

— Ne demek, tükürmüşüm! İnancınız kalmamış sizin... Size kabaca dalkavukluk ettiğimi sanıyorsunuz! Kendinizi çok mu görgülü, bilgili, her şeyi anlayan biri sanıyorsunuz? Bir teori uydurmuşsunuz, ama bunun hiçbir orijinal yanı olmadığı ortaya çıkınca da utanıyorsunuz! Evet, bunun alçakça bir teori olduğu ortaya çıktı, bu doğru, ama siz umutsuz bir alçak değilsiniz! Hayır, hiç de böyle bir alçak değilsiniz siz! Hiç değilse kendinizi uzun boylu aldatmadınız ve işi çabucak sonuca götürüp, bir çırpıda bitiriverdiniz. Sizi kimlere benzetiyorum biliyor musunuz? Etleri dilim dilim doğranırken, cellatlarına gülümseyerek bakan insanlara!.. Yeter ki, inanacakları bir şey, bir Tanrı bulmuş olsunlar, gıkları çıkmaz böylelerinin... Eh, siz de bulun Tanrı'nızı ve siz de yaşayın! Bir kez, hava değiştirmeye ihtiyacınız var, hem de ta ne zamandır! Öte yandan, çile çekmek de iyi bir şeydir. Siz de çekin çilenizi. Çile çekmek isterken, Mikolka belki de yerinde bir şey yapıyor. Tanrı'ya inanmadığınızı biliyorum, ama her şeyi kılı kırk yararcasına didiklemekten de vazgeçin! Hiçbir şey düşünmeden, kendinizi olduğu gibi yaşamın akışına bırakın; hiç kaygılanmayın, kendinizi kıyıda ve ayakta bulacaksınız. Hangi kıyıda? Bunu ben bilemem. Ben yalnız, sizin daha uzun zaman yaşayacağınıza inanıyorum. Biliyorum, siz şimdi benim için, "vaaz veriyor" diye düşünüyorsunuz, ama ileride bir gün belki bu sözlerimi hatırlar ve onlardan yararlanırsınız. Benim de bunları söylemekten amacım zaten bu. Yine iyi ki, yalnız şu kocakarıyı öldürdünüz! Ya başka bir teori geliştirmiş olsaydınız da bundan yüz milyon kez daha çirkin bir iş yapmış olsaydınız? Belki de bunun için Tanrı'ya şükretmemiz gerek! Hem ne biliyorsunuz. Belki de Tanrı sizi bir şeyler için koruyup kollamaktadır? Kendinizi toparlayın ve biraz daha az korkun! Yoksa atacağınız yüce adım mı sizi korkutuyor? Hayır; bu işte korkmak ayıp olur. Mademki bu yolda bir adım attınız, öyleyse; dayanmanız, metin olmanız gerek. Ortada bir de adalet olduğuna göre, adaletin gerektirdiği şeyi yerine getirin. Biliyorum, inançsızsınız, ama size yemin ederim, hayat buna katlanacaktır. Daha sonra kendiniz de bunu seveceksiniz! Şimdilik size yalnızca hava gerek, hava, hava!

Raskolnikov ürperdiğini duydu. Bağırarak:

— Kimsiniz siz? –dedi.– Kendinizi peygamber mi sanıyorsunuz? Böyle yükseklerden konuşuyor, peygamberlik taslayıp, bilgece öğütler veriyorsunuz?

— Ben mi kimim? İşi bitmiş bir adam, o kadar... Başkaca hiçbir şey değil. Belki duygulu ve acıması olan, belki biraz bir şeyler bilen, ama kesinlikle işi bitmiş bir adam. Size gelince, sizin durumunuz bambaşka: Tanrı size bir hayat hazırladı. Kimbilir, belki bir gün bütün bunlar bir sis gibi dağılıp gidecek, hiç olmamış şeylere dönecektir! Bir başka sınıftan insanlar arasında bulunacağınız konusuna gelince... Ne var bunda? Siz bu yüreğinizle konforsuzluktan mı yakınacaksınız? Uzun süre sizi kimsenin görmeyecek olmasının da önemi yok. İş zamanda değil, sizin kendinizdedir. Bir güneş olun, herkes sizi görsün! Güneşin her şeyden önce güneş olması gerekir. Yine niçin gülüyorsunuz? Benim bir Schiller oluşuma mı? Bahse girerim, size yaltaklandığımı düşünüyorsunuzdur! Kimbilir, belki de gerçekten yaltaklanıyorumdur, hah–hah–ha! Siz bana, yalnız söz üzerine inanmayın Rodion Romanoviç, hatta hiç inanmayın, huyum bu benim, kabul ediyorum; yalnız bir şey ekleyeceğim: Ne kadar alçak ya da ne kadar dürüst bir insan olduğuma, sanırım kendiniz karar verebilirsiniz!

— Beni ne zaman tutuklayacaksınız?

— Size bir buçuk, hadi bilemediniz iki gün daha süre tanıyabilirim. İyice düşünün, canım kardeşim, Tanrı'ya dua edin. Sizin yararınıza olacak, yemin ederim sizin yararınıza olacak!

Raskolnikov dudaklarında garip bir gülümsemeyle:

— Ya kaçarsam? –dedi.

— Hayır, kaçmazsınız. Bir mujik kaçar, yabancı bir ideolojinin uşağı olan son moda ihtilalci kaçar, ama siz kaçmazsınız. Çünkü böylelerinin herhangi bir şeye, neye isterseniz, ömürleri boyunca inanmaları için parmağınızın ucunu göstermeniz yeter. Sizse kendi teorinize artık inanmıyorsunuz. Nereye kaçacaksınız, neye dayanacaksınız? Kaçaklık ne demektir, biliyor musunuz? İğrenç ve zor bir hayattır bu; sizinse her şeyden önce belirli bir düzene dayanan bir hayata ve buna uygun bir havaya gereksiniminiz var. Bu havayı kaçaklıkta mı bulacaksınız? Kaçsanız bile kendiliğinizden döner gelirsiniz. Siz bizsiz yapamazsınız. Oysa sizi içeri atacak olursam, bir, bilemediniz iki, hadi diyelim üç ay sonra benim bu sözlerimi hatırlayacak ve kendiniz için de hiç beklenmedik bir anda gelip itirafta bulunacaksınız. İtirafta bulunacağınızı bir saat öncesine kadar kendiniz bile bilmeyeceksiniz!.. Hatta ben sizin çile çekmek isteyeceğinizden bile eminim. Siz şimdi benim bu sözlerime inanmıyorsunuz, ama dediğime geleceksiniz! Çünkü Rodion Romanoviç, çile yüce bir şeydir! Siz benim şişman oluşuma bakmayın, hani hiç gerekmedi de... ama biliyorum ki, gülmeyin bu sözüme, çile çekmenin de düşünsel bir özü vardır. Mikolka haklı, hayır Rodion Romanoviç, siz kaçmazsınız!

Raskolnikov yerinden kalkıp kasketini aldı. Porfiri Petroviç de kalktı:

— Dolaşmaya mı çıkıyorsunuz? Güzel bir akşam, tabii fırtına kopmazsa... Ama belki de fırtına iyi gelir, serinler hava...

Porfiri de şapkasını aldı. Raskolnikov sertçe:

— Porfiri Petroviç, –dedi,– sakın bugün size itirafta bulunduğumu düşünmeyin. Çok tuhaf bir adamsınız ve sizi sırf merakımdan dinledim. Ve size hiçbir itirafta bulunmadım... Bunu unutmayın!

— Biliyorum, biliyorum... Hiç unutur muyum? Şuna bak hele, nasıl da titriyor! Hiç kaygılanmayın ciğerparem, buyurduğunuz gibi davranacağım. Dolaşın bakalım biraz, yalnız fazla uzaklaşayım demeyin. –Sesini alçalttı.– Ne olur ne olmaz. Sizden küçük bir ricada daha bulunacağım; fazlaca nazik, ama önemli bir rica: Eğer, hani ne olur ne olmaz, gerçi ben buna inanmıyor ve sizi böyle bir şeye yatkın görmüyorum ama, şu kırk, elli saat içinde, hani ne olur ne olmaz, işi bir başka türlü, yani şöyle fantastik bir biçimde bitirmek, demek istediğim, çirkin bir ihtimal, beni bağışlayın ama, canınıza kıymak gibi bir isteğe kapılacak olursanız, bana küçücük bir pusula bırakmayı unutmayın! İki satırcıkla, yalnızca iki satırcık, şu taşın yerini bildiriverin! Böylesi daha soyluca bir davranış olur. Haydi, şimdilik hoşça kalın... İyi düşünceler, hayırlı girişimler!

Porfiri sanki sırtı kamburlaşmış ve Raskolnikov'a bakmaktan kaçınıyormuş gibi çıktı. Raskolnikov pencereye doğru gitti ve Porfiri'nin sokağa çıkıp uzaklaşması için gerekli süreyi hesaplayarak sinirli bir sabırsızlıkla bekledi; sonra kendisi de hızla odasından çıktı.

III

Svidrigaylov'a doğru koşturuyordu. Bu adamdan ne umabilirdi, bunu kendisi de bilmiyordu.

Bu adamın gizemli bir baskısı vardı üzerinde; bunu bir kez anlamıştı ya, artık yatışamıyordu. Kaldı ki, onu görmenin zamanı da gelmişti.

Svidrigaylov'un Porfiri'ye gidip gitmediği sorusu, yol boyunca kendisini kıvrandırdı durdu.

Onun düşüncesine göre, ki buna yemin edebilirdi, hayır, gitmemişti! Tekrar tekrar düşündü, Porfiri'nin ziyaretini bütün ayrıntılarına varana dek hatırladı: Hayır, gitmemişti, buna hiç kuşku yoktu!

Peki şu ana kadar gitmediyse bile, bundan sonra da gitmez miydi?

Şimdilik Raskolnikov'a gitmez gibi geliyordu. Niçin? Bunun nedenini açıklayamazdı, ama açıklayabilseydi bile, bu konu üzerinde özellikle durup kafa yoracak hali yoktu. Bütün bunlar ona acı veriyor, ama aynı zamanda sanki hiç ilgilendirmiyordu. Tuhaf şey! Hatta buna kimse inanmaz belki, ama Raskolnikov bu yakınlarda başına gelecek şeylere karşı kayıtsızlığa varan bir ilgisizlik içindeydi, pek önem vermiyordu bunlara. Onu bir başka şey, yine kendisi hakkında, ama çok daha önemli, çok daha başka bir şey ilgilendiriyordu. Öte yandan, bu sabah kafası bütün şu son günlerde olduğundan çok daha iyi çalıştığı halde, sınırsız bir ruhsal yorgunluk duyuyordu.

Her şey bir yana, bütün olup bitenlerin üzerine, karşısına çıkan şu önemsiz zorluklarla uğraşmaya değer miydi? Örneğin, Svidrigaylov'un Porfiri'ye gitmemesi için birtakım dolaplar çevirmeye değer miydi? Ya da Svidrigaylov diye birini inceleyip anlamaya çalışarak zaman yitirmenin bir anlamı var mıydı?

Ah, nasıl da bıkmıştı bütün bunlardan!

Ama yine de Svidrigaylov'u bir an önce görmek için acele ediyordu. Yoksa ondan yeni bir şey; bir yönerge, bir çıkış yolu mu bekliyordu? İnsan boğulmamak için nasıl bir saman çöpüne bile sarılabiliyor! Alınyazıları ya da herhangi bir içgüdü mü onları birbirine yaklaştırıyordu yoksa? Belki de yalnızca yorgunluk ve umutsuzluğunun bir sonucuydu bu ve belki de ona gerekli olan Svidrigaylov değil de bir başkasıydı ve Svidrigaylov burada öylesine, bir rastlantı sonucu karşısına çıkıvermişti? Yoksa Sonya'ya mı gitmeliydi? Ama ne işi vardı şimdi Sonya'da? Gözyaşı dilenmeye mi gidecekti? Hem Sonya onu korkutuyordu. Aman bilmez bir yargı, temyizi olmayan bir karardı sanki Sonya. Onun yanında ya onun yolundan, ya kendi yolundan gitmek zorundaydı. Hayır, özellikle de şu anda onu görebilecek bir durumda değildi. Svidrigaylov'u denemek daha iyiydi. Gerçekten de ne zamandır bu adama bir şeyler için gereksinim duyduğunu kabul etmemesi elinde değildi.

Ama yine de ikisinin arasında ortak ne olabilirdi? Cinayetleri bile bir olamazdı. Öte yandan tatsız bir adamdı bu; ahlaksız olduğu besbelliydi, kurnaz ve sahtekâr olduğu da kesindi, hatta belki de çok kötü yürekli bir adamdı. Hakkında pek çok söylenti vardı. Evet, Katerina İvanovna'nın çocukları için az çaba göstermemişti, ama bunda da ne gibi amaçların peşinde olduğunu kim bilebilirdi? Bu adamın her zaman birtakım niyet ve tasarıları olurdu.

Kafasından nice uzaklaştırmaya çalışırsa çalışsın, bugünlerde bir başka düşünce daha Raskolnikov'u sürekli tedirgin ediyordu! Bu düşünce şuydu: Svidrigaylov sürekli çevresinde dolanıyordu. Svidrigaylov gizini öğrenmişti. Ve Svidrigaylov'un Dunya'ya karşı gizliden gizliye bazı niyetleri vardı. Ya bu niyetlerinden hâlâ vazgeçmemişse? Ki bu soruya kesinlikle "evet" diyebilirdi... o zaman, gizini öğrenmekle üzerinde kurduğu baskıyı Dunya'ya karşı silah olarak kullanmak isteyebilirdi.

Bazen düşlerinde bile ona acı veren bu korkulu düşünce, hiçbir zaman Svidrigaylov'u görmeye gittiği şu andaki kadar açık ve aydınlık olmamıştı kafasında. Yalnız bu kez müthiş bir öfke de yaratmıştı içinde. Kendi durumunda bile hemen her şey değişecekti: Gizini hemen Duneçka'ya açması, hatta onu ihtiyatsız bir adım atmaktan alıkoymak için kendini ele vermesi gerekecekti. Ya şu mektup? Dunya bu sabah bir mektup almıştı! Petersburg'da kimden mektup alabilirdi Dunya? Lujin olmasın?.. Evet Razumihin vardı ve onu koruyordu. Ama Razumihin'in bir şeyden haberi yoktu. Belki Razumihin'e de açılması gerekecekti? Raskolnikov tiksintiyle düşündü bunu.

Kesin kararını vermişti: Ne olursa olsun hemen Svidrigaylov'u görmesi gerekiyordu. Çok şükür burada ayrıntılar, işin özü kadar önemli değildi. Ama eğer Svidrigaylov, Dunya üzerine birtakım dolaplar çeviriyorsa, o zaman...

Raskolnikov bütün şu bir aylık süre içinde öylesine yorulmuştu ki, böylesi sorunlar için artık bir tek çözümü vardı: "O zaman onu öldürürüm." diye düşündü umutsuzluk içinde. Ağır bir duygunun baskısı altındaydı yüreği. Caddenin ortasında durdu ve sağına soluna bakınmaya başladı: Hangi yolda yürüyordu ve nereye gelmişti? Demin geçtiği Samanpazarı'ndan otuz kırk adım ötede, "X..." Caddesi'nde bulunuyordu. Solundaki bir binanın bütün ikinci katı olduğu gibi meyhaneydi. Pencereleri ardına kadar açılmıştı; pencerelerde görülen ve oraya buraya kıpırdayıp duran baş kalabalığına bakılırsa, meyhane tıklım tıklımdı. İçeriden şarkı, klarnet, keman, davul sesleri geliyor, tiz kadın çığlıkları duyuluyordu. Tam "X..." Caddesi'ne niçin geldiğini anlamayarak dönmek üzereydi ki, birden dipteki açık pencerelerden birinin önünde, ağzında piposuyla bir çay masasının başında oturan Svidrigaylov'u fark etti. Bu onu müthiş şaşırttı. Svidrigaylov da bulunduğu yerden onu izliyordu; fark edilmeden kalkıp gitmek ister gibiydi, hatta bunun için hafifçe yerinden bile doğrulmuştu. Raskolnikov'u bu da şaşırttı. O da hemen onu görmemiş gibi bir tavır takındı. Dalgın dalgın başka yana bakıyor gibiydi, ama göz ucuyla onu gözetliyordu. Yüreği heyecanla çarpıyordu. Tam düşündüğü gibiydi: Svidrigaylov görülmeyi istemiyordu. Piposunu dişlerinin arasından almış, gizlenmek istemişti; ama sandalyesini geriye itip yerinden doğrulur doğrulmaz, birden Raskolnikov'un da kendini gördüğünü ve göz ucuyla izlediğini fark etmişti. Raskolnikov'un, odasında kendisini uyur gibi gösterdiği ilk görüşme sahnesine benzer bir sahne geçti aralarında. Svidrigaylov'un yüzünde şeytanca bir gülümseme belirdi ve bütün yüzüne yayıldı. Her ikisi de karşısındakinin kendisini gördüğünü ve belli etmemeye çalışarak izlediğini fark etmişti. Sonunda Svidrigaylov gürültülü bir kahkaha atarak:

— Hadi, hadi, istiyorsanız gelin; buradayım! –diye bağırdı.

Raskolnikov meyhaneye girdi.

Svidrigaylov'u büyük salona bitişik, tek pencereli, küçük arka odalardan birinde buldu; salonda yirmi kadar masa vardı; tüccar, memur ve her türden bir sürü insan, dayanılmaz şarkı gürültüsü içinde çay içiyordu. Bir yerlerden bilardo toplarının tıkırtısı geliyordu. Svidrigaylov'un masasında açılmış bir şişe şampanyayla, yarısına kadar dolu bir bardak vardı. Odada Svidrigaylov'dan başka, küçük bir el laternası çalan bir oğlanla, bitişik salonda koro halinde şarkı söylenmesine rağmen, kısık kalın bir sesle laterna müziğine eşlik ederek adi bir meyhane şarkısı söyleyen, çizgili etekliğini sıvamış, başında kurdeleli bir Tirol şapkası bulunan, on sekiz yaşlarında, kırmızı yanaklı bir kız vardı.

Raskolnikov içeri girince, Svidrigaylov:

— Hadi bakalım, yeter artık! –diyerek kızı susturdu.

Kız şarkısını hemen kesti ve ciddi, saygılı bir şekilde beklemeye başladı; şarkı söylerken de yüzünde aynı ciddi, saygılı anlatım vardı.

— Hey Filip, –diye seslendi Svidrigaylov,– bir bardak!

— Ben içmeyeceğim, –dedi Raskolnikov.

— Nasıl isterseniz, ben zaten sizin için istememiştim bardağı. Al bakalım Katya, iç şunu! –Bardağı ağzına kadar şampanyayla doldurdu.– Bugünlük bu kadar yeter, gidebilirsin!

Katya bardağı, kadınların hep yaptıkları gibi bir dikişte boşalttı, yani ağzından hiç ayırmadan yirmi yudumda içip bitirdi. Svidrigaylov'un uzattığı banknotu aldı, eğilip elini öptü –Svidrigaylov büyük bir ciddiyetle kızın elini öpmesine izin vermişti–, sonra da kendisini izleyen laternacı çocukla birlikte odadan çıktı. Petersburg'a geleli bir hafta bile olmadığı halde burada kendi evindeymiş gibi davranan Svidrigaylov her ikisini de sokaktan çağırmıştı. Meyhanenin garsonu Filip de "bildik" olmuştu, Svidrigaylov'un önünde bir yerlere kapanmadığı kalıyordu. Odanın salona açılan kapısı kilitleniyordu ve Svidrigaylov burada kendi evindeymişçesine, bazen bütün bir gün oturuyordu. Aslında ikinci sınıf bile denilemeyecek pis, berbat bir meyhaneydi burası.

— Ben de size gidiyordum, –diye başladı Raskolnikov,– ama nasıl oldu da Samanpazarı'ndan "X..." Caddesi'ne saptım, bilmiyorum. Ben hiçbir zaman buradan geçmem. Samanpazarı'ndan sonra hep sağa saparım. Kaldı ki, sizin eve de buradan gidilmez. Köşeyi döner dönmez sizinle karşılaştım! Garip, doğrusu!

— Ne diye mucize demiyorsunuz şuna!

— Çünkü belki de yalnızca bir rastlantıdır da ondan.

Svidrigaylov bir kahkaha attı:

— Ne tuhaf oluyor şu insanlar! Kimse, içinden mucize olduğuna inansa bile itirafa yanaşmaz! Siz bile, "Belki de yalnızca bir rastlantıdır," diyorsunuz: Kendi düşüncelerine karşı öyle büyük korkuları oluyor ki insanların Rodion Romanoviç, tahmin edemezsiniz! Sizden söz etmiyorum. Sizin kendinize özgü düşünceleriniz var ve böylesi düşünceleriniz olduğu için de hiç korkmadınız. Zaten benim ilgimi de bu yüzden çekiyorsunuz ya!

— Başka hiçbir şeyden değil mi?

— Bu kadarı da yetmez mi?

Görünüşe bakılırsa Svidrigaylov biraz heyecanlı gibiydi, ama fazla değil; topu topu yarım bardak şampanya içmişti.

Raskolnikov:

— Yanılmıyorsam, –dedi,– sizin deyiminizle, kendine özgü düşünceleri olabilecek bir insan olduğumu öğrenmezden önce gelmiştiniz bana?

— O zaman iş farklıydı. Herkesin bir bildiği var. Mucize konusuna gelince, şu son iki üç gününüzü galiba uykuda geçirdiniz?.. Çünkü bu meyhaneyi size ben söylemiştim ve sizin doğruca buraya gelişinizde mucizelik hiçbir şey yok; meyhanenin yolunu, yerini, benim burada daha çok hangi saatlerde bulunduğumu... hep ben anlattım size, hatırlamıyor musunuz?

Raskolnikov şaşırmıştı: .

— Unutmuşum, –dedi.

— İnanırım. Hem iki kez anlattım size. Adres, belleğinizde mekanik olarak kalmış olacak. Buraya da yine mekanik olarak, hiç farkında olmadan, ama adrese harfi harfine uyarak geldiniz. Aslında o gün size bunları anlatırken beni anlamış olabileceğinizi hiç ummamıştım. Kendinizi çok belli ediyorsunuz Rodion Romanoviç. Bakın ne var: Petersburg'da yolda yürürken kendi kendine konuşan pek çok insan olduğuna inanıyorum ben. Burası bir yarı deliler kenti. Eğer bizde bilim olsaydı, hekimler, hukukçular, felsefeciler... Petersburg üzerine her biri kendi alanında son derece değerli incelemeler yapabilirlerdi. Petersburg kadar insan ruhu üzerine karanlık, şiddetli ve tuhaf etkiler yapan kente pek az rastlanır. Bir tek iklimin etkisini düşünün, yeter! Kaldı ki, burası bütün Rusya'nın yönetim merkezidir ve buranın karakterinin herkese yansımış olması gerekir. Neyse, konumuz bu değil, ben sizi birkaç kez şöyle yandan gördüm. Evden çıktığınızda dimdik olan başınız, yirmi adım sonra önünüze düşüyor. Sonra kollarınızı arkanızda bağlıyorsunuz, çevrenize bakınıyorsunuz, ama hiçbir şey görmediğiniz belli oluyor. Derken hafiften dudaklarınız kıpırdıyor ve kendinizle konuşmaya başlıyorsunuz; bu arada kollarınızı indirdiğiniz ve yüksek sesle konuştuğunuz da oluyor; sonunda yolun ortasında, hem de uzunca bir süre dikilip duruyorsunuz. Bunlar hiç güzel şeyler değil. Belki sizi benden başka görenler de oluyordur. Bu da sizin yararınıza bir şey değil. Aslında bütün bunlar beni ilgilendirmez, sizi tedavi eden bir hekim değilim; herhalde ne demek istediğimi anlıyorsunuzdur?

Raskolnikov kaşlarını çatarak:

— Beni izlediklerini biliyor musunuz?.. –dedi.

— Hayır, haberim yok, –dedi Svidrigaylov, şaşırmış gibiydi.

Raskolnikov kaşlarını çatarak:

— Öyleyse beni bir yana bırakalım, –dedi.

— Oldu, sizi bir yana bırakalım.

— Siz en iyisi bana şunu söyleyin: Madem burası gelip içtiğiniz bir yer ve madem bana iki kez sizi burada bulabileceğimi söylediniz, öyleyse neden demin ben yoldan buraya bakarken gizlenmeye ve kaçmaya çalıştınız? Gizlendiğinizi ve gitmeye davrandığınızı çok iyi gördüm.

— Hah–ha! Peki, ben o gün kapınızın eşiğinde dururken, siz neden yattığınız yerde gözlerinizi kapayıp uyuyormuş gibi yaptınız? Ben de bunu çok iyi gördüm.

— Benim... nedenlerim vardı... bunu siz de çok iyi biliyorsunuz.

— Her ne kadar siz bilmiyorsanız da, benim de nedenlerim vardı.

Raskolnikov sağ dirseğini masaya, sağ elinin parmaklarını çenesine dayayıp gözlerini Svidrigaylov'a dikti. Kendisini daha önce de şaşırtan bu yüzü bir dakika kadar inceledi. Maskeyi andıran tuhaf bir yüzdü bu: Pembemsi beyaz bir cilt, kıpkırmızı dudaklar, açık kumral bir sakal ve hâlâ oldukça gür saçlar... Gözleri masmavi, bakışları son derece ağır ve hareketsizdi. Güzel ve yaşına göre çok genç kalmış bu yüzden sevimsizlik akıyordu. Üzerinde çok şık, hafif bir yazlık elbise vardı, hele gömleği çok güzeldi. Taşı değerli kocaman bir yüzük vardı parmağında.

Raskolnikov birden:

— Yoksa bir de sizinle mi uğraşmam gerekecek! –dedi; öfkeli bir sabırsızlıkla konuya doğrudan girmişti.– Kötülük etmek istediğinizde son derece tehlikeli olabilen birisiniz belki, ama ben de artık kendimi daha çok perişan etmek istemiyorum. Siz belki de benim kendime çok değer verdiğimi sanıyorsunuz, ama bunun hiç de böyle olmadığını göstereceğim size. Buraya şunu söylemeye geldim: Eğer kız kardeşime karşı eski niyetlerinizi beslemeye devam ediyorsanız ve son günlerde öğrendiğiniz şeylerden bu uğurda yararlanmayı düşünüyorsanız, bilin ki, sizi öldürürüm; siz beni hapse attırmadan, ben sizi öldürürüm. Dediğimi yapacak biri olduğumu bilirsiniz. İkincisi, eğer bana açıklayacağınız bir şey varsa, çünkü hep bir şeyler söylemek istiyormuşsunuz gibi geliyor bana, bu açıklamayı hemen yapın, çünkü zamanımız çok değerli, iş işten geçmeden, ne diyecekseniz deyin!

Svidrigaylov onu merakla süzerek:

— Ne bu acele? –dedi.

— Herkesin bir bildiği var, –dedi Raskolnikov sabırsızlıkla, yüzü asıktı.

Svidrigaylov gülümsedi:

— Beni açık olmaya çağırıyorsunuz, ama kendiniz daha ilk soruma cevap vermekten kaçınıyorsunuz. Sanırım, birtakım amaçlarım olduğunu düşünüyor ve bana kuşkuyla bakıyorsunuz... Eh, sizin durumunuzdaki bir insan için tümüyle anlaşılır bir şey bu. Sizinle anlaşmayı ne denli istiyor olursam olayım, yine de sizi şu inandığınız şeyin tersine inandırmak zahmetine katlanamam. Böyle bir zahmete değer bir şey değil bu. Ayrıca sizinle özel bir şeyler konuşmak gibi bir niyetim de yok.

— Öyleyse bana duyduğunuz bu gereksinim nereden kaynaklanıyor? Çevremde dolanıp duruyorsunuz?

— Gözlemlenmeye değer, ilginç bir insansınız da ondan... Durumunuzun fantastikliği hoşuma gidiyor, hepsi bu! Sonra, beni çok ilgilendirmiş olan bir hanımın kardeşisiniz. Son olarak da, bu hanımdan bir zamanlar sizin hakkınızda o kadar çok şey duydum ki, sonuçta, onun üzerinde büyük etkiniz olduğuna karar verdim. Az şey mi bütün bunlar? Hah–hah–ha! Öte yandan, itiraf etmeliyim ki, sorunuz bana cevap verilmesi güç, zor bir soru gibi göründü. Örneğin, siz şimdi bana iş görüşmek için değil, yeni bir şeyler öğrenebilmek için geldiniz, öyle değil mi? Öyle değil mi? –Svidrigaylov şeytanca bir gülümsemeyle üsteliyordu.– Düşünebiliyor musunuz, ben de buraya gelirken trende, sizin bana yeni bir şeyler söyleyeceğinizi, sizden bir şeyler alabileceğimi düşünmüştüm! Görüyor musunuz, ikimiz de meğer ne zenginmişiz!

— Benden ne alabileceğinizi düşünmüştünüz?

— Bilmem ki bunu size nasıl anlatsam? Hem ben bunu biliyor muyum sanki? Ne berbat bir meyhanede oturduğumu görüyorsunuz... Doya doya oturuyorum burada... doya doyadan amacım, zevk alarak değil, insanın bir yerlerde oturması gerekiyor... Şu zavallı Katya'yı alalım... gördünüz değil mi kendisini?.. Hani bari obur, damak düşkünü biri olsaydım... Ne gezer! İşte bütün yiyebildiğim şu! –Masanın üzerinde, köşede, madeni bir tabak içinde duran, kötü görünüşlü bir biftek kalıntısıyla patatesi gösterdi.– Yeri gelmişken sorayım, siz yemek yemiş miydiniz? Ben bir şeyler atıştırdım, artık canım istemiyor... Örneğin, şarap hiç içmem. Şampanyadan başka bir şey içmem. Şampanya da hani, koca bir gecede bir tek bardak, o bile başımı ağrıtıyor ya... Aslında şu şişeyi de biraz yatışmak ve cesaret bulmak için getirttim, çünkü birazdan bir yere gitmek zorundayım, beni böyle olağanüstü bir ruh hali içinde görmenizin nedeni budur; demin sizden bir ilkokul öğrencisi gibi gizlenmemin nedeni de budur: Bana engel olabileceğinizi düşünmüştüm. Ama sanırım, –saatini çıkardı,– sizinle bir saat daha birlikte olabilirim. Şimdi saat dört buçuk... İnanır mısınız, bazen öyle üzülüyorum ki! "Hani," diyorum, "bir toprak sahibi, bir baba, bir süvari ya da ne bileyim, bir fotoğrafçı, bir gazeteci olsaydım..." Hiçbir şey değilim, hiçbir mesleğim yok! Öyle canımı sıkıyor ki bu bazen! Doğrusu, bana yeni bir şeyler söyleyeceğinizi sanmıştım.

— Peki, siz kimsiniz ve buraya niçin geldiniz?

— Ben mi kimim? Biliyorsunuz: Bir soyluyum, iki yıl süvari alayında hizmet ettim, sonra burada, Petersburg'da aylaklık ettim. Daha sonra da Marfa Petrovna'yla evlenerek, çiftlikte yaşadım. İşte benim yaşam öyküm!

— Sanırım kumarbazsınız?

— Ne kumarbazı! Kumarbaz değil, hilebazım ben.

— Gerçekten de kumarda hile yaptınız mı?

— Evet.

— Dayak yemediniz mi?

— Yedim. Ne var bunda?

— Demek ki, sizi düelloya çağırabilirlerdi... bu, genellikle insanı canlandırır da...

— Tersini savunmayacağım. Hem ben böylesi felsefi tartışmalarda usta da değilimdir. İtiraf etmeliyim ki, buraya daha çok kadınlar için geldim ben.

— Marfa Petrovna'yı toprağa verir vermez mi?

Svidrigaylov gülümseyerek ve şaşılacak bir açıksözlülükle:

— Evet, –dedi.– Ne var bunda? Sanırım, kadınlardan söz ediş biçimimi çirkin buldunuz?

— Zevk ve eğlence düşkünlüğünüzü çirkin bulup bulmadığımı mı soruyorsunuz?

— Zevk ve eğlence düşkünlüğü mü! Sözü nereye götürdünüz! Yine de kadın konusundan başlayarak sırayla cevap veriyorum: Bilirsiniz, gevezelikten hoşlanan bir adamım ben. Söylesenize, neden kendimi tutmam gerekiyor? Madem kadınlara düşkünüm, onlardan neden uzak durayım? En azından bir uğraş oluyor bu benim için.

— O zaman sizin bu kentten tek beklediğiniz şey, zevk ve eğlence?

— Evet, zevk ve eğlence, ne var bunda! Bir zevk ve eğlence tutturmuş gidiyorsunuz! Ama, sorunuz içten bir soru olduğu için, doğrusu hoşuma da gitti. Zevk ve eğlencede, en azından hem hayallere, kuruntulara boyun eğmeyen; kanımızdaki bir korla sürekli tutuşan ve sonsuzcasına yanan, yılların ve yaşın uzun süre söndüremeyeceği, doğaya dayalı, sürekli bir şeyler var. Kabul edin ki, bu da kendine özgü bir uğraştır...

— Bence bu bir hastalıktır, hem de tehlikeli bir hastalık ve sevilecek hiçbir yanı yok.

— Gene sözü nerelere götürdünüz! Ölçüyü aşan her şey gibi bunun da bir hastalık olduğunu kabul ediyorum, ama bu işte ölçünün kesinlikle aşılması gerekiyor; çünkü birincisi, ölçü herkese göre değişir; ikincisi, her şeyde ölçülü olursak, bize ne yapmak kalır? Belki çirkin bir tahmin, ama o zaman beynimize bir kurşun sıkmamız gerekecektir. Namuslu, dürüst bir insan için ölçülere bağlı kalarak sıkmanın bir zorunluluk olduğunu kabul ediyorum, ama yine de...

— Siz de beyninize bir kurşun sıkabilir miydiniz?

— Laf mı yani bu şimdi! –Svidrigaylov soruyu tiksinç bulmuştu.– Rica ederim bana bundan söz etmeyin. –Baştan beri böbürlenen, cakalı konuşmasını bir yana bırakmıştı, hatta yüzü bile değişmişti.– Doğrusunu söylemek gerekirse, bu benim bağışlanmaz zayıflığımdır: Ama ne yaparsınız: Ölümden korkarım ve yanımda ölümden söz edilmesinden hiç hoşlanmam. Benim biraz mistik bir yanım olduğunu bilmem biliyor muydunuz?

— A! Marfa Petrovna'nın hayaleti! Ziyaretlerine devam ediyor mu?

Svidrigaylov sinirli sinirli:

— Bana onu hatırlatmayın! –diye bağırdı.– Petersburg'da daha hiç gelmedi. Yüzünü şeytan görsün! Hayır, biz en iyisi şeyden... aslında... hımm! Zamanımız pek az kalmış. Ne yazık, uzun süre kalamayacağım sizinle! Bari söyleyecek bir şeyiniz olsaydı!

— Aceleniz... yine bir kadınla mı ilgili?

— Evet, bir kadınla ilgili... Ama tümüyle rastlantısal bir olay... Hayır, benim söylemek istediğim bu değildi...

— Peki çirkeflik... içinde bulunduğunuz durumun iğrençliği, sizi hiç etkilemiyor mu? Yoksa durma gücünüzü mü yitirdiniz?

— Siz mi güçten söz ediyorsunuz? Hah–hah–ha! Gerçi bunun böyle olacağını önceden de biliyordum, ama yine de beni şaşırtıyorsunuz Rodion Romanoviç. Zevk ve eğlence içinde geçen bayağı bir yaşam ve estetik... Bana siz söz ediyorsunuz bunlardan ha! Öyle ya siz bir Schiller'siniz, bir idealistsiniz! Bütün bunların elbette böyle olması gerek, zaten başka türlüsü şaşılası olurdu; ama yine de bunları gerçeklikte görmek, insanın tuhafına gidiyor. Ah, ne yazık ki, zamanım çok az; oysa siz ne ilginç bir insansınız! Aklıma gelmişken sorayım, Schiller'i sever misiniz? Ben bayılırım.

Raskolnikov tiksiniyormuşçasına:

— Amma böbürleniyorsunuz! –dedi.

Svidrigaylov gülerek:

— Hayır, yemin ederim böbürlenme değil! –dedi.– Ama sizinle tartışmayacağım, peki böbürleniyorum... Ama söyler misiniz, kimseyi incitmedikten sonra, böbürlenmenin ne zararı var? Marfa Petrovna'nın çiftliğinde tam yedi yıl köy hayatı yaşadım, şimdi sizin gibi akıllı ve aşırı derecede ilginç bir insanla karşılaşınca, oturup gevezelik etmek çok hoşuma gidiyor. Kaldı ki, hafiften başımı döndürmeye başlayan yarım kadeh de şampanya içmişliğim var. En önemlisi de beni müthiş heyecanlandıran bir durum var ortada, ama ondan söz etmeyeceğim...

Svidrigaylov birden korkuyla sordu:

— Nereye gidiyorsunuz?

Raskolnikov masadan kalkmak üzereydi. Birden buraya gelmiş olmaktan dolayı bir sıkıntı duymuş, boğulur, bunalır gibi olmuştu. Svidrigaylov'un dünyanın en alçak, en aşağılık adamı olduğuna inanmıştı.

— Oturun, Tanrı aşkına, –dedi Svidrigaylov,– emredin, hiç değilse, bir çay getirsinler. Oturun, artık gevezelik etmeyeceğim, yani kendimden söz etmeyeceğim. Size bir şeyler anlatacağım. Beni bir kadının nasıl, sizin sözlerinizle, "kurtardığını" anlatsam, dinler misiniz? Hem bu sizin ilk sorunuza da bir cevap olacak, çünkü bu hanım, sizin kız kardeşinizdir. İzin verir misiniz, anlatayım? Hani, zaman öldürmüş olmak için.

— Anlatın, ama dilerim...

— O! Hiç kaygılanmayın! Avdotya Romanovna, benim gibi ciğeri beş para etmez adamlarda bile derin bir saygıdan başka bir şey uyandırmamıştır.

IV

— Size söylemiştim, –diye başladı Svidrigaylov,– bu yüzden biliyorsunuzdur: Ödeyecek beş param olmadığı için, burada uzunca bir süre borçlular hapishanesinde yatmıştım. Marfa Petrovna'nın borçlarımı ödeyerek beni hapisten nasıl kurtardığının ayrıntılarına girmeyeceğim. Bilmem bilir misiniz? Kadınlar sevdikleri zaman afyonlanmışa dönerler, hem de öylesine ki... Neyse, Marfa Petrovna namuslu, dürüst bir kadındı ve hiçbir öğrenimi olmamasına rağmen aptal değildi. Düşünün: Bu son derece kıskanç ve dürüst kadın, pek çok öfkelenmeler, serzenişlerden sonra, benimle evliliğimizin sonuna kadar geçerli olan bir sözleşme yapmak küçüklüğünü gösterdi: Bunun nedeni, sanırım, benden epey yaşlı olması ve hep karanfil çiğnemesiydi. Kendisine tümüyle bağlı kalamayacağımı ona açıkça söyleyecek kadar domuzdum ve kendimce bir namusluluk anlayışım vardı. Bu itiraf onu çileden çıkardı, ama biraz kabaca da olsa, açıksözlülüğüm hoşuna gitmişti. "Önceden açıkladığına göre, demek ki aldatmak istemiyor" diye düşünmüş olsa gerek. Kıskanç bir kadın için bu son derece önemli bir noktadır. Uzun gözyaşlarından sonra, sözlü olarak şöyle bir anlaşmaya vardık: Bir, ben Marfa Petrovna'yı hiçbir zaman bırakmayacak, hep kocası kalacaktım; iki, onun izni olmadan hiçbir yere gitmeyecektim; üç, sevgililerim hiçbir zaman sürekli olmayacaktı; dört, çiftlikteki hizmetçi kızlarla arada bir kırıştırmama izin vardı, ama bu Marfa Petrovna'nın gizli bilgisi altında olacaktı; beş, kendi sınıfımızdan soylu bir kadına âşık olmaktan beni Tanrı korusundu, bundan kesinlikle kaçınacaktım ve altı, yine Tanrı korusun, büyük ve gerçek bir aşka tutulacak olursam, bunu Marfa Petrovna'ya açıkça söyleyecektim. Bu sonuncu maddeden yana içi hemen hep rahat olmuştu; çünkü akıllı bir kadındı ve benim ciddi bir aşka tutulmayacak kadar uçarı, zevk ve eğlence düşkünü bir insan olduğumu görüyordu. Ama akıllı ve kıskanç kadın iki ayrı şeydir ve felaket de buradadır. Kimi insanlar üzerinde yansız bir yargıda bulunabilmek için, her şeyden önce önyargılarımızdan ve bizi çevreleyen insanlara ve nesnelere karşı edindiğimiz gündelik alışkanlıklarımızdan kurtulmamız gerek. Başka hiç kimsenin yargısına güvenemeyeceğim kadar güvenirim sizin yargınıza. Marfa Petrovna'ya ilişkin pek çok gülünç ve saçma şey duymuş olabilirsiniz. Gerçekten de gülünç denebilecek bazı alışkanlıkları vardı; ama size içtenlikle söylüyorum: Ona bitmez tükenmez bir şekilde acı çektirdiğim için gerçekten çok pişmanım. Neyse, tatlı bir kocanın, tatlı karısı üzerine yaptığı bu çok nazik *oraison funebr*[1] yeter sanırım. Tartışmalarımızda ben genellikle susar, alttan alırdım; bu centilmence davranışım hemen her zaman karımı etkilemiş, onun hoşuna gitmiş ve amacına ulaşmıştır. Böylece, karımın benimle övündüğü zamanlar bile olmuştur. Ama yine de kız kardeşinize bir türlü katlanamadı. Böyle çok güzel bir kızı eve mürebbiye olarak sokmak cesaretini nasıl göstermişti? Ben bunu, Marfa Petrovna'nın ateşli, çabuk etkilenebilir bir kadın olarak kız kardeşinize âşık olmasıyla evet, düpedüz âşık olmasıyla açıklıyorum. Avdotya Romanovna bu! Kendisini daha ilk görüşümde işin sonunun hiç de iyi olmadığını anladım ve ne dersiniz, göz ucuyla bile ona bakmamaya karar verdim. İnanır mısınız, ilk adımı atan Avdotya Romanovna oldu? Yine inanır mısınız, kız kardeşiniz üzerine hiçbir şey söylemememden ve kendisinin onun hakkındaki bitmez tükenmez sevgi dolu sözlerini kayıtsızlıkla dinlememden dolayı, Marfa Petrovna bana başlangıçta kızmıştır bile? Ne istiyordu karım, doğrusu anlamış değilim! Tabii bu arada bana ilişkin her şeyi ayrıntılarıyla Avdotya Romanovna'ya anlatmıştı. Karımın aile gizlerimizi herkese anlatmak ve önüne gelene benden yakınmak gibi kötü bir huyu vardı; bu konuda yeni arkadaşını, bu çok güzel arkadaşını hiç ihmal edebilir miydi?

---

1 (Aslında da Fransızca) — Ölünün ardından yapılan konuşma.

Bütün konuşmalarının benimle ilgili olduğu ve Avdotya Romanovna'nın bana mal edilen birtakım karanlık ve gizemli olayları bütünüyle öğrendiği kuşkusuzdu... Bu türden birtakım şeyleri sizin de duyduğunuza bahse girerim?

— Duydum. Hatta Lujin sizi bir çocuğun ölümüne sebep olmakla suçluyor. Doğru mu bu? Svidrigaylov yüzünü buruşturdu, iğrenircesine:

— Rica ederim, -dedi,- bu bayağılıklardan söz etmeyin bana! Eğer bu saçma dedikoduların aslını ılle de öğrenmek istiyorsanız, size bir gün ayrıca anlatırım, ama şimdi...

— Yine çiftliğinizdeki bir uşağın başına gelenlere de siz sebep olmuşsunuz?..

Svidrigaylov gözle görülür bir sabırsızlıkla Raskolnikov'un sözünü kesti:

— Rica ederim, yeter!

Raskolnikov da gitgide öfkeleniyordu:

— Öldükten sonra piponuzu doldurmaya gelen uşak olmasın sakın, bu? -dedi.- Hani, kendiniz anlatmıştınız?..

Svidrigaylov gözlerini dikip Raskolnikov'u dikkatle süzdü: Raskolnikov bu bakışlarda bir an için haince bir gülümsemenin çakar gibi olduğunu gördü. Ama Svidrigaylov kendini tuttu ve son derece nazik:

— Evet, -dedi,- ta kendisi. Bakıyorum bütün bunlar sizi de çok ilgilendiriyor. İlk uygun fırsatta merakınızı tümüyle gidermeyi bir borç biliyorum. Lanet olsun! Kimilerine gerçekten bir roman kişisi gibi görünebiliyorum anlaşılan! Hakkımda kız kardeşinize bunca ilginç ve gizemli hikâyeler anlattığı için rahmetli Marfa Petrovna'ya nasıl teşekkür borçlu olduğuma varın siz karar verin... Bu hikâyelerin nasıl bir etkisi oldu, bilemiyorum; ama sonuç benim yararımaydı. Bana karşı duyması son derece doğal nefretine ve benim her zamanki suratsızlığıma ve iticiliğime rağmen, Avdotya Romanovna sonunda düşmüş, mahvolmuş insanlara karşı duyulan bir duygu ile bana acımaya başladı. Bir genç kızın yüreği acımaya başladığı zaman, kendisi için son derece tehlikeli bir durum da başlamış demektir. Çünkü genç kız, söz konusu mahvolmuş kişiyi "kurtarmak", akıllandırmak, diriltmek, daha soylu birtakım amaçlara yöneltmek ve yeni bir hayatın, eylemin içine sokmak isteyecektir; böyle bir durumda bu türden daha nelerin düşlenebileceği bilinen bir şey. Kuşun kendiliğinden kafese girmekte olduğunu görünce, ben de kendime göre önlemlerimi aldım. Bakıyorum, kaşlarınızı çatıyorsunuz, Rodion Romanoviç? Korkmayın, sonuç bildiğiniz gibi bir hiçtir. Hay lanet olsun! Amma çok içmeye başladım! Biliyor musunuz, kız kardeşinizin ikinci ya da üçüncü yüzyıllarda, güçlü bir prensin, bir hükümdarın ya da Küçük Asya hanlarından birinin kızı olarak dünyaya gelmemiş olmasına hep hayıflanmışımdır. Kader ona bunu nasip etmiş olsaydı, göğsü kızgın şişlerle dağlanırken bile gülümseyebilen büyük çilekeşlerden biri olurdu; buna hiç kuşkum yok. Hem o böyle bir işkenceye bilerek ve isteyerek giderdi. Eğer dördüncü veya beşinci yüzyıllarda yaşamış olsaydı, kendini Mısır çöllerine vurur ve orada otuz yıl kök yiyerek, heyecan ve hayallerle yaşardı. Bir an önce ve ne yapıp edip birileri için acı çekmek isteyen, acı çekmeye susamış bir insan kız kardeşiniz; bu acı ondan esirgenirse, kendini tutup örneğin, pencereden aşağı atabilir. Razumihin diye birinden söz edildiğini duydum; akıllı bir çocukmuş dediklerine göre, soyadı da bunu gösteriyor[1], papaz okulu öğrencisi herhalde. Kız kardeşinizi varsın o korusun. Kısacası, sanıyorum Avdotya Romanovna'yı anladım ve bundan da onur duyuyorum. Ama siz de bilirsiniz, insan biriyle yeni tanıştığında, nedense hoppaca davranır, birtakım aptallıklar eder, yanlışlar yapar, doğru değerlendirmede bulunamaz. Ama... Lanet olsun! O da niye bu kadar güzel sanki! Bunda benim hiçbir suçum yok! Tek kelimeyle bu iş bende önlenemez bir şehvet

---

1 Razumihin adı "razum – akıl" kökünden türemektedir.

duygusuyla başladı. Avdotya Romanovna bugüne dek görülmemiş, duyulmamış ölçüde namuslu bir kız. Bu sözüme dikkat edin, kız kardeşinizle ilgili bir gerçek olarak belirtiyorum bunu. Bütün parlak zekâsına rağmen, namus konusunda neredeyse hastalıklı bir duyarlılığı var. Bu kadar namusluluk kendisine zarar verir. Paraşa adında bir kız vardı çiftlikte, başka bir köyden hizmetçi olarak getirmişlerdi. Kara gözlü Paraşa!.. Kendisini daha önce hiç görmemiştim. Çok güzel, ama inanılmayacak derecede aptaldı. Çığlık çığlığa bağırıp ağlayıverdi bir gün ve bütün çiftliği ayağa kaldırdı. Tabii, bu bir skandaldı! Bir gün, öğle yemeğinden sonra bahçede dolaşırken, Avdotya Romanovna özellikle yalnız olduğum bir anı kollayarak yanıma geldi ve gözleri alev alev, benden Paraşa'ya ilişmememi istedi. Bu sanırım onunla ilk baş başa konuşmamızdı. Ben tabii onun isteğini yerine getirmeyi şeref saydım; şaşırmış, utanmış göründüm. Kısacası, rolümü pek de fena oynamadım. Böylece aramızda bir ilişki başladı; gizemli konuşmalar, ahlak dersleri, öğütler, ricalar, yalvarmalar, hatta inanır mısınız gözyaşları!.. Bazı kızlarda propaganda tutkusu nerelere kadar varıyor, görüyor musunuz! Ben tabii bütün suçu kaderime yüklüyor, kendimi ışığa, doğru yolu bulmaya susamış bir insan gibi gösteriyordum; sonunda, hiç ayrımsız herkes üzerinde kesin etkisi olan, insanı hiç yanıltmayan, kadın kalbini yola getirmede en güçlü, en şaşmaz yola başvurdum. Bu yol, herkesçe bilindiği gibi, övmedir. Dünyada açıkyüreklilikten zor ve övmeden kolay bir şey yoktur. Açıkyüreklilikte yüzde bir değerinde bile olsa, bir nota falsolu oldu mu, uyumsuzluk hemen fark edilir; övmede ise, baştan sona bütün notalar falsolu bile olsa, yine de kulağa hoş gelir, zevkle dinlenir. Övgü ne kadar kaba olursa olsun, yine de en azından yarısı, övülene gerçek gibi gelir ve bu toplumun her katmanında böyledir. Namus tanrıçası olarak nitelendirilen bir kızı bile övme ile baştan çıkarmak mümkündür. Sıradan insanlarınsa sözünü etmeye bile değmez. Kocasına, çocuklarına son derece bağlı, erdemlilik timsali bir hanımefendiyi nasıl baştan çıkardığımı hatırladıkça gülmekten kendimi alamam. Öyle eğlenceli ve öyle zahmetsizce olmuştu ki bu iş! Kadın, gerçekten erdemliydi, en azından kendine göre böyleydi bu. Ona karşı uyguladığım bütün taktik ise erdemliliği karşısında şaşkına dönmüş, hayran olmuş görünmekten ibaretti. Öyle ölçüsüzce övüyordum ki kendisini, diyelim elini sıkmak ya da bir bakışını elde etmek fırsatını buldum, bunu zorla elde ettiğimi, aslında onun çok direndiğini, hatta böylesine aşağılık bir adam olmasaydım bunu hiçbir zaman elde edemeyeceğimi, saflığından benim ne denli sinsi ve kahpe biri olduğumu anlayamadığını ve tuzağa düştüğünü, aslında böyle bir şeyi hiç istemediğini... ve daha bunlara benzer neler neler söyleyerek kendimi azarlayıp duruyordum. Tek kelimeyle, ben amacıma ulaşmıştım, hanımefendi ise bütün görev ve sorumluluklarını yerine getirmiş, namuslu, son derece erdemli bir kadın olarak kaldığına inanmıştı. Gerçekteyse hayatı kaymıştı. En son ayrılırken, kendisi hakkındaki asıl düşüncemi, onun da benim gibi zevk peşinde koşan biri olduğunu söylediğimde nasıl kızıp köpürdüğünü anlatamam! Zavallı Marfa Petrovna da övgüye karşı çok duyarlıydı; isteseydim daha sağlığında varını yoğunu üzerime geçirtebilirdim. Ama ben çok içiyor ve gevezelikte biraz ileri gidiyorum galiba? Aynı sonucu Avdotya Romanovna üzerinde elde etmeye başladığımı söylersem, bana gücenmezsiniz sanırım. Ama işte aptallığımdan ve sabırsızlığımdan her şeyi berbat ettim. Bilmem inanır mısınız, Avdotya Romanovna daha önce de birkaç kez, hele birinde, bakışlarımı hiç beğenmemişti. Tek kelimeyle bakışlarımda onu önce korkutan, sonra da benden tiksindiren ve pervasızlığı gitgide artan birtakım pırıltılar görmüştü. Ayrıntılara girmenin anlamı yok, sonunda bozuştuk. Ben yine bir aptallık ettim ve onun propagandalarıyla, bana anlattığı şeylerle alay etmeye başladım. Paraşa yeniden sahneye çıktı, üstelik bu kez tek başına da değil... Tek kelimeyle, rezil bir curcunadır başladı. Ah, Rodion Romanoviç, hayatta hiç değilse bir kez, kız kardeşinizin gözlerinin bazen nasıl alev alev yandığını görebilseydiniz! Şimdi koca bir bardak şampanya içtim de sarhoşum diye söylemiyorum bunları, hepsi doğrudur anlattıklarımın. İnanın bana bakışları düşlerime girmeye başlamıştı. Sonunda artık etek hışırtılarına bile dayanamaz oldum. Doğrusu, "Acaba sara illetine mi tutuluyorum?" diye düşündüğüm bile oldu; böylesine kendimden geçebileceğimi hiç, ama hiç düşünemezdim. Tek kelimeyle, barışmamız gerekti, ama bu artık olanaksızdı. Bunun üzerine ne yaptım, biliyor musunuz? Gözü dönmeye görsün, insan nasıl da alıklaşıyor, hayret doğrusu! Siz siz olun, aşırı kızgınken herhangi bir girişimde bulunmayın Rodion Romanoviç. Avdotya Romanovna'nın yoksul bir kız olduğunu, ah bağışlayın, bunu demek istememiştim ama, aynı kavramı dile getirecek olduktan sonra ne fark eder sanki, tek kelimeyle, emeğiyle geçindiğini, annesine ve size baktığını düşünerek, hay aksi bakın yine yüzünüzü buruşturuyorsunuz, benimle birlikte hiç değilse buraya, Petersburg'a gelmesi için, kendisine bütün paramı vermeyi önermeye karar verdim. Ben o sıralar otuz bin ruble kadar para çıkartabilirdim. Tabii bu arada ölümsüz aşk ve mutluluk yeminleri edecek ve bu türden daha bir sürü şeyler söyleyecektim. İnanır mısınız, o sıralar ona öylesine kapılmıştım ki, eğer bana Marfa Petrovna'yı boğazla ya da zehirle, sonra da benimle evlen deseydi, hemen o an dediğini yerine getirirdim! Ama sizin de bildiğiniz gibi, bütün bunların sonucu bir felaket oldu. Marfa Petrovna'nın, Lujin denilen kâhya bozuntusu aşağılık herifi bulup da Avdotya Romanovna'yla evlendirmeye çalıştığını öğrendiğimde, nasıl kudurmuşa döndüğümü tahmin edebilirsiniz. Böyle bir evliliğin benim önerimden en küçük bir farkı olacak mıydı, ha? Sorarım size, olacak mıydı? Bakıyorum beni büyük bir dikkatle dinlemeye başladınız... ilginç delikanlı?..

Svidrigaylov kendinden geçip masaya bir yumruk indirdi. Yüzü kıpkırmızı olmuştu. Yudum yudum farkına varmadan içtiği bir, bir buçuk kadeh şampanyanın onu epey çarptığını fark eden Raskolnikov bundan yararlanmaya karar verdi. Svidrigaylov'u çok kuşku verici buluyordu.

Onu daha da kışkırtmak istediğini gizlemeye çalışmadan:

— Bütün bu anlattıklarınızdan sonra, –dedi,– ben artık buraya özel olarak kız kardeşim için geldiğinize iyice inanmış bulunuyorum.

Svidrigaylov birden ayılır gibi oldu:

— Ama ben bütün... hem ben size söylemiştim... kaldı ki, kız kardeşiniz benim adımı bile duymak istemez.

— Bundan eminim. Ama benim demek istediğim bu değildi.

— Demek eminsiniz? –Svidrigaylov göz kırptı, alayla gülümsedi.– Haklısınız, beni sevmez. Ama karıkoca ya da iki sevgili arasında geçen şeylerden hiçbir zaman emin olmayınız. Bu ikili ilişkide, söz konusu iki kişiden başka, dünyada hiç kimsenin bilmediği gizli bir yan hep olagelmiştir. Avdotya Romanovna'nın benden nefret ettiğine senet verebilir misiniz?

— Bazı sözlerinizden, hele kullandığınız bazı sözcüklerden kız kardeşime karşı alçakça bazı niyetler taşıdığınızı, üstelik bunların uygulamasına hemen girişeceğinizi anlıyorum.

Svidrigaylov niyetleri için kullanılan sıfata aldırış etmeden, saf bir korkuyla sordu:

— Nasıl! Bu anlama gelebilecek sözler söyledim mi ben?

— Şu anda bile söylemektesiniz. Örneğin, niye bu kadar korktunuz? Şu andaki bu ani korkunuzun nedeni ne?

— Ben mi korkuyorum? Sizden mi? Asıl sizin benden korkmanız gerek, *cher ami.*[1] Ancak bu saçma konuşma... Ama ben kafayı buldum galiba, yine ağzımdan bir şeyler kaçıracaktım... Lanet olsun bu içkiye! Hey, su getirin!

---

1 (Aslında da Fransızca) — Sevgili dostum.

Şampanya şişesini kaptığı gibi, büyük bir aldırmazlıkla pencereden dışarı fırlatıverdi. Filip su getirdi.

— Bunların hepsi saçma! –Svidrigaylov bir peçete ıslatıp başına koydu.– Sizi tek kelimeyle yerinize oturtabilir ve bütün kuşkularınızı bir anda yok edebilirim. Örneğin... evleneceğimi biliyor muydunuz?

— Bunu daha önce de söylemiştiniz.

— Söylemiş miydim? Unutmuşum. Ama o zaman şimdiki kesinlikle konuşmazdım, çünkü gelini bile görmemiştim daha; yalnızca bir tasarıydı... Şimdi ise bir nişanlım var, gerekenler yapıldı. Eğer ertelenemez birtakım işlerim olmasaydı, sizi alır şimdi doğruca ona götürürdüm. Çünkü sizin görüşünüzü de almak istiyordum. Lanet olsun! Yalnızca on dakika kalmış. Bakın isterseniz saate... neyse, sonra anlatırım artık bunu size, çünkü bu benim evlenme işi, kendine göre oldukça enteresandır... Nereye? Yine mi gidiyorsunuz?

— Hayır, artık gitmiyorum.

— Hiç mi gitmeyeceksiniz? Görürüz... Size nişanlımı göstereceğim. Ama şimdi değil... Çünkü birazdan sizin kalkıp gitmeniz gerekiyor. Siz sağa, ben sola... Resslich'i tanıyor musunuz? Şu anda evinde oturduğum Resslich'i? Bildiniz mi? Yok canım, o değil... hani şu, bir kız çocuğu sözde onun yüzünden kendini kışın suya atmış ya işte o Resslich, bildiniz mi? İşte benim bu evlenme işini kotaran odur. "Tek başına canın sıkılıyordur, biraz oyalanırsan, gözün gönlün açılır." dedi. Gerçekten de yüzü gülmez bir adamımdır ben. Neşeli biri olduğumu mu düşünüyorsunuz? Hayır azizim, asık suratlının tekiyimdir. Kimseye zararım dokunmadan, köşemde oturur dururum, bazen üç gün kimselerle konuşmadığım olur. Ama ben o Resslich denen anasının gözü üçkâğıtçının aklından neler geçirdiğini çok iyi biliyorum: Benim sıkılıp bir gün karımı bırakacağımı, böylece kızın kendisine kalacağını hesaplayarak, onu sermaye olarak kullanmayı, yani bizim tabakayla daha yüksek tabakaya satmayı kuruyor. Dediğine göre kızın üç yıldır bacakları tutmayan, koltuğa bağlı bir babası varmış, emekli memurmuş adam. Annesine gelince, akıllı bir kadınmış. Taşrada bir yerlerde çalışan ve bunlara hiç yardım etmeyen bir oğullarıyla, evli ve yine bunlara hiç gelip gitmeyen bir kızları varmış. İki küçük yeğenlerini de yanlarına almışlar. Kendilerininki yetmemiş anlaşılan... Bir ay sonra on altısını bitirecek olan en küçük kızlarını da lisenin son sınıfındayken okuldan almışlar. Bu hesapça kızı bir ay sonra kocaya vermek, yani benimle evlendirmek mümkün olabilecek... Bir gün onlara gittik; bunun onlar için ne denli gülünç olduğunu gözümde canlandırabiliyorum: Tanınmış bir aileden, şöyle birtakım ilişkileri olan, büyük çiftlik sahibi, zengin bir dul olarak tanıttım kendimi. Ben ellime varmışım, o tazeyse daha on altısına bile basmamışsa bundan ne çıkar? Buna aldıran kim? Cazip bir aday, öyle değil mi? Ah, hem de nasıl, hah–hah–ha! Önemli olan bu! Ana babayla konuşmamı görmeliydiniz! Gerçekten, para ödenip görülmeye değer bir halim vardı! Kız da içeri girdi, dizlerini kırıp selam verdi. Düşünebiliyor musunuz azizim, daha kısa etekli elbise giyiyor! Açılmamış gonca gül! Yüzüne ateş basıyor, utanıyor, kıpkırmızı kesiliyordu. Besbelli söylemişler kendisine. Kadın yüzleri konusunda sizin nasıl bir düşünceniz var bilmiyorum, ama bana sorarsanız bu on altı yaş, bu çocuksu gözler, bu ürkeklik, utançtan kaynaklanan bu gözyaşları, bence güzellikten de öte şeyler. Kaldı ki, bu kız bir tablo gibi de güzel: Açık sarı, lüle lüle saçlar, küçücük ama etli ve kıpkırmızı dudaklar, ufacık, olağanüstü güzel ayaklar... Neyse, biz böylece tanıştık. Birtakım işlerim dolayısıyla acelem olduğunu söyledim, bunun üzerine de ertesi gün, yani dün değil önceki gün nişanlandık. O zamandan beri onlara her gidişimde kızı kucağıma alıyor, bir daha da bırakmıyorum... Nasıl utanıyor; nasıl kıpkırmızı kesiliyor, bilemezsiniz. Bense kendisini aralıksız öpüyorum. Annesi de kendisine, artık kocası sayıldığımı, bunun böyle olması gerektiğini anlatmaya çalışıyor. Yeme de yanında yat! Bu nişanlılık yok mu, yani şimdiki durumumuz, belki evlilikten daha iyi. Hani şu *la nature et la verite*[1] dedikleri durum var nişanlılıkta. Hah–hah–ha! Kendisiyle iki kez konuştum, gerçekten hiç de aptal bir kız değil! Hatta bazen şöyle çaktırmadan bana öyle bir bakıyor ki, zangır zangır titriyorum! Yüzü, tıpkı Rafael'in Madonna'sının yüzü! Aslında, bilmem hiç dikkat ettiniz mi, Sikstin Madonnası'nın yüzü gerçek değil, hayaldir, kederli bir divanenin yüzünü kondurmuştur Rafael Madonna'sına. Neyse, nişanlandığımızın ertesi günü, gümüş bir kutu içinde pırlantalar, inciler ve bin beş yüz ruble değerinde başka bir sürü ıvır zıvır götürdüm. Kocaman, nah şöyle bir kutuydu bu. Bizim Madonna'nın yüzünün nasıl ışıdığını bir görmeliydiniz! Dün kendisini kucağıma aldım, ancak bunu biraz fazla ileri giderek yapmış olmalıyım ki, belli etmemeye çalışmakta birlikte, yüzü kıpkırmızı olmuş, bütün vücudunu ateş basmıştı. Gözlerinden yaş bile geldi. Tabii bir anda herkes odadan çıktı, kendisiyle yalnız kaldık. O zaman birden boynuma atıldı, ilk kez yapıyordu bunu, küçücük kollarıyla sarıldı ve beni öpmeye başladı; bana hep bağlı kalacağına, söz dinleyeceğine, hayatının her anını bana adayacağına dair yeminler ediyor, bütün bunlara karşılık benden yalnız ve yalnız saygı beklediğini, başkaca "hiç, ama hiçbir hediye istemediğini" söylüyordu! Genç kızlık utancıyla yüzü kıpkırmızı kesilmiş, heyecandan gözleri yaşarmış on altı yaşındaki bir melekten böylesi itiraflar duymak, siz de kabul edersiniz ki, son derece ayartıcı bir şey. Öyle değil mi? Siz de ayartıcı bulmuyor musunuz bunu? Herhalde bir şeylere değer böyle bir sahne, ha? Değer, öyle değil mi? Dinleyin... bir gün birlikte gidelim nişanlıma; ha? Yalnız, şimdi değil!

---

1 (Aslında da Fransızca) — Doğa ve gerçek.

— Tek kelimeyle sizin şehvetinizi kamçılayan da aradaki yaş ve seviye farkı olsa gerek!.. Gerçekten evlenecek misiniz onunla?

— Ya ne sandınız? Kesinkes evleneceğim. Herkes kendisi hakkında kendisi karar verir ve kendini en iyi aldatabilen, herkesten daha neşeli yaşar. Hah–hah–ha! Bakıyorum, birden paçanızdan erdemlilik akmaya başladı! Ah, acıyın bana efendim, ben günahkâr bir insanım! Hah–hah–ha!..

— Oysa siz Katerina İvanovna'nın çocuklarına yardım etmiştiniz... Ama anlıyorum, bundan da birtakım amaçlarınız vardı... Evet, şimdi anlıyorum...

Svidrigaylov bir kahkaha attı.

— Ben genel olarak çocukları severim, hem de çok severim... Bu konuda size, şu anda bile sürüp giden bir ilişkinin nasıl başladığını anlatabilirim. Buraya geldiğimin ilk günü, yedi yıllık ayrılığın biriktirdiği özlemle hemen batakhanelere saldırdım. Eski dostlarımı bulmak konusunda hiç acele etmediğimin farkındasınızdır. Bu bir yana, olabildiğince onlardan uzak kalmaya çalışıyorum. Biliyor musunuz, köyde, Marfa Petrovna'nın yanındayken, bütün bu gizemli yerlerin anıları beni öylesine eziyordu ki, anlatamam. Bilenler çok şeyler bulabilirler bu yuvalarda. Lanet olsun! Halk ayılmamacasına kafayı çekiyor, aydın gençlik derseniz, işsizlikten birtakım teorilere kendini kaptırmış, düşler dünyasında yaşıyor; ülke bir baştan bir başa Yahudi akınına uğramış sanki, adamlar ortada para diye bir şey bırakmıyorlar; geri kalanlarsa kendilerini zevk ve eğlenceye vurmuşlar, rezil bir hayat sürüyorlar. Bu kente daha adımımı attığım anda, burnum hemen o bildik kokuyu aldı. Sözümona danslı programlardan birini izlemek için bir batakhaneye gittim, rezil bir yerdi (ama ben batakhaneleri özellikle pislikleriyle severim!) Tabii kankan dansı vardı, ama eşi benzeri görülmemiş bir kankandı bu; bizim zamanımızda bile böylesi yoktu. Doğrusu iyi ilerleme sağlanılmış bu alanda. Birden, on üç yaşlarında, çok zarif giyimli bir kızın bu işlerin ustası bir herifle dans ettiğini gördüm; karşı karşıya duruyorlardı adamla. Kızın annesi de duvarın dibinde, bir sandalyede oturuyordu: Bunun nasıl bir kankan olduğunu gözünüzde canlandırabilirsiniz! Kız kıpkırmızı kesilmişti, utanıyordu, sonunda bunu bir hakaret kabul ederek ağlamaya başladı. Adam kızı yakaladığı gibi döndürmeye ve gösteri yapmaya başladı. Salonda herkes gülüyordu. Ben halkımızı, hatta kankancı halkımızı bile, böyle anlarda pek severim: "Oh olsun! Böylesi gerekti! Ne diye çoluk çocuğu getirirler böyle yerlere!" diye bağırıyorlardı. Söyledikleri mantıklı mıydı, yoksa kendi kendilerini mi avutuyorlardı, bu benim umrumda bile değildi. Hemen ne yapmam gerektiğini tasarlayıp doğruca kızın annesinin yanına gittim. Benim de taşralı olduğumu, buraların insanlarının çok görgüsüz ve kaba olduğunu, gerçek değerleri ayırt edip onlara gerekli saygıyı göstermesini bilmediklerini söyleyerek, paralı biri olduğumu sezdirmeye çalıştım, kendilerini arabama davet ettim, evlerine götürdüm. Bir oda kiralamışlardı kendilerine, Petersburg'a daha yeni gelmişler. Böylece tanışmış olduk. Kadın, benimle tanışmanın kendisi için de, kızı için de bir şeref olduğunu söyledi. Bu arada beş parasız olduklarını ve Petersburg'a da bilmem hangi dairede, bilmem nasıl bir işi izlemek için geldiklerini öğrendim. Kendilerine hem para olarak, hem de hizmet olarak yardımda bulunabileceğimi, söyledim; bu arada da o batakhaneye, orada dans dersleri veriliyor sanarak düştüklerini öğrendim. Genç kızın Fransızca dil dersleriyle dans dersleri konusunda, kendilerine yardımda bulunmayı önerdim. Önerimi heyecanla karşıladılar, bunun kendilerine yalnızca şeref vereceğini söylediler... İşte böylece başlayan tanışıklığımız hâlâ sürüyor. İster misiniz, onlara da gidelim; ama şimdi değil!..

— Kes artık şu bayağı hikâyelerini aşağılık herif! Alçak, şehvet düşkünü!

— Schiller! Bu da bizim Schiller işte! *Où va–t–elle la vertu se nicher?*[1] Biliyor musunuz, bağırışlarınızı duymak için size özellikle böyle şeyler anlatacağım. Büyük bir zevk bu doğrusu!

— Ona ne şüphe! –diye homurdandı Raskolnikov.– Şu anda ben kendi gözümde de gülünç bir duruma düşmüş bulunuyorum!

Svidrigaylov katılırcasına gülmeye başladı, Filip'e seslenip hesabı ödedi, masadan kalkarken:

— Bayağı sarhoş oldum, *assez causé*[2] dedi; büyük bir zevk bu doğrusu!

Raskolnikov da ayağa kalktı.

— Evet, büyük bir zevk! Sizin gibi gözünü şehvet bürümüş bir zevk ve eğlence düşkünü, hele anlattıklarına benzer korkunç birtakım niyetleri de varsa ve hele hele bunları şu içinde bulunduğumuz koşullar altında ve benim gibi bir adama anlatıyorsa, nasıl olur da zevk almaz. Ölesiye zevk duyar!

Raskolnikov'u bir an süzen Svidrigaylov oldukça şaşırmış:

— Eğer bu böyleyse, –dedi,– o zaman sizde utanmak arlanmak diye bir şey yok! En azından esaslı malzemelere sahipsiniz bu konuda. Pek çok şey düşünebilmeye... hatta, ne düşünmesi, yapabilmeye yeteneklisiniz demektir bu konuda... Neyse, yeter artık! Sizinle konuşmamızın böylesine kısa sürmüş olmasından gerçekten çok üzgünüm. Ama nasılsa ayrıldığımız yok, hele biraz daha bekleyin...

Svidrigaylov meyhaneden çıktı. Raskolnikov da onun arkasından yürüdü: Ancak Svidrigaylov'un fazlaca sarhoş olduğu söylenemezdi, içki bir an için başına vurur gibi olmuştu, ama şimdi geçen her dakikayla biraz daha kendine

---

1 (Aslında da Fransızca) — Şu erdem de nerelere yuvalanmıyor?

2 (Aslında da Fransızca) — Gevezelik yeter.

geliyordu. Kafasının bir şeylere, hem de son derece önemli bir şeylere takıldığı belliydi; yüzü asılmıştı. Kaygı verici bir bekleyiş heyecanı içinde olduğu anlaşılıyordu. Demin Raskolnikov'la konuşurken de birden ona karşı değişivermiş, hatta konuşmasının sonlarına doğru bayağı kabalaşmış, alaycı bir tavır takınmıştı. Raskolnikov da farkındaydı bunun ve bu onu epey kaygılandırmıştı. Svidrigaylov'u son derece kuşku verici buluyordu; bu yüzden peşinden gitmeye karar vermişti.

Birlikte yaya kaldırımına indiler...

— Siz sağa, ben sola ya da belki tersine, yalnız, *adieu, mon plaisir*[1], yeniden sevinçli bir buluşma dileğiyle!

Svidrigaylov bunları söyledikten sonra, sağa, Samanpazarı'na doğru yürüdü.

V

Raskolnikov da onun ardından yürümeye başladı.

Svidrigaylov arkasına dönerek:

— Bu da ne demek! –diye bağırdı.– Ben size ne demiştim!..

— Bu şu demektir ki, ben artık sizin peşinizi bırakmayacağım.

— Ne–e?

İkisi de durmuştu. Birbirlerini tartar gibi bir dakika kadar bakıştılar, sonra Raskolnikov sertçe:

— Deminki sarhoşluk gevezeliklerinizden kesin olarak şunu anladım ki, kız kardeşim konusundaki alçakça tasarılarınızdan vazgeçmek şöyle dursun, bunlarla her zamankinden çok daha ilgilisiniz! Kız kardeşimin bu sabah bir mektup aldığından da haberim var. Demin bir türlü yerinizde duramıyordunuz. Buraya gelirken yolda kendinize bir kadın

1 (Aslında da Fransızca) — "Hoşça kal, benim için zevkti." anlamında.

bulup buluşturduğunuzu kabul etsek bile, bunun hiçbir anlamı olamaz; ben kendi gözlerimle görüp emin olmak istiyorum...

Şu anda kendi gözleriyle neyi görmek istediğini, nelerden emin olmak istediğini Raskolnikov'un kendisinin de bildiği kuşkuluydu.

— Demek böyle! İster misiniz, şimdi bir polis çağırayım?

— Çağır!

Yeniden bir dakika kadar karşı karşıya durup birbirlerini süzdüler. Sonunda Svidrigaylov'un yüzü değişti. Raskolnikov'un tehdidine aldırmadığını görünce, birden çok neşeli ve dostça bir tavırla:

— Amma adamsınız! –dedi.– Meraktan içim içimi yediği halde işleriniz hakkında sizinle bir şey konuşmamış ve bu görüşmeyi bir başka buluşmamıza bırakmıştım, ama doğrusu siz bir ölüyü bile sinirlendirebilirsiniz... Madem öyle, gidelim. Yalnız peşin peşin söyleyeyim. Hemen şimdi para almak için bir dakikalığına eve uğrayacağım, sonra kapımı kilitleyeceğim ve geceyi geçirmek için bir arabaya atlayıp adalara gideceğim. Bu durumda, arkamdan gelmenizin ne anlamı var?

— Ben de şimdilik sizin apartmana geleceğim, yalnız size değil, Sonya Semyonovna'ya... Cenaze töreninde bulunamadığım için özür dileyeceğim:

— Yine siz bilirsiniz, ama Sonya Semyonovna şu anda evde değil. Benim eski tanıdıklarımdan, bir öksüzler yurdunun kurucusu soylu bir hanımla beraber şu anda, çocukları götürdü. Katerina İvanovna'nın öksüzleri için verdiğim parayla bu kadını âdeta büyüledim, ayrıca kadının yurduna da bağışta bulundum, son olarak da ona Sonya Semyonovna'nın bütün hikâyesini olduğu gibi anlattım. Müthiş etkilendi kadın. Sonya Semyonovna'nın, bizim soylu hanımefendinin yazlıktan döndükten sonra geçici olarak kalmakta olduğu "X..." Oteli'ne çağrılmış olmasının nedeni budur.

— Olsun, ben yine de uğrayacağım.

— Siz bilirsiniz. Yalnız ben size arkadaşlık edemeyeceğim. Hem bana ne! İşte eve geldik! Birtakım sorularla sizi rahatsız etmeyecek kadar kibar olmamdan dolayı bana böyle kuşkulu gözlerle bakıyorsunuz herhalde? Evet, bunun böyle olduğundan eminim. Ne demek istediğimi sanırım anlıyorsunuz? Bahse girerim, bu durumu tuhaf da buluyorsunuzdur! Gelin de kibar olun artık!

— Ve kapıları dinleyin!

Svidrigaylov gülümsedi.

— Şu meseleden söz ediyorsunuz! Bütün bu olup bitenlerin üzerine bu konuyu açmasaydınız, şaşardım doğrusu! Hah–hah–ha! Aslında o gün muzipliğiniz üzerinizdeydi ve ben gerçi Sonya Semyonovna'ya söylediklerinizden bir şeyler anlamadım değil ama, yine de nedir bunlar? Ben belki de geri kafalı bir adamım ve hiçbir şey anlamıyorum. Tanrı aşkına bana da açıklayın bunları iki gözüm! Yeni düşünceler konusunda aydınlatın beni!

— Hiçbir şey duymuş olamazsınız, yalan söylüyorsunuz!

— Ondan değil, ondan söz etmiyorum ben, aslında bir şeyler duydum, ama sözünü etmek istediğim o değil. Benim sözünu etmek istediğim; sizin şu ardı arkası kesilmeyen ah lamalarınız! İçinizdeki Schiller her an, her şeyden kuşkulanıyor. Ve tutup bana, "Kapıları dinleme!" diyorsunuz. Eğer böyleyse, hemen karakola koşun ve başımdan şöyle bir olay geçti, teorimde küçük bir yanlışlık ortaya çıktı diyerek her şeyi anlatın. Eğer size göre kapıları dinlemek doğru değil, fakat elinize geçen herhangi bir şeyle bir kocakarının işini bitirmek doğruysa, durmayın hemen bir yerlere, Amerika'ya falan gidin! Hem de hiç zaman yitirmeden delikanlı!.. Belki hâlâ, zamanınız vardır. İçtenlikle söylüyorum. Yol paranız mı yok? Ben veririm...

Raskolnikov onun sözünü keserek tiksintiyle:

— Böyle bir şeye hiç niyetim yok! –dedi.

— Anlıyorum, hem kendinize eziyet etmeyin. İsterseniz, fazla konuşmayın. Sorunlarınızı biliyorum: Ahlak sorunları bunlar, değil mi? Yurttaş olmanın ve insan olmanın getirdiği birtakım sorunlar... Hepsini bir yana bırakın bunların! Size ne bunlardan! Hah–hah–ha! İnsan ve yurttaş olmanın sorunları ha? Madem öyle, bu işe burnunuzu hiç sokmasaydınız!.. Bari kafanıza bir kurşun sıkın olsun bitsin. Yoksa canınız istemez mi böyle bir şeyi?

— Hemen şu anda, peşinizi bırakayım diye beni mahsus sinirlendirmeye çalışıyorsunuz galiba?

— Çok tuhafsınız doğrusu; işte geldik bile; buyurun merdivenlere... Sonya Semyonovna'nın kapısı işte şurası; bakın, kimse yok! İnanmıyor musunuz? Kapernaumovlara sorun; anahtarını hep onlara bırakır Sonya Semyonovna... İşte Madame de Kapernaumov'un kendisi... Efendim? Nasıl? Biraz sağırdır Bayan Kapernaumov. Gitti mi? Nereye? Nasıl, kendiniz de duydunuz değil mi? Evde değilmiş, akşam da belki gecikecekmiş... Haydi şimdi bana gidelim. Bana gelmek istiyordunuz ya? İşte geldik bile. Madam Resslich evde değil. Hep birtakım telaşları vardır kendisinin, ama çok iyi bir kadındır, inanın... Eğer bir parça daha akıllı olabilseydiniz, sizin de işinize yarardı... Buyurun, siz de görün: Çalışma masamdan yüzde beşlik şu hisse senedini alıyorum. Görüyor musunuz, daha ne çok var bende bu senetlerden! Bugün bozduracağım bu senedi. Gördünüz mü? Daha fazla zaman yitiremem. Masamı kilitliyorum, oda kapımı da kilitliyorum, işte yeniden merdivenlerdeyiz. Bir araba tutalım ister misiniz. Ben adalara gideceğim. Siz de şöyle bir tur atmak istemez miydiniz? İşte şu arabayı beni Elagin'e götürmesi için tutuyorum. İstemiyor musunuz? Artık dayanamıyor musunuz? Gelin canım, bir tur atın! Yağmur yağacak sanırım, ama hiç önemli değil, körüğü var arabanın...

Svidrigaylov arabaya binmişti bile... Raskolnikov kuşkularının, en azından şu anda, yersiz olduğunu düşündü. Cevap vermeden arkasını dönüp Samanpazarı'na doğru yürümeye başladı. Eğer bir kez olsun başını çevirip baksaydı, Svidrigaylov'un daha yüz adım kadar bile uzaklaşmadan nasıl arabacıya parasını vererek arabadan indiğini ve kaldırımda yürümeye başladığını görecekti. Ama artık bir şey göremezdi, köşeyi dönmüştü bile. İçinde duyduğu büyük bir nefret onu Svidrigaylov'dan uzaklaştırıyordu.

— Bu aşağılık, bu alçak heriften, bu şehvet düşkünü, namussuzdan bir an için bir şeyler bekleyebildim, ha? –diye söylendi.

Doğrusu, düşüncesizce ve acele verilmiş bir karardı bu. Çünkü Svidrigaylov'un genel görünüşünde ona, hadi gizemlilik demeyelim ama, orijinallik veren bir şeyler vardı. Bütün bunların kız kardeşiyle ilgisine gelince, Raskolnikov, Svidrigaylov'un Dunya'yı rahat bırakmayacağından emindi. Ama bunları yeniden ve yeniden düşünmek ona dayanılmayacak kadar ağır geliyordu!

Yalnız kalır kalmaz, daha yirmi adım bile yürümeden, her zamanki alışkanlığıyla derin birtakım düşüncelere daldı. Köprüye varınca korkuluklara dayanarak sulara bakmaya başladı. Oysa bu sırada Avdotya Romanovna hemen yanı başında duruyordu.

Aslında köprünün girişinde karşılaşmıştı kız kardeşiyle, ama görmeden geçip gitmişti. Onu sokakta bu şekilde hiç görmemiş olan Duneçka müthiş şaşırmış ve korkmuştu. Seslenip seslenmemekte kararsız öylece dururken, birden Samanpazarı yönünden hızlı hızlı gelmekte olan Svidrigaylov'u görmüştü.

Svidrigaylov görünmemeye çalışarak, sakına sakına yürüyor gibiydi. Tam köprüye gelince, Raskolnikov'un kendisini görmemesi için büyük çaba harcayarak biraz açıkta bir yerde durdu. Dunya'yı çoktan görmüş ve işaret etmeye başlamıştı. Dunya onun işaretlerinden, kardeşine seslenmemesini, onu rahat bırakmasını, kendisine doğru gelmesini rica ettiğini çıkardı.

Öyle de yaptı. Kardeşinin yanından sessizce geçip Svidrigaylov'un yanına vardı.

— Hemen gidelim, –diye fısıldadı Svidrigaylov.– Rodion Romanoviç'in buluştuğumuzu bilmesini istemiyorum. Bu arada sizi uyarmış olayım: Kardeşinizle demin şurada bir meyhanede oturuyorduk, kendisi gelip buldu beni orada; elinden güçbela kurtulabildim. Nereden öğrenmişse, size mektup yazdığımdan da haberi var ve bir şeylerden kuşkulanıyor. Herhalde bunu ona siz söylememişsinizdir? Peki ama, siz söylemediğinize göre, kim söylemiş olabilir?

Dunya onun sözünü keserek:

— İşte köşeyi döndük, –dedi,– artık kardeşim bizi göremez. Size şu kadarını söyleyeyim ki, buradan daha ileri gidemem sizinle. Söyleyeceklerinizi burada söyleyin; sokakta da konuşmamız pekâlâ mümkün.

— Birincisi, bunlar sokakta konuşulacak şeyler değil; ikincisi, Sonya Semyonovna'yı da dinlemeniz gerek, üçüncüsü de size bazı belgeler göstermem gerekiyor... Sonuç olarak eğer evime gelmeyi kabul etmezseniz, size sözünü ettiğim açıklamaları yapmam ve çeker giderim. Bu arada sevgili kardeşinizle ilgili son derece ilginç bir gizi de tümüyle bilmekte olduğumu unutmamanızı rica ederim.

Dunya kararsızlıkla duraladı ve ok gibi delici bakışlarla Svidrigaylov'u süzdü.

— Korkacak ne var! –dedi Svidrigaylov sakin bir tavırla.– Burası köy değil, kent. Kaldı ki, köyde bile, siz bana benim size ettiğimden daha çok kötülük ettiniz; buradaysa...

— Sonya Semyonovna'nın haberi var mı?

— Hayır, ona hiçbir şey söylemedim, hatta evde olup olmadığını bile kesin olarak bilmiyorum. Ama sanırım evdedir. Bugün bir yakınını toprağa verdi, herhalde böyle bir günde konukluğa gidilmez. Zamanı gelmeden bunu kimselere açmak istemiyorum, hatta size söylediğime bile biraz yazıklanıyorum. Böylesi durumlarda küçücük bir ihmal, ihbar yerine geçer. Ben işte şurada oturuyorum, şu evde, işte geldik bile. İşte şu adam bizim kapıcıdır, beni çok iyi tanır, bakın selam veriyor; eve bir kadınla birlikte girdiğimi gördü, hiç kuşkusuz sizin yüzünüzü de fark etmiştir, eğer hâlâ benden kuşkulanıyor ve korkuyorsanız, bu durum işinize yarayabilir. Böyle kaba konuştuğum için bağışlayın. Ben burada kiracı olarak oturuyorum. Sonya Semyonovna da kiracı, aramızda bir duvar var. Bütün bu kat kiracılarla doludur. Çocuk gibi korkacak ne var? Yoksa ben bu kadar korkunç bir adam mıyım?

Svidrigaylov hoşgörür bir gülümsemeyle Dunya'ya baktı, ama hiç de gülümseyecek durumda değildi. Yüreği hızla çarpıyor, soluğu kesilecek gibi oluyordu. Gitgide artan heyecanını gizleyebilmek için oldukça yüksek sesle konuşuyordu. Ama Dunya ondaki bu özel heyecanı fark edememişti. Svidrigaylov'un, onun çocuk gibi korktuğuna ve onun için kendisinin korkunç bir adam olduğuna ilişkin sözlerine müthiş sinirlenmişti.

— Gerçi... sizin şerefsiz bir insan olduğunuzu biliyorum, ama sizden hiç mi hiç korktuğum yok, –dedi. Sakin görünmeye çalışıyordu, ama yüzü bembeyazdı.

Svidrigaylov, Sonya'nın kapısı önünde durdu.

— İzninizle bir bakalım, evde mi, değil mi? Hayır, yok. Ne şanssızlık! Ama çabuk döneceğinden eminim. Sokağa çıktıysa bile, bu olsa olsa öksüzlerle ilgili olarak bir kadınla görüşmek içindir. Anneleri öldü ya... Ben de yerleştirilmeleri işiyle biraz ilgilenmiştim. Eğer Sonya Semyonovna on dakikaya kadar dönmezse, eğer isterseniz, onu hemen bugün size gönderebilirim. İşte benim daire... İşte benim iki odam... Şu kapının ardında da Bayan Resslich oturur. Şimdi şuraya bir göz atın, size en önemli delillerimi göstereceğim: Yatak odamdaki şu kapı, yanda kiraya verilmekte olan iki boş odaya açılır. İşte, şu iki boş odaya... Biraz dikkatlice bakmalısınız buraya.

Svidrigaylov oldukça geniş, mobilyalı iki odada oturuyordu. Dunya kuşkulu gözlerle çevresine bakındı; gerçi Svidrigaylov'un dairesinin boş iki daire arasında bulunması gibi dikkat çekici bazı özellikler yok değildi, ama o ne odaların genel konumunda, ne de döşenmesinde önemli sayılabilecek herhangi bir şey fark etmemişti. Svidrigaylov'un dairesine doğruca koridordan değil, ev sahibi kadının hemen hemen boş olan iki odasından geçilerek giriliyordu. Yatak odasındaki kilitli kapıyı açan Svidrigaylov, Dunya'ya yine boş olan ve kiraya verilen yandaki daireyi gösterdi. Duneçka burayı görmesinin niçin istendiğini anlamayarak eşikte duralar gibi oldu, ama Svidrigaylov hemen açıklamaya girişti:

— Şuraya, şu ikinci ve daha büyük olan odaya bakın. Dikkat edin, bu kapı kilitlidir. Kapının önünde bir sandalye var. Şu iki odanın tek eşyası. Bunu ben daha rahat dinleyebilmek için kendi dairemden getirdim. Öbür tarafta, kapının hemen arkasında Sonya Semyonovna'nın masası var: Sonya Semyonovna ve Rodion Romanoviç işte bu masada konuştular. Bense şu sandalyeye oturup, her seferinde iki saat olmak üzere iki gece üst üste onları dinledim. Herhalde bir şeyler öğrenebilmişimdir, öyle değil mi?

— Demek kapı arkası dinlediniz ha?

— Evet, kapı arkası dinledim. Hadi içeri, benim daireme gidelim, burada oturacak bir şey bile yok.

Svidrigaylov, Avdotya Romanovna'yı salon görevi gören birinci odaya götürdü, oturması için bir iskemle gösterdi. Kendisi de masanın öbür ucuna, ondan en aşağı iki metre uzakta bir yere oturdu. Ama gözlerinde, Dunya'yı bir zamanlar korkutan aynı alev vardı. Duneçka titredi ve bir kez daha çevresine kuşkuyla bakındı. İster istemez gösterdiği bir davranış olmuştu bu. Anlaşılan kuşkusunu belli etmek istemiyordu. Ama Svidrigaylov'un oturduğu dairenin ve çevresindeki odaların böylesine kimsesiz oluşu sonunda dikkatini çekmiş ve müthiş şaşırmıştı. Hiç değilse ev sahibinin evde olup olmadığını sormak istedi, ama gururuna yediremediği için soramadı. Kaldı ki, yüreğinde kendisi için duyduğu korkuyla ölçülemeyecek kadar büyük bir acı vardı; dayanılmayacak derecede acı çekiyordu.

Svidrigaylov'un mektubunu masanın üzerine koydu:

— İşte mektubunuz, –diye başladı.– Yazdıklarınız hiç olacak şeyler mi? Sözde kardeşimin işlediği bir cinayet konusunda imalarda bulunuyorsunuz. İmalarınız çok açık, bu bakımdan şu anda bunları inkâr edemezsiniz. Bilmelisiniz ki, ben sizin bana yazmanızdan önce de bu saçma masaldan söz edildiğini duymuştum, ancak bunların bir kelimesine bile inanmıyorum. Son derece iğrenç ve gülünç bir kuşkudan öteye gitmeyen şeyler bunlar. Ben bu hikâyenin gelişimini ve niçin uydurulduğunu da biliyorum. Elinizde hiçbir kanıt olamaz. Mektubunuzda, "kanıtlayacağım," diyordunuz. Hadi, kanıtlayın bakalım! Ama önceden bilmelisiniz ki, size inanmıyorum! İnanmıyorum!

Dunya öyle çabuk çabuk söylemişti ki bunları, yüzünü bir an için bir kızıllık kapladı.

— İnanmasaydınız tek başınıza bana gelme tehlikesini göze alabilir miydiniz? Niçin geldiniz? Yalnızca bir merak yüzünden mi?

— Bana acı çektirmeyin, söyleyin! Söyleyin!

— Ne kadar cesur olduğunuzu belirtmeme gerek yok. Doğrusunu isterseniz, Bay Razumihin'den size eşlik etmesini isteyeceğinizi düşünmüştüm. Ne olur ne olmaz diyerek sağa sola bakınmama rağmen, ne yanınızda, ne de dolayınızda görmedim kendisini. Demek ki, büyük bir gözüpeklikle Rodion Romanoviç'i korumak istiyorsunuz. Aslında sizde her şey tanrısal... Kardeşinize gelince... bilmem ki, ne desem onun için? Az önce kendiniz de gördünüz... Nasıldı?

— Umarım, dayandığınız tek nokta bu değildir?

— Hayır, bu değil, doğrudan doğruya kendi sözlerine dayanıyorum. İki gece üst üste şu odaya, Sonya Semyonovna'ya geldi. Nerede oturduklarını size demin göstermiştim. Günah çıkarırcasına her şeyi bir bir anlattı. O bir katildir. Kendisinin de bazı şeylerini rehin bıraktığı tefeci bir kocakarıyla, cinayet sırasında bir rastlantı sonucu üzerine gelen kocakarının kız kardeşi satıcı Lizaveta'yı öldürdü. İkisini de yanında getirdiği baltayla öldürdü. Soygun için işledi cinayeti. Ve soygunu da yaptı. Para ve bazı eşyalar aldı... Bütün bunları bir bir Sonya Semyonovna'ya kendisi anlattı. Ancak Sonya Semyonovna'nın bu işle hiçbir ilgisi yok. Tam tersine, o da duyunca tıpkı sizin gibi dehşete kapıldı. İçiniz rahat olsun, Sonya Semyonovna kardeşinizi ele vermez.

Duneçka, dudakları bir ölününki gibi bembeyaz, boğulurcasına:

— Bu, olamaz!.. –diye kekeledi.– Ortada böyle bir şey için en küçük bir neden, bir gerekçe yok... Yalan bu! Yalan!

— Soydu... bütün neden bu. Para ve eşya aldı. Gerçi kendi sözlerine göre, ne paradan, ne de çaldığı öteki şeylerden yararlanmadı, götürüp hepsini bir taşın altına gizledi, ama bu yararlanmaya cesaret edemediğindendi.

— O hiç hırsızlık yapabilir mi? Bırakın yapmayı, böyle bir şeyi düşünebilir mi? –Dunya sandalyesinden sıçramış, bağırıyordu.– Siz onu gördünüz, tanıyorsunuz, öyle değil mi? Hırsız olabilir mi o?

Sanki Svidrigaylov'a yalvarıyordu; bütün korkusunu unutmuştu.

— Böyle bir durumda, Avdotya Romanovna, binlerce, milyonlarca kombinasyon, çeşitlilik, olasılık vardır. Hırsız vardır, çalar, ama bu arada kendisinin bir alçak olduğunu bilir. Öte yandan, soylu aileden birinin bir posta soygunu gerçekleştirdiğini duymuşuzdur; Tanrı bilir, bunu yaparken yerinde bir iş yaptığını düşünmüştür! Dışarıdan birinden duymuş olsaydım, ben de herhalde sizin gibi inanmazdım.

Ama her şeyi kendi kulaklarımla duyduğum için inandım. Sonya Semyonovna'ya bu işin nedenlerini de açıkladı kardeşiniz; o da önce kulaklarına inanamadı, ama sonunda gözlerine inanmak zorunda kaldı; çünkü o, kendisi anlatıyordu bunları ona.

— Açıkladığı nedenler neydi?

— Uzun bir hikâyedir bu Avdotya Romanovna. Bilmem ki, size nasıl anlatsam bunu... Kendine özgü bir teorisi var... Örneğin, amaçlanan şey iyi ise, işlenecek bir cinayet uygun görülebilir. Yani bir kötülüğe karşı, yüzlerce güzel şey! Yüksek birtakım yeteneklere sahip ve aşırı özsaygısı olan bir genç, diyelim topu topu üç bin ruble ile mesleki yükselişinin ve geleceğinin bambaşka bir biçim alacağını bilse ve elinde de bu para olmasa, kuşkusuz böyle bir durumu son derece incitici bulur. Buna bir de açlığın, daracık bir odada oturmanın, eski püskü elbiselerin, toplumsal durumunu algılamış olmanın ve son olarak da annesiyle kız kardeşinin durumlarının yarattığı sinir bozukluğunu ekleyin... Hepsinin üstünde de kibir; gurur ve kimbilir belki de iyi birtakım duyguların payı vardır. Ben onu suçlamıyorum; lütfen böyle bir şey düşünmeyin, hem zaten bu benim işim de değil. Kendine özgü bir teoriciği –şöyle böyle bir teori işte– var. Buna göre insanlar ikiye ayrılıyor. Bir, malzeme olanlar; iki, özel insanlar. Özel insanlar, yüksek durumlarından dolayı hiçbir yasaya bağlı değiller, hatta tam tersine, malzemeler için, yani şu süprüntüler için kendileri yasa yaparlar. Kendi halinde bir teoricik işte; *une theorie comme une autre.*[1] Napolyon onu almış götürmüş; daha doğrusu, pek çok dâhinin tek tek birtakım kötülüklere hiç aldırmadıkları, bunların üzerinden düşünmeksizin atlayıp geçtikleri gerçeği onu çok ilgilendirmiş. Sanırım kendisinin de bir dâhi olduğunu düşünüyordu, daha doğrusu buna bir süre inandı. Bir teori yarattığı, ama durak-

---

1 (Aslında da Fransızca) — Diğerleri gibi bir teori.

samadan daha ilerisine gidemediği, dolayısıyla da dâhi olmadığını anladığı için çok acı çekti, hâlâ da çekiyor. Böylesi bir durum özsaygısı olan bir genç için, hele de çağımızda, son derece aşağılayıcı bir şeydir...

— Ya vicdan azabı? Yoksa onda ahlak duygusu bulunmadığını mı söylemek istiyorsunuz? Böyle bir insan mı o?

— Ah, Avdotya Romanovna, bugün her şey bir bulanıklık içinde; aslında tam bir düzenlilik hiçbir zaman söz konusu olmamıştır... Rus insanının ruhu, tıpkı ülkesi gibi engindir; fanteziye ve düzensizliğe aşırı eğilimli insanlarız biz. Ama engin ruhluluk dehadan yoksunsa, bir felakettir. Hatırlıyor musunuz, her akşam yemekten sonra terasta oturup bu konuları konuşurduk sizinle? Siz bana özellikle bu ruh enginliğinden dolayı serzenişte bulunurdunuz. Kimbilir, tam o burada yatıp teorisini kurarken konuşuyorduk biz orada? Ülkemizin kültürlü çevrelerinde, kutsal denebilecek birtakım gelenekler yoktur, Avdotya Romanovna, biz o gelenekleri ya kitaplar okuyarak ya da eski vakayinamelerden ediniriz. Ama bunu yapanlar daha çok bilginlerdir ve onlar da öyle derbeder adamlardır ki, bir sosyete adamı için onlar gibi olmak, hiç de kibarca bir şey sayılmaz. Aslında siz benim düşüncelerimi bilirsiniz; ben kimseyi kesin olarak suçlamam. Emek, çalışma nedir bilmediğim için; böyle bir şeyden çekinirim. Hem biz bu konuları pek çok kez konuşmuştuk ve ben görüşlerimle sizi ilgilendirmek şerefine bile kavuşmuştum... Yüzünüz bembeyaz oldu Avdotya Romanovna!

— Ben onun bu teorisini biliyorum. Bir dergide, her şeyi yapmaları uygun olan insanlar üzerine yazdığı bir makaleyi okumuştum... Razumihin getirmişti dergiyi...

— Bay Razumihin mi? Kardeşinizin bir makalesi, ha? Bir dergide demek? Demek böyle bir makalesi de var? Bakın, bunu bilmiyordum. Çok, çok, ilginç doğrusu! Ama siz nereye gidiyorsunuz, Avdotya Romanovna?

Duneçka, duyulur duyulmaz bir sesle:

— Sonya Semyonovna'yı görmek istiyorum, –dedi.– Nereden geçiliyor onun odasına? Herhalde artık gelmiştir... Ne olursa olsun, hemen şimdi görmek istiyorum onu... Varsın o...

Avdotya Romanovna sözlerini tamamlayamadı. Soluğu tümden kesilmişti.

— Sonya Semyonovna geceden önce dönmez. Öyle tahmin ediyorum. Hemen dönmesi gerekiyordu, dönmediğine göre, gecikecek demektir...

Dunya kendini kaybetmişçesine müthiş bir öfkeyle bağırmaya başladı:

— Demek öyle! Yalan söylüyorsun! Görüyorum... yalan söyledin... Hep yalan söyledin sen! Sana inanmıyorum! İnanmıyorum! İnanmıyorum!

Svidrigaylov'un yetiştirdiği bir sandalyeye yarı baygın bir halde yığıldı.

— Avdotya Romanovna, neyiniz var, kendinize gelin! Alın şu suyu, bir yudumcuk için!

Svidrigaylov yüzüne biraz su serpince, Dunya titreyerek kendine geldi.

— Esaslı etkilendi! –diye söylendi Svidrigaylov, kaşlarını çatarak.– Avdotya Romanovna, sakin olun! Bilmelisiniz ki, onun dostları var. Biz onu kurtarırız, çekip çıkarırız bu işin içinden. İster misiniz onu yurtdışına göndereyim? Benim param var, üç günde pasaport çıkartabilirim. İşlediği cinayetlere gelince, bundan sonra yapacağı hayırlı işlerle, bu da düzelir. Sakin olun siz! Belki büyük bir adam bile olabilir! Nasıl oldunuz? Nasıl hissediyorsunuz kendinizi?

— Zalim adam! Bir de alay ediyor! Bırakın beni!..

— Nereye? Nereye gidiyorsunuz?

— Ona... kardeşime... Nerede o? Siz biliyor musunuz? Bu kapı niye kilitli? Bu kapıdan girmiştik biz buraya, şimdiyse kilitli. Ne zaman fırsat bulup kilitlediniz?

— Burada konuştuklarımızı ille de bütün odalara duyurmanız gerekmiyor. Şaka etmiyorum; yalnız bu dille konuşmaktan bıktım artık. Bu halde nereye gideceksiniz? Yoksa onu ele vermek mi istiyorsunuz? Böyle yaparsanız, onun cinlerini tepesine çıkarıp kendi kendini ele vermesine sebep olursunuz. Bilmelisiniz ki, onu artık izliyorlar, peşine düştüler. Böyle yaparsanız, yalnızca ele vermiş olursunuz onu. Bekleyin biraz. Ben daha demin onu gördüm ve kendisiyle konuştum; hâlâ kurtarabiliriz onu. Durun, oturun şöyle, birlikte bir çare düşünelim. Sizi de zaten bu konuyu baş başa konuşalım, iyi bir çözüm bulalım diye çağırmıştım. Otursanıza!

— Nasıl kurtarabilirmişsiniz onu? Kurtarılabilir mi o artık?

Dunya oturdu. Svidrigaylov da onun yanına oturdu. Svidrigaylov gözleri ışıl ışıl:

— Her şey size bağlı, yalnız size... –diye fısıldadı; heyecandan şaşırıyor; konuşamıyordu.

Dunya korku içinde ondan uzaklaştı. Svidrigaylov'un bütün bedenini bir titreme almıştı.

— Siz... bir tek şey söyleyeceksiniz ve... o kurtulacak! Ben... ben onu kurtarırım. Benim param ve dostlarım var. Hemen yurtdışına gönderebilirim onu, pasaportları kendim çıkartırım... İki pasaport. Biri ona, öteki bana. Dostlarım var benim, iş adamlarından tanıdıklarım var... İster misiniz? Size de pasaport çıkartayım? Size ve annenize... Razumihin'i ne yapacaksınız? Sizi ben de seviyorum... Sizi sonsuz seviyorum. Verin, eteğinizin ucunu öpeyim, verin, verin! Artık eteğinizin hışırtısına bile dayanamıyorum. Şunu yapın deyin, yapayım! Ne isterseniz yaparım. En olmayacak şeyleri bile yaparım. Siz neye inanıyorsanız, ben de ona inanırım. Her şeyi, her şeyi yaparım! Bana böyle bakmayın, bakmayın! Beni öldürdüğünüzü biliyor musunuz?..

Sayıklar gibiydi, sanki birden başına vurmuşlar da bir şeyler olmuştu.

Dunya yerinden fırlayıp kapıya atıldı; bir yandan kapıyı yumruklarken, bir yandan da kapının ötesinden yardım istercesine:

— Açın! Açın! –diye bağırmaya başladı.

Svidrigaylov da ayağa kalktı; kendine gelmişti. Hâlâ titreyen dudaklarına hain ve alaycı bir gülümseme yerleşmişti. Alçak sesle ve kesik kesik konuşarak:

— Evde kimse yok, –dedi.– Ev sahibi kadın sokağa çıktı... Böyle bağırarak boş yere kendinizi heyecanlandırıyorsunuz...

— Anahtar nerede? Çabuk aç şu kapıyı, hemen şimdi, aşağılık herif!

— Anahtarı yitirdim, bulamıyorum.

— Öyle mi? Ama bu zorbalık!

Dunya, yüzü ölü gibi, kendini karşı köşeye attı ve orada eline geçen küçük bir masayı siper edindi. Bağırmıyordu; ama gözlerini celladına dikmiş, bakışlarını bir an bile ayırmadan onun her hareketini izliyordu. Svidrigaylov da odanın öteki ucunda; onun tam karşısında kıpırdamadan öylece duruyordu. Kendine hâkim gibiydi, en azından görünüşte böyleydi bu. Ama yüzü deminki gibi bembeyazdı. Dudaklarındaki alaycı gülümseme de kaybolmamıştı.

— Demin "zorbalık"tan söz ettiniz Avdotya Romanovna; eğer zorbalık söz konusuysa, gerekli önlemleri almış olacağımı siz de kestirebilirsiniz. Sonya Semyonovna evde yok. Kapernaumovlarla aramızda ise tam beş tane kilitli oda var. Son olarak da sizden en az iki kat daha güçlüyüm. Bu da bir yana, ortada korkacağım hiçbir şey yok. Çünkü herhangi bir şikâyette de bulunamazsınız; kardeşinizi ele vermeniz demektir bu... Kaldı ki, şikâyet etseniz bile, size kimse inanmaz. Bir genç kızın bekâr bir adamın evinde ne işi var? Kardeşinizi gözden çıkarsanız bile, elde edeceğiniz bir şey yok. Zorbalığı kanıtlayabilmek çok güç Avdotya Romanovna.

Dunya, nefret dolu:

— Alçak! –diye fısıldadı.

— Nasıl isterseniz öyle olsun. Yalnız, dikkat edin: Ben demin varsayımlar üzerine konuştum. Benim kişisel düşünceme göre, siz tümüyle haklısınız: Zorbalık alçaklıktır. Ben bunları yalnızca... hatta kardeşinizi size önerdiğim biçimde gönül rızasıyla kurtarmayı kabul etseniz bile... yalnızca vicdanen rahat olmanız için söyledim. Demek oluyor ki, siz şu anda içinde bulunduğunuz koşullara ya da bu sözcüğü kullanmadan olmuyorsa eğer, zora boyun eğmiş oluyorsunuz. Düşünün biraz. Kardeşinizin ve annenizin yazgıları sizin ellerinizde. Bana gelince, sizin köleniz olacağım... Ömrüm boyunca... İşte, şurada bekliyorum...

Svidrigaylov, Dunya'dan sekiz adım kadar ötede bir divanın üzerine oturdu. Ne denli sarsılmaz bir kararlılık içinde bulunduğu apaçıktı, iyi tanırdı onu Dunya...

Genç kız birden cebinden bir revolver çıkardı, horozunu kaldırdı, tabancalı elini masaya dayadı. Svidrigaylov yerinden fırladı.

— Demek öyle ha! –diye bağırdı, şaşkınlık içindeydi, ama dudaklarında aynı hain gülümseme vardı.– Bu durum işlerin gidişini tümüyle değiştirecek! Kendi ellerinizle işimi kolaylaştırıyorsunuz Avdotya Romanovna! Nereden buldunuz bu revolveri? Sakın Bay Razumihin vermiş olmasın? Dur hele! Bu revolver benim yahu! Hey gidi eski dost! O zaman nasıl da aramıştım onu!.. Çiftlikte size vermekle şeref duyduğum atış dersleri, anlaşılan boşa gitmemiş!

— Bu tabanca senin değil, öldürdüğün Marfa Petrovna'nın, alçak herif! O evde senin hiçbir şeyin yoktu! Senin neler yapabilecek bir adam olduğunu anladığımda almıştım onu. Bir adım daha atacak olursan, yemin ederim öldürürüm seni.

Dunya çılgın gibiydi. Tabancayı ateşlemeye hazır durumda tutuyordu.

— Ya kardeşin? –diye sordu Svidrigaylov, hâlâ yerinde duruyordu.– Merak ettiğim için soruyorum...

— İhbar et istersen. Kımıldama! Bir adım atayım deme! Ateş ederim! Karını zehirledin! Biliyorum! Bir katilsin sen!

— Marfa Petrovna'yı benim zehirlediğimden emin misiniz?

— Eminim! Sezdirmiştin bunu bana! Bir zehirden söz etmiştin... Biliyorum... Hatta kente gitmiştin bunun için... Hazırlanmıştın... Kesinlikle sensin! Alçak!

— Söylediklerin doğru olsa bile, bunu senin yüzünden yapmışımdır... Yani sebep yine sensindir...

— Yalan söylüyorsun! Ben senden hep, hep nefret ettim...

— Öyle demeyin, Avdotya Romanovna! Kapıldığınız propaganda ateşi içinde, nasıl kendinizden geçip bana yakınlık duyduğunuzu unutmuşsunuz anlaşılan... Gözlerinizden okumuştum bunu; hatırlıyor musunuz, geceleri, ayışığı altında... bülbüller şakırken... hani?

— Yalan! –Dunya'nın gözlerinde çılgın pırıltılar vardı.– Yalan söylüyorsun, iftiracı!

— Yalan mı? Peki, öyle olsun, yalan söylüyorum! Öyle ya, kadınlara böyle şeyler hatırlatılmamalı. –Gülümsedi.– Ateş edebileceğini biliyorum, güzel canavar. Ne yapalım, edersen et!

Dunya tabancayı kaldırdı. Yüzü ölü gibiydi. Beyazlaşmış altdudağı titriyor, iri, siyah gözleri alev alev yanıyordu. Kararlıydı. Svidrigaylov'un yapacağı ilk hareketi bekliyor, onu kolluyordu. Svidrigaylov onu hiçbir zaman böyle güzel görmemişti. Tabancayı doğrulttuğu anda gözlerinde tutuşan ateş, onu yakmıştı sanki, yüreği sıkışır gibi olmuştu. Dunya'ya doğru bir adım attı, aynı anda bir patlama duyuldu. Saçlarını yalayıp geçen kurşun, arkasındaki duvara saplandı. Svidrigaylov durdu, sessizce gülümseyerek:

— Arı soktu! –dedi.– Şuna bak, doğruca başıma nişan alıyor... Bu da ne? Kan!

Sağ şakağından ince ince akan kanı silmek için mendilini çıkardı; kurşun, anlaşılan kafa derisini hafifçe sıyırmıştı.

Dunya tabancayı indirdi. Korkudan çok, tuhaf bir şaşkınlıkla bakıyordu Svidrigaylov'a. Ne yaptığını, neler olup bittiğini kendisi de anlamıyor gibiydi!

Svidrigaylov hâlâ gülümseyerek, ama bu kez buruk bir gülümsemeydi bu ve yavaşça:

— Karavana! –dedi.– Bir daha ateş edin, ben bekliyorum... Yalnız, dikkat edin: Horozu kaldırmadan yakalayabilirim sizi.

Duneçka titredi, hızla horozu kaldırdı, tabancayı doğrulttu.

— Bırakın beni! –dedi umutsuzca.– Yemin ederim, yine ateş edeceğim... Öldüreceğim sizi!

— Ne yapalım, üç adımdan da öldüremeyecek değilsiniz ya... Ama öldüremezseniz... o zaman...

Gözleri parladı, Dunya'ya doğru iki adım daha attı.

Dunya tetiği çekti, ama tabanca ateş almadı!

— İyi dolduramamışsınız! Neyse, zararı yok! Bir kapsül daha olacak tabancada, düzeltin, ben bekliyorum...

Vahşi bir kararlılık okunan tutku dolu gözlerini üzerine dikmiş, Dunya'nın iki adım ötesinde duruyordu. Dunya onun kendisini bırakmaktansa, ölmeyi yeğleyeceğini anlamıştı. (Ve... ve hiç kuşku yok, şu anda kendisinden iki adım ötede duran bu adamı öldürecekti!)

Birden tabancayı fırlatıp attı. Svidrigaylov şaşırarak:

— Tabancasını attı! –diye bağırdı, derin bir soluk aldı. Birden yüreğinden bir ağırlık kalkmış gibi oldu. Ancak bu, ölüm korkusunun yarattığı bir ağırlık değildi, zaten onun şu anda ölüm korkusu duyduğu söylenemezdi. Bu, bütünüyle kendisinin de belirleyemediği daha başka, acı verici, karanlık bir duygudan kurtuluştu.

Dunya'ya yaklaştı, kolunu yavaşça beline doladı:

Dunya karşı koymadı, ama yaprak gibi titriyor, yalvaran gözlerle ona bakıyordu. Svidrigaylov bir şeyler söylemek istedi, dudakları kıvrıldı, ama konuşamıyordu.

Dunya yalvarırcasına:

— Bırak beni! –dedi.

Svidrigaylov titredi: Bu sesleniŞte deminkilere benzemeyen bir şeyler vardı.

— Sevmiyor musun beni? –diye sordu Svidrigaylov usulca.

Dunya başını olumsuz anlamda salladı. Svidrigaylov umutsuzluk içinde fısıldadı:

— Ve... sevemezsin de? Hiçbir zaman?

— Hiçbir zaman... –diye fısıldadı Dunya da.

Svidrigaylov'un ruhunda bir an süren sessiz ama korkunç bir çatışma oldu. Anlatılması zor bir bakışla bakıyordu Dunya'ya. Birden elini belinden çekti, döndü, hızla pencereye doğru yürüdü, arkası Dunya'ya dönük orada durmaya başladı.

Bir an ikisi de öylece durdular:

— İşte anahtar, –dedi Svidrigaylov. Elini paltosunun sol cebine sokup çıkardığı anahtarı, dönüp geriye bakmadan arkasındaki masaya bıraktı.– Alın ve hemen gidin!..

Israrla pencereden bakıyordu.

Dunya anahtarı almak için masaya yaklaştı.

— Çabuk! Çabuk! –diye tekrarladı Svidrigaylov, hâlâ arkası dönüktü. Yalnız, "çabuk" sözcüğünde korkunç bir şeyler tınlıyordu.

Dunya bunu anlamıştı, anahtarı kaptığı gibi kapıya atıldı, kendini dışarı attı. Bir dakika sonra kanal boyundaydı, çılgın gibi "X..." Köprüsü'ne doğru koşuyordu.

Svidrigaylov üç dakika kadar daha pencerenin önünde durdu, sonra ağır ağır döndü, çevresine bakındı ve yavaşça elini alnına götürdü. Yüzü tuhaf bir gülümsemeyle çarpılmıştı: Zavallı, hüzün dolu, cılız bir gülümsemeydi bu; umutsuzluğun gülümsemesi... Alnına götürdüğü eline yavaş yavaş pıhtılaşmaya başlayan kan bulaşmıştı. Eline bulaşan kana öfkeyle baktı, sonra havluyu ıslatıp şakağını temizledi. Birden Dunya'nın fırlatıp attığı ve ta kapının oraya yuvarlanmış olan revolver ilişti gözüne. Gidip aldı. Üçlü, eski model, küçük bir tabancaydı bu. İçinde iki kurşunla bir kapsül kalmıştı. Bir kez daha ateşlenebilirdi. Biraz düşündü, revolveri cebine soktu, şapkasını alarak dışarı çıktı.

VI

Bütün geceyi, saat ona kadar, bir meyhaneden ötekine, bir batakhaneden bir başka batakhaneye dolaşarak geçirdi. Katya da bir yerlerde aranıp bulundu. Kız hemen:

Katya'yı öpmeye başladı

diye yine bir sokak şarkısı tutturdu. "Alçak ve zalim" bir insandı Katya'yı öpen. Svidrigaylov Katya'ya, laternacı oğlana, meyhanedeki öteki şarkıcılara, garsonlara ve orada kafayı çekmekte olan iki yazıcıya... içki ısmarladı. Bu iki yazıcıyla ilgilenmesinin tek nedeni, her ikisinin de burunlarının çarpık olmasıydı: Birinin burnu sağa, ötekinin sola doğru çarpıktı. Svidrigaylov'u çok şaşırtmıştı bu. Sonunda yazıcılar önüne düşüp onu bir eğlence bahçesine götürdüler, giriş paralarını tabii Svidrigaylov ödedi. Bu "bahçe"de, üç yaşında cılız bir çam ağacıyla üç çalıdan başka bir şey yoktu. Bir de aslında meyhaneden başka bir şey olmayan, ama yeşil sandalyeleri ve masaları bulunan ve çay servisi yapılan dans salonu vardı. Beş para etmez şarkıcılardan oluşan bir koroyla palyaço rolü oynayan, ama nedense yüzü çok hüzünlü, Münihli bir sarhoş Alman, halkı eğlendiriyordu. Bu arada Svidrigaylov'la gelen yazıcılar, burada başka birtakım yazıcılarla tartışmaya başladılar, iş neredeyse kavgaya varacaktı. Svidrigaylov'u yargıç seçtiler. Ama öylesine bağırıyorlardı ki, Svidrigaylov onları bir çeyrek saat dinlediği halde, sorunun ne olduğunu anlayamadı. Aslında bütün hikâye, aralarından birinin bir şey çalmış olması ve bunu da hemen yanı başında bitiveren bir Yahudi'ye satmak fırsatını bulmasına rağmen, parayı arkadaşlarıyla bölüşmeye razı olmamasıydı. Sonunda söz konusu çalıntı eşyanın, dans salonuna ait bir çay kaşığı olduğu anlaşılmıştı. Dans salonunda durumun farkına varmışlar, kaşığın peşine düşmüşlerdi; iş bayağı büyümek üzereydi ki, Svidrigaylov kaşığın parasını ödedi ve bahçeden çıktı.

Saat ona gelmek üzereydi. Bütün bu süre içinde ağzına bir damla içki koymamıştı; yalnız, o da âdet yerini bulsun diye, dans salonunda bir bardak çay istemişti. Boğucu, karanlık bir geceydi. Saat on sularında bütün gökyüzünü, dört yandan saldıran bulutlar kapladı; gök gürledi, bardaktan boşanırcasına bir yağmur başladı. Sanki yağmur yağmıyor, sicimlerle yer kamçılanıyordu. Art arda şimşekler çakıyor, her çakış beşe kadar sayacak uzunlukta sürüyordu. Svidrigaylov evine vardığında iliklerine kadar ıslanmıştı, hemen odasına kapanıp kapıyı üzerinden kilitledi, çalışma masasından bütün parasını çıkardı, birtakım kâğıtları yırttı, paraları cebine soktu. Elbiselerini değiştirmek istedi, ama pencereden bakıp da aynı şiddette yağan yağmuru görünce, elini sallayıp vazgeçti. Şapkasını aldı, kapısını kapamadan çıktı, doğruca Sonya'nın odasına gitti.

Sonya odasındaydı, ancak yalnız değildi. Kapernaumovların dört küçüğünü dizinin dibine oturtmuş, onlara çay içiriyordu. Svidrigaylov'u sessiz, saygılı karşıladı, üzerindeki sırılsıklam olmuş elbiselere şaşkınlıkla baktı, ama hiçbir şey söylemedi. Çocukların dördü de anlatılmaz bir korkuyla hemen kaçıştılar.

Svidrigaylov geçip masaya oturdu; Sonya'ya da yanına oturmasını rica etti. Sonya ürkek ürkek onu dinlemeye hazırlandı.

— Sonya Semyonovna, ben belki de Amerika'ya gideceğim, –dedi Svidrigaylov.– Böylece, sizinle belki de son kez görüşüyor olduğumuz için, size bazı talimatlar iletmeye geldim. Bugün o kadını gördünüz mü? Onun size neler söylemiş olabileceğini tahmin ediyorum, anlatmanıza gerek yok. –Sonya bir şey söylemek için davranmıştı, kızardı.– Onun gibilerin belli bir kafa yapıları vardır. Öksüzlere gelince, hepsi yerlerine yerleştirilmiş, adlarına ayrılan para da her biri için ayrı ayrı, imza karşılığı olarak gereken yerlere, güvenilir ellere teslim edilmiştir. Ama siz bu makbuzları yine de alın. Buyurun! Evet, böylece bu iş bitmiş oluyor! Üç bin ruble tutarındaki yüzde beşlik şu üç tahvili de alın. Bunlar sizindir. Ve bu iş aramızda kalacak, hiç kimse hiçbir şey bilmeyecek. Bu para size gerekecek, Sonya Semyonovna, çünkü eskisi gibi yaşamanız çok kötü bir şey, zaten öyle yaşamanıza da gerek yok artık.

— Öksüzlere, rahmetliye yaptıklarınız için size öyle borçluyum ki, eğer bugüne kadar bu gönül borcumu size yeterince iletemediysem, sanmayın ki...

— Bırakın bu lafları, Sonya Semyonovna...

— Bu verdiğiniz paralara gelince, Arkadiy İvanoviç, size çok, çok teşekkür ederim, ama benim bu paralara ihtiyacım yok. Ben bir başıma nasıl olsa kendime bakabilirim, nankörlük olarak nitelemeyin, ama bu kadar iyiliksever olduğunuza göre, bu paraları...

— Size, bu paralar Sonya Semyonovna, size... Ve artık bu konuyu kapatalım, çünkü zamanım çok az. Hem bu paralar size gerekecek. Rodion Romanoviç'in önünde iki yol var: Ya beynine bir kurşun sıkacak, ya Sibirya yollarını tutacak! – Sonya ona gözlerinde vahşi bir pırıltıyla baktı ve titredi.– İçiniz rahat olsun, her şeyi biliyorum, kendisinden duydum, ama geveze bir adam değilimdir, kimseye bir şey söylemeyeceğim. O gün, gidip kendisinin itiraf etmesi gerektiğini söylemekle çok iyi ettiniz. Böylesi kendisi için çok daha iyi olur. Sibirya'ya gönderildiğinde, siz de onun ardından gideceksiniz, öyle değil mi? Öyle değil mi? Böyle olduğuna göre, demek ki bu para size gerekecek. Onun için gerekecek, anlıyor musunuz? Bu parayı size vermekle, ona vermiş oluyorum. Kaldı ki, Amalya İvanovna'ya da borçlarınızı ödemeye söz verdiniz, kendim, kulaklarımla duydum. Neden böyle gereksiz sorumlulukları üzerinize alıyorsunuz, Sonya Semyonovna? O Alman karıya borçlu olan Katerina İvanovna'ydı, siz değil! Tükürün gitsin o dangalak Alman'a! Size ne! İnsan böyle yaşayamaz ki! Yarın bir gün gelip, birileri size benimle ilgili bir şeyler sorarsa, ki soracaklardır, size geldiğimi, bu paraları verdiğimi kesinlikle söylemeyin! Eh, şimdilik hoşça kalın. Svidrigaylov iskemlesinden kalktı. Rodion Romanoviç'e selamlarımı söyleyin. Aklıma gelmişken: Paraları geçici olarak Bay Razumihin'e verebilirsiniz. Bay Razumihin'i tanıyor musunuz? Herhalde tanıyorsunuzdur... Aklı başında çocuktur. Yarın... ya da sizce uygun olacak bir gün paraları ona götürün. O zamana kadar da iyi saklayın!

Sonya da iskemlesinden kalktı. Svidrigaylov'a korkuyla bakıyordu. Bir şeyler söylemek, bir şeyler sormak için müthiş bir istek duyuyordu, ama buna başlangıçta cesaret edememişti, şu andaysa nasıl başlayacağını bilemiyordu.

— İyi ama... siz şimdi... siz şimdi bu yağmurda nasıl gideceksiniz?

— Adam hem Amerika'ya gitmeye niyetlenecek, hem de yağmurdan korkacak, ha! Hah-hah-ha! Hoşça kalın Sonya Semyonovna, canım benim, yaşayın, çok yaşayın, çünkü siz başkalarına gereklisiniz... Aklıma gelmişken; Bay Razumihin'e selam söyleyin. Muhakkak söyleyin ama; "Arkadiy İvanoviç Svidrigaylov'un selamı var." deyin...

Sonya'yı şaşkınlık, korku ve kuşkuya benzer ağır bir duygu içinde bırakarak çıkıp gitti.

Sonradan anlaşıldığına göre, Svidrigaylov o gece saat on bire doğru çok tuhaf ve beklenmedik bir ziyarette daha bulundu. Yağmur hâlâ yağıyordu. Svidrigaylov on biri yirmi geçe Vasilyev Adası'nın üçüncü hattındaki Malaya Caddesi'nde, nişanlısının ana babasının evine yağmurdan sırılsıklam ıslanmış olarak girdi. Kapıyı ısrarlı bir çalıştan sonra açtırabildi, gelişi büyük bir şaşkınlık yarattı, ama Arkadiy İvanoviç istediği zaman öylesine kibar davranabilen bir insandı ki, nişanlısının sağduyulu, aklı başında ana babasının, onun buraya gelmeden önce bir yerlerde kendini bilmeyecek kadar kafayı çektiğine dair ilk tahminleri son derece zekice olmakla birlikte, kendiliğinden suya düştü. Nişanlısının yufka yürekli ve akıllı annesi, kötürüm aile reisini koltuğu ile Arkadiy İvanoviç'in önüne doğru sürdü ve her zamanki gibi dolaylı birtakım sorulara başladı. Bu kadın hiçbir şeyi doğrudan sormazdı; önce gülümser, ellerini ovuşturur; sonra bir şeyi, diyelim Arkadiy İvanoviç'in düğünü ne zaman yapmayı düşündüğünü öğrenmek istiyorsa, Paris'e, Paris'in saray yaşantısı üzerine, sanki bunlar onun için yaşamsal şeylermişçesine büyük bir merak ve doymazlıkla sorular sorar, ancak ondan sonra dolaşa dolaşa Petersburg'a, Vasilyev Adası'nın üçüncü hattına gelirdi. Başka bir zaman olsa Arkadiy İvanoviç bunları büyük bir saygıyla dinlerdi, ama bu kez nedense fazlaca sabırsızdı, daha geldiğinde nişanlısının uyumakta olduğunu söylemelerine rağmen, onu görmekte direndi. Tabii nişanlısı geldi, Arkadiy İvanoviç de lafı gevelemeden, nişanlısına çok önemli bir durum dolayısıyla bir süre için Petersburg'dan ayrılmak zorunda olduğunu, bu nedenle de, düğünden önce ona armağan etmeyi zaten tasarladığı on beş bin gümüş ruble tutarındaki şu tahvilleri, kendisinin değersiz bir armağanı olarak kabul etmesini rica etti. Bu armağanla, Petersburg'dan bu acele ayrılış arasında ne gibi bir ilişki bulunduğu, hele de gece yarısı ve yağmurda bu armağanları vermek için ta buralara kadar gelmeyi gerektiren ne gibi ertelenemez zorunluluklar bulunduğu bu açıklamayla hiç de aydınlanmış olmuyordu, ama her şey son derece yolunda gitti: Hatta böylesi durumlarda kaçınılmaz olan birtakım ahlar, oflar, şaşırmalar, sorular, cevaplar olağanüstü bir ölçülülük ve olgunluk havası içinde geçiştirildi. Buna karşılık minnet duyguları en ateşli sözlerle dile getirildi, hatta akıllı annenin gözyaşlarıyla perçinlendi. Arkadiy İvanoviç kalktı, gülümsedi, nişanlısını öptü, yanaklarını okşayarak yakında döneceğini söyledi; kızın gözlerinde çocukça bir merakın yanı sıra çok ciddi ve sessiz bir soru vardı; Arkadiy İvanoviç bunu fark edince, biraz düşündü, kızı yeniden öptü, bu arada da verdiği armağanın korunmak üzere hemen akıllı annenin çekmecesine kilitleneceğini düşünerek bayağı canı sıkıldı. Sonunda ev halkını büyük bir heyecan içinde bırakarak çıkıp gitti. Çıkar çıkmaz yufka yürekli anne fısıltıyla ve çabuk çabuk konuşarak kuşkulu görünen bazı önemli noktaları açıklamaya koyuldu: Arkadiy İvanoviç büyük bir adamdı, önemli işleri ve ilişkileri vardı, zengindi; kafasında ne olduğunu Tanrı bilirdi, gideceği tutmuş, gitmişti; nişanlısına para vereceği tutmuş, vermişti, demek ki bunlarda şaşılacak bir şey yoktu. Tabii böyle iliklerine kadar ıslanmış olması biraz tuhaftı, ama mesela İngilizler daha da tuhaf insanlardı; hem zaten bu yüksek sosyete insanları kendileri için neler söylendiğine aldırış etmezler, resmiyetten hoşlanmazlardı. Belki de hiç kimseyi takmadığını göstermek için özellikle böyle dolaşıyordu. En önemlisi de bundan hiç kimseye söz etmemeliydiler, çünkü bu işin altından ne çıkacağını Tanrı bilirdi; paralara gelince hemen bir yere kilitlemeliydiler; bütün bu süre içinde Feodosya'nın mutfakta bulunması da çok, ama çok iyi olmuştu; en önemlisi de, ne şu Resslich denilen sahtekâr kadına, ne de başka birisine, kimseye, hiç, ama hiç kimseye hiçbir şey söylememeliydiler. Sabahın ikisine kadar böylece fısıldaştılar. Ama nişanlı kız, biraz şaşkın, biraz üzgün, çok daha erken gidip yattı.

Bu arada Svidrigaylov tam gece yarısı, "X..." Köprüsü'nü geçmiş, Petersburg yakasına doğru gidiyordu. Yağmur dinmişti, ama rüzgâr uğuldamaya devam ediyordu. Titremeye başladı. Bir dakika kadar özel bir ilgi, hatta kafasında bir soruyla Küçük Neva'nın karanlık sularına baktı; ama böyle durup suya bakınca üşüdüğünü hissetti; dönerek "X..." Caddesi'ne doğru yürümeye başladı. Bitmez tükenmez

"X..." Caddesi boyunca uzun süre, neredeyse yarım saat kadar yürüdü; tahta kaldırımlarda pek çok kez tökezlemesine rağmen, caddenin sağ yanında bulunması gereken bir yeri büyük bir ilgi ve dikkatle aramaya devam ediyordu. Birkaç gün önce buradan geçerken, caddenin sonlarına doğru bir yerde, ahşap, ama büyükçe bir otel bulunduğunu fark etmişti; otelin adı da Ananopol gibi bir şey olacaktı. Evet, yanılmıyordu. Otel, bu ıssız yerde öylesine göze çarpacak bir noktada bulunuyordu ki, karanlıkta bile bulunamaması imkânsızdı. Bu, dışyüzü kararmış, uzun, ahşap bir yapıydı; saat gece yarısını geçmiş olmasına rağmen lambaları yanıyor, içeride bir canlılık seziliyordu. İçeri girip koridorda rastladığı partal kılıklı bir adamdan oda istedi. Adam onu şöyle bir süzdükten sonra canlandı, koridorun sonunda, merdiven altına gelen yerde daracık, havasız bir oda gösterdi. Bundan başka boş oda yoktu, ötekilerin hepsi doluydu. Partal kılıklı adam soran gözlerle bakıyordu.

— Çay var mı? –diye sordu Svidrigaylov.

— Kolay, yaparız.

— Başka ne var?

— Dana eti, votka, meze.

— Dana etiyle çay getir.

Adam, bu işe pek aklı ermemiş gibi:

— Başka bir şey istemiyor musunuz? –diye sordu.

— Hayır, başka hiçbir şey istemez!

Adam tam bir hayal kırıklığı içinde uzaklaştı. "Güzel bir yer olmalı," diye düşündü Svidrigaylov. "Nasıl oldu da ben bunu bilemedim... Benim de herhalde gazinodan dönen ve yolda başından bir olay geçmiş gibi bir görünüşüm var... Doğrusu çok ilginç, bu otelde kimler kalıyor acaba?"

Mumu yaktı ve odayı gözden geçirmeye başladı. Burası, onun gibi birinin güçlükle ayakta durabileceği, küçücük, kafes gibi bir odaydı; bir penceresi vardı; çok pis bir yatak, basit, boyalı bir masa ve bir sandalye bütün odayı kaplıyordu. Duvarlar uyduruk birkaç tahtayla çırpıştırılıvermiş gibiydi ve çok eski bir duvar kâğıdıyla kaplıydı; duvar kâğıdı öylesine kirli, öylesine delik deşikti ki, rengi sanki hâlâ seçilebilmekle birlikte, üzerindeki desenleri ayırt edebilmek imkânsızdı. Duvarla tavanın bir bölümü, tavan arası odalarında olduğu gibi eğilimliydi. Yalnız burada yukarıdan merdiven geçiyordu. Svidrigaylov mumu bırakıp yatağa oturdu ve düşünceye daldı. Ama bitişik odadan gelen ve arada bir bağırmaya dönüşen sürekli bir fısıltı sonunda dikkatini çekti. Odaya girdiğinden beri vardı bu fısıltı. Kulak kabarttı: Biri sövüyor, ağlamaklı bir sesle birine serzenişte bulunuyordu; ama yalnız bir ses duyuluyordu. Svidrigaylov yerinden kalkıp, eliyle mumun ışığını kapattı. Duvarda hemen bir yarık aydınlandı, gözünü dayayıp bakmaya başladı. Kendisininkinden biraz daha büyük bir odaydı burası ve içeride iki kişi vardı. Bunlardan biri ceketsiz, kıvır kıvır saçlı, kırmızı yüzlü bir adamdı, yüzünü ateş basmış gibiydi; söylev verir gibi ayakta duruyor, dengesini yitirmemek için bacaklarını ayırmış, göğsünü yumruklayarak karşısındakine heyecanlı bir söylev çekiyordu: O bir dilenciydi, bir rütbesi bile yoktu, onu içinde bulunduğu çamurdan kendisi çekip çıkarmıştı, canı ne zaman isterse onu kovabilirdi ve bütün bunları bir tek Tanrı görüyordu. Kendisine serzenişte bulunulan adamsa, bir iskemlede oturuyordu. Duruşunda, hapşırmak isteyen, ama bir türlü hapşırmayan bir insan hali vardı. Arada bir bulanık, koyunsu gözlerle söylev veren arkadaşına bir göz atıyordu, ama onun neden söz ettiğini bile anlamadığı apaçıktı, hatta onu duyup duymadığı bile kuşkuluydu. Masanın üzerinde bitmek üzere olan bir mum, hemen hemen boşalmış bir votka sürahisi, kadehler, ekmek, bardaklar, hıyar turşusu ve bir de çay takımı duruyordu; çay çoktan içilmişti. Svidrigaylov bitişik odayı bir süre dikkatle izledikten sonra, duvardan ilgisizce uzaklaştı ve yeniden yatağının üzerine oturdu.

Bu sırada dana eti ve çayla gelen partal kılıklı adam, bir kez daha başka bir şey isteyip istemediğini sordu; yine olumsuz cevap alınca büsbütün çekilip gitti. Svidrigaylov ısınmak için hemen çaya sarıldı, doldurup bir bardak içti; hiç iştahı olmadığı için yemeğe el sürmedi. Görünüşe bakılırsa bir nöbet başlıyordu onda. Paltosunu, ceketini çıkardı, yatağa yatıp yorgana sarındı. Canı sıkılmıştı. "Şu anda sağlıklı olmam, her zamankinden çok daha iyi olurdu." diye düşündü, gülümsedi. Odanın boğucu bir havası vardı, mum donuk bir ışık veriyor, dışarıda rüzgâr uğulduyor, köşede bir fare bir şeyler kemiriyordu; zaten bütün odada fare ve deri kokusuna benzer bir koku vardı. Yatıyor ve hayal kuruyordu. Kafasında düşünceler birbirini kovalıyor, bu düşüncelerden yalnız birine saplanıp kalmayı istiyordu. "Pencerenin altında bir bahçe olmalı." diye düşündü, "Ağaçlar uğulduyor; fırtınada, hele geceleri, karanlıkta ağaç uğultusunu hiç sevmem! Çok kötü bir duygudur bu!" Demin Petrovski Parkı'nın oradan geçerken içinde nasıl tiksintiye benzer bir şeyler duyduğunu hatırladı. Derken "X..." Köprüsü'nü, oradan Küçük Neva'ya bakışını hatırladı: Köprüden suya bakarken duyduğu soğuk ürpertiyi yeniden duyar gibi oldu. "Ben suyu hiç sevmemişimdir, manzara resimlerinde bile..." diye düşündü ve birden aklına gelen tuhaf bir düşünceye gülümsedi: "Oysa şu anda konfor, estetik gibi şeyler benim için önemli olmamalı... Böylesi durumlarda ne yapıp edip kendine bir yer seçen vahşi bir hayvan gibi, daha güç beğenir, daha titiz olmak da nereden çıktı şimdi?.. Şu anda özellikle Petrovski'de bulunmalıydım, ama anlaşılan orayı karanlık ve soğuk bulmuş olacağım!.. Hah–hah–ha! İnsan iyi durumlar istiyor nedense!.. Şu mumu ne diye söndürmüyorum sanki?" Üfleyip mumu söndürdü. "Komşularım yatmışlar." Duvardaki yarıkta ışık görünmüyordu. "Ah be Marfa Petrovna, işte şimdi gelmeliydiniz; ortalık karanlık, yer uygun, yaşanılan an çok orijinal. Ama asıl şimdi gelmezsiniz!.."

Birden, Duneçka için tasarladıklarını uygulamaya geçmeden bir saat önce, Raskolnikov'a kız kardeşini Razumihin'e emanet etmesini öğütleyişini hatırladı. "Aslında ben bunu galiba kendimi kışkırtmak için söyledim, Raskolnikov da çok iyi anladı bunu... Az hergele değil şu Raskolnikov! İyi uğraştı doğrusu! Ama insan ancak zamanla büyük hergele olabilir, hiçbir şeyi iplemeyerek... Oysa o nasıl da yaşamak istiyor! Bu noktada insanlar doğrusu çok alçak oluyorlar! Neyse, bana ne! Tanrı hepsinin cezasını versin!"

Bir türlü uyku tutmuyordu. Gözünde deminki haliyle Duneçka canlanmaya başladı ve birden bütün vücudu bir titremeyle sarsıldı. Kendine gelerek, "Hayır," diye düşündü, "bu hayali bir yana bırakmalı, başka şeyler düşünmeliyim. Hem tuhaf, hem de gülünç: Ben hiç kimseden ölesiye nefret etmedim, hatta hiç kimseden öç almak için yanıp tutuşmadım... Bu kötü bir belirti! Tartışmayı, kızıp köpürmeyi de sevmezdim... Bu da kötü bir belirti! Vay anasına!.. Demin amma sözler verdim!.. Ama kimbilir, bir başka şekil verebilirdi belki bana..." Dişlerini sıktı. Yeniden Duneçka'nın hayali belirdi gözlerinin önünde: İlk kez ateş ettikten sonraki o büyük korkusuyla, tabancayı indirmiş, yüzü ölü gibi sarı, ona bakıyordu. Svidrigaylov isteseydi, o sırada onu iki kez yakalayabilir ve eğer kendisi hatırlatmasaydı, kız korunmak için elini bile kaldıramazdı. O anda Dunya'ya nasıl acıdığını, yüreğinin nasıl sıkışır gibi olduğunu hatırladı. "Lanet olsun! Yine aynı düşünceler! Kurtulmalıyım bunlardan, kurtulmalıyım!"

Artık uykuya dalmak üzereydi: Nöbet titremeleri yavaş yavaş diniyordu. Birden yorganın altında, kollarının, bacaklarının üzerinde bir şeyin dolaştığını duyar gibi oldu. Titredi: "Lanet olsun! Fare olacak bu!" diye düşündü. "Dana etini masanın üzerinde bırakmıştım..." Yataktan kalkmayı, sıcacık sarındığı yorgandan çıkıp üşümeyi canı istemiyordu, ama birden bacağında ürkütücü bir sürtünme duydu; yorganı üzerinden attı, mumu yaktı. Sıtma titremeleri içinde eğilip yatağa bakmaya başladı: Hiçbir şey yoktu. Yorganı silkeledi, birden çarşafın üzerine bir fare düştü. Hemen yakalamak için üzerine atıldı, ama fare şimşek hızıyla zikzaklar çizerek, parmaklarının arasından kayıyor, elinden kaçıp kurtuluyordu. Yine de yataktan kaçmamıştı. Sonunda yastığın altına gizlendi. Svidrigaylov yastığı kaldırıp attı, ama birden koynuna bir şeyin sıçradığını, gömleğinin altında, sırtında, bütün vücudunda gezindiğini duydu. Sinirden titreyerek uyandı. Oda karanlıktı. Yatakta, deminki gibi yorganına sıkıca sarınmış olarak yatıyordu. Pencerenin altında rüzgâr uğuldamaya devam ediyordu. Can sıkıntısı içinde, "Kötü!" diye düşündü.

Kalktı, sırtı pencereye dönük olarak yatağın kenarına oturdu. "En iyisi hiç uyumamak" diye geçirdi içinden. Ama pencereden ıslak bir soğuk geliyordu. Yerinden kalkmadan yorgana uzandı, üzerine çekip iyice sarındı. Mumu yakmadı. Hiçbir şey düşünmüyor, düşünmek de istemiyordu, ama kafasının içinde birtakım hayaller, başsız ve sonsuz birtakım düşünce kırıntıları parlayıp sönüyordu. Sanki yarı uykuda gibiydi. Soğuk, karanlık ve ıslaklıktan mı, yoksa pencerenin altında ağaçları sallayan rüzgârdan mı, nedense hep fantastik birtakım istekler duyuyordu içinde. Ama en çok çiçekler geliyordu gözlerinin önüne. Göz kamaştırıcı bir manzara vardı karşısında: Aydınlık, pırıl pırıl bir gün; ılık, hatta sıcak denebilecek bir paskalya günü... Dört bir yanı çiçek tarhlarıyla çevrili İngiliz üslubunda güzel, gösterişli bir villa... Merdivenlerine sarmaşık gülleri sarılmış... Üzerinde gözalıcı bir halı serili bulunan aydınlık, serin merdivenlerin iki yanına, içlerinde nadir çiçeklerle Çin saksıları sıralanmış... Pencere kenarlarındaki içi su dolu saksılarda, çevreyi nefis kokulara boğan, uzun saplı, beyaz, nazenin nergisler özellikle dikkatini çekiyor... Canı bunlardan hiç ayrılmak istemiyor, ama yine de merdivenlerden çıkarak yüksek tavanlı, geniş bir salona giriyor... Burada da pencerelerde, terasa açılan kapının yanında, terasta, her yerde, her köşede çiçekler var... Yere yeni biçilmiş, taze, kokulu çimler serpilmiş... Pencereler açık... Tatlı, serin bir rüzgâr esiyor... Pencerelerin altından kuş cıvıltıları duyuluyor... Salonun ortasında, beyaz atlasla örtülü bir masanın üzerinde bir tabut var... Tabut, kenarlarına beyaz ve çok sık saçaklar dikilmiş Napoli ipeklisiyle kaplı... Her yanına çiçekler serpilmiş... Tabutun içinde, çiçekler arasında, beyaz tüller giyinmiş bir kız çocuğu var... Mermerden yapılmışa benzeyen kollarını göğsünde kavuşturmuş... Açık sarı, dağınık saçları ıslak... Başını güllerden örülmüş bir taç süslüyor... Âdeta sertleşmiş, ciddi yüzü de mermerden yontulmuş gibi... Ama solgun dudaklarında hiç de çocuksu olmayan ve sınırsız bir acıyı, sonsuz bir yakınmayı dile getiren bir gülümseme var... Svidrigaylov bu çocuğu tanıyor... Tabutun çevresinde ne kutsal tasvirler, ne de yanan mumlar var... Dua da duyulmuyor... Kendini suya atarak intihar etmiş bir kız bu. On dört yaşında daha... Meleklerinki kadar temiz ruhunda layık olmadığı bir utancı duymuş, çocuk bilincini dehşete boğan bir aşağılanmayı yaşamış, yüreği parça parça olmuş... Ve ondan yükselen son umutsuz çığlığı kimseler duymamış; rüzgârlı, karanlık, soğuk, ıslak bir gecede kendini sulara bırakıvermiş...

Svidrigaylov kendine geldi, yataktan kalkıp pencereye gitti. El yordamıyla bulduğu sürgüyü çekip pencereyi açtı. Rüzgâr bir anda küçücük odasını doldurdu, buzdan iğnecikler halinde yüzüne, bir tek gömlekle örtülü göğsüne saldırdı. Pencerenin altında gerçekten de bahçeye, hem de eğlence bahçesine benzer bir yer vardı. Gündüzleri birtakım şarkıcılar şarkı söylüyor, küçük masalarda çay içiliyor olsa gerekti. Şimdiyse ağaçlardan ve çalılardan pencereye su damlacıkları uçuşuyordu. Her şey öylesine karanlıktı ki, eşyalar bile ancak belli belirsiz lekeler halinde seçilebiliyordu. Svidrigaylov dirsekleri pervaza dayalı, hafif eğilmiş beş dakikadan beri dışarısını seyrediyor, kendini bu koyu karanlıktan koparamıyordu. Birden gecenin içinden bir top sesi gürledi, bunu bir ikincisi izledi.

"İşaret veriliyor! Sular yükseliyor anlaşılan," diye düşündü. "Sabah alçak semtleri, yolları, mahzenleri, bodrumları sular basacak, bodrum fareleri kaçışacak; birtakım insanlar, sulardan sırılsıklam, yağmur ve rüzgâr altında söve saya eşyalarını üst katlara taşıyacaklar... Saat kaç oldu acaba?" Tam saatin kaç olduğunu düşündüğü sırada, yakında bir yerden bir duvar saati, sanki çok acelesi varmış gibi telaşlı telaşlı, olanca gücüyle üçü vurdu. "Demek üç! Bir saat sonra hava aydınlanacak! Ne diye bekliyorum ki! Hemen şimdi çıkıp doğruca Petrovski'ye gideyim, yağmurla yüklü koca bir çalı bulayım orada... Öyle bir çalı ki, omzumla şöyle hafifçe dokunuverince, başıma milyonlarca su damlacığı dökülsün!.." Pencereyi kapadı, mumu yaktı, yeleğini, paltosunu giydi, şapkasını alıp elinde mumla koridora çıktı; odalardan birinde, bir sürü döküntünün ve mum artıklarının arasında uyumakta olan partal kılıklı adamı bulup odanın parasını vererek otelden ayrılmak istiyordu. "En uygun zaman, bundan daha iyisi olamaz."

Uzun ve dar koridor boyunca epeyce bir süre dolaşmasına rağmen hiç kimseye rastlamadı; tam bağırarak adamı çağırmaya niyetlenmişti ki, birden eski bir dolapla kapının arasında kalan karanlık bir köşede tuhaf bir şey gördü. Bir canlıya benziyordu bu. Mumu yaklaştırarak baktı: Sırılsıklam olmuş entarisi içinde titreyerek ağlamakta olan beş yaşında bir kız çocuğu gördü. Kız Svidrigaylov'dan korkmamış gibiydi, ama iri, kara gözlerinde şaşkınlık vardı; uzun süre ağlamış, artık susmuş, hatta yatışmaya başlamış, ama yine de hemen ağlamaya hazır çocuklar gibi, arada bir kesik kesik hıçkırıyordu. Sapsarı ve bitkin bir yüzü vardı. Soğuktan donmuştu. "İyi ama nasıl gelmiş bu buraya? Anlaşılan gelip gizlenmiş ve bütün gece de uyumamış." Soru sorunca kız canlandı, çocuk dilinde cevaplar vermeye başladı: "Anne onu dövecek"ti, çünkü bir "fimcan kıymış"tı.[1] Durmamacasına anlatıyordu; söylediklerinden anlaşıldığına göre, evde sevilmiyordu, annesi durmadan kafayı çeken ve herhalde bu otelde aşçılık eden bir kadındı; onu dövüyor ve korkutuyordu; kızcağız annesinin fincanını kırdığı için o kadar korkmuştu ki, akşam evden kaçmış, dışarıda yağmur altında kalmış, en sonra da bir yolunu bulup buraya girerek, karanlıktan, üşümekten ve yiyeceği dayağın korkusundan ağlayarak, bütün geceyi bu dolabın arkasında geçirmişti. Svidrigaylov kızı kollarına alarak odasına götürdü, yatağının üzerine oturttu ve soymaya başladı. Çıplak ayaklarındaki delik pabuçlar bütün gece suyun içinde kalmışçasına ıslanmıştı. Svidrigaylov kızı soyduktan sonra yatağına yatırdı, yorganla sımsıkı sardı; yavrucak hemen uyudu. Svidrigaylov da yüzü bir karış, yeniden düşünceye daldı.

"Gene başıma iş aldım!" diye düşündü öfkeyle. "Ne saçma bir durum!" Partal kılıklı adamı ne olursa olsun bulup otelden çıkmak için yeniden mumu aldı, tam kapıyı açıp çıkacağı sırada bir küfür savurup, "Eh, be kızcağız!" diye düşündü; uyuyup uyumadığını anlamak için geri döndü. Yorganı dikkatle kaldırıp baktı: Kızcağız derin, rahat bir uykudaydı. Yorgan onu ısıtmış, solgun yanaklarını bir kızıllık kaplamıştı. Ama tuhaf şey: Çocuk yanaklarında genel olarak görülene pek benzemeyen, daha parlak, daha güçlü bir kızıllıktı bu. "Nöbet kızıllığı" diye düşündü Svidrigaylov. Şarap kızıllığı gibi bir şeydi bu; sanki koca bir bardak şarap içirmişlerdi ona. Kıpkırmızı dudakları sanki alev alev yanıyordu... Ama bu da nesi! Birden kızın uzun, kara kirpiklerinin kımıldar gibi olduğunu, gözkapaklarının hafifçe kalkarak kurnaz, çapkın ve hiç de çocuksu olmayan bir çift gözün kırpılır gibi olduğunu fark etti; kız uyumuyor da uyur gibi yapıyordu sanki... Gerçekten de böyleydi bu. Dudaklarına bir

---

1 Fincan kırmıştı (ç.n)

gülümseme yayılıyor, gülmemek için kendini tutuyormuşçasına dudak uçları titriyordu. Ama işte kendini tutmayı falan bıraktı; açıkça gülüyordu artık; çocuklukla hiç ilgisi olmayan bu yüzde, kışkırtıcı, küstah bir ışık tutuşuyordu. Bu bir fahişe yüzüydü, Fransız fahişe Kamelya'nın küstah yüzü... İşte gizlenmeye iyice boş verdi ve iki gözünü birden açtı. Yakıcı, utanmaz bakışları onu kendine çağırıyor, gülüyordu... Bu gülüşte, bu gözlerde, çocuğun yüzündeki bütün bu iğrençliklerde sınırsız bir çirkinlik vardı. Svidrigaylov gerçek bir dehşet duygusuyla,

— Bu... ama bu nasıl olur? –diye mırıldandı.– Daha beş yaşında bu çocuk...

Bu arada kız alev alev yanan yüzünü ona çevirmiş, kollarını açmıştı... Svidrigaylov dehşet içinde,

— Seni lanet! –diye bağırarak elini kıza doğru kaldırmıştı ki... uyandı.

Yatağında, yorganına sımsıkı sarınmış, yatıyordu. Mum yanmıyordu, ama pencereler artık gün ışığıyla aydınlıktı.

"Gece değil, bir karabasandı!" diye düşündü. Bütün vücudu kırılmış gibiydi; öfkeyle yatağından doğruldu; kemikleri sızlıyordu. Dışarıda yoğun bir sis vardı, hiçbir şey seçilmiyordu. Beşe gelmek üzereydi saat. Uyuyakalmıştı! Kalkıp, hâlâ ıslak yeleğini, paltosunu giydi. Cebindeki tabancayı yokladı, çıkarıp kapsülünü düzeltti; sonra oturdu, not defterini çıkarıp ilk sayfasına koca koca harflerle bir şeyler karaladı. Yazdıklarını okuduktan sonra, dirseğini masaya dayayarak düşünceye daldı. Tabanca ve not defteri masanın üzerinde, dirseğinin dibinde duruyordu. Uyanan sinekler, masada el sürülmeden duran dana etine konmaya başlamışlardı. Uzun uzun baktı sineklere, sonra serbest olan sağ eliyle sinek avlamaya başladı. Epeyce uğraşmasına rağmen bir tane bile sinek yakalayamadı. Sonunda nasıl bir işle uğraştığını fark ederek kendine geldi, titredi, yerinden kalkarak kararlı adımlarla odasından çıktı. Bir dakika sonra sokaktaydı.

Kentin üzerine yoğun, süt gibi beyaz bir sis çökmüştü. Svidrigaylov, çamurlu, kaygan tahta kaldırımlar üzerinden Küçük Neva'ya doğru yürüdü. Bir an Küçük Neva'nın gece yükselen suları, Petrovski Adası, ıslak yollar, ıslak ağaçlar ve çalılar, son olarak da o çalı canlandı gözünün önünde. Başka bir şeyler düşünebilmek için can sıkıntısıyla evlere bakmaya başladı. Ne gelip geçen birisi, ne bir arabacı, kimseler yoktu yollarda. Panjurları kapalı, açık sarı ahşap evlerin kirli ve sıkıntılı bir görünüşü vardı. Soğuk ve rutubetten titremeye başlamıştı. Arada bir rastladığı bakkal ve manav tabelalarını büyük bir dikkatle okuyordu. İşte tahta kaldırımlı yol bitmişti. Kocaman, taş bir yapının önündeydi. Soğuktan tir tir titreyen pis bir köpek, kuyruğunu bacakları arasına sıkıştırmış, koşarak yanından geçti. Leş gibi sarhoş bir adam, kaputuna sarınmış, yüzükoyun kaldırımın üzerinde yatıyordu. Svidrigaylov ona şöylece bir bakıp yoluna devam etti. Birden solunda yangın kulesini gördü. "İşte burası çok iyi!" diye düşündü. "Ne diye Petrovski'ye gideceğim ki? Hiç değilse resmi bir tanık önünde olur..." Neredeyse gülecekti bu düşüncesine... "X..." Caddesi'ne saptı. Yangın kulesi buradaydı. İtfaiye binasının kocaman kapısı önünde; üzerinde gri bir asker kaputu, başında Achilles miğferi, sırtını kapıya dayamış ufak tefek bir adam duruyordu. Uykulu gözlerle kendine doğru gelen Svidrigaylov'a yan yan baktı: Yüzünde bütün Yahudi kavminde buruk bir iz bırakan yüzyıllık hırçınca bir keder vardı. Svidrigaylov ve Achilles, konuşmadan, bir süre birbirlerini süzdüler. Sarhoş da olmadığı halde, bir adamın kendinden üç adım ötede durup hiç konuşmadan yüzüne bakıp durması, sonunda Achilles'e aykırı geldi. Yerinden kıpırdamadan:

— Hey, siz, –diye seslendi,– ne arıyor burada?[1]

— Bir şey aramıyorum, kardeş! Merhaba!

---

1 Achilles bozuk bir Rusça'yla konuşmaktadır.

— Burada olmas.

— Ben, kardeş, yabancı bir diyara gidiyorum.

— Yabancı diyar?

— Yabancı diyar ya... Amerika.

— Amerika?

Svidrigaylov cebinden revolveri çıkardı, horozunu kaldırdı.

Achilles kaşlarını kaldırarak:

— Ama bu saka[1] burada olmas!

— Neden olmaz?

— Olmas da ondan.

— Hiç fark etmez be kardeş! İyi bir yer burası. Sorarlarsa, Amerika'ya gitti dersin.

Namluyu sağ şakağına dayadı.

Gözbebekleri gitgide büyüyen Achilles yerinden kımıldandı:

— Burda olmas! Burda olmas!

Svidrigaylov tetiği çekti.

VII

Aynı gün, akşam saat yediye doğru Raskolnikov, annesiyle kız kardeşinin oturduğu Bakaleyev Apartmanına doğru yürüyordu; Razumihin yerleştirmişti onları buraya. Oturdukları dairenin merdivenleri sokağa açılıyordu. Raskolnikov eve yaklaştıkça, girip girmemekte kararsızlık çekiyormuşçasına adımlarını yavaşlatıyordu. Ama artık dönemezdi, kararını vermişti. "Ne fark eder ki?.." diye düşündü. "Onların hem hiçbir şeyden haberleri yok, hem de benim tuhaf davranışlarıma alıştılar..." Elbiseleri berbat durumdaydı: Bütün geceyi yağmur altında geçirdiği için üzerindekiler çamurlanmış, buruş buruş olmuştu. Yirmi dört saattir kendi kendine verdiği savaştan, fiziki yorgunluktan, kötü havadan yüzü tanınma-

1 "şaka" demek istiyor.

yacak hale gelmişti. Geceyi Tanrı bilir nerelerde geçirmişti. Ama işte hiç olmazsa bir karara varmıştı.

Kapıyı çaldı; annesi açtı. Duneçka evde değildi. Hizmetçi de bulunmuyordu bu saatte evde, Pulheriya Aleksandrovna sevinç şaşkınlığından önce hiçbir şey söyleyemedi, sonra onun koluna girip içeri götürdü.

— Geldin ha! –diye başladı; sevinçten kekeliyordu.– Seni böyle aptal gibi gözyaşlarıyla karşıladığım için kızma bana Rodya. Aslında gülüyorum ben, ağlamıyorum. Yoksa sen ağladığımı mı sanmıştın? Hayır, canım, sevinç içindeyim! Kötü bir alışkanlık bu bende. Nedense hep gözlerim sulanır. Babanın ölümünden beri böyle bu. Otur, canım, yorgunsundur... Ah, nasıl da çamur içinde üstün başın!

Raskolnikov :

— Dün yağmurda biraz ıslandım, anneciğim... –diyecek oldu.

Pulheriya Aleksandrovna hemen onun sözünü kesti:

— Hayır, hayır! Eski alışkanlığımla şu kadınca alışkanlığımla seni sorguya çekeceğimi sandın galiba? Telaşlanma!.. Ben artık anlıyorum, her şeyi anlıyorum... Buranın göreneklerini de öğrendim, doğrusu, daha akıllı buralılar. Düşünüp taşındım ve anladım ki, ben senin ne düşüncelerini anlayabilirim, ne de sana hesap sormaya hakkım var. Kafanda kimbilir ne gibi düşüncelerin, tasarıların var ve kimbilir neler neler düşünüyorsun? Oysa ben seni dürtüyor ve "Söyle bakalım," diyorum, "ne düşünüyorsun?" Ben işte... Ah Tanrım! Ne diye böyle ipe sapa gelmez şeyler düşünüyorum sanki! İşte, Rodya'cığım, Dmitri Prokofiç'in getirdiği şu dergideki yazını üçüncü kezdir okuyorum. Görür görmez bir ah çektim. "Be hey aptal kadın" dedim içimden, "gördün mü nelerle uğraşıyormuş oğlun? İşte bütün bilmecenin çözümü! Onun kafasında yeni birtakım düşünceler var, onlar üzerinde düşünüyor, sen de onu rahatsız ediyor, canını sıkıyorsun..." Yazını okuyorum, canım, kuşkusuz pek çok yerini anlamıyorum; eh, böyle de olması gerek zaten; nerede bende bunları anlayacak kafa?

— Gösterir misiniz bana o dergiyi anneciğim?

Raskolnikov dergiyi aldı, makalesine şöyle bir göz attı. Şu andaki durumuyla ne kadar çelişirse çelişsin, bir yazısını ilk kez basılmış gören her yazarın duyduğu o tuhaf, buruk tatlılığı duydu içinde; kuşkusuz, yirmi üç yaşın etkisi de vardı bunda. Ama bu bir an sürdü. Birkaç satır okuduktan sonra, kaşları çatıldı; yüreğinde dayanılmaz bir keder duyuyordu. Birden, şu son birkaç aydır kendi kendine karşı verdiği savaşı hatırladı. Can sıkıntısı ve tiksintiyle fırlattı dergiyi masanın üzerine.

— Yalnız, Rodya'cığım, ne kadar aptal olursam olayım, yine de senin çok yakında, bilim dünyamızın en önde geleni değilse bile, önde gelenlerinden biri olacağını anlayabiliyorum. Tutup senin gibi birinin deli olabileceğini düşünmek cesaretini gösterdiler! Hah–hah–ha! Sen bilmiyorsun, bunu gerçekten düşündüler! Şu işe bak, az kalsın Dunya bile inanacaktı! Rahmetli baban da iki kez dergilere yazı göndermişti: İlkinde şiirlerini –bunları defterimde saklıyorum, bir gün sana gösteririm–, daha sonra da koca bir öyküsünü –defterime çekmem için vermesini rica etmiştim–; basılmaları için ikimiz de nasıl dua etmiştik! Ama basmamışlardı! Altı yedi gün önce, Rodya'cığım, senin giydiklerini, yiyip içtiklerini, yaşayışını görünce dehşet içinde kalmıştım. Şimdiyse, yine bir aptal olduğumu anlıyorum; çünkü eğer istersen, aklın ve yeteneğinle bunların hepsine bir anda sahip olabilirsin sen... Demek ki, şimdilik böyle şeyler istemiyorsun, çok daha önemli işlerin var...

— Dunya evde değil mi, anneciğim?

— Hayır, Rodya. Onu pek evde gördüğüm yok, beni sık sık yalnız bırakıyor. Sağ olsun, Dmitri Prokofiç sık sık ziyaretime geliyor, bana senden söz ediyor. Canım benim, seni öyle seviyor, sayıyor ki... Beni yalnız bırakmakla, kız kardeşinin bana karşı saygısız olduğunu söylemek istemiyorum. Yakındığımı sanmamalısın. Onun huyu kendine göre, benimki kendime göre, Benden gizlediği bir şeyler var. Benimse sizden gizli saklı hiçbir şeyim yok. Dunya'nın çok akıllı bir kız olduğuna ve hem seni; hem beni sevdiğine inancım tam... Ama yine de... bütün bunların sonu nereye varacak, bilemiyorum... İşte, ziyaretime geldin ve beni mutlu ettin Rodya, kız kardeşinse dışarıda... gelince kendisine, "Sen yokken ağabeyin geldi, nerelerde dolaşıyordun bakalım?" diyeceğim. Sen de; Rodya'cığım, beni fazla şımartma: Uğrayabilecek gibi oldun muydu, gel; uğrayamazsan, ne yapalım, beklerim... Ben nasılsa senin beni sevdiğini bileceğim, eh, bu da bana yeter... Senin eserlerini okuyacağım, herkesin senden övgüyle söz ettiğini duyacağım, arada bir de sen beni görmeye geleceksin, daha ne isterim! İşte şimdi de geldin, anneciğini avutmak istiyorsun, görüyorum...

Pulheriya Aleksandrovna birden ağlamaya başladı.

— Yine ağlıyorum! Sen budala annene aldırma, yavrucuğum! –Birden yerinden sıçrayarak bağırdı:– Ah Tanrım! Durmuş oturuyorum böyle! Oysa evde kahve var... Dur sana bir kahve yapayım! Gördün mü yaşlılık bencilliği neymiş? Şimdi, şimdi yaparım!

— Bırakın anneciğim! Gidiyorum ben. Kahve içmeye gelmedim buraya. Lütfen söyleyeceklerimi dinleyin.

Pulheriya Aleksandrovna ürkerek yaklaştı.

— Anneciğim, ne olursa olsun, hakkımda ne duyarsanız duyun, benim için ne söylerse söylesinler, beni şimdiki gibi sevmeye devam edecek misiniz?

Raskolnikov hiç düşünmeden, sözlerini tartmadan, yüreğinden taşan bir coşkuyla sormuştu bunu.

— Rodya, Rodya'cığım! Neyin var? Nasıl böyle bir şey sorabilirsin bana? Bana kim senin hakkında kötü bir şeyler söyleyebilirmiş? Kimseye inanmam ben, kim gelirse kovarım.

Raskolnikov:

— Sizi her zaman sevdiğimi söylemeye geldim, –dedi, aynı coşkunluk içindeydi.– Ve şu anda yalnız olmanızdan, hatta Dunya'cığımın bile evde bulunmayışından çok sevinçliyim. Mutsuz bile olsanız, bilin ki, oğlunuz sizi kendinden çok seviyor... Ve yine bilin ki, hakkımda düşündükleriniz, benim katı, acımasız bir insan olduğum, sizi sevmediğim, bütün bunlar doğru değil. Sizi hep seveceğim... Bunları söylemek için geldim size... evet, yeter artık! Böyle yapmak, böyle başlamak gerektiğini sanıyorum...

Pulheriya Aleksandrovna, hiçbir şey söylemeden onu kucakladı, bağrına bastı, sessiz sessiz ağlamaya başladı. Sonunda:

— Sana ne oldu, Rodya, bilmiyorum, –dedi.– Bütün bu süre içinde hep seni bıktırdığımızı sanıyordum; şimdiyse, olup bitenleri düşününce, seni büyük bir acının beklediğini, bunca üzülmenin nedeninin bu olduğunu anlıyorum. Bunu ta ne zamandır biliyorum ben, Rodya. Bu konuyu açtığım için bağışla beni; gece gündüz bunları düşünüyorum, gözüme uyku girmiyor. Dün gece de kardeşin hep seninle ilgili bir şeyler sayıkladı durdu. Duyduğum bazı şeyler oldu, ama hiçbir şey anlamadım. Bu sabah tam bir idam mahkûmu gibiydim, hep bir şeyler olacak diye bekliyordum, hissediyordum ve işte olanlar oldu! Rodya, Rodya'cığım, nereye gidiyorsun? Gidiyorsun, değil mi?

— Gidiyorum.

— Biliyordum... Bana gerek duyarsan eğer, ben de gelebilirim seninle. Dunya da gelebilir... Seni sever Dunya, çok sever... Hatta, eğer istersen, Sonya Semyonovna da bizimle gelebilir... Görüyor musun, onu kızım gibi bağrıma basmaya hazırım... Toparlanmamıza Dmitri Prokofiç yardım eder... Ama... sen... nereye gidiyorsun?

— Elveda, anneciğim.

— Ne! Hemen bugün mü?! –diye bağırdı Pulheriya Aleksandrovna, sanki sonsuzcasına kaybediyordu onu.

— Duramam artık, gitme zamanı geldi, gitmem gerek...

— Ben de seninle gelemez miyim?

— Hayır, siz diz çöküp benim için dua edin. Belki sizin dualarınız duyulur.

— Gel haç çıkarıp seni kutsayayım! İşte böyle, işte böyle! Ah Tanrım, ne yapıyoruz biz böyle!

Raskolnikov evde kimsenin bulunmayışından ve annesiyle yalnız görüşebilmiş olmaktan sevinçliydi. Bütün şu dehşet verici dakikalar içinde yüreği sanki yumuşayıvermişti. Annesinin önünde yere kapandı, ayaklarını öptü, ana oğul kucaklaştılar, ağlaştılar. Pulheriya Aleksandrovna bu kez ne şaşırmış, ne de bir şey sormuştu. Ne zamandır oğlunun bir felaketle karşı karşıya olduğunu anlıyordu, şimdi o korkunç an gelip çatmıştı işte.

— Rodya, canım benim, –dedi hıçkırarak,– sen benim ilk göz ağrımsın. Şu anda da tıpkı küçüklüğünde olduğun gibisin. O zamanlar da bana böyle sokulur, kucaklar, öperdin. Babanın sağlığında, yoksulluk çektiğimiz günlerde, senin bir tek varlığın bile bizim için avuntu olurdu. Babanı toprağa verdiğimiz gün de onun mezarı başında, tıpkı böyle kaç kez kucaklaşıp ağlaşmıştık. Benim ne zamandır ağlayıp durmama gelince, bunun nedeni, ana yüreğimin felaketi önceden sezmiş olmasıdır. Daha buraya geldiğimiz ilk günden, hani akşama doğruydu, seni görür görmez bakışlarından her şeyi anlamıştım, yüreğim parçalanır gibi olmuştu ve nihayet bugün, demin sana kapıyı açıp da yüzünü görür görmez, o uğursuz anın gelip çattığını anladım. Rodya, yavrum, hemen şimdi gitmiyorsun, değil mi?

— Hayır.

— Yine gelecek misin?

— Geleceğim.

— Rodya'cığım, sakın kızma, sormaya bile cesaret edemiyorum, cesaret edemeyeceğimi de biliyorum, ama sen bana bir iki kelimeyle söyleyiver, ne olur; uzağa mı gidiyorsun?

— Çok uzağa.

— Bu gidişin bir görevle ya da ilerideki mesleki yükselişinle mi ilgili?

— Tanrı ne için gönderiyorsa... Yeter ki siz benden duanızı eksik etmeyin...

Raskolnikov kapıya yürüdü, ama annesi ona sarılarak umutsuzluk dolu gözlerini gözlerinin içine dikti. Yüzü duyduğu dehşetten çarpılmış gibiydi.

Raskolnikov geldiğine pişman olmuştu.

— Yeter, anneciğim! –dedi.

— Tümden gitmiyorsun, değil mi? Daha ayrılmıyoruz, yarın gene geleceksin, değil mi?

— Geleceğim... Elveda!

Sonunda annesinden kopabilmişti.

Ilık, pırıl pırıl, diri bir akşam vardı dışarıda. Hava daha sabahtan açmıştı. Raskolnikov hızla evine doğru gidiyordu. Güneş batmadan her şeyi bitirmek niyetindeydi. O zamana kadar da kimseyle karşılaşmak istemiyordu. Odasına çıkarken, uğraşmakta olduğu semaveri bırakan Nastasya'nın gözleriyle kendisini izlediğini fark etti. "Yoksa odamda biri mi var?" diye düşündü. Yüzünü buruşturdu. Porfiri gelmişti aklına. Ama odasının kapısını açınca içeride Dunya'yı gördü. Tek başına oturmuş, derin düşünceler içinde onu bekliyordu; epeydir beklediği anlaşılıyordu. Raskolnikov durakladı. Dunya onu görünce oturmakta olduğu divandan korka korka kalktı, gelip onun tam karşısında durdu. Kımıltısız bakışları dehşet ve acıyla doluydu.

Raskolnikov onun yalnızca bakışlarından her şeyi bildiğini anladı. Kuşku içinde:

— Yanına yaklaşabilir miyim, yoksa gideyim mi? –diye sordu.

— Bütün gün Sonya Semyonovna'da oturdum; birlikte seni bekledik. Oraya ne yapıp edip uğrayacağını düşünüyorduk.

Raskolnikov içeri girdi, kendini bir sandalyeye attı.

— Bitkinim Dunya. Çok yoruldum. Oysa hiç değilse şu anda kendime tümüyle hâkim olabilmeyi isterdim.

Kuşkulu gözlerle kız kardeşine baktı.

— Bütün gece neredeydin?

— Tam hatırlayamıyorum... Biliyor musun, kardeşim, ben bütün bu işler kesin olarak hallolsun istedim ve kaç kez Neva'nın kıyısına gidip gidip geldim. Bunu çok iyi hatırlıyorum... Orada her şeye bir son vermek istedim, ama... olmadı...

Yeniden kuşkuyla baktı Dunya'nın yüzüne.

— Tanrı'ya şükür! Biz de bundan korkmuştuk... Sonya Semyonovna'yla ben... Öyleyse hâlâ hayata inanıyorsun! Şükürler olsun! Şükürler olsun!

Raskolnikov acı acı gülümseyerek:

— Hayır, inanmıyorum, –dedi.– Demin annemle kucaklaşıp ağlaştık. Ben Tanrı'ya inanmam, ama ondan benim için dua etmesini istedim. Nasıl olur artık, bilmem, Duneçka... Zaten bütün bu olup bitenlerden hiçbir şey anlamıyorum...

Dunya korkuyla:

— Anneme mi gittin sen? –diye bağırdı.– Söyledin mi ona her şeyi? Söyleyebildin mi?

— Hayır, söylemedim... yani, sözcüklerle... ama o pek çok şeyi anladı. Gece senin sayıklamalarını duymuş. Olup bitenlerin yarısından haberi olduğuna eminim. Belki de çok aptalca bir şey yaptım uğramakla... Niçin uğradığı mı da bilmiyorum... Alçağın biriyim ben Dunya.

— Acı çekmeye hazır bir alçak!.. Gidiyorsun, değil mi?

— Gidiyorum. Hemen şimdi. Bu utançtan kurtulmak için kendimi sulara atmak istedim, ama köprüde, suyun üstünde dururken, kendimi şu ana kadar güçlü gördüğüme göre, şimdi de utanca dayanmam gerektiğini düşündüm. Bu, gurur değil mi, Dunya?

— Gurur, Rodya.

Ölgün gözleri alevlenir gibi oldu; hâlâ gururlu olduğu için sevinmişti sanki.

Dudaklarında çirkin bir gülümseme, kız kardeşinin yüzüne bakarak:

— Sakın sudan korkmuş olmayayım, Dunya? –dedi.

Dunya acı acı:

— Yeter, Rodya! –diye bağırdı.

İki dakika kadar süren bir suskunluk oldu. Raskolnikov başını yere eğmişti, Duneçka masanın öbür ucunda ayakta duruyor, ona acıyla bakıyordu. Raskolnikov birden ayağa kalktı:

— Geç oldu. Artık vakit tamam. Teslim olmaya gidiyorum. Yalnız, niçin teslim olacağımı bilmiyorum.

Dunya'nın yanaklarından iri damlalar yuvarlandı.

— Ağlıyorsun, kardeşim, peki, bana elini uzatabilir misin?

— Kuşkun mu vardı?

Dunya ona sımsıkı sarıldı, öpmeye başladı.

— Acıyı üstlenmekle, suçunu yarı yarıya temizlemiş olmuyor musun?

— Suç mu? –diye bağırdı Raskolnikov; bir anda öfkeden deliye dönmüştü.– Ne suçu? Öldürenin kırk günahından arınacağı aşağılık bir tefeciyi, hiç kimseye hiçbir yararı olmayan, yoksulların kanını emen zararlı bir biti öldürmek mi suç! Bu suç benim umurumda bile değil ve onu temizlemeyi de düşünmüyorum. Nedir bu böyle: Dört yandan herkes, "cinayet! cinayet!" diye bağırıp duruyor! Korkaklığımın ne kadar saçma olduğunu bütün açıklığıyla ancak şimdi, böylesine gereksiz bir utancı çekmeye karar verdiğim şu anda anlayabiliyorum! Teslim olmam düpedüz alçaklığımdan ve yeteneksizliğimden... bir de belki şu... Porfiri'nin önerdiği indirimden...

— Neler söylüyorsun sen, ağabey! –diye bağırdı Dunya; sesi umutsuzluk doluydu.– Kan döktün sen!

— Herkesin döktüğü kanı!.. –diye bağırdı Raskolnikov; büyük bir öfke içindeydi.– Geçmişte ve günümüzde bir sel gibi akıtılan kanı!.. Şampanya gibi kan dökenler Capitol'de taç giyip insanlığın kurtarıcıları olarak kutsanmışlardı! Çevrene daha bir dikkatli bak bakalım! Ben de iyilik etmek istemiştim insanlara! Hem yaptığım bu bir tek aptalca şeye karşı yüzlerce, binlerce iyi ve güzel şey yapabilirdim... Aptallık da denmez benim bu yaptığıma... Doğrudan doğruya, beceriksizlik... Çünkü, başarısızlığa uğramazdan önce, hiç de şu anda göründüğü gibi aptalca görünmüyordu yaptığım iş. Başarısızlığa uğradı mı, her şey aptalcadır! Ben yaptığım bu aptallıkla kendime bağımsızlık kazandırmak, ilk adımımı atmak, gerekli araçları edinmek istemiştim... Sonuçta sağlanacak yarar, bütün bu aptallıkları silip süpürecekti!.. Ama daha ilk adımda tökezledim, çünkü ben bir alçağım! Bütün sorun burada! Ama yine de sizin görüşlerinize katılmıyorum: Başarabilseydim, bana da taç giydireceklerdi! Şimdiyse, kapana sıkıştım!

— Sen neler söylüyorsun kardeşim? Bu farklı bir şey... Bu, o değil!

— Demek bu o değil! Biçim olarak, estetik bakımdan demek istiyorsun herhalde? Anlamıyorum doğrusu: Yolunca, yordamınca kuşatılmış bir halk üzerine bombalar yağdırmak, biçim bakımından kimseyi rahatsız etmiyor ve saygıdeğer bir şey sayılıyor bu! Estetik kaygısı, güçsüzlüğün ilk belirtisidir! Hiçbir zaman, şu anda olduğunca apaçık duymamıştım bunu; suçumun anlamını ve buna niçin cinayet denildiğini şu anda olduğunca hiçbir zaman anlamamıştım ve kendimi hiçbir zaman şu anda olduğunca güçlü ve inançlı hissetmemiştim!..

Solgun yüzü al al olmuştu. Son cümlesini söylerken gözleri bir ara Dunya'nın bakışlarıyla karşılaştı ve bu bakışlarda kendisi için duyulan öyle büyük bir acıyı yakaladı ki, bir anda kendine geldi. Annesiyle kız kardeşinin mutsuzluklarını ve bu mutsuzluğun nedeninin kendisi olduğunu düşündü...

— Dunya, canım! Suçum varsa, bağışla beni. Suçluysam bağışlanmam mümkün değil ya, neyse... Elveda! Tartışmayalım artık! Zaman geldi, geldi de geçiyor bile! Yalvarırım sana, arkamdan gelme, daha uğrayacak yerim var... Şimdi hemen annemizin yanına git ve ondan hiç ayrılma... Yalvarırım sana... Bu senden son ve en büyük isteğimdir. Hiç ayrılma ondan. Onu öyle kaygılı bir durumda bıraktım ki, bu acıya dayanabileceğini hiç sanmam! Ya ölür, ya çıldırır! Onunla ol! Razumihin de sizinle olacak, kendisiyle konuştum... Benim için ağlama: Katil de olsam, ömrüm boyunca yürekli ve dürüst olmaya çalışacağım. Belki bir gün benden söz edildiğini duyarsın. Sizi utandırmayacağım, göreceksin... Kanıtlayacağım size nasıl bir...

Bu son sözleri üzerine Dunya'nın gözlerinde yeniden tuhaf bir anlatımla karşılaşınca, kestirip attı:

— Haydi, hoşça kalın! Niçin ağlıyorsun? Ağlama, ağlama! Sonsuza dek ayrılmıyoruz ya! Ah, az kalsın unutuyordum!..

Masanın üzerinden üstü bir parmak toz, kalın bir kitap aldı, yaprakları arasından fildişi üzerine yapılmış küçük bir suluboya portre çıkardı. Bu, manastıra kapanmak isteyen eski nişanlısının, ev sahibi kadının kızının resmiydi. Resimdeki anlamlı yüzü bir dakika kadar seyretti, öptü, sonra resmi Dunya'ya uzatarak, dalgın dalgın:

— Bir tek onunla konuşmuştum, bu konuyu, –dedi.– Sonradan bu durumu alan, böylesine çirkinleşen tasarılarımı yalnız ona açmıştım. Merak etme: Senin gibi o da doğru bulmamıştı düşüncelerimi... İyi ki, yaşamıyor...

Birden içindeki o büyük acıya döndü, kendi kendine konuşur gibi:

— En önemlisi, –dedi,– en önemlisi de şimdi her şey yeni bir biçim alacak, her şey ikiye bölünecek... Her şey, her şey! Ama acaba ben buna hazır mıyım? Bunu istiyor muyum? Bunun benim sınanmam için gerekli olduğunu söylüyorlar!

İyi ama, bütün bu anlamsız sınavların ne gereği var? Yirmi yıllık bir kürek cezasından sonra, yaşlanmış, aptallaşmış, güçten düşmüş, acılarla ezilmiş bir insan olarak çıktığımda, şimdi olduğumdan daha mı iyi düşüneceğim? Ne yapayım ben öyle yaşamayı? Ve beni bekleyen bu yaşama ben şu anda niçin rıza gösteriyorum? Ah, bu sabah durup Neva'ya bakarken bir alçak olduğumu, aşağılık bir yaratık olduğumu anlamıştım!

Sonunda ikisi de çıktılar. Çok zor bir şeydi bu Dunya için, ama onu yine de seviyordu. Ayrılmışlardı, ama elli adım kadar yürüdükten sonra, Dunya onu bir kez daha görmek için dönüp baktı. Raskolnikov daha gözden kaybolmamıştı. Sokağın köşesine gelince o da dönüp baktı. Son kez karşılaştı bakışları. Ama kız kardeşinin de durup kendisine baktığını görünce Raskolnikov sabırsız, hatta öfkeli bir işaretle gitmesini istedi, kendisi de sert ve hızlı bir dönüşle yan sokağa saptı.

"Kötü bir insanım, bu apaçık bir şey," diye düşündü; kız kardeşine yaptığı öfkeli el işaretinden utanmıştı. "Ama onlar da sevgilerinin kırıntısına bile değmediğim halde, beni niçin bu kadar çok seviyorlar? Ah, tek başıma olsaydım, kimseler sevmeseydi beni, ben de kimseleri sevmezdim! Bütün bunlar da olmazdı! Çok ilginç: Önümdeki on beş, yirmi yıllık sürgün yaşantım sırasında her cümlede kendime haydut diyerek, ağlama gösterilerinde bulunacak kadar alçalacak mıyım? Evet evet, tam da böyle! Özellikle bunun için gönderecekler sürgüne beni, onlara gerekli olan bu!.. İşte, yollarda nasıl da kımıl kımıl, nasıl da bir aşağı bir yukarı gidip geliyorlar! Oysa hepsi haydut yaradılışlı, hepsi alçak! Hatta bundan da beter: Budala hepsi! Ama benim sürgüne gönderilmeyeceğimi söyle bakalım, soylu bir öfkeyle nasıl kudurmuşa dönerler!.. Ah, nefret ediyorum, hepsinden nefret ediyorum!"

Aklına esaslı bir şekilde takılan bir konu vardı:

Onlara nasıl, nasıl boyun eğebilirdi! Hem de inanç duyarak. "Ama neden olmasın? Üstelik de tam böyle olması gerekir. Yirmi yıl sürecek bir zulüm, bunu onlara hem de kesin olarak sağlar. Su taşı aşındırır... İyi ama, bütün bunlardan sonra yaşayıp da ne olacak? Bunun özellikle böyle bir sonuç vereceğini bile bile niçin gidiyorum?"

Dün akşamdan beri belki yüzüncü kezdir soruyordu bu soruyu kendine, ama yine de gidiyordu.

VIII

Raskolnikov, Sonya'nın odasına girdiğinde hava artık kararmaya başlamıştı. Gün boyunca Sonya onu dayanılmaz bir heyecanla bekleyip durmuştu. Dunya'yla birlikte beklemişlerdi. Dunya, Svidrigaylov'un, "bu işi Sonya da biliyor" şeklindeki dünkü sözleri üzerine, daha sabahtan gelmişti. İkisinin konuşmalarını, gözyaşlarını, birbirleriyle nasıl anlaştıklarını anlatmayacağız. Yalnız şu kadarını söyleyelim ki, Dunya bu görüşmeden hiç değilse bir avuntu elde etmişti. Ağabeyi yalnız kalmayacaktı. Çünkü Sonya'ya açılmış, büyük gizini ona söylemişti; kendisine insan gerektiğinde Sonya'ya koşmuştu. Yazgısı onu nereye atarsa, Sonya da peşinden gidecekti. Dunya bunu Sonya'ya sormuş değildi, ama böyle olacağını biliyordu. Sonya'ya büyük bir saygıyla bakıyordu. Onun bu saygılılığı Sonya'yı başlangıçta utandırmıştı, neredeyse ağlayacaktı: Çünkü, o kendisini saygı duyulmak şurada dursun, Dunya'nın yüzüne bakabilecek değerde bile görmüyordu. Raskolnikov'un odasındaki o ilk görüşmelerinde, kendisine dikkatle ve saygıyla selam veren Dunya'nın o güzel yüzü, onda hayatı boyunca erişilebilecek en güzel hayal olarak kalmıştı.

Dunya sonunda dayanamamış ve ağabeyini gidip odasında beklemek için Sonya'yı yalnız bırakmıştı; nedense Rodya önce kendi evine uğrar gibi geliyordu. Sonya yalnız kalınca Raskolnikov'un gerçekten de intihar etmiş olabileceği düşüncesiyle kıvranmaya başladı. Dunya da korkuyordu bundan. Ama ikisi birlikteyken birbirlerini yatıştırmışlar; bin bir gerekçe sıralayarak bunun mümkün olmadığına birbirlerini inandırmışlardı. Şimdiyse, birbirlerinden ayrılır ayrılmaz her ikisi de yalnızca bunu düşünmeye başlamıştı. Öte yandan Sonya, Svidrigaylov'un, Raskolnikov'un önünde iki yol bulunduğuna ilişkin sözlerini hatırlıyordu: Ya Sibirya ya da... Raskolnikov'un nasıl kibirli, özsaygılı olduğunu ve Tanrı'ya inanmadığını da biliyordu... Sonunda, umutsuzluk içinde: "Yalnızca ölümden korktuğu için yaşayabilir mi bir insan? Onu şu anda hayata bağlayan tek şey bu korku" diye düşündü. Güneş artık batıyordu. Sonya pencerenin önünde durmuş, üzgün üzgün dışarıyı seyrediyordu, ama penceresinden bitişik evin badanasız duvarından başka bir şey görünmüyordu. Tam mutsuz delikanlının intihar ettiğine kesinlikle inanç getirdiği sırada, kapı açıldı ve içeri Raskolnikov girdi.

Sonya'nın göğsünden sevinçli bir çığlık koptu. Ama Raskolnikov'un yüzüne dikkatle bakınca birden sapsarı kesildi.

— İşte böyle, –dedi Raskolnikov gülümseyerek.– Haçların için geldim. Sonya! Kendin söylemiştin bir dört yolağzına gitmemi, ne oldu, şimdi iş ciddiye binince korktun mu?

Sonya ona şaşkınlıkla bakıyordu. Raskolnikov'un sözleri, sesinin tonu ona bir tuhaf gelmişti. Bütün vücudundan soğuk bir ürperme geçer gibi oldu. Ama az sonra sözlerinin de, sesinin tonunun da yapmacık olduğunu anladı. Raskolnikov doğrudan onun gözlerine bakmaktan kaçınıyormuş gibi, karşıda, köşede bir yerlere bakarak konuşuyordu:

— Düşünüp taşındım Sonya ve böylesinin daha uygun olacağına karar verdim. Yalnız bir durum var burada... ama neyse, anlatması uzun sürer, zaten önemli de değil. Biliyor musun, canımı sıkan ne: Bütün bir ahmaklar sürüsü, aşağılık birtakım insanlar, gözlerini devire devire bana birtakım sorular soracaklar ve ben de bu sorulara cevap vermek zorunda kalacağım... Beni parmaklarıyla gösterecekler... Tüh!

Biliyor musun, Porfiri'ye gitmeyeceğim, bıktım ondan. En iyisi dostum Poroh'a gitmek... Kimbilir nasıl şaşıracaklar, ne büyük bir etki bırakacağım üzerlerinde! Ama soğukkanlı olmam gerek; şu son sıralar aşırı sinirli oldum. İnanır mısın: Az önce kız kardeşime, beni son bir kez görmek için dönüp baktı diye, neredeyse yumruk salladım. Nasıl hayvanlaştığımı anla artık! Nereden nereye geldim! Neyse, haçlar nerede?

Kendinde değil gibiydi. Olduğu yerde duramıyor, dikkatini bir şey üzerinde toplayamıyordu. Sözleri birbirini tutmuyor, oradan oraya atlıyordu. Elleri de hafifçe titriyordu.

Sonya sessizce bir kutudan haçları çıkardı: Biri serviden, biri bakırdandı haçların; kendi üzerinde ve Raskolnikov üzerinde sessizce haç çıkardı, servi ağacından olan haçı Raskolnikov'un boynuna taktı.

— Benim için de çarmıha gerilişin simgesi olacak bu haç, hah–hah–ha! Şimdiye dek çektiğim acılar azdı sanki! Servi ağacından olanı halk için, bakırdan olanıysa Lizaveta gibiler için... Demek kendine onu alıyorsun? Göster bakayım! Demek... o sırada da bu vardı üzerinde. Buna benzer iki şey daha görmüştüm sanırım, gümüş bir haçla bir tasvir... Kocakarının göğsüne fırlatıp atmıştım. Oysa şimdi... oysa şimdi benim asıl onları taşımam gerek... Neler söyleyip duruyorum ben böyle? Asıl işimi unutuyorum... Nedense çok dalgınım!.. Buraya gelmemin nedeni Sonya, sana haber vermek için... bilesin diye. Eh, hepsi bu kadar... Yalnız bunun için gelmiştim. Hımm! Ben daha fazla bir şeyler söyleyeceğimi sanıyordum. Gitmemi sen istemiştin, işte ben de gidiyorum... Ben hapiste yatacağım, senin de isteğin yerine gelecek... Ne ağlıyorsun? Sen de mi? Yeter artık, Sonya, kes! Ah nasıl da ağır geliyor bütün bunlar bana!

Ama yine de içinde bir şeyler kımıldadığını duydu: Sonya'ya baktıkça yüreği sızlıyordu. "Ne bu?" diye düşündü kendi kendine. "Ne oluyor bu kıza? Ben nesi oluyorum ki onun? Ne diye ağlıyor? Annem mi, Dunya mı ki, bana kol kanat geriyor?"

Sonya ürkek ürkek:

— Haç çıkar, hiç olmazsa bir kez dua et! –diye yalvardı, sesi titriyordu.

— Peki, tabii, hem de ne kadar istersen, Sonya! Yüreğimin derinlerinden koparak üstelik!..

Oysa bambaşka bir şey söylemek niyetindeydi.

Üst üste birkaç kez haç çıkardı. Sonya şalını alıp başını örttü. Bu, besbelli, Marmeladov'un "aile yadigârı" diye sözünü ettiği şu yeşil drap şaldı. Raskolnikov'un aklından bunlar geçti, ama bir şey sormadı. Gerçekten çok dalgın ve bayağı telaşlı olduğunu kendisi de fark etmeye başlamıştı. Bu durum onu korkuttu. Sonya'nın da kendisiyle birlikte gelmeye hazırlandığını görünce ise iyice şaşırdı.

— Ne oluyorsun? –diye bağırdı öfkeyle.– Nereye böyle? Sen burada kalacaksın! Ben tek başıma gideceğim!

Ürkek adımlarla kapıya doğru yürüdü, tam çıkarken,

— Maiyetiyle birlikte gelmiş mi dedirteceksin?" –diye homurdandı.

Sonya odanın ortasında kalakaldı. Bir tek ayrılık sözü bile söylemeden çıkıp gitti Raskolnikov, sanki Sonya'yı unutmuştu; yakıcı bir kuşku kabarıyordu ruhunda.

"Butun bunlar boyle mi olacaktı?" diye duşundu merdivenlerden inerken. "Her şeyi değiştirmek... düzeltmek ve... gitmemek mümkün değil mi?"

Ama yine de gidiyordu. Birden, kendi kendisine sorular sorup durmasının artık hiçbir önemi olmadığını hissetmişti. Sokağa çıkınca Sonya'yla vedalaşmadığını, bağırışından kızcağızın kımıldamaya bile cesaret edemeyerek, odanın ortasında yeşil şalıyla kalakaldığını hatırladı ve bir an duraladı. Tam bu sırada, sanki onu kesin olarak yıkmak için bu anı bekliyormuşçasına kafasına bir düşüncenin saldırdığını hissetti.

"Şimdi niçin, niçin uğradım ben bu kıza? Kendisine, 'iş için,' dedim. İyi ama, ne işi için? İş falan yok ki ortada! Gidiyorum demek için mi geldim yoksa? Pek gerekiyordu sanki! Yoksa seviyor muyum onu? Hayır! Hayır, değil mi? Daha demin bir köpek gibi kovmadım mı kendisini? Yoksa onun haçları mı gerekti bana? Ah, nasıl alçalmışım ben! Ama, hayır! Onun gözyaşları gerekti bana, nasıl korktuğunu, yüreğinin nasıl parça parça olduğunu görmem gerekti! Bir şeylere tutunmam, gidişimi biraz olsun geciktirmem, bir insana bakmam gerekti! Kendi üzerime bunca umutlar beslemeye, bunca hayaller kurmaya cesaret ettim bir de! Oysa sefil, beş para etmez, aşağılık, aşağılık bir adamım ben."

Kanal boyunca yürüyordu ve gideceği yer buradan uzak değildi. Ama köprüye varınca durakladı... ve birden köprüye sapıp Samanpazarı'na doğru yürümeye başladı.

Gözlerini dört bir yana çeviriyor, tutkuyla, doymamacasına bakınıyordu çevresine; ama her şey sanki gözleri önünden kayıp gidiyordu: Dikkatini bir şey üzerinde toplayamıyordu. "Bir hafta sonra, bir ay sonra beni bir hapishane arabası içinde bu köprüden geçirip götürecekler", diye düşündü. "Acaba bu kanala nasıl bakacağım o zaman? Şimdi böyle düşündüğümü hatırlayacak mıyım? Örneğin şu tabelayı... o zaman nasıl okuyacağım? Ortaklık yazıyor burada... Şu a'yı, a harfini unutmamalı... bir ay sonra yine bakmalıyım bu a'ya... Acaba o zaman da şimdi gördüğüm gibi mi göreceğim? Ya neler düşüneceğim; neler duyacağım?.. Aman Tanrım, şu düşündüğüm, kaygılandığım şeye bak. Ne bayağı şeyler düşünüyorum böyle! Ama bunların da kendine özgü ilginç bir yanı yok değil doğrusu!.. Hah–hah–ha! Neler düşünüyorum! Çocuklaşıyorum... Kendi kendime yalancı pehlivanlık yapıyorum! İyi ama, kendimden utanacak ne var sanki! Tüh! Nasıl da itişip kakışıyorlar! İşte, şu şişko beni iten... Herhalde bir Alman? Kimi ittiğini biliyor mu acaba? Şu kadın da kucağında çocukla dileniyor... Beni kendisinden daha mutlu sayması çok ilginç doğrusu... Sırf komiklik olsun diye bir sadaka vermeli şuna... Aa, bir beş kapiklik!.. Nereden girmiş bu cebime?"

— Al, al bakalım analık!..

Dilenci kadın ağlamaklı bir sesle:

— Tanrı seni korusun! –dedi.

Artık Samanpazarı'ndaydı. Kalabalık, itişip kakışma hiç hoşuna gitmediği halde, özellikle en kalabalık yerlere doğru yürüyordu. Yalnız kalabilmek için varını yoğunu verebilirdi; ama bir dakika bile yalnız kalamayacağını hissediyordu. Kalabalık içinde bir sarhoş gördü: Adam boyuna dans etmeye çalışıyor, ama bir türlü ayakta duramıyor ve ayağa her kalkışında yeniden yere yıkılıyordu. Etrafını sarmışlardı. Raskolnikov kalabalığı yararak öne geçti, sarhoşu birkaç dakika seyretti, sonra kısa, kesik kahkahalarla gülmeye başladı. Bir dakika sonra sarhoşu unutmuştu bile. Bakıyor, ama görmüyordu. Sonunda oradan ayrıldı; az önce nerede bulunduğunu sorsalar, söyleyemezdi. Ama tam Samanpazarı Alanı'nın ortasına geldiğinde birden içinde bir şeyler duydu: Ruhuyla, bedeniyle tüm varlığını bir duygu sarmıştı.

Birden Sonya'nın sözlerini hatırladı: "Bir dört yolağzına git, insanları selamla, yere kapan, toprağı öp, çünkü sen ona karşı da suç işledin... ve bütün dünyaya karşı 'Ben katilim!' diye bağır." Birden bütün vücudunun tir tir titrediğini duydu. Şu son günlerde, özellikle de son birkaç saattir öylesine umarsızdı, öylesine derin acılarla sarsılmıştı ki; içinde duyduğu bu yepyeni, katışıksız, dolu dolu duyguya dört elle sarıldı. Bir nöbet gelir gibi birdenbire duymuştu içinde bu duyguyu: Önce ruhunda bir kıvılcım gibi çakmış, sonra bütün varlığını sarmıştı. Birden içinde bir yumuşama, bir hafifleme duydu... Gözlerinden yaşlar boşalıyordu... Olduğu yere çöktü. Alanın tam ortasındaydı. Yere kapanıp çamurlu toprağı büyük bir tatla, mutlulukla öptü. Doğruldu, ikinci kez yere kapandı.

— Of, amma kafayı çekmiş, ha! –diye söylendi hemen yanı başında duran bir delikanlı.

Gülüşmeler oldu. Çakırkeyf bir adam:

— Kudüs'e gidiyor bu kardeşler, –dedi,– çoluk çocuğuyla, yurduyla vedalaşıyor, bütün dünyayı selamlıyor; başkent Saint Petersburg'un topraklarını öpüyor!

— Çok da gençmiş!

— Ve soylu bir aileden!

— Bu zamanda kim soylu, kim değil, belli mi ki!

Bütün bu sesler, konuşmalar Raskolnikov'u söylemeye hazırlandığı sözleri söylemekten alıkoyuyordu; "Ben öldürdüm!" sözleri donup kalmış gibiydi dudakları arasında. Ama yine de bütün bu çığlıklara sessizce katlandı, hiçbir yere bakmaksızın doğruca karakola giden yola saptı. Yolda bir ara hayal gibi bir şeyin gözünün önünden kayar gibi olduğunu gördü, ama buna şaşmadı; o da bunun böyle olması gerektiğini seziyordu: Samanpazarı'nda, yere ikinci kapanışı sırasında, sol yanında, kendisinden elli adım kadar ötede Sonya'yı görmüştü. Tahta barakalardan birinin ardına gizlenmiş, ona bakıyordu. Demek ki, acılı yürüyüşü boyunca hep peşinden gelmişti! Raskolnikov birden, yazgısı kendisini nereye sürüklerse sürüklesin, Sonya'nın hiç ayrılmamacasına peşinden geleceğini anladı. Dünyanın öteki ucuna da gitse, ardından gelecekti! İçi bir tuhaf oldu... Ama işte o uğursuz yere gelmişti artık:

Oldukça kararlı, kendine güvenen adımlarla girdi avluya. Üçüncü kata çıkması gerekiyordu. "Hele bir çıkalım bakalım" diye düşündü. O uğursuz anın henüz gelmediğini, buna daha çok zaman olduğunu, bu arada pek çok şeyi yeniden düşünebileceğini sanıyordu.

Merdivenlerde yine aynı yumurta kabukları, aynı çöpler vardı, evlerin kapıları yine ardına kadar açıktı ve mutfaklardan yine kömür kokusuna karışmış pis birtakım kokular geliyordu. Raskolnikov o zamandan beri hiç gelmemişti buraya; bacakları uyuşmuş gibiydi, bükülü bükülüveriyordu; ama o yine de çıkmaya devam ediyordu. Bir ara soluk almak, kendine bir çekidüzen vermek ve içeri insan gibi girmek için durdu. Sonra bu davranışına bir anlam veremeyerek, "Ama niçin?" diye düşündü. "Neden? Mademki bu acı ilacı içmem gerekiyor, öyleyse ne fark eder? Ne kadar iğrenç olursa, o kadar iyi!" Bu sırada İlya Petroviç Poroh'un yüzü canlanmıştı gözünün önünde. "İyi ama, neden ille de ona gitmeliyim? Bir başkası olmaz mı? Nikodim Fomiç, örneğin? Dönsem ve doğruca Nikodim Fomiç'in evine gitsem? Hiç değilse bir ev havası içinde teslim olmuş olurdum? Ama, hayır; hayır! Poroh'a, Poroh'a! Madem içeceğim bu acı ilacı, bari bir dikişte içip bitireyim!"

Büronun kapısını açarken kendinde değil gibiydi; bütün vücudu buz gibi olmuştu. Bu kez kalabalık değildi içerisi; halktan bir adamla, bir kapıcıdan başka kimseler yoktu. Orada, bir bölmenin ardında duran nöbetçi gözlerini kaldırıp kendisine bakmamıştı bile... Raskolnikov bitişik odaya geçti. "Belki de... hâlâ konuşmayabilirim" diye bir düşünce parlayıp söndü kafasında. Üzerinde sivil bir ceket bulunan yazıcılardan biri masa başında bir şeyler yazmaya hazırlanıyordu. Köşede bir başka yazıcı daha vardı. Zamyotov görünürlerde yoktu. Tabii Nikodim Fomiç de yoktu.

Raskolnikov masa başındaki yazıcıya dönerek:

— Kimse yok mu? –diye sordu.

— Kimi istemiştiniz?

Raskolnikov birden bildik bir sesle irkildi:

— Vay, vay, vay! Hani şu masalda denildiği gibi: "Ne duydum, ne de gördüm, ama onu Rus ruhundan bildim..." Nasıldı, unutmuşum! Saygılar sunarım, efendim!

Raskolnikov titredi. Karşısında Poroh duruyordu. Birden yandaki, üçüncü odadan çıkıvermişti. "Kaderin ta kendisi!" diye düşündü Raskolnikov. "Neden burada bu?"

— Bize mi geldiniz? Nasıl bir iş için? –diye sordu İlya Petroviç. Son derece keyifli, hatta hafifçe de heyecanlı gibiydi.– Eğer iş için geldiyseniz, erken teşrif etmişsiniz. Ben de bir rastlantı sonucu buradayım... Ama yine de yardım edebileceğim bir şey varsa... İtiraf ederim ki size... Bağışlayın, adınız nasıldı?

— Raskolnikov.

— Ha, evet: Raskolnikov! Sakın unutmuş olduğumu sanmayın! Beni o tür kişilerden bilmenizi istemem... Rodion Ro... Ro... Rodioniç... Böyleydi galiba?

— Rodion Romanoviç.

— Ah, evet, evet! Rodion Romanoviç! Ben de aslında böyle diyecektim, ağzımdan yanlış çıktı. Hatta size kaç kere sordum... İtiraf ederim ki, size o gün öyle davrandığım için... davrandığımız için çok, çok üzgünüm... Daha sonra söylediler, öğrendim ki, bir edebiyatçı, hatta bir bilginsiniz... Yani, bu alanda ilk adımlarınızı atıyormuşsunuz... Tanrım!.. Meslek hayatının ilk adımlarını atarken orijinal bir şeyler yapmayan edebiyatçı ve bilgin olur mu hiç! Ben de, karım da edebiyata bayılırız. Hele karım!.. Bir tutkudur onda edebiyat! Edebiyat ve sanat! İnsan soylu olmaya görsün, gerisi yetenekle, bilgiyle, akılla, dehayla kendiliğinden geliyor! Şapka, örneğin... Ne demektir şapka? Ben gidip şapkayı Zimmerman'dan satın alabilirim, değil mi? Ama, ya şapkanın altında duran şeyi? İşte onu hiçbir yerden satın alamam! Ne yalan söyleyeyim, gelip size açıklamada bulunmak bile istemiştim, ama sonra düşündüm ki, siz belki de... Ah, hâlâ ziyaretinizin nedenini sormuş değilim. Gerçekten, bir yardımım dokunursa, söyleyin! Duyduğuma göre, yakınlarınız gelmiş?

— Evet, annemle kız kardeşim.

— Kız kardeşinizi görmek şeref ve mutluluğuna erdim. Güzel, kültürlü bir hanımefendi. Doğrusu, sizinle o gün sinirli konuştuğumuza çok hayıflandım. Tuhaf bir olaydı! O gün bayıldığınız için sizden kuşkulanmıştık, ama daha sonra olay çok parlak bir biçimde çözümlendi! Yobazlık ve fanatizm! Öfkenizi anlıyorum... Yoksa, ailenizin gelişiyle ilgili olarak evinizi mi değiştiriyorsunuz?

— Hayır, ben öylece... şey için... Zamyotov'u burada bulacağımı sanıyordum.

— Ah, evet! Öyle ya, onunla dost olduğunuzu söylemişlerdi... Yok, Zamyotov... Geç kaldınız... Aleksandr Grigoryeviç bizi kendisinden yoksun bıraktı. Dünden beri kadromuzda değil, başka bir yere geçti... Hatta giderken de herkesle, hem de pek kaba bir biçimde, kavga etti. Aklı havada bir çocuk, oysa bir ara epey umut vermişti! Hadi bakalım, şimdi siz gelin de bizim parlak bir gençliğimiz olduğundan söz edin! Sözde bir sınav verecekmiş, ama sanıyorum bize hava atmak için söylüyor bunu, sınav falan vereceği yok! Size ya da arkadaşınız Razumihin'e benzeyen birisi değil o!.. Sizin işiniz bilim, hiçbir başarısızlık sizi yıldıramaz! Sizin için hayatın bütün güzellikleri bir *nihil est*'tir.[1] Siz bir çilekeş hayatı yaşıyorsunuz, tıpkı bir keşiş gibi... kabuğunuza çekilmişsiniz! Elinizde kitap, kulağınızın arkasında kalem, bilimsel araştırmalar yapıyorsunuz, sizin ruhunuza dinginlik veren şey bu! Ben de bir parça sizin gibiyimdir... Livingston'un[2] kitabını okudunuz mu?

— Hayır.

— Ben okudum. Bu sıralar nihilistler iyice çoğaldı; ama bunda anlaşılmaz bir yan yok! Hangi zamanda yaşıyoruz! Öte yandan, size sormak isterdim... herhalde nihilist değilsiniz? Açık, apaçık söyleyin bana!

— Hayır,

— Biliyor musunuz, benimle açıkça hiç sıkılmadan, sanki kendi kendinizeymişçesine konuşabilirsiniz. İş başka, dostluk başka diyeceğim sandınız, değil mi? Ama, bilemediniz! Dostluk değil, yurttaşlık ve insanlık duygusu, insan ve Tanrı sevgisi başka... Ben görevi başında, resmi bir insan olabilirim, ama kendimi her zaman bir insan, bir yurttaş olarak hissetmek ve bu konuda kendime hesap vermek zorun-

---

1 (Aslında da Latince) — Hiç.

2 David Livingston (1813–1873) — İngiliz gezgin, Afrika araştırmacısı, misyoner, Afrika üzerine yazdığı bir kitap 1887 yılında Rusça'ya çevrilmiş ve geniş yankı uyandırmıştı.

dayım... Demin Zamyotov'dan söz etmiştiniz, değil mi?.. Uygunsuz yerlerde bir kadeh şampanya ya da Don şarabı içip Fransız usulü skandallar çıkaran bir adamdır o, böyle bir adamdır işte sizin Zamyotov'unuz! Bana gelince, ne bileyim, yurduna bağlılık ve yüce birtakım duygularla yanıp tutuşan bir insan olabilirim; üstelik bir önemim, yüksek bir mevkiim, toplum içinde bir yerim var! Evliyim, çocuklarım var. Bir insanın, bir yurttaşın yapmak zorunda olduğu şeyleri yapıyorum! Sormama izin verin: Ya Zamyotov kimdir? Sizi eğitimin soylulaştırdığı bir insan olarak görüyor ve öyle davranıyorum. Bilmem farkında mısınız, şu ebanımlar[1] da iyice çoğalmaya başladılar...

Raskolnikov sorar gibi kaşlarını kaldırdı. Az önce yemek masasından kalktığı anlaşılan İlya Petroviç'in sözleri, kulağına anlamsız, bomboş sesler olarak geliyordu. Ama yine de adamın söylediklerinden bir kısmını az da olsa anlamıştı; soran gözlerle Poroh'a bakıyor ve bütün bunların nasıl sona ereceğini merak ediyordu.

İlya Petroviç konuşmayı çok seviyordu.

— Şu kesik saçlı kızlar var ya, onlardan söz ediyorum, – diye sürdürdü sözlerini.– Ben ebanım adını taktım onlara ve bu yakıştırmamı da doğrusu, çok uygun buluyorum. Hah-hah–ha! Tıp fakültesine gidiyor ve anatomi öğreniyorlar! Söyleyin Tanrı aşkına: Hastalanacak olsam hiç bu kızları çağırır mıyım kendime baktırmak için? Hah–ha!

Esprisi çok hoşuna giden İlya Petroviç kahkahalarla gülmeye başladı.

— Hadi diyelim bu durum bilgiye olan sonsuz susuzluklarından kaynaklanıyor... Bilgilendin, dursana orada! Niçin

---

1 Poroh'un sözlerinde, 1860'larda kızların da yüksek öğrenim yapabilme hakları için mücadele eden ilerici kızları küçümseme var. "Ebanımlar" diyerek onlarla alay ediyor Poroh. 60'lı yıllarda Rusya'da kızlar için yüksek öğrenim, ebelik ve öğretmenlikle sınırlıydı. Kızlar mücadeleleri sonucu ilk kez Petersburg Tıp Fakültesi'ne de girme hakkını elde etmişlerdi.

bu bilgiyi kötüye kullanıyorsun? Niçin soylu kişileri aşağılıyorsun? Tıpkı şu alçak Zamyotov'un yaptığı gibi... Sorarım size: Niçin, niçin hakaret etti bu adam bana?.. Bu sıralarda da kendini öldüren öldürene... Öyle yaygınlaştı ki intiharlar, aklınız durur! Paralarını son kuruşlarına kadar yiyip bitiriyorlar, sonra da kendi işlerini bitiriyorlar! Genç kızlar, çocuklar, yaşlılar... Bu sabah da yeni bir olay bildirdiler: Petersburg'a yeni gelmiş bir beyefendi... Nil Pavliç! Hey, Nil Pavliç! Az önce bildirdikleri, hani şu Petersburgskaya'da kafasına bir kurşun sıkan centilmenin adı neydi?

Öteki odadan kısık, ilgisiz bir ses duyuldu:

— Svidrigaylov!

Raskolnikov titredi.

— Svidrigaylov mu! –diye bağırdı.– Svidrigaylov kendini mi vurmuş!

— Tanıyor musunuz yoksa onu?

— Evet... tanırım... Yeni gelmişti Petersburg'a...

— Evet, yeni gelmiş; karısını kaybetmiş; dolu dizgin eğlence hayatı yaşayan; uçarı bir adammış... Ve işte, beynine bir kurşun sıkıvermiş... Üstelik bunu öyle rezilce yapmış ki, aklınız durur! Bu işi aklı başında olarak yaptığını, ölümünden kimsenin sorumlu olmadığını bildiren kısa bir de not bırakmış. Dediklerine göre para pul da varmış adamda... Siz nereden tanırdınız kendisini?

— Ben tanımam... kız kardeşim evlerinde mürebbiye olarak çalışmıştı...

— Demeyin! O zaman onun hakkında bize bir şeyler söyleyebilir misiniz? Böyle bir şey yapacağından kuşkulanmış mıydınız?

— Kendisini dün gördüm... şampanya içiyordu... Böyle bir şey yapacak gibi değildi.

Ağır bir şeyin altında ezilmiş gibiydi Raskolnikov.

— Yine sararır gibi oldunuz. Çok ağır bir havası var buranın.

— Evet... –diye kekeledi Raskolnikov.– Gitmem gerek benim... Özür dilerim, rahatsız ettim...

— Yo, rica ederim, nasıl isterseniz! Çok sevindirdiniz bizi...

İlya Petroviç bunları söylerken Raskolnikov'a elini de uzattı.

— Ben yalnızca... Zamyotov'u görmek...

— Anlıyorum, anlıyorum... Bizi çok sevindirdiniz;

Raskolnikov gülümsedi:

— Ben de çok sevindim... hoşça kalın...

Dışarı çıktı. Sallanıyordu. Ayakta olup olmadığının bile farkında değildi; başı dönüyordu. Sağ eliyle duvara dayanarak merdivenlerden inmeye başladı. Elinde dosya, yukarı çıkmakta olan bir kapıcının kendisini ittiğini; aşağı katta bir köpeğin ağlar gibi havladığını, kadının birinin bağırarak köpeğe bir oklava fırlattığını belli belirsiz fark etti. Aşağı indi. Avluda, kapıya yakın bir yerde Sonya duruyordu; ölü gibiydi, yüzü bembeyaz, yabanıl bakışlarla onu süzüyordu. Raskolnikov gidip tam onun önünde durdu. Kızın yüzünde, hastalıklı, umutsuz, acılı bir şeyler belirdi. Ellerini çırptı. Raskolnikov'un dudakları şaşkın, umutsuz bir gülümsemeyle kıvrıldı. Bir an öylece durdu, gülümsedi, sonra dönüp yeniden büroya çıkan merdivenleri tırmanmaya başladı.

İlya Petroviç oturmuş, birtakım kâğıtları karıştırıyordu. Karşısında, az önce merdivenlerde Raskolnikov'a çarpan adam vardı.

— A–a! Siz misiniz! Ne oldu, bir şey mi unuttunuz? Ama, neyiniz var sizin?

Raskolnikov dudakları bembeyaz, bakışları hareketsiz, donuk, hiçbir şey söylemeden ona yaklaştı, masanın önüne gelince; bir eliyle masaya dayandı. Bir şeyler söylemek istiyor, ama söyleyemiyordu; anlaşılmaz, kopuk kopuk birtakım sesler çıkıyordu ağzından.

— İyi değilsiniz siz... Bir sandalye getirin!.. Oturun, oturun şu sandalyeye! Su getirin!

Raskolnikov kendini sandalyeye bıraktı, ama gözlerini müthiş bir şaşkınlık içinde olan İlya Petroviç'ten ayırmıyordu. İkisi de bir dakika kadar birbirine bakıp öylece durdular. Su getirdiler.

— Ben... –diye başladı Raskolnikov.

— Suyunuzu için.

Raskolnikov eliyle bardağı itti ve ağır ağır, dura dura, ama açık ve anlaşılır bir sesle:

— Kocakarıyla kız kardeşi Lizaveta'yı baltayla öldüren ve soyan benim, –dedi.

İlya Petroviç ağzını açtı ve öylece kaldı. Dört yandan koşuşup geldiler.

Raskolnikov sözlerini tekrarladı..............

Sonsöz

I

Sibirya! Geniş ve ıssız bir ırmağın kıyısında, Rusya'nın il merkezlerinden bir kent. Kentte bir kale, kalede bir zindan var. Rodion Raskolnikov, ikinci dereceden kürek mahkûmu olarak dokuz aydır bu zindanda. Cinayetinin üzerinden bir buçuk yıla yakın bir zaman geçti.

Yargılanması sırasında fazla güçlük çıkmadı. Suçlu, olayları karıştırmadan, bunları kendi yararına değiştirmeye kalkışmadan, gerçekleri çarpıtmadan ve en küçük bir ayrıntıyı bile unutmadan, kararlı bir tutumla ve açık, anlaşılır bir şekilde eski ifadesini tekrarladı. Cinayeti nasıl işlediğini en küçük noktasına varana dek açıkladı: Cinayetten sonra kocakarının elinde bulunan rehinin (üzerinde madeni bir levha bulunan kâğıda sarılı tahta parçası) gizini açıkladı; maktulden anahtarları nasıl aldığını anlattı, anahtarları tarif etti, çekmeceyi, hatta çekmecenin içinde nelerin bulunduğunu anlattı; Lizaveta'nın öldürülmesi bilmecesini açıkladı; Koh'un, onun ardından da üniversite öğrencisinin gelip nasıl kapıyı çaldıklarını, hatta bunların aralarındaki konuşmaları anlattı; cinayetten sonra merdivenlerden inişini, bu sırada Mikolka'yla Mitka'nın bağrışmalarını duyarak boş daireye gizlenişini, evine dönüşünü anlattı, en sonra da Voznesenski Caddesi'nde bir avluda, hemen kapıya yakın bir yerde bulunan taşı gösterdi: Çaldığı şeylerle para çantası gerçekten de tam altında bulundu. Kısacası, olay tümüyle aydınlandı. Yalnız, savcıyla yargıçlar, katilin çaldığı şeyleri bir taşın altına gizleyip bunlardan yararlanmayışına, bundan da önemlisi, çaldıklarını ayrıntılı olarak hatırlayamaması bir yana, bunların sayısında bile yanılmasına çok şaşırdılar. Özellikle de para çantasını bir kez olsun açmamış olması, içinde kaç para bulunduğunu bilmemesi onlara pek inandırıcı görünmedi (çantadan üç yüz on yedi gümüş rubleyle, üç tane yirmi kapiklik çıktı; en üstteki birkaç banknot, uzun süre toprak altında kalmaktan bozulmuştu). Sanığın bütün öteki konularda, hem de kendiliğinden, gerçeği olduğu gibi açıklamasına karşılık, bu konuda neden ısrarla yalan söylediğini anlayabilmek için çok uğraştılar. Sonunda yargıçlardan bazısı (özellikle de ruhbilimci olanlar) sanığın çantayı açmadan, dolayısıyla da içinde ne bulunduğunu bilmeden taşın altına gizlemesinin mümkün olabileceğini kabul ettiler. Buradan yola çıkarak da cinayetin geçici bir delilik nöbetiyle, yani başkaca hiçbir amaç taşımaksızın, hiçbir yarar gözetmeksizin, yalnızca öldürme ve soyma saplantısıyla işlendiği sonucuna vardılar. Günümüzde kimi suçlar için sık sık uygulanılmasına çalışılan yeni moda "geçici delilik nöbeti teorisi" tam zamanında yetişmişti. Öte yandan, Raskolnikov'un cinayetten önce de hipokondrik bir durum gösterdiği, Doktor Zosimov, eski arkadaşları, ev sahibesi ve hizmetçi kız gibi pek çok tanıkça doğrulandı. Bütün bunların, Raskolnikov'un sıradan bir katil, bir haydut, bir soyguncu değil, daha değişik bir şey olduğu sonucuna varılmasında büyük payı oldu. Bu görüşü savunanlar, katilin kendini hemen hemen hiç savunmaya çalışmadığını üzülerek izlediler; onu cinayete ve soyguna yönelten şeyin ne olduğu şeklindeki sorulara, açıkça ve gerçeğe kaba bir bağlılıkla, bütün bunların nedeninin, içinde bulunduğu iğrenç koşullar, yoksulluğa; umarsızlığa, maktulden almayı umduğu üç bin rubleyle hayat yolunda hiç değilse ilk adımlarını atabilmek arzusu olduğunu söyledi. Korkak ve alçak bir insan olması ve içinde bulunduğu yoksullukla, uğradığı başarısızlıkların da bu durumunu kışkırtmasıyla karar vermişti cinayete. Gelip suçunu itiraf etmesinin özellikle hangi etkilerle olduğu sorusuna da, duyduğu içten pişmanlık olarak cevap verdi. Neredeyse kaba denebilecek cevaplardı bütün bunlar...

Ancak işlenen suça göre, verilen ceza beklenenden çok hafif oldu. Katilin kendini haklı çıkarmaya çalışmaması bir yana, âdeta kendini suçlamak isteğinde olmasının bir payı olabilirdi bunda. Olayın bütün özel yanları, cinayetin işlenişindeki tuhaflık, dikkatlerden uzak tutulmamıştı. Katilin cinayetten önceki hastalıklı durumu, içinde bulunduğu yoksulluk, en küçük bir kuşkuya yer bırakmaksızın ortadaydı. Çaldığı şeylerden yararlanmamış olması, kısmen içinde uyanan pişmanlık duygusuna, kısmen de cinayet sırasında akli dengesinin yerinde olmayışına verildi. Talihsiz Lizaveta'nın öldürülüşü, bu son varsayımı güçlendiren bir olguydu: İki kişiyi öldürürken kapıyı açık unutan bir adam vardı ortada! Son olarak da ruhsal bir çöküntü içinde bulunan bir fanatiğin (Nikolay) suçu üzerine alarak olayı tam anlamıyla arapsaçına döndürdüğü bir sırada, üstelik ortada kendisi aleyhinde hiçbir delil, en ufak bir şüphe yokken (Porfiri Petroviç sözünü tümüyle tutmuştu) kendiliğinden gelip itirafta bulunması cezanın hafifletilmesinde belirleyici etkenler oldu.

Ayrıca, sanığın durumunu hafifletici hiç beklenmedik başka bazı açıklamalar daha yapıldı. Eski üniversite öğrencilerinden Razumihin, sanık Raskolnikov'un üniversitede öğrencilik ettiği yıllarda, cebinde kalmış son parayla yoksul ve veremli bir arkadaşına yardım ettiğine ve bu yardımın altı ay sürdüğüne ilişkin bir yerlerden topladığı bilgileri mahkemeye kanıt olarak sundu. Sanık, veremli arkadaşının ölmesinden sonra, arkadaşının güçlük içindeki sakat ve yaşlı babasıyla ilgilenmiş (çünkü on üç yaşından beri çalışarak arkadaşı bakmaktaymış sakat babasına), adamcağızı hastaneye yatırmış, sonunda oğlunun ardından o da ölünce, kendi parasıyla gömmüştü. Bütün bu bilgilerin, Raskolnikov'un yazgısının belirlenmesinde olumlu etkileri oldu. Sanığın eski ev sahibesi (ölen nişanlısının annesi) dul Zarnitsına da Pyati Uglov'da, eski evlerindeyken, sanığın geceleyin çıkan bir yangında, alevler içindeki bir daireden iki küçük çocuğu kurtardığına, bu sırada kendisinin yanarak yaralandığına ilişkin tanıklık etti. Bu olay titizlikle araştırıldı ve pek çok tanık tarafından daha doğrulandı. Kısacası, kendiliğinden gelip itirafta bulunması ve başka birtakım hafifletici nedenler dikkate alınarak, suçlu topu topu ikinci dereceden sekiz yıl kürek cezasına çarptırıldı.

Razumihin, davanın başladığı sıralarda hastalanan Pulheriya Aleksandrovna'yı ve davayla ilgili bütün görüşmeleri düzenli olarak izleyebilmek için ve hem de Avdotya Romanovna'yla sıkça görüşebilmek için, demiryolu üzerinde ve Petersburg'a yakın bir ilçede ev tutmuştu. Pulheriya Aleksandrovna'nın hastalığı oldukça tuhaf, sinirsel bir hastalıktı; belki tümüyle bir çıldırma değildi, ama buna benzer bir şeydi. Dunya kardeşiyle son görüşmesinden dönüşünde annesini ateşler içinde sayıklar durumda bulmuştu. Hemen o akşam Razumihin'le oturup, annesinin kardeşiyle ilgili sorularına nasıl cevap vereceklerini kararlaştırmışlar ve hatta Raskolnikov'un, sonunda kendisine para ve ün sağlayacak bir görevle, sınırda, uzak bir yerlere gönderileceği hikâyesini uydurmuşlardı. Ama Pulheriya Aleksandrovna'nın ne o akşam, ne de daha sonra bu konuda hiçbir şey sormaması, tam tersine, oğlunun ani gidişiyle ilgili olarak onun da kendince bir hikâyesinin bulunması onları çok şaşırtmıştı. Oğlunun nasıl gelip kendisiyle vedalaştığını gözyaşları içinde anlatıyor, bu arada son derece önemli ve gizemli birtakım noktaları yalnızca kendisinin bildiğini ima ediyor, Rodya'nın çok güçlü düşmanları olduğunu, hatta bu yüzden gizlenmesi bile gerektiğini söylüyordu. Ortadaki bazı engeller kalkınca oğlunun son derece parlak bir geleceği olacağından hiç kuşkusu yoktu. Onun zamanla bir devlet adamı bile olacağına, yazdığı makalenin ve edebiyat alanındaki parlak yeteneğinin bunun kanıtı olduğuna Razumihin'i inandırmaya çalışıyordu. Bu makaleyi elinden hiç düşürmüyor, bazen yüksek sesle okuyor, bir onunla uyumadığı kalıyordu. Ama berikilerin de bundan ısrarla kaçınmalarına ve yalnızca bu durumun bile onu kuşkulandırmaya yetecek bir şey olmasına rağmen, Rodya'nın şu anda nerede bulunduğunu hemen hiç sormuyordu. Sonunda onun bazı noktalardaki tuhaf susuşundan korkmaya başladılar. Örneğin, eskiden, Petersburg'a gelmezden önce, yalnızca sevgili Rodya'sından gelecek mektupların umuduyla yaşarken, şimdi ondan bir tek bile mektup gelmeyişinden neredeyse hiç yakınmıyordu. Dunya için anlaşılmaz bir şeydi bu durum ve onu son derece kaygılandırıyordu. Annesinin, oğlunun yazgısıyla ilgili olarak korkunç bir şeyler sezinlediğinden ve çok daha korkunç bir şeyler duyma korkusuyla soru sormaktan kaçındığından kuşkulanıyordu. Öyle ya da böyle, Dunya annesinin tam anlamıyla aklı başında denebilecek bir durumda olmadığını açıkça görüyordu.

Bununla birlikte Pulheriya Aleksandrovna iki kez konuşmayı öyle bir noktaya getirip dayandırdı ki, Rodya'nın şu anda bulunduğu yeri anmadan kendisine bir cevap verebilmek olanaksızdı. Sorusuna, doyurucu olmaktan uzak, kuşkulu birtakım cevaplar alınca, yüzü asıldı, uzun süre üzüntülü bir sessizliğe gömüldü. Sonunda Dunya durmadan yalan söylemenin ve bir şeyler uydurmak zorunda kalmanın güçlüğünü görerek, belli noktalarda hiç konuşmamaya karar verdi. Ancak zavallı annenin korkunç bir şeylerden kuşkulanmakta olduğu her geçen gün biraz daha belirginleşiyordu; kuşkusu neredeyse gözle görülür bir hal almaya başlamıştı. Bu arada Dunya, Svidrigaylov'la aralarında geçen sahneden sonra, yani şu son, uğursuz günden bir gün önce, geceki sayıklamalarını annesinin duymuş olduğuna ilişkin kardeşinin söylediklerini hatırladı: Gerçekten de o gece sakın bir şeyler duymuş olmasındı? Günlerce, hatta bazen haftalarca süren üzüntülü bir suskunluktan, sessiz gözyaşlarından sonra, kadıncağız histeriye tutulmuşçasına canlanıyor, oğlundan, ona ilişkin umutlarından, gelecekten söz etmeye başlıyor, susmak bilmiyordu... Hayalleri çok tuhaf oluyordu... Ne derse, evet diyorlar, kendisini avutuyorlardı; sözlerini evetleyip durmalarının kendisini avutmak için olduğunu belki o da fark ediyordu, ama yine de konuşmaktan geri durmuyordu.

Suçlunun teslim olup suçunu itiraf etmesinden beş ay sonra mahkeme sonuçlandı. Razumihin, görüşme imkânı doğar doğmaz gidip hapishanede Raskolnikov'u gördü. Sonya da öyle. Sonunda ayrılık saati gelip çattı: Dunya kardeşine bu ayrılığın çok uzun sürmeyeceğine yemin etti; Razumihin de öyle. Genç ve ateşli Razumihin coşkun hayal gücüyle gelecek üzerine planlarını yapmıştı bile: İlerideki üç, dört yıl içinde, olanaklar elverdiği ölçüde, gelecekteki zenginliklerinin hiç değilse temelini atacaklardı; biraz para biriktirip, her bakımdan toprağı zengin, işçisi, insanı ve sermayesi az Sibirya'ya göçecekler, Rodya'nın bulunduğu kente yerleşecekler ve... hep birlikte yepyeni bir hayata başlayacaklardı. Ayrılırken hepsi ağladı. Raskolnikov son birkaç gündür çok düşünceliydi; durmadan annesini soruyor, onun için kaygılanıyordu: Kaygısı düpedüz bir üzüntü halini alınca, Dunya telaşlanmaya başladı. Annesinin hastalığını ayrıntılarıyla öğrenince, Raskolnikov'un yüzü iyice karardı. Bütün bu süre içinde Sonya'ya karşı nedense hiç konuşkan değildi. Sonya, Svidrigaylov'un kendisine bıraktığı parayla, Raskolnikov'un da içinde bulunacağı mahkûm kafilesini izlemek üzere çoktan hazırlıklarını tamamlamıştı. Bu konuda aralarında hiçbir konuşma geçmemişti, ama ikisi de bunun böyle olacağını biliyordu. Son vedalaşmalarında, Dunya'yla Razumihin'in, onun cezasının bitmesinden sonra hepsini bekleyen mutlu hayat üzerine verdikleri tutkulu güvenceyi dudaklarının ucunda tuhaf bir gülümsemeyle dinledi; içinden bir ses ona annesinin hastalığının çok yakında bir felaketle sona ereceğini fısıldıyordu. Sonunda o ve Sonya yola koyuldular.

İki ay sonra Duneçka, Razumihin'le evlendi. Buruk, sessiz bir düğün oldu. Çağrılılar arasında Porfiri Petroviç'le Zosimov da vardı. Son zamanlarda Razumihin'in yüzüne bir ciddiyet, bir kesin kararlılık anlatımı gelip yerleşmişti. Dunya onun bütün tasarılarını gerçekleştireceğine körü körüne inanıyordu. Nasıl inanmasın, Razumihin'in her davranışı çelikten bir iradenin yansıması gibiydi. Bu arada fakülteyi bitirmek için yeniden derslere devam etmeye başlamıştı. Durmadan geleceğe ilişkin planlar yapıyorlardı; ikisinin de beş yıl içinde Sibirya'ya yerleşeceklerine inançları tamdı. O zamana kadar da Sonya'ya güveniyorlardı.

Pulheriya Aleksandrovna kızının Razumihin'le evlenmesini sevinçle karşıladı; ancak nikâhtan sonra daha bir tasalı, daha bir kaygılı olduğu görüldü. Razumihin ona güzel anlar yaşatabilmek çabasıyla, üniversiteli gençle hasta babasını, Rodya'nın geçen yıl iki çocuğu nasıl ölümden kurtardığını, bu arada kendinin yanarak yaralandığını anlattı. Bu iki haber, akli dengesi zaten yerinde olmayan Pulheriya Aleksandrovna'yı iyice coşturdu. Her yerde bunlardan söz ediyor, gerçi Dunya onu hiç yalnız bırakmıyordu ama, sokakta bile bunları konuşuyordu. İçinde başkalarının da bulunduğu arabalarda, dükkanlarda, kendini dinleyecek birini buldu mu, hemen sözü oğluna, oğlunun makalesine getiriyor, üniversiteden bir arkadaşına nasıl yardım ettiğini, iki küçüğü yangından kurtarırken nasıl yaralandığını anlatıyordu. Duneçka onu nasıl susturacağını bilemiyordu. Hasta haliyle böylesine heyecanlanmasının sakıncası bir yana, bu yakınlarda görülen dava dolayısıyla Raskolnikov'un soyadını hatırlayan birinin ona cinayetten söz etmesi tehlikesi de vardı.

Pulheriya Aleksandrovna oğlunun yangından kurtardığı iki çocuğun annesinin adresini de öğrenmiş, ısrarla gidip onu görmeyi de istiyordu. Sonunda tedirginliği, kaygıları son kertesini buldu. Durup dururken ağlamaya başlıyor, sık sık hastalanıyor, ateşler içinde sayıklıyordu. Bir gün, yaptığı hesaplara göre Rodya'nın yakında gelmesi gerektiğini bildirdi. Çünkü oğlu kendisiyle vedalaşırken, dokuz ay sonra döneceğini söylemişti, bunu çok iyi hatırlıyordu. Evi düzenlemeye, oğlunu karşılamak için hazırlıklar yapmaya başladı; ona bir oda ayırmıştı (kendi odasını), mobilyaları temizliyor, perdeleri yıkıyor, yeni perdeler asıyordu. Dunya onun bu durumundan kaygılanmakla birlikte, hiçbir şey söylemiyor, hatta odanın düzenlenmesinde, kardeşinin karşılanması işlerinde ona yardım ediyordu. Sevinçli düşler, gözyaşları, delice kuruntular içinde geçen bu gerilimli hazırlık gününün gecesi hastalandı, sabahleyin ateşi yükseldi, sayıklamaya başladı. Humma olduğu anlaşıldı. İki hafta sonra da öldü. Sayıklamaları sırasında, oğlunun korkunç yazgısı üzerine sandıklarından çok daha fazla kuşkuları olduğu sonucu çıkarılabilecek sözler kaçırmıştı ağzından.

Raskolnikov'un, daha Sibirya'ya varır varmaz Petersburg'la düzenli bir mektuplaşma sağlanmış olmasına rağmen, annesinin ölümünden uzunca bir süre haberi olmadı. Mektuplaşma, her ay Petersburg'a, Razumihin'in adına düzenli olarak bir mektup yollayan ve yine her ay Petersburg'dan bir mektup alan Sonya aracılığıyla sağlanıyordu. Dunya ile Razumihin; Sonya'nın mektuplarını başlangıçta kuru ve doyurucu olmaktan uzak buluyorlardı; ama daha sonra her ikisi de bunların daha iyi yazılamayacağını kabul ettiler; çünkü sonuç olarak, mutsuz kardeşlerinin yazgısı üzerine en doğru, en geniş bilgiyi, bu mektuplardan ediniyorlardı. Sonya'nın mektupları gündelik yaşayışla ilgili gerçeklerle doluydu; Raskolnikov'un kürek yaşayışını en yalın, en açık sözlerle dile getiren mektuplardı bunlar. Bu mektuplarda Sonya ne kişisel umutlarından, duygularından söz ediyor, ne de geleceğe ilişkin birtakım öngörülerde bulunuyordu. Raskolnikov'un ruhsal durumunu açıklamaya çalışan satırlar da yer almıyordu mektuplarında, bunun yerine Sonya yalnızca gerçekleri, yani onun kendi sözlerini aktarıyor, sağlığıyla ilgili ayrıntılı bilgiler veriyor, falan günkü görüşmelerinde kendisinden neler istediğini, ne gibi ricaları, olduğunu, neler sipariş ettiğini yazıyordu. Sonya bütün bu bilgileri son derece zengin bir ayrıntıyla yüklü olarak verdiği için, sonuçta Sibirya'daki mutsuz kardeşin hayali son derece açık ve net bir tablo olarak kendiliğinden ortaya çıkıyordu. Hem bunda bir yanlışlık da olamazdı, çünkü gerçek olaylardı söz konusu olan.

Ancak Dunya ve kocası bu haberlerde; özellikle de başlangıçta, gönüllerine su serpici bir yan bulamıyorlardı. Çünkü Sonya'nın onlara yazdığı aşağı yukarı hep şöyle şeyler oluyordu: Raskolnikov'un yüzü hep asıktı, konuşmuyordu, hatta Sonya'nın Petersburg'dan aldığı mektuplardan ilettiği haberlerle bile hiç ilgilenmiyordu; zaman zaman annesini soruyordu; onun gerçeği tahmin etmeye başladığını görerek Sonya sonunda annesinin öldüğünü söylemiş, ama büyük bir şaşkınlıkla bu haberin bile onu fazlaca etkilemediğini görmüştü, en azından, dış görünüşünden bu izlenimi edinmişti. Sonya bu arada, kendi içine kapanmış görünmesine rağmen, yeni hayatını sakince kabul ettiğini; durumunu çok iyi anladığını, yakında her şeyin yoluna gireceği gibi onun durumundakilere özgü boş birtakım umutlara kapılmadığını, daha önceki hayatıyla pek az benzer yanı olmasına rağmen, yeni çevresinde hemen hiçbir şeyi yadırgamadığını yazıyor, sağlığının çok iyi olduğunu bildiriyordu. Kaytarmadan, gönderildiği her işe gidiyordu. Yemek konusunda kayıtsızdı, ama pazar ve bayram günleri verilenler dışında bu yemekler o kadar kötüydü ki, sonunda kendisine her gün çay yapabilmek için onun, Sonya'nın teklif ettiği bir miktar parayı seve seve kabul etmişti. Geri kalan şeyler için ise hiç üzülmemesini, çünkü onun vara yoğa koşuşturup durmasının kendisini yalnızca rahatsız ettiğini söylemişti. Sonya daha sonra, onun hapishanede herkesle birlikte genel bir koğuşta kaldığını, bu koğuşun içini görmemiş olmakla birlikte, dar, pis ve sağlığa aykırı bir yer olduğunu tahmin ettiğini yazıyordu. Yine Sonya'nın yazdığına göre Raskolnikov tahta bir ranzada, bir keçe parçasının üzerinde yatıyordu ve başkaca hiçbir şey istemiyordu. Onun böyle kaba ve yoksul yaşaması, önceden verilmiş bir karar uyarınca değildi, hayatının maddi yanına duyduğu kayıtsızlıktan, aldırmazlıktan ileri geliyordu bu. Sonya, Raskolnikov'un, onun ziyaretleriyle hiç ilgilenmediğini de açıkça yazmıştı; özellikle de ilk zamanlarda, Raskolnikov onun gelişlerine ilgi duymak şurada dursun, hatta onunla konuşmuyor, ona kızıyor, kaba davranıyordu. Ama gitgide bu ziyaretler onun için bir alışkanlık, dahası bir gereksinim halini almıştı. Hatta bir seferinde Sonya hastalanıp da birkaç gün ziyaretine gidemeyince, çok üzülmüştü. Bayram günleri, Raskolnikov'un birkaç dakikalığına çağrıldığı hapishane kapısında ya da hapishane içindeki karakolda görüşüyorlardı; diğer günlerdeyse, Sonya onun çalıştığı yerlere gidiyordu: Burası ya bir işlik, ya bir tuğla harmanı ya da İrtiş Irmağı kıyısındaki odun depoları olabiliyordu. Sonya kendisiyle ilgili olarak verdiği haberlerdeyse, kent halkından tanıdıklar edindiğini, hatta kendisini gözetip koruyanların bile bulunduğunu, terziliğe başladığını, kentte kendisinden başka hemen hiç kadın terzisi bulunmadığı için pek çok evce aranan bir insan haline geldiğini bildiriyordu. Bu sayede Raskolnikov da hapishane yöneticilerince korunup kollanmaya başlanmış, kendisine daha hafif işler gördürülür olmuştu, ama Sonya onlara bundan söz etmemişti. Derken Sonya'nın Raskolnikov'un herkesten kaçtığından, hapishanedeki öteki mahkûmların onu sevmediklerinden söz eden bir mektubu geldi; bazen günlerce konuşmuyordu ve rengi iyice solmuştu. Dunya zaten Sonya'nın son mektuplarında özel bir heyecan, bir telaş sezmekteydi. Ve son mektubunda Sonya, onun ağır hastalandığını, hastanenin mahkûmlar koğuşunda yatmakta olduğunu bildirdi.

II

Uzunca bir süredir hastaydı Raskolnikov; ama onu yıkan ne kürek hayatının korkunçluğu, ne ağır işlerdi. Yediği kötü yemekler, saçlarının usturayla kazınmış olması, üstündeki paçavralar da değildi bunun nedeni. Bunlar onun umurunda bile değildi! Tam tersine, çalışmak onun hoşuna gidiyordu. Böylece bedensel yorgunlukla uyuyabiliyordu. Üzerinde hamamböcekleri yüzüyor diye, sade suya lahana çorbası diye yemek mi sorun olacaktı onun için! Üniversite öğrenciliği yıllarında bunu bile bulamadığı çok günler olmuştu. Üzerindeki giysiler, hem kendisini sıcak tutuyor, hem de yaşayış biçimine çok uyuyordu. Taşıdığı prangalara gelince... bunları hiç hissetmiyordu bile. Yoksa... usturayla kazınmış başından, üzerindeki mahkûm üniformasından mı utanacaktı? Hem kimden utanacaktı, kimden? Sonya'dan mı? Sonya kendisinden korkup duruyordu, hiç utanılır mıydı ondan?

Öyleyse?

Ama o Sonya'dan bile utanıyor, utandığı için de kaba davranıyor, kızcağıza acı çektiriyordu. Usturalı başından, taşıdığı prangalardan hiç utandığı yoktu. Gururu onulmaz bir yara almıştı, bu yaraydı onu yere seren. Ah bir kendini suçlayabilse, nasıl, nasıl mutlu olurdu! O zaman dünyanın bütün utançlarına katlanabilirdi. Ama kendini son derece katı ölçütlerle yargıladığı halde, acımasız vicdanı, herkes için söz konusu olabilecek basit bir ıskalamadan başka, korkunç bir suç bulamadı geçmişinde. Özellikle utanç duyduğu şey, onun, Raskolnikov'un, kör talihin salakça bir hükmüyle, böylesine umutsuzca, böylesine sağır, böylesine budala, böylesine pisi pisine mahvolup gitmesi, eğer bir parçacık huzura kavuşmak istiyorsa, böylesine "saçma", "anlamsız" bir karara boyun eğmesi, onunla uzlaşması gerektiğiydi.

Bugün, hiçbir temeli olmayan, soyut, amaçsız bir tedirginlik, yarın sonucunda hiçbir şey elde edilmeyecek bitmez tükenmez özveriler! Hayatta onu bekleyen şey buydu! Sekiz yıl sonra ancak otuz iki yaşında olacağı, demek ki önünde koskoca bir hayat bulunduğu önemli miydi? Hem ne diye yaşayacaktı? Erişmek istediği şey ne olacak, neye doğru koşacaktı? Yalnızca var olmuş olmak için yaşamak! Ama o eskiden de bir düşünce, bir umut, hatta bir hayal uğruna bütün varlığını binlerce kez feda etmeye hazır bir insan değil miydi? Yalnızca var olmak ona her zaman az gelmiş, o hep daha fazlasını istemişti. Kendisini başkaları için söz konusu olmayacak birtakım haklara sahip bir insan gibi görmesinin nedeni de, belki yalnızca isteklerindeki bu güçlülüktü.

Hiç değilse... hiç değilse pişmanlık duyabilseydi! Öyle bir pişmanlık ki, yüreğini yakıp kavursun, uykularını kaçırsın; öyle bir pişmanlık ki, düşlerini darağaçları, suda boğulmalar doldursun! Ah! Böyle bir pişmanlık nasıl, nasıl sevindirirdi onu! Acı ve gözyaşı da bir hayattır! Ama o işlediği cinayetten dolayı en küçük bir pişmanlık duymuyordu.

Daha önce olduğu gibi aptallıklarına kızabilseydi bari! Kendisini bu hallere düşüren, zindanlara sürükleyen budalalıklarına!.. Zindanda, özgürlükte bütün olup bitenleri yeniden düşünmüş, davranışlarını tek tek gözden geçirmiş, ama bunlar o uğursuz, o gerilimli günlerde olduğu gibi kendisine hiç de aptalca ve saçma şeyler olarak görünmemişti.

"Benim düşüncem," diye düşünüyordu, "dünya kuruldu kurulalı birbiriyle çarpışmakta olan öteki düşünce ve teorilerden hangi bakımdan, hangi bakımdan daha aptalca, daha budalaca? Olaya gündelik hayat açısından değil, özgürce ve geniş bir açıdan bakılacak olursa, benim düşüncelerimin hiç de o kadar... tuhaf olmadığı görülecektir. Ey inkârcılar, ey

beş paralık bilgeler, ne diye yan yolda duruyorsunuz! Ve benim davranışım hangi bakımdan onlara böylesine çirkin görünüyor? Bir cinayet olduğu için mi? Ne demek, cinayet? Benim vicdanım rahat. Hiç kuşkusuz ortada ağır bir suç var ve yine hiç kuşkusuz yasalar çiğnenmiş ve kan dökülmüştür... Madem öyle, çiğnenen yasalarınıza karşılık siz de benim başımı alın, olsun bitsin! Ama o zaman saltanat yoluyla değil de, iktidarı zorla ele geçirerek insanlığa iyilikte bulunanların da, hem de daha ilk adımlarında, kafalarını kesmek gerekmez miydi?"

Onun kendini suçlu bulduğu biricik nokta buydu: Sonuna kadar dayanamamış ve gidip teslim olmuştu. Kendini niçin öldürmediği sorusu da ona acı veriyordu. Aşağıda akan sulara bakarak köprünün üzerinde durmuş, durmuş ve gidip teslim olmayı yeğlemişti! Yaşama isteğinin çok güçlü, bu isteği bastırmanınsa, çok güç olması mıydı bunun nedeni? Ölümden onca korkan Svidrigaylov bu güçlüğün üstesinden gelmişti ama?

Raskolnikov kendisine bu acı verici soruyu sorarken, daha köprünün üzerinde durup da aşağıda akan sulara baktığı sırada hem kendinde, hem de inançlarında derin bir sahtelik sezmiş olabileceğini bir türlü anlayamıyordu. Bu önsezinin, hayatının gelecekteki parçalanışının, kendisinin dirilişinin, hayata yeni ve değişik bir açıdan bakışın bir habercisi olduğunu anlayamıyordu.

O bu işte bir tek şey görüyordu: Zayıf olması, bir hiç olması nedeniyle aşmak gücünü gösteremediği, kendini kurtaramadığı kör bir içgüdüye kapılıp gitmiş olması... Hapishane arkadaşlarına baktıkça şaşıyordu: Hayatı nasıl da seviyorlar, ona nasıl da değer veriyorlardı! Hapishanedeyken, dışarıda olduklarından çok daha fazla seviyorlardı sanki hayatı, ona büyük değer veriyorlar, üzerine titriyorlardı! İçlerinden pek çoğu, örneğin serseriler, öyle büyük acılara, işkencelere katlanıyorlardı ki! Ama yine de küçücük bir güneş ışığı,

uyuklayan bir orman parçası, ormanın en sık olduğu bir yerde üç yıl önce yeri belirlenmiş soğuk bir pınar, onlar için nasıl, nasıl da büyük bir değer taşıyordu! Bu pınarı, çevresindeki yeşil otları, çalıların arasında ötüşen kuşları düşlerinde olsun görebilmeyi, sevgilileriyle buluşmayı bekler gibi umutla bekliyorlardı. Çevresini dikkatle gözledikçe, Raskolnikov açıklanması daha da zor olan başka örnekler de görüyordu.

Kendisini çevreleyen bu yeni ortamda, hiç kuşkusuz pek çok şeyin farkında değildi; aslında hiçbir şeyi fark etmek istediği de yoktu. Sanki gözleri yerde yaşıyordu: İğrenç buluyordu çevresini ve bakmaya dayanamıyordu. Ama sonunda pek çok şeye şaşırmaya, daha önce hiç kuşku duymadığı pek çok şeyi ister istemez görmeye başladı. İlkin, kendisiyle öteki mahkûmlar arasındaki o korkunç ve aşılmaz uçurum şaşırttı onu: Sanki ayrı ulusların insanlarıydılar. Birbirlerine kuşkuyla, hatta düşmanca bakıyorlardı.

O, bu farklılığın nedenlerini genel olarak anlıyordu; ama bunların böylesine güçlü ve derin olabileceği, doğrusu hiç aklına gelmezdi. Hapishanede siyasal suçlardan sürgün Polonyalılar da vardı. Bunlar, bütün bu insanları cahil, aşağılık yaratıklar olarak görüyorlar, küçümsüyorlar ve onlara tepeden bakıyorlardı. Ama Raskolnikov onlar gibi görmüyordu bu insanları. Bu cahillerin, pek çok konuda, onları beğenmeyen şu Polonyalılardan çok daha akıllı oldukları apaçıktı. Ruslardan da küçümseyenler vardı bu insanları. Eski bir subayla, iki papaz okulu öğrencisi örneğin... Ama Raskolnikov onların da yanıldığını görüyordu.

Hiçbiri onu sevmiyor ve hepsi ondan kaçıyordu. Hatta sonunda ondan nefret etmeye başladılar. Raskolnikov bunun nedenini bilmiyordu. Ondan daha ağır suçlular onu küçümsüyorlar, kendisiyle, işlediği cinayetle alay ediyorlardı:

— Sen beyefendisin! –diyorlardı.– Hiç de beyefendilere yakışmayan bir iş yapmışsın: Baltayla adam öldürmek kim, sen kim!

Paskalyanın ikinci haftasında kiliseye gitme sırası onların koğuşuna gelmişti. O da herkesle birlikte gidip dua etmişti. Bir gün, neden olduğunu kendisi de anlamamıştı, aralarında bir kavga çıkmış ve hepsi birden kudurmuşçasına üzerine saldırmıştı.

— Sen dinsizsin! Sen Tanrı'ya inanmıyorsun! –diye bağırmışlardı.– Gebertmek gerek seni!

Oysa onlarla din, Tanrı üzerine hiçbir şey konuşmamıştı Raskolnikov, yine de dinsiz diyerek öldürmek istemişlerdi onu. Susmuş, karşı koymamıştı onlara. Mahkûmlardan biri iyice kendinden geçerek müthiş bir öfkeyle üzerine atılmıştı; Raskolnikov durmuş ve beklemişti onu. Ne kaşı kıpırdamış, ne yüzünün bir çizgisi oynamıştı. Gardiyan tam zamanında yetişip aralarına girmeseydi kan dökülmesi işten bile değildi!

Bir türlü cevabını bulamadığı bir soru da şuydu: Nasıl oluyor da mahkûmlar Sonya'yı böylesine sevebiliyorlardı? Sevgilerini kazanabilmek için Sonya'nın onlara gülmesi, yılışması gibi bir durum söz konusu değildi. Mahkûmlar onu pek seyrek olarak görüyorlardı; o da çalışma yerlerinde, Raskolnikov'u bir dakikalığına görmek için geldiği sıralarda. Ama yine de hepsi onu tanıyor, buralara Raskolnikov'un ardına düşüp geldiğini biliyorlardı; nasıl yaşadığını, nerede yaşadığını da öğrenmişlerdi. Sonya'nın onlara para yardımı yapması, birtakım özel işlerini görmesi gibi bir durum da yoktu. Yalnız bir kez, Noel yortusunda, bir hayır olarak bütün mahkûmlara pasta ve çörek getirmişti. Ama mahkûmlarla Sonya arasında gitgide daha da sıkılaşan bir ilişki kuruldu. Sonya onların mektuplarını yazıyor, postaya veriyordu. Mahkûmların kente gelen yakınları, onlar için getirdikleri eşyaları, hatta paraları, yine onların tavsiyeleriyle Sonya'ya bırakıyorlardı. Mahkûmların karıları, sevgilileri onu tanıyorlar, ziyaretine gidiyorlardı. Sonya, Raskolnikov'u görmek için işyerlerine geldiğinde ya da işe giden bir mahkûm kafilesiyle karşılaştığında, bu kaba saba adamlar, bu damgalı kürek mahkûmları şapkalarını çıkarıp onu saygıyla selamlarlar, "Matuşka Sonya Semyonovna, sen bizim sevimli anacığımızsın!" derlerdi; bu küçücük, bu çelimsiz kızı böylesine severlerdi.

Sonya da onlara gülümser; selam verirdi. Gülümsemesine bayılırlardı. Yürüyüşünü bile severler, dönüp dönüp arkalarına bakarlardı. Hepsi onu överdi, ufak tefek oluşunu bile överler, artık nesini öveceklerini bilemezlerdi. Ona tedavi için gidenler bile olurdu.

Raskolnikov büyük perhizin son günleriyle, paskalya süresince hastanede yattı. İyileşmeye başlayınca, hastayken gördüğü düşleri hatırladı. Ateşler içinde yatarken, sayıklamalar arasında korkunç düşler görmüştü. Asya'nın derinlerinden Avrupa'ya doğru bugüne dek görülüp duyulmamış bir kıran geliyordu. Seçkin birkaç kişi dışında herkes ölüyordu. İnsanların bedenlerinde yeni birtakım kurtçuklar, gözle görülmeyen yaratıklar türüyordu. Ama akıl ve iradesi olan yaratıklardı bunlar. Bunları bedenlerine alanlar cin tutmuşa dönüyor, deliriyordu. Öte yandan, insanlar kendilerini hiç, ama hiçbir zaman, bu yaratıkların pençesine düşenler denli akıllı, gerçeği bulduklarından emin hissetmemişlerdi. Verdikleri kararları, yaptıkları bilimsel araştırmaların sonuçlarını, ahlaki ve dini inançlarını hiçbir zaman böylesine şaşmaz doğrulukta bulmamışlardı. Bütün köyler, bütün kentler, tüm dünya, tüm insanlar bu hastalığın pençesindeydi, herkes deliriyordu. Kimse kimseyi anlamıyor, herkes telaş içinde koşturuyordu. Herkes gerçeği kendisinin bildiğini düşünüyor, karşısındakilerin bunu anlamıyor olmasından acı çekiyor, göğsünü yumrukluyor, ağlıyor, kıvranıyor, ellerini ovuşturuyordu. Kimi yargılayacaklarını, nasıl yargılayacaklarını bilmiyorlar; neyin iyi, neyin kötü olduğunda anlaşamıyorlardı. Kim suçlanacak, kim aklanacak, kimsenin bildiği yoktu. İnsanlar anlamsız bir hınç ve öfkeyle birbirlerini öldürüyorlardı. Birbirlerine karşı koca koca ordular topluyorlar, ama bu ordular daha yoldayken birdenbire kendi kendilerini kırmaya başlıyordu; saflar dağılıyor, savaşçılar birbirlerinin üzerine atılıyor, birbirlerini kesiyor, doğruyor, ısırıyor, yiyordu. Kentlerde bütün gün tehlike çanları çalıyordu. Herkesi çağırıyorlardı, ama kim çağırıyor, niçin çağırıyordu, bilen yoktu; herkes telaş içinde koşturuyordu. En sıradan işler bile bırakılmıştı; çünkü işlerin düzeltilmesiyle ilgili olarak herkesin bir görüşü vardı ve herkes kendi görüşünün şaşmazlığında ısrarlıydı, bir türlü anlaşamıyorlardı. Tarımsal işler durmuştu. Şurada burada öbek öbek toplaşan insanlar, bir konuda karar alıyor, ayrılmayacaklarına ant içiyorlar, ama hemen ardından, daha demin önerdiklerinden bambaşka şeyler yapmaya koyuluyorlar, birbirlerini suçlamaya boğuşmaya başlıyorlardı. Sonra yangınlar ve açlık başlıyordu. Herkes her şey mahvoluyor, mikrop gitgide derinlere işliyor, çoğalıyor, büyüyordu. Dünyada ancak birkaç kişi kurtulabilmişti: Yeni bir insan soyu ve yeni bir hayat başlatmak, dünyayı temizlemek ve yenilemekle görevli temiz ve seçkin insanlardı bunlar; ama hiç kimse, hiçbir yerde bu insanları görmemiş, hiç kimse bunlardan bir ses çıktığını, bunların bir söz söylediğini duymamıştı.

Bu anlamsız sayıklamanın belleğinde böylesine acılı yer etmesi, bu korkunç, bu ateşli düşün böylesine uzun süre izlerinin geçmeden kalmış olması Raskolnikov'a acı veriyordu. Paskalyanın üzerinden iki hafta geçmişti. Havalar ılımış, pırıl pırıl bir ilkbahar gelmişti. Hastanedeki mahkûmlar koğuşunun pencereleri açılmıştı. Bu koğuş demir parmaklıydı ve altında nöbetçiler dolaşırdı. Sonya, hastalığı süresince onu koğuşunda yalnızca iki kez ziyaret edebilmişti; her ziyaret için ayrı ayrı izin almak gerekiyordu ve bu iş oldukça zordu. Ama özellikle de akşamüzerleri, onun penceresi altında bir dakikacık olsun durabilmek, uzaktan olsun koğuşun pencerelerini seyredebilmek için sık sık hastane avlusuna gidiyordu. Raskolnikov, artık tümüyle iyileşmiş gibiydi. Bir gün uykudan kalkıp da bir rastlantıyla pencere kenarına gidince, uzakta, hastane kapısının orada Sonya'yı gördü. Bir şey bekler gibi öylece duruyordu Sonya, Raskolnikov birden yüreğine bir şeylerin saplanır gibi olduğunu hissetti; titredi ve hemen pencereden çekildi. Sonya ertesi gün ve daha ertesi gün görünmedi. Raskolnikov onu sabırsızlıkla beklediğini fark etti. Sonunda kendisini taburcu ettiler. Cezaevine dönünce mahkûmlardan Sonya Semyonovna'nın hasta olduğunu, evinde yattığını ve bir yere çıkmadığını öğrendi.

İyice meraklanmıştı. Ondan bir haber alabilmek için evine birisini gönderdi. Kısa bir süre sonra hastalığının tehlikeli olmadığını öğrendi. Raskolnikov'un kendisini merak ettiğini, üzüldüğünü öğrenen Sonya da ona kurşunkalemle yazılmış bir pusula göndererek, eskiye göre daha iyi olduğunu, hastalığının basit bir soğuk algınlığı olduğunu, yakında, hem de çok yakında kendisini çalışma yerlerinde görmeye geleceğini bildirdi. Pusulayı okuyunca Raskolnikov'un yüreği kendisine acı verecek kadar hızla çarpmaya başladı.

Yine ılık, pırıl pırıl bir bahar günüydü. Raskolnikov sabah erkenden, saat altıda işe çıktı. Irmağın kıyısında kaymaktaşı pişirmek için fırın haline dönüştürülmüş bir barakada çalışmaya ayrılmıştı. Üç kişi gönderilmişti buraya. Mahkûmlardan biri nöbetçiyle birlikte kaleye bir alet almaya gitmişti. Öteki mahkûm odun taşıyor ve fırına istif ediyordu. Raskolnikov barakadan çıkıp doğruca kıyıya indi, burada istif edilmiş kütüklerin üstüne oturdu, geniş ve ıssız ırmağı seyre daldı. Bu yüksek kıyıdan, göz alabildiğine uzanan bozkır görülüyordu. Irmağın karşı kıyısından belli belirsiz bir şarkı duyuluyordu. Orada, güneşle yıkanan uçsuz bucaksız bozkırda, küçük kara noktalar halinde göçebe çadırları seçiliyordu. Orada özgürlük vardı. Orada, buradakilere hiç benzemeyen, bambaşka insanlar yaşıyordu. Orada zaman sanki durmuştu. Orada sanki İbrahim'le sürüsünün çağı hâlâ geçmemişti. Raskolnikov oturuyor, gözlerini ayırmadan, kımıltısız bakıyordu. Bir düş dünyasıyla kendi iç dünyası arasında gidip geliyordu. Hiçbir şey düşündüğü yoktu. Ama bir sıkıntının heyecanını, acısını duyuyordu içinde.

Birden yanında Sonya belirdi; usulca yaklaşmış ve yanına oturmuştu. Henüz çok erkendi, sabah serinliği hâlâ kırılmamıştı. Sonya'nın üzerinde eski, yoksul paltosu ve yeşil şalı vardı. Solgun, süzülmüş yüzünde geçirdiği hastalığın izleri görülüyordu. Yüzü aydınlık bir gülümsemeyle ışıdı ve her zamanki gibi ürkek ürkek elini uzattı.

Sonya ona elini hep böyle ürkek ürkek uzatırdı, hatta bazen onun iteceğinden korkarak hiç uzatmazdı. Raskolnikov kızcağızın elini iğreniyormuş gibi tutar, ziyaretlerinde onu yüzü bir karış karşılar, bazen ziyaret boyunca ağzını açıp tek kelime konuşmazdı. Kızcağız böyle zamanlarda onun karşısında titrer ve yanından içinde derin bir acı duyarak ayrılırdı. Ama bu kez elleri birbirinden ayrılmamıştı. Raskolnikov Sonya'ya hızla bir göz attı, hiçbir şey söylemedi ve gözlerini yere indirdi. Yalnızdılar, onları kimsecikler görmüyordu. Nöbetçi arkasını dönmüştü.

Nasıl olduğunu kendisi de anlamadan Raskolnikov birden kendisini Sonya'nın ayakları dibinde buldu; ağlıyor, kızın dizlerine sarılıyordu. Sonya önce çok korktu, yüzü bembeyaz, yerinden fırladı ve titreyerek ona baktı. Ama bir anda her şeyi anladı ve gözleri sonsuz bir mutlulukla parladı. Onun da kendisini sevdiğini, hem de sonsuz bir aşkla sevdiğini anlamıştı; hiç kuşkusu yoktu bundan... Demek o mutlu an gelmişti...

Konuşmak istediler ama, konuşmadılar. Gözlerinde yaşlar birikmişti. İkisi de solgun, ikisi de zayıftı; ama bu solgun, bu süzülmüş yüzler yepyeni bir geleceğin, yepyeni bir hayata dirilişin şafak ışıklarıyla tutuşuyordu: Aşk onları diriltmiş, birinin yüreği, ötekinin yüreği için sonsuz bir hayat kaynağı olmuştu.

Beklemeye ve dayanmaya karar verdiler. Önlerinde daha yedi yıl vardı, o zamana kadar ne dayanılmaz acılar çekecekler, ne sonsuz mutluluklar yaşayacaklardı, kimbilir! Ama Raskolnikov dirilmişti, bunu biliyordu, yenileşen varlığıyla bunu çok iyi hissediyordu; Sonya'ya gelince; o zaten yalnızca onun varlığıyla yaşıyordu!

O günün akşamı, zindanın kapıları üzerine kapanınca, Raskolnikov ranzasına uzandı ve Sonya'yı düşündü. Hatta o gün, eski düşmanları olan öteki mahkûmlar bile kendisine bir başka gözle bakıyorlarmış gibi geldi. Kendisi onlarla konuştu, mahkûmlar da ona güler yüzle, sevecenlikle karşılık verdiler. Zaten böyle olması gerekmez miydi? Her şeyin değişmesi gerekmiyor muydu artık?

Sonya'yı düşündü. Onu nasıl sürekli üzdüğünü, ona acı verdiğini hatırladı. Onun solgun, süzülmüş, küçücük yüzünü hatırladı. Ama bu anılar artık onu üzmüyordu. Ona bütün çektirdiklerini sonsuz bir sevgiyle nasıl ödeyeceğini biliyordu.

Hem geçmişe gömülü bütün bu acılar da ne demekti! İşlediği cinayet, mahkûmiyeti, sürgüne gönderilişi, her şey, her şey ona şu ilk coşkunluk anında kendisiyle hiçbir ilgisi olmayan, kendisinin dışında ve ötesinde tuhaf gerçekler gibi görünüyordu. Aslında bu akşam hiçbir şey üzerinde durup uzun uzun düşünecek, zihnini belli bir noktada yoğunlaştıracak halde değildi. Şu anda bilinçli olarak herhangi bir şeyi çözebilmesi de olanaksızdı; şu anda o yalnızca hissediyordu, yalnızca duygular vardı onun için. Diyalektiğin yerini hayatın kendisi almıştı, öyleyse bilinç düzeyinde de bambaşka şeyler edinmesi gerekti.

Yastığının altında bir İncil vardı. Kendisi de farkında olmadan eli kitaba uzandı, Sonya'nındı bu İncil, "Lazar'ın Dirilişi"ni Sonya bu kitaptan okumuştu ona. Kürek hayatının ilk günlerinde Sonya'nın kendisine durmadan Tanrı'dan, dinden söz edeceğini, onu İncil okumaya zorlayacağını sanmıştı. Ama şaşılacak şey! Sonya ona bir kez olsun bunlardan söz etmediği gibi, İncil okumasını da istememişti. Geçenlerde, hastalanmazdan hemen önce, kendisi istemişti Sonya'dan bu İncil'i, Sonya da hiçbir şey söylemeden getirip vermişti. Şu ana kadar açıp bakmamıştı bile kitaba.

Şu anda da açıp bakmadı, ama birden şimşek gibi bir şey geçti kafasından: "Artık onun inançları benim de inançlarım olamaz mı? Hiç değilse onun duyguları, hevesleri, gönül akışları?.."

O günü Sonya da heyecan içinde geçirdi, hatta gece yeniden hastalandı. Ama öylesine mutluydu ki, neredeyse korkuyordu mutluluğundan. Yedi yıl, yalnızca yedi yıl! Mutluluklarının ilk anında, her ikisine de bu yedi yıl bazen yedi gün gibi geliyordu. Hatta Raskolnikov bu yeni hayatın kendisine karşılıksız verilmediğini, buna, gelecekte kendisini bekleyen büyük özveriler karşılığı, çok pahalıya sahip olabileceğini de bilmiyordu.

Ama burada yeni bir öykü başlıyor: Bir insanın yavaş yavaş yenilenmesinin, yeni bir hayat bulmasının, bir dünyadan başka bir dünyaya geçmesinin, hiç bilmediği yepyeni bir gerçekle tanışmasının öyküsü... ve bu öykü yeni bir kitabın konusu olabilir. Bizim şimdiki öykümüzse burada bitiyor.